国家社科基金
GUOJIA SHEKE JIJIN HOUQI ZIZHU XIANGMU
后期资助项目

元好问与中国诗歌传统研究

Yuan Hao-wen (1190–1257)
and the Tradition of Chinese Poetry

颜庆余 著

上海古籍出版社

2015年度国家社科基金后期资助项目（15FZW045）

国家社科基金后期资助项目
出版说明

序

　　这也许是迄今为止研究元好问诗学最为深入、创获最多的一部书了。

　　元好问是我们所熟悉的作家,学术界对他的研究积累也相当丰富。然而,仔细审视这些研究,似多未脱离一般作家研究由生平、思想而文学创作的模式,其基本认识,也没有超出赵翼"国家不幸诗家幸,赋到沧桑句便工"的判断,或作专题讨论,其范围也往往局限于丧乱诗、《论诗三十首》、《中州集》等,给人的印象大致是平面的。近年一些学者逐渐注意到元好问与前代诗人如陶渊明、白居易、苏轼、黄庭坚等人的渊源关系,惜仍多局限于孤立个案分析和对前人批评资料的解读,似未能深入体会作品,走进元好问的艺术世界。因此,元好问对前代诗人的学习和接受究竟如何,这种接受怎样影响了他自身的诗歌创作,而他在诗歌创作中所作的因创沿革,又应在诗歌史上占有何种地位等问题,也就并没有得到很好的解决。在庆余博士的这部著作中,我们看到了他对这些问题的解决所付出的巨大努力。

　　在中国文学史上,每位作家都生活在文学的传统之中,深受传统的影响,同时又成为这一传统中不可或缺的重要一环,尤其是在文学史上取得了杰出成就的作家,无不皆然。从个人与传统的关系入手,或许可以更好地揭示文学家们是如何在前人创作的基础上不断开拓创新、取得成绩、将文学的历史推向前进的。庆余此书正是如此。他始终把研究对象置于中国诗歌发展的传统中加以考察,不只是深入元好问诗歌艺术世界的内部,提出了许多新的看法,而且,也更为恰当地厘定了其在诗歌史上应有的位置。

　　从题材上看,在元好问的诗歌作品中,题画、咏史和山水诗占有突出的地位,而这三类题材的诗歌创作又都有着悠久的传统,于是,元好问是如何承继传统又突破传统,走出一条不同于前人的道路的,便成了此书首先关注的重点。

　　唐代和唐代以前的题画诗大致以写实为主,宋代则趋于写意。苏轼和黄庭坚的题画诗,往往由观画而引发出个人的生活经历、体验和情感,而元好问则更进入画面,题画诗成为一种纯粹的自我抒写,而非画面的客观呈现,有时甚至只是借题画来表达严肃的道德思考和社会理想,画面只是一种象征,议论和言志成了写作目的(按此或跨过苏、黄和杜甫,直接受了韩愈的影响)。咏史诗的叙述方式一般比较简单,而元好问的咏史诗则常将历史文本并置、叠加和交织,由此达到更为曲折多变的抒写效果。以山水为中心还是以诗人的情感抒发为中心,是山水诗写作的两个传统,元好问显然继承的是后一传统,他运用多种表现手法,赋予山水以社会道德价值,体现出诗人主体性对山水的深度介入,展示的是一种"有我之境"。这些论述,都能将元好问及其诗作置于文学发展的传统之中加以考察,其题画、咏史和山水诗创作的特点和成就也就凸显出来。

元好问诗歌在体裁上试图走出传统、自创一格的努力,同样是值得重视的。这是此书研究的又一重点。书中从遣词用字、句法章法、格律声调等语言形式入手,分析元好问虽与江西派同路,然相比较而言走得更远,七律拗调、流水对、折腰格等变格在元好问的诗中已成为套语。又从元好问建立的五言诗谱系中,拈出陶渊明、苏轼,辨析其批评与创作的悖离,和意欲步武苏轼的深心。从乐府诗的命题、选材、结体等传统出发,指出元好问在乐府诗创作上,既恪守传统而又汲取《楚辞》和词体因素的特色。这些讨论,也无不是在诗歌传统和与前代诗人的较量中进行的,因而也就不可易移。其他像讨论元好问在苏、辛和姜夔之后以词序存史的新变,在北宋诗歌观念转变的语境下解读元好问引用前人诗句,揭示王士禛神韵诗学与元好问诗论的承继关系等等,亦皆有见,即使是叙述元好问生活时代的背景和生平行事,作者所关注的也是金与北宋文学的联系和元好问对诗歌传统自觉意识的养成。

文学研究的对象是作品,用韦勒克的话来说,其精神状态应是"凝神细察进行分析、做出解释,最后得出评价,所根据的标准是我们所能达到的最广博的知识,最仔细的观察,最敏锐的感受力,最公正的判断"(韦勒克《批评的概念》,第15页)。这其中当然离不开知识和学问,但韦勒克坚持文学研究的本位,尤其强调文学理论、文学批评和文学史三者的相互包容与结合,则是我们所深相赞许的。庆余博士的元好问诗学研究是否受到过韦勒克的影响呢,我们不能断定,然而元好问既然文学创作有成就,又评论历代诗家有《论诗三十首》,纂集前贤议论有《锦机》,崇尚唐诗有《唐诗鼓吹》,师法杜甫有《杜诗学》,尊崇苏轼有《东坡诗雅目录》、《东坡乐府集选》等等,那么,在庆余的研究中,便不能不是从作品本身出发,并时时将文学理论和批评与诗歌创作密切结合起来,将文学理论和批评与文学史结合起来。像讨论题画诗而能注意到其有关绘画本质与诗画关系的理论,讨论五言古诗而梳理其对五言古诗谱系的建构,而论述王士禛神韵说对元好问诗学的承袭,又能兼及二人诗歌创作中的济南书写等,就都是其例。

文学理论和批评应建立在坚实的文献考据的基础上,文学研究应将文艺学方法与文献学方法相结合,是我们一贯的主张。庆余此书的研究重点是元好问的诗歌创作,然他在文献考据上下的功夫却并不比诗歌研究少。书稿的下篇《元好问文献研究》,就涵括了《遗山诗集》版本的考察、《遗山词集》的考证、元好问佚著的勾稽、《中州集》流传的梳理和《论诗三十首》的集评,甚至连元好问墨迹的留存,也不曾轻易放过。就中明确提出的,以明弘治十一年刊本为底本,广参传世各本,以期为读者提供一个更为完善的《遗山诗集》的看法,切实可行;《遗山词集》的整理,应以弘治高丽刊三卷本为主,补入五卷本溢出的词作,这看法也更为合理。其他如指出应谨慎地对待《永乐大典》对《中州集》的引录、勾稽元好问佚著和纂集《论诗三十首》集评等,亦足资学者参考。

庆余此书不同于一般的作家研究,他并未面面俱到地对元好问的诗词文章一一进行论述,甚至对元好问的诗歌也没有全都论及,然而书中对每一问题的讨论却都能深入腠理,多发前人所未发。这与庆余思考问题一向深细有关。2002年,庆余以专业考试第一名的成绩进入南京大学攻读硕士学位时,他本科阶段的老师即向我介绍过其好学深思的特点。硕士毕业后,他又以优异成绩进入复旦大学,师从章培恒先生攻读博士学位,博士学位论文是《北宋之后:元好问与中国诗歌传统》。从那时起,他开始关注元好问与中国诗歌传统的关系(其中可以看出章先生的学术思路对他的积极影响)。博士毕业后,庆余又回到南京大学,随我进行博士后阶段的研究工作。随着时间的推移,研究的课题也在博士论文的基础上不断深化,其治学深细的特点也表现得更加突出。相信当读者打开这部凝聚着他多年心血的著作时,也会与我有同样的感受。

庆余博士刚刚年届不惑,今后的学术道路正长,愿他未来能继续开拓,不断扩展自己的研究视野,取得更大的成就!

是为序。

巩本栋
己亥孟秋于天泉湖畔

目　次

第一部分　导论、背景与传记

外编　元好问文献研究

第一部分

导论、背景与传记

第一章　导论：研究现状、思路与方法

一、研究现状

自古以来,考察和评论一位诗人,无非是横向与纵向两种视角。这横的一种偏重诗人与时代的联系,关注的是时代的涵养和造就,以及诗人的记录和表达。孟子所讲的知人论世,即是横向的视角。这纵的一种则偏重诗人与传统的联系,关注的是传统的沾溉和影响,以及诗人的汲取和转化。章学诚讲钟嵘《诗品》"深从六艺溯流别"①,即是纵向的视角。考察和评论元好问诗,自然也不出这横与纵两种视角。赵翼《题元遗山集》诗曰:"身阅兴亡浩劫空,两朝文献一衰翁。无官未害餐周粟,有史深愁失楚弓。行殿幽兰悲夜火,故都乔木泣秋风。国家不幸诗家幸,赋到沧桑句便工。"②即是横的视角。刘熙载《艺概》卷四评曰:"金元遗山诗兼杜、韩、苏、黄之胜,俨有集大成之意。"③即是纵的视角。

现代学术史上的元好问诗研究,仍然不出横与纵两种视角。沿续赵翼思路的论著,多关注元好问对于金元易代之际的书写,特别是被誉为"诗史"的丧乱诗④。相关论著颇多,也是元好问诗歌研究的主要成绩所在,这里不详述。我所关注的议题,近乎刘熙载所论,大抵是纵的取向。这方面的研究,自钱锺书《谈艺录》至今,也已有相当的积累。以下简要评述。

钱锺书批评施国祁《元遗山诗笺注》"阙略疏漏","注诗而无诗学",所作补正数十条,偏重于元好问诗"运用古人处"的考订⑤。其中最精彩的一

① 〔清〕章学诚《文史通义》卷五《诗话》,上海:上海书店1988年版,第75页。
② 〔清〕赵翼《瓯北集》卷三十三,李学颖、曹光甫校点,上海:上海古籍出版社1997年版,第772页。
③ 〔清〕刘熙载《艺概》卷四,上海:上海古籍出版社1978年版,第113页。
④ 陈中凡《元好问及其丧乱诗》(《文学研究》1958年第1期)、陈书龙《论元好问的丧乱诗》(《中南民族学院学报》1984年第4期)、赵廷鹏等《赋到沧桑句便工——论元好问的纪乱诗》(《文学遗产》1986年第6期)。
⑤ 钱锺书《谈艺录》,北京:中华书局1999年版,第148页。

段,是拈出元好问与陈与义的渊源关系。钱锺书指出:"余读遗山五古、七律,波澜意度,每似得力简斋。渠于宋诗人中,只诵说东坡,勿屑江西宗派,指斥山谷、后山,无只语及简斋诗。……遗山与简斋为文字眷属,向来论诗,都不了此段。"①这一创见并不依傍元好问的自道或后人的评论,完全是凭藉具体的文辞考订,包括以"了"字煞尾句、平对实字的句首,以及其他捃撦痕迹,都举出元好问步趋陈与义的诸多例证。

钱锺书之后,元好问与前代诗人的因承问题得到不少学者的关注。略举其要。李剑锋从陶渊明接受史的角度,评述元好问诗对陶诗的评论、效仿和引用。高桥幸吉评述元好问从政治、隐逸和文学三方面对元结的评价。徐国能从实际文本的承继关系,考察和解释杜甫对元好问诗的影响。吴振华提出,元好问诗的雄健高古的风格出于韩愈。高桥幸吉又考察元好问对韩愈、孟郊、卢仝、李贺的评论与接受。陆岩军从思想和文学两方面考察元好问对白居易的接受。尚永亮提出,元好问与白居易诗学关联包含三方面:对白居易生活大度的认肯和歌咏,对白体的仿效和词语的袭用,对白诗讽谕精神的继承。林明德着重讨论元好问对苏轼诗的引用和点化。孙晓星从诗风、诗理和诗句三方面考察元好问对苏轼诗的继承②。

这些论述涉及元好问与诸多前代诗人的渊源关系,爬梳资料,推阐观点,都有助于深入理解元好问诗学的内涵和特征,而其共同存在的缺憾也是比较明显的。其中最主要的一点,是过于依赖批评资料,不能切实研析作品。这正是钱锺书所批评的现象:"盖勤读诗话,广究文论,而于诗文乏真实解会,则评鉴终不免有以言白黑,无以知白黑尔。"③在细读文本的基础上,归纳出有学术意义兼具概括性的新见,确非易事。钱锺书在批评施注时,颇见自负地说:"词章胎息因革,自有其考订,非于文词升堂嗜蓏者不能。"④我自然还不能够升堂嗜蓏,却觉得词章因革的考订和研析是正确的方向,因此

① 钱锺书《谈艺录》,第 477、481 页。
② 李剑锋《豪华落尽见真淳:元好问与陶渊明》,《九江学院学报》2012 年第 3 期。高桥幸吉《元好问与元结》,《安徽师范大学学报》2004 年第 2 期。徐国能《元好问杜诗学探析》,《清华中文学报》2012 年第 7 期。吴振华《论韩愈对元好问的影响》,《安徽师范大学学报》2007 年第 5 期。高桥幸吉《元好问与韩门文人——元好问诗对韩门的受容》,庆应义塾大学日吉纪要刊行委员会《中国研究》(6),2013 年。陆岩军《乞灵白少傅、佳句倘能新——试论元好问对白居易的接受》,《重庆邮电大学学报》2007 年第 3 期。尚永亮《元遗山与白乐天的诗学关联及其接受背景》,《文学遗产》2009 年第 4 期。林明德《元好问与苏轼》,载《纪念元好问八百年诞辰学术研讨会论文集》,台北:文史哲出版社 1991 年版。孙晓星《元好问对苏轼诗歌的继承与发展》,《乐山师范学院学报》2014 年第 6 期。
③ 钱锺书《谈艺录》,第 481 页。
④ 钱锺书《谈艺录》,第 149 页。

不揣鄙陋,勉力为之。

这些论述的思路又大抵可以归于接受史研究,论述的主要问题是后来者如何评论和效仿前人,大多只是孤立的个案分析,难以将问题引向更深层次的讨论。这大概是接受史研究中习见的弊病。对前人的接受如何影响元好问自己的诗歌写作,元好问的因创沿革又如何具有诗歌史的意义,这些问题在这些论述中都还没有得到足够的关注。接受史研究要消除平浅的弊病,需要诗歌史研究的整体观照,任何前代诗人的成就都是传统的构成要素,任何后来者的渊源和创造都应该放在诗歌传统的视野中考察。中国诗歌传统与个人才能的关系,正是我要讨论的中心问题。

综上所述,细读文本与参证传统是拙稿最为重视的两个方面。在细读文本的方法上,拙稿的写作受益于中西文学研究中那些注重精细阅读的典范著作,如仇兆鳌《杜诗详注》对古体长篇的分章裁句和诗意顺解,金圣叹《唱经堂杜诗解》《贯华堂选批唐才子诗》对杜诗和唐律的细致、深曲的阐发,吴淇《六朝选诗定论》对选诗之间的相参互证的研读,又如英美新批评对字义及其关联的分析,对作品整体结构的关注,都是可资取法的读诗方法。这些方法大抵并无新奇僻奥之处,关键只在于运用,不必在这里赘述。至于如何参证传统,是拙稿着意设计的研究思路和方法,关乎元好问诗的基本品格,也关乎宋以后诗歌研究的范式问题,因此以下稍作论述。

以上略述元好问诗的研究现状,只涉及与拙稿要讨论的中心问题相关的既有论述。书中各章讨论的具体问题,涉及元好问诗歌研究的方方面面,相关的研究情况则在各章中分别评述和引用,此不赘述①。

二、诗歌传统与个人才能

钟嵘《诗品》的"深从六艺溯流别",清人钱谦益称为"研究体源"②,郭绍虞称为"新的历史的批评之方法"③,张伯伟则称为"推源溯流"的批评方法④。不同的论说背后是各自相异的关注。钱谦益关注的是可以清楚辨别的"体",郭绍虞关注的是批评中用作评定标准的文学"历史",而张伯伟关

① 元好问诗研究的综述,可参刘锋焘《元好问研究百年之回顾与反思》(《山西大学师范学院学报》2000 年第 3 期),狄宝心《20 世纪以来的元好问研究》(《山西大学学报》2005 年第 1 期),于东新、张文苧《1980 年代以来元好问诗歌及诗歌理论研究文献综述》(《图书馆学研究》2014 年第 22 期)。

② 〔清〕钱谦益《有学集》卷三十九《与遵王书》,上海:上海古籍出版社 2010 年版,第 1361 页。

③ 郭绍虞《中国文学批评史》,上海:上海古籍出版社 1979 年版,第 61 页。

④ 张伯伟《中国古代文学批评方法研究》第二章《推源溯流论》,北京:中华书局 2002 年版,第 104 页。

注的则是一种批评方法的成立。诗歌传统与个人才能的关系,作为文学批评的理论命题,正应包含这三方面关注。这也是拙稿采取的研究思路:回顾诗歌的历史;贯注辨体的意识;推究渊源与考订因革。

诗歌传统与个人才能的关系,所涉及的几组相对的核心概念,是摹仿与自得,艺术与自然,师古与师心。在最古老的诗歌训诫中,伟大的诗人应该坚持自然而然的写作,抒写内心的情志,独造自得,不需依傍他人。然而,追仿古人的风格,掌握相传已久的技艺,师法过去的理想诗歌,却是成为伟大诗人的必经之路。这几组相对又相成的概念,是批评史上永恒的话题,对于元好问以及其他宋代以后的诗人而言,更是无法回避的根本问题。这就应该说到宋代诗学发生的转变。

与前代相比,宋代诗学出现的最大新变大概是作为后来者的诗人面对诗歌传统的自觉意识。宋人明确认识到诗歌语言枯竭的问题。据陈辅之《诗话》记载,王安石曾说:"世间好语言,已被老杜道尽;世间俗言语,已被乐天道尽。"①这自然是极尽夸张的言辞,却传达一种难以为继的焦虑。黄庭坚称:"自作语最难,老杜作诗,退之作文,无一字无来处。盖后人读书少,故谓韩、杜自作此语耳。古之能为文章者,真能陶冶万物,虽取古人之陈言入于翰墨,如灵丹一粒,点铁成金也。"②自行创造诗语不再可行,只能转而求助于前人。韩愈务去的"陈言",却是黄庭坚作诗的"来处"。黄庭坚提出的两种作诗方法,点铁成金和夺胎换骨,说的都是后来者如何借鉴诗歌传统的问题。在宋人的观念中,诗歌传统既给后来者带来无法摆脱的压力,也成为后来者可以取法的资源。这样一种普遍流行的观念,是宋代诗学有别于前代的根本转变。

宋人作诗和谈诗,经常要关切的问题是如何处理与前人作品的关系。作诗要讲点化,将陈言转化成为新语,同时也是将前人(他人)的语言转化成为自己的语言。这是诗歌领域的借贷关系。后来者总是不幸地落入债务人的境地,前人天然地拥有诗歌的所有权。谈诗也要讲点化,较量陈言与新语,判定优劣与得失。杨万里提出,作诗者有作者和述者,有时"述者不及作者",有时则"作者不及述者"③。这就将借贷关系转化为竞争关系。后来者不必总是背负诗歌的债务,青出于蓝,后来居上,就可以享有所有权,从而留名诗史。这是宋人面对诗歌传统的理性态度,既承认伟大的传统,又给后来

---

① 郭绍虞辑《宋诗话辑佚》,北京:中华书局 1987 年版,第 291 页。
② 〔宋〕黄庭坚《豫章黄先生文集》卷十九《答洪驹父书》,《四部丛刊初编》本。
③ 〔宋〕杨万里《诚斋诗话》,丁福保辑《历代诗话续编》,北京:中华书局 1983 年版,第 136 页。

者留下争取声名的机会。

从诗歌传统与个人才能的关系看，中国诗学的自觉时代大致肇始于宋代。北宋以来，以诗句为中心的诗歌所有权观念、诗歌写作中的借贷关系、诗歌传统带来的焦虑，以及对独创自得的不懈追求，才成为诗学话语的主要议题。从此以后，作诗不再只是纯粹的感应和抒发，诗歌传统成为诗人无法摆脱的负担。哈罗德·布鲁姆（Harold Bloom）所谓的"影响的焦虑"（Anxiety of Influence）无处不在，任何心怀抱负的诗人都不能置身事外①。元好问作为北宋之后的诗人，当然也不能例外，实际上，他的自觉意识更加明确，他的焦虑感更加明显。

元好问从早年学诗开始，就有意识地关注前人留下的诗歌遗产。推尊陶渊明而有集陶诗等诗篇，宗法杜甫而有《杜诗学》的编纂，提倡唐诗而有《唐诗鼓吹》的编选，取法苏轼而有《东坡诗雅目录》《东坡乐府集选》的选本，这是元好问转益多师的努力。评骘历代诗家而有《论诗三十首》的写作，这是元好问梳理诗史、正本清源的努力。纂集前贤议论而有《锦机》的编纂，又规定各种学诗方法和作诗禁忌而有《诗文自警》的编写，这是元好问考察古今诗史，构建规范诗学的努力。所有这些取资于诗歌传统的努力，不仅在金元之际罕见，即使是在明清的诗学史上，也足以引人注目。然而，与这些努力相伴随的是元好问面对传统时无法摆脱的焦虑。早在清人蒋士铨指出"宋人生唐后，开辟真难为"②之前，元好问已经感叹后代诗人作诗的艰难："夫因事以陈辞，辞不迫切而意独至，初不为难，后世以不得不难为难耳。"（《陶然诗集序》）"不得不难"一语，既是元好问对北宋以来诗学精神的理解和表述，也是他对自己创作经历的体察和总结。

元好问面对诗歌传统的自觉意识，包括批判的精神、取资的努力以及清醒认识自身位置后的焦虑，不仅表现为复杂的批评话语，更深刻影响其写作的实践。古人的遗产既是资源也是负担，影响既可成为动力也带来焦虑，这样的矛盾在元好问身上体现得尤为明显和典型。诗歌传统与个人才能的关系，对于元好问诗歌研究课题而言，不仅仅是可以适用的研究思路，更是需要深入开掘的研究视角。元好问诗的成就不只在于从人世方面考察的丧乱诗，也在于从诗歌史方面考察的词章沿革。实际上，后一方面的研究还很不充分。有鉴于此，我设想的研究思路是以诗歌传统作为衡量的体系，多方考

---

① ［美］哈罗德·布鲁姆（Harold Bloom）《影响的焦虑———一种诗歌理论》，徐文博译，南京：江苏教育出版社 2005 年版。

② 〔清〕蒋士铨《忠雅堂文集》卷十三《辩诗》，《续修四库全书》1436 册，影印清嘉庆二十一年藏园刻本，第 651 页。

察元好问诗,在参证传统中见出具体的因创沿革。

三、诗歌史研究的中层理论

诗歌传统与个人才能之关系的命题,包含两个面向,一面是抽象的传统,另一面是具体的个人。传统与个人之间通常距离遥远,抽象与具体之间经常方枘圆凿,如何考察抽象的传统与具体的个人之间的关系,是一个技术问题。我以为解决问题的办法在于寻找合适的中间视角,让诗歌传统的宏观论述与具体文本的微观考订可以有效地结合。诗学话语中最为常见的"体",或许是可以有效地衔接传统与个人之间的中间视角。

从整体上说,中国诗歌传统是一个感应与抒发的抒情传统,秉承温柔敦厚、怨而不怒的诗教,五七言古近体是占据主流的诗型。这样描述的诗歌传统只是一套稳定而抽象的原则,实际上,诗歌传统还具有复杂的构成、多样的角度和丰富的层次。具体说来,从题材的角度,诗歌可以分类而成为题画诗、山水诗、咏史诗等;从体裁的角度,诗歌可以分体而成为五古、七古、五律、七律等。这些不同题材、体裁的诗歌都有自己的经典诗人、题材规范或诗体惯例,这就构成一个个相对自足的层级较低的传统。再从古今传承的角度看,伟大的诗人以自己的风格、技巧和喜好,促成某些规范的形成,因此也就塑造出一种传统,如陶渊明、杜甫、黄庭坚就是这样的诗人。特定的主题、意象和技巧,在长期的累积中也可能形成一种传统,例如在乐府诗中,《车遥遥》古题在历代诗人手中,基本上都维持着一个远去与追随的主题,《自君之出矣》古题,要求诗人按照一定的格式构造一个巧妙的比喻。

这样就可以把抽象的诗歌传统细分成为相对具体的脉络,比较容易把握和论说。从各种角度和层次细分出的相对具体的传统,通常可以与特定的诗人或经典相联系,传统与个人的关系有时就可以转换成为不同诗人之间的关系或经典作品的影响,这无疑有利于相关论述更加具体和切实。更重要的是,在已有诗学文献中,这样细分的传统实际上已积累相当多的论述,这就是辨体的诗学。诗学话语中的"体"不是诗歌传统的抽象原则,而是触摸得着肌理的诗体。

"体"一词,在中国古代批评史上的含义极其广泛。风、雅、颂是《诗经》的三种诗体,这里的诗体与声音相关①。鲍照有《学刘公幹体》《学陶彭泽体》的拟古诗,这里的诗体由某一古代诗人规定。诗体还可以与某一时代、

---

① 对于毛诗序所谓诗之六义:风、赋、比、兴、雅、颂,孔颖达疏曰:"诗体既异,其声亦殊。"(《毛诗正义》卷一,阮元校刻《十三经注疏》,北京:中华书局 1982 年影印本,第 271 页。)

流派、技巧等相联系。宋代严羽《沧浪诗话》中有一篇《诗体》，列举众多诗体的名目，"以时而论"，则有建安体、太康体、永明体、元祐体等，"以人而论"，则有徐庾体、少陵体、太白体等，又有其他各种范畴的诗体，如以体裁分类的五七言古近体诗，以乐府题名为区别的谣、吟、引、咏等，以用韵方式而得名的辘轳韵、进退韵、全篇双声叠韵、全篇皆平声等，以酬唱方式来命名的分题、分韵、和韵等，以对偶方式而言的十字对、十四字对、扇对、当句对等，又有五杂组、回文、离合、建除等杂体①。在严羽的理解中，"诗体"的外延非常广泛和混杂，而他的理解并非一家之言，乃是古代批评家的普遍看法，例如南宋魏庆之辑《诗人玉屑》就编入严羽归纳的诸多诗体名目。《沧浪诗话》又有《诗法》一篇。比较而言，"诗体"必须有一些规则或范例可以遵守，是一种历史的存在，而"诗法"是批评家对后来者提出的要求。不过，二者的区别又不是绝对的，在古代批评数据中，这两个术语在使用上有时互相包容和交叉。王运熙认为，体指作品的风格，大致分成文体风格、作家风格和时代风格三种②。从《沧浪诗话》列举的名目看，诗体的外延要比他的概括更加广泛，而诗体的要义也不在于风格的区别，而在于规则和惯例。在古代用语中，风格通常用"品"来指称，而"体"即是"例"，也就是范例。宇文所安（Stephen Owen）把"体"理解成"规范形式"（normative form），是比较确切的③。"诗体"在一些批评家的用法中，也可以包括"格"，例如，清初费经虞编《雅伦》二十六卷，卷二"体调"，相当于严羽的"以时而论"和"以人而论"，卷三至卷十四凡十二卷为"格式"，相当于严羽"诗体"除上举两类以外的部分，换言之，费经虞的"体调"和"格式"加起来等于严羽的"诗体"④。

概括说来，诗体具有的规则和惯例可以有这样几种来源：诗歌经典，伟大诗人，一时的风尚，群体的追求。诗体的形成也取决于后来者的评价、认同或效仿，缺乏影响的风格不能成为诗体。因此，诗体是一套累积形成的规则、习俗和典范，也就是一种诗歌传统。诗话著作列举出各种诗体，其实是在梳理各种类型的诗歌传统，详细的诗话著作还会在诗体名目下，指示风格的取向、写作的要求或者代表诗人，这实际上已经是在讨论各种诗体的规范。古代批评家通常都很重视诗体的分界问题，由此而有尊体和破体之说，

① 〔宋〕严羽著，郭绍虞校笺《沧浪诗话校笺》，北京：人民文学出版社 1961 年版，第 52—107 页。

② 王运熙《中国古代文论中的"体"》，载氏著《中国古代文论管窥（增补本）》，上海：上海古籍出版社 2006 年版，第 23—34 页。

③ 〔美〕宇文所安《中国文论：英译与评论》，王柏华、陶庆梅译，上海：上海社会科学院出版社 2003 年版，第 215—216、662—663 页。

④ 〔清〕费经虞编、费密补《雅伦》，《续修四库全书》1697 册，影印清康熙四十九年刻本。

这里的分界就是传统的规范,尊体和破体就是维持和逾越传统的不同立场。批评家又经常谈论某一类诗该如何写作,该取效哪家,该传达何种效果,这也是在自觉意识到各种诗歌传统以后的谈诗论艺。

20世纪60年代,美国社会学家罗伯特·默顿(Robert K. Merton)为避免早期社会学的宏大叙事造成的空疏,提出社会学的中层理论(Sociological Theories of the Middle Range),在整体的社会理论体系和具体的实践研究之间,建构一类与具体问题和领域相关的概念体系①。中层理论被广泛引入各种学科,例如在中国学界,一些历史学者试图以中层理论作为经验与抽象层次之间的衔接,藉以解决革命史观与现代化史观等历史宏大叙事造成的弊病②。与此相似,在诗歌传统与个人才能之关系的命题中,诗体作为衔接抽象与具体、宏观与微观之间的概念体系,就是诗歌史研究的中层理论。

四、有关说明

书稿的主体由两部分构成。第一部分是导论、背景和传记三章,用意在于提出本书的研究方法;反思金代文学与北宋的联系,作为研析元好问诗的主要语境;并考订、描述元好问生平和撰述中对诗歌传统的自觉意识及其影响。第二部分是元好问诗与诗歌传统诸专题研究十章,以文本分析为基础,讨论元好问诗继承和革新诗歌传统的诸多表现和成就,主要包括元好问各种诗体和题材的细读和研讨。又有外编六章,是元好问相关文献的考证,包括诗文集和词集的版本考察、佚失著作的稽考、《中州集》流传情况的考订、《论诗三十首》评论资料的辑录以及手迹资料的考证。文献考证各章虽非题中之义,却是这项研究开展的基础工作,因此也收入书稿,置于最后。

以下是各章要义。

第一章《导论》:反思宋以后诗歌研究方法,并提出本书的主要研究方法是中层理论的视角,细读文本的思路,个人才能与诗歌传统之关系的分析框架。

第二章《背景》:考察元好问与金代文学的社会文化背景,强调金代文学与北宋之间存在延续而非割裂的联系,以及元好问与北宋苏、黄之间一脉相承又力争上游的联系。

第三章《传记》:评述元好问一生的文学活动与文学撰述,指出元好问

---

① [美]罗伯特·默顿《论理论社会学》,何凡兴等译,北京:华夏出版社1990年版。
② 杨念群《中层理论——东西方思想会通下的中国史研究》,南昌:江西教育出版社2001年版。

对诗歌传统的自觉意识，以及这种意识对其诗歌写作的影响。

第四章《题画诗》：继杜甫、苏轼、黄庭坚之后，元好问成为题画诗写作中最重要的诗人之一，在沿革传统中发展出诸多值得注意的特征。其山水类题画诗通常引入个人回忆和感想，并在杜甫的基础上发展一种进入画面的想象性视角；其故实类题画诗经常绕过图画，展开独特的议论和严肃的道德思考；其人像类题画诗充满自我的反思和期许，并思考士的出处问题；其状物类题画诗强调绘画物象的寓意，正如咏物诗一般。

第五章《咏史诗》：在咏史诗的历史上，用典方式具有一个由简易到复杂的进程。从汉魏至北宋，咏史诗的用典通常局限于孤立的诗句中，或者是堆垛式的罗列。元好问发展了咏史诗用典的新方式，围绕着一个咏史怀古的主题，引入一组相关的历史典故或文学文本，造成复杂的文本间性。

第六章《山水诗》：山水诗的传统只是一种现代学术建构，包含了一个选择和排挤的过程。在这一传统中，元好问与苏轼等诗人一样处于边缘位置。与王维等经典山水诗人迥异，元好问的山水诗充满强烈的抒情力度和诠释意味，其中的山水描写多是有我之境。元好问的山水诗，可以成为我们藉以反思山水诗传统的一个案例。

第七章《七言律诗》：在七律的领地中，最具风格特征的三种是杜样、昆体与江西派。从虚字、拗调的频繁使用，以及连续性句法和章法的追求上说，元好问更加接近江西派。元好问七律的另一个特征是，过度使用变格，从而成为套语。

第八章《五言古诗》：元好问建构了一种符合自己诗学理想的五古谱系，以风雅正体为标准，以陶渊明、苏轼等诗人为代表。在其五古写作与有关五古的批评中，元好问表现出推崇并远离陶渊明、批评并接近苏轼的风格。这种悖论决定了元好问五古的基本面貌。

第九章《乐府诗》：在诸种诗歌传统中，乐府诗的传统可能是最具规范性的一种，并且是最经常令人感觉过时的体裁。与北宋之后很多诗人不同，元好问对乐府诗保持一定的兴趣，留下一定数量的作品。在元好问手中，乐府诗既在主题等方面显得陈旧，又在诗体等方面表现出开放性。新声还是旧式，难以一概而论。

在元好问诗各类题材和诗体的研究之外，本书稿又涉及相关的三个议题。

第十章《元好问诗的引用》：以元好问大量引用旧句的做法为例，深入讨论个人与传统之关系。在北宋以来诗歌所有权观念盛行的语境中，元好问公然频繁地引用旧句入诗，是逾越规矩并招致诟病的行为。究其缘由，元好问的非法行为出于个人诗学取径的歧路,他一方面认同黄庭坚的博学主张,希望在广泛阅读、博采众长的基础上,推陈出新,自成一家,另一方面又信从苏轼对诗歌所有权的戏谑,引用旧句而非自铸新辞。

第十一章《元好问与王士禛》:以元好问与王士禛的渊源关系为例,阐述元好问对于中国诗学传统之形成的贡献。王士禛对元好问诗集的批点,对元好问诗文小说的引用,对元好问诗的选录和评论,对元好问济南题咏的欣赏,当然还有对元好问论诗绝句的效仿,都表明在王士禛心目中元好问的重要地位。如翁方纲所论,元好问是王士禛神韵诗学的开端;又如许昂霄所论,元好问是五七言分界说的发端,而王士禛大畅其说;神韵诗学与五七言分界说又互为表里,互相支撑。可知元好问是王士禛神韵诗学不可或缺的前驱之一,重要性实不亚于司空图和严羽。

第十二章《元好问与词序的进化论》:讨论在词体的诗化过程中,元好问词序的进化及其诸多特征。词作为低级文体,具有一个向诗进化的过程。这一过程在词序上的表现是,词序的发展像诗题一样从无到有,从简易到复杂。元好问是这一进程中的重要一环,他的词序既可以交代写作背景、载录史料,训释典故词语,也可以与正文形成叙事与抒情互相配合、散笔与韵语互相对照的结构。

第十三章《元好问与宋以后诗歌研究方法》:综论元好问诗在各种题材、诗体等方面的特征和新变;以元好问为例,讨论宋以后诗歌的研究方法。

外编文献研究的六章:

第一章《遗山集考证》:考察遗山集的刊行及其源流,翻印者不计,凡十三种,其中元刊本三种皆已亡佚,明刊本四种,清刊本六种,都尚存于世,并考察传存和亡佚的抄本多种,又评述已有的多种校本的得失,且搜集传世的批校本和选注本。

第二章《遗山词集考证》:考订元好问词集的诸种传本,构建版本谱系,并详细描述经眼的多种传世遗山词集。

第三章《佚著考略》:考证《诗文自警》、《锦机》、《壬辰杂编》等十三种佚著,并辑录若干佚文。

第四章《〈中州集〉流传考》:提出《中州集》从最初的元刊本,到流传至今的各种版本,都保持十卷的规模和稳定的书籍结构。《永乐大典》引录《中州集》,存在若干疑点,不能据以推断现传《中州集》经过删削,也不能证明曾经有过一个更完整的版本。

第五章《元好问〈论诗三十首〉集评》:辑录元明清民国时期有关这组论诗绝句的评论资料。这组评论资料散见于各种典籍,搜罗不易,汇为一编,大概有助于学者参阅。

　　第六章《手迹考证》：考订载籍所记及石刻拓本所存的二十七种手迹，一方面可为书法史研究提供一直未受关注的史料，另一方面也可为元好问相关诗文的校理笺释、生平行事的考辨订正，提供一些以前较少利用的资料。

第二章　背景：金代文学与
北宋的传统

一、引言

社会批评方法在中国文学研究中，不仅源远流长，而且长盛不衰。在现代学术语境中，西学东渐的诸多理论被广泛译介和运用，其中与中国知人论世传统合拍的理论，如法国人泰纳(Hippolyte A. Taine)的文学史观，在早期中国文学史书写中，影响尤为深远①。对于统治在女真人手下、疆域限于中国北方的金朝，泰纳的种族、环境、时代三要素说，简直是量身定制的理论。研究者在讨论金代文学的背景和特征时，总要着意强调少数民族和北方地域文化对于文学的影响，在他们看来，金代是一个异族统治下的落后社会，并且与南方的汉族文明存在相异的特质；在讨论金代最杰出的诗人元好问时，也总要强调他的鲜卑血统和他所经历的亡国之变②。

这些讨论导出的结论是，金代文学虽然不如对岸的南宋那么繁荣，但至少形成独特的风格，任何忽视或贬低都是不公正的，这个领域应该受到更多的关注。金代文学研究者的自我辩解，并没有改变这个领域的贫瘠现状，事实上，这种辩解也是站不住脚的。从少数民族和北方地域两个要素，到所谓的金代文学的独特风格之间，我们只能看到一些简陋的因果推论，再加上一些缺乏说服力的例证。有关金代文学特性的文学史叙述，几乎完全建立在臆断的基础上，并且抹杀了一个基本的事实：金代文学家绝大多数是汉人，他们与南宋文人使用共同的语言、在同一文学传统中写作，他们的祖辈都是北宋的臣民。女真王朝入主中国北方，数量远远少于汉人的女真人迁居华北，这两个因素足以使一个源远流长的文学传统变质吗？答案显然是否定

---

① 陈广宏《泰纳的文学史观与早期中国文学史叙述模式的构建》，载《卿云集续编——复旦大学中文系八十周年纪念论文集》，上海：上海古籍出版社 2005 年版，第 451—480 页。

② 可参张晶《辽金元诗歌史论》，长春：吉林教育出版社 2006 年版。

的。当然,变化是可能存在,但只会是局部的、微小的。令人难以置信的是,金代文学基于异族和地域而形成特性的观念,就像流言一样广泛传播。

强调金代文学的种族和地域特性,也就是强调金代文学相对于中国文学传统的差异,这种观念带来的危险是,金代文学被人为地从文学传统中抽离出来,并与北宋文学之间形成断裂。一般认为,金初的文人是从南宋"借"来的,如宇文虚中、吴激、蔡松年等,直到第二代文人如蔡珪、党怀英等成长起来,金代才有了属于自己的文人;苏轼对金代文学具有深刻的影响,却是从南方传入的。这些看法无异于认为,1127年北宋被女真人灭亡后,北宋文学被完全转移给南宋,像有形资产一样,被装载满车,悉数运往南方,金人只能从南宋那里引入北宋文学作品。这种看法的荒谬性不言而喻,然而,这种看法已经成为我们的常识。

在描述金代文学的背景时,与其不切实际地想象种族和地域特性,不如将金代还原回正常朝代更替中的一环,看成是北宋之后的一个朝代,在考察金代与其胜朝北宋的联系中,讨论金代文学所处的语境。金代与北宋的联系,长久以来被严重地曲解,我们只有修补这些断裂,才能更好地理解金代。重申金代文学与北宋的联系,主张以北宋为参照来考察金代文学,主要基于两方面的理由,其一是中国诗歌传统在宋代的转变,其二是北宋文学对金代的实际影响。

考虑到本文的任务是为元好问诗歌研究提供一个文学背景,我将把讨论的重点放在十三世纪前期,即元好问的生活年代。文中的讨论经常超出这个时期而面对整个金代,这一方面是出于叙述方便的考虑,另一方面是因为,理解一个诗人不仅要看他所生活的年代,而且也要看他之前一段时间的时代。元好问在金亡后继续生活了二十几年,这段进入元代的时期得到的讨论比较少,这是因为,元初北方文学大体上沿续了金末的趋向,而元好问是当时文坛的领袖人物,他主要是在影响别人而不是受到影响。

关于金人如何获得北宋文明的问题,除去1127年金人对汴京的劫掠以外,一种习以为常的看法是,金人需要从南宋那里引入北宋的文明成果,具体方式可以是边境榷场的贸易、民间的非法走私和南宋官方的赠予。研究者在谈论北宋对金的影响时,习惯于使用"流入"、"传入"等词汇,在他们看来,北宋文明在空间上外在于金国。一系列踵事增华的文章,致力于钩沉北宋典籍传入金的种类①。

---

① 〔清〕赵翼《瓯北诗话》卷十二《南宋人著述未入金源》:"宋南渡后,北宋人著述有流播在金源者,苏东坡、黄山谷最盛。"(《续修四库全书》1704册影印清嘉庆湛贻堂刻本,第95页。)钱锺书接着赵翼的话头,补充更多的例子,而有"流入北方"的说法。(《谈艺录》四五,北京:中华书局1999年版,第158页。)今人的考证,可参孔凡礼《南宋著述入金述略》(《文史知识》1993年第7期)、《南宋著述入金考》(《文史》2007年第3期),以及胡传志《宋金文学的交融与演进》第十四章第一节"南宋著述传入金源考论"(北京大学出版社2013年版)。

　　然而,事实并非如此,北宋留给金的遗产,也许并不比留给南宋的更少。在北宋灭亡后,金和南宋平分北宋的天下,南宋虽然在王室血统上是北宋的沿续,金却占有了北宋的汴京,很难说哪一方占据更多的优势。下面,我们搜讨相关载籍,如实地描述留存于金代的北宋遗产究竟有哪些。

二、掠夺汴京城

　　靖康年间,北宋汴京陷落时,金人从北宋那里不仅劫掠大量府库财物,而且索取大量书籍和人才。旧题宋人丁特起《靖康纪闻》,逐日记录下这场劫掠的内容。这里择要抄录数条:

> 　　(靖康元年十二月)初四日,金人遣使命检视府库,拘收文籍。……二十三日,金人索监书藏经,如苏、黄文及《资治通鉴》之类,指名取索,仍移文开封府,令见钱支出,收买开封府直取书籍铺。
> 　　(靖康二年正月)二十五日,金人索内夫人优倡及童贯、蔡京、梁师成、王黼家声乐,虽已出宫已从良者,悉要之。……又索教坊伶人百工伎艺诸色待诏等。……二十七日,金人索郊天仪物法服卤簿冠冕乘舆种种等物,及台省寺监官吏通事舍人内官,数各有差,并取家属,又索犀象宝玉药石彩色帽幞书籍之属。……二十八日,金人又索尚乐大晟乐器、太常寺礼物戏仪以迨樽罍笾豆,至于弈棋博戏之具,无不征索,载而往者,不可胜计。……三十日,金人索八宝九鼎车辂等,及索将作监官吏尚书省吏人秘书省文籍、国子监印板及阴阳传神待诏。
> 　　(靖康二年二月)初二日,金人索后妃服琉璃玉器,再要杂工匠伶人医官内官等家属。……十八日,金人移文索太学博通经术者三十人,如法以礼敦聘前来,师资之礼不敢不厚。学中应募者三十人,大抵多闽人及两河人,官司各给三百千以治装,三十人忻然应聘。士论鄙之。……十九日,金人移文索禅学通经□数僧行数十人,开封府集诸禅长老及首座西堂禅僧等应募,每院不下十余人。解赴军前,复多有退归者,所留仅二十人。传闻待遇颇厚。①

　　《金史·文艺传》以“收图籍”、“得宋士”来概括金人的收获。毛汶从《三朝北盟会编》、《宋史》、《宣和录》等史籍中,收集相关史料,详细介绍了

金人这两方面的收获,并总结这些劫获对于金代的意义:

> "收图籍"、"纳降人"使文化之泉源,日益畅大,斯正金人伐宋之真成功焉。是故三馆之图书入,而"文风丕变";(《金史·文艺传》语)道释经藏之镂板入,而文学之传播乃宏;倡优说话之人入,而平民文学之根苗种;(金董解元《西厢记》之出现,其渊源即在于此)太学博士之衣冠入,而明道传经之思想定矣。孰谓金人之所获,仅图书数车而已哉?仅降臣十余辈而已哉?①

关于这场掠夺对于金代的意义,毛汶的总结是比较恰当的,然而又是不完整的。这些从北宋劫来的财物、图籍和人才,诚然对金廷的建设起到巨大的作用,但作用恐怕主要限于国家层面,民间的情况应该又是另一回事,虽然这些财物、图籍和人才有一部分流入民间②。这样判断的理由是,金在中国北方取代北宋的统治,这种改朝换代的巨变并不导致地方社区的完全改样,有些人迁移到南方,更多的人则留在故乡,财物和书籍也是一样,原有的文化传统尽管受到易代的冲击,大体还是延续着原来的轨迹。

三、留存北方的书画

尽管现存的金代典籍非常匮乏,我们还是能从这些有限的资料中,看到相当数量的北宋人的书画作品以及北宋人收藏过的古代书画作品在金代流传。下面以金章宗、赵秉文和元好问的收藏或经眼为例。

金章宗收藏数量颇多的书画作品,外山军治钩沉出书法十三种,其中包括王羲之五种,苏轼和黄庭坚各一种,绘画二十二种,其中有宋以前顾恺之的作品,也有北宋范宽、许道宁、李伯时、米芾的作品。这些书画作品进入金章宗内府的途径,外山氏认为有以下几种可能:金兵攻陷汴京时持归;南宋内府收藏而流入民间,然后经由榷场进入金国;南宋朝廷馈赠予金廷③。这些可能性都是存在的。另一种可能的途径的是,这些书画作品原本就在北方中国的民间被收藏和转手,金人统治北方以后,这些作品从民间进入

---

① 毛汶《书金史文艺传"收图籍""得宋士"事》,载《学风》第 5 卷第 8 期,民国二十四年 11 月,安庆安徽省立图书馆编。

② 例如元好问《醉猫图何尊师画宣和内府物》,又如其《故物谱》记载:"就中薛稷《六鹤》最为超绝,先大父铜山府君官汲县时,官卖宣和内府物也。"(《遗山先生文集》卷三十九,《四部丛刊》本)

③ [日]外山军治《金朝史研究》附录五《章宗收藏的书画》,李东源译,牡丹江:黑龙江朝鲜民族出版社 1988 年版,第 461—469 页。

内府。

赵秉文作为金末文坛领袖,有着广泛的交游,也有很多机会见到当时流传的古画名帖。从他的题画诗和题跋,可知他观赏过并且作诗题咏、作文题跋的北宋书画,至少有苏轼书《眉子石砚诗》、《石钟乳山记》、《与佛印帖》、《孔北海赞》、《与王定国帖》,苏轼画《古柏怪石图》,黄庭坚书《黄庭经》、《草书文选诗》,李伯时画《九歌》,巨然画《泉岩老柏图》,米芾书《多景楼书》、《修静语录引》等①。

这些北宋遗留下来的书画,构成了金代文人生活的组成部分,也成为金代诗歌的素材。元好问数量丰富的题画诗尤其可以说明这一点。元好问家富收藏,其中,"画有李、范、许郭诸人高品"②。验诸其题画诗,元好问所藏"李、范、许、郭诸人高品",有李伯时《太一莲舟图》、范宽《秋山横幅》、《秦川图》,许道宁《寒溪古木图》,郭熙《溪山秋晚》等③。元好问写过近二百首题画诗,他所观赏和题咏的画作非常丰富,这些画作除了一些出自金人外,都是北宋人所画或北宋人收藏、题咏过的古画。元好问的题画诗也在主题和技巧上继承了北宋苏、黄开拓的传统。

从书画史的角度说,不少金代书画名家都以北宋诸大家为学习的对象,例如,王庭筠"字画学米元章,其得意处颇能似之",赵沨"正书体兼颜、苏、行草备诸家体,超放又似杨凝式。当处黄鲁直、苏才翁伯仲间",杨邦基"文笔字画有前辈风调,世独以其画比李伯时"④。这些例子说明,北宋的灭亡,并没有摧毁北方的艺术生活,后来者继续着前人的步调。

由书画在金代的流传情况,可知金代文人仍然沿续着北宋的艺术生活。书画是艺术的一部分,书画的创作、观赏和题咏如此,其他艺术方面如文物古玩的收藏也是如此。艺术生活的沿续,也意味着文学趣味的沿续。艺术作为一个缩影,也表明社会生活的各方面在沿续着北宋的传统。

四、北宋的书籍

金人攻下北宋汴京时,索取秘阁三馆书籍、宋人文集、监本印板和寺院经板。这些书籍和雕板成为金朝内府藏书和印书的良好基础。例如,金朝

---

① 〔金〕赵秉文《闲闲老人滏水文集》卷三、四、七、九、二十,《四部丛刊》初编 219 册,影印湘潭袁氏藏汲古阁精写本。

② 〔金〕元好问《遗山先生文集》卷三十九《故物谱》。

③ 元好问题咏这些画作的诗是《太一莲舟图三首为济源奉先老师赋》、《题张左丞家范宽秋山横幅》、《范宽秦川图》、《许道宁寒溪古木图》和《郭熙溪山秋晚二首》。

④ 以上分别见诸《中州集》卷三《黄华王先生庭筠》、卷四《黄山赵先生沨》、卷八《杨秘监邦基》,《四部丛刊》本。

国子监印行的《六经》、《十七史》等，用的就是北宋旧板①。官方如此，民间的情况则不太一样。民间书籍的收藏、印刷和流通，主要还是依循原有的轨迹在进行。限于史料，我们无法做出全面的描述，仅举出数例，以窥见一斑。

元好问家富藏书，他自称这些藏书是"宋元祐以前物也"②，并且是祖辈历世所积。他并且谈到购书的事情："往在乡里，常侍诸父及两兄燕谈。每及家所有书，则必枚举而问之。如曰某书买于某处，所传何人，藏之者几何年，则欣然志之。"③他还说到，在应试汴京时，他在相国寺买到宋人校定的《笠泽丛书》④。由此可知，金朝境内仍然正常流通着北宋及更早的书籍，书业并未随着宋室的南迁而消失。另一个例子是，金章宗明昌二年（1191）四月，学士院新进唐杜甫、韩愈，宋欧阳修、王安石、苏轼等集二十六部⑤。这些书籍或者是在金朝重新刊行，或者是据北宋旧板重印，或者是民间收藏的旧籍。无论是哪一种情况，都说明金代书业保持着北宋以来的繁荣局面。燕京、汴京、平阳等是金的刻书中心，各地书坊满足各方面对书籍的需求。前代文集被继续刊行，可以考知的北宋人著述，如文同《丹渊集》、曾巩《南丰曾子固先生集》、旧题王十朋注《集注分类东坡先生诗》等⑥。

五、异代同材

一些论者以为，北宋灭亡后，士人大规模南渡，使北方士人急剧减少。这种看法由来已久，其实缺乏可靠的论证，只是出于民族情绪的想象⑦。金史研究专家指出："尽管宋的不少士大夫已经随宋廷南迁，但留在家乡的人要多得多。"⑧然而，流俗之见仍然被广泛地接受，并且与"借才异代"这样一种似是而非的说法相联系。

清人庄仲方说："金初无文字也，自太祖得辽人韩昉而言始文；太宗入汴

---

① 张秀民《中国印刷史》，上海：上海人民出版社 1989 年版，第 245 页。
② 〔金〕元好问《遗山先生文集》卷三十九《故物谱》。
③ 〔金〕元好问《遗山先生文集》卷三十九《故物谱》。
④ 〔金〕元好问《遗山先生文集》卷三十四《校笠泽丛书后记》。
⑤ 〔元〕脱脱等撰《金史》卷九《章宗本纪》，北京：中华书局 1997 年版，第 218 页。
⑥ 张秀民《中国印刷史》，第 252 页。
⑦ 例如，钱建状《南宋初期的文化重组与文学渐变》一书沿用这种观点，并且说，南北方文人数量极其悬殊，创作业绩也不可同日而语。他的证据是《全金词》与《全宋词》南宋部分的比较，《全金诗》与《全宋诗》南宋部分的比较，金人文集与南宋人文集的比较。考虑到金代文献失传严重的情况，这种比较是没有多少说服力的。（参见该书第 11 页，厦门大学出版社 2006 年版）
⑧ ［日］外山军治《金朝史研究》，第 18 页。

州,取经籍图书,宋宇文虚中、张斛、蔡松年、高士谈辈后先归之,而文字煨兴,然犹借才异代也。"①"借才异代"的说法受到广泛的认同,在现代的文学史叙述中,经常用以概括金代文学草创阶段的特征。夷考其实,"借才异代"应该分朝、野两个层面来讨论。女真政权建立初期,吸收数量不少的辽宋故员,以拟定文书、建设制度,在这个意义上说,"借才异代"是有相当道理的。然而,这是官方的一面,民间则不然,那些没有南迁的士人,仍然在地方社区担负着传承汉文化的事务。例如,元好问的曾祖元春在北宋担任过隰州团练使,北宋灭亡后,元氏家族并未南迁,元春入金不仕,而元好问的祖父元滋善则在金朝担任过县丞一类的官职,元好问的嗣父以及他本人也成为金朝的官员。从《中州集》诗人小传看,北方如元氏一般的家族还有不少。这些地方上的士人家族在改朝换代的巨变中,延续着家族的血脉,在主导地方社区事务的同时,寻求进入新朝政权的途径。因此,从地方的角度说,"借才异代"的说法并不符合事实。

清人蒋超伯举出另一例:

　　宋世极讲求医学,初犹隶于太常,后更端设提举,其制分设三科,曰方脉科、针科、疡科。方脉以《素问》、《难经》、《脉经》为大经,以《巢氏病源》、《龙树论》、《千金翼方》为小经。针科、疡科则去《脉经》而增三部针灸经。每岁春试,至崇宁间,又改隶国子监。南渡后稍变其法,然讨论未尝不加详也。其老师宿学之在北方,悉为金有。迭起大家,聊摄则成无己,河间则刘完素,易州则张洁古,考城则张子和。东垣老人李杲尤卓卓驾乎诸家之上。非金源高手独多,皆天水九朝讲究熏陶之泽也。②

综上所述,北宋对金的影响,不应该理解成空间上的由外而内,而应该理解成时间上的前后传承。对于金代文人来说,北宋文学不是需要从南宋进口的氧气罐,而是他们日常生活中呼吸的空气,因为他们与北宋人生长在同一片土地上。《四库全书总目》说:"宋自南渡以后……中原文献,实并入于金。"③这是比较准确的判断。

---

① 〔清〕庄仲方《金文雅》卷首自序,清道光二十一年刻本。
② 〔清〕蒋超伯《南漘楛语》卷六,《续修四库全书》1161 册,影印同治十年两罂山房刻本,第 337 页。
③ 〔清〕永瑢等撰《四库全书总目》卷一八九《御订全金诗提要》,北京:中华书局 2003 年版,第 1725 页。

六、苏、黄的影响及其变化

苏轼对于金代的深刻影响，几乎是历世公认的定论。元人虞集说："中州隔绝，困于戎马，风声气习，多有得于苏氏之遗，其为文亦曼衍而浩博矣。"①明人陆深说："金宋分疆，程学行于南，苏学行于北。"②陆深的观点得到清人翁方纲的反复申说③，并且得到现代学者的认同。清人赵翼梳理金代文献中有关苏轼的议论，比较全面地描述苏轼对于金代文学的影响：

> 宋南渡后，北宋人著述有流播在金源者，苏东坡、黄山谷最盛。南宋人诗文则罕有传至中原者，疆域所限，固不能实时流通。今就金源诸名人集考之，密国公完颜璹有"只因酷爱东坡老，人道前身赵德麟"之句。张仲经有《移居学东坡》八首。文伯起《小雪堂诗话》载坡词数十首，孙安常并有《东坡词注》。高士谈有《次东坡定州立春》诗，又集坡诗赠程大本。赵秉文有跋东坡《石钟山记》墨迹，又和东坡《谪居三适》诗。张子羽有《次韵东坡跋周昉欠伸美人》诗。王若虚因人言文首东坡，诗首山谷，乃作四诗正之。刘从益有和东坡《守岁》诗。李屏山有《题东坡赤壁风月笛图》，又谓东坡为文字禅，山谷为祖师禅。乔扆有"独诵隔林机杼句"，则并及东坡之方外友参寥矣。赵秉文《除夜》诗云"小坡着号是前身"，则更及于坡之子叔党矣。李澥《得第》诗云："姓名偶脱孙山外，文字幸为坡老知。谁念三生李方叔，欲将残喘寄炉锤。"则并及坡之门下士李廌矣。而尤服膺坡、谷者，莫如元遗山，如《琴辨》一首引谷诗云："袖中正有南风手，谁为听之谁为传？"又引坡诗云："琴里若能知贺若，诗中应合爱陶潜。"《毛氏千秋录序》又引坡文云："人无所不至，惟天不容伪。"遗山又特选苏诗为《东坡雅》，序而传之。并乐府亦倾倒备至，谓东坡圣处非有意于文字之工，乃不得不然之为工也。（见《新轩乐府引》）甚至苏、黄字迹，亦所矜赏，谓二公翰墨，片言只字，皆未名之宝，百不为多，一不为少。（见《跋苏黄帖》）是遗山之于苏、黄，可谓染神刻骨矣。④

---

① 〔元〕虞集《道园学古录》卷三十三《庐陵刘桂隐存稿序》，《景印文渊阁四库全书》1207 册，第 467 页。

② 〔金〕元好问《中州乐府》卷首彭汝寔《近刻中州乐府叙》引，朱孝臧辑校《彊邨丛书》本，上海书店、江苏广陵古籍刻印社 1989 年，第 49 页。

③ 〔清〕翁方纲《石洲诗话》卷五："当日程学盛于南，苏学盛于北，如蔡松年、赵秉文之属，盖皆苏氏之支流余裔。""有宋南渡以后，程学行于南，苏学行于北。"（陈迩冬校点，北京：人民文学出版社 1981 年版，第 153 页。）

④ 〔清〕赵翼《瓯北诗话》卷十二，第 95—96 页。

　　赵翼虽然在这段话中并提苏、黄，但他事实上只举出有关苏轼的例子。黄庭坚在金代的声誉固然不如苏轼，却也影响了不少诗人。金代文献中以苏、黄并提为常见，这些暂且不提，只举出单提黄庭坚的例子。刘仲尹诗"参涪翁而得法者"①。张伯英"诗学黄鲁直格"②。雷希颜"诗亦喜韩，兼好黄鲁直新巧"③。李经"为诗刻苦，喜出奇语，不蹈袭前人"④，也是江西派的路子。王寂诗也是江西派的风格，集中有追和黄庭坚的组诗⑤。金代学习黄庭坚诗法的诗人很多，清人陶玉禾因此认为："中州诗正坐染江西习气，能摆脱者无几人。"⑥

　　苏、黄在金代并非一味地受到崇拜，批评的声音在中后期开始明显起来，如尹无忌不喜苏、黄，而以李、杜为法⑦。黄庭坚遭受更多的批评，从周昂到王若虚，都存在贬抑黄庭坚而称扬苏轼的倾向。这些批评或许并不意味着苏、黄影响的式微，却清楚地表明，金代后期的诗人试图超越北宋、寻找另外的作诗门径。这种态度的转变是与贞祐南渡后古学兴起相伴随的现象，而其具体表现是宗唐复古。在元好问与刘祁的记述中，赵秉文是这一转变的关键人物。元好问评论赵秉文诗说："百年以来，诗人多学坡、谷，能拟韦苏州、王右丞者，唯公一人。唯真识者乃能赏之耳。"⑧刘祁说得更详细：

　　　　南渡后，文风一变，文多学奇古，诗多学风雅，由赵闲闲、李屏山倡之。屏山幼无师传，为文下笔便喜左氏、庄周，故能一扫辽宋余习。而雷希颜、宋飞卿诸人，皆作古文，故复往往相法效，不作浅弱语。赵闲闲晚年，诗多法唐人李、杜诸公，然未尝语于人。已而，麻知几、李长源、元裕之辈鼎出，故后进作诗者争以唐人为法也。⑨

① 〔金〕元好问《中州集》卷三。
② 〔金〕刘祁《归潜志》卷四，崔文印点校，北京：中华书局1997年版，第35页。
③ 〔金〕刘祁《归潜志》卷八，第88页。
④ 〔金〕刘祁《归潜志》卷二，第12页。
⑤ 〔金〕王寂《拙轩集》卷三《和黄山谷读杨妃外传五首》（《景印文渊阁四库全书》1190册）。《四库全书总目》卷一六六《拙轩集提要》评王寂诗："清刻镵露，有憂憂独造之风。"（第1420页）
⑥ 〔清〕顾奎光选、陶玉禾评《金诗选》卷四元好问《自题中州集后五首》其二，清乾隆十六年序刊本。
⑦ 〔金〕刘祁《归潜志》卷八："赵闲闲尝为余言，少初识尹无忌，问：'久闻先生诗不喜苏、黄，何如？'无忌曰：'学苏、黄则卑猥也。'其诗一以李、杜为法，五言尤工。"（第86页。）
⑧ 〔清〕张金吾辑《金文最》卷二十五辑录元好问《赵闲闲书拟和韦苏州诗跋》，且注曰："知不足斋藏赵闲闲真迹后。"（《续修四库全书》1654册影印清光绪二十一年江苏书局重刻本，第368页。）
⑨ 〔金〕刘祁《归潜志》卷八，第85页。

由其写作与批评看,赵秉文确是一位复古并且鼓吹复古的诗人。在《闲闲老人滏水文集》中,保存着数量不少的拟古诗,效仿的主要是晋代陶渊明与唐代的王维、韦应物、白居易等,另外还效仿了北宋的苏轼和梅尧臣。在一封致李天英的信中,赵秉文恳切地建议这位李纯甫的追随者,应该认真地师法古人,以求自成一家①。

在寻求超越北宋的动向中,唐诗成为一时的潮流,李、杜、王、韦等成为最受尊敬的古代诗人。在刘祁的记述中,赵秉文是倡导者,而元好问、李汾等是追随者。元好问也谈到南渡以后诗学面临的方向问题,而他的友人辛愿、杨宏道都以唐人为指归。元好问自己也积极地提倡唐诗,编选《唐诗鼓吹》以教示后学。

当时的复古潮流大概影响广泛,以致引起王若虚的不满:

> 近岁诸公以作诗自名者甚众,然往往持论太高,开口辄以三百篇、十九首为准,六朝而下渐不满意,至宋人殆不齿矣。此固知本之说,然世间万变皆与古不同,何独文章而可以一律限之乎?……宋人之诗虽大体衰于前古,要亦有以自立,不必尽居其后也。遂鄙薄而不道,不已甚乎?②

王若虚为宋诗所作的辩护,从反面表明当时鄙弃宋诗而宗唐复古的时尚。不过,王若虚的评论又容易引起我们的误解,以为宋诗在金末已被完全摒弃,事实并不如此,即使是赵秉文也有效仿苏轼的拟古诗,元好问对苏、黄也深表推崇,而李纯甫对苏、黄以及南宋杨万里都表示欣赏。客观地说,苏、黄在金末诗学中已不再具有主导性的影响,金末的诗人在宋诗之外,向更早的时期寻找诗学的资源。

七、金代道学

《元史》声称:“北方知有程朱之学,自复始。”③这种偏见已经得到后来学者的纠正。搜讨史料,我们可以找到不少记载,表明程朱理学在金代受到不少士人的传习。以元好问的交游为范围来说,他的老师泽州郝天挺传承程颢的学说,年长于元好问的李俊民也得程学之传,又得邵雍的皇极学说,

---

① 〔金〕赵秉文《闲闲老人滏水文集》卷十九《答李天英书》。
② 〔金〕王若虚《滹南遗老集》卷四十,《四部丛刊》初编220册,影印上海涵芬楼藏旧钞本。
③ 〔明〕宋濂等撰《元史》卷一百八十九《赵复传》,北京:中华书局1976年版,第4314页。

年少于元好问的王郁结合韩、柳古文与程、张道学,对元好问影响很深的赵秉文是金末的文坛领袖、儒学主盟,由其《中说》等六篇论"道"的文章,可知他的思想也是道学一脉。元好问自己也从小深受儒学教养,其诗文中也屡次提及北宋的二程、周敦颐与南宋的朱熹。

与这些信奉道学的文人不同,李纯甫以佛教义理攻击道学,著《鸣道集说》,批评宋儒。以辩博著称的王若虚,批评宋儒议论过于抽象,而汉唐古注则过于拘守字句训释,他试图以"人情"来平衡汉学与宋学的偏差。这些批评的言论,表明道学在金代思想领域没有获得独尊的地位。

道学在金代究竟具有多大的影响,考虑到文献的缺失,我们实际上难以做出合理的估计。姚大力说:"一二三五年以前,流传在北方的理学,主要是二程学说的残支余脉;同时偶尔也有朱熹之学零星北传。"①金代的道学固然不如南宋繁荣,也没有得到官方的支持,不过,认为金代道学只是残支余脉,可能低估了道学在金代知识界的地位。田浩(Hoyt Cleveland Tillman)详细讨论金末李纯甫、赵秉文、王若虚思想中与道学相联系的方面,他的研究表明,这三位金代后期最有影响的文人都对道学有着很深的理解,"他们批评宋代儒家,却没有远离宋学"②。田浩一文是为了论证,在赵复 1235 年到达北方之前约四十年,道学已经在金代兴盛起来,他的结论是:"王若虚、赵秉文和李纯甫等人的材料证明,认为道学是自南宋传入金境、后来就在北方赢得了大量文人的赞同,那也是有根有据的。"③在此田浩与许多其他学者一样误解了金代与北宋的联系,误认为道学是自南宋传入金境。在北宋灭亡以后,道学并未在北方销声匿迹,有资料表明,道学在北方仍然在传播,并不需要从南宋进口④。

① 姚大力《金末元初理学在北方的传播》,《元史论丛》第二辑,北京:中华书局 1983 年版,第 219 页。

② [美] 田浩《金代的儒教——道学在北部中国的印迹》,《中国哲学》第十四辑,北京:人民出版社 1988 年版,第 107—141 页。

③ [美] 田浩《金代的儒教——道学在北部中国的印迹》,第 138 页。

④ 例如,程颢曾官泽州晋城,此后,泽州一地一直传承着程颢的学说,其中最著名的是郝氏家族。说详郝经《陵川集》卷三十六《先曾叔大父东轩老人墓铭》、《先大父墓铭》。

第三章　传记：诗歌传统中的元好问

一、家世

金章宗明昌元年（1190），是女真王朝盛世中的一个年头。元好问就在这一年的初秋降生于山西忻州的韩岩村，后来取字裕之，自号遗山、遗山真隐，人称遗山先生。

元氏源自北朝的拓跋魏，故元好问集中自称元魏子孙，师友也以此相称。然而，鲜卑族自北朝以来逐渐融入汉族中，在元好问的性格和写作中并未体现出鲜卑人的种族特征，试图在其作品中寻找少数民族文学特质的做法，只能是缘木求鱼的同义词。在元好问的远祖中，中唐诗人元结是他经常提及和钦佩的一位，对其文学观念也有相当的影响①。曾祖元春在北宋时担任过隰州团练使，入金不仕。这让我们联想到若干年后元好问入元不仕的政治选择。祖父元滋善在金朝担任过县丞一类的低级官职。生父元德明未出仕，而是隐居在家乡的系舟山（后来被赵秉文重新命名为读书山）。元德明的隐居行迹没有对元好问造成实质性的影响，但是，他在文学上具有良好的修养，在诗歌写作和批评上，促进了元好问的成长②。嗣父元格在地方县令上辗转迁任，没能进入中央朝廷任职。此外，元氏家族中再没有其他成员获得功名和官职，或者在文学上有所成就。这样看来，元氏在金朝属于并不显赫的地方士族，这种状况决定了元好问有责任重振家族，其中最主要的途径就是参加科举考试并取得官职。元好问早年的学习生涯就以此为中心展开。

---

① 元好问《论诗三十首》其十七："切响浮声发巧深，研摩虽苦果何心。浪翁水乐无宫徵，自是云山韶濩音。"特意把元结树立为典范，藉以反对过于讲究声律的倾向。又《内乡县斋书事》："扁舟未得沧浪去，惭愧春陵老使君。"表达对元结出处和人格的向慕。而《舜泉效远祖道州府君体》诗，则是对元结诗的效仿。

② 元好问在早年学诗时，编辑过《诗文自警》，其中就有元德明的"读书十法"。（见姚奠中主编《元好问全集》，太原：山西古籍出版社 2004 年增订本，第 1239—1240 页）在《杜诗学引》一文中，元好问谨记其父对黄庭坚学杜的评价。

二、早年的学习经历

与其他早慧的诗人一样，元好问幼年即开始读书识字，接触诗歌。据元好问自述，他四岁开始读书，嗣母张氏教他诵读本朝诗人王庭筠（1156—1202）的五言诗；七岁入小学，诵习儒家经典《礼记》等。七岁这年，据门人郝经记载，元好问能作诗，被太原王中立誉为神童①。元好问的自述稍有不同，他在《南冠录引》中说自己"八岁学作诗"。

值得一提的是，元好问早年就对本朝前辈诗人有颇多的认识。王庭筠的五言诗留给他深刻的印象，后来他请赵秉文把王庭筠以及柳宗元、苏轼、党怀英的几首五言诗书写在同一手卷中，并表示欣赏；王中立对北宋秦观"女郎诗"的评论，后来被元好问写进《论诗三十首》中；另外，元好问还在《中州集》中提到，父亲在他儿时就教他诵习滕茂实的《临终诗》；在开始学诗时编写的《诗文自警》中，他记下了周昂论诗的两段话，这两段话后来又被写进《中州集》的周昂小传中。这些早年的学习经历，有助于诗人认识自己所处时代的诗歌状况。

十一岁时，元好问跟随嗣父元格任官冀州，得到赋闲在家的前监察御史路铎的赏识和指点。十四岁时，元好问随元格迁调陵川，并进入陵川县庠，从学于当地学者郝天挺。元好问此时的学习主要是为了日后的科举，这是无庸讳言的。不过，郝天挺不是寻常老儒，他看到为应试而读书并不能增长学问，因此，他让元好问广泛涉猎经史百家，有时还进行师弟子之间的诗歌唱和。这种教授方式受到时人的非议，但对元好问的成长影响深远，使他的知识修养超越科举时文的范围。

另外，郝天挺在儒家思想方面对元好问可能也有影响。陵川一地传授北宋大儒程颢的道学，而陵川学者以郝氏称首②。因此，元好问从学于郝天挺，获得了传承北宋新儒学的机会。这种传承发生在师弟子之间，远非单纯的书籍阅读可以比拟。元好问在陵川学习的时间长达六年，对郝天挺传承的新儒学，浸染之深，可以想见。我们从其日后的写作和出处中，也能看到新儒学的影响。

---

① 〔元〕郝经《遗山先生墓铭》，清胡聘之《山右石刻丛编》卷二十九，《辽金元石刻文献全编》影印清光绪二十七年刻本，北京：北京图书馆出版社 2003 年版，第一册，第 372 页。

② 〔元〕郝经《先曾叔大父东轩老人墓铭》："宋儒程颢尝令晋城，从经旨授诸士子，故泽州之晋城、陵川、高平，往往以经学名家，虽事科举，而六经传注皆能成诵。……陵川学者以郝氏称首，郝氏之学浚源起本而托大者，自东轩君始。"（《陵川集》卷三十六，《景印文渊阁四库全书》1192 册，第 414 页。）又《先大父墓铭》记载郝天挺遗嘱："郝氏儒业自吾叔父东轩老人始。我死，葬其墓侧，庶得奉杖屦于地下。"（第 417 页。）

十六岁时，元好问赴太原参加府试，这是他应试生涯的开端，此后十几年间屡次赴试，直到三十二岁登兴定五年（1221）词赋进士第。对于元氏家族而言，科举中第并取得官职无疑很重要，元好问深知这一点，因此也积极应试，屡败屡战。我们由此理解元好问性格中的一些侧面。与那些蔑视科举、浅尝辄止的诗人不同，元好问知道现实社会的规则，并始终以通达的方式，在世俗事务中谋求有为。

三、南渡

1214 年，在蒙古人的军事压力下，金朝迁都汴京（开封）。元好问的家乡忻州遭蒙古人的屠城，他的兄长元敏之与友人田德秀等不幸罹难，元好问也避兵山中，并终于在 1216 年举家南渡，迁往河南。自此以后至金亡的十七年间，金朝的政治文化中心与元好问个人的生活社交中心，都局限在黄河以南，在汴京及其周围。

战争的脚步日益逼近，疾病、死亡等各种灾难紧随其后。然而，战乱时代的氛围并未渗透元好问的作品，平静的生活仍旧在延续。元好问先后居住的河南三乡、嵩阳等地，当时聚集着一批志趣相合的诗人，如辛愿、赵宜之等，相互之间保持着良好的交游和唱酬。对于这批在野的地方士人群体而言，北方疆界的危机是肉食者需要操心的。在此期间，即 1217 年，元好问前往汴京，拜会礼部尚书赵秉文，通过赵的延誉，在京城获得广泛的名声。

1221 年，元好问进士及第，不知出于何种原因，他没有获得任何职位。不过，这次汴京之行，使他与京城士大夫之间建立起广泛的联系。数年后，即 1224 年，元好问再到汴京，应宏词科试，从而获得国史院编修官的职位，进入京城文人的社交圈中。不过，第二年他就辞职回到嵩山闲居。又数年后，即 1227 年，元好问得到内乡县令的官职，此后几年辗转就任于镇平、南阳，然后于 1231 年被调入京城，任尚书省掾。这是金朝仕途进阶的常规道路①。然而，就在元好问的政治生涯渐趋明朗时，战争已经迫近。1232 年，蒙古人包围了汴京。

在女真王朝走向覆灭的过程中，元好问确实写下若干记述时代伤乱的诗篇，具有深厚的感染力。后人对此大加颂扬，称之为丧乱诗，并与杜甫的诗史相提并论。然而，我们不仅高估了这些丧乱诗的深广度，而且因此遮蔽

---

① 〔金〕刘祁《归潜志》卷七："凡登第历三任至县令，以次召补充，一考，三十月出得六品州倅。两考，六十月得五品节度副使、留守判官，或就选为知除知案。由之以渐，得都事、左右司员外郎、郎中，故仕进者以此途为快捷方式。"（崔文印点校，北京：中华书局 1997 年版，第 76—77 页。）

了元好问诗的其他侧面。元好问描述战乱带来的伤害,虽然也从王朝兴亡的角度着眼,但更多的是表达远离战乱的个人愿望。

四、政治生涯的终止

1233 年,汴京的陷落,摧毁了元好问的政治前途,在蒙古人的政权中,他没有再谋取任何正式的官职。我们因此称他为金朝的遗民,把他理解成忠于女真王朝、甚至是爱国主义的诗人。然而,元好问是出于不仕二朝的思想观念而远离政治的吗? 不仕二朝的观念虽然由来已久①,元好问也有类似的表述②,但是,观念的力量强大到足以左右他的政治选择吗? 我们有必要重新考察那个时代的政治环境。

元好问所处的时代,政治上的选择其实比我们想象的自由得多。试以元好问友人的出处情况,作一简要的描述。

耶律楚材和张柔都是元好问的同龄人,二人都在金朝末期投靠蒙古人的政权。他们审时度势而作出的政治选择,并没有被视为背叛行为。与他们做出相同选择的还有严实、赵天锡等人。元好问不仅与他们交往密切,获得他们的资助,而且为他们中的许多人撰写墓志铭。元好问的另一位同龄人是金末正大元年(1224)的状元王鹗,授应奉翰林文字,他在金亡后被忽必烈授予翰林学士承旨。曾经是金朝臣民而在亡国后投诚于蒙古政权的士人,在当时很普遍,似乎没有指责他们失节的舆论出现。元好问事实上也认同士人出仕新朝的做法,他在汴京陷落时就上书蒙古中书令耶律楚材,请求任用在金朝成长起来的士人。让这些学有专长的士人有机会发挥才能,同时维持他们的生活,这在元好问看来,对于社会的稳定和士人的生存,都是非常必要的。

与元好问关系密切的张德辉、李治和杜仁杰,也都出仕新朝,并在《元史》中留下一席之位。元好问虽未出仕,但从未表达反对或讥刺的态度,他甚至在 1252 年偕同张德辉北上觐见忽必烈,请求忽必烈接受"儒教大宗师"的称号。他们自觉地为儒家思想在新朝的生存与拓展,寻求有利的政治空间。

当时也有选择在野闲居的士人,如王若虚(1174—1243)、冯璧(1162—1240)等。他们都是元好问的师辈,不仕新朝的原因可能是年事已高,已经

---

① 〔汉〕司马迁《史记》卷八十二《田单列传》载战国时齐人王蠋语:"忠臣不事二君。"(北京:中华书局 1959 年版,第 2457 页。)

② 例如元好问 1235 年所作《学东坡移居八首》其五曰:"巢倾卵随覆,身在颜亦强。空悲龙髯绝,永负鱼腹葬。"(《遗山先生文集》卷二)

步入政治生涯的黄昏。这些选择在野的士人，也没有被迫接受官职的压力，这一点与后来的满清王朝不同。

概言之，忠臣不仕二君的观念，虽然由来已久，对金末元初士人的出处进退，尚未造成实质性的束缚，他们有着比较自由的选择。我们对于元好问及其同时代人的政治选择的理解，大抵基于民族国家认同的现代观念，这显然是一种脱离事实的想象。

至于元好问个人的选择，与其用那些松弛的观念来解释，不如从他的政治遭遇来考虑。元好问不出仕的原因，更可能在于他个人政治生涯的挫折。他在汴京陷落时，上书敌国中书令，有通国叛卖的嫌疑；在崔立碑事件中，他又背负为逆贼撰碑颂美的责难，并且被崔立授予伪职。在金朝灭亡后的社会舆论中，元好问处于难堪的风口浪尖。与元好问本有通家之好的刘祁，在金亡后不久，就把元好问的过错写进个人回忆录《归潜志》，昭示于士林。元好问为此数次为自己辩解，他的门人郝经也为他作过辩护。然而，事实的真相如何，难以说清，也已不重要。一旦落入政治丑闻的漩涡中，一个士人的政治生命就足以宣告结束。政治是不分青红皂白的，被舆论指责本身就是一个难以抹去的污点，分辩是徒劳无益的。

虽然终止了政治生涯，并转而致力于中州文献的整理，元好问并未停止对政治的关注，如北上觐见忽必烈，又如与蒙古新贵的交往。元好问在金亡后撰写的大量碑传文，还有更重要的《壬辰杂编》等，广泛地涉及金末元初的历史进程，他的叙述和评论，应该被视为一种政治书写。所有这些努力，都可以被看成元好问政治生命的另一种延续。

五、后半生的行走与写作

1233 年汴京陷落后，元好问作为金朝官员，被羁管在山东聊城，后来羁束渐少，可以往来东平、济南等地。在山东滞留六年后，元好问于 1239 年返回故乡忻州。由此时起直至 1257 年去世，在这近二十年里，元好问没有接受任何正式的官职，他的生活轨迹可以这样描述：以故乡为中心，往来四方，北至燕京、桓、代，东至东平、济南，南至洛阳、开封，经常驻足的还有真定、济源、镇州、冠氏等地。元好问频繁地出行，所办的事务有：拜谒蒙古权贵，如东平万户严实、顺天万户张柔、中书令耶律楚材，以及他们的继承人；搜集史料和异闻，以编纂所谓的"野史"；过访友人，如镇州张德辉、真定白华；另外，在旅行途中，随地游览山水，如黄华山、五台山、天涯山，都进入他的山水诗中。

元好问积极的行走，为他建立起广泛的社交联系。社交不仅是生活的一部分,更是塑造生活的一种力量。广泛的交游,有助于确立元好问在北方知识界的地位,也使他的晚年生活获得各种资助,更重要的是,他在寻访各色人物中获得丰富的史料来源,这对他编纂《中州集》、《壬辰杂编》、《续夷坚志》,无疑很重要。从文学创作的角度说,广泛的交游,使元好问不得不写作大量的应酬文字,如祝寿、庆生题材的诗词,这对诗歌品质也许是一种伤害。元好问多年往来各地的另一个成绩,表现在教学方面。经他指授的不少士子,如郝经、王恽等,都成为元初的重要人物。这些门生一方面传承元好问的学术,另一方面也有裨于提升元好问在元代的地位。

在金亡以后的二十几年间,元好问始终专注于金朝文献的搜集和整理。他从被羁管于聊城的那一年,即 1233 年,就开始编撰《中州集》,辑录中州诗人的诗词,并一一撰写传记;1234 年,编写《南冠录》,记述个人履迹、家族旧事以及先朝杂事,这一年还着手开始编纂国史。《中州集》、《壬辰杂编》和《金源君臣言行录》的编纂工作,都因为搜集史料的问题而持续了许多年。《中州集》在 1249 年得到赵国宝资助而刊行于世,并流传至今。后两种史书都已亡佚,但在元人编纂金史中得到广泛的采用。

六、文学撰述

在金朝末期,元好问作为一名中下层官员,没有突出的政绩;在金元鼎革之际的政治风云中,他扮演的角色不显眼,甚至有点不太光彩;在金亡以后,他就退出政坛。这样说来,元好问显然并非运筹帷幄的经济之材、风云人物,对于当时的历史进程,只是被动的参与者。元好问的不朽伟业主要表现在学术词章方面,他在入仕前就已获得不凡的声誉,在赵秉文等前辈去世后,成为北方文坛的领袖,在史学和诗学上带来深远的影响。

1.《论诗三十首》

这组论诗绝句是元好问文学批评中最著名的一段文字,不仅被写进各种批评史教材,而且被视为元好问诗学主张的基本表述。理解这组诗,对于理解元好问的诗学是必要的,然而,只理解这组诗而忽略其他时期的表述,却是危险的。

在这组诗中,元好问纵论汉魏至北宋的诗人,褒扬一些诗人及其相关的诗歌品质,同时贬抑另一些诗人和品质。那些被肯定的品质,如真诚与自然,是所谓正体的构成要素,那些获得认可的诗人,如陶潜、杜甫等,组成诗歌的正脉。通过对诗歌史的褒贬评论,元好问试图构建一种规范的诗学,这种规范的诗学由一系列诗人和品质构成,同时排斥另一类诗人和品质,其中包含着二元对立的批评思路。在以后的各种时期,元好问对某位具体诗人的看法也许发生改变，然而，这种判分正伪的思路却始终延续不变。

元好问的批评显然具有现实的关注。金代诗歌沿续着北宋苏、黄的传统，直到后期尤其是贞祐（1213—1217）南渡以后，诗坛的风气在赵秉文等人的倡导下，开始呈现复古宗唐的倾向。作于1217年的《论诗三十首》，就是这种背景下的产物。元好问在这组诗中，指出哪些诗人值得学习，哪些品质应该避免，这样的言论显然是一种预流的姿态。

2.《锦机》

1217年，即写作《论诗三十首》的同一年，元好问注意到文章的法度和古人的渊源，并开始从各种典籍中辑抄前人的有关议论，取名为《锦机》。这项工作一直持续到晚年。1255年，即去世的前两年，元好问在一封信函中，告知友人说，《锦机》已完成，将请人誊清抄副。在这封信中，元好问还简略地提及此书的内容，包含"量体裁，审音节，权利病，证真赝，考古今诗人之变"①。

《锦机》已经亡佚，仅有一篇自序传世，无从得知元好问辑录了哪些前人的议论，也难以准确判断他的倾向。不过，此书的编辑行为本身，表明元好问对于诗歌传统的态度，他认为诗歌应该具有一些法度，并且这些法度是由古代诗歌所规定，后代诗人需要尊重并加以学习。

3.《诗文自警》

这是元好问早年学诗时编写的小册子，主要是关于诗文写作中的禁忌和规则，也包含一些前人的议论。正如题名所示，此书主要是诗人给自己拟定的规则，应该怎样而不应该怎样，要什么又不要什么，如何是好又如何是坏，与通俗诗法著作的写法类似。讨论这些文字的水平，也许并不重要，值得关注的是其中所体现的诗歌观念。在这些文字中，元好问非常警惕诗歌的某些反面品质，时刻提醒自己远离它们。这与他后来主张毫无拘碍的表达，显得不相合拍，然而，如果考虑到这是诗人成长时期的言论，我们也就不必过于追究前后的矛盾②。

4.《杜诗学》

这部编辑于1225年的著作，仅有一篇自序流传至今。这篇自序，即《杜诗学引》，说明此书的内容主要是，"先君子所教与闻之师友之间者"，也包

---

① 〔金〕元好问《遗山先生文集》卷三十九《答聪上人书》。
② 现有孔凡礼辑本，包含十四段文字。现存这些内容在原本中所占的比例，无法断定。《金史》本传记载，元好问著有《诗文自警》十卷。黄虞稷《千顷堂书目》卷三十二"文史类"著录此书为一卷。一卷的可能性比较大。元好问《遗山先生文集》卷三十六《杨叔能小亨集引》："初予学诗，以十数条自警。"这十数条与一卷的容量相匹配，也与孔凡礼的辑本相近。

括杜甫的"传志、年谱及唐以来论子美者"①。由此可知,此书是以杜诗为中心的辑录性质的诗话著作。

在《杜诗学引》中,元好问批评杜诗注家们的穿凿索解,认同黄庭坚对杜诗的理解,并提出杜诗妙处在于"学至于无学",对古典知识的熟练遣用,达到千变万化、不可名状的境界,就像药材合成为药剂、盐溶解在水中一样。然而,在声称杜诗浑化无迹的同时,元好问又声称自己对杜诗熟读精研,含咀深刻,因此能够多少感受到杜诗化用九经、百氏等古典知识的痕迹。在此,元好问精心地展示自己对杜诗的理解超越常人,这种展示甚至带着某种炫耀自己和排斥他人的企图。不过,就《杜诗学》的编辑而言,元好问确实对杜诗下过功夫,获得很深的体会,而就其创作而言,他也深受杜诗的沾溉。一般认为,元好问的丧乱诗,可以媲美杜甫那些被称为"诗史"的作品。不过,这只是指出了一个方面,元好问对杜甫的学习,表现在更多的方面。

5.《东坡诗雅目录》、《东坡乐府集选》

《东坡诗雅目录》,作于1229年,严格说来不是一个选本,而是一个选本的目录。这篇目录已经亡佚,仅存一篇自序,即《东坡诗雅引》。由"目录"一词的含义可知,《东坡诗雅目录》既包含诗的篇目,也包含若干叙录②。这些叙录可能是元好问撰写或辑录的对所选苏诗的评论。《东坡乐府集选》,作于1236年,是苏轼词的选本,包含七十五首词,也已亡佚,现仅存一篇自序,即《东坡乐府集选引》。

选本是一种批评形式,也是一种权力话语。在这两本苏轼诗、词选中,元好问通过自己的删选行为,试图决定苏轼的哪些诗词值得被阅读并流传下去,没有入选的那些作品则是有缺陷的,应该被束之高阁。元好问的选本大概并没有改变后世读者对苏轼的选择,他塑造苏轼的企图,最终只能是塑造了他自己。对元好问而言,苏轼是最重要的前驱诗人,不完美的苏轼对元好问的影响,超越完美的陶潜和杜甫。赞美苏轼是为了学习和分享某种优秀的诗歌品质;批评苏轼,是为了避免某种恶俗的品质,同时找到超越苏轼的方向。总之,选本是后来者充满野心的一种表达方式。

6.《中州集》

1233年汴京陷落后,元好问在被羁管于聊城时,开始着手编纂本朝诗歌总集。这一年的十二月,他在自序中说,这部总集的资料来源,一方面是

---

① 〔金〕元好问《遗山先生文集》卷三十六《杜诗学引》。
② 余嘉锡《目录学发微》曰:"目谓篇目,录则合篇目及叙言之也。《汉志》言'刘向校书,每一书已,辄条其篇目,撮其旨意,录而奏之'。旨意即谓叙中所言一书之大意,故必有目有叙乃得谓之录。"(北京:中国人民大学出版社2004年版,第20页。)

自己"记忆前辈及交游诸人之诗"，另一方面是魏元道编、商衡增补的《国朝百家诗略》。这一年只是《中州集》漫长编纂过程的开端，在此后的十六年里，元好问频繁地往来北方各地，寻访到更多私家庋藏的诗集和依赖于记诵而幸存的零散诗篇。直到1249年付梓时，这项工作也没有真正的终结，例如岳行甫小传中说："曾见仁老诗百余篇，佳句甚多，续当就秦中好事家搜访之。"①事实上，岳行甫诗只被收录了两首，增补的工作并未完成。在编纂过程中，元好问一方面增补更多的作品，另一方面也根据不同的传本，注出必要的异文。

《中州集》受到后人的广泛推崇，而这种推崇也是一种压抑。一些论者以为，《中州集》开创了诗歌总集编纂中"借诗以存史"的优良传统②，这种评价固然是合理的，却也是偏执的，含糊的，以历史功利主义遮蔽了诗歌总集的文学批评功能。这是因为，《中州集》中具有史料价值的主要是传记部分对传主生平事迹的记载，诗歌部分固然也不乏以诗证史的作品，更多的是无关大义的抒情篇章；而且，传记部分也不等同于史传，这些诗人传记中除了生平的叙述之外，还有诗评和摘句。对于文学研究者而言，《中州集》值得重视的应该是选诗、诗评和摘句，而不是考据家眼中的史料。对于编纂者元好问而言，这部诗歌总集也不只是为了保存文献，他在《自题中州集五首》诗中，仅有第五首谈到"史笔"，而前四首都是在谈诗论艺，其一"诗品"，其二"陶谢风流"，其三"骚人"、"诗家"，其四"文章得失"，这些用语清楚地表明，元好问的编纂主要是出于文学方面的考虑。

7. 校《笠泽丛书》

1234年4月21日，羁管聊城时期，元好问花费一天的工夫，校理了陆龟蒙的《笠泽丛书》。这个校本没有流传下来，仅有一篇后记保存在文集中，由其所费时日看来，这显然不是一次精心的校雠。不过，我们由此看到，元好问对陆龟蒙有着深刻的印象。在这篇后记中，元好问引用陆龟蒙的一段自述："少攻歌诗，欲与造物者争柄，遇事辄变化，不一其体裁。始则陵轹波涛，穿穴险固，囚锁怪异，破碎阵敌，卒之造平淡而后已。"③这段自述的一些语句，后来两次出现在元好问为友人诗集所作的序言中，即《双溪集序》、《陶

---

① 〔金〕元好问《中州集》卷七。
② 〔清〕永瑢等《四库全书总目》卷一八八《中州集提要》："大致主于借诗以存史，故旁见侧出，不主一格。"（北京：中华书局2003年版，第1703页）钱谦益《列朝诗集序》引程嘉燧语："元氏之集诗也，以诗系人，以人系传。中州之诗，亦金源之史也。"（《牧斋有学集》卷十四，《钱牧斋全集》本，钱曾笺注，钱仲联标校，上海：上海古籍出版社2003年版，第678页。）
③ 〔金〕元好问《遗山先生文集》卷三十四《校笠泽丛书后记》。

然集诗序》。元好问还在《论诗三十首》中,以同情和婉讽的语气谈起陆龟蒙幽居的孤愤①,而《唐诗鼓吹》选入陆龟蒙的七律三十五首,在数量上位居第二。

元好问虽然在这篇后记中批评陆龟蒙的"标置太高,分别太甚,镂刻太苦,讥骂太过",对中和之道缺乏领悟,却又同情他的"郁郁之气不能自掩"②。事实上,元好问自己的诗歌也不时流露怨刺的情绪③,他并且欣赏友人张胜予"多愤而吐之之辞"④。

8.《唐诗鼓吹》

这部十卷本、近六百首的唐人七律选本,是否可以归属于元好问名下,是一个存在争论的问题。否认一方的依据有两种,一是误收宋人胡宿诗,有些学者不愿相信元好问会犯这样明显的错误;二是所收诗多出于中晚唐诗人之手,而且格调不高,有些学者不愿相信元好问的眼光如此低下。这两种依据实际上都缺乏足够的说服力,前一种过高估计了当时文献流传的程度,后一种则只是主观的价值判断,与文献真伪的甄别无关。

肯定一方的依据也有两种,一是这个选本的风格与元好问作品和主张保持一致,钱谦益持这种观点⑤;二是元好问的友人曹之谦在《读唐诗鼓吹》诗中说:"不经诗老遗山手,谁解披沙拣得金。"⑥前一种依据也缺乏说服力,风格的判定极为主观,批评与创作保持一致也只是一种虚妄的信仰。后一种依据大概比较可信,除非曹之谦有意编造谎言。衡量这些争议的不同依据,《唐诗鼓吹》的编辑应该归诸元好问名下。

《唐诗鼓吹》是 13 世纪文学思潮的产物,而非元好问用以对抗时尚、彰显个人品位的手段。13 世纪前期,北方中国的金朝诗坛出现宗唐的倾向,元好问及其师友赵秉文、辛愿等都是预流者。七律在各体诗中尤其受到重视,元好问自己写作大量的七律,而那些不以诗人自居的全真教大师,如丘处机等,也喜欢写作七律,更可窥见当时的风气。再看南方的情况,略早一

---

① 元好问《论诗三十首》其十九:"万古幽人在涧阿,百年孤愤竟如何。无人说与天随子,春草输赢校几多。"

② 〔金〕元好问《遗山先生文集》卷三十四《校笠泽丛书后记》。

③ 例如讥刺金宣宗近侍局的《蟾池》,为师仲安诽谤所谓"元氏党人"而发的《感事》,为耶律楚材父兄撰碑而受谤时写的另一首《感事》。

④ 〔金〕元好问《遗山先生文集》卷三十六《新轩乐府引》。

⑤ 钱谦益《唐诗鼓吹序》:"余谛视此集,探珠搜玉,定出良工喆匠之手。遗山之称诗,主于高华鸿朗,激昂痛快,其指意与此集符合,当是遗山巾箱箧衍,吟赏记录,好事者重公之名,缮写流传,名从主人,遂以遗山传也。"(《唐诗鼓吹》卷首,《四库全书存目丛书》集部 289 册影印清乾隆十一年刻本,第 55 页。)

⑥ 〔元〕房祺《河汾诸老诗集》卷八,《四部丛刊》初编 328 册,影印嘉业堂景元写本。

些的陆游有大量七律传世,稍后的永嘉四灵也推崇中晚唐的律诗。在选本方面,周弼《三体唐诗》与稍后的方回《瀛奎律髓》,都专注于近体诗。

元好问编辑的选本与他自己的创作,都顺应当时的潮流,然而,这并不意味着他的七律与他所选的唐人七律在风格、内容上具有一致的品格,如钱谦益所相信那样。元好问的七律,多以议论来遣辞造句、组织章法,多用虚字和拗调,这些特征都与中晚唐七律相去甚远,而与宋代苏、黄相似。

9.《续夷坚志》

这部志怪小说集,现存的印本(四卷)和钞本(二卷),包含二百余条异闻琐语,叙述的主要是金朝和元初的各种事件。这些事件主要得之于社交场合的谈话,在往来各地的漫长生活中,元好问记下师友时人所谈论的怪异见闻,并且在记述事件的同时,注明讲述者的姓名。这种做法一方面是为了取信于人,另一方面也是谈资的记录。元好问也从其他载籍中转录一些轶事,有时也记载自己的亲历,但主要的资料来源还是口头的传播,是士林谈资和民间传说的汇集。《汉书·艺文志》对小说的描述,仍然适用于这部小说集:“街谈巷语,道听涂说”①。

作为洪迈《夷坚志》的续书,《续夷坚志》仍然保持着志怪小说的基本品格,即对于奇闻异事的兴趣,热衷于道听途说。这一点本来是无庸赘谈的,然而,有些论者却刻意强调这些小说的史料价值,例如,清人荣誉在重刊此书时撰序指出:“其名虽续洪氏,而所记皆中原陆沈时事,耳闻目见,纤细毕书。可使善者劝而恶者惩,非齐谐志怪比也。”②后来甚至有人提出“以小说存史”③的观点。集中所载诸多人事,是当日社会情形的某种反映,在某些方面有俾于历史的考察,但这只是后世读者的眼光,没有任何证据表明,元好问当日搜集这些奇闻异事是为保存史料,而不是仅仅出于好奇好事的性格。“以小说存史”的提法,是历史功利主义的表现。这种观念弥漫在元好问研究中,从强调《中州集》以诗存史,到推崇元好问丧乱诗可媲美杜甫“诗史”,再到提出《续夷坚志》“以小说存史”,可能只是文学研究中的一种迷思。

七、传统的负担

正如一般文学史叙述所表明的那样,中国古典诗歌演进至唐代,已经尽

---

① 〔汉〕班固《汉书》卷三十《艺文志》,颜师古注,北京:中华书局 1975 年版,第 1745 页。

② 〔金〕元好问《续夷坚志》卷首,《丛书集成新编》82 册影印《得月楼丛书》刊本,第 481 页。

③ 例如,李献芳的两篇文章:《元好问〈续夷坚志〉描写战争特点》,载《河南教育学院学报》2002 年第 3 期;《元好问〈续夷坚志〉与金末元初的文坛》,载《殷都学刊》2003 年第 3 期。

善尽美,丰厚的遗产,让后来者获得广泛取资的机会,然而,过去也成为后来者的沉重负担。清人蒋士铨正确地指出:"宋人生唐后,开辟真难为。"①独创性成为一种极其昂贵的品质,后来者只有付出艰辛的劳动,才有望获得。宋人如此,北宋之后的元好问也是如此。

与那些师心自用的诗人相比,元好问对待诗歌传统的态度要谦敬得多。上文简述的诸种文学撰述表明,元好问对于前代和本朝诗人及其作品,具有深切的体认和广泛的接受,提出很多独到的评论,并且自觉地梳理诗歌传统的起源和流变。对于元好问而言,诗歌传统是某种触手可及、环绕周遭的真实存在,而不是一些陈列在博物馆的出土文物。

诗歌传统成为诗人的负担,对传统认识越多,负担就越沉重。元好问意识到,作诗的难度与日俱增,《诗经》时代的诗人(也许是一些小夫贱妇),随口说出心中所想,就是诗歌,而后世的诗人需要费心考虑,怎样才能写出好诗,怎样避免各种恶劣的品质,避免腐辞滥调,怎样推陈出新,怎样复古和入时。元好问总结说:"故文字以来,诗为难。魏晋以来,复古为难。唐以来,合规矩准绳尤难。夫因事以陈辞,辞不迫切而意独至,初不为难,后世以不得不难为难耳。"②这段感叹作诗艰难的话,让我们想到席勒(J. C. F. Schiller)对两种诗的区分:天真的诗和感伤的诗③。作为后来者的诗人,感伤地回顾诗歌的纯真年代(primitive age),那个年代里,诗歌不需要修辞,诗歌就是任何人心里的所思所想,诗人就是自然,而随着时代的推移、诗歌的积累,各种规则和禁忌被制定出来,诗人寻觅已失去的自然,这时诗歌就只能是浮在心灵表面的修辞,而不再是心灵本身。

面对日益拥挤的诗歌传统,诗人寻求一席之地的方法有很多种,如黄庭坚所谓的点铁成金、夺胎换骨;胡应麟提出的兼备众体④;布鲁姆(Harold Bloom)提出的诗的误读(poetic misprison)和六种修正比(revisionary ratios)⑤;艾略特

---

① 〔清〕蒋士铨《忠雅堂文集》卷十三《辩诗》,《续修四库全书》1436 册影印清嘉庆二十一年藏园刻本,第 651 页。

② 〔金〕元好问《遗山先生文集》卷三十七《陶然诗集序》。

③ 席勒认为,天真的诗模仿自然,诗人与自然相一致,古代诗多是如此;感伤的诗表达理想,诗人与自然相对立,自然只有经过理想化才能进入诗歌,近代诗多是如此。详见其《论天真的诗与感伤的诗》(张佳珏译,载《席勒文集》Ⅵ[理论卷],张玉书选编,北京:人民文学出版社 2005 年版,第 78—164 页)。这里挪借这对概念,只是为了说明后世诗人面对诗歌及其传统的反应和作为,没有比较诗学的思考。

④ 〔明〕胡应麟《诗薮》续编卷一:"古惟独造,我则兼工,集其大成,何忝名世。"(上海:上海古籍出版社 1962 年版,第 344 页。)

⑤ [美]哈罗德·布鲁姆《影响的焦虑——一种诗歌理论》,徐文博译,南京:江苏教育出版社 2005 年版,第 14—16 页。

(T. S. Eliot)所说的去除个性,进入并修正传统①。然而,诗人面对传统的基本态度只能是感伤的,他们必须自觉地追求完美和独创性,为诗歌的理想而殚精竭虑。从青年时代开始,元好问就已经是感伤的诗人,他积极地收集前人有关诗歌的各种言论,制定各种学诗的方法和作诗的禁忌,回顾诗歌史的得失成败,这些努力的目标都是写出理想的、自然的诗歌。

八、结语

元好问曾经对其弟子魏初和姜彧说:"某身死之日,不愿有碑志也。墓头树三尺石,书曰'诗人元遗山之墓',足矣。"②这份嘱托透露出元好问对自己一生功业的自我期许,对于后人如何评价自己的愿望,不妨看成一种自信和野心的隐喻。诗人希望并且相信自己可以在诗歌传统的领域中占据一席之地,并将自己的名字刻石传世,以诗人的名义不朽。元好问去世后,他的这两位弟子,遵照其嘱托,于元世祖至元十九年(1282),在元好问的故里,山西忻州的韩岩村,树立一块题有"诗人元遗山之墓"七字的墓碣。这块墓碣至今尚存。与此相映成趣的是,在中国诗歌传统中,元好问也获得公允而稳定的评价,作为宋以后最重要的诗人之一,占据中国文学史的一席之地。

---

① 〔美〕艾略特《传统与个人才能》,载《艾略特文学论文集》,李赋宁译,南昌：百花洲文艺出版社 1997 年版,第 1—11 页。
② 〔元〕魏初、姜彧《元好问墓碣》,〔清〕胡聘之《山右石刻丛编》卷二十六,第 314 页。

第二部分

元好问与诗歌传统专题研究

第四章　画言志：元好问的题画诗

一、题画诗的历史

20 世纪 30 年代,日本学者青木正儿(1887—1964)在《题画文学的发展》一文中,将题画文学分成四类：画赞、题画诗、题画记和画跋①。其中,题画诗是最具有文学色彩的一种,并且是诗歌中非常重要的一种亚文类(subgenre)。题画诗的历史,在清人王士禛和沈德潜看来,应该肇始于唐代的杜甫②。不过,正如蔡涵墨(Charles Hartman)所说,汉代就开始流行的画赞,在六朝后期已经呈现出后世题画诗的诸多特征。他举出的例子是江淹的《云山赞》四首,这组诗所题写的对象是表现道教人物和山水的壁画,形式是五言八句,通押一韵③。题画诗的另一源头是六朝盛行的咏物诗,如庾信《咏画屏风诗》二十四首,着力于客观地描绘屏风上的各种风景和场面。兴膳宏认为："庾信是在以自己的方式继承南朝宋以来的山水诗的传统。"④后

---

① 〔日〕青木正儿《题画文学的发展》,《青木正儿全集》(东京：春秋社 1970 年版),第二卷,第 491—504 页。该文原刊于《支那学》第 9 卷第 1 号,1937 年。另外,有关题画文学的分类,在青木正儿的论文发表之前,余绍宋(1883—1949)在其《书画书录解题》中将赞颂题识的文字称为"题赞",并分成五个子目,即赞颂、题咏、名迹跋、题自作和杂题。由其所收著作看来,余绍宋的"题赞"略同于我们所说的题画文学,其中的"题咏"相当于题画诗,"题自作"指的是画家自题,也包含题画诗。详见《书画书录解题》卷首《凡例》,北京图书馆出版社 2003 年版,第 11—12 页。

② 〔清〕王士禛撰,张宗柟辑,《带经堂诗话》卷二十二："六朝已来,题画诗绝罕见,盛唐如李太白辈间一为之,拙劣不工,王季友一篇虽小有致,不能佳也。杜子美始创为画松画马画鹰画山水诸大篇,搜奇抉奥,笔补造化。"(《续修四库全书》1699 册影印清乾隆二十七年刻本,上海古籍出版社 2002 年版,第 140 页。)沈德潜《说诗晬语》卷下："唐以前未见题画诗,开此体者老杜也。"(《续修四库全书》1701 册影印清乾隆刻沈归愚诗文全集本,第 19 页。)

③ Charles Hartman, "Poetry and Painting," in Victor H. Mair ed. *The Columbia History of Chinese Literature* (New York：Columbia University Press, 2001), p.474. 案：逯钦立辑校《先秦汉魏晋南北朝诗》的江淹卷,不收这组诗,显然不将其视为诗体。明代胡之骥《江文通集汇注》卷五收入这组诗,但放在"赞"的标目下,也是不以诗体来看待。

④ 〔日〕兴膳宏著,戴燕译,《庾信的题画诗》,载氏著《异域之眼——兴膳宏中国古典论集》,上海：复旦大学出版社 2006 年版,第 177 页。

世山水类题画诗中,描绘画面风景、强调写实和逼真的一种路子,大概是起源于庾信的时代。

唐代的题画诗大体上没有改变六朝以来江淹、庾信的方式,如陈子昂、李白等诗人的题画诗,都刻意表现图画的逼真效果引起的误假成真的现象。杜甫的题画诗更加复杂和深刻,但也基本上是在逼真、写实的问题上做文章①。衣若芬把唐代的题画方式概括为"写真",并认为宋代题画诗转向"写意"的方式,而"写真"的方式仍然继续被使用②。宋代题画诗在苏轼和黄庭坚等诗人手中,得到多方面的发展,文学的传统被引入绘画的观看和审美过程中,画家的人格和胸襟被高度强调,诗歌与绘画的关系也受到广泛的关注,这些都造成题画诗表现方式的丰富多变。

在题画诗的传统中,杜甫、苏轼和黄庭坚是最重要的三位诗人,他们的作品开拓和完善了题画诗的各种写作规范,理解了他们,就理解了题画诗历史的主要方面。在三家当中,杜甫习惯于夸张地描述画面的逼真,赞叹画家笔侔造化的技艺,在似真而非真的问题上花费笔墨。杜甫还特别擅长于联系画中物象与真实物象的存殁,在对比之中抒发今昔盛衰的感叹。绘画表现的"现实",成为杜甫思考现实世界的一种手段。与庾信对画面的客观描述不同,杜甫更注重表达诗人观画时的感受,引入诗人自己的经历和情绪。例如,杜甫作于宝应元年(762)绵州时的《姜楚公画角鹰歌》:"楚公画鹰鹰戴角,杀气森森到幽朔。观者贪愁掣臂飞,画师不是无心学。此鹰写真在左绵,却嗟真骨遂虚传。梁间燕雀休惊怕,亦未拏空上九天。""楚公"二句是诗人观画的感受。"观者"二句是状其逼真,角鹰似乎要从画中人手臂上飞去。"此鹰"二句是画鹰与真鹰的比较,画鹰神似,令人反觉真鹰少色。"梁间"二句,可能暗含寓意,角鹰隐喻暂时不得志的豪杰之士。清人仇兆鳌对末二句有不同的理解:"究竟画中假影,岂能腾空直上?世人奈何好画鹰,而不好真鹰乎?感慨无限。"③

在杜甫的基础上,苏轼和黄庭坚对题画诗的探索,主要有这样几个方面:把绘画视为画家人格的外在显现,画家与诗人一样在作品中表达自己的情感世界和道德原则;由观画过程引出个人的生活、回忆和感想,也经常表现与画有关的交游和友情;探索画面的意境和阐释画中的寓意;从艺术史的角度评论绘画。我们可以看到,苏、黄很少像杜甫那样把绘画视为一种技

---

① Charles Hartman, "Poetry and Painting," p.475.

② 衣若芬,《写真与写意:从唐至北宋题画诗的发展论宋人审美意识的形成》,载氏著《观看·叙述·审美:唐宋题画文学论集》,台北:中研院中国文哲研究所 2004 年版,第 93 页。

③ 所引杜诗与仇注,见仇兆鳌《杜诗详注》卷十一,北京:中华书局 1999 年版,第 924 页。

艺,而是一种自我抒情的手段,就像诗歌一样,是文人生活中十分重要的表达方式。与杜甫喜欢联系现实,抒发具有时代精神的感叹不一样,苏、黄更愿意就艺术而论艺术,更愿意联系个人的和社交的生活。即使是在把画中景物当成真实景物来描写的时候,苏、黄以及其他宋代诗人也与杜甫和其他唐代诗人不一样,如果说唐人把握真、假景物的关系时更多地采用明喻的手法,那么,宋人更经常采用的是暗喻的手法,在诗中对所题写的图画只字不提①。

苏轼与黄庭坚二人的题画诗也有各自的特点。萨进德(Stuart H. Sargent)认为,苏轼题画诗的一大特点,是把绘画结合进文学传统,在诗歌与绘画的互动中获得诗意;而黄庭坚题画诗的特点是频繁用典,充满各种文本的暗示,诗意的获得不在于诗歌与绘画的互动关系,而在于题画诗与其引用的不同文本之间的互文性,绘画只是诗人引出其他文本的媒介②。就我自己的阅读所得而言,苏、黄二人的题画诗,区别在于苏轼以看山看水的方式来观画,因此发现绘画的魅力,寄寓自己的情感;而黄庭坚以读书读史的方式来观画,因此抛开绘画和自我,转而在前人的各种言说中评头论足。如果套用诗学术语的话,苏轼的观画方式是"直寻",黄庭坚则是"补假"③。不过,在像阅读一首诗一般观赏一幅画这一点上,苏、黄二人显然是殊途而同归,他们都致力于把绘画提升为与诗歌一样的抒情言志的艺术手段。

在题画诗的历史上,杜甫、苏轼与黄庭坚之后,继之而起、堪与争锋的是十三世纪最伟大的诗人元好问。在北宋文学和艺术的沾溉下,金代的绘画与题画诗继续保持着繁荣的局面,而元好问的题画诗是其中最有成就的一部分。

二、以题材分类的研究

元好问诗的总数尽管少于杜甫、苏轼和黄庭坚,但题画诗的数量却比他们中的任何一位都要多。杜甫的题画诗不过二十来首,苏轼有一百四十七首,黄庭坚有一百零六首,在他们各自所处的时代,这三位诗人的题画诗可

---

① 关于苏轼与黄庭坚的题画诗,参见艾朗诺(Ronald C. Egan)著,蓝玉、周裕锴译,《题画诗:苏轼与黄庭坚》,载莫砺锋编《神女之探寻——英美学者论中国古典诗歌》,上海:上海古籍出版社 1994 年版,第 107—133 页。

② Stuart H. Sargent, "Colophons in Countermotion: Poems by Su Shih and Huang T'ing-chien," in *Harvard Journal of Asiatic Studies*, Vol.52, No.1. (Jun., 1992): 263 - 302.

③ 〔梁〕钟嵘《诗品序》:"观古今胜语,多非补假,皆由直寻。"(许文雨《钟嵘诗品讲疏》卷首,成都:成都古籍书店 1996 年版,第 20 页。)此处借用"补假"、"直寻"二词,意在区别,非关臧否。

能都是最丰富的①。而元好问的题画诗数量,共一百九十二首②。在这近二百首题画诗中,七言绝句占了绝大部分,计一百六十二首,其他诗体的情况是:五言古诗三首,七言古诗十七首,杂言诗五首,五言绝句一首,六言绝句四首。在大多数情况下选择七绝作为题画诗的形式,是再正常不过的做法,而值得注意的现象是元好问完全不用律诗题画。在多数诗人的笔下,律诗确实不经常用于题画,但完全排斥律诗也并不常见,如苏轼的题画诗中也有十首律诗,黄庭坚也有七首③。对于元好问这样一位以七律著称的诗人而言,这种现象似乎不太寻常。

绘画的分类,在宋代已有刘道淳《宋朝名画评》的六类和佚名《宣和画谱》的十门,而题画诗的分类也有南宋孙绍远所编《声画集》的二十六门。后世的题画诗分类,从大体上说,没有改变孙绍远的提法,只是作了一些调整。

清代陈邦彦等奉敕编纂《历代题画诗类》一百二十卷,广泛搜罗清以前的题画诗,并按绘画题材分成三十类,上至"天文"、"地理",下至"器用"、"人事"。这种分类法,对总集编撰来说大概是合适的,但对研究题画诗来说,不免过于琐碎。参照诗歌题材的分类,我们可以把"天文"、"地理"、"闲适"、"行旅"和"渔樵"五类并入"山水"类中,因为这几类题画诗所题的图画都是以山水为画面的主体;"名胜"、"古迹"、"古像"、"仙佛"、"神鬼"几类可以并入"故实"类中,因为这几类题画诗都诉诸历史典故和人物;"仕女"、"写真"两类,可以统称为"人像类";还可以把"树石"、"兰竹"、"花卉"、"禾麦蔬果"等合并起来,称为"状物"类,以对应诗歌中的咏物题材。余下几类如"羽猎"、"牧养"、"耕织"等,可以就具体诗篇的偏重而归入以上几类。

《历代题画诗类》共收入元好问诗一百零五首,其中卷四十六所收的《山居杂画六首》,在集中原题作《山居杂诗六首》,实非题画诗。由于《历代

① 关于苏轼、黄庭坚的题画诗数量,此处援引了李栖的统计资料,参见李栖《元好问的题画诗》,张高评主编《宋代文学研究丛刊》第2期,高雄:丽文文化事业有限公司1996年版,第71—89页。
② 明弘治十一年(1498)四月李瀚刊行河南汝州的《遗山先生诗集》二十卷,是现存最早且完备的元好问诗集,共收入题画诗一百九十一首。清代陈邦彦等编《历代题画诗类》卷六十一(《景印文渊阁四库全书》1435、1436册,台北:商务印书馆1983年版),所收元好问《题吴彩鸾诗韵图》,不见于元好问集中,但所谓"诗韵图"只是韵谱,并非绘画,因此不依其他学者的意见将其计算在内。姚奠中主编《元好问全集》(增订本),从集中《侯相公所藏云溪图曾命赋诗三首但记其一云……》诗题中辑出七绝一首,此处将其统计在内。另外,元好问有一首题画词《虞美人·题苏小小图》,见赵永源《遗山乐府校注》卷二,南京:凤凰出版社2006年版,第315—316页。
③ 关于苏轼、黄庭坚的律体题画诗,此处引用李栖《元好问的题画诗》一文的统计。

题画诗类》是按类编排,元好问的不少题画诗都与同朝异代的其他诗人的同题之作放在一起,因此可以方便地作出比较。以下就按"山水"、"故实"、"人像"和"状物"四种类别,讨论元好问的题画诗。

山水画始盛于五代北宋,而题山水画的诗歌也在北宋苏、黄手中走向成熟。之前当然也有这类题画诗,所题画一般出现在屏风粉壁上,如李白《当涂赵炎少府粉图山水歌》、《观元丘坐巫山屏风》等诗,表现手法无非是夸张地渲染图画的逼真效果。直到北宋,诗人才有更多的机会可以从容赏玩卷轴册页扇面等形制的山水画,题画诗的表现手法也才变得丰富起来。

元好问《题张左丞家范宽秋山横幅》,题咏的是北宋范宽的《秋山图》。据《宣和画谱》卷十一,宋徽宗内府藏有范宽《秋山图》四幅,至今无一存世,不知元好问当日所题为哪一幅。不过,图画的失传并不影响我们对诗歌的理解。

> 层崖阂长阴,细径缘绝巘。梯云栏干峻,廓廓清眺展。斜阳半天赤,飞鸟大江远。清霜张秋气,草树生意剪。风雪矸坚敌,旗旆纷仆偃。峥嵘峰峦出,莽苍林薄晚。盘盘范家笔,老怀寄高寒。经营入惨淡,得处乃萧散。嵩丘动归兴,突兀青在眼。何时卧云身,团茅遂疏懒。①

在这首诗的前十二句中,元好问给出一段山水的描写,就像面对现实中的山水一样②。在诗的后八句中,诗人才回到图画本身,称赞画家的笔力,并抒发自己观画的感受。这样一种由现实到画面的结构安排,是完全属于元好问的独特方式。

由画中的山水联想到真实的山水,是很多诗人常用的题画方式,也是观画时很自然的思维过程,但在如何表现这一过程上,不同诗人有不同的方法。唐人如李白是由画中山水引发游览的愿望,宋人如苏、黄经常如描写真实山水一般地描写画中山水,有时只字不提图画。元好问结合了这两种方式,他通常先给出一段山水描写,然后再指出这其实是画面中的山水。这种写法把观画时的联想过程颠倒过来,对于题画诗的表达效果有着特别的意义。唐人表现图画的逼真效果,是通过误假为真的夸张行为,而元好问的方

---

① 〔金〕元好问《遗山先生文集》卷二,《四部丛刊》本。案:本书引录的元好问诗,大抵出自此本,未见于此本的少数诗篇,则录自明弘治十一年李瀚刊《遗山先生诗集》。下文引录时,不再一一出注。

② 事实上,首句"层崖阂长阴",与元好问自己的一首山水诗《鹳雀崖北龙潭》首句"层崖阂顽阴",不过一字之差,而前者写的是画中山水,后者写的是真的山水。

法则含蓄得多,他采用的是章法上的先真后假,先描写山水再回到图画,或者说,这是一种章法上的以假为真。就这首诗来说,诗人在一段山水描写之后,转向范宽的高超笔法,仿佛是在说,山水原本就已存在,只是通过范宽的画笔才能够进入画面。

这首诗的"廓廓清眺展"句,值得特别注意。诗人仿佛进入画面中的层崖绝巘之上眺望四周,获得一个开廓的视野,于是有下文"斜阳"二句中的远景。诗人在观画时萌生进入画面的想法,这在杜甫诗中已经出现。杜甫《观李固请司马弟山水图三首》其三末二句:"浮查并坐得,仙老暂相将。"①蔡涵墨指出,这两句的构思是诗人希望进入图画,坐在画中的仙槎上,让仙人带走,并且认为,在晚宋和元代题画诗中,这种希望进入图画的构思很常见②。但是,杜甫不过是表达了进入画面的愿望,而元好问更进一步,不仅已经进入画面,而且提供了诗人位于画中某个位置所获得的视野。如果说杜甫提出了愿望,那么元好问已经完成这个愿望,并在此基础上展开想象。

在《范宽秦川图》诗中,元好问的进入画面的想象表现得更加明显。我们此处只引相关的部分,即一至十八句:

> 乱山如马争欲前,细路起伏蛇蜿蜒。秦川之图范宽笔,来从米家书画船。变化开阖天机全,浓澹覆露清而妍。云兴霞蔚几千里,着我如在峨嵋巅。西山盘盘天与连,九点尽得齐州烟。浮云未清白日晚,矫首四顾心茫然。全秦天地一大物,雷雨颂洞龙头轩。因山分势合水力,眼底廓廓无齐燕。

"着我"句、"矫首"句和"眼底"句,都清楚地指向一个特别的视角。这个视角不是诗人站在图画前面的所见,而是诗人站在画中山巅上四顾展望所获得的视野。诗中的景物描写,如乱山、细路、云兴霞蔚、西山、浮云白日,都统摄在这个视角下。

进入画面的构思,其用意一方面是表现图画的逼真,另一方面是表达诗人对画面风景或生活方式的向往。元好问也经常回到这种传统的方式,如《题解飞卿山水卷》:"羡杀济南山水好,几时真作卷中人。"是希望置身画中山水间。又如《跋酒门限邵和卿醉归图》:"好着蹇驴驮我去,与君同醉杏园春。"《紫微刘尊师所画山水横披四首》其一《溪桥独步》:"马蹄踏遍黄尘路,

---

① 〔清〕仇兆鳌《杜诗详注》卷十四,第 1198 页。
② Charles Hartman, "Poetry and Painting," p.477.

画里初逢避俗翁。"是为画中人物的品行吸引而愿与之为侣。

苏轼喜欢在题画诗中引入个人的经历和回忆，使题画诗成为诗人的自我抒情。在这方面，元好问不仅继承了苏轼的方式，而且更加突出诗人作为观画者在诗中的位置，有时使得图画沦为一种引发联想和回忆的媒介。这种题画方式体现在山水类题画诗中，经常造成的后果是记忆与画面的搀杂不清。如元好问《李道人崧阳归隐图》：

> 北山范宽笔，老硬无妍姿。南山小平远，澹若韦郎诗。崧阳古仙村，佳处我所知。长林连玉华，细路入清微。连延百余家，柴门水之湄。桑麻蔽朝日，鸡犬通垣篱。愧我出山来，京尘满山衣。春风四十日，梦与孤云飞。可笑李山人，嗜好世所稀。逢人觅诗句，不恤怒与讥。道人本无事，何苦尘中为。京师不易居，我痴君更痴。山中酒应熟，几日是归期。

这首诗作于金哀宗正大二年（1225），此前数年，即金宣宗兴定二年（1218）至金哀宗正大元年（1224）之间，嵩山是元好问的主要居住地。李道人《崧阳归隐图》中的景观，对元好问来说，正如诗中"崧阳"二句所提示的，是一处熟悉而充满回忆的地方。也许李道人这幅图就是为元好问而绘制的。那么，我们要提出的问题，是诗中描写的完全是画面的细节吗？记忆的因素是否存在其中？从诗的章法来看，起首"北山"四句，是对画面的直接描述，顺承而下的"崧阳"二句，似乎是在引入自己的回忆。我们无法从章法上判断"长林"六句的描写出自画面还是记忆，也许诗人有意模糊这种界限。从诗中描写本身来看，我倾向于认为，记忆的因素是存在的。"北山"二句，比拟画中位于北边的山体，像范宽所画一般。范宽的作品以全景山水为构图的典型，山体通常占据大部分画面。"南山"句，说明画中位于南边的山体，是以平远的构图方式来表现的。因此，李道人这幅图应该是一幅以南北两山（也许是太室山和少室山）为主体的全景图。推论这一点的目的，是为了说明"长林"六句写到的一些细节不太可能出现在一幅全景山水图中，"连延百余家"的景象大概无法在画中得到恰当地表现，而"桑麻"二句所写的村落中的日常生活场景，也不是山水画能够表现的，事实上，应该由风俗画来表现。

这首诗展示出诗人的个人经历和回忆对于山水类题画诗中山水描写的介入，哪些是图画中的风景，哪些是记忆中的画面，经常无法明确地辨认。这种题画方式，一方面固然也展示了图画的逼真效果，另一方面，可能更加重要，表明这类题画诗的中心并非绘画，而是作为观画者的诗人。

从以上的分析，不管是从现实到画面的章法，记忆对画面描写的介入，还是进入画面、想象一个画中视角，我们都能感觉到元好问在山水类题画诗中表现出的个性特征。画家的工夫和画面的经营技巧，虽然也得到表现，但是，元好问始终扣紧言志缘情的意旨，他力图使题画诗成为一种纯粹的自我抒情，而非社交场合的赞颂和画面的客观呈现。表现，而非描写，这是元好问诗歌的根本特征，而这一点也同样在他的山水类题画诗中得到体现。

故实类题画诗，从《历代题画诗类》卷三十三至四十四"故实类"的收录情况来看，在宋人笔下并不多见，而是到元代才开始流行，而金末诸家虽然存诗总量不多，但已有相当数量的故实类题画诗。其中，元好问的故实类题画诗最为丰富，并且有不少后人的同题共作。如元好问《许由掷瓢图》，继之而作的有元人刘因、明人程敏政的《许由弃瓢图》；又如元好问《乐天不能忘情图》七绝二首，继之而作的有元人王恽、袁桷的同题诗作，并且也都是七绝二首。由此可见元好问在故实类题画诗中的地位。

故实类绘画取材于历史人物和典故，在题材上与诗歌中的咏史诗相同。那么，诗人在面对故实类绘画时，与直接面对历史典籍有何不同？在题画诗中，绘画在诗歌与历史之间处于什么样的位置？或者，更直接的问题，故实类题画诗与咏史诗有何区别？带着这些问题，让我们从武元直《赤壁图》说起。

武元直，金章宗明昌年间（1190—1196）的画家，现仅存《赤壁图》横卷，水墨，纸本，藏于台北故宫博物院。《赤壁图》取材于苏轼在宋神宗元丰五年（1082）七月和十月两次黄州赤壁之游写下的作品，也就是《前赤壁赋》、《后赤壁赋》与《念奴娇·赤壁怀古》等，属于诗意图的范畴。金末诸多诗人都有题咏这幅图的诗歌传世，如李晏、李纯甫、赵秉文、曹益甫和元好问各有一首诗，这些诗都没有被书写在画卷中，赵秉文另有一首次韵苏轼的《念奴娇》词，由赵自己书写在画卷的拖尾。

这组题画诗有一个共同特点，都绕开了武元直的《赤壁图》，直接取材于作为历史事件的赤壁之战和作为文学记忆的苏轼赤壁之游。元好问的《赤壁图》诗尤其典型地体现出这种特点。

> 马蹄一蹴荆门空，鼓声怒与江流东。曹瞒老去不解事，误认孙郎作阿琮。孙郎矫矫人中龙，顾盼叱咤生云风。疾雷破山出大火，旗帜北卷天为红。至今图画见赤壁，仿佛烧虏留余踪。令人长忆眉山公，载酒夜俯冯夷宫。事殊兴极忧思集，天澹云闲今古同。得意江山在眼中，凡今谁是出群雄。可怜当日周公瑾，憔悴黄州一秃翁。

元好问此诗由两部分组成，第一部分引入赤壁之战的历史，人物是曹操和孙权，第二部分引入苏轼的赤壁之游，并把周瑜与苏轼相提并论。作为题画诗，这首诗并没有花费笔墨描写武元直画所呈现的景观，图画只是引发历史喟叹的提示物，"至今"二句并非对画面的如实描绘，而是先有一种历史意识后对画面的移情式观感，因为画面是苏轼泛舟赤壁之下，而非三国时赤壁之战的场面。诗的第二部分并提周瑜和苏轼，来源于苏轼的《念奴娇》词，元好问认为苏轼是在以周瑜自况："东坡赤壁词，殆戏以周郎自况也。"①

如果说在《赤壁图》的题咏中，作为画家的武元直被忽视是因为他处在苏轼的阴影下，那么，我们需要从更多的例子中寻找故实类题画诗的常规。

四皓是绘画中常见的主题，取材于汉初商山四皓的事迹。据《宣和画谱》的著录，唐五代的李思训、常灿、支仲元，北宋的李公麟等都有四皓图。四皓图的题咏也很多，《历代题画诗类》卷三十四就收录了金代元好问、李献能，元代王恽、赵孟頫、吴澄、戴良，明代高启、王世贞、陈继儒等二三十位诗人题四皓图的诗。在这些诗中，只有戴良、张志宗提及图画，其他诗人，包括元好问，都对所题咏的图画只字不提。

东篱采菊，也是绘画中屡见不鲜的题材，描述的是以风节著称的隐士陶渊明。有关采菊图的题咏也很多，《历代题画诗类》卷三十七除收入元好问《采菊图》二首外，还收入宋人韩驹《题采菊图》、王十朋《采菊图》，金人赵秉文《东篱采菊图》，元人刘因《采菊图》，等等。其中只有韩驹和元好问提及图画，关注的也并不是图画本身，而是为了表达斯人已去、画迹空留的感叹。

其他常见的故实类题画诗，如尧民醉归、许由掷瓢、太白骑驴、寒林七贤等，情况也是如此。画家的技艺和画面的内容，很少成为诗歌的中心，即使被提到，也只是起到睹物思人、以今视昔的作用。绘画在诗歌与历史之间只是一个被诗人一越而过的中介，绘画只是把诗人引进历史的一个提示物。我们经常只能通过诗歌的题目得知一首诗是题画还是咏史。如果不拘执名目的话，把故实类题画诗归入咏史诗的范畴，也未尝不可。

元好问的故实类题画诗，与其他诗人一样，都经常越过图画，成为名不副实的咏史诗；与其他诗人略有区别的，是他在这类题画诗中更着迷于别出心裁的议论和严肃的道德思考。如《许由掷瓢图》："不知黄屋不知尧，喧寂何心计一瓢。我是许由初不尔，只将盛酒杖头挑。"由诗题可以推测，画中大概呈现了许由掷瓢的动作，而这个动作源于古老的许由传说，画家只是依照传说设计了这个动作。然而，在元好问看来，许由心无滞碍，不会在意瓢挂

---

① 〔金〕元好问《遗山先生文集》卷四十《题闲闲书赤壁赋后》。

在树上时发出的声响。当元好问争论说"我是许由初不尔"时,他事实上是在批评画家。不妨这样来解释这种现象,画家与诗人面对同一位传说中的人物,做出不同的理解,他们之间是一种竞争的关系。在这首题画诗中,元好问试图纠正画家的理解,提出自己的观点①。

在故实类绘画中,画家经常只是图示古人记传所载的事迹,画面的含义需要诗人题咏时给予阐释。至于诗人如何阐释,便是见仁见智的事了。例如,四皓图在画家笔下大概就是姿态各异的四位老者,或者设计一个围棋的场面,点缀若干象征性的树石,没有诗人的阐释,我们只能依循惯例,把四皓理解成四位隐居的高人。而元好问对四皓的出处,提出了与众不同的观点,他批评这四位高人不该出山来多管闲事:"身堕安车厚币中,白头尘土涴西风。当时且不山间老,羽翼区区有底功。"(《四皓图》)又如刘义庆《世说新语》记载殷洪乔投书函入水中的轶事,编者将之归入"任诞"类,用意昭然。投书图能够呈现的大概就是殷洪乔水边投书的动作。而元好问在其《投书图二首》中,赋予殷洪乔一个脱略世故的形象,诗的第二首说:"屈作书邮未肯心,百函随水听浮沉。虚名底用寒温问,却是洪乔最赏音。"

在元好问笔下,故实类题画诗不只是咏史怀古,也可以表达严肃的道德思考和社会理想,如卷七《题刘紫微尧民野醉图》一首:

> 苍苔浊酒同歌呼,白须红颊醉相扶。尧时皇质未全散,不论朝野皆欢虞。望云云非云,就日日非日。先秦迂儒强解事,极口誉尧初未识。尧民与酒同一天,此外更谁为帝力。仙老曾经甲子年,戏将陈迹画中传。山川淳朴忽当眼,回望康衢一慨然。不见只今汾水上,田翁鞭背出租钱。

尧民图在金代大概是比较流行的图画类型,《刘知远诸宫调》有一首曲子,借以形容醉酒的村夫②。尧民图的主题无非是老庄的无为而治,元好问与其他诗人一样,欣赏这种小国寡民的理想社会,在这首诗的主要篇幅中表

---

① 明人程敏政《许由弃瓢图为廷殷侄赋》诗进一步阐释许由不应该弃瓢的原因:"心寂何妨响万瓢,弃心生处胜狂涛。耳尘暂灭心尘起,却恐先生见未高。"(《篁墩文集》,《景印文渊阁四库全书》1253 册,卷九十一,第 744 页。)不过,他把批评的矛头指向许由,而不是塑造许由形象的画家。

② 金佚名《刘知远诸宫调》中有一首《商调玉抱肚》曲子,这样写道:"那村夫潵饮酒筛椀中,尽熏(醺)沉醉敘(脸)上红,争拳弩踢,杀呼叫唤,交错宾朋,乐声尽不依调弄,似尧民图上画底行踪。"见凌景埏、谢伯阳校注《诸宫调两种》,济南:齐鲁书社 1988 年版,第 15—16 页。

达对尧民幸福生活的向往。不过，末尾"不见"二句让这首诗避免沦为流俗之作。从章法上说，"不见"二句可以称之为尊题格，意在反衬前文的主题；而从表达效果上说，这两句诗又具有类似新乐府诗卒章显志般的讽谕力量。在画里和画外、历史（或者传说）和现实之间的对比中，元好问表达了他对社会现状的批判与对民生疾苦的关怀。

杜甫题画诗的特点是从绘画中的物象转换到现实的物象，在传世的绘画与消逝的盛世的对比中，表达忧国忧民的思想。这种特点来自杜甫在安史之乱中的经历，和他对家国命运的思考。同样遭遇家国乱离、甚至亲历亡国之痛的元好问，在以题画诗关注现实上，无疑继承了杜甫的衣钵，而这一点是苏轼和黄庭坚的题画诗所没有的。

元好问的人像类题画诗，主要是题咏写真诗，包括自题写真诗与题时人写真诗①。自题与他题，其实并无根本的差异，一般都是围绕着何为士人典范的问题做文章，区别仅仅是，自题时自我反思和期许，他题时推崇或批评他人②。

与前人一样，在题咏写真诗中，元好问并不关注形似与否的问题。事实上，中国画的写真并非今日摄影的写真，与其说是写实的，不如说是象征的，画中人物的服饰是披裘拥絮还是褐布单衣，面容是丰腴还是清癯，背景是楼阁还是山林，都传达了某种人格取向。元好问正是在这些具有象征意味的细节上做文章。如《李广道写真二首》其一："华发萧萧玉炼颜，一篇秋水想高闲。须知八表神游客，不在披裘拥絮间。"着眼于面容和服饰。《定斋兄写真》："画作萧然野服，云龙蔽日骎骎。"着眼于服饰。《自题写真》："不画幼舆岩穴里，野麋山鹿欲何成？"自拟谢鲲，并戏谑地批评画家没有安排一个象征退隐山林的背景（"岩穴"）。

元好问把自己的写真比喻成一面反思的镜子，他在《自题二首》中说："镜中自照心语口，后世何须扬子云。"他几乎在每一首自题写真诗中表达自我的反思和期许，如《自题写真》其二："一派春烟淡不收，渔家已许借扁舟。山林且漫蹉跎去，莫问人间第几流。"《再题》："高谈世事真何者，多窃时名亦偶然。山鹿野麋君自看，拟从何地着貂蝉。"《自题写真》："东涂西抹窃时

① 衣若芬《北宋题人像画诗析论》一文，分人像画为自题像、题时人像和题古人像三类，题人像画的诗歌也作如此分类。文载氏著《观看·叙述·审美：唐宋题画文学论集》，第139—191页。这当然是合适的分类，但在本文的论题中，考虑到"古像"类的绘画和诗歌都指向一定的历史典故和人物，并入"故实"类中，更便于论述。
② 元好问对写真的题咏，除了诗歌以外，还有画赞形式的简短韵文，如《范文正公真赞》、《赵闲闲真赞二首》、《范炼师真赞》、《写真自赞》，见《遗山先生文集》卷三十八。这类画赞式题咏与题咏写真诗在表现方式上并无根本的区别。

名,一线微官误半生。"喋喋不休地诉说对以前耽溺虚名的忏悔和对将来悠游林下的期望,这或许不是一个优点,但也算是一个特征。而且,宋人的自题写真诗,往往纠缠于真假虚幻的问题,时时堕入理窟,反而不如元好问思量出处问题来得实在。

在一组题咏友人张德辉写真的组诗中,元好问表达了对士的出处问题的探索。这组诗题为《耀卿西山归隐三首》,题下自注:"马卿为耀卿张君写真,未几被召北上。"张德辉于蒙古定宗二年(1247)应忽必烈征召北上,是年五月,元好问到镇州拜访即将北上的张德辉。元好问这组诗大概就作于张德辉北行之前,并且张德辉当时也读到了这组诗①。

> 静里箪瓢不厌空,北窗元自有清风。
> 傅岩只道无人识,已落君王物色中。(其一)
>
> 马卿似与物为春,难状灵台下笔亲。
> 预拂青山一片石,异时真是卷中人。(其二)
>
> 冠剑云台大县侯,富春渔钓一羊裘。
> 山林钟鼎无心了,谁是人间第一流。(其三)

在第一首中,张德辉先是被看成颜回、陶潜那样安贫乐道的高人,接着又成了隐居傅岩、等待明主的傅说。在比拟古人之间,前后似乎不相协调。"已落"句显然指的是张德辉受到忽必烈征召一事。就事实而言,张德辉更加接近傅说,元好问当然也会认识到这一点,并且也意识到把傅说与颜、陶二人并提实际上并不恰当,所以他修改了傅岩的典故。傅说在傅岩从事版筑,是在等待贤君明主,而不是如诗中"傅岩"句所说的避世。这当中的矛盾,透露了元好问对出处进退的思考,当然也有美化张德辉的意思。

在第二首中,元好问赞赏画家的笔力和画面的布置,但更深一层的意思,却是在预言张德辉终将归隐山林,而这种预言其实是一种劝诫。其中"难状"句,说画家完满地传达了张德辉的内心世界("灵台"),言下之意是说张德辉在北上之前早就心存归隐的想法。

在第三首中,元好问回到他在《论诗三十首》第十四首中提出的观点:"出处殊途听所安,山林何得贱衣冠。"在元好问看来,张德辉如果能在山林和钟鼎之间无所拘滞,就是作为士人最明智的选择。

---

① 参见狄宝心《元好问年谱新编》,北京:中国文联出版社 2000 年版,第 284 页。

张德辉与元好问交游甚密，在元初一些政治活动中保持一致的立场，如1252 年二人一起北上桓州觐见忽必烈。1247 年张德辉北上，元好问无疑非常关注，他也由此思考士人的出处问题，并体现在这组题画诗中。

元好问的人像类题画诗，除题咏写真诗外，另有一首题仕女画诗——《倦绣图》诗。在这仅有的一首题仕女画诗中，元好问完全背离了题仕女诗的传统写法。题仕女画诗一般表现男性对女性的观看和要求，唐人关注妇容，宋人关注妇德，有时转换成宫体诗和闺怨诗的范畴，题咏历史仕女画时，则成为思考女性命运的咏史诗①。元好问的《倦绣图》诗，在这一传统中是个另类。

> 香玉春来困不胜，啼莺唤梦几时应。
> 可怜憔悴田家女，促织声中对晓灯。

前两句写画中仕女停下手中绣活，白日里春困酣睡。后二句转到画外，写田家女彻夜未眠，挑灯夜绣。强烈的对比是这首诗的中心，并且这种对比是刻意设计出来的。一方面，仕女，白日，在啼莺声中任情酣睡；另一方面，田家女，夜晚，在促织声中勉力劳作。啼莺很可能不是画中原有的，毕竟倦绣图是室内画。画中仕女是否正在酣睡，也让人怀疑，因为我们看到的一些倦绣图中，仕女都是一种沉思的姿态，不是疲倦思睡，而是别有心事，沉湎遐思中②。这样说来，元好问关注的根本不是仕女画本身，他的意图是营造一种对比，藉此表达对下层女性的同情。与前引《题刘紫微尧民野醉图》一样，元好问引入与画中情形截然相反的现实状况，在鲜明的对比中获得讽谕的力量。这点大概是元好问题画诗独有的特征吧。

花鸟、虫鱼、树石、畜兽类的绘画，在题材上对应于诗歌中的咏物诗，题咏这些绘画题材的诗歌，不妨称之为状物类题画诗。与咏物诗由刻画形似到托物寓意的转变过程相似，绘画也有一个抒情言志的转向，北宋文人画的

---

① 参见衣若芬《北宋题仕女画诗析论》，载氏著《观看·叙述·审美：唐宋题画文学论集》，第194—263 页。

② 元好问所题《倦绣图》不知出于哪位画家的手笔。传世的倦绣图中，在元好问之前的，有唐人无款《倦绣图》，现藏于北京故宫博物院；传为唐代周昉笔《倦绣图》，绢本，设色，现藏于美国弗利尔美术馆（Freer Gallery of Art）；传为五代周文矩笔《倦绣图》，现藏于大英博物馆。传为周昉笔《倦绣图》，画中仕女坐在织绣架子边，双手放在织绣上，脸朝着左上方，做出一副沉思的神态。《历代题画诗类》卷五十九收入题咏倦绣图的一组诗，除元好问诗外，范成大《倦绣图》、李俊民《周昉倦绣图》、陈旅《题赵绍隆倦绣图》等诗，都以宫女或贵族妇女为中心，并且都不是入睡的仕女。可见，倦绣图及其题咏中，"倦"字都指的是精神上的厌倦，而不是元好问所指的体力上的疲倦。

出现推动了这一进程。而树石等题材尤其受到文人画家的喜爱,也更明显地具有象征的意义,如文同笔下的墨竹和苏轼笔下的竹木枯石。因此,状物类题画诗更加关注画中物象的象征含义,也是十分自然的事情。

与苏轼一样,元好问强调画中物象应该是画家人格的写照。以画竹为例,元好问《墨竹扇头》诗:"嫩香新粉玉交加,小笔风流自一家。只欠雪溪王处士,醉来肝肺出枯槎。"在赞赏画家笔法的同时,指出更高层次的画竹应该源于内心的自然呈现,就像王庭筠那样。这首诗的最后一句,融化运用了苏轼的诗句:"空肠得酒芒角出,肝肺槎牙生竹石。"①在另一首诗中,元好问巧妙地在画家言志与画中物象之间建立了联系,《东平李汉卿草虫卷二首》第二首中说:"草虫莫道空形似,正欲尔曹鸣不平。"草虫应该为画家发出不平之鸣,正如韩愈在《送孟东野序》中指出的,天以鸟鸣春,以虫鸣秋,而孟郊以诗自鸣②。

有些物象具有明显的象征,有些则没有。元好问在观画时,有选择地题咏其中具有象征意义的物象,例如,《东平李汉卿草虫卷二首》其一:"蚁穴蜂衙笔有灵,就中秋蝶最关情。知君梦到南华境,红穗碧花风露清。"在草虫图卷中特别关注秋蝶,是因为《庄子》赋予了蝴蝶一种哲学意味。在《刘邓州家聚鸭图》诗中,元好问说:"若为化作江鸥去,拍拍随君贴水飞。"在他看来,聚鸭引申不出超越的哲学,只好在狡黠的假设中引入象征自由生活的江鸥。

上文讨论到元好问在故实类题画诗与题仕女画诗中严肃的社会和道德思考,在他的状物类题画诗中同样有这类作品。《陈德元竹石二首》把竹石与北宋徽宗朝的政治联系起来。

> 一片春云雨未干,两枝新绿倚高寒。
> 瘦龙不见金书字,试就宣和石谱看。(其一)
>
> 万石纲舡出太湖,九州膏血一时枯。
> 阿谁种下中原祸,犹自昂藏入画图。(其二)

第一首中,"一片"二句写画中竹,三句指的是书金字的奇石,四句中的"宣和石谱"是宋代常懋的赏石著作,《说郛》卷九十六收入一些片段。第二

---

① 〔宋〕苏轼《增刊校正王状元集注分类东坡先生诗》卷十一《郭祥正家醉画竹石壁上郭作诗为谢且遗古铜剑二》,《四部丛刊》本。

② 〔唐〕韩愈《朱文公校昌黎先生文集》卷十一,《四部丛刊》本。

首中,"万石"二句涉及的历史,是徽宗派专员搜刮江南地区的奇异花石,运往开封,见载于《宋史·徽宗本纪》。花石纲扰乱民间,波及两淮和江南地区,也就是"九州"句所说的情形。"阿谁"二句中,元好问以戏谑的手法把历史与图画联系起来①。

竹石是文人画的常见题材,一般与士大夫的品格联系在一起,有关的题咏也是在这一点上做文章。元好问当然也认可竹石的象征意义,但在这两首诗中,他离开了这种象征的话题,引入了历史和政治的思考。我们不太清楚元好问联系竹石与徽宗朝政治的原因,画家陈德元可能是引发这种联系的机缘,但我们对他的生平一无所知。在另一首《从孙显卿觅平定小山》中,元好问再次提到花石纲以及汴梁宫城中熙春阁的假山,诗是这样写的:"爱杀熙春万玉峰,纲船回首太湖空。一拳秀碧烟霞了,早晚东山入袖中。"诗人观画时的思路也是历史的和政治的,而非与文人品格相联系的象征。

三、有关画家与藏家的言论

艾布拉姆斯(M. H. Abrams)在其名著《镜与灯:浪漫主义文论及批评传统》中,提出艺术批评的四要素:作品,艺术家,世界和欣赏者②。借鉴这种理论,可把题画诗分成四类:关注与绘画联系的社会和历史;着重于画面细节的描写;重视画家的人格对其创作的决定作用;抒发作为观画者的诗人的个人感想,或者引入收藏者的情况。艾朗诺《题画诗:苏轼与黄庭坚》一文,按照诗的主要题旨和所涉及的事物,把苏、黄的题画诗分成三类进行讨论,虽未明言,大概也是受到艾布拉姆斯理论的影响。

上文依照题材分类所作的讨论,实际上已经涉及了这种分类法的切入方式,即确定一首题画诗谈论的主要是画家、画面、观画的诗人,还是与绘画相联系的现实世界。以下这部分只探讨以画家和藏家为主要话题的题画诗,在这些方面,元好问提出一些有关绘画本质与诗画关系的理念,值得详加阐述。

---

① 清人施国祁认为"瘦龙"句指的是宋徽宗的瘦金体,所引典籍是明代朱谋垔《画史会要》。(施国祁《元遗山诗集笺注》卷十二,麦朝枢校,北京:人民文学出版社 1989 年版,第 590 页。)今人的选注本都遵从施国祁的注释,但于诗义显然不合,今别作新解。常懋《宣和石谱》说:"惟神运峰前诸石以金石其字,余皆青黛而已。"下文所列奇石的名称有"朝升龙"、"望云坐龙"等。(见《说郛一百二十卷》卷九十六,《说郛三种》本,上海:上海古籍出版社 1988 年版,第 7 册,第 4434 页。)由此看来,诗中的"瘦龙"指的可能是奇石,而"金书"一语在所引典籍中也有了着落。

② [美] M. H. 艾布拉姆斯撰,郦稚牛译,《镜与灯:浪漫主义文论及批评传统》,北京:北京大学出版社 1989 年版,第 5 页。

　　把画家的人格与绘画相印证，是苏、黄题画诗的普遍主题，也是宋代文人画出现以后，诗人题咏绘画的常用方式。元好问同样擅长围绕着画家人格和教养做文章，如《王黄华墨竹》：

> 　　古来画竹尊右丞，东坡敛衽不敢评。开元石本出摹写，燕市骏骨留空名。亦有文湖州，画意不画形。一为坡所赏，四海知有篔筜亭。深衣幅巾老明经，老死不敢言纵横。岂非辽江一派最后出，运斤成风刃发硎。雪溪仙人诗骨清，画笔尚余诗典刑。月中看竹写秋影，清镜平明白发生。娟娟略似萱草咏，落落不减丛台行。千枝万叶何许来，但见醉帖字敧倾。君不见忠恕大篆草书法，赵生怒虎嘷墨成。至人技进不名技，游戏亦复通真灵。百年文章公主盟，屏山见之踧且擎。声光旧塞天壤破，议论今着儿曹轻。有物于此鸣不平，悲耶啸耶谁汝令。只恐破窗风雨夜，心随雷电上青冥。

　　诗的前十句是一段艺术史的评论，苏轼所推尊的两位墨竹画家中，王维已无真迹流传，而文同虽然神似高妙，却由于缺乏纵横的气势，在元好问看来，未免美中不足。在这段铺垫后，后来居上的王庭筠（号黄华）才被引入。"月中"句，描写王庭筠的创作情形，据元人李衎《竹谱》记载："或云黄华虽宗文，每灯下照竹枝摹影写真，宜异乎常人之为者。"竹影写真的典故，同时也源于一则更早的轶事，《竹谱》引《画评》的记载："旧说郭崇韬夫人李氏月夜摹影竹窗，是后往往有效之者。"[1]王庭筠之后，清代以墨竹闻名的郑板桥也喜欢摹写月下的竹影。"有物"二句说，王庭筠以墨竹来表达他的不平之鸣。"只恐"二句，来自《神仙传》记载的一个竹杖化为青龙的传说[2]，诗史上的先例如唐代陈陶的诗："长听南园风雨夜，恐生鳞甲尽为龙。"[3]

　　元好问在这首诗中刻意强调的，是王庭筠的文学修养对其绘画创作的决定性作用。"雪溪"二句把绘画看成诗歌的余事，与诗歌保持同一品质，但低了一等。"娟娟"二句说这幅墨竹图具有王庭筠诗歌作品的风格。"千枝"四句可能是在说王庭筠以书法笔法作画。元好问还叙述了王庭筠在文坛上的地位，就连议论横生的李纯甫都对他恭敬有加。

---

①　〔元〕李衎《竹谱》，《景印文渊阁四库全书》814 册，第 319、320 页。

②　〔晋〕葛洪《神仙传》卷五《壶公》："房所骑竹杖弃万陂中，视之，乃青龙耳。"（《笔记小说大观》，台北：新兴书局 1984 年版，第 4 编第 1 册，第 484 页。）

③　〔唐〕陈陶《竹十一首》其四，〔清〕彭定求等编，《全唐诗》，北京：中华书局 2003 年版，第 21 册，第 8489 页。

更著名的诗人兼画家是唐代的王维，他的绘画作品就是在宋代也少有真迹流传。元好问《王右丞雪霁捕鱼图》所题咏的图画是否王维真迹，无从确认。在这首诗中，元好问建立了画家与作为观画者的诗人之间的联系，并且把诗人的自叙与对画面的描写融合起来。

> 江云溟溟阴晴半，沙雪离离点江岸。
> 画中不信有天机，细向树林枯处看。
> 渔浦移家愧未能，扁舟萧散亦何曾。
> 白头岁月黄尘底，笑杀高人王右丞。

前四句是对画面的描写和对画家天赋的评价。五、六句中，"渔浦"和"扁舟"是画面中的景物，是画家王维拥有的生活，而元好问与此无缘："愧未能"、"亦何曾"。句法的巧妙体现在画面景物与题画诗人的经历浓缩在一句之中，并且包含了一种对比，即王维所有而元好问所无的对比。末二句承五、六句而来，明确指出自己与王维的差异。在一首仅有八句的简短七古中，元好问融合了题画诗的各种写作方式，这样的手法应该称得上出色吧。

元好问在题画诗中着意从人格和胸襟的方面赞美的画家，事实上只有两类，一类是画家兼文人，如王维和王庭筠，另一类则是方外画家，如释巨然等。例如《巨然松吟万壑图》[①]：

> 胸中刺鲠无九泽，画里风烟才一沤。
> 阿师定有维摩手，断取江山着笔头。
> 石林苍苍崖寺古，银河浩浩松声秋。
> 方外赏音谁具眼，莫将轻比李营丘。

在这首诗中，元好问并不像对范宽《秋山图》、《秦川图》那样，对画面作详细的描述。这首诗仅有八句，而诗中直接描述画面的仅有"石林"二句，其他六句都围绕着巨然的方外身份。"画里"句暗用了佛典中文殊师利的偈

---

① 元好问题咏的《松吟万壑图》，见诸《宣和画谱》卷十二著录徽宗朝内府所藏巨然画中，现已不传。今上海博物馆所藏巨然《万壑松风图》，水墨，绢本，亦见诸《宣和画谱》著录。《松吟万壑图》与《万壑松风图》，既同出巨然手笔，又有着非常相似的画题，可能在形制和构图上也很相似吧。这里不妨参照现存的《万壑松风图》来阅读元好问的《巨然松吟万壑图》诗。巨然师法董源一派的水墨山水。《万壑松风图》为全景山水，图中山脉折落有势，皴法为披麻皴，山顶多矾头，山间瀑流下有一磨坊，右方树林隐映间有寺院，右下方倚树临水有一亭榭，中有一人凭观。

颂："空生大觉中，如海一沤发。"①"阿师"二句，借用《维摩诘所说经》中"断取三千大千世界，如陶家轮，着右掌中"②的说法，夸张地指出巨然可以包容广大山河的胸怀，及其图画尺幅千里的表现能力。"方外"二句中，在《宣和画谱》中被认为是山水"古今第一"③的李成，在元好问看来，犹不能与方外画家巨然同日而语④。

董、巨一派的水墨山水，为后世南宗画派所推崇，那是从绘画笔法的角度来考虑的。而元好问在此推尊巨然，贬抑李成，更多的是着眼于巨然的方外身份，以及由此造成的对笔墨的超脱和表现内心世界的自如。

刘紫微是元好问熟识且推崇的方外画家。元好问题咏刘紫微画的诗有六首，经常将其与方内画家相比较，如《紫微丈山水为济川赋》说："画家李范真劲敌，方外只今谁第一。"《紫微刘尊师所画山水横披四首》其二说："仙翁不是人间客，俗笔休将比郭熙。"北宋山水画大师在此只能成为刘紫微的陪衬，就像上文提到的李成与巨然的比较一样。

文人兼画家因为其文学修养而受到欣赏，方外画家因其超俗的胸襟而受到推崇，而职业画家则经常因为文学修养的欠缺和人格的卑俗而受到批评。与苏、黄有意赞美文人画家同时含蓄地批评职业画工相比，元好问在批评画家方面表现出令人惊讶的姿态，他的用语时而坦率，时而委婉，时而戏谑，但从不讳言他对一幅画或一位画家的不同意见。

元好问和李白一样，喜好明净的风景，这在他的许多山水诗中有明显的表现。这种审美趣味同样表现在他对绘画的态度上。在《双峰竞秀图为参政杨侍郎赋》中，元好问先是描绘了弥漫的烟雨和隐没其间的山峰，接着议论说："画家晴景费经营，共爱移山入杳冥。安得北风吹雨去，倚天长剑看峥嵘。"他声称，他更愿意看到没有风雨遮掩的山峰，并且指出画家选择在画面中布置烟雨，是因为晴天的风景更难以表现。他的言下之意，是狡黠的画家在避重就轻、投机取巧。当然，这首题画诗是献给当时的户部侍郎杨愌，元好问也许考虑到这一点，他的批评显得比较含蓄。在另一首题画诗《晴景图》中，元好问就坦率得多："白日青天下笔难，要从明润细寻看。藏山只道

① 〔唐〕般剌蜜谛译《大佛顶如来密因修证了义诸菩萨万行首楞严经》卷六，《中华大藏经》第23 册，北京：中华书局 1987 年版，第 526 页。

② 〔姚秦〕鸠摩罗什译《维摩诘所说经·不可思议品第六》，《中华大藏经》第 15 册，第847 页。

③ 〔宋〕佚名《宣和画谱》卷十一，《景印文渊阁四库全书》813 册，第 130 页。

④ 对李成的轻视并非元好问一人的观点。在《密公宝章小集》诗后，元好问自作注释说："宋画谱，山水以李成为第一。国朝张太师浩然、王内翰子端，奉旨品第书画，谓成笔意繁碎，有画史气象，次之荆关范许之下。密公识赏超诣，亦以此论为公。"

云烟好,画史而今尽热谩。"

　　诗人骑驴,似乎是一种风雅的举止,很多著名诗人都有这种癖好,如孟浩然灞上风雪中骑驴赏梅,李贺带着他的古锦诗囊,骑驴四处觅句,陆游因此说:"此身合是诗人未? 细雨骑驴入剑门。"①画家因此喜欢描摹诗人骑驴的题材。但是,元好问认为诗人骑驴过于寒酸,有些诗人如飘逸的李白尤其不适合骑驴。他在《李白骑驴图》中说:"八表神游下笔难,画师胸次自酸寒。风流五凤楼前客,枉作襄阳雪里看。"孟浩然大概是适合骑驴的,而李白如果不能乘龙驾凤,也应该骑马打五凤楼前过吧。那位安排李白骑驴的阙名画师,在元好问看来,不过是在以自己寒酸的胸襟去揣度放旷的李白。骑驴在雪中的情景更加不可接受,元好问在《雪行图》中批评绘画中流行的这种题材,他说:"骑驴亏杀吟诗客,到处相逢是雪中。"骑驴甚至还不如骑牛,元好问在一首《跨牛图》诗中说:"看来总是哦诗客,远胜骑驴着雪中。"元好问对诗人骑驴尤其是雪中骑驴,感到不满,并归咎于画家个人的胸襟气度。他在《李白骑驴图》中已经批评画家"胸次酸寒",在另一首《浩然雪行图》中,再次说:"画家寒乞可怜生。"

　　孤舟独钓,是诗歌中常见的意象,诗人藉此表达逃离尘世纷争的愿望。元好问山水诗中更多的是高山湍流,但这一点也不妨碍他欣赏绘画表现的独钓情景。在《钱过庭烟溪独钓图二首》中,他由画面联想到唐代隐士张志和,说:"绿蓑衣底玄真子,不解吟诗亦可人。"而在观看一幅由杨隆基创作的《秋江捕鱼图》时,元好问同样联想到张志和,但这一次画家让他失望了。杨隆基画的是一群渔郎撒网捕鱼的场面,渔郎们竭泽而渔,让人感到喧闹嘈杂,完全与独钓的恬淡无关。元好问当然不愿意直接批评这位本朝著名的画家,他戏谑地询问说:"掷网牵罾太俗生,烟波名利不多争。绿蓑衣底玄真子,可是诗翁画不成?"(《息轩秋江捕鱼图三首》其一)

　　齐皎瀚(Jonathan Chaves)曾撰文指出中国诗与画的一种关系,是这两种艺术拥有一些共同的意象。他举出的一个例子是"渔父",画史中可以追溯到唐代裴孝源《贞观公私画史》著录的戴逵、史艺的《渔父图》,诗史中则可以追溯到屈原《楚辞》中的《渔父》篇②。由此看来,元好问两次提及张志和这位最著名的渔父,似乎是在强调诗歌与绘画共享的这一形象,防止绘画离弃这一形象,从而违离与诗歌共享的传统。

---

①　〔宋〕陆游《涧谷精选陆放翁诗集》卷九《剑南道中遇微雨》,《四部丛刊》本。

②　Jonathan Chaves, "Some Relationships between Poetry and Painting in China," in *The Translation of Art: Essays on Chinese Painting and Poetry* (Seattle: University of Washington Press, 1976), p.90.

元好问的批评显得有些无理，他试图干预画家对题材的选择。有时，这种无理的干预体现在画面中各种人或物的布置上，如在一首《秋江待渡横披》诗中，元好问觉得"待渡"的画面不能表达闲适的意趣，不如把人物抽掉，让画面只剩下夕阳中的一叶扁舟。这首诗是这样写的："物外琴尊合往还，争教俗驾点溪山。画师果识闲中趣，只作横舟落照间。"

如果说以上所引元好问对画家的批评，多是戏谑、滑稽的只言片语，那么，元好问在上文引录的《李道人崧阳归隐图》一诗中，讨论的就是有关出处进退的严肃话题，虽然也是在轻松的语气中表达。在这首诗中，元好问先是详细描绘了画面的风景，他的描绘显然掺杂个人的回忆，并且反思自己放弃归隐的行为，然后是一段对画家李道人的议论："可笑李山人，嗜好世所稀。逢人觅诗句，不恤怒与讥。道人本无事，何苦尘中为。京师不易居，我痴君更痴。山中酒应熟，几日是归期。"元好问把绘画的主题"归隐"与画家自己的出处联系起来，坦率地指出李道人违背了自己的宗旨。元好问的目的很明显，他推崇离开京城的归隐生活，希望画家李道人认同自己的观点。

在自题写真一类的题画诗中，诗人通常借机塑造自己的形象，表明自己的价值取向。不是每一个画家都明白诗人的趣味，如果没有，诗人有权重申自己的要求。元好问在前引《自题写真》诗中说："不画幼舆岩穴里，野麋山鹿欲何成？"元好问希望自己是谢鲲（字幼舆）一类的人物，因此写真的背景应该是野麋山鹿来往的岩穴。画家的写真没有表现出这些，元好问因此觉得有必要强调自己的形象。

元好问不仅在意自己在画家笔下的形象，也关心古人的形象。在前引《许由掷瓢图》一诗中，元好问表达自己对许由的理解与画家的差异。许由掷瓢，正如华歆掷金，都是心有滞碍的表现，元好问不这么理解许由。许由不过是传说人物，掷不掷瓢，无从考证。元好问在这里只是强调他的观点。与此相类似的一首题画诗，是《太一莲舟图三首为济源奉先老师赋》。《太一莲舟图》是北宋李公麟的作品①。也许是受了《庄子》的影响，元好问认为仙人不应该是犹有所待的，他说："仙人宁得此婆娑，亡奈丹青狡狯何。我与太虚同一体，也无莲叶也无波。"对于李公麟的画及其传达的思想，元好问表达了不同看法。

---

① 〔宋〕胡仔《苕溪渔隐丛话》前集卷五十三记载："李伯时画太一真人，卧一大莲叶中，手执书卷仰读，萧然有物外意。韩子苍有诗题其上。"（北京：人民文学出版社1962年版，第339页。）元好问这组诗第一首的自注叙述画面的形象，说："仙人在莲叶卧看书。"第三首说："凭君莫问题诗客，不是韩驹第二篇。"都与胡仔的记载相符，因此把元好问题咏的《太一莲舟图》定为李公麟的作品。

元好问不仅批评画家，甚至对绘画的表现能力也有不满之词。诗和画的姊妹关系，是宋人的老生常谈。诗人如苏、黄，画家如郭熙，都有类似的言论①。元好问也发表过这类言论，如卷五《许道宁寒溪古木图》："画与诗同宗。"《雪谷早行图二首》其一："诗翁自有无声句，画里凭君细觅看。"不过，我疑心这只是一种从俗的姿态，元好问在更多的时候认为画不如诗。前引《王黄华墨竹》说"画笔尚余诗典刑"，明白地区分出诗与画的等级。在面对真实风景时，元好问认为诗的表现力胜于画，如《泛舟大明湖》说："晚晴一赋画不成。"同卷《赋刑州鹊山》说："郭熙未足语平远，摹写谁有韦郎诗。"《家山归梦图三首》其三引用唐人高蟾诗句："一片伤心画不成。"

以上所举诸诗的解读，清楚地反映出元好问批评背后的意图。在他看来，画家应该具有诗人一般的文学修养，具有方外人士一般的超俗人格，成为士大夫式的人物，甚至承担"吾道"、"斯文"的传承，绘画应该像诗歌一样成为抒情言志的形式，画家的自我表现比画面对物象的客观呈现更加重要。简言之，元好问批评画家，不过是为了塑造画家，在绘画中引入文学的传统。在这一点上，元好问的思想与北宋苏轼、黄庭坚等人是大体一致的，只不过他表现得更加坦率和频繁而已。

题画诗的写作经常缘于收藏者的邀请，这种写作机缘使得收藏者可能成为题画诗的中心，或者至少被提及。金哀宗正大四年（1227），元好问过访友人刘祖谦，刘是一位收藏家，并且精于鉴赏②。在刘祖谦家中，元好问为其收藏的画作题写三首诗，其中《段志坚画龙为刘邓州赋》的最后四句是这样的：

逆鳞自古不受触，乃今缩头随卷舒。
怪得堂堂韈御史，平生长有雨随车。

雨随车是一个关于官长惠政的典故③，元好问借此典故，以戏谑的方式指出，曾拜监察御史的刘祖谦之所以为政时可以惠及百姓，是因为他收藏了段志坚画，被画家驯服于画中的龙帮助他降雨排旱。

---

① 关于宋代谈论诗与画的关系，参见钱锺书《中国诗与中国画》，载《七缀集》，上海：上海古籍出版社 1996 年版，第 5—6 页。
② 《中州集》卷五刘祖谦小传："家多藏书，金石遗文略备，父东轩工画山水，故光甫以鉴裁自名。"
③ 〔南朝宋〕范晔《后汉书》卷三十三《郑弘传》注引《谢承书》："弘消息繇赋，政不烦苛。行春天旱，随车致雨。"（北京：中华书局 1973 年版，第 1156 页。）

在这个例子中,绘画与其收藏者的联系是通过戏谑的想象建立的,而在《摘瓜图二首樗轩家物》中,这种联系的产生则是通过历史与现实的相似。

> 四摘空留抱蔓诗,阿婆真作木肠儿。
> 履霜只说琴心苦,不见房陵道上时。(其一)
>
> 高鸟长忧挂网罗,如庵日月坐消磨。
> 凭君莫话前朝事,比似黄台摘更多。(其二)

《宣和画谱》著录李昭道《摘瓜图》一幅,并记载其背景:"武后时残虐宗支,为宗子者亦皆惴恐不获安处,故雍王贤作《黄台瓜辞》以自况,冀其感悟,而昭道有《摘瓜图》著戒,不为无补尔。"①元好问题咏的摘瓜图未必出于李昭道笔,但想必也是取材于唐宗室李贤的《黄台瓜辞》的故实图。与元好问友善的完颜璹是金世宗之孙,号樗轩,封密国公,他处于类似武后朝的政治环境中。元好问为完颜璹诗文集作序时,记载当时的情况:"自明昌初镐、厉等二王得罪后,诸王皆置傅与司马、府尉、文学,名为王府官属而实监守之。府门启闭有时,王子若孙及外人不得辄出入。出入皆有籍,诃问严甚。金紫若国公,虽大官,无所事事,止于奉朝请而已。密公班朝著者,如是四十年。"(《遗山先生文集》卷三十六《如庵诗文序》)完颜璹作为《摘瓜图》的收藏者,与图画依据的人物李贤,拥有相同的宗室地位,身处相似的险恶政治环境中,元好问正是在这点上建立收藏者与绘画的联系。一端是历史,另一端是现实,绘画绾结二者,成为诗人感昔伤今的引子。

收藏品总被善意地认为是收藏者个人品位的一种展示,因此,在题画诗中联系收藏者与其所藏画,尚属正常的手法,而元好问竟能仅凭风格的相似,把绘画与既非画家又非收藏者的时人联系起来。上引《范宽秦川图》诗就是这样的例子。上文我们引录了这首诗的前十八句,此处引录剩余的部分:

> 我知宽也不办此,渠宁有笔如修椽。紫髯落落西溪君,长剑倚天冠切云。望之见之不可亲,元龙未除湖海氛,李白岂是蓬蒿人。爱君恨不识君早,乃今得子胸中秦,作诗一笑君应闻。

元好问在诗题下自注:"张伯玉殁后,同麻征君知几赋。"可知这首诗是

---

① 〔宋〕佚名《宣和画谱》卷十,第122页。

与友人麻知几同画共题，并且含有悼念逝者张伯玉的意思。在上文所引诗的前半段中，元好问着意描绘画面呈现的雄伟山川，而在此处所引的后半段中，元好问剥夺画家范宽对《秦川图》的所有权，转而归诸张伯玉，理由不过是他认为张的胸怀气度与这幅画更加匹配。这种观点当然是无理的，所以元好问在诗后的注释中，在回忆自己无缘结识张伯玉的缘由之后，再次强调诗中的观点。

> 予七年前过偃城，伯玉知予来，而都无宾主意，予亦偃塞而去。尔后虽愿交而罢殁矣，未尝不以为恨也。今日子思兄弟出此图，求予赋诗，酒恶无聊中，勉为赋此。画本米元章家物，有韩子苍题名，元章以为中立，而元晖以为中正，以予观之，此特张罢胸中物耳。知者当不以吾言为过云。（《范宽秦川图》诗末自注。）

需要诉诸"知者"的认同，说明元好问也自知这种观点不易被人接受，因为他事实上是从一个特别的角度来建立张伯玉与《秦川图》的联系，这个角度就是张伯玉豪放落拓的气质与《秦川图》所绘关中山水大气磅礴的风貌之间的相似性。从诗后自注看来，张伯玉也并非画的收藏者，与画家更无任何关系。元好问不过是在借一幅图画来怀念一位无缘相识的逝者。这样的题画诗大概是很少见吧①。而这种无理的观点背后，隐含的理念是画如其人，正如文学传统中文如其人的观念一样，都是一种内心世界决定外在呈现的信仰。

四、结语

上文在杜甫、苏轼和黄庭坚题画诗的参照下，分析元好问的一系列题画诗，由此获得一些初步的结论。由第二节以题材分类的研究可知，元好问各类题画诗均包含强烈的抒情意识，而不仅仅是社交场合的应酬和绘画艺术的鉴赏。由第三节有关画家与藏家的讨论可知，元好问有自己的批评理念，他不仅认同诗言志的古老传统，同时认为绘画亦应遵循这一传统，而诗人则应该把观赏绘画视为抒情言志的一种机缘。总而论之，元好问的题画诗在"言志"的古老训条上表述诗画一体的信念；分而述之，第二节阐述元好问题画诗在创作方面的实绩，第三节则讨论元好问题画诗在批评层面的倾向。

---

① 《中州集》卷六载录麻知几与元好问同赋的《跋范宽秦川图》诗，与元好问诗不同，麻知几诗从图画联系到与秦川有关的各种历史事件："贪征往古山川事，忘却题诗赏画图。"

诗言志,作为一个源远流长的诗学教条,在漫长的中国文学史上,始终保持着强大的辐射和召唤的作用,文学中除诗以外的其他文类,如词、曲等,都在发展过程中向"言志"的传统靠近,文学之外的其他艺术门类,或多或少也都出现这种趋向,如一些论者提出的书言志、画言志和石言志等。在这一殊途同归的历史进程中,掌握话语权力的文人,以他们的各种言论,起着不可或缺的作用。具体说到绘画的问题,诗画一体的说法受到日益深广的认同和传述,而所谓诗画一体的实质应该是绘画向诗歌的靠近,反之则不然。北宋诗人如苏轼和黄庭坚等,已经屡次表述这一观念,而北宋之后的元好问则以数量丰富的题画诗,从创作和批评两方面,将诗画一体、画亦言志、画如其人的理念表述得更加明确和深刻。在元好问的题画诗写作中,可以清楚地看到这样一种思路:诗言志,这一点毋庸置疑;题画诗作为诗的一种亚文类,自然亦须言志;既然诗画一体,绘画亦应如诗歌一般地言志。

最后附述一点,从形式的角度来说,元好问的题画诗有一个为后人称赏的特点,即注意到画中风景和人物是一种艺术的表现,不能等同于现实,并且在这一点上做文章。我们在前文所举诸诗的分析中,虽然没有着意指出,但也可以处处领会到他的这一特点。清人黄子云正确地指出后世题画诗经常脱离题画宗旨的倾向,他认为这是一种缺点。

> 宋元后题图画者,撇去画字,只呆状景物。两端有天工人工之别,不应茫昧若是。盖因其真景只摹一面,易于下笔,画景势必并写,难以构词,故皆相习成风,去难而就易,虽题犹不题也。即或有作者,中间将画工丹青等字,略带一语,究未能得画字神髓。此等题全要作意,擒定画字发挥,方见手眼。浣花题画诗古今体不下百篇,无一首脱却题旨。①

黄子云只注意到杜甫"无一首脱却题旨",事实上元好问也是如此。陈衍的看法可以补充黄子云的观点,他认为杜甫的题画诗代表了最初的典型,而元好问是杜甫的继承者。

> (元遗山)题画诗能用古法,试以少陵题画诗比较之便知。今人作题画诗,如咏真山水、真花卉、真人物,则反易下语矣。②

---

① 〔清〕黄子云《野鸿诗的》,《续修四库全书》本,第197—198页。
② 黄曾樾辑,张寅彭校点,《陈石遗先生谈艺录》,张寅彭主编,《民国诗话丛编》第1册,上海:上海书店出版社2002年版,第707页。

　　在题画诗的历史上,杜甫、苏轼和黄庭坚的成就和地位早已被认可,有关的研究也比较深入,而元好问作为可相比拟的另一位大家,则尚未得到应有的认识。清人乔亿标举历代题画诗名家,正确估量了元好问的历史地位,援述如下,作为本章的结束语：

　　　　题画诗,三唐间见,入宋寖多,要惟老杜横绝古今,苏文忠次之,黄文节又次之,金源则元裕之一人可下视南渡诸公,至有元作者尤众,而虞邵庵、吴渊颖又一时两大也。①

————————

① 〔清〕乔亿《剑溪说诗》卷下,《续修四库全书》本,第229页。

第五章　互文：元好问的咏史诗

一、咏史诗的传统

何谓咏史诗？这似乎是一个不需多说的问题。但是，关于作为一种诗歌题材的咏史诗，实际上只有顾名思义的了解，而对其内涵和外延却缺乏明确的认识。咏史诗中历史占怎样的位置？如何区别咏史诗与使用历史典故的其他诗歌？多长的时间尺度让一个事件和人物成为历史，书写已逝的前朝君主或时人故友的诗歌可以归入咏史诗吗？咏史诗中抒情与叙述哪个更重要，或者无所谓哪个更重要？这些疑问似乎还不能得到确切的回答。

但是，我不想给咏史诗下某种定义，诸如"咏史诗是一种以吟咏历史为题材的诗歌种类"，或者更多限制性描述的说法。定义总是抽象的，苍白的，对于所定义的对象本身，经常无力让读者获得切实的理解。我们需要通过考察其历史的过程，理解其传统的构成，才能得到关于咏史诗的切实的理解。

追溯起源也许并不是最重要的，从《诗经》、《楚辞》中寻找咏史的片段，更是很无谓的思路。我们应该做的是，从现存的文献中梳理其现存的历史与传统，至于已经湮灭无闻的材料，只能提供见仁见智的揣测与想象，因此也不在研究的范围之内。从现存文献看来，西汉时期可能已产生所谓的咏史诗。《北堂书钞》卷一百五十八保存西汉东方朔的《嗟伯夷》，仅有三句，但无从确定，这三句是一首完整的诗，还是一篇文或赋中的一个片断。

学者通常把东汉班固《咏史诗》作为咏史诗历史的开端作品。这首以"咏史"命名的诗，受到批评家的关注，钟嵘《诗品》称："东京二百载中，惟有班固《咏史》，质木无文。"①班固《咏史诗》经常被当成咏史诗的正格，但一般给予的评价也不高。这些评价的标准与钟嵘注重文采不同，他们认为班固此诗只是以诗的形式叙述历史，没有足够的抒情成分。在"诗言志"的观念盛行的古代中国，这种批评当然是有为而发的。

---

① 许文雨《钟嵘诗品讲疏》，成都：成都古籍书店1996年版，第1页。

班固这首早期的咏史诗,代表汉魏六朝时期咏史诗的基本模式,即历史的叙述与有节制的抒情相结合的诗歌结构。《文选》卷二十一"咏史"类目下收入的二十一首咏史诗,除去左思《咏史八首》外,都是这种模式的写作。翻检逯钦立《先秦汉魏晋南北朝诗》中的咏史诗,大抵也都是这样的模式。以陶潜《咏三良》诗为例：

> 弹冠乘通津,但惧时我遗。服勤尽岁月,常恐功愈微。中情谬获露,遂为君所私。出则陪文舆,入必侍丹帷。箴规向已从,计议初无亏。一朝长逝后,愿言同此归。厚恩固难忘,君命安可违。临穴罔惟疑,投义志攸希。荆棘笼高坟,黄鸟声正悲。良人不可赎,泫然沾我衣。①

三良,指的是秦国子车氏三子奄息、仲行和针虎,三良殉葬,事见《左传·文公六年》。关于三良的咏史诗,在陶潜之前已有王粲、曹植、阮瑀的作品。这些咏三良诗也许各有优劣,但都共同地以三良事迹为写作的中心,各诗都有的"临穴"情节和"黄鸟"的结尾,说明他们的歌咏都共同地以典籍的记载为依据。

后世批评家强调这首咏史诗的抒情性质,认为不是泛泛地咏史,而是出于个人现实遭遇的有感而发②。这些诗篇是否影射了现实,很难考证,但仅从作品本身看,这些咏史诗都以历史为诗歌结构的中心,而非以历史为典故的自我抒情。诗人当然在叙述历史的过程中,表露自己的主观反应,但这并不改变诗歌的结构。事实上,比较曹植、王粲、阮瑀和陶潜四家诗的抒情成分,会发现他们面对同样的历史事件时所作出的个人反应,其实相差不多,换言之,他们也许并不是在自我抒情,而是把类型化的历史情感连同历史事件一起呈现给读者。

与班固《咏史》受到贬抑形成对比的是,左思的《咏史八首》因其强烈的抒情色彩,获得批评家们的广泛赞誉。虽然被一些批评家,如清人何焯,认为是变体③,但左思咏史如咏怀的方式,还是得到了很高的评价。在中国诗

---

① 龚斌《陶渊明集校笺》卷四,上海：上海古籍出版社 1999 年版,第 328 页。

② 〔清〕陶澍《陶靖节先生集》卷四："古人咏史,皆是咏怀,未有泛作史论者。曹子建《咏三良》曰：'功名不可为,忠义我所安。'此慨魏文之凉薄,而欲效秦公子上书,愿葬骊山之足者也。渊明云：'厚恩固难忘,投义志攸希。'此悼张祎之不忍进毒,而自饮先死也。"(《续修四库全书》本,第 307 页。)

③ 〔清〕何焯《义门读书记》卷四十六："左太冲咏史诗,题云咏史,其实乃咏怀也。""咏史者不过美其事而咏叹之,隐括本传,不加藻饰,此正体也。太冲多摅胸臆,乃又其变。"(《景印文渊阁四库全书》860 册,第 669、670 页。)

歌的正体与变体的竞争中,以变体而获得舆论的胜利,大概是比较少见的,左思的咏史诗是一例。

左思对咏史诗的变革,至少表现在两方面:一是诗人自我抒情的突出;二是抒情与历史的关系在章法上更加多样化①。这两个方面又是互相关联的,后者服务于前者。左思变革的这些新方式,在后世诗人的写作中得到广泛的沿用。在这一点上,左思咏史诗获得崇高的地位,也是理所当然的。

但是,左思的变革引发了一种危险的倾向,即历史从诗歌的中心沦为典故的倾向。《咏史八首》的其一、五、八,明显地表明这种倾向。例如第一首:

> 弱冠弄柔翰,卓荦观群书。著论准过秦,作赋拟子虚。虽非甲胄士,畴昔览穰苴。长啸激清风,志若无东吴。铅刀贵一割,梦想骋良图。左眄澄江湘,右盼定羌胡。功成不受赏,长揖归田庐。②

诗中提及贾谊《过秦论》、司马相如《子虚赋》和司马穰苴兵法,或者还含蓄地暗示了班超的上疏和鲁仲连的高节,但这些历史的暗喻都只是用来表现诗人的非凡抱负,都只是一种历史的典故。第五首使用许由的典故,第八首使用苏秦、李斯的典故,情况也是如此。这样的诗篇是否可以称为咏史诗,是应该谨慎讨论的问题。不加分辨地承认这些诗是咏史诗,就意味着任何包含历史典故的诗都是咏史诗,这是不能接受的观念③。

咏史诗的写作缘起,可以是阅读史籍而引发的感想,或者由身世之感而引起对古人的怀想,也可以是亲临历史留下的遗址而引生各种思绪。前两种经常不再在诗题中体现出来,如上文所举诸诗,当然也有些诗题作了说明。后一种情况通常可以从诗题看出来,这类咏史诗多数会有包含游览要素的诗题,如南朝宋谢瞻《经张子房庙诗》、郑鲜之《行经张子房庙诗》、范泰《经汉高庙诗》等。不过,有些诗题存在误导的可能,如晋卢谌《览古诗》、梁吴均《览古诗》,诗题并非游览古迹,而是览读古人事迹的意思。

---

① 〔清〕张玉毂《古诗赏析》卷十一对此有简洁的总结:"或先述己意,而以史事证之;或先述史事,而以己意断之;或止述己意,而史事暗含;或止述史事,而己意默寓。"(《续修四库全书》本,第4页。)

② 〔唐〕李善注《文选》卷二十一,北京:中华书局1977年版,第296页。

③ 例如,元好问《壬辰十二月车驾东狩后即事五首》其一:"翠被匆匆望执鞭,戴盆郁郁梦瞻天。只知河朔归铜马,又说台城堕纸鸢。血肉正应鱼极数,衣冠不及广明年。何时得遂携家去,万里秋风一钓船。"前六句分别暗示了六种历史事件,但没有人会把这首诗看成咏史诗。正如诗题所指示,这首诗是元好问为金哀宗出逃而写的,通常被称为具有诗史意义的丧乱诗。因此,当诗歌中的历史事件指向现实事件时,这样的诗歌就不是咏史诗,即使全诗充满了历史人物和事件的典故。

　　咏史诗虽然以历史为题材，但其实并不排斥合理的虚构和想象。正如史书的编纂允许编造对话、独语和气氛一样，咏史诗的作者同样热衷于想象那些无凭无据的人物心理和表情。上文所举的以三良为题材的几首诗，都存在这些试图打动读者的虚构。更为明显的一个例子是颜延之的《秋胡行》。这首乐府诗由结构匀称的九章组成，每章自押一个韵脚。在《列女传》等典籍记载的基础上，颜延之构想了一个首尾具足的叙事，加入丰富的风景、节令、心理和神情的描写，设置了各种情节和场面，简直可以看成一折多出的舞台剧。

　　咏史诗可以只叙述一个历史事件，如班固写淳于缇萦，王粲、曹植、阮瑀和陶潜写三良；也可以罗列堆积一系列的历史人物或事件。胡应麟称："咏史之名，起自孟坚，但指一事。魏杜挚《赠毌丘俭》，迭用八古人名，堆垛寡变。太冲题实因班，体亦本杜，而造语奇伟，创格新特，错综震荡，逸气干云，遂为古今绝唱。"①他正确地指出咏史诗的两种体式，但错误地把杜挚那首赠答诗看成咏史诗。左思《咏史八首》确实擅长使用堆积历史事件的方式，但他的先驱应该是比杜挚更加杰出的建安诗人。例如，曹操《短歌行》（周西伯昌）包含周文王、齐桓公、晋文公的事迹，曹丕《煌煌京洛行》包含韩信、张良、苏秦、陈轸、吴起、郭生、燕昭王、鲁仲连的事迹，阮瑀《隐士诗》，在隐士的主题下，罗列四皓、老莱子、颜回、许由和伯夷的事迹，这些都是左思的先驱。

　　堆积在一首诗中的一连串历史事件，显然需要一个共同的主题加以统摄。然而，这些受到篇幅限制而无法得到充分叙述的历史，很容易成为服务于一个主题而举出的例证，也因此存在使历史从诗歌的中心沦落为典故的倾向。例如，在《咏史八首》其七中，左思密集地引用了一系列历史人物的事迹：主父偃，朱买臣，陈平，司马相如，然后由此归纳出一种历史的观感。很难否认此诗是咏史诗，但这种堆积故实的方式，让每一位历史人物的事迹都只得到简约的描述，并且都因为指向共同的主题，而失去自身的完整和个性。这样的咏史诗，因为主题的突出，或者说诗人自我抒情的突出，被看成咏怀诗或许更加合适。

　　咏史诗通常采取第三人称的叙述，诗人以后来者、旁观者的姿态走近历史。这是咏史诗的一般视角。不过，在魏晋南北朝时期，一些咏史诗采取了拟代性质的第一人称叙述视角。例如，晋代傅玄有两首《秋胡行》，一首为四言诗，以秋胡子的口吻讲述，另一首为五言诗，以秋胡妻的口吻讲述。我注意到这样的现象，魏晋南北朝时期拟代性质的咏史诗，通常具有乐府的题目，频繁出现的乐府古题是《班婕妤》和《昭君辞》。乐府诗的用于歌唱的性

---

　　① 〔明〕胡应麟《诗薮》外篇卷二，第147页。

质,可能是造成这种现象的原因,毕竟第一人称的歌唱更适于表现抒情的效果。当然,这只是一种猜测。

说到咏史诗与乐府诗的结合,在这一时期尚未出现"咏史乐府"的名称,但这种特殊的诗歌形式,是应该被承认,并单独加以讨论的。后来元明清时期广泛流行的咏史乐府,并非明清人的创造,应该在此找到它的源头。这一点留待下文再说。

以上讨论了汉魏六朝时期咏史诗传统的构成情况,在此归纳几点结论:一,咏史诗以叙述为主,还是以抒情为主,形成两种表现的方式;二,咏史诗只取一事,还是堆积一串事件,形成两种叙述的方式;三,咏史诗允许虚构和想象;四,咏史诗的缘起可以是书籍、遗址或者一时的感触;五,咏史诗以第三人称为常见的视角,但也有拟代的第一人称,后一种与乐府古题的采用存在联系;六,咏史乐府已经产生,虽无其名,已有其实。

先唐咏史诗的情况大抵如此。唐以后的情况,由于材料太多,无法做全面的考察,只能做一些疏略的描述。

唐代的咏史诗,在整体上延续了汉魏六朝的传统,只不过在一些大诗人手中,发展得更加复杂多样。值得注意的现象是,以抒情为主的咏史诗成为主流,而以叙述为主的咏史诗出现通俗化的倾向。前者在精英文人的写作中日益完善和精致,后者经常以近体诗的形式系统地改写历史,以大型组诗的形态结集刊行,服务于学童训蒙的需要。精英文人的咏史诗,如杜甫、杜牧和李商隐的作品,早已进入文学史的视野,不必在此讨论。通俗化的咏史诗,如赵嘏《读史编年诗》七律三十六首,胡曾《咏史诗》七绝一百五十首,周昙《咏史诗》七绝一百九十五首,一般缺乏精致的构思,只能看作历史教学的读本①。

宋人的咏史诗在沿续前代遗产的同时,具有自己时代的特征,宋诗以议论为诗的倾向同样在咏史诗中体现出来。宋人不再满足于叙述和抒情,而更加热衷于评论历史的成败得失,特别喜欢做翻案文章。例如,王昭君的题材出现在历代的咏史诗中,但只有到了宋代,才有欧阳修、王安石那几首以别出心裁的议论而闻名的《明妃曲》。

咏史乐府在汉魏六朝诗人手中只是偶尔、零星的写作,唐宋诗人也大抵如此,但在元明清时期却演成一种规模的、系列的写作。元末杨维桢《铁崖古乐府》,明前期李东阳《西涯乐府》,虽然没有正式命名为咏史乐府,但在清人的追溯中,俨然成为咏史乐府的两位鼻祖。咏史乐府在有清一代成为

———————————

① 关于通俗化的唐代咏史组诗,参见赵望秦《唐代咏史组诗考论》,西安:三秦出版社 2003年版。

一种有趣的现象,几乎历史上每一朝代都有一部相应的咏史乐府诗集,从而组成一套韵语形式的二十四史。例如,舒位的《春秋咏史乐府》,徐校的《左传乐府》,瞿应麒的《前汉乐府》,宋慈袤的《三国志乐府》,等等。这些咏史乐府诗,挂搭着新乐府式的诗题,多数以史籍为依托,敷衍史事,经常附有作者或门生的注释。从用途和水准说,这些咏史乐府诗集真正的不祧之祖,是唐代胡曾、周昙那些用于训蒙的咏史组诗。

二、用典方式的考察

金宣宗兴定元年(1217),时年二十八岁的元好问至汴京参加府试,并以诗文谒见礼部尚书、文坛领袖赵秉文。元好问的诗文受到赵秉文的激赏,并因为赵秉文的延誉而在京城获得声名。这些让元好问成名的诗文,据郝经的记载,包括两首咏史诗:《箕山》和《元鲁县琴台》。前一首尤为有名,以至于在元好问去世后,其友人张德辉在编辑元好问文集时,把这首诗当成诗歌部分的压卷之作①。

> 幽林转阴崖,鸟道人迹绝。许君栖隐地,唯有太古雪。人间黄屋贵,物外只自洁。尚厌一瓢喧,重负宁所屑。降衷均义禀,汩利忘智决。得陇又望蜀,有齐安用薛。干戈几蛮触,宇宙日流血。鲁连蹈东海,夷叔采薇蕨。至今阳城山,衡华两丘垤。古人不可作,百念肝肺热。浩歌北风前,悠悠送孤月。

然而,元好问的压卷之作《箕山》诗,受到清代批评家的质疑。清人施国祁批评诗中"降衷"四句是道学家的空头大话,是诗人迎合时尚、博取才名的手段②。元好问是否有意博取才名,"降衷"四句是否迂腐、切题,施国祁的

---

① 这是清人施国祁的揣测。现存《遗山先生文集》四十卷的版本,卷端多数署有"张德辉类次"的字样,但在只收诗歌的《遗山先生诗集》二十卷的各种版本中,没有出现张德辉类次的说明。稍微晚出的二十卷本出于曹益甫之手,他是元好问的另一位朋友。曹本虽然比张本多出八十余首诗,但在编排顺序上是一致的,而张、曹二人都声称,他们编辑的来源是元好问家藏的手稿。这样说来,元好问的手稿已经具有固定的编排,因此,把《箕山》作为压卷之作,很可能就是元好问自己的意思。

② 〔清〕施国祁《元遗山诗集笺注》卷一,此诗"降衷"四句注曰:"此诗为先生南渡后得名之作。是时南宋道学,迤流于北,谓为经学,杨、赵提衡于上,李、麻讲论于下,诗中四语得名似在此。偶阅钱西楳评本,直以腐语抹之,在西楳固专以论诗,或疏于论世,而遗山未免曲售时好,以博才名。迄今细味四语,未见切题,先生诗笔之妙,全不在此,此其哗嚣之美乎?周德卿有云,文章工外而拙内者,可以惊四筵,不可以适独坐,此语千载不诬也。张颐斋次此诗于首,亦属饮名之癖,识之以诮知言者。"(第73页。)

观点,以及他所引述的钱西椴的观点,都只是一家之言,并非定论。施国祁的笺注本问世后,就有乔松年的反驳①。双方各执一词,不过谁是谁非并不重要,重要的是"降衷"四句体现了元好问咏史诗的一般倾向,即高声大腔、作意好奇的议论。又如,《丰山怀古》诗对诸葛亮联吴抗曹战略的批评:"吴人操等耳,忍与分河潼。夺操而与权,何以示至公。"《颍谷封人庙》诗对颍谷封人善谏的反思:"反身而未诚,善谏且败矣。如何千载下,乃与茅焦比。"《鸿沟同钦叔赋》诗对楚汉之争的个人诠释:"刘郎着手乾坤了,未害与渠分九州。夸儿衣绣自楚楚,作计岂复西鸿沟。雌雄自决已无策,尺寸必争唯上流。韩生已死言犹在,千载令人笑沐猴。"《新野先主庙》诗指出刘备去世后,诸葛亮也无力回天:"两朝元老心虽壮,再世中兴事可常?"《读靖康金言》诗对北宋灭亡原因的认识:"颠沛且当惩景德,规模何必罪朱梁。"如此等等。

好发议论,显然是元好问咏史诗的特征,但这种特征却并不特别,因为好发议论也是元好问其他题材的诗歌中常见的特征,并且也是北宋诗歌,包括咏史诗,所具有的特征。换言之,议论化的倾向,是元好问从北宋诗人那里继承来的遗产,并非他个人的创造。因此,这里不拟详细讨论这种特征,值得关注的是更能体现元好问诗歌创造力的方面。

上文讨论汉魏六朝咏史诗时指出,咏史诗只取一事,还是堆积一串事件,形成两种叙述的方式。后一种叙述方式虽然串连了若干历史事件,但这些历史事件却通常被呆板地堆垛在同一个层面,它们指向同一个主题,但互相之间保持独立。这种叙述方式,缺乏角度和层次的变化,因此经常造成单调肤浅的效果,如前引胡应麟批评杜挚诗所说的"堆垛寡变"。

与堆垛历史事件的方式相比,元好问的咏史诗发展了一种复杂丰富的叙述方式。这种叙述方式指涉多重的历史文本,指涉的方式可以是并置、叠加或交织,从而造成更加曲折多变的抒情效果。

金宣宗兴定五年(1221),元好问与友人李献能(字钦叔)一同游览河南荥阳的广武山,这里是楚汉之争的古战场。李献能后来写下一首《荥阳古城登览寄裕之》诗,作为回应,元好问写下《楚汉战处》诗(题下自注:"同钦叔赋")。

---

① 〔清〕乔松年《萝藦亭札记》卷四:"近人施姓注元遗山诗刻之……论《箕山》'降衷均义禀'四句均为腐语,染采人习气,可以删去。……按'降衷'四句,必得有此一段,气方排纍,若竟删去,接落便不合法,且此等语是少陵宗派,非宋人所能到。"(《续修四库全书》本,第133页。)

虎掷龙挐不两存，当年曾此赌乾坤。

一时豪杰皆行阵，万古山河自壁门。

原野犹应厌膏血，风云长遣动心魂。

成名竖子知谁谓，拟唤狂生与细论。

　　李献能诗是一首标准然而陈旧的七律，首联写登临，是起；颔联写所见，是承；颈联写历史，是转；尾联写所感，兼寓寄意，是合。在李献能诗中，七律的程序湮没了咏史诗的题材特性。比较而言，元好问诗显然优胜于李诗。元好问诗摆脱七律的程序，前四句写战争的场景，是历史的想象，"当年"、"一时"和"万古"三个时间的词汇，造成诗歌的张力。五、六句存在歧义，既可指向过去，也可指向当下，这种模糊古今界限的歧义让这联诗摆脱俗套的风景描写，含蕴丰富。末一联以虚拟情态的问句形式，引入另一种历史的典故，另一重历史的眼光。公元前三世纪，阮籍登上广武山，观看楚汉战争留下的遗址，并发出耐人寻味的感叹："时无英雄，使竖子成名。"①阮籍口中的"竖子"所指何人，引起后来者见仁见智的猜测。近一千年后，元好问站在了阮籍来过的山头，观看阮籍眼中的遗址，想起这位怪异的魏晋名士，以及他那句有名的感叹。

　　在咏史诗中引用与所咏历史相关的典故，这必然造成多重历史文本的重叠，以及源于互文性的张力。此诗就包括了记载楚汉战争的史籍（如《史记》、《汉书》）和阮籍生平的传记（如《晋书》）两种历史文本，前者是主体，后者是附加上去的。这两重历史文本的重叠，使诗歌包容了公元前三世纪（楚汉战争）、公元三世纪（阮籍）和公元十三世纪（元好问）三种不同而相关的历史时空。

　　还是在兴定五年的荥阳，在登广武山的前后，元好问登上汜水故城，写下一首《水调歌头·汜水故城登眺》。这首词同样以楚汉战争为题材，并且与诗一样用"虎掷"、"龙挐"的词汇来想象那场战争的宏大场面。

　　　牛羊散平楚，落日汉家营。龙挐虎掷何处，野蔓胃荒城。遥想朱旗回指，万里风云奔走，惨淡五年兵。天地入鞭棰，毛发懔威灵。　　一千年，成皋路，几人经。长河浩浩东注，不尽古今情。谁谓麻池小竖，偶

----

① 〔唐〕房玄龄等撰《晋书》卷四十九《阮籍传》："尝登广武，观楚汉战处，叹曰：时无英雄，使竖子成名。"（北京：中华书局1974年版，第1361页。）尽管元好问诗是对李献能诗的响应，但元好问在诗题上并不与李诗保持一致，他把"荥阳古城"改成"楚汉战处"，与《阮籍传》相同。这可能是元好问诗对阮籍传记的一种暗示。

解东门长啸,取次论韩彭。慷慨一尊酒,胸次若为平。①

　　词的上阕如多数登览怀古的诗歌一样,在风景描写中开始历史的叙述。下阕采用与《楚汉战处》诗末联相同的手法,也在问句的形式下引入另一个人物的视角。这回不再是对楚汉战争发表感叹的阮籍,而是后赵开国皇帝石勒。石勒被引入词中的原因,是他曾经把自己与刘邦、韩信、彭越等西汉开国君臣作过比较。"谁谓"三句分别指向《晋书》石勒传中石勒的三段轶事②。"麻池小竖"指的当然是石勒,但《晋书》石勒传中只出现"麻池",并无"小竖"。"小竖"一词,联系《楚汉战处》诗引用阮籍的话,"竖子",元好问在把这一贬称加诸石勒时,心中一定想到阮籍那句狂傲的话。虽然时间顺序不对,但石勒正是阮籍所说"竖子"中的一员。因此,这首词在引用石勒传记的背后,还微弱地隐藏着阮籍的声音。

　　从文本的结构看,上下阕之间,多种历史文本之间的对比,形成诗歌的张力。在上阕中,诗人想象战争造成的震慑人心的场面。这种描写当然给读者带来强烈的阅读效果,这种效果也是诗人有心营造的。但是,震慑的战争场面也让诗人自我变得渺小卑微:"毛发懔威灵。"而下阕对石勒生平轶事的戏说,与上阕对战争的悲壮叙说,形成一种悖论。石勒被贬称为来自麻池的小子,他的东门长啸并无特别的意味,只是偶然学会,比拟韩、彭的话也是随口说说而已,然而,就是这位小子后来成为后赵的开国皇帝。在贬低石勒之后,诗人重新获得了"慷慨",一种强健的生命意识,由此从上阕"懔"的心情中解脱出来,恢复平静的心境。

　　前文谈及,诗人对石勒的贬称中隐含着阮籍的声音,进一步说,阮籍的狂傲姿态鼓舞了诗人更加自信地面对历史的风云人物和王图霸业③。综上而言,三重历史文本构成的互文性,使诗人从历史语境的压抑中解脱出来,获得更强健的抒情自我,也使诗歌获得更深刻的力量。

　　《楚汉战处》和《水调歌头》中的互文性,都来自历史典故的引用,而下

---

① 赵永源校注《遗山乐府校注》卷一,南京:凤凰出版社 2006 年版,第 43—44 页。
② 〔唐〕房玄龄等撰《晋书》卷一百零四《石勒传上》:"年十四,随邑人行贩洛阳,倚啸上东门,王衍见而异之,顾谓左右曰:'向者胡雏,吾观其声视有奇志,恐将为天下之患。'驰遣收之,会勒已去。"是"偶解东门长啸"句暗示的典故。卷一百零五《石勒传下》:"初,勒与李阳邻居,岁常争麻池,迭相殴击。"是"谁谓麻池小竖"句暗示的典故。同卷:"勒笑曰:……朕若逢高皇,当北面而事之,与韩彭竞鞭而争先耳。脱遇光武,当并驱于中原,未知鹿死谁手。"是"取次论韩彭"句暗示的典故。(第 2707、2739、2749 页。)
③ 元好问被他的友人比拟为阮籍,他也经常自拟为阮籍。李献能《荥阳古城登览寄裕之》诗的末句,"为唤穷途阮步兵",就兼指阮籍和元好问。

面要讨论的这首七言八句诗,则在一个普遍性的主题下包容了若干文学文本。金哀宗正大七年(1230),元好问应武胜军节度使移剌瑗的征辟,入其邓州幕府。《邓州城楼》诗作于此时。

> 邓州城下湍水流,邓州城隅多古丘。
> 隆中布衣不复见,浮云西北空悠悠。
> 长鲸驾空海波立,老鹤叫月苍烟愁。
> 自古江山感游子,今人谁解赋登楼。

正大七年,女真王朝面临着来自北方的强大军事压力,蒙古人频频攻打金朝的西北领土。在有些研究者看来,这构成此诗的历史背景,由此规定了此诗的主题,以及诗中各句的具体所指。在战争的语境中,此诗需要按照借古喻今的思路来读解,长于军事谋略的诸葛亮成为诗人祈灵的历史人物;“西北”指的是正受蒙古兵侵略的陕西;“长鲸”二句描绘想象中的战争场景;尾联暗示的王粲,因汉末争战而流离异地的游子,正是诗人的自拟,他因蒙古的南侵而被迫从山西举家迁到河南。历史背景规定了此诗的主题,诗句的具体分析也支持这一结论,此诗的主题可以理解成对时事的忧患。不过,基于本文的论题,我更关注的是此诗的结构,一种隐含的互文性,而这种互文性规定了另外一种主题。

金代南京路邓州,相当于北宋的南阳郡。诸葛亮虽然只以“隆中布衣”的指称出现在一行诗句中,但却是此诗中唯一正面出场的历史人物,况且这里是南阳,与诸葛亮紧密联系的南阳,所以这是一首以诸葛亮为怀古对象的咏史诗。这是必须首先确定的。

此诗的形式让我们联想到崔颢的《黄鹤楼》诗和李白的《登金陵凤凰台》诗。这不是一种印象式的比附,从韵脚、亦古亦律的形式、前四句的句法和五、六句的意象等方面,都能证实此诗与崔、李二诗的联系。

> 昔人已乘白云去,此地空余黄鹤楼。
> 黄鹤一去不复返,白云千载空悠悠。
> 晴川历历汉阳树,芳草萋萋鹦鹉洲。
> 日暮乡关何处是,烟波江上使人愁。
>
> ——崔颢《黄鹤楼》①

---

① 〔唐〕殷璠《河岳英灵集》卷中,《四部丛刊》本。案:在其他文献中,如《全唐诗》,“昔人”句中,“白云”一作“黄鹤”。

> 凤凰台上凤凰游,凤去台空江自流。
>
> 吴宫花草埋幽径,晋代衣冠成古丘。
>
> 三山半落青天外,一水中分白鹭洲。
>
> 总为浮云能蔽日,长安不见使人愁。
>
> ——李白《登金陵凤凰台》①

　　崔颢诗的韵脚是:楼,悠,洲,愁。李白诗的韵脚是:游,流,丘,洲,愁。元好问诗的韵脚是:流,丘,悠,愁,楼。三诗所用的韵字,都属于《广韵》的"尤"、"侯"、"幽"三韵。根据王力的研究,《广韵》的"尤"、"侯"、"幽"三韵在隋唐音系(581—836)中同属"侯"部[ou],在宋代音系(960—1279)中同属"尤侯"部[əu]②。元诗沿用了崔诗的三个韵字,也沿用了李诗的三个韵字。因此,从用韵上说,元好问在邓州城楼写作此诗时,必然心存崔颢的黄鹤楼和李白的凤凰台。即使这种说法是一种"意图谬误"(intentional fallacy),就诗歌本身而言,元诗也与崔、李二诗之间存在着不可否认的文本联系③。

　　《黄鹤楼》和《登金陵凤凰台》二诗,通常被看成古体和律体的混合,专门用以指称这类诗歌的术语是"古律"。《邓州城楼》似乎有意采取了这种古律混合的形式。起首二句对地名"邓州"的重复,追求易于上口的节奏,也是对崔、李二诗的有意模仿。不过,就效果而言,崔诗重复的"黄鹤",李诗重复的"凤凰",本身都是一种意象,由此造成的阅读效果,比元诗重复"邓州"这样的灰色地名,当然更加生动。

　　元诗五、六句分别暗示了李白和崔颢。"长鲸"句来自一个骑鲸的传说。"骑鲸"一语由来已久,扬雄《羽猎赋》就有"乘巨鳞,骑京鱼"的描写④,但是,作为一种神化传说的"骑鲸"却主要与李白相联系⑤。元好问《太白独酌

---

① 〔清〕王琦注《李太白全集》卷二十一,北京:中华书局 1981 年版,第 986 页。

② 王力《汉语语音史》,北京:中国社会科学出版社 1998 年版,第 177、287 页。

③ Intentional fallacy, 是 W. K. Wimsatt 和 M. C. Beardsley 在 *The Verbal Icon: Studies in the Meaning of Poetry* (1954) 一书提出的理论。参见 Wilfred L. Guerin, etc., *A Handbook of Critical Approaches to Literature*. Beijing: Foreign Language Teaching and Research Press, 2004, p.87.

④ 〔南朝梁〕萧统《文选》卷八,李善注:"京鱼,大鱼也,字或为鲸,鲸亦大鱼也。"(北京:中华书局 1977 年版,第 134 页。)

⑤ 周勋初主编《唐人轶事汇编》(上海:上海古籍出版社 2006 年新 1 版)没有有关李白骑鲸的记载,但李白骑鲸的传说是确实存在,并广为传播的。据仇兆鳌《杜诗详注》卷一,杜甫《送孔巢父谢病归游江东兼呈李白》"南寻禹穴见李白"句,一作"若逢李白骑鲸鱼"。晚唐贯休《观李翰林真》其一:"宜哉杜工部,不错道骑鲸。"他看到的应该是后一种版本。〔转下页〕

图》诗就明显地提及这个掌故："谪仙去世三百年,海中鲸鱼渺翩翩。"因此,"长鲸"的隐喻可以确定为李白。"老鹤"句的意象来自崔颢《黄鹤楼》诗,"鹤"、"烟"、"愁"都是崔诗中现成的字眼,"月"则是崔诗"日暮"的合理延伸。因此,"老鹤"句的隐喻可以确定为崔颢。

崔颢《黄鹤楼》、李白《登金陵凤凰台》和元好问《邓州城楼》三首诗,可以归结为一个共同的原型:登楼,准确地说是,游子在异乡的登楼。建安诗人王粲的《登楼赋》大概是这一原型的源头。元好问诗的结尾重新追寻了登楼的原型,并且以一个武断的问句,为登楼文学设立了门限。王粲赋是源头,崔颢、李白二诗是典型,今后再没有人懂得写作登楼的作品。这当然是一种自谦的姿态,但同时也隐含一种排他的意图,使自己成为登楼文学的终结者,从而低调地进入这一行列①。

这是一首以南阳诸葛亮为对写作对象的咏史诗,但诗人并不停留在咏怀古迹的层面,而是在建立与崔、李二诗的互文联系中,进入一个以"登楼"为主题的文学传统中。"登楼"不再只是引发历史想象的一个动作,更重要的是成为一首诗歌的中心事件。在这样的咏史诗中,诗人既面对由人物和事件构成的历史,又面对诗歌自身的历史。

金宣宗兴定四年(1220)八月,元好问至汴京(开封)参加府试,在此期间游览了一座北宋遗留下来的皇家园林:西园。就在六年前,女真王朝在蒙古的压力下将京城南迁到宋朝的故都汴京。元好问为此写下一首《西园·兴定庚辰八月中作》诗。此诗包含各种历史典故和文学文本,比起上文所讨论的几首作品具有更复杂的互文性。

> 西园老树摇清秋,画船载酒芳华游。登山临水祛烦忧,物色无端生暮愁。百年此地旃车发,易水迢迢雁行没。梁门回望绣成堆,满面黄沙哭燕月。荧荧一炬殊可怜,膏血再变为灰烟。富贵已经春梦后,典刑犹见靖康前。当时三山初奏功,三山宫阙云锦重。璧月琼枝春色里,画栏桂树雨声中。秋山秋水今犹昔,漠漠荒烟送斜日。铜人携出露盘来,人生无情泪沾臆。丽川亭上看年芳,更为清歌尽此觞。千古是非同一笑,不须作赋拟阿房。

[接上页]在宋诗中,骑鲸的轶事与更加有名的捉月轶事联系起来,成为关于李白临终的传说。如郭功甫《采石渡》诗:"骑鲸捉月去不返,空余绿草翰林坟。"梅尧臣《采石月赠郭功甫》诗:"采石月下闻谪仙,夜披锦袍坐钓船。醉中爱月江底悬,以手弄月身翻然。不应暴落饥蛟涎,便当骑鱼上青天。"后世诗歌中把李白称为骑鲸客的例子,就随处可见了。元好问诗中也有多处的例子。

① 〔唐〕殷璠《河岳英灵集》卷下"崔署"条:"送别、登楼,俱堪泪下。"显然是把"登楼"作为一种题材来谈论。

　　批评家们倾向于为此诗设定一个现实社会的背景，认定此诗的写作宗旨是以古鉴今、感今伤昔。例如，顾嗣立《元诗选》在此诗的"梁门"句后注："时金主迁都于汴。"又在"荧荧"句后注："蒙古破金燕都，焚宫室，火一月不灭。"①这种论世的说法，即使不是索隐附会之辞，也对我们理解作品没有多大的帮助。理解此诗的关键，在于理解此诗本身的结构。

　　这首在用韵上具有乐府诗节奏的七言古诗②，可以依其韵脚的转换，分成六章。首尾二章是起和结，中间四章是咏史的主体。这中间四章是对徽、钦二宗北狩及前后一些情况的如实描述，但是，其中一些句子却不仅具有如实描述的功能，还包含了若干精心安排的典故。

　　"易水"句，暗用《战国策》等史籍的记载："高渐离击筑，荆轲和而歌，为变徵之声，士皆垂泪涕泣。又前而为歌曰：风萧萧兮易水寒，壮士一去兮不复还。"③

　　"梁门"句，借用杜牧以唐玄宗、杨贵妃为题材的《过华清宫绝句三首》诗其一："长安回望绣成堆，山顶千门次第开。一骑红尘妃子笑，无人知是荔枝来。"④

　　"画栏"句、"铜人"句，暗用李贺《金铜仙人辞汉歌》序："魏明帝青龙元年八月，诏宫官牵车西取汉孝武捧露盘仙人，欲立置前殿。宫官既拆盘，仙人临载乃潸然泪下。"诗："画栏桂树悬秋香。"⑤

　　"人生"句，翻用杜甫写于安史之乱的《哀江头》诗："人生有情泪沾臆。"⑥

　　末句"阿房"，指的是杜牧写秦朝灭亡的《阿房宫赋》。阿房宫的典故，让诗中有关汉唐的典故联系起来，因为就在阿房宫的遗址上，汉代建造了温泉宫，唐代建造了华清宫。历史的惊人重复不仅表现在兴亡上，也表现在地理上⑦。

　　环绕着对北宋覆灭的描述，此诗指涉了一连串的文学文本，而这些文本多数是以历史为题材的写作，并且都指向一系列相关的词汇：衰飒、逝去、诀别、纵乐、亡国、败覆、叛乱。面对北宋王朝的陈迹，诗人触景生情，在脑海中唤出一组相似的历史时刻：在草根起义中灭亡的秦帝国；汉魏易代；安史

①　〔清〕顾嗣立《元诗选》初集甲集《遗山集》，北京：中华书局2002年版，第25页。
②　〔清〕叶燮《原诗》外篇下二三曰："（七古）初唐四句一转韵，转必蝉联双承而下，此犹是古乐府体。"（霍松林校注，北京：人民文学出版社1998年版，第71页。）
③　《战国策》卷九《燕策三》，《四部丛刊》本。
④　〔清〕冯集梧注《樊川诗集》卷二，《续修四库全书》本，第187页。
⑤　〔清〕王琦等评注《三家评注李长吉歌诗》，上海：上海古籍出版社1998年版，第66页。
⑥　〔清〕仇兆鳌注《杜诗详注》卷四，北京：中华书局1999年版，第331页。
⑦　佚名注《樊川文集夹注》卷一，《阿房宫赋》题下注曰："秦为阿房宫，汉为温泉宫，及天宝五载，因阿房遗址，广温泉旧制，为华清宫。"（《续修四库全书》本，第1页。）

之乱，及其祸乱的根由；然后就是北宋灭亡；或者，如果承认诗人在借古伤今，还有可以预见的金朝的灭亡。历史在不断地重复一个败覆的过程，这是诗人未曾说出，又能让读者领悟到的历史发展观。

需要注意的是，元好问对这些历史事件的引用，并非通过历史典籍，而是经由以历史为题材的文学文本。杜牧赋铺张排比地描写阿房宫兴建和焚毁，说的是秦帝国灭亡的根源；李贺诗感伤地吟咏铜人捧露盘的拆迁，说的是汉魏易代的沧桑；杜甫诗记述自己在安史之乱中身陷长安城的耳闻目睹，杜牧诗重现唐玄宗与杨贵妃在华清宫的奢华生活，追究的是安史之乱的祸胎。一连串典故的引用使此诗进入一个强大的文学传统中，讽刺的力量借助古人之口表达出来。元好问不着一字，尽得风流。

然而，此诗对一系列文学文本的暗示，只能导致文学的自我消解："不须作赋拟阿房。"这是因为，一方面总结历史教训的文学作品不断出现，另一方面历史仍然处于不断败覆的过程。文学的讽喻或哀伤并不能改变历史。不过，诗人终究还是写下了这首诗，所以，自我消解的说法只是一种反讽，一种艺术的手段。

诗人为何要在咏史诗中暗示相同主题下的一系列历史事件？又是为何需要引用那些以历史为题材的文学文本，而不直接引用史籍的记载？这样的技巧又为诗歌带来什么样的效果？这些问题是我们阅读魏晋南北朝咏史诗时无法想象的，而元好问的咏史诗促使我们有了这些思考。以上对《西园》诗的分析，也许部分地回答了这些问题。

三、结语

以上主要是从互文性（intertextuality）的角度，讨论元好问咏史诗中包含的历史故实和文学文本。按照克里斯蒂娃（Julia Kristeva）的互文理论，任何文本都是另一文本的吸收和转化，一个文本从另一文本的主题和文体的材料中创造出自身①。这样理解互文性，似乎走向了一个极端，类似所谓的无

---

① Megan Becker-Leckrone 在 *Julia Kristeva and Literary Theory*（Hampshire and New York：Palgrave Macmillan，2005）一书中，对 intertextuality 一词所下的定义是"any text is the absorption and transformation of another"，"one text creates itself out of the thematic and generic materials of another text."（pp.155 - 156）.另外，本文从互文性的角度解读元好问的咏史诗，在一些方面受到萨进德（Stuart H. Sargent）研究苏、黄题画诗的启发。在"Colophons in Countermotion：Poems by Su Shih and Huang T'ing-chien"（HJAS，Vol.52，No.1.）一文中，萨进德借用 John Ciardi（Boston，1975）的术语"countermotion"，分析苏、黄的题画诗，尤其是黄庭坚题画诗的用典。在我看来，在处理一首诗中不同文本的关系时，countermotion 和 intertextuality 提供的思路很相似。

一字无来处的说法。本文把互文性理解成不同文本的相互作用,这些文本应该是有源有本,诗人和读者都能够辨识的。在本文的论题中,这些造成互文性的文本就是通常所谓的典故(allusion)。

典故在一首诗中的势力范围,可以仅存在于一行诗句,或相邻的几行诗句中,也可以成为一首诗的主题,后一种情况实际就意味着是咏史诗①。这是从典故的角度来说的,如果从诗歌的角度来说,一首诗可以仅有一个典故,也可以有一串典故。存在于一首诗中的一串典故,可以保持同一平面的并列关系,也可以是交织错综的互动关系。典故在咏史诗中的存在情况,与其他题材的诗歌一样,不过,既然咏史诗本身就是上升到主题层面的一个典故,那么,讨论咏史诗中的典故,也就意味着讨论典故之中的典故,这或许让问题更加复杂,也更加有趣。

汉魏六朝时期,咏史诗中的典故一般有两种情况:其一,一首诗叙述一个历史典故,这个典故就是诗的主题,如那些吟咏三良的诗篇;其二,一首诗包含一串典故,这些典故并列地服务于一个主题,如左思的咏史诗。一般说来,这样的咏史诗在结构上是比较单一的。

唐代诗人开始在咏史诗中的一两行诗句引用相关的典故,这些典故与作为咏史诗主题的典故具有某种相似性。例如,杜牧《题桃花夫人庙》诗:"细腰宫里露桃新,脉脉无言几度春。至竟息亡缘底事,可怜金谷堕楼人。"②在这首吟咏息夫人的七绝中,诗人在末句中引入另一位女性绿珠的悲剧。楚文王为夺息夫人而举兵灭息国,孙秀为夺绿珠而谋诛石崇,这两个历史故事具有相似性,而前者是此诗的主题,后者的功能仅仅是服务于主题,并只存在于一行诗句中。又如李商隐《宋玉》诗:"何事荆台百万家,惟教宋玉擅才华。楚词已不饶唐勒,风赋何曾让景差。落日渚宫供观阁,开年云梦送烟花。可怜庾信寻荒径,犹得三朝托后车。"③在这首吟咏宋玉的七律中,诗人在尾联中引入曾经居住在宋玉故宅中的庾信,只是为了说明宋玉

① 海陶玮(James R. Hightower)设计了一种诗歌用典程度的型谱(a sort of spectrum of degrees of allusion),讨论陶潜诗的用典。他认为,依据典故在诗中的存在范围,诗歌中的典故有七个种类,第一种典故是诗歌的主题,二、三、四种典故存在于一行诗句,但对于理解诗句的贡献不一,五、六、七种已经不是汉语意义上的典故。参见 James R. Hightower, "Allusion in the Poetry of T'ao Ch'ien." in *Harvard Journal of Asiatic Studies*, Vol.31.(1971), pp.5 – 27. 此文有张宏生的中译,载莫砺锋编《神女之探寻——英美学者论中国古典诗歌》,上海:上海古籍出版社 1994 年版。

② 〔清〕冯集梧注《樊川诗集》卷四,第 238 页。

③ 〔清〕冯浩注《玉溪生诗详注》卷二,《续修四库全书》本,第 370—371 页。

对后世词人的沾溉①。

咏史诗到了宋代，在用典方面，似乎并没有明显的新变和更复杂的运用。博学的黄庭坚，擅长掉书袋，他的诗中充满各种历史的典故和前人的诗语，然而，黄庭坚的咏史诗并不多见，也不太用典。偶一为之，如《和陈君仪读太真外传五首》其一"绮罗翻作坠楼人"②，在一行诗句中暗示绿珠的悲剧，与前揭所引杜牧诗类似，典故的使用都是局部的，简单的。苏轼的情况也大抵如此。他的和陶诗中有一些咏史诗，如《和陶贫士七首》、《和陶咏二疏》、《和陶咏三良》等，虽然不用典，但因为是和诗的形式，包含着与陶的对话，所以也就具有了与陶诗的互文性。陶潜在苏轼和陶诗中的位置，大概也可以算是某种形式的典故吧。这样的形式在咏史诗的用典方面倒是比较特别。

对前代咏史诗的用典情况稍作回顾之后，可以发现，元好问在此历史脉络中的独特之处。即以上文所举各诗为例，《楚汉战处》诗在楚汉战争的主题下引入阮籍登临广武古战场而感叹的典故，使得诗人的视角与阮籍的视角发生某种关系的重叠或对话；《水调歌头·氾水故城登眺》同样写楚汉战争，却在这同样的主题下引入不太相干的石勒，而这种做法只是出于某种抒情的需要；《邓州城楼》诗，从用韵、主题、意象和句法等方面，暗示了崔颢和李白的两首名诗，由此可能隐藏了一种诗歌的野心；《西园》诗，隐含各种文学文本，这些文本与此诗的主题形成同构的关系，位于一行诗句的典故，由此将自身的影响扩张至全诗，从而造成历史的重影和诗歌的反讽。就我的阅读所及而言，元好问用典的精心和复杂，在咏史诗的历史上，即使不是独一无二，至少也是非常值得关注的，虽然在此之前尚未得到批评家们的注意。

作为北宋之后的诗人，元好问一直生活在苏轼的阴影中，他既赞美又批评这位在金代享有崇高声望的前驱诗人，却从未完全摆脱苏轼的影响。但是，至少在咏史诗方面，元好问无疑摆脱了苏轼，因此也摆脱了北宋，从阴影中露出自身的面目。反讽的是，刻意用典是宋诗的一个倾向，元好问通常反对这种背离言志传统的方式，然而他却把这种方式运用在咏史诗中，以此达到超越北宋的目的。

---

① 〔清〕冯浩注《玉溪生诗详注》卷二《宋玉》注引唐余知古《渚宫旧事》："庾信因侯景之乱，自建康遁归江陵，居宋玉故宫。"（第371页。）

② 〔宋〕史容注《山谷外集诗注》卷七，黄宝华点校《山谷诗集注》，上海：上海古籍出版社2003年版，第707页。

第六章　有我之境：元好问的山水诗

一、山水诗传统的反思

我们已经习惯于不假思索地使用"山水诗"这一术语，如不断涌现的某朝或某地的山水诗选、鉴赏辞典和山水诗史，把谢灵运、王维、孟浩然等称为山水诗人，把一些诗人群体称为山水诗派，以及大量讨论某家山水诗的论文。我们对此习以为常，因此不免对这一词语的来源和内涵习焉不察。然而，当我们回顾山水诗的传统时，必须首先回答如下问题：我们何时开始用"山水诗"来指称和评论某类诗歌，作为一种诗歌题材和批评范畴的"山水诗"何时成立。这不是重提有关山水诗起源的问题，而是对山水诗的批评史的关注。

在部分典籍可以进行电子检索的情况下，从典籍中查找"山水诗"的用例是可能的，如白居易诗中的用例①，但是，这种考察方式需要花费过多时间，并且可能只会收到事倍功半的效果。我把考察的范围限定在集部的资料中，总集和个人诗集中是否出现"山水诗"的类别，与诗话中是否出现有关山水诗的评论，都能有效地回答我们提出的问题。

先看总集的方面。萧统《文选》是现存最早的以题材编排的总集，其中卷十九至三十一收入诗歌部分，没有"山水诗"的类别。谢灵运在现代学者眼中是典型的山水诗人，他的山水诗在《文选》中被编入"游览"和"行旅"两类中。

意在接续《文选》的《文苑英华》，编纂于北宋初期，其中卷一百五十一至三百三十为诗歌部分，编辑的体例是类书式的题材分类，没有"山水"部类。其中"地部"包含"山"、"洞"、"峡"、"海"、"江"、"水"、"池"等类目，所

---

① 〔唐〕白居易《读谢灵运诗》："谢公才廓落，与世不相遇。壮志郁不用，须有所泄处。泄为山水诗，逸韵谐奇趣。"载朱金城笺校《白居易集笺校》卷七，上海：上海古籍出版社2003年版，第369页。

收部分诗篇属于山水诗的范畴。

北宋初期的另一部总集是姚铉所编的《唐文粹》，卷十至十八为诗歌部分，其中的"古调歌篇"依题材分成数十类，包含了"边塞"、"咏史"等后世一直沿用的题材名称，但没有出现"山水"的类别。

旧题刘克庄编选《分门纂类唐宋时贤千家诗》，成书大概在宋元之间，其中"地理门"包含"山"、"郊野"、"江湖"、"溪"、"泉"等类目，大致相当于现代所说的山水诗，但也没有"山水诗"的名目。

元初方回编选《瀛奎律髓》，专收唐宋诗人的律体诗，依题材分成四十九类，没有"山水"的类别，其中"登览"、"山岩"和"川泉"三类收入今日所谓的山水诗。"登览"是基于登高能赋的古老原则而设立的，与"山岩"类并无实质的区别，都是有关山的诗；而"川泉"则专收有关水的诗。由此似乎可以见出向"山水"诗靠近的趋势①。

明代张之象编《古诗类苑》与《唐诗类苑》，遵循的是类书的编辑原则，涵盖从天地、人事到草木鸟兽虫鱼的范畴，其中两类"山部"和"水部"，与《文苑英华》相比，是从"地部"独立出来的。虽然还没有"山水"的类别，但"山部"和"水部"的并列出现，大概也可以说是向"山水"诗的成立又前进了一步吧。明代另一部以类书方式编辑的诗歌总集，是刘一相编辑的《诗宿》二十八卷，其中的"地理部"相当于《文苑英华》的"地部"。

明人徐师曾《文体明辩》六十卷，是一部按文体编排的总集，其中诗歌部分的五七言古近体诗又按题材设立了二级分类。徐师曾的题材分类沿续了《文选》的方式，其中收入山水诗的是"登览"和"行旅"两类，也与《文选》很相似。

清代高士奇编纂《唐诗掞藻》八卷，大概是一部基于宫廷应制需要的诗集，是宫廷诗范畴内的分类，其中的"山川"类收入游览山水的诗歌。

个人诗集的编排体例以诗体的标准最为常见，题材的编排比较少见。比较常见的，如宋代徐居仁编辑《分门集注杜工部诗》，分成七十二门，没有"山水门"，但有"山岳门"、"江河门"、"纪行门"等收入今日所谓的山水诗。又如传为南宋王十朋所编的《王状元集注分类东坡先生诗》。这部苏轼诗集的分类显得非常琐碎，没有"山水"的类别，其中相当于山水诗题材的是"纪行"、"山岳"、"江河"、"湖"、"泉石"、"溪潭"、"池沼"、"舟揖"、"游

---

① "山岩类"的解题说："登览诗，专取登高能赋之义。山岩则不但登览，大岳、崇岭、小丘、幽洞、崖岩、磴石之游戏，皆聚于此。"（方回选评，李庆甲集评校点《瀛奎律髓汇评》卷三十三，上海：上海古籍出版社 2005 年版，第 367 页。）

赏"。又如南宋杨齐贤注、元代萧士赟删补的《分类补注李太白集》，按题材分成十九目，没有"山水"的类别，只有"登览"、"行役"和"纪闲适"等类包含今天所谓的山水诗。依照题材分类而编排的个人诗集，似乎越到后世就越少见。

在对这些总集和个人诗集的分类稍作检讨后，这样的结论是可能成立的：中国古代诗人和批评家在编辑诗歌文本时，并没有产生作为一种题材的"山水诗"的观念。

下面进一步检讨诗话文献中的情况。最常见的诗话著作，如遍照金刚编《文镜秘府论》，何文焕辑《历代诗话》，丁福保辑《历代诗话续编》和《清诗话》，张寅彭编《民国诗话丛编》等，没有出现"山水诗"或相近的用语。虽然无法肯定地说古代批评家从未使用过"山水诗"的术语，但至少可以说，作为一种批评范畴的"山水诗"在古代中国并不常见，因此也不可能是一个得到广泛认可的范畴。

唐人王昌龄《诗格》归纳诗歌的各种题材，并给出简单的定义，其中有"览古"、"咏史"、"咏怀"、"寓言"等等，但没有"山水"，也没有专门指称外界描写的题材①。

旧题元人杨载的《诗法家数》，讨论各种诗歌题材的写法，这些题材包括：荣遇，讽谕，登临，征行，赠别，咏物，赞美，赓和，哭挽。《诗法家数》作为一种通俗诗学著作，大概很能反映当时诗坛的流俗之见。试想今日哪一本中国文学史教材不讲山水诗，而当日的通俗诗学教材所列举的各种题材中没有"山水诗"，这至少说明当时并不通行"山水诗"题材的说法。

谢灵运和王维，在现代学者眼中是典型的山水诗人，但在古代批评文本中并不见有人以"山水诗人"来指称他们。谢灵运诗被谈论的是写景的精细和词藻的繁富，王维甚至不被视为以描写山水为专长的诗人，而是一个多才多艺、写景如画的诗人。在清代诗话中，开始出现关注谢灵运等诗人游览山水时所写诗篇的言论，如沈德潜说："游山水诗，应以康乐为开先也。"又说："游山诗，永嘉山水主灵秀，谢康乐称之；蜀中山水主险隘，杜工部称之；永州山水主幽峭，柳仪曹称之。"②从沈德潜的用语看，山水游览中写作的诗歌开始作为一种题材受到专门的关注，但指称这种题材的名目还没固定下来。

---

① 卢盛江校考《文镜秘府论汇校汇考》南卷《论文意》引，北京：中华书局 2006 年版，第 1350 页。王昌龄《诗格》在另一个地方提到山水诗，但不是作为一种固定的诗歌类别："诗有三境……物境一。欲为山水诗，则张泉石云峰之境，极丽绝秀者，神之于心。"（张伯伟《全唐五代诗格汇考》，南京：凤凰出版社 2005 年版，第 172 页。）

② 〔清〕沈德潜《说诗晬语》卷下，《续修四库全书》本，第 7、19 页。

另外一位清代批评家施补华说："大谢山水游览之作,极为巉削可喜。""（杜甫）入蜀诸诗,作游览诗者,必须仿效,盖平远山水,可以王孟派写之,奇峭山水,须用镵刻之笔。"①从沈德潜、施补华的用语看,现代所谓的山水诗大概是从由来已久的"游览诗"转化而来的。

作为一种批评范畴的"山水诗"大概是在民国时期产生的。这时候的旧文学家,从他们的诗话著作看来,仍然没有使用"山水诗"的术语,如陈衍《石遗室诗话》与《续编》,仍然沿用古老的"纪游"一词。在袁嘉毅看来,"山水"只是自然风景中的一类,他说："诗人所契,多在山水、竹石、田野、风光,故人品多高尚者。"②"山水"还未成为一个与"社会"相对的概念。"山水诗"大概是新文学家的发明。杨香池说："今之新文学家称陶渊明为隐逸诗人或田园诗人,杜甫为社会诗人,白居易为革命诗人,王、孟、柳、韦为田园诗人,高、岑为边塞诗人,刘长卿、孟郊、贾岛、韩愈为苦吟诗人,李贺、温庭筠、李商隐为唯美诗人,此即由诗中得其生平之信事而拟称之也。"③在杨香池的观察中,新文学家虽未拟出"山水诗人"的名称,但这种给一群诗人贴标签、授头衔的做法,包含了产生"山水诗"和"山水诗人"的可能。新文学家撰写的文学史著作证实这一点。陆侃如、冯沅君《中国诗史》说："灵运的诗实开山水一派,与陶潜开田园一派相同。"④刘大杰《中国文学发展史》,用"山水文学"的范畴,讨论二谢等诗人的创作,在讨论"王孟诗派"时,杂用"田园诗"、"山水诗"和"山水田园诗"三个术语⑤。不过,在民国时期的中国文学史书写中,"山水诗"的范畴似乎还没得到广泛的认可,如郑宾于《中国文学流变史》,虽然也有"二谢描写山水诗"的说法,但特意以引号标出的名称却是"游山诗"⑥。

1960、1961 年间,大陆学界以《文学评论》等刊物为阵地,就山水诗的阶

---

①　〔清〕施补华《岘佣说诗》,丁福保编《清诗话》本,上海:上海古籍出版社 1978 年版,第976、979—980 页。

②　袁嘉毅《卧雪诗话》,沈蘅仲、王淑均点校,张寅彭主编《民国诗话丛编》,第二册,上海:上海书店出版社 2002 年版,第 420 页。

③　杨香池《偷闲庐诗话》第二集,张寅彭点校,载张寅彭主编《民国诗话丛编》,第三册,第 706页。杨香池所谓的新文学家,我们可以举出郑宾于作为例子。郑宾于在其《中国文学流变史》中卷（自序于 1929 年）中拟出"古董诗人"、"社会诗人"、"矫古诗人"、"田园诗人"等名号。

④　陆侃如、冯沅君《中国诗史》卷二《中代诗史》,《民国丛书》第 5 编 52 册影印大江书铺 1931年版,第 594 页。

⑤　刘大杰《中国文学发展史》,《民国丛书》第 2 编 58 册影印中华书局 1949 年版,第 220—223、333—347 页。

⑥　郑宾于《中国文学流变史》中卷,《民国丛书》第 3 编 52 册影印北新书局 1936 年版,第122 页。

级性问题展开讨论,参与者众多,包括朱光潜、宗白华、林庚、陈贻焮、叶秀山、曹道衡、袁行霈等学者。这场讨论的谁是谁非大概不能引起后人的兴趣,不过,由此可以看到,"山水诗"作为一种诗歌题材和文学批评的范畴,至迟在20世纪六十年代初已经完全成立①。

　　不惮烦辞地论证"山水诗"的范畴在20世纪才得以成立的观点,并不是为了否认这一范畴的资格,而是为了表明山水诗的传统只是一种现代学术的建构,其中既包含了现代观念对历史的选择,同时也包含了历史的偏见。现代学术史所塑造的山水诗的传统,只是对某些中国诗歌的把握,并非那些诗歌的历史本身。因此,有必要重新检讨山水诗传统的建构所包含的要素。

　　一、山水诗中"山水"的概念。"山水"一词由来已久,六朝典籍中已是屡屡可见,但大概只是风景的一部分。而我们今天所理解的"山水",指的是与社会相对立的自然(nature),是人类文明之外的另一个空间②。在未有"山水诗"概念的古代中国,以山水为题材的诗歌主要是游览、行役和山居等类别,我们可以看到,在古代的范畴中,被强调的是诗人的活动本身,而在现代的"山水诗"范畴中,被强调的是诗人置身其中的自然环境。这种关注的转换,伴随的是一种偏见的形成,即倾向于认为山水诗应以外界描写为主,自我表现应受到抑制。例如,丁成泉《中国山水诗史》批评苏轼山水诗,认为苏轼山水诗的中心在于诗人的感受,又经常以议论和叙述写山水,因此写山水而不见山水形象③。

　　二、山水诗谱系的建构。我们不需要举证就可以知道,把大小谢和王孟韦柳等诗人视为山水诗人的代表,是一种多么普遍的看法。这一系列诗人的作品成为山水诗的正统,山水诗的研究也以他们为主,尤其是谢灵运和王维,在山水诗的领域里无可企及。不过,需要指出的是,最早把这些诗人

---

① 关于这场讨论,参见《文学评论》1961年第1期的《山水诗的讨论》(不署名)和1961年第6期以"本刊编辑部"名义发表的《关于文学上的共鸣问题和山水诗问题的讨论》,或者高鸣鸾《古代山水诗问题和文学的共鸣问题》一文,该文载于卢兴基编《建国以来古代文学问题讨论举要》,济南:齐鲁书社1987年版,第75—89页。

② 西方有自然诗(Nature Poetry)、荒野诗(Wilderness Poetry),在比较文学研究者的眼中,与中国的山水诗相当。在汉学家的著作中,"山水诗"通常被译成Landscape Poetry,也有译成Mountain Poetry,如David Hinton,当然也有直译的:"poetry of mountains and rivers"。参见 J. D. Schmidt, *Stone Lake: The Poetry of Fan Chengdan(1126 - 11936)*. New York: Cambridge University Press, 1992, p.69. 以及David Hinton翻译的几种诗集,如 *Mountain Home: The Wilderness Poetry of Ancient China* (2002), *The Mountain Poems of Meng Hao-jan* (2004), *The Mountain Poems of Hsieh Ling-yun* (2006).

③ 丁成泉《中国山水诗史》,台北:文津出版社1995年版,第165—170页。

相提并论并大加推崇的是清代的神韵派诗人王士禛①。山水诗的谱系正是神韵派的遗产。钱锺书指出，神韵派在旧诗传统里并非公认的正宗②。那么，神韵派的山水诗是否可以视为中国古代山水诗的正宗？如果承认神韵派在山水诗领域的正宗地位，就意味着把另一些风格迥异的诗人，如杜甫、苏轼等，划入旁门别派，从而引出褒贬失实的结论。

三、表现方式的问题。唐宋以来，情与景的关系成为诗学著作中被频繁讨论的话题，有所谓的情中景、景中情和情景交融的说法。情、景关系的话题，用现代的术语来说，就是如何处理抒情与描写的关系，本来并不是山水诗独有的话题。但是，在山水诗的研究中，逐渐形成一种看法，认为山水诗应该客观地呈现山水，情感应该是暗示的、含蓄的，作为主体的诗人最好退居幕后，让山水自足本样地存在。

在中西兼通的比较文学家那里，二谢、王、孟等诗人成为中国一方的代表，出席与西方浪漫主义诗人对话的会议。叶维廉在《中国古典诗中山水美感意识的演变》一文中，把王维与华兹华斯（William Wordsworth）作为中西双方的代表进行比较，他的结论是："简单地说，王维的诗，景物自然兴发与演出，作者不以主观的情绪或知性的逻辑介入去扰乱眼前景物内在生命的生长与变化的姿态，景物直现读者目前；但华氏的诗中，景物的具体性渐因作者介入的调停和辩解而丧失其直接性。"③比较的确切与否，这里不去推究，我们倒是注意到，与王维风格迥异的其他中国山水诗人，如杜甫、苏轼，与华兹华斯更加相似。

当二谢、王孟成为山水诗的主流诗人，那些喜欢在山水诗中抒情议论，

---

① 王士禛曰："古人山水之作，莫如康乐、宣城，盛唐王、孟、李、杜及王昌龄、刘眘虚、常建、卢象、陶翰、韦应物诸公，搜抉灵奥，可谓至矣。"（张宗柟辑《带经堂诗话》卷一"品藻类"，《续修四库全书》本，第598页。）李、杜的来头太大，王士禛只好世故地一并列入他开列的杰出诗人名单。这是钱锺书所指出的，详见其《中国诗与中国画》（《七缀集》）一文。清人梁章钜似乎看出这拨山水诗人正是神韵派标举的前辈，他批评说："自王渔洋倡神韵之说，于唐人盛推王、孟、韦、柳诸家，今之学者翕然从之，其实不过喜其易于成篇，便于不学耳。《诗》三百篇，孔子所删定，其论诗，一则云温柔敦厚，一则云可以兴观群怨，原非但品题泉石，摹绘烟霞。洎乎畸士逸客，各标幽赏，乃别为山水清音。此不过诗之一体，不足以尽诗之全也。"（《退庵随笔·学诗二》，郭绍虞编选、富寿荪校点《清诗话续编》，上海古籍出版社1983年版，第1973—1974页。）他的论据有些无稽，议论有些迂腐，但说的却是事实。
② 钱锺书《中国诗与中国画》，载氏著《七缀集》（修订本），上海：上海古籍出版社1996年版，第1—32页。
③ 叶维廉《中国诗学》（增订本），北京：人民文学出版社2006年版，第86—87页。关于中国山水诗与西方浪漫主义诗歌的比较，可参见 James Whipple Miller, "English Romanticism and Chinese Nature Poetry," in *Comparative Literature*, Vol.24, No.3. (Summer, 1972), pp.216－236.

在描写山水的同时表现自我的诗人,如李白、杜甫、苏轼、元好问等,不免成了正宗之外的别派。传统是一个选择、占领和排挤的过程,也是一个充满意识形态和价值判断的领域,山水诗的传统也是如此。

四、研究方式的问题。自然观的发展,是山水诗研究中的一个中心命题,这方面的代表著作有小尾郊一的《中国文学中所表现的自然观》和顾彬(Wolfgang Kubin)的《空山:中国文学中自然观之发展》。以后者的表述为例,顾彬把中国文学中的自然观划分为三个发展阶段,即"自然当作标志","自然当作外在世界"和"转向内心世界的自然"。小尾郊一的观点也大体一致①。中国文学批评中没有"自然观"的范畴,古代学者在讨论风景描写时采用的是情景关系的范畴,情景交融的境界,大概相当于顾彬所谓的"转向内心世界的自然"。自然观与情景关系,虽然立足的哲学立场不同,但在讨论山水诗时,所取的路径和所达到的结论却是相似的。

这两种分析方式在山水诗的研究中都是有效的,但应该指出的是,二者都明确地认为或含蓄地表明,从先秦到唐代,自然观或情景关系的演变是一个从低到高的进化过程。这种进化的观点是否正确,本文不予置辩,我只想指出其中内含的一种抒情美学,即认为山水诗中情感的表达不应该凌驾于风景描写之上,应该追求的目标是自然(景)与内心(情)的融合。这种追求的归宿通常是感伤主义的风景描写。

以上从四方面检讨了山水诗的传统,由此可以看出这样一种偏执的美学观念,即认为山水诗的中心应该是山水,而不是作为主体的诗人;情感的表达应该是含蓄的、幽微的,而不是浓烈的、直接的;与此相应,诗歌语言应该是描写的、意象的,而不是陈述的、推论的。

然而,如果抛开传统的偏见,我们就会看到中国山水诗的另一传统,这一被压抑的传统以李白、杜甫、韩愈、苏轼等诗人为代表。这些诗人的山水诗,在风格和结构上共同地倾向于宏大的视野、扩张的想象和热烈的情绪,诗歌的中心在于诗人的抒情自我(情),而非外部世界(景)②。

与李、杜、韩、苏一样,元好问的山水诗在现代学术视野中,属于并非经典的旁门别派。这位对前代诗歌遗产有着深广体认的金代诗人,并没有今

① 小尾郊一《中国文学中所表现的自然与自然观——以魏晋南北朝文学为中心》,邵毅平译,上海:上海古籍出版社 1989 年版。顾彬一书的中译本,题为《中国文人的自然观》,马树德译,上海:上海人民出版社 1990 年版。这里引用的三个阶段,取自该书三章的标题。

② 关于李、杜、韩、苏诸家山水诗的描述,参见丁成泉《中国山水诗史》(台北:文津出版社 1995 年版),陶文鹏、韦凤娟《灵境诗心——中国古代山水诗史》(南京:凤凰出版社 2004 年版)。

日有关山水诗传统的观念，其诗学理念中也没有山水诗的范畴，更不会自觉地选择某类山水诗人加以效仿，然而，以今律古，他的山水诗显然属于李、杜、韩、苏的行列。本文希望以元好问为例，展示山水诗另一传统的面貌。

二、元好问山水诗的自我抒情

与许多其他的中国诗人一样，元好问热衷于游览山水名胜，并为此留下大量的诗篇。不管是未入仕前的四处浪游，身为地方官期间的抽空出游，还是金亡后往来各地的旅游，元好问通常带着愉快的心情，与故友新知一同领略名山胜水，然后书写各自的感受。与谢灵运、王维的诗相比，元好问的山水诗很难看到政治压抑的释放和孤独情绪的流露，更多的是游览的畅快和尽兴，以及精神的勃发和生命力的张扬。元好问集中也有《五松平》、《晓发石门渡湍水道中》之类的五言古诗，精致工整，带着疲倦和忧郁，但不过寥寥数首而已，实在是元好问山水诗中的另类。

关于元好问山水诗的主要特征，可以通过分析他的一组诗歌，获得切实的理解。这些诗篇当然是有所选择的，不过这种选择出于是否具有代表性的考虑，而不是构造某种观点的需要。以下依据写作时间的先后，讨论这组诗歌，这样或许可以避免任何形式的分类讨论可能造成的先入为主的偏见。

另外，需要说明的是，以下讨论只涉及元好问以古体写作的山水诗，近体的山水诗不在讨论之列。这样做的原因是，在近体形式的山水诗中，诗体的惯例远比题材的传统显得更加有力，在近体诗的范畴内，很难把山水题材从其他题材（如送别、留赠、怀古等）中，有效地分离出来。例如，在律诗的八句之中，不管在哪一种题材中，一般都需要讲究情语与景语的搭配，怀古等题材的抒情需要借助于风景的描写，山水题材也需要在风景描写的基础上抒情。绝句的情况也是如此。就元好问而言，他用绝句描写山水的次数，远不如用绝句题写山水画来得常见，并且，他很少用单首绝句写山水，更经常采用组诗的形式。这些描写山水的绝句组诗，更适合被看成四句一转韵的长篇七古①。因此，在没有找到合适的处理方式之前，本文把山水诗的分析限定在古体形式的范畴内。

金宣宗元光二年（1223），已于两年前进士及第的元好问，出于某种原因，尚未得到朝廷的官职。这一年，他偕同师友冯璧、雷渊等游历河南偃师

---

① 元好问以组诗描写山水的诗篇，主要是七绝，如《游天坛杂诗十三首》、《济南杂诗十首》、《黄华峪十绝句》、《前高山杂诗七首》、《台山杂咏十六首》。这些七绝组诗，在风景描写中夹杂议论、叙事和抒情。另一组五绝《山居杂诗六首》，在元好问的山水诗中比较特殊，是一组风景描写的片断，没有直接的抒情，也难以看出所谓的景中情。

县、登封县的几处名胜。大约在此期间,元好问写下《同希颜再登箕山》诗。

> 千年箕山祠,萝径深以悄。桂树不复见,秃蘗余秋筿。盘盘上绝顶,石冢平木杪。长风万里来,筋骸觉轻矫。侧身望岩窦,解衣憩林表。是时夏春交,野色乱清缥。川光乍明灭,地脉互萦绕。冈峦蚁垤出,井邑蜂衙扰。红尘洛阳昏,白云太行晓。玄功信冥漠,一览疑可了。悟彼东山人,胸中鲁宜小。

在此前数年,即 1217 年,元好问因为避难南下,从山西渡过黄河进入河南,首次登临河南登封县的箕山。在这首次的登临中,元好问写下那首深受赵秉文赞赏的《箕山》诗。这是一首怀古诗,充满着激昂的议论和浓烈的抒情。但在 1223 年的再次登临中,元好问面对许由栖隐过的地方,写下的却是一首山水诗。

箕山是属于许由的领地,也因他的高洁品行而闻名于世,而他的标识,一座祠庙,数千年来也一直占据着这里。作为访问者的诗人,不会忘记这种通往过去的联系。在这首以风景描写为主的诗中,诗人虽然没有发思古之幽情,但观看风景的眼光其实并不纯粹,许由所属的道家哲学影响了诗人的视觉及其背后的思索。

在藤萝缠绕的深幽小径中,许由的祠庙隐没其间,悄然无声,所能见到的只是凋疏的竹丛。诗人走过,也许是绕过祠庙以后,沿着盘旋曲折的山路,登上绝顶。这时,诗人往下俯视,埋葬许由的石冢就隐映在树林中。祠庙和石冢都没有唤出历史的幽灵,但我们知道,在诗人的心理结构中,许由始终存在。尽管如此,诗人没有被引入历史的遐想中,而是在现实的空间中,享受登高所带来的生理和心理的放松和满足,并寻找可以一边休憩一边眺望的位置。

"是时"以下六句,是登高眺望所见的风景。登高改变了视觉的观感,细节消失,不辨树木花草,只剩下青红交错的颜色,山下的河流成为曲折萦绕的筋脉,随机地反射着阳光,山冈丘峦显得如同蚁穴外的小土堆一般大小,城市里熙来攘往的人群也如同簇拥着蜂王的群蜂一样忙碌。山川、城邑和人民,都在登高的俯视下变得渺小,诗人藉此领略了庄子哲学中的小大之辨和齐物思想。

"红尘"二句中,诗人划分了两个完全对立的空间:洛阳城与太行山。洛阳城充满着红色的尘土,时间是黄昏;太行山飘浮着白色的云朵,时间是清晨。城市与山林在视觉中形成鲜明的对比,颜色不同,时辰也相异。

诗人划分出城市与山林两种对立的空间,似乎是在沿着庄子哲学的思路,走向超脱物外、栖隐山林的体悟,就像箕山的主人许由一样。但是,诗人中断了这种思路,转而引出儒家的圣人。在诗的末四句中,诗人感叹造化的玄功,联想起孟子的记载:"孔子登东山而小鲁,登泰山而小天下。"这两句话的标准解释是赵岐的注:"所览大者意大,观小者志小也。"①说的是山水对人格的培育和塑造,是典型的儒家的自然观。

这种转折也许显得突兀,但也由此产生了诗的张力,使阅读的运动不至于滑向道家的虚无主义。假设诗歌继续沿着庄子哲学的思路,那么,诗人的登高及其书写就会反讽地取消自身的意义,而取消山水的意义,从来不是山水诗的任务。

这首诗包含以后在元好问山水诗中经常出现的两个特征,一是以登高为诗歌描写的高潮,二是山水培育人格的观念。在元好问的山水诗中,游览名山是最重要的部分,在这些游山诗中,登上高顶通常表现为诗歌描写进程的高潮,并以由此引发的抒情结束一首诗。在观赏山水中达到胸襟的开扩和人格的净化,这是元好问思想中很重要的一个侧面,并且经常与儒、道的自然观杂糅在一起。

金哀宗正大五年(1228),元好问时任河南府内乡县令。这一年的六月,元好问因暴雨受阻于浙江边上的板桥镇。在这里,元好问与友人张仲经一同观看暴涨的浙江,同赋《观浙江涨》诗。

> 一旱千里赤,一雨垣屋败。浙故以江名,暴与众壑会。初惊沙石卷,稍觉川谷隘。雷风入先驱,大块供一噫。千帆鼓前浪,万马接后派。崩崖不暇顾,拔木无留碍。凭陵如藉势,洄洑各有态。平分乍舒徐,怒触忽碎坏。云蒸楚树杪,雪映商岭背。仿佛千丈潮,怳与海门对。伙飞斗蛟鳄,燃犀出鳞介。阳侯富阴族,万首露光怪。翠葆澹偃蹇,钲鼓乱訇磕。永怀疏凿力,重叹神禹大。乾坤海为壑,未碍变横溃。纳污非无处,流恶聊自快。投诗与龙盟,涤荡烦一再。原注:时拜大赦五日矣。

首四句是引子,概括地说明浙江威力的容量。旱则如何,雨则如何,是威力的表现。诗人以为,这不是作为一种水体的江常有的表现,而具有了山壑的性格,秋冬季节枯水,夏天又常有山洪暴发。"壑"可能还隐指了下文的"乾坤海为壑"。

---

① 〔清〕焦循《孟子正义》卷二十七,上海:上海古籍出版社1993年版,第407页。

"初惊"二句中,诗人一方面描写了外在景观,一方面展现了作为观看者的内心感受。这种情加景的句法,初惊→沙石卷,稍觉→川谷隘,是元好问擅用的方式,他是让读者看到风景的同时也看到作为观看者的诗人。自我表现在元好问任何题材的诗中都是不可或缺的。

"雷风"二句以下的大段描写中,浙江就像呼啸前进的行军。雷风加入进来,成为导路的先驱。大块(造物主)也吐气为风,推波助澜①。这种神秘主义的自然观,为元好问面对山水时提供了阐释的观念基础。以这首诗而言,元好问把浙江水的涨流归诸造物等自然神的力量。

"千帆"二句,可以作两种解释。千帆鼓动着前浪,万马接续着后派,浩荡前进;这是想象的手法。前浪有如千帆,后派有如万马;这是比喻的手法。但不管是想象还是比喻,都是一种主观的联想,因此也是诗人的一种阐释,而非客观的再现。读者既知道了风景,也知道了诗人阐释风景的方式,后者也许才是真正可靠的。

"崩崖"以下六句,描写流水的各种姿态,充满着破坏的力量和前进的动作。"不暇顾",从句法上说,不能确定其主语是观看的诗人,还是浙江的流水。如果是前者,诗人再次凸显了主体的视角;如果是后者,诗人对浙江作了人格化的处理。"凭陵"是一个具有军事进攻意味的词语,呼应前文的"千帆"、"万马",也暗接后文的"翠蕤"、"钲鼓"。"怒触"一词,当然可以理解成人格化浙江的情绪,但说到底是诗人情感的投射。

"云蒸"二句,是夸张的手法。这里的"云"和"雪",大概指的是水气、水沫,诗人想象它们波及的范围远达南方的楚和北方陕西的商山。这种手法当然并非元好问的创造,我们可以借助辞典,举出相似的前例来,如唐代耿沣《送王闰》诗:"江芜连梦泽,楚雪入商山。"②

"仿佛"二句,诗人把浙江比拟成入海口的浪潮,为下文"海为壑"埋下伏笔。汹涌如潮的浙江,是在朝着大海前进吧。这也是诗人的一种解释,实际上,浙江不过是丹江的支流,源出于河南卢氏,流经内乡西南,然后汇入均水,进入汉江,离海遥远得很。解释总是带着某种目的。万川归海的设计,不过是为了在诗的末尾引出一番议论。

"伙飞"二句,是有关人与水族的两个有名的典故。典籍记载的原意发生了一些改变,诗人并不强调伙飞的勇猛和燃犀角的神奇,而是为了引出水

---

① 《庄子·齐物论》:"夫大块噫气,其名为风。"成玄英疏:"大块者,造物之名,亦自然之称也。"见〔清〕郭庆藩撰《庄子集释》卷一下《齐物论第二》,王孝鱼校点,北京:中华书局1997年版,第45—46页。

② 〔清〕彭定求等编《全唐诗》卷二百六十八,北京:中华书局2006年版,第2992页。

中的蛟鳄和鳞介。紧接着的"阳侯"二句清楚地表明这种用意。"阳侯"是古代的波神，在先秦两汉的典籍中经常出现，在这里俨然成了各类水族的首领。"翠蕤"二句是军事化的描写，行军中饰以翠羽的旗帜高高飘扬，用以指挥进退动静的钲和鼓发出訇磕的声音。

以上六句描写了水族部队浩荡前进的情形。这当然只是一种想象，在江水裹挟一切、滚滚前进的浙江边上，诗人不可能见到各种水族的活动。诗人只是在想象地赋予江水各种带着神话色彩的形象，而这种赋予其实就是诗人把握外部世界的一种方式。

"永怀"句以下至结尾，诗人中止了风景的描写，转入议论和抒情的程序。"永怀"四句中，诗人把浙江的历史追溯到遥远的夏禹时代。远古洪水作患，溃堤横流，夏禹疏导河道，让洪水流归于海。"纳污"二句中，"纳污"、"流恶"二词都可以在《左传》中找到早期的用例①。联系诗人自己的注解与正史对朝廷因旱情大赦罪犯的记载，这两句诗具有了隐喻的功能②。末二句中，诗人把这首诗当成一道祭文，向龙王祈求再降霖雨，以便把更多的罪恶涤荡干净。

元好问在这首诗中展示了他对于外界的认识和把握。他运用了各种表现和阐释的手法，如想象、比喻、典故和神话，诉诸各种神秘的自然力量，并且赋予流水以净化社会道德的价值。这样的写作体现了诗人主体性对于山水的深度介入，以及一种极富生命力量的自然观。

这首诗还体现了元好问对于感官刺激的迷恋。外界的描写如"凭陵"、"洄洑"、"碎坏"、"偃蹇"、"訇磕"等词语，都表现着速度与力量；主观的感受如"惊"、"觉"、"怒"、"悦"，都充满着内心的震荡。这种欣赏的趣味同样体现在元好问的其他山水诗中，如《刘曲龙潭》、《鹳雀崖北龙潭》、《游黄华山》、《水帘记异》等诗中的冲击视听觉的瀑布（悬泉）。

蒙古乃马真后二年（1243），元好问应耶律楚材的邀请，北上燕京，路经浑源时，与友人魏邦彦一同游览龙山，并写下《游龙山》诗。

> 曩予尉大梁，得交此州雷与刘。自闻两公夸南山，每恨南海北海风马牛。老龙面目今日始一见，更信造物工雕镂。是时山雨晴，平田绿油

---

① 〔唐〕孔颖达《春秋左传正义》卷二十四（宣公十五年）："谚曰：高下在心，川泽纳污，山薮藏疾，瑾瑜匿瑕，国君含垢，天之道也。"卷二十六（成公六年）："土厚水深，居之不疾，有汾浍以流其恶。"（阮元校刻《十三经注疏》本，北京：中华书局1982年影印，第1887、1902页。）

② 〔元〕脱脱等撰《金史》卷十七《哀宗本纪上》："（正大五年）六月壬戌，以旱，赦杂犯死罪以下。"（北京：中华书局1997年版，第380页。）

油。并山凉气多,况得通深幽。山泉谷口出迎客,石罅戛击琳琅球。蜿蜒入微行,渐觉藤萝胃衣树打头。恶木拉飒栖,直干比指稠。石门无风白日静,自是林响寒飕飕。一峰忽当眼,仰看看不休。一峰一峰千百峰,虽欲一一顾揖知无由。金城偃蹇不得上,瑶瓮回合如相留。苔花万锦石,丹碧烂不收。天关守虎豹,武库收戈矛。小山随起随偃仆,独立千仞绝顶缥缈之飞楼。百花冈头藉草坐,潇洒正值金莲秋。亭亭妙高台,玉斧何年修。登高览元化,快如鹰脱鞲。山灵故为作开阖,巧与诗境供冥搜。白云何许来,纤丝弄轻柔。蓬蓬作雾涌,飘飘与烟浮。玉衣仙人鞭素虬,翕忽变化令人愁。须臾视六合,浩荡不可求。初疑陶轮比运覽,今悟夜壑真藏舟。劫石拂未穷,杞国浪自忧。断鳌立极万万古,争遣起灭如浮沤。快哉万里风,一扫天四周。谁言太始再开辟,日驭本自无停辀。举手谢山灵,就无清凉毫相非神羞。贱子贪名山,客刺已屡投。黄华挂镜台,天坛避秦沟。太山神明观,二室汗漫游。胸中隐然复有此大物,便可挥斥八极隘九州①。玉峰有佳招,绝唱须一酬。为君探囊掷下珊瑚钩,白云相望空悠悠。异时华表见老鹤,姓字莫忘元丹丘。

此诗可分三段,从"曩予"句以下六句为第一段,叙述游览的缘起,从"是时"句以下五十二句为第二段,描述游览的过程,从"贱子"句至结尾计十四句为第三段,抒发游览的感想。这样的结构是典型的游记文的写法,使此诗成其为诗的理由是,在对游览过程的记述和描写中包含着风景的转化②。麻革《游龙山记》一文,可以作为此诗的参照。

就在四年前,即 1239 年,麻革途经浑源,也是在魏邦彦的陪同下,游览龙山。这两次同样由东道主魏邦彦安排的龙山之游,所走的路线应该是一样的,元好问诗与麻革文中的描述也表明这一点。

麻革的游记始终带着旅游的休闲与愉快,把游览的全程经过娓娓道来:"入谷"→"沿溪曲折行数里"→"盘山行"→"得泉"→"又行十许里,大抵一峰一盘,一溪一曲"→"又萦行数里,得冈之高邃"→"过西岭,过文殊岩"→"径北岭,登萱草坡"→"降,乃复坐方殊岩下"→"明旦,复来"……③

---

① "挥斥八极隘九州",苏轼《书丹元子所示李太白真》诗中成句。
② 关于"风景的转化"(Landscape Transformation),参见 Francis A. Westbrook, "Landscape Transformation in the Poetry of Hsieh Ling-Yün," in *Journal of the American Oriental Society*, Vol.100, No.3. (Jul.–Oct., 1980), pp.237–254.
③ 麻革《游龙山记》,见载于刘祁《归潜志》卷十三,崔文印点校,北京:中华书局 1997 年版,第 151—154 页。

　　与麻革的游记相比,元好问在记叙游览过程中,有意地在风景的描写之外造成诠释的意味,并寻求"道"的体悟。描写游览过程的第二段,可以分成两部分,"是时"句以下二十四句为向上攀登的阶段,"百花"句以下二十八句为登上绝顶的阶段①。在向上攀登中,谷口泉水可以"迎客",丛立的山峰可以"顾揖",因此是人格化的;蜿蜒小道上纠缠的藤萝,低压的树枝,随意生长的恶木,以及稠密难行的树林,都是行进的障碍;"金城"是城门内的牙城,"瑶瓮"是城门外的月城,都是具有防护功能的城池建制,而"天关"、"武库"也是含有军事意味的用语,因此,这几句诗具有比拟登山为攻城的意图。向上攀登,因此成为一个克服困难的过程的隐喻。这种诠释的方式是麻革的游记文所没有的。

　　在登上绝顶的阶段,诗人在佛教、道家、神话的语汇和典故中,完成风景的转化。这可以由"登高览元化"句的含义说起。诗人声称,他登高所观看的是"元化",而"元化"不仅仅是外在的风景,也不仅仅是自然的规律,同时也必须包含主体对外界的一种把握,因此,诗人登高所见的就不只是风景,还有风景背后的"道"。

　　诗人登高所见的风景——白云,没有来源,变幻不定,如烟如雾,须臾之间消失无踪,不可复求。云的变化,引出佛教、道家和神话的典故。"陶轮",典出《维摩诘所说经》,意谓世界本相是空,大小自在,运转自在②。"夜壑藏舟",典出《庄子·大宗师》,意谓天地万物昼夜推移,变化日新③。"初疑"意味着现在不再如此,也就是说,"陶轮"的义理也是诗人此时所认同的,但把"陶轮"与陶侃"运甓"的世俗轶事联系起来,不免显得不伦不类④。由此

---

① 百花冈,一名萱草坡,为龙山的绝顶。麻革《游龙山记》:"乃径北岭,登萱草坡,盖龙山绝顶也。"刘祁《游西山记》:"萱草无数,故以云,又号百花冈。"(《归潜志》卷十三,第152、159页。)

② 〔后秦〕僧肇《注维摩诘经》卷六《不思议品第六》,维摩诘对舍利弗说:"住不可思议解脱菩萨,断取三千大千世界,如陶家轮,着右掌中,掷过恒沙世界之外,其中众生,不觉不知己之所往。又复还置本处,都不使人有往来想,而此世界本相如故。"(《大正新修大藏经》第三十八卷,第382页。)〔隋〕慧远《维摩义记》卷第三本:"一大小自在。须弥入芥。二广狭自在。海入毛孔。三身力自在。亦得名为运转自在。断取三千掷置他方恒沙世界外。还置本处。四修促自在。七日为劫劫为七日。"(《大正新修大藏经》第三十八卷,第479页。)

③ 《庄子·大宗师》:"夫藏舟于壑,藏山于泽,谓之固矣。然而夜半有力者负之而走,昧者不知也。"郭象注:"夫无力之力,莫大于变化者也;故乃揭天地以趋新,负山岳以舍故。故不暂停,忽已涉新,则天地万物无时而不移也。"(〔清〕郭庆藩撰《庄子集释》卷三上《大宗师第六》,王孝鱼点校,第243—244页。)

④ 〔唐〕房玄龄等撰《晋书》卷六十六《陶侃传》:"侃在州无事,辄朝运百甓于斋外,暮运于斋内。人问其故,答曰:'吾方致力中原,过尔优逸,恐不堪事。'其励志勤力,皆此类也。"(北京:中华书局1974年版,第1773页。)

反观"今悟"句,也许庄子"夜壑藏舟"才是诗人真正的体认。

"劫石"二句。"劫石"即佛教中的盘石劫,佛祖以天衣轻拂盘石直至消磨尽净,以示劫期的长远①。"杞国"句,典出道家典籍《列子》:"杞国有人,忧天地崩坠,身亡所寄,废寝食者。"②诗人在二者之间建立因果的联系:既然劫期并未到来,天地还不到毁灭的时候,那么,杞人也就不必徒自忧天。

"断鳌"二句。上句的"断鳌立极"典出以道家思想为主导的《淮南子》记载的女娲补天神话③。下句中的"起灭"、"浮沤"都是佛教的语汇。诗人引述神话,申说天地的万古长存,并由此否定事物生起灭谢如浮涡一般过眼即逝的佛教观念④。

"初疑"以下六句中,诗人连续造成三组佛教与道家范畴的联系,这种联系或者是相合的,或者是相离的。由此可知,诗人的体悟以道家的哲学为本位,佛教的义理只处在比附的位置,或者说,诗人是在以道家的视界统摄佛教的义理。进一步说,佛教的起灭和劫量其实是为诗人所否定的。

接下去的"谁言"二句,推陈元化的运动,无始无终,如太阳神一样运转不休,也含有对上述佛教所讲劫期的否定。"举手"二句中,诗人更宣称,龙山的神灵即使没有佛教世尊使众生远离内心热恼忧苦的白毫相,也不必以为羞愧⑤。"太始"、"日驭"和"山灵"都是道教观念中的范畴,诗人藉以否定佛教示现的神通⑥。

---

① 参见慈怡主编《佛光大辞典》"盘石劫"条,北京:书目文献出版社据台湾佛光山出版社1989年第5版影印,第6117页。

② 〔晋〕张湛《列子注》卷一《天瑞第一》,《诸子集成》本,北京:中华书局2006年版,第3册,第8页。

③ 〔汉〕许慎《淮南鸿烈解》卷六《览冥训》:"往古之时,四极废,九州岛裂,天不兼覆,墬不周载,火爁炎而不灭,水浩洋而不息,猛兽食颛民,鸷鸟攫老弱,于是女娲炼五色石以补苍天,断鳌足以立四极。"《四部丛刊》初编73册影印刘泖生影写北宋本,叶六左。

④ 慈怡主编《佛光大辞典》"起灭"条:"谓事物之生与灭。因缘和合则生起,因缘离散则灭谢。"(第4325页。)"浮涡"略同于佛教"依他十喻"中的"如聚沫喻"。《佛光大辞典》"依他十喻"条:"以十种譬喻表示人身乃依于众缘和合而成,而其本质无有实体(空),亦无恒常之性(无常)。十喻即(1)如聚沫喻,谓人身如沫,撮摩即逝。……"(第3054页。)

⑤ 慈怡主编《佛光大辞典》"白毫相"条:"为如来三十二相之一。世尊在两眉之间有柔软细泽之白毫,引之则长一寻,放之则右旋宛转,犹如旋螺,鲜白光净,一似真珠,如日之正中,能放光明,称为白毫光。众生若遇其光,可消除业障,身心安乐。"(第2093页。)"尸罗"条:"就'清凉'一义而言,盖身、口、意三业之罪能使修行者梦烧热恼,戒则能止息热恼,令得安适,故称清凉。"(第944页。)

⑥ 龙山大概是佛教的地盘。麻革、刘祁的游记中提到大云寺、玉泉寺、龙山寺,以及僧人对他们的接待,刘祁还提到玉泉寺中的维摩像。但元好问在诗中绝口不提寺院和僧人,仅提到一处山峰名"妙高台",与佛教有些联系,他当然不是对这些寺院视而不见,诗中维摩诘典故的使用也许是由玉泉寺的维摩像引起的。这么说来,他的有意引用佛、道的典故和语汇,并有所抑扬,便是蓄意而为、耐人寻味的做法。

简言之,在第二段的登上绝顶的部分中,诗人先是描写白云的变化莫测,然后引入一系列的佛、道的典故和语汇,转入对"变化"的思考,并且从观看白云"变化"引发的忧虑中解脱出来。从忧虑到解脱,诗人完成了一个登高的精神隐喻的过程。

在完成登高的风景转化之后,诗歌也达到了高潮,并由此结束了对此次游览本身的描写,转入第三段的抒情和议论。

在第三段,诗人把同游的友人魏邦彦引入诗中。他先是向魏历数自己游览过的名山,两年前(1241)游河南林县的黄华山,写下《游黄华山》诗;四年前(1239)游河南济源县的天坛山,写下《游天坛杂诗十三首》;七年前(1236)游山东的泰山,写下《游泰山》诗;更早的时期,诗人未入仕前住在嵩阳,频繁地游历太室、少室二山,写下《少室南原》、《太室同希颜赋》等诗。诗人由近及远地追忆生平游览过的名山,这些名山都在培育人格、扩展胸襟方面产生了积极的作用,而此日的龙山之游也具有这样的作用。诗人引用了庄子对这种精神境界的表述:"挥斥八极。"①在介绍了自己的旅游经历后,诗人表达了以自己的诗篇与友人相酬唱的用意,并在一个六朝升仙掌故与一个同姓的唐代道教人物的巧妙联系中,表达相互之间的友情②。在这结尾的段落中,诗人回应了第二段对佛与道的不同态度,在以道教徒自许的陈述中,更加明显地表明自己的倾向。

蒙古定宗二年(1247),元好问四处旅行,寻访友人,游览山水。这一年的九月,他第二次游览黄华山,并写下一系列山水诗。其中一首为《宝岩纪行》③。

　　　　阴岩转清深,秋老木坚瘦。城居望已远,步觉脱氛垢。宝岩凤所爱,丈室方再叩。曛黑才入门,径就石泉漱。遥遥金门寺,宝焰出岩窦。我岂无尽公,昔见今乃又。同来二三子,寝饭故相就。况有杜紫微,琴筑终雅奏。曈曈上初日,深樾炯穿漏。逶迤陟西巇,万景若迎候。绝壁三面开,仰看劳引眰。两山老突兀,屹立柱圆覆。诸峰出头角,随起随

---

① 〔清〕郭庆藩撰、王孝鱼点校《庄子集释》卷七下《田子方第二十一》:"夫至人者,上窥青天,下潜黄泉,挥斥八极,神气不变。"(第725页。)

② 丁令威事,见旧题陶渊明撰《搜神后记》卷一,《笔记小说大观》四编二册,台北:新兴书局1974年,第975页。元丹丘,李白友人,是一位山居的隐士。李白集中有诗多首与元丹丘有关,如《元丹丘歌》、《颍阳别元丹丘之淮阳》、《寻石门山中元丹丘》等。

③ 关于这一年游黄华山的行迹,参见清李光廷《广元遗山年谱》卷下(《续修四库全书》552册影印湖北省图书馆藏清同治刻本,第630页。)与狄宝心《元遗山年谱新编》(北京:中国文联出版社2000年版,第286页。)缪钺《元遗山年谱汇纂》持论不同。

偃仆。不可无烟霞,朝暮为先后。横亘连巨鳌,飞堕集灵鹫。九华与奇
巧,五老失浑厚。想当位置初,遂欲雄宇宙。太行有馐谷,胜绝无出右。
大似尘外人,眉宇见高秀。哀湍下绝壑,电击龙怒斗。崩奔翻雪窖,莹
滑泻琼甃。穷源得悬流,伟观骇初遘。仙人宝楼阁,白雨散檐溜。天孙
拂机丝,素锦绚清昼。永怀登高赋,意匠困驰骤。窘于游暴秦,百说不
一售。林间太古石,稍复抔饮旧。已约铭洼尊,细凿留篆籀。兹山缘未
了,僧夏容宿留。终当丐余年,奇探尽云岫。

此诗分成三段,首段十六句,是引子,叙述到达馐峪宝岩寺并投宿;末段
四句,是收尾;中间的四十句是主体,描写所见的山水景观。中间一段又可
再分成三部分,"瞳瞳"以下四句是开场白,"绝壁"以下十八句写山,"哀湍"
以下十八句写水,开场白与分写山、水的两部分,形成一头两脚的扇形结构。

应该注意的是,元好问把山和水完全分开,各自集中笔墨去写,这一点
与谢灵运的方式完全相反。谢灵运在山水诗中经常把山和水的描写交错对
应,在一联的上下句中分写山和水①。谢灵运的山水描写结构,在很大程度
上是基于古代诗人广泛接受的自然秩序的观念,也是山水诗的一种重要的
传统,后世许多诗人都学习他的这种山水交错出现、相互映衬的手法。但元
好问没有沿续谢灵运的方式,他更喜欢先集中在一方面,然后完全转移到另
一方面。

谢灵运诗中的山水结构当然不是寓目即书的结果,而是基于某种外界
认识的有意的构造;然而,元好问与之相反的山水结构,却也是刻意的布置。
自然界的山水不太可能是一一对应的存在,如谢灵运诗所呈现的那样;同样
地,也不太可能是同一个区域内完全分离的存的,如元好问诗所呈现的那
样。因此,谢灵运与元好问诗中的迥异其趣的山水结构,都是各自的美学趣
味和思维观念的显现,各自代表着一种外界认识的方式。

与其章法相应,这首诗的句法具有反复加强的表达意图。在"绝壁"以
下写山的十八句中,"绝壁"二句、"两山"二句与"诸峰"二句,这三组句子的
句法都是相同的,即上句都是主语(topic)+述语(comment)的句型,下句则
是对上句的补充描述,也可以理解成十字格的句法。"横亘"以下四句是两
组对偶的诗联。在"哀湍"以下写水的十八句中,"崩奔"四句是两组对偶的

---

① 　关于谢灵运山水诗中山水平行交错的结构,可参看的论述,如孙康宜《抒情与描写:六朝诗
歌概论》第二章《谢灵运:创造新的描写模式》(上海:上海三联书店 2006 年版,第 57—69
页),[韩] 金万源《中国山水诗的发展与谢灵运山水诗的特性》(载宋红编译《日韩谢灵运
研究译文集》,桂林:广西师范大学出版社 2001 年版,第 187—191 页)。

诗联,"仙人"四句形成隔句对,"永怀"四句也形成隔句对。通过有意识地运用句法的重复和排比,以及山和水分开而集中的描写的章法,元好问试图传达一种饱满的气势和浓烈的印象。这种句法和章法的使用,造成明朗、显豁的美学效果,与二谢、王、孟等经典的山水诗人都是大相径庭的,在山水诗的批评传统中则是受到压抑的旁流。

《宝岩纪行》的章法和句法,表现出元好问在处理内心与外界的关系中,刻意地突出抒情主体把握外界的独特方式,令人眩惑地表现感官世界的丰富和强烈。在这种外界认识方式与表现风格中,主体的感情,以及诗人期望引发读者产生的感情,都与含蓄蕴藉的山水描写传统背道而驰。

以上具体诗篇的分析,大概可以展示出元好问山水诗的主要特征。不管是《同希颜再登箕山》所例示的"登高"主题的意义,《观浙江涨》所展现的阐释的倾向,《游龙山》所具有的风景的转化,还是《宝岩纪行》所表现的把握外界的方式,都共同体现了诗人的自我表现的欲望与主体性的力量。

元好问在山水诗中就像一位热情的导游,指引着观光客(读者)前往观看某些风景,并不时地指指点点、评头论足,有时还自我陶醉地来一段抒情,使自己也成为被观看的风景的一部分。他从来不甘愿像王维等诗人那样隐藏在幕后,而是站到舞台上发出声音,展示形象。

三、山水诗的另一种传统

现代学术建构中有关山水诗传统的认知,包含了深刻的历史偏见,这种偏见可能起源于诗歌中神韵派的取向,同时也在外界认识上受到道家和佛教自然观的支持,另外,比较文学视野中东方主义(Orientalism)的话语方式,刻意寻求中西文学的差异,也助长了这种偏见在西方汉学界的蔓衍。在这种偏见的语境中,山水诗的历史被遴选出一部分,成为传统的代表和文学史叙述的主流,另一部分则被压抑和淡忘,成为传统的另类和边缘。当此偏见深入人心后,有关山水诗历史的叙述,不免陷入褒贬失衡、毁誉失真的境地,包括元好问在内的一些诗人,或者被轻视,甚而被忽视。我们需要解构有关山水传统的既有观念,重新考察若干重要诗人,例如本文讨论的元好问,然后在此基础上,试图重建山水诗的传统。

然而,重建传统,谈何容易哉。本文只能在阅读元好问诗的基础上,有限地反思山水诗研究的中心命题,即情景关系,在使用过程中的失误。

情与景,作为古代诗学的术语,很早就被批评家并举使用。宋代范晞文论杜甫诗,就有"上联景、下联情"、"景中之情"、"情中之景"、"情景相触而莫分"等评论①。不过，范晞文谈论的情景关系，主要是就律诗中间二联而言，至清人王夫之方才将此范畴推扩开来，不再局限于律诗，并进而强调情、景的一体关系②。近代以来，在作为一个批评范畴的山水诗成立以后，情景关系就成为山水诗研究的中心命题，所谓的情景交融，在一些论者眼中，成为山水诗写作的极诣③。

情景交融的说法，貌似中庸，其实却是以景为中心，以情为依附，包含了排斥直接抒情的美学观念，以为高妙的山水诗只能在写景中暗示情感。这种美学观念再往前一步，就走向王国维提出的"无我之境"与"有我之境"的区判④。由此，自我抒情在山水诗中受到抑制，以至于有论者提出："山水诗的成立，改变了诗歌的言志传统。"⑤

夷考其实，山水诗的写法有两种，"一是将自身放顿在里面，一是将自身站立在旁边"⑥。神韵派推举的王、孟、韦、柳，是后一种写法，而李、杜、韩、苏与元好问则是前一种写法。后一种写法的山水诗固然是以写景为中心，即趋向王国维所说的以物观物的无我之境；前一种写法的山水诗却仍然遵循诗言志的传统，以自我抒情为中心，始终是王国维所谓的以我观物的有我之境。因此，以情景关系的角度入手山水诗的阅读，不应该偏废于其中任何一端，强分高下，扬此而抑彼。即以元好问而言，他的山水诗让读者不仅欣赏他亲历的山水，而且分享他身临其境的姿态、情绪和思维。以画喻诗，元好问既是涂抹丹青的画师，同时又是画中人物，这样的画卷即可谓之"有我之境"。

---

① 〔宋〕范晞文《对床夜语》卷二，丁福保辑《历代诗话续编》，第498页。案：唐代王昌龄论诗之体格，已有"理入景势"、"景入理势"的提法，他的理、景并举，相当于后来的情景并举。语出卢盛江校考《文镜秘府论汇校汇考》地卷《十七势》引，第406、408页。

② 〔清〕王夫之《姜斋诗话》卷下，丁福保编《清诗话》本，上海古籍出版社1978年。

③ 有关论述，可参蒋寅《走向情景交融的诗史进程》(《文学评论》1991年第1期)，陈铁民《情景交融与王维对诗歌艺术的贡献》(《中国文化研究》2001年秋之卷)。

④ 王国维《人间词话》卷上："有我之境，以我观物，故物皆着我之色彩。无我之境，以物观物，故不知何者为我，何者为物。""无我之境，人惟于静中得之。有我之境，于由动之静时得之。故一优美，一宏壮也。"(陈杏珍、刘烜重订，上海古籍出版社2000年版，第1、2页。)

⑤ 傅刚《魏晋南北朝诗歌史论》，长春：吉林教育出版社1995年版，第289页。

⑥ 此处借用清人李重华关于咏物诗有两法的说法，说详《贞一斋诗说》，丁福保编《清诗话》本，上海古籍出版社1978年版，第930页。

第七章 变格与套语：元好问的 七言律诗

一、杜样、昆体、江西派及其他

根据一般文学史的叙述,七言律诗在初唐沈佺期、宋之问手中形成基本的体式,在盛唐王维、高适、岑参、李颀手中确立经典的范式,在杜甫手中达到顶峰,之后,中唐刘长卿、钱起、白居易等诗人在丧失盛唐气象的同时,形成中唐自有的风调,而晚唐则继续着中唐的衰势,一方面出现杜牧的峭拔和李商隐的深致,另一方面也出现许浑和郑谷的匀整甜熟;宋初杨亿、钱惟演、刘筠等,刻意摹仿李商隐的风格,形成闻名一时的西昆体,这种讲究遣词和用事的诗体,被后来的江西派做了某些精心的扬弃,转变成最具有宋诗特征的七律,并在十三世纪下半叶得到江西派批评家方回的全面总结。在七言律诗的发展过程中,自成家数和风格的历史,实际上在江西派之后就已完结,后来者无不是在取法前代某一种风格中写作。

在七律的风格演变史上,三种家数被不断地言说,关于三者的特点、优劣以及相互之间的联系,成为批评家们聚讼不休的话题,这就是杜甫诗、西昆体与江西诗派。杜甫的七律,与其集大成的诗圣地位相应,具备各种的风格,后来者没有谁能逃脱他的牢笼而创造出完全自成一家的风格,他们所能做的只是把杜诗的某一风格发展至极致,以此争得一席之地。然而,决定杜诗以何种面貌为人熟知的,并非杜甫本人,而是众多各怀私心的后来者。在各种意见的较量中,杜甫七律中格高调响的那类诗作,成为最受欢迎的风格,后来者的爱好决定了杜诗的代表风格,正如钱锺书所说的:"然世所谓'杜样'者,乃指雄阔高浑,实大声弘……一类。"①

西昆体得名于宋初杨亿等人的唱和诗集《西昆酬唱集》。这群馆阁诗人以李商隐为效仿对象,在组织词藻、经营事典方面下功夫,形成密丽的风格,

---

① 钱锺书《谈艺录》五一,北京:中华书局 1999 年版,第 172 页。

对于人名和地名的过多搬用,也成为昆体的特征,并因此备受诟病。关于李商隐的七律是否应该列入昆体的范畴,后世批评家存在不同的看法,但他们都共同地认为李商隐的七律具有昆体所缺乏的深刻思想,后者最致命的缺陷是徒有华丽的外表。

江西派在宋代是声势最为浩大的诗歌流派,一祖三宗的谱系尽管只是出于追随者的构建,但是黄庭坚、陈师道、陈与义作为江西派最主要的诗人,却是事实,而追认来的远祖杜甫,也正是黄庭坚等深切师法的前驱诗人。不过,江西派除了陈与义之外,多数并不效仿所谓的杜样,而是效仿杜甫的另一种疏放瘦硬的七律。在方回看来,江西派最具特色的手法是虚字的成功运用,以至于虚字成为诗句的中心,即诗眼。

杜样、昆体和江西派,指称三种不同取向的七律,彼此之间的差异如此明显,并培养了各自的拥护者。然而,三者之间的鸿沟并非全然不可逾越,有些批评家试图寻找沟通的桥梁。如南宋初朱弁说:"后人挹其(李商隐)余波,号西昆体,句律太严,无自然态度。黄鲁直深悟此理,乃独用昆体工夫,而造老杜浑成之地。"①在他看来,黄庭坚的写作方法正是昆体的细密功夫,并藉以达到杜甫的不着痕迹的境界。而在方回看来,江西派与昆体本是陌路人,而江西派的一祖三宗才是一家子,学习的路径应该是经由三宗到达一祖。又有人接着朱弁的前一句话往下说,认为江西派和昆体虽然风格迥异,但在作诗方式上其实同一门径。至于落实到某一诗作,究竟应该判属昆体还是江西派,经常是见仁见智的问题。

杜样、昆体和江西派之外,在七律的演变史上,足以自成一家的诗人,除了上文说到的唐代诸家,值得一提的还有北宋的苏轼。苏轼无与伦比的天赋,使他不管是否沾溉于前人,都能自如地发出属于自己的声音,他的七律如行云流水,一气而下,不拘束于格律而自有格律。揆之唐人,白居易可为同声之友。

二、元好问七律的有关评论

北宋之后以七律名世的诗人中,仅有陆游、元好问数家得到古代批评家的广泛认可。关于元好问的七律,通常的观点是,他效仿了杜甫雄阔的一体。这种观点在钱锺书笔下得到很好的表述:"遗山七律,声调茂越,气色苍浑,惜往往慢肤松肌,大而无当,似打官话,似作台步;粉本英雄,斯类衣冠优孟。""其七律亦学杜之肥,不学杜之瘦,尤支空架,以为高腔。如《横波亭》

---

① 〔宋〕朱弁《风月堂诗话》卷下,《景印文渊阁四库全书》1479 册,第 26 页。

诗之类,枨响窾言,真有'甚好四平戏'之叹。然大体扬而能抑,刚中带柔,家国感深,情文有自。"①

晚清林昌彝接过宋人朱弁的话头说:"近代七言律诗最为沈雄者,首推吴梅村,盖能以西昆面子运老杜骨头者,自义山、遗山而后殆无其匹。"②又说:"元遗山七言律诗气格高壮,结响沉雄,足合少陵、西昆为一手。"③在他看来,元好问七律的风格是杜样,作诗工夫是昆体,但如何由昆体到达杜样,他与朱弁一样不把金针展示给后人。林昌彝并且列举了若干首代表元好问面貌的七律,如《怀益之兄》、《昆阳》、《岐阳三首》、《壬辰十二月车驾东狩后即事五首》其五、《淮右》。林昌彝还注意到元好问多做拗体七律,并表达了反感的态度。

林昌彝举例的诸首,多是雄阔的风格,而选本中的情况也大抵如此。清人吴绮《宋金元诗永》卷十二选入元好问七律三首,《寄杨飞卿》、《会善寺》、《送辅之仲庸还大梁》;沈德潜《遗山诗选》选入七律三首,《出都》、《蜀昭烈庙》、《曹寿之平水之行》;顾奎光《金诗选》选入七律六首,《留别仲泽》、《被檄夜赴邓州幕府》、《岐阳三首》、《淮右》:选本中的元好问七律多是所谓的杜样。

文学史叙述中有关元好问七律的部分,就由这些批评家规定了基调,对于元好问七律的认识也由此规定下来。然而,元好问七律的真面目就在这些选本和诗话中体现出来了吗? 我的阅读经验与这种文学史常识不相吻合,我也从古代批评家中找到一点微弱然而异样的声音。上文提到的顾奎光《金诗选》,有陶玉禾的评点,其中《留别仲泽》一首,陶评曰:"三四似宋人笔意。遗山亦时参用宋调,然不学其粗涩。"④颇有力排众议的意思。不过,对于元好问这位编辑唐代七律选本并且推崇杜甫和唐诗的诗人而言,将他与宋诗联系在一起,无疑听起来不那么顺耳,因此,在一片杜样、昆体的评价声中,这种异样的声音很难让人听得进去,只能被遗忘在批评史的某个角落。

三、元好问七律的形式

七律的诸种风格,如杜样、昆体和江西派等,从大体着眼,诚然各有独特的面貌,描述各自的特征也是可以做到的。然而,就具体诗篇而言,指认其

---

① 钱锺书《谈艺录》,第 172、174 页。
② 〔清〕林昌彝《射鹰楼诗话》卷十六,清咸丰元年刻本。
③ 〔清〕林昌彝《射鹰楼诗话》卷二十三。
④ 〔清〕顾奎光选、陶玉禾参评《金诗选》卷四,清乾隆十六年刻本。

风格的归属,经常是困难的。句法不疏不密,节奏不松不紧,词藻不秾不淡,用典不多不少,对仗不宽不严,声调不高亢也不平弱,气势不雄浑也不颓唐,情景相济,虚实互补,平调为主而时有拗调,这样的作品也许才是七律的常态。因此,如果愿意讨论某位诗人的风格归属问题,我们需要做的就不只是选择若干诗篇,加以分析和定性,在印象式的作品鉴赏中得出不可靠的结论。语言形式的批评,从遣辞用字、句法章法、用典对仗到格律声调,分析元好问七律,也许是更可靠的方法。

不过,本节从诗歌形式的层面进行分析,并不打算局限在作品文本内部,诗歌传统为分析提供一个广阔的背景,杜样、昆体、江西诗派则作为重要的参照。当然,本节的分析并不只是为了将元好问的七律归属于某种风格或流派,更重要的是在讨论归属问题的过程中,深化对作品本身的理解。还应该说明的是,分析全部的作品,并不意味着采用计量方法,更不意味着分析的细节和数据将被全部展示出来,笔者的做法是概括全部作品的特征,并举出具体诗篇作为例证。

1. 拗调①

明弘治十一年刊行的《遗山诗集》二十卷,卷十至十四为七律部分,共收325首。在元好问的各体诗中,七律的数量仅次于绝句。这样的数量和比例,表明元好问对七律的写作投入相当多的心思,因此能为分析提供足够的样本。以下检选出其中声调越出律体规范的诗篇,归纳为几种拗调的类型。

A. 仄仄脚句型中,五、六平仄互换。这种拗调通常只出现在三、五、七句中,一句中很少出现。一般说来,三句出现这种拗调,七句也会随之重复一遍这种拗调,但也并不绝对如此。这种拗调在元好问七律中十分常见,甚至比正格的使用频率还高,似有反变为常的倾向。

> 物外烟霞玉华远。(《除夜》三句)
> 水落鱼龙失归宿。(《寄希颜二首》其二之五句)
> 预遣儿书报归日。(《帝城二首》其一之七句)
> 万里风涛接瀛海。倚剑长歌一杯酒。(《横波亭》三、七句)

B. 上句第六字拗,下句第五字以平字救。也有拗而不救的情况。有时下句第五字既救上句,又救本句第三字的拗仄。

---

① 本文只讨论拗调问题,用韵问题,参见鲁国尧《元遗山诗词用韵考》(《南京大学学报》1986年第1期,第26—37页)。

门墼罗雀仍未害，釜欲生鱼当奈何。（《寄西溪相禅师》颔联）

春波澹澹沙鸟没，野色荒荒烟树平。（《仆射陂醉归即事》颈联）

肺肠未溃犹可活，灰土已寒宁复然。（《过浊鹿城与赵尚宾谈山阳旧事》颔联，不救）

霜林染出云锦烂，春色并归风露秋。（《甲寅九日……僧颢求诗二首》其一颔联，下句第五字既救本句，又救上句）

元龟华发渠有几，清庙朱弦谁与期。（《赠冯内翰二首》其二尾联）

《张主簿草堂赋大雨》颔联："长江大浪欲横溃，厚地高天如合围。"在弘治十一年刊行的《遗山诗集》和《遗山文集》中，"横"下有小字注曰："去声。"从版本源流看，这个注释应该出自元好问之手。在一字有二读时，刻意指明应该作某读，以造成拗调，这说明元好问对拗调具有自觉的考虑。

C. 上句第五字拗仄，下句第五字以平字救。这种拗调可救可不救。

半生与世未尝合，前日入山唯不深。（《留别仲泽》颔联）

石林万古不知暑，茅屋四邻唯有云。（《石门》颈联）

D. 平仄脚句型中，上句五、六字俱拗，下句第五字以平字救。上句有时成为五仄调。这种拗调多出现在颔联的位置。

兵家世不乏小杜，风鉴今谁如老庞。（《将上书莘国幕府感怀呈贾明府》首联）

温纯如此岂复见，报施言之尤可疑。（《刘丈仲通哀挽》颔联）

残阳淡淡不肯下，流水溶溶何处归。（《杏花落后分韵得归字》颔联）

渊明太白醉复醉，季主唐生鸣自鸣。（《和仁卿演太白诗意二首》其二之颈联）

E. 下句第六字拗仄。这种拗调在元好问七律中很少见。

两山相望即比邻。（《赠张致远》第二句）

F. 其他。以上五种拗调都属有规可寻的变格，在律诗演变史上也不罕见。除此之外，元好问七律有两首诗的拗格逾越了律诗声调的正体，按照古代批评术语，应该称之为古调。

　　　　白云朝飞本无意,白云暮归如有情。(《和仁卿演太白诗意二首》
其二之颔联)

　　　　凤凰在山天下奇,泰和以来王李倪。

　　　　承平人物天未绝,耆旧风流今复谁。

　　　　青红自是儿女事,老干宁与春风期。

　　　　万壑松声一壶酒,从公未觉去年迟。(《赠李文伯》。仅末句合律,
三、四句稍有拗救,末句五、六字平仄互换,也可看成当句自救,其余诗
句都属大拗,既不合平仄,又失对失黏。)

　　以上分析表明,在七律的写作上,元好问是一位喜欢并且频繁使用拗调
的诗人①。另外,数量不少的小拗现象,如第五字拗而不救,因为过于常见,
没有被归纳出来。总体而言,元好问对于拗调的运用,养成了一些稳定的习
惯,如首联和末句绝少出现拗调,甚至第七句出现拗字,末句也以不救为常
见;一句中的拗调通常出现在五、六的位置,即七言诗的常规节奏上四下三
的下半部分;在一首诗中,拗字的使用密度较低,一般不会多于两行②。

　　赵翼在列举拗体七律的几种类型时说:

　　　　至元遗山又创一种拗在第五六字,如"来时珥笔夸健讼,去日攀车
余泪痕","太行秀发眉宇见,老阮亡来樽俎闲","鸡豚乡社相劳苦,花
木禅房时往还","肺肠未溃犹可活,灰土已寒宁复燃","市声浩浩如欲
沸,世路悠悠殊未涯","冷猿挂梦山月暝,老雁叫群江渚深","春波淡
淡沙鸟没,野色荒荒烟树平","青山两岸多古木,平地数峰如画屏",
"长虹夜饮海欲竭,老雁叫群秋更哀","东门大傅多祖道,北阙诗人休
上书"之类,集中不可枚举,然后人惯用者少。③

　　赵翼所说的"拗在第五六字",其实就是上文归纳出的 B 类拗调。潘德

————————————

①　方回称:"拗字诗在老杜集七言律诗中谓之吴体。老杜七言律一百五十九首,而此体凡十
九出。"(方回选评,李庆甲集评校点《瀛奎律髓汇评》卷二十五"拗字类",第 1107 页。)王
琦珍统计黄庭坚七律的拗体数量,指出:"在其三百一十余首七律中,拗体占一百五十余
首。"(《黄庭坚与江西诗派》,南昌:江西高校出版社 2006 年版,第 108 页。)他们的统计未
必完全准确,但对二家使用拗体的比例,估算大概不错。元好问使用拗体的比例也许赶不
上黄庭坚,但想必要高于杜甫。

②　这一点与黄庭坚显然不同。黄诗拗调的使用密度较高,如《题落星寺四首》其三,全首皆
拗,一、四两联属于 B 类拗调,二、三两联则属于 C 类拗调。

③　〔清〕赵翼《瓯北诗话》卷八,《续修四库全书》本,第 62 页。

舆争辩说："此体亦不始于遗山。苏诗'扁舟去后花絮乱，五马来时宾从非'，南宋初四明刘良佐应时诗'青山空解供眼界，浊酒不能浇别愁'是也。特不能如遗山之多耳。"①宋人惠洪指出：

> 鲁直换字对句法，如"只今满坐且尊酒，后夜此堂空月明"，"清谈落笔一万字，白眼举觞三百杯"，"田中谁问不纳履，坐上适来何处蝇"，"秋千门巷火新改，桑柘田园春向分"，"忽乘舟去值花雨，寄得书来应麦秋"，其法于当下平字处以仄字易之，欲其气挺然不群。前此未有人作此体，独鲁直变之。

南宋胡仔在引述惠洪这一段话后指出：

> 此体本出于老杜，如"宠光蕙叶与多碧，点注桃花舒小红"，"一双白鱼不受钓，三寸黄甘犹自青"，"外江三峡且相接，斗酒新诗终日疏"，"负盐出井此溪女，打鼓发舡何郡郎"，"沙上草阁柳新暗，城边野池莲欲红"，似此体甚多，聊举此数联，非独鲁直变之也。今俗谓之拗句者是也。②

惠洪所举数例，前三联属于上文归纳出的 B 类拗调，后二联则属于 C 类拗调，胡仔所举杜诗数联，都属于 C 类拗调。对于本文的论题而言，谁是这些拗调的始作俑者，并不是最重要的问题，应该关注的是，元好问对这些拗调的大量运用，并且因此受到批评家们的注意。

在七律的演变史上，惯用拗调并形成风格的诗人并不少见，如晚唐杜牧以拗调来追求峭拔的风格，偶一为之的诗人就更加普遍了，就连以诗风圆熟著称的许浑、陆游也有拗体诗。然而，在文学史的话语中，拗调其实是少数诗人的专利。我们只会将若干诗人与作为一种风格特征的拗调联系起来，如杜甫、黄庭坚、陈师道等。在江西派的叙述中，拗调简直就是江西派的看家本领，而杜甫在这方面正是江西派的前驱。因此，惯于使用拗调的元好问，他所能取法的前辈诗人无疑是杜甫和江西派，他也许不屑于与江西派为伍，但在效仿杜甫这一点上，他与江西派显然是同道中人。

2. 虚字

尽管在任何一首七言律诗中，虚字都是不可或缺的，然而，在古代批评

---

① 〔清〕潘德舆《养一斋诗话》卷八，《续修四库全书》本，第 265 页。
② 〔宋〕胡仔《苕溪渔隐丛话》前集卷四十七，北京：人民文学出版社 1962 年版，第 319 页。

家看来,一首诗中虚字的数量,以及诗人对虚字的重视程度和运用水平,可以作为区别唐音与宋调的标准,也可以作为判断一首诗、一位诗人的风格的标志。并且,虚字在一首诗中的增多,被一些批评家描述成一个从唐诗到宋诗的历史过程,如明人谢榛说:

> 七言近体,起自初唐应制,句法严整。或实字迭用,虚字单使,自无敷演之病。……暨少陵《怀古》:"一去紫台连朔漠,独留青冢向黄昏。"此上二字虽虚而措辞稳帖。《九日蓝田崔氏庄》"蓝水远从千涧落,玉山高并两峰寒。"此中二字亦虚,工而有力。中唐诗虚字愈多,则异乎少陵气象。刘文房七言律,《品汇》所取二十一首,中有虚字者半之……钱仲文七言律,《品汇》所取十九首,上四字虚者亦强半……凡多用虚字便是讲,讲则宋调之根,岂独始于元、白。①

按照谢榛的描述,元好问的七律显然近于宋调,而远于唐音。仅从数量上说,元好问七律中使用虚字的诗句,比起全用实词的诗句更为常见,而且不只是用于首尾二联,中间二联多数出现虚字,一行之中出现两个虚字配合使用的情况也很常见。虚字的数量也许并不是最重要的,虚字对诗歌形式各方面所起的作用,与诗意的形成具有更密切的联系。在元好问七律中,虚字可以斡旋典故和实事,避免板滞的结构;可以构成流水对,消解平行结构对诗意前趋运动的阻碍;可以联属诗中各联,造成一气而下的章法。

关于虚字对于诗歌形式的各种作用,我们准备放在下文相应的部分中讨论,这里只分析虚字在句法连接中的作用。

在汉语这种孤立语中,句法连接主要有两种方式,一种是选择连接,也称上下文连接,另一种是使用语法标记的连接,语法标记主要指的就是虚字。前一种句法连接的程度最弱,后一种则较强②。就近体诗而言,那些使用虚字的诗句,具有更强的句法连接,而罗列几个名词的诗句只有微弱的句法连接,并且容易产生歧义。由此可知,元好问七律的诗句具有较强的句法连接。

以下只在总体上谈论句法连接,不打算一一列举各种类型的虚字位置,并讨论其在句法连接中的具体作用。本文要做的不是纯粹的语言学分析,而是试图寻找有俾于诗意生成的语言形式。因此,这里只举出几种特别的

---

① 〔明〕谢榛《四溟诗话》卷四,丁福保辑《历代诗话续编》本,第 1224 页。
② 〔美〕霍凯特(C. F. Hockett)著,索振羽、叶蜚声译《现代语言学教程》,北京:北京大学出版社 2002 年版,第 232 页。

虚字位置。考虑到首尾二联中虚字的使用是七律的通则，考察的范围限定在中间二联。●表示虚字，○表示实词，—表示基于意义群的节奏停顿。

　　A.　●○—○○○○○句型。

　　　　初惊灵鹫多飞石，更信金牛有漏天。（《陀罗峰二首》其二颔联）
　　　　只知河朔归铜马，又说台城堕纸鸢。（《壬辰十二月车驾东狩后即事五首》其一颔联）

　　这种上二下五的节奏，古代的术语称作折腰格，是相对于常规的上四下三节奏而言的变格，所以需要立一个特别的名称。上二字在意义群和大音段的层面上被独立出来，获得更多的注意，而处于第一字位置的虚字，同样提升了显度。上下句处于第一字位置的虚字，在被突显的同时，增强了彼此之间的照应，由此加强了上下句之间的联系。换言之，在一行诗句中被突显的虚字，把自己的句法连接作用扩展到一联之中。从对仗的角度说，这就是十四字句对，或者称作走马对、流水对。

　　折腰格作为一种变体，具有引起语法节奏发生变化的功能，用于七律中的某一联，可以避免重复而单调的节奏。作为常规节奏的一种补充，折腰格并不能被频繁地使用，一旦如此，所谓变体就名不符实了。然而，元好问却屡试不爽地使用折腰格，并且通常是例诗所显示的句法模式，即上二下五的关系是动宾结构，上二的句法成分又是副词修饰动词。另外，元好问七律中，折腰格的对句一般作为颔联，有时也作为首联。这可能只是一种偶然的做法，也可能是具有特别意图的安排。

　　B.　●○○○—●●○句型。

　　　　已化虫沙休自叹，厌逢豺虎欲安逃。（《石岭关书所见》颈联。）
　　　　初无凫舄将安往，正有牛刀恐亦难。（《自菊潭丹水还寄崧前故人》颔联）

　　在四三节奏的律句中，上四和下三各有一二虚字，这些虚字将一行诗句分成两个分句，并以各种语法关系连接两个分句。虚字的位置不必如例诗所示，甚至也不必是在四三节奏，只要上下音段中各有一二虚字，就可以构成以某种关系连接在一起的两个分句。句型不同的例子，如"未能免俗私自笑，岂不怀归官有程"（《被檄夜赴邓州幕府》颔联），"洗开尘涨雨才定，老尽物华秋不知"（《永宁南原秋望》颔联）。

C. ○○●●○○○句型。

空谷自能生地籁,浮云争得翳天光。(《空山何巨川虚白庵二首》其一颈联)

棋局尽堪消日晷,吟毫真合染溪光。(同上其二颈联)

授简如闻数枚叔,乘车初不少冯驩。(《过翠屏口》颔联)

前二例是上四下三的节奏,后一例是上二下五的节奏。不论是哪一种节奏,三四位置的两个虚字都处于两个音段的交界,因此具有明显的句法连接的作用。节奏的停顿在一定程度被虚字的连接所抵消,阅读的连续感由此增强。

D. ○○○○—●●○句型。

龙种作驹元自异,虎头食肉未应迟。(《梁移忠诗卷》颈联)

虚字的句法连接作用与 C 型相同。

E. ○○○○—●○●句型。

老马长途良惫矣,白鸥春水亦悠哉。(《昆阳二首》其二颈联)

在这种句型中,需要关注的是位于句尾的语助词。语助词的使用,特别是在句尾的使用,使句子的散文化趋向非常明显,因此也就具有了散文在语法上的前趋性。这种句型在元好问七律中不多见。

F. ●—●○○○○句型。

莫对青山谈世事,且将远目送归鸿。(《与冯吕饮秋香亭》颔联)

虚字的句法连接作用与 A 型类似。

以上所举各例,以及更多的没有举出的诗篇,显示元好问经常把虚字安置在第五字的习惯。这种方式与江西派相近。江西派诗人特别注意七言句的第五字,称之为诗眼,是诗家重视的着力处和得力处①。把虚字精心安排

---

① 南宋陆游《老学庵笔记》卷五:"江西诸人每谓五言第三字、七言第五字要响。"(李剑雄、刘德权点校,北京:中华书局 1997 年版,第 69 页。)吕本中《童蒙诗训》引潘大临语:"七言诗第五字要响……五言诗第五字要响。"(郭绍虞辑《宋诗话辑佚》,北京:中华书局 1980 年版,第 587 页。)

在第五字,尤其是江西派的惯伎。方回提出的以虚字为眼的说法,虽然未必锁定于第五字,但终究以第五字为多①。第五字处于上四下三两个半句的交界,具有承担节奏和语义两方面的转折的地位,因此获得特别的关注。江西派的考虑无疑是合理的。

3. 句法

高友工、梅祖麟在有关唐诗句法的研究中,将语言分为两极：意象语言和推论语言。意象语言诉诸想象力,采用陈述语气,具有不连续的句法节奏和绝对的时空；推论语言则诉诸理解力,采用疑问、祈使、虚拟等语气,具有连续性的句法节奏和相对的时空。他们并且认为律体中间二联主要使用意象语言,首尾二联(主要是尾联)主要使用推论语言②。

意象语言和推论语言的二分,大概对应于中国古代诗学范畴中的景语与情语的并立,不过,现代语言学赋予这对术语更多的分析能力。本文据此考察元好问七律(主要是中间二联)的句法特征。

在高、梅看来,推论诉诸理解力,包含逻辑推理、涉及概念范围和使用非陈述语气的句子都属于推论语言。这种描述当然是合适的,不过,如果从如何遣辞用字这种更切合古代批评范畴的角度出发,可以得出一个简洁的判断：决定一个句子属于推论语言的主要是虚字的使用。在近体诗中,虚字主要是副词和介词,副词可以表示否定、情态、时间、程度等,介词可以表示各种时空的关系,至于较少使用的连词,则是逻辑的体现,语助词是语气的直接表露。这些都是构成推论语言的要素。

由上文可知,元好问七律中间二联对于虚字的使用是广泛而且用心的,从句法上说,他的七律对于推论语言的使用也是广泛而且用心的。因此,推论语言的诸种特征适用于描述元好问七律的句法。推论语言不利于意象的生成。总体而言,元好问的七律并不追求意象的营造,他的表达方式主要是叙述的,议论的,而较少是写景的。推论语言有利于诗歌内部的前趋运动,有利于形成流畅的章法。这一点将在下文得到详细的讨论。推论语言将作为主语的诗人表现出来,诗人直接面对读者,发出自己的声音,而非隐藏在景物背后,寓情于景。

推论语言在一些诗家眼中是非诗性的,庞德(Ezra Pound)这么觉得,严

---

① 方回选陈师道《赠王聿修商子常》诗,颔联曰："贪逢大敌能无惧,强画修眉每未工。"并评曰："能字、每字乃是虚字为眼。"(方回选评,李庆甲集评校点《瀛奎律髓汇评》卷四十二"寄赠类",第1530页。)

② [美] 高友工、梅祖麟《唐诗的魅力——诗语的结构主义批评》二《唐诗的句法、用字与意象》,李世耀译,上海：上海古籍出版社1989年版,第39—40、106—108页。

羽也这么觉得。严羽批判宋诗的"以文字为诗,以才学为诗,以议论为诗";推崇唐诗的"透彻玲珑,不可凑泊"①,反对的正是推论语言的过度使用。如果选择虚字作为观察的角度,我们会发现,在判分唐诗与宋诗上,前文所引谢榛的说法其实与严羽的合拍,谢榛说:"凡多用虚字便是讲,讲则宋调之根。"这样说来,元好问的七律句法,如果从文学史的角度给予某种定位的话,也属于宋诗的传统。

4. 对仗

近体诗的对仗,有工对、宽对之分。工对可以见诗才,然而容易拘束诗思,诗家称为板对;宽对为抒情言志留出更广的空间,然而容易破坏律体的规范,前人讥为野调。大体说来,元好问不太讲究工切的对仗,很少以斗凑的工夫来显示才人的巧思。虽然在元好问七律中也能找到若干工巧的对偶,如"秋风客"对"春梦婆"之类②,但很多对句只考虑词性的相应,而不考虑词汇的类别,如"酒兵易压愁城破,花影长随日脚流。"(《追录洛中旧作》颔联)"只缘山远无来客,更觉心清闻妙香。"(《空山何巨川虚白庵二首》其二颈联)更多的对句则是既不凑切也不宽泛,取中庸的立场。因此,一些批评家认为元好问七律似昆体,至少就对仗一端而言,并不合乎实际的情况③。

近体诗的对仗规则,一方面给诗人套上镣铐,另一方面也允许各种活法的存在。方回特意关注对仗的变化,他用"变体"一词来概括各种特别的对法,如借对、当句对、虚实对等。江西派是否偏好变体对仗,不能确定,但方回确实这么认为,他在《瀛奎律髓》中设立"变体类"一卷,所收多为一祖三宗的诗篇。元好问在对仗方面惯于构造不太规矩的对句,这一点与江西派相近。下面讨论元好问七律中最常见的两种变体对仗。

A. 四实字装之句首的当句对。

　　来鸿去燕三年别,深谷高陵万事非。(《送杜子》颈联)
　　林影池烟设清供,物华天宝借余光。(《别覃怀幕府诸君二首》其二颔联)

---

① 〔宋〕严羽《沧浪诗话》,何文焕辑《历代诗话》本,北京:中华书局1982年版,第688页。
② 所举例子出自《出都二首》其一颈联。清朱庭珍曰:"元遗山诗云:'神仙不到秋风客,富贵空悲春梦婆。'哀婉凄丽,情文双到,故天下后世传为名句,非仅以'秋风客'对'春风婆'为工致也。"(《筱园诗话》卷三,《续修四库全书》本,第48页。)
③ 持这种看法的批评家,如前文所举晚清的林昌彝,又如明代的许学夷,几乎是带着讽刺的口吻,指出元好问"七言绝极驳昆体而七言律多学昆体"。(《诗源辩体》后集纂要卷一,杜维沫校点,北京:人民文学出版社1987年版,第391页。)

> 野谷青山空自绕,金城白塔已相望。(《野谷道中怀昭禅师》颔联)
> 张巡许远古亦少,烈日秋霜今更新。(《读李状元朝宗禅林记》颔联)
> 金初宋季闻遗事,草靡波流见古儒。(《挽雁门刘克明》颔联)

这种对句在元好问七律中出现得如此频繁,以至于清人潘德舆对此痛加针砭:

> 遗山七律,亦有自成一体而用之太多,则成褒衣大袑廓落无当之调者,好用平对四实字装之句首也。如……更有用之起句者,如……更有前六句全用者……按七律此体虽始于老杜,如……未尝不迭见,而岂至如遗山无十首不一见耶? 是必平日专取应用字面,写之一纸,以待分拨,故往往才见于此,又见于彼。持此摹杜,愈近愈远,貌即宏伟,何关妙诣哉。①

潘德舆在这段评论中举出三十例,限于篇幅,这里没有录出。潘德舆揣测,元好问的作诗习惯是事先储备词汇典故,写成随身卷子②,作为随时调遣的诗材,就像那些不够渊博而只能依靠类书的三流诗人一样。这种揣测可能不算太离谱③。潘德舆又指出这种对法的鼻祖是杜甫,元好问学习了杜诗,却不懂得适可而止。一种对仗的变体在元好问手中,因为缺乏节制而成为令人厌烦的陈词滥调。

在这种对法的使用上,与元好问相近的,还有江西派诗人。方回在《瀛奎律髓》卷二十六"变体类"中,选入黄庭坚《次韵盖郎中率郭郎中休官》,颔联曰:"青春白日无公事,紫燕黄鹂俱好音。"并评曰:"山谷变体极多。'明月清风非俗韵,轻裘肥马谢儿曹','功名富贵两蜗角,险阻艰难一酒杯','春风春雨花经眼,江北江南水拍天','碧嶂清江元有宅,黄鱼紫蟹不论钱',上八句各自为对。"④方回又在所选陈师道《早起》诗后举出陈的更多这

---

① 〔清〕潘德舆《养一斋诗话》卷八,第265—266页。
② "随身卷子"一语,借自旧题王昌龄《诗格》:"凡作诗之人,皆自抄古今诗语精妙之处,名为随身卷子,以防苦思。"(卢盛江校考《文镜秘府论汇校汇考》南卷《论文意》引,第1331页。)
③ 元好问《诗文自警》记述其父元东岩的读书十法,其中有:"四曰文笔。文字有可记诵者,别录之。""八曰诗材。诗家可用,或事或语,别作一类字记之。"(孔凡礼辑本,载姚奠中主编《元好问全集》,第1239、1240页。)元好问的门人王恽也记载,元好问编有《帝王镜略》一书,把史事编成四言韵语,便于童蒙学习。此书在元至元四年被刊行,今未见。(见《秋涧集》卷四十一·帝王镜略序》,《四部丛刊》本。)
④ 〔元〕方回选评,李庆甲集评校点《瀛奎律髓汇评》卷二十六,第1143页。

类对句,陈与义也有包含这类对句的诗被选入。在沿用杜甫的对法方面,元好问与江西派再次成为同路人。

关于对仗的作用,高友工、梅祖麟说:"平行使得句法运动局限于循环往复之中。""对句的形式总是阻碍诗中内在的前趋运动,并引起两句中对应词之间的相互吸引。"①他们谈论的显然是常规的对仗,当句对的句法运动表现出相反的趋向。常规的对仗中,对应词分处于上下句,构成的是空间的关系,而在当句对中,对应词同处于一句中,构成的则是时间关系。对应词相邻排列,如前文所举各例所示,更加突显出时间的序列。对应的关系不再主要地存在于上下句中,上句与下句自成一个完整的语段,二者之间更多地保持先后而非平行的关系。这种上下句的关系,无疑有助于诗中内在的前趋运动,这一点与流水对很相似。

B. 流水对。

作为一种化解板滞对句的方式,流水对深得诗人和批评家的钟意。然而,什么样的对句是流水对,似乎未有严格的界定,有必要对此稍作讨论。

意象语言显然不利于流水对的形成,因为诗歌中的意象倾向于在空间中并列,而非在时间中递现。相反地,推论语言有助于上下句的连接,因此有助于流水对的形成。前文说过,推论语言主要取决于虚字,而虚字之间天然地倾向于发生某种联系。这种联系可以有多种表现方式,就以元好问七律来说,可以是动作的先后,如"奋迅旧嫌扶老杖,龙钟今属负暄墙"(《入济源寓舍》颈联);可以表示事件的转折关系,如"空令姓字喧时辈,不救饥寒趋路旁"(《再到新卫》);可以表示语气的渐强,如"聚散共知阴有数,笑谈争遣病相先"(《留别仲经》颔联),以及其他更微妙的联系。正因为有了这些虚字的纽合功能,读者会感觉上下句是从同一个人口中一路说下来,甚至在还未领会其含义时,这种连续的感觉就已存在于诵读之中。这种连续性,构成流水对的内在因素。

流水对带给近体诗的好处,可以借用清人许印芳称赏杜诗的一段话来表达:"少陵妙手,惯用流水对法,侧卸而下,更不板滞,此又布置之妙也。"②元好问对杜甫推崇备至,他大概是深谙杜甫七律的布置之妙,所以他再次不加节制地使用这种对法。然而,流水对在元好问七律出现的频率,同样到了令人厌烦的地步。流水对的过度使用可能带来一些弊端,容易使原

①　[美]高友工、梅祖麟《唐诗的魅力——诗语的结构主义批评》二《唐诗的句法、用字与意象》,第 39、44 页。
②　〔元〕方回选评,李庆甲集评校点《瀛奎律髓汇评》卷二十五,第 1115 页。

本端庄的律诗变得油腔滑调。这种弊端在滥用流水对的元好问那里,更是屡见不鲜。

5. 用典

元好问的七言律诗被一些批评家视为昆体,最主要的原因大概在于用典方面。昆体讲究用典,却就在用典上招致批评家的不满。典故联系着过去和现在二端,成功的用典应该在二端之间建立妥当而有效的平衡关系,然而,昆体诗人经常沉溺于典故,为用典而用典,而天平的另一端却显得苍白和空虚。批评家因此指出,昆体的弊病在于堆砌故实,缺乏诗人内心情感和讽谕力量的投入。元好问七律的用典经常过于密集,就像昆体一样,但却很少表现出昆体的弊病,他懂得使用虚字来盘活古典、运转实事。

> 塞外初捐宴赐金,当时南牧已骎骎。
> 只知灞上真儿戏,谁谓神州遂陆沉。
> 华表鹤来应有语,铜盘人去亦何心。
> 兴亡谁识天公意,留着青城阅古今。
>
> ——《癸巳四月二十九日出京》

1233 年(癸巳),金的都城汴京陷落,元好问作为亡金官员,被蒙古人羁送至山东聊城,并拘管起来。这首诗写于诗人离开汴京的时候。在诗的前解中,诗人回顾蒙古人开始南侵,金兵疏于防御,最终金朝覆灭的过程。三、四句包含两个典故,灞上儿戏指的是汉文帝任将以备匈奴,其中宗正刘礼与祝兹侯徐厉的驻军都疏于军备,形同儿戏,事见《史记·绛侯周勃世家》;神州陆沉是东晋桓温在北伐中所发的感叹。三句暗示的现实情况是金朝兵将在军事防御中未能恪尽职守,四句指的就是金的灭亡。三、四句流露出诗人的指责态度,"只知……真……"、"谁谓……遂……"的句式强化了这种态度,并使句法更加抑扬顿挫。从音调上说,"只知"是两个发音相似的三等字,"谁谓"也是两个发音相似的三等字,这有助于吸引诵读的注意力,从而有助于突显诗人的声音。

在后解中,诗人把目光转到现在和未来,五句以丁令威的典故暗示来日可能返回故都,六句以魏明帝诏迁汉武帝捧露盘仙人的典故,暗示蒙古人对亡金官员的迁徙。"应有"、"亦何"恰当地表现出古典与今事之间的张力。丁令威回到故乡辽阳城东的山头上,有语曰:"城郭如故人民非。"①而诗人

---

① 旧题〔晋〕陶渊明《搜神后记》卷一,第 975 页。

若干年后再回到故都汴京也会有所言说吧。"应有"具有双重性,既表示了肯定,也透露出犹疑。诗人需要强调古典与今事的一致性,这种言语本身说明了诗人内心并不确定,不确定能否返回,也不确定返回后作何感想。与此相似,汉武帝的捧露盘仙人,在被拆卸迁运往洛阳时,潸然泪下,这其间的寓意本是清楚的,而诗人却要明知故问:"亦何心。"古典既然是确定的,那么,诗人提问的对象就只能是自己,或者还有自己的同僚。事实上,这种提问在语义上也纯属多余,在这种语境中,诗人的心情不言而喻。因此,"亦何"不过是为了强调古典与今事的相似性。

此诗中间四句连用四种典故,却没有传染上昆体的堆砌毛病,是因为诗人把典故的陈述转化成流畅的议论,并在古典与今事的张力中传递深沉的感慨。清人何焯评李商隐《井络》诗说:"义山诗如此工致,却非补缀,其佳处在议论感慨。专以对仗求之,只是昆体诸公面目耳。"[1]这段话借来评论元好问的七律,经常是合适的。

昆体在用典方面的另一个标志性的毛病,是诗句中频繁地嵌用古人姓名,被讥为点鬼簿。这种作法其实并不是昆体专有,初唐四杰之一的杨炯就受到过这种批评[2],杜甫、黄庭坚也有这类诗篇。元好问七律中以人名作对的例子特别多,略举数例如下:

> 虞卿仲子死不朽,石父晏婴今岂无。(《望王李归程》颔联)
> 石苞本不容孙楚,黄祖安能贷祢衡。(《四哀诗》其三《李长源》颈联)
> 勤如韩子初无补,晚似冯公岂见招。(《感兴》颈联)
> 虚传庾信凌云笔,无复张骞犯斗槎。(《吕国材家醉饮》颔联)
> 苦心亦有孟东野,真赏谁如高蜀州。(《别周卿弟》颔联)
> 授简如闻数枚叔,乘车初不少冯驩。(《过翠屏口》颔联)

6. 章法

关于律诗的章法,有一种读法是把中间四句看得更加紧密,然后再分出首尾两联,如周弼四实、四虚、前后虚实的说法,就是对于中间四句情景关系的看法;另一种读法是把律诗拦腰剖成前后解,金圣叹主张此说,并在其《唱经堂杜诗解》、《贯华堂选批唐才子诗》中实践这种读法。这两种看似迥然

① 〔元〕方回选评,李庆甲集评校点《瀛奎律髓汇评》卷三,第104页。
② 〔宋〕魏庆之《诗人玉屑》卷十一引《玉泉子》曰:"王、杨、卢、骆有文名,人议其疵曰:杨好用古人姓名,谓之点鬼簿;骆好用数对,谓之算博士。"上海:上海古籍出版社1978年版,第235页。

不同的读法，实际上都支持这样的看法：律诗的四联构成起承转合的结构，就像一年有春夏秋冬四季的轮转一样。这三种观点就是关于律诗章法的正统认识，然而这只是普通的规则，更有创造力的诗人可以随心所欲地变换章法，他们制定而非遵循所谓的规则。

元好问就是这样的诗人，他熟悉各种常规，同时深谙如何超越常规，获得某种独特的表达效果。当然，超越常规有时也要付出代价。下面略举数例。

> 心远由来地自偏，不离城市得林泉。
> 从教上界多官府，且放闲身作地仙。
> 三月有期何敢负，百杯未满会须填。
> 违离更觉从公晚，却望都门一慨然。
>
> ——《过寂通庵别陈丈》

这首诗当然也可以读出起承转合的章法，不过这种读法与这首诗的流畅节奏显然不太合拍。推论语言出现在诗中的每一行，这决定了诗歌内在的前趋运动是散文的节奏，连续的，如说话一般的节奏。这似乎是白居易的风格。白居易《喜张十八博士除水部员外郎》诗，方回指出："五十六字如一直说话，自然条畅。"冯班接着说："白体如此。"陆贻典又接着往下说："以议论作起承转合，元、白为然。"①陆贻典的评论准确而简洁地描述出这种章法的原理和特征，最为中肯。元好问曾经表达过效仿白居易的愿望②。这首诗表现出的以议论贯穿首尾的流畅章法，正是受到白居易的影响。元好问这类章法的七律，具有白居易的风格，同时也不可避免地出现白体浅滑敷衍的缺点。

> 白塔亭亭古佛祠，往年曾此走京师。
> 不知江令还家日，何似湘累去国时。
> 离合兴亡遽如此，栖迟零落竟安之。
> 太行千里青如染，落日阑干有所思。
>
> ——《卫州感事二首》其二

---

① 〔元〕方回选评，李庆甲集评校点《瀛奎律髓汇评》卷三，第 65 页。
② 〔金〕元好问《遗山先生文集》卷一《龙门杂诗二首》其二："学诗二十年，钝笔死无神。乞灵白少傅，佳句傥能新。"详参陆岩军《乞灵白少傅，佳句傥能新——试论元好问对白居易的接受》，《重庆邮电大学学报》2007 年第 3 期。

　　此诗同样具有流畅的章法,而这种章法的形成并不求助于推论语言的滥用,而是得益于颔联的流水对,以及颈联的当句对。中间二联的对法解除了平行结构的滞碍,四句前后相承而下,形成连续的节奏。

　　此诗的流畅章法还得益于音调的安排。首句中,塔(透母)、亭(定母)二字同属舌头音。二句中,曾(精母)、此(清母)、走(精母)三字同属齿头音。首联的两句中,都出现三个相邻而发音部位相近的字,这造成了音调的重复。颔联中上下句相应位置的几个词,在发音上也很相似,江、湘二字,一属江韵,一属阳韵,在宋代音系中同属一个韵部,而令、累二字同属来母;知(支韵)、似(止韵),都是三等字,韵的音质都是[i];家、国同属见母。颔联上下句的音韵存在的相似性,有助于节奏的形成。颈联下句中,栖迟二字,一属齐韵,一属脂韵,在宋代音系中同属支齐韵[i];零落二字,同属来母;上下句中的遽(群母)、竟(见母)二字,同属牙音,此(清母)、之(照母),同属齿音,韵的音质都是[i]。尾联上句中,如、染二字,同属日母,构成双声;下句中,阑、干二字同属寒韵,构成叠韵。从全诗的范围来说,细音[i]不仅作为韵脚,还出现在诗中的各个角落,这决定了诗篇的情调只能是低沉幽暗的。重复是诗歌最基本的修辞手法之一,在这首诗中,发音相似的字词不断地出现,重复的声音此起彼落,这种音调的安排造成非常易于上口的节奏①。

> 兵家世不乏小杜,风鉴今谁如老庞。
> 自许奇谋倾幕府,不妨幽梦落篷窗。
> 惊乌绕月枝难稳,羸骥嘶风气未降。
> 爱惜平生请缨手,一蓑休忆弄秋江。
> 　　　　　　——《将上书莘国幕府感怀呈贾明府》

　　律体章法中承、转的功能一般分别由颔联和颈联来承担,而这首诗却不太一般。三句挽一、二句,四句启五、六句,诗中的转折点位于颔联的下句。三、四句虽然同在一联之中,并且保持对仗的关系,却反而不如四句与五句之间通过意象建立的联系来得紧密。类似的章法也出现在《岐阳三首》中,并且发生了一些变异。

> 突骑连营鸟不飞,北风浩浩发阴机。

---

　　① 宋代音系的情况,参见王力《汉语语音史》,北京:中国社会科学出版社 1998 年版,第264—265 页。

三秦形胜无今古，千里传闻果是非。

偃蹇鲸鲵人海涸，分明蛇犬铁山围。

穷途老阮无奇策，空望岐阳泪满衣。

——《岐阳三首》其一

从语义上说，四句是前六句的中心。岐阳远在千里之外，首联和颈联对岐阳战况的描写，都是出于传闻之间的虚摹。从章法上说，四句逆挽，既承上又启下，颔联的承转功能都落在四句上。三句横插，却是相对孤立的一句，只是对四句的一种补充。在以上所举二诗中，起承转合与四联的对应关系发生了变异，第四句的功能被提升。这种章法的安排出于何种修辞意图，尚不明确，然而，打破常规至少可以造成新奇的效果，避免陷入陈腐的窠臼之中。

元好问诗集中，还可以找到更多不合常规的例子，如前文所举《卫州感事二首》其二，景语被安排在首、尾二联，而中间二联全是情语，这种布置在元好问七律中屡见不鲜；又如《癸卯望宿中霍道院》，前解全是景语而后解全是情语，也是元好问惯用的结构；再如《刘丈仲通哀挽》，通首不用典，不写景，不状物，只是平铺直叙。元好问并非这些章法的首创者，不难从前人诗歌中找到一些先例，元好问的特点是不仅善于学习前人的独特手法，更擅长推广这些手法。当然，广泛地使用某些独特手法，最终只会让这些手法成为新的俗套。

四、结语

假如以选家的眼光来看元好问的七言律诗，我们不难找到所谓杜样的诗篇，也不难找到所谓昆体的例子，当然也可以发现白居易、李商隐、苏轼、黄庭坚等古代诗人的影子。然而，正如人们已经吸取的教训，选本通常只能反映选家自己的趣味，不能体现诗人的全貌，我们不能依靠印象主义的鉴赏和随心所欲的举例，完整而准确地理解一位诗人，而是应该着眼于诗歌语言形式的全面考察。以上对元好问七律的形式分析，大概可以得出几点初步的结论：

其一，连续性的特征。律体的平行结构通常不利于连续性的获得，而元好问七律中的很多诗篇却具有明显的连续性。这种连续性的获得方式，主要有虚字的纽合功能、特殊的对偶构造，有时也借助于声音的重复。连续性表现在句法上是推论语言，表现在对仗上是流水对和当句对，表现在章法上是一气而下的流畅节奏。获得连续性需要付出的代价，经常是意象的削弱。在一些批评家看来，这意味着唐音的消失和宋调的形成。

其二,江西派的同路人。元好问与江西派在若干方面拥有共同的趣味,尤其是在虚字的使用上。江西派渊源于杜甫,从杜诗的众多风格中选择瘦硬生新的一面加以发展。认为元好问暗地里效仿了黄庭坚、陈师道等江西诗人,也许是鲁莽的看法,可以肯定的是,在学习杜诗的哪种风格上,元好问与江西派显然有着相似的取向。前人指出元好问效仿杜诗雄浑的一面,这种说法大概只是就抒写时事的诗史精神而言,而在形式上,元好问走的却是江西派的老路。

关于元好问与江西派的关系,有必要重新讨论。有一种流行的观点认为,元好问对于江西派深表不满,对黄庭坚虽然有所保留,也大体持贬抑的态度。这种观点其实只是想当然耳。元好问对江西派的批评,既深致不满,也表示欣赏。很难说清哪一面更真实,或许矛盾的状态才是本来的面目。当然,无论这些批评应该如何理解,批评终究只能作为创作的一个注脚①,二者之间并不存在彼此一致或相互印证的联系,而只是不同的话语类型。

其三,变格成为套语。拗调相对于平调是变格,流水对和当句对在对仗中属于变格,折腰格是句法节奏中的变格,一气而下的连续性是变格的章法。读者会在元好问七律中遭遇太多这样的变格。变格作为一种补充性质的模式,被反复地填入各种词汇和意象,终于变成一种套语②。变格成为套语,这听起来像是一种指责,事实上元好问也已遭受过这方面的批评。不过,为什么正体没有使用次数的限制,而变格的反复出现就会引起敌对的情绪?这似乎与诗歌传统中的尊体意识有关。变格的过度使用,具有破坏文体规范的危险。如果不考虑文体规范的问题,那么,变格并不是一个优劣的问题,而是一个风格的问题。

---

① 元好问对于江西派的看法,除《论诗三十首》"不做江西社里人"(其二十八)、"传语闭门陈正字,可怜无补费精神"(其二十九),明显表示不满外,更多的评论表示欣赏。如《杜诗学引》:"先东岩君有言:近世唯山谷最知子美……山谷之不注杜诗,试取《大雅堂记》读之,则知此公注杜已竟。"《锦机引》:"山谷与黄直方书云:'欲作楚辞,须熟读楚辞,观古人用意曲折处,然后下笔。喻如世之巧女,女绣妙一世,如欲织锦,必得锦机,乃能成锦。'因以《锦机》名之。"《诗文自警》第八则:"文字千变万化,须要主意在。山谷所谓救首求尾者。"第十则:"鲁直曰:文章大忌随人后。又曰:自成一家乃逼真。"第十一则:"吕居仁曰:学者须做有用文字,不可尽力于虚言。"十二:"东莱议论作文,须要言语健,须会振发转换好,不要思量远过,才过便晦。"(孔凡礼辑《诗文自警》,载姚奠中主编《元好问全集》,第1242—1243页。)又《寄谢常君卿》诗曰:"诗学江西又一奇。"钱锺书指出:"遗山既薄江西派,而评东坡语则与江西派议论全同。"(《谈艺录》四四,第152页。)他的后半句话是对的,但元好问对江西派并不总是鄙薄。

② 套语,在文体学上,指的是一些固定不变的重复使用的句子、结构和技巧模式。参见[法]吕特·阿莫西、安娜·埃尔舍博格·皮埃罗《俗套与套语——语言、语用及社会的理论研究》(丁小会译,天津:天津人民出版社2003年版,第59—71页。)

第八章　批评与写作：元好问的 五言古诗

一、五言古诗谱系的建构

在金朝灭亡后的若干年里,元好问回顾金朝贞祐初迁都开封后的诗坛情形,语气中流露出不满。然而,元好问自己就在这种风气中成长起来,并深受其影响。

> 南渡以来,诗学为盛。后生辈一弄笔墨,岸然以风雅自名。高自标置,转相贩卖。少遭指摘,终死为敌。一时主文盟者,又皆泛爱多可,坐受愚弄,不为裁抑,且以激昂张大之语从臾之,至比为曹、刘、沈、谢者,肩摩而踵接,李、杜而下不论也。(《中州集》卷十《溪南诗老辛愿》)

这段话揭示当时诗坛追求风雅与崇尚魏晋六朝诗歌的复古倾向,而后一方面隐含着推尊五言古诗的主张。元好问的基本诗学理念,也不外乎这两个方面。提倡风雅,是元好问一以贯之的宗旨,这一点毋庸赘言;而以五古为中心的批评,其实是元好问文学批评中非常重要的一个侧面,这一点尚须详加阐发。把元好问的有关言说集中抄录如下,就可以清楚地看到,他在精心地建构一种五言古诗的谱系①。

【I】五言以来,六朝之谢、陶,唐之陈子昂、韦应物、柳子厚最为近风雅,自余多以杂体为之,诗之亡久矣。杂体愈备,则去风雅愈远,其理然也。近世苏子瞻绝爱陶、柳二家。极其诗之所至,诚亦陶、柳之亚。然评者尚以其能似陶、柳,而不能不为风俗所移为可恨耳。夫诗至于子

---

① 明人胡应麟也谈到五古的谱系问题,可以参照:"古诗浩繁,作者至众,虽风格体裁,人以代异,支流原委,谱系具存。"(《诗薮》内编卷二《古体中·五言》,第23页。)

瞻,而且有不能近古之恨,后人无所望矣。乃作东坡诗雅目录一篇。
(《遗山先生文集》卷三十六《东坡诗雅引》)

【Ⅱ】柳州《戏题阶前芍药》,东坡《长春如稚女》及《赋王伯扬所藏
赵昌画梅花》、《黄葵》、《芙蓉》、《山茶》四诗,党承旨世杰《西湖芙蓉》、
《晚菊》,王内翰子端《狱中赋萱》,凡九首。予请闲闲公共作一轴写。
因题其后云:柳州怨之愈深,其辞愈缓,得古诗之正,其清新婉丽,六朝
辞人少有及者。东坡爱而学之,极形似之工,其怨则不能自掩也。党承
旨出于二家,辞不足而意有余。王内翰无意追配古人而偶与之合,遂为
集中第一。大都柳出于雅,坡以下皆有骚人之余韵,所谓生不并世俱名
家者也。(《中州集》卷三王庭筠《狱中赋萱》诗后注)

【Ⅲ】百年以来,诗人多学坡、谷,能拟韦苏州、王右丞者,唯公一人。
唯真识者乃能赏之耳。(《赵闲闲书拟和韦苏州诗跋》)①

【Ⅳ】风雅久不作,日觉元气死。诗中柱天手,功自断鳌始。古诗十
九首,建安六七子。中间陶与谢,下逮韦柳止。诗人玉为骨,往往堕尘
滓。衣冠语俳优,正可作婢使。望君清庙瑟,一洗筝笛耳。(《遗山先生
文集》卷二《别李周卿三首》其二)

【Ⅴ】今古几诗人,扰扰剧毛粟。吾爱陶与韦,泠然扣冰玉。大雅久
不作,闻韶信忘肉。求音扣寂寞,一叹动邻屋。水风清鹤梦,月露洗蝉
腹。白头两遗编,吟唱心自足。谁为起九原,寒泉荐芳菊。(《遗山先生
诗集》卷三《继愚轩和党承旨雪诗四首》其二)

引文Ⅰ中,元好问开列五古诗人的名单,进入名单的唯一资格是接近风
雅。元好问声称,远离风雅的诗歌是杂体,诗歌处于堕落的过程,诗坛的风
气已经败坏,并且侵蚀着诗人。引文Ⅱ中,元好问请赵秉文书写的九首诗都
是五古,四位作者中的柳宗元、苏轼已出现在引文Ⅰ的名单中,另外两位则
是名声显赫的当代诗人党怀英和王庭筠。在四位作者中,仅有柳宗元完全
以"雅"(《诗经》)为渊源,并获得"古诗"的正统品质,这里的"古诗"显然指
的是五古,而苏、党、王都因为沾染了《楚辞》的"余韵",表露出过度的怨刺
情绪,损害了诗歌的品质。引文Ⅲ告诉我们,当时诗坛上存在效仿苏、黄的
风气,而赵秉文具有独特的眼光,他选择王维和韦应物作为效仿的对象,元
好问对赵秉文的选择表示敬佩。王维是又一位被肯定的诗人,不过,这里虽

---

① 〔清〕张金吾辑《金文最》卷二十五,辑录此文,并且注明来源:"知不足斋藏赵闲闲真迹
后。"(《续修四库全书》本,第 368 页。)

然并提王、韦，其实是以韦为主，因为赵秉文摹拟的是韦，王只是被顺带提及。引文Ⅳ、Ⅴ保持着相同的立场，还是在鼓吹风雅和推举若干五古诗人，陶、韦再次出现，更古老的无名氏《古诗十九首》和建安诗人也得到肯定。顺便说，这两首包含论诗片段的诗篇都是五古的形式。

通过这些引文，元好问试图构建的五古谱系清晰地显现出来。在这个谱系中，"雅"（风雅、大雅）是最终的源头，"骚"（楚辞）成为其对立面，"正"是最主要的品质，与所谓的"杂"形成区别性的对立，代表诗人主要有陶、谢、韦、柳和半个苏轼。被遴选出的这几位诗人，规定了这个谱系的风格取向只能是平淡温和，或如引文Ⅱ的表述，"清新婉丽"。杜甫等经典诗人没有被列入，从另一个侧面表明这一点。

在这个谱系中，陶渊明是最高的典范，谢、韦、柳等诗人虽然也被提及，但并未达到如陶一般的经典地位。元好问尽管屡次提及韦应物，如《李道人嵩阳归隐图》诗："南山小平远，澹若韦郎诗。"《赋邢州鹊山》诗："郭熙未足语平远，摹写谁有韦郎诗。"但对他来说，韦应物更像是陶渊明的一种风格变体，缺乏摆脱陶诗影响的强烈个性，他表达了推崇，但并不热衷于效仿。至于谢、柳，元好问在《论诗三十首》中称赏谢灵运的"池塘生春草"句，并认为柳宗元出于谢灵运，但除此之外，并无过多的谈论。

与已经成为经典诗人的陶渊明相比，苏轼在谱系中的地位并不安稳。在元好问看来，苏轼的五言古诗只有一部分可以成为正体，另一部分受到《楚辞》的影响，流露怨刺，因此沦为杂体。虽然如此，苏轼在元好问心目中，实非谢、韦、柳可以比拟。苏轼是元好问的前驱诗人，元对苏既推崇又贬抑，既明摆着批评又暗地里效仿，个中心理颇堪玩味。我们将看到，元好问在谈论陶渊明时，经常捎带地谈到苏轼，有时是批评，有时是赞赏；元好问在学习陶渊明时，经常不自觉地显现出苏轼的身影。

二、谈论陶渊明

1217年，年仅二十八岁的元好问写下一组享誉批评史的绝句——《论诗三十首》。这一年，元好问曾至汴京，以诗文谒见当时的文坛领袖赵秉文，并受到赵和其他京城文人的高度称誉。同一年的冬天，元好问开始编撰《锦机》一书，广泛地收集前人有关诗文的议论。可见，此时的元好问在写作和批评两方面都具备了良好的积累和素养。元好问在此基础上写成的《论诗三十首》，对汉魏至北宋的诗歌作出精到的评论，并由此提出了一种深刻的诗学见解。在这组论诗绝句的第四首中，元好问明确表述了他对陶渊明及其诗歌的观点。

> 一语天然万古新，豪华落尽见真淳。
>
> 南窗白日羲皇上，未害渊明是晋人。

前二句指出陶诗的两种品质：修辞上的"天然"和内容上的"真淳"。在这一点上，元好问与宋人如苏轼、葛立方、朱熹等保持了相同的看法。后二句是有关陶渊明立身处世的议论，后人对此还存在理解上的分歧①。就诗学的角度而言，这首诗已经提出贯穿元好问一生诗学理想的主要观点。元好问崇尚自然真诚的诗歌，并以陶渊明为典型，这种看法在元好问的其他言论中经常可以见到。例如，元好问在与赵元谈文论艺时说："愚轩具诗眼，论文贵天然。颇怪今时人，雕镌穷岁年。君看陶集中，饮酒与归田。此翁岂作诗，直写胸中天。天然对雕饰，真赝殊相悬。乃知时世妆，粉绿徒争怜。枯淡足自乐，勿为虚名牵。"（《继愚轩和党承旨雪诗四首》其四）又在为赵秉文所作的墓志铭中评价其五言古诗说："至五言，则沈郁顿挫似阮嗣宗，真淳古淡似陶渊明。"（《遗山先生文集》卷十七《闲闲公墓铭》）我们应该提出的问题是，元好问在批评立场上认同陶诗，这与元好问自己的创作在何种程度上具有一致性，或者，所谓一致性是否存在。

这首诗后有一条元好问的自注，提及陶渊明与学陶的唐代诗人白居易的关系。关于这条自注，不同版本之间存在异文。比较合理的应该是明弘治十一年李瀚刻《遗山先生诗集》本的文字："柳子厚，唐之谢灵运；陶渊明，晋之白乐天。"②在这条自注中，元好问将谢、柳并提，是着眼于二家的山水诗，这是由文学史常识可以得知的；那么，元好问将陶、白并提，又是基于何种考虑呢？

对于谢、柳并提，批评家一般没有异议，而对于陶、白并提则有不满的意见。清代的诗话《静居绪言》引元好问该条注文并说："柳原于谢则有之，白原于陶则未也。白平易而有痕迹，陶质实而极自然，韦苏州其庶几乎！"③常流于浅俗的白诗，在很多诗家看来，都与淡而有味的陶诗存在很大的距离。黄庭坚也说："如白乐天，自云效陶渊明数十篇，终不近也。"④白诗经常受到

---

① 参见刘泽《元好问论诗三十首集说》，太原：山西人民出版社 1992 年版，第 36—52 页。

② 其他版本的异文，如弘治十一年十一月李瀚刻《遗山先生文集》本作："柳子厚，晋之谢灵运；陶渊明，唐之白乐天。"施国祁《元遗山诗集笺注》本作："陶渊明，唐之白乐天。"并将前半部分移至这组诗的第二十首（谢客风容映古今）诗后。从版本和文义看来，弘治《诗集》本的文字较为合理。

③ 〔清〕佚名《静居绪言》，郭绍虞编选、富寿荪校点《清诗话续编》本，上海：上海古籍出版社 1983 年版，第 1648—1649 页。

④ 〔宋〕黄庭坚《豫章黄先生文集》卷二十六《跋书柳子厚诗》，《四部丛刊》本。

批评,特别是在陶诗的相形之下。那么,元好问对白居易又是如何认识的呢?

元好问在六十一岁时为友人杨飞卿的诗集作序,谈论诗歌写作中超越语言和修辞的境界,说:"方外之学有'为道日损'之说,又有'学至于无学'之说。诗家亦有之。子美夔州以后,乐天香山以后,东坡海南以后,皆不烦绳削而自合,非技进于道者能之乎?"(《遗山先生文集》卷三十七《陶然集诗序》)这里所说的"不烦绳削而自合",是黄庭坚用以评价陶诗、杜甫夔州后诗和韩愈潮州后文的用语①。这一用语也和元好问在《论诗三十首》中用以评价陶诗的"一语天然万古新"相合。元好问认为,白居易在闲居洛阳香山以后的诗与陶渊明、杜甫等诗人一样达到了这种超越文字之上的境界。他在一次游览香山时写下的诗中甚至表达了向白诗学习的愿望:"学诗二十年,钝笔死不神。乞灵白少傅,佳句倘能新。"(《龙门杂诗二首》其二)由此可知,元好问将陶、白并提,是着眼于二人在修辞上无意为文的共同取向。

但是,元好问的着眼点不仅是在修辞的方面,更深入的理解,应该是在二人的出处行藏方面的相同之处。陶渊明在修辞方面的无为态度,决定于他选择从官场中退出而归隐乡村的生活态度。与此相似,白居易也是在离开忙碌的朝官事务而闲居洛阳香山以后,才写出所谓的"不烦绳削而自合"的诗歌。虽然在隐居的方式上,陶、白二人存在小隐、大隐的差异,但他们对自由生活的追求却是一致的。陶、白并提的另一个例子,证实我们这种观点。在《东平贾氏千秋录后记》中,元好问将陶、白与严子陵、邵雍并列,对于他们的气节表达自己的敬意。由此可以解释,为什么元好问在明确谈到诗歌的时候,更多地将陶和韦应物并提,而排除了白居易。

元好问并提陶、白,大概也深受苏轼的影响。苏轼屡次表达他对陶、白的欣赏和喜爱,这是我们都知道的,而元好问对苏轼非常熟悉,他不会知道得比我们更少。在上文所引《陶然集诗序》中,他认为苏轼和白居易在晚年都到达超越修辞的境界。这种境界正是陶诗的高妙之处,而元好问论诗的思路与苏轼对白居易的理解是一致的。由此可知,元好问对陶、白的理解方式很可能来自苏轼。

让我们再回到《论诗三十首》中评论陶渊明的诗上。上文对诗后自注中陶、白并提的讨论,试图说明的是,元好问这首诗既谈论陶诗,更谈论陶渊明

---

① 黄庭坚《豫章黄先生文集》卷二十六《题意可诗后》:"宁律不谐而不使句弱,用字不工不使语俗。此庾开府之所长也,然有意于为诗也。至于渊明,则所谓不烦绳削而自合者。"卷十九《与王观复书三首》其一:"观杜子美到夔州后诗、韩退之自潮州还朝后文章,皆不烦绳削而自合矣。"

的为人。诗的后二句尽管存在歧义,但无疑谈到了陶渊明返朴归真的生活方式及其意义。而陶渊明的生活方式正是其诗"天然"、"真淳"品质得以产生的人格基础。因此,在这首诗中,元好问最为关注的应该是陶渊明的人格,然后才是这种人格在诗歌层面的显现。

除《论诗三十首》外,元好问还在许多其他场合提及陶渊明。从这些言论中,可以看出元好问心目中陶渊明的形象。下面把元好问集中有关陶渊明的言论分类列出。

【Ⅰ】关键词:归田。

渊明不可作,此士宁复有。(《虞乡麻长官成趣园二首》其二)

折腰真有陶潜兴,扣角空传宁戚歌。(《除夜》)

扬雄词赋今谁识,陶令田园先已荒。(《别董德卿》)

【Ⅱ】关键词:饮酒。

飘零无物慰天涯,酒伴相逢饮倍加。误谬君当略彭泽,回旋我亦笑长沙。(《西斋夜宴》)

解道田家酒应熟,诗中只合爱渊明。(《和仁卿演太白诗意二首》其一)

渊明太白醉复醉,季主唐生鸣自鸣。(同上,其二)

江州未觉风流减,可使陶潜望白衣。(《从邓州相公觅酒时在镇平》)

【Ⅲ】关键词:九日采菊,部分兼及饮酒、作诗。

柴桑有故事,二谢留俊笔。(《九日读书山用陶诗'露凄暄风息,气清天旷明'为韵赋十诗》其五)

柴桑人去已千年,细菊斑斑也自圆。(《野菊座主闲闲公命作》)

南山正在悠然处,安得芳尊与细倾。(《野菊再奉座主闲闲公命作》)

信口成篇底用才,渊明此意亦悠哉。枉教诗景分留在,百绕斜川觅不来。(《采菊图二首》其一)

诗成应被南山笑,谁是东篱采菊人。(同上,其二)

黄菊霜华日日添,也应有意醉陶潜。(《辛亥九月末见菊》)

【Ⅳ】关键词:无弦琴。

渊明素琴稅阮酒,妙意所寄谁能量。(《密公宝章小集》)

东坡有云:"琴里若能知贺若,诗中定合爱陶潜。"(《琴辨引》)

厥初制琴,意寓于器。器如可忘,圣则徒制。如陶所言,奚贵于琴?羊存礼存,大中之心。我琴无弦,弦会当具。尚因正声,以识真趣。(《无弦琴铭》)

【Ⅴ】关键词：诗。

吾爱陶与韦，泠然扣冰玉。（《继愚轩和党承旨雪诗四首》其二）

君看陶集中，饮酒与归田。此翁岂作诗，直写胸中天。（同上，其四）

至五言，则沈郁顿挫似阮嗣宗，真淳古淡似陶渊明。（《闲闲公墓铭》）

东坡和陶，气象只是坡诗。如云"三杯洗战国，一斗消强秦"，渊明决不能办此。（《跋东坡和渊明饮酒诗后》）

由以上分类排比的言论，可以看出，元好问关注得更多的，并不是陶诗，而是陶渊明的人格魅力和生活方式，如归田、饮酒、九日采菊、无弦琴等。由《采菊图二首》所论可知，元好问认为陶诗是一种人格修养和生活方式的自然产物，而不是写作行为的结果，不是通过修辞的努力可以达到的。因此，后人应该学习的是陶渊明的生活方式和态度，只有这样，才可能达到或接近陶渊明的境界。

三、集陶诗及其他

集句诗的历史可以追溯到西晋傅咸的集经诗，但广泛流行则是在北宋以后。王安石的集句诗最为丰富，也受到最多的关注。集句诗在很大程度上是一种展示博学和巧思的游戏，属对的才能受到普遍的关注。如王安石的集句诗受到不少批评家的赞赏，经常是因为他的出乎意表又合乎情理的对偶。金代延续了北宋的风气，不少诗人写作集句诗，并且出现宋人所没有的集陶诗和集苏诗①。其中，集陶诗正是创始于元好问②。

元好问的集陶诗《杂著五首》，查慎行认为"题下应增集陶二字"。③ 施国祁笺注这组诗时引查慎行语，且加案语说："别本有之。"④施国祁所谓的"别本"指的是华希闵刊本等清代刻本。明代弘治十一年刊行《遗山先生诗集》和《遗山先生文集》都没有"集陶"等字。因此，"集陶"二字应该是清人所加的，并不是元好问的手笔。

集陶诗可以是游戏笔墨，如绝大多数诗人那样，也可以是严肃的，如文天祥集杜诗那样视杜诗为己出。元好问的态度介于二者之间，既非纯

---

① 关于集句诗的研究，参看裴普贤《集句诗研究》，台北：台湾学生书局 1975 年版；《集句诗研究续集》，台北：台湾学生书局 1979 年版。

② 元好问《遗山先生文集》卷三十七《张仲经诗集序》提到友人张澄《书陶诗后集句》诗，应该也是集陶诗。考虑到元好问比张澄年长六岁，暂且把集陶诗的首创权归诸元好问。

③ 〔清〕查慎行《初白庵诗评》卷中《元遗山》，清乾隆四十二年涉园观乐堂刻本。

④ 〔清〕施国祁《元遗山诗集笺注》卷一，第 81 页。

粹的游戏,也非受难之际与古人的强烈共鸣。元好问一方面是在借此形式向古人致敬,另一方面则是在借古人诗句浇心中块垒。缺乏实际内容的诗题,表明这组诗属于杂诗、咏怀诗、饮酒诗的传统,都是一种私人化的抒情方式。

集句诗经常只是一种展示属对才能的文字游戏。然而,元好问的集陶诗却并不在对偶精切方面下功夫。《杂著五首》集句的来源,陶渊明诗,是不讲究声病和对仗,也不讲究词藻和句法的五言古诗。元好问在以陶诗为材料拼贴一首五言古诗时,在形式上所要考虑的只是下句的韵脚问题,至于上下句之间是否形成对偶关系则不在考虑之中。当然,《杂著五首》中也出现不太刻意和工整的对句,如其一的"暧暧远人村,纷纷飞鸟还",其三的"荣叟老带索,原生纳决屦"。但前一例是因为上句"暧暧远人村"在陶的原诗中也与下句"依依墟里烟"形成对偶,所以元好问也找了另一个以形容词性重叠词冒首的句子来作为下句。后一例中,上下两句出现在陶渊明的同一首中,并且原本就已形成隔句相对。因此,元好问在对偶方面的考虑是微乎其微的,他对待集句的态度显然与王安石等诗人大相径庭。

元好问的集陶诗更多的还是出于自我抒情的需要。《杂著五首》的写作时间,大概是 1225 年的秋天,与《饮酒五首》和《后饮酒五首》作于同一时期。这一年的夏天,元好问辞去国史院编修官的职务,从汴京回到嵩山,过起田园闲居的生活。在这种生活境遇中,元好问对不愿折腰、归隐田园的陶渊明产生共鸣,是很自然的事情。《杂著五首》所摘集的陶诗,也充分表明这一时期元好问的心情。这组诗共引用了陶渊明的六十句诗,其中出自《归园田居五首》的五句,出自《庚戌岁九月中西田获早稻》的五句,出自《杂诗十二首》的七句,出自《饮酒二十首》的最多,共十句。由此可见,元好问对陶诗中的归隐、躬耕、饮酒的生活态度以及从中体悟的人生哲理,具有很深刻的理解。

陶渊明对于元好问和苏轼来说,都是诗歌和生活的最高典范,然而,在向古人致敬的方式上,元好问与苏轼的选择很不相同。苏轼的主要方式是次韵,他在不同时期写作的和陶诗有一百余首,并且将这些和陶诗单独刊行。次韵作为一种唱和形式,原本是一种社交手段,经常发生在友朋之间。苏轼选择与陶渊明唱和,一方面固然是尊敬的表现,另一方面也流露出充足的自信,因为次韵的写作行为,至少在中唐以后,暗含着竞争的意味,是一种才能的较量。苏轼以大量的和陶诗告诉他人和后人,自己足以与陶并驾齐驱。苏轼还有融化陶诗的檃括词,和以《归去来兮辞》为来源的集字诗,但是数量不多①。

元好问没有选择和陶诗的形式，他素来反对次韵诗，认为这种形式妨碍诗人性情的自然抒发②。元好问选择的方式，除了集陶诗外，还有一种是用陶的诗句作为韵脚，即上文已经引用到的《九日读书山用陶诗'露凄暄风息，气清天旷明'为韵赋十诗》。另外，元好问有一首《寄题沁州韩君锡耕读轩》诗，融化陶的诗句和史籍记载的陶的生平，基本上可以归入檃栝诗的范畴。元好问还有几次在诗中袭用陶的诗句，这也可以考虑在内。总体说来，元好问的诗歌与陶诗产生直接联系的并不多，更重要的是，他从不像苏轼那样把自己放在与陶对等的位置上。集陶诗完全搬用了陶的诗句，元好问只是做了组织的工作；用陶的诗句作韵脚而写的组诗，其实与陶诗之间仅有微弱的关系；檃栝诗的情形与集句诗相仿，只是可以适当剪裁诗句而已；袭用旧句，只是体现了借贷的关系，无关乎诗学。这样说来，元好问对陶渊明的致敬和学习，仅限于字句的借用，并没有像苏轼的次韵诗那样，建立起两位诗人之间的对话关系。

相较而言，在学陶问题上，元好问与苏轼的方式颇有差异。譬喻地说，苏轼充满自信地站到陶渊明身旁，肩随着陶，以唱和的方式向这位前辈握手示礼，同时也留给后人这样的姿态：自己足以与陶并驾齐驱；而元好问似乎谨慎内向得多，他只是遥望着陶的项背，羞涩地行着注目礼，有时候苏轼横亘在他与陶之间，遮掩了陶的存在。下文的讨论将证实这些描述。

四、饮酒诗

元好问的集陶诗《杂著五首》表明，元好问不仅与大多数宋以后的诗人一样熟悉陶诗，而且对陶诗中的饮酒诗特别感兴趣。因此，当元好问自己写作饮酒诗时，不可能不心存陶渊明的饮酒诗，从而受到某种形式和程度的影响。事实上，元好问不仅关注陶渊明的饮酒诗，而且注意到苏轼对陶诗包括其饮酒诗的次韵，并指出苏轼的和诗与陶渊明原作之间的差异。这样，在饮酒诗的写作上，元好问势必要面对如何学习和摆脱陶与苏的问题。

① 苏轼自己编辑和陶诗四卷，单独刊行于世，其中既收入苏的和诗，也收入陶的原诗，并且把同题的原诗与和诗编排在一起。这种做法从文献层面加强了并存和竞争的意味。

② 元好问对待次韵诗的态度，可见其《论诗三十首》其二十一："窘步相仍死不前，唱酬无复见前贤。纵横正有凌云笔，俯仰随人亦可怜。"元好问对次韵的态度也为人所知，刘祁记载："凡作诗，和韵为难。古人赠答皆以不拘韵字。迨苏、黄，凡唱和，须用元韵，往返数回以出奇。余先子颇留意，故每与人唱和，韵益狭，语益工，人多称之。尝与雷希颜、元裕之论诗，元云：'和韵非古，要为勉强。'"（《归潜志》卷八，崔文印点校，北京：中华书局1997年版，第90页。）

　　饮酒诗有别于特定场合下写作的应景诗（Occasional Poetry），一般用于日常生活中哲学感悟的表达，相对而言，是比较私人化的话语。当然，饮酒诗在完成以后也是可以与朋友分享的。作为一般情境下的表达，饮酒诗与"咏怀"、"感遇"、"杂诗"属于一种类型的诗歌。《文选》卷三十收入陶渊明《饮酒二十首》中的"结庐在人境"、"秋菊有佳色"二首，题作《杂诗二首》。这也旁证了饮酒诗与杂诗的联系。

　　正如咏怀诗与阮籍相联系一样，饮酒诗是与陶渊明联系在一起的。但与阮籍咏怀诗较早受到关注不一样，陶渊明的饮酒诗一直到北宋才受到明显的关注。唐代以前，似乎没有出现单独讨论陶渊明饮酒诗的言论，也很少见到有人把饮酒的行为与陶渊明联系起来，这时期代表饮酒文化的是阮籍、刘伶等竹林名士。伴随着陶渊明在宋代的地位日益崇高，陶的饮酒诗才受到特别的注意。苏轼是最早次韵陶诗的诗人，他的和陶诗中最早写作的是扬州任上的和陶饮酒诗二十首。苏轼门人中的张耒、秦观也有和陶饮酒诗。南宋诗人中李纲、王阮也有这类作品传世①。南宋诗人乐雷发虽然没有和陶饮酒诗存世，却在诗中说："和遍陶翁饮酒诗，醉笼天地入鸱夷。"②可见，和陶饮酒诗已经是一种风雅的行为，以至于成为一种可以入诗的题材。元好问的老师赵秉文也有《和渊明饮酒二十首》③。

　　元好问显然也是在北宋以来的和陶风气中写作饮酒诗的。他没有选择次韵的方式，如上文所说的，是因为他一向不太支持这种拘束想象力和自我表达的作诗方式。元好问的饮酒诗主要有《饮酒五首》、《后饮酒五首》两组五言古诗。我希望通过比较这两组诗与陶、苏饮酒诗的异同，理解元好问五言古诗的性格④。

　　陶渊明《饮酒二十首》，如其自序所说，是"既醉之后，辄题数句自娱"⑤，并非一个时间里的集中写作。因此，与阮籍的《咏怀诗八十二首》一样，这组诗包含了各种类型的题材和手法，如咏物、咏史、寓言、叙事和说理。二十首

---

① 宋代和陶饮酒诗有张耒《柯山集》卷七《次韵渊明饮酒诗并序》十一首，秦观《淮海集》卷五《饮酒诗四首》，李纲《梁溪集》卷十二《和渊明饮酒诗二十首并序》，王阮《义丰集》中《和陶诗六首并序》，其中二首为《和饮酒》。宋以后的和陶饮酒诗，如元戴良《九灵山房集》卷二十四《和陶渊明饮酒二十首并序》，方回《桐江续集》卷五《和陶渊明饮酒二十首并序》，明祝允明《怀星堂集》卷三《和陶渊明饮酒二十首》等等。

② 〔宋〕乐雷发《雪矶丛稿》卷四《道书二绝》其一，《景印文渊阁四库全书》1182 册，第710 页。

③ 〔金〕赵秉文《闲闲老人滏水文集》卷五，《四部丛刊》本。

④ 元好问还有杂言体诗《此日不足惜》、《饮酒》、《醉后走笔》和七言律诗《醉后》，可以算在饮酒诗的范畴内，因为不是五古，这里不作讨论。

⑤ 龚斌《陶渊明集校笺》卷三，上海：上海古籍出版社 1999 年版，第 211 页。

诗并没有紧紧围绕一个主题，也不构成规则的排列，在章法上体现出随意松散的特征。这组诗中直接提及饮酒行为或相关语汇（如醉、饮、壶等等）的诗篇，共十首，也就是说二十首中有一半的诗篇离开饮酒的范畴，杂叙身边琐事，追忆过往生活，泛论人生感悟。清人邱嘉穗指出这种现象，但是他的说法有点牵强①。

陶渊明《饮酒二十首》不仅在组诗的章法上不加安排，在每一首诗的结构、句法上也是无意求工。与陶渊明的其他诗篇一样，他的《饮酒二十首》中很难找出刻意煅炼的警句、精心布置的结构和出人意表的构思。陶诗以不假修饰、浑然天成的风格，标识自己在文学史上的位置。

苏轼《和陶饮酒诗二十首》作为唱和诗，在很多方面追随陶渊明的原作，相同的韵脚，多次饮酒之后的写作情境，交代写作情境并与友人分享诗篇的序言，这些都是最明显的表现，而最大的相同点是苏轼的和诗与陶诗一样广泛涉及各种题材。但苏轼的写作显然不如陶渊明那样放松，他自始至终扣紧"饮酒"的题目，在二十首诗中除去第十五首外的每一首诗都要以各种方式兜转到酒和饮酒上来。从表面上看，苏轼的和诗与陶渊明的原作一样，在想象力的延伸和诗材的选取上自由无羁，但事实上，苏轼是以刻意的谋篇布局来造成散漫的章法，以求接近于陶渊明的原作。比如苏轼和诗的第四首，采取寓言的方式，以虫、雀不满足现状而招致灾祸的故事，说明一种生存的哲学。而陶诗的第四首，描述失群的飞鸟栖止在孤独生长的松树上。同样都是动物故事，同样都在组诗的第四首，这明显地表现出苏轼和诗所作的有意的安排。再如苏诗的第八首借"霜松"托物言志，也是从陶诗第八首寓意青松的写法变化而来的。苏轼和诗在组诗的布局上显然受制于陶诗。这也是次韵诗不可逃脱的命运。

与陶诗无意求工的句法相比，苏轼的和诗显示出遣词造句的巧妙和刻意，如苏诗第二十首"三杯洗战国，一斗消强秦"二句。民国年间沈其光在批评苏轼和陶诗"处处运巧使才，机锋横出"后，说这两句诗"太火"，与澹定的陶诗迥异②。元好问晚年也指出，"东坡和陶，气象只是坡诗，如云'三杯洗战国，一斗消强秦'，渊明决不能办此。独恨'空杯亦尝持'之句，与论无弦

---

① 〔清〕邱嘉穗《东山草堂陶诗笺》卷三："公《饮酒》二十首中有似着题似不着题者，其着题者固自言其饮酒之适，其不着题者亦可想见其当筵高论、停杯浩叹之趣，无一非自道其本色语也。东坡有云：'作诗必此诗，定知非诗人。'岂此谓欤？"（《四库全书存目丛书》本，第251页。）

② 沈其光《瓶粟斋诗话》三编卷一，杨焄校点，张寅彭主编《民国诗话丛编》第五册，上海：上海书店出版社 2002 年版，第 645 页。

琴者自相矛盾。别一诗云：'二子真我客,不醉亦陶然。'此为佳。"(《遗山先生文集》卷四十《跋东坡和渊明饮酒诗后》)元好问的态度是褒是贬,并不明确。这段话的字面意思是说,陶渊明写不出苏轼那样的诗句,这样说来,似乎陶渊明也有不如苏轼的地方。然而,陶渊明已经是公认的经典诗人,甚至是诗歌的标准,而苏轼只是后来者,元好问指出二人的差异,更像是在说,苏轼还没达到陶渊明的境界,所以学得不像。陶诗以浑然一体、不可句摘而备受称誉,元好问特意指出苏轼和陶诗的警句,貌似欣赏,却似乎暗含着有句无篇的批评。

正如不少批评家所指出的,苏轼的和陶诗完全是他自家的面目,并且元好问也深知这一点。那么,苏轼之后,元好问的饮酒诗与陶诗、苏诗相比又如何呢?

　　西郊一亩宅,闭门秋草深。床头有新酿,意惬成孤斟。举杯谢明月,蓬荜肯相临。愿将万古色,照我万古心。

　　去古日已远,百伪无一真。独余醉乡地,中有羲皇淳。圣教难为功,乃见酒力神。谁能酿沧海,尽醉区中民。

　　利端始萌芽,忽复成祸根。名虚买实祸,将相安足论。驱驴上邯郸,逐兔出东门。离官寸寸乐,里社有拙言。

　　万事有定分,圣智不能移。而于定分中,亦有不测机。人生桐叶露,见日忽已晞。唯当饮美酒,傥来非所期。

　　此饮又复醉,此醉更酣适。徘徊云间月,相对澹以默。三更风露下,巾袖警微湿。浩歌天壤间,今夕知何夕。

——《饮酒五首襄城作》

　　少日不能觞,少许便有余。比得酒中趣,日与杯杓俱。一日不自浇,肝肺如欲枯。当其得意时,万物寄一壶。作病知奈何,妄妇良区区。但愧生理废,饥寒到妻孥。吾贫盖有命,此酒不可无。

　　金丹换凡骨,诞幻若无实。如何杯杓间,乃有此乐国。天生至神物,与世作酣适。岂曰无妙理,混漾莫容诘。康衢吾自乐,何者为帝力。大笑白与刘,区区颂功德。

　　容从崧少来,贻我招隐诗。为言学仙好,人间竟何为。一笑顾客言,神仙非所期。山中如有酒,吾与尔同归。

酒中有胜地，名流所同归。人若不解饮，俗病从何医。此语谁所云，吾友田紫芝。紫芝虽吾友，痛饮真吾师。一饮三百杯，谈笑成歌诗。九原不可作，想见当年时。

饮人不饮酒，正自可饮泉。饮酒不饮人，屠沽从击鲜。酒如以人废，美禄何负焉。我爱靖节翁，于酒得其天。庞通何物人，亦复为陶然。兼忘物与我，更觉此翁贤。

——《后饮酒五首阳翟作》

海陶玮（James R. Hightower）在一篇将陶渊明《饮酒诗二十首》译成英文并加以注释的文章中，解释陶渊明饮酒诗的篇题含义应该是酒后所作的诗，而不是有关酒的诗或者颂酒诗①。这也可以解释为什么陶渊明这组诗有些着题，而有些不着题，也就是章法上的自由散漫。与陶诗相比，元好问的饮酒诗基本上应该理解为关于酒的诗。从《饮酒五首》、《后饮酒五首》各首的内容，可以看出这两组诗几乎始终围绕着饮酒和酒德的中心。《饮酒五首》其一，写诗人月下独酌；其二，写酒给予人淳真的品质；其三，写虚名招致实祸；其四，写饮酒可以应对不测的世事；其五，写诗人对月酣醉。《后饮酒五首》其一，写生活离不开酒；其二，写饮酒的生理感受；其三，写学仙不如饮酒；其四，写痛饮的友人；其五，写饮酒与交友的关系，兼及陶渊明。

从章法上说，这两组写于不同地方的饮酒诗②，也各自体现出完整的结构。《饮酒五首》的第一首和第五首都具有月下饮酒的情节，因此构成一个始于月下、终于月下的环形结构。其他三首因此就获得了一个共同的月下独酌的背景。第三首有点例外，没有直接谈论饮酒，但在结构上却是第四首的原因——因为虚名容易招致实祸，所以不如饮酒以应对无法预测的世事。《后饮酒五首》呈现非常单一的结构，组诗中的每一首都集中在饮酒的乐趣和妙理上。其中第五首还提到陶渊明，可以视为对陶渊明饮酒诗的一种回应。

与陶诗和苏诗包含各种题材不一样，元好问这两组饮酒诗专注于讨论饮酒的妙理，在表现手法上也没有咏物、寓言等方式，几乎只是单一的夹叙

---

① James R. Hightower, "Tao Ch'ien's 'Drinking Wine' Poems", in James R. Hightower and Florence Chia-ying Yeh, *Studies in Chinese Poetry*. Cambridge, Massachusetts, and London: Harvard University Press, 1998, p.3.

② 据诗题下元好问的自注，这两组诗分别作于河南汝州和钧州，时间都是 1225 年的秋天，与上文所讨论的集陶诗大概同时所作。详参狄宝心《元好问年谱新编》，北京：中国文联出版社 2000 年版，第 108—109 页。

夹议。对陶渊明而言,饮酒诗与咏怀诗、杂诗一样,都是生活哲学的零散记录;而对元好问而言,饮酒诗只能谈论饮酒生活和酒给人的感受。饮酒诗的传统在元好问这里发生了变化。

元好问饮酒诗与陶诗在章法和表现手法上的差异,说明元好问的思维方式呈现集中、精一和聚敛的特征,而非陶渊明的蔓衍旁及、随意挥洒。而在句法和用意上,元好问饮酒诗也体现出近于苏诗而远于陶诗的特点。

上文说到,元好问指出苏轼的和陶诗具有苏轼自家气象,并认为其中的一些警句是陶渊明所无法写出的。这则材料透露出元好问自己的倾向,他更愿意在表达上追求深刻和曲折,而非陶诗的平淡率意。元好问的饮酒诗确实包含不少精警的表达,如《饮酒五首》其一:"愿将万古色,照我万古心。"其二:"谁能酿沧海,尽醉区中民。"《后饮酒五首》其一:"一日不自浇,肝肺如欲枯。"其五:"饮人不饮酒,正自可饮泉。饮酒不饮人,屠沽从击鲜。"可见,元好问虽然屡次推崇陶诗天然平淡的诗风,但是他自己的创作却是明显的刻意求工的结果。

元好问在另一个场合谈到古今诗人写作环境的变化。古代诗人不需要考虑怎么写的问题,只要如实地、自然地表达出内心的想法,写诗是一种无关难易的行为;而后世诗人已经失去这种环境,他们需要考虑诗歌的各种类别和批评家设定的各种规范,需要有意识地远离某些不良风格、追求某些高贵的品质,需要训练有素地掌握各种句法诗律,需要留心前人的诗篇、避免陈词滥调,总之,需要费尽心力地写作,诗歌从此成为专门之学①。元好问显然属于不幸的后世诗人,而陶渊明则是逍遥的古代诗人。元好问的刻意求工,并非误解古人的表现,而是作为后来者不得不接受的命运。

五、五言古诗的结构

从元好问在各种场合表达的言论看来,陶渊明无疑是他最为推崇的前代诗人,在元好问的心目中能与陶渊明相媲美的大概只有杜甫。但是,由诗人的批评立场来认识他的创作,却经常很不可靠。一些批评家因为元好问推崇陶诗,就不证自明地认为元好问的五言古诗也具有陶诗的风格。这无疑是一种想当然的评价方式。

上文已经指出元好问对陶渊明人格和陶诗品格的推崇,并以饮酒诗为例,说明元好问的五言古诗实际上并不具有陶诗的品格,而更加接近于北宋苏轼的诗歌。下面进一步讨论元好问五言古诗与陶诗的差异。

---

① 〔金〕元好问《遗山先生文集》卷三十七《陶然集诗序》。详参本书第三章有关论述。

王国维论诗有主观、客观二境："有有我之境，有无我之境。"①关于"无我之境"，王国维举出两位诗人的诗句为例，一是陶渊明的"采菊东篱下，悠然见南山"；一是元好问的"寒波澹澹起，白鸟悠悠下"。王国维这种摘句批评究竟有多大的准确性，这里暂且不去讨论。这里也不想比较这两联诗的句法有何异同，本文所关注的问题是这两联诗在各自诗中的位置及其结构上的意义，并由此讨论元好问五言古诗与陶诗在结构上的差异。

陶渊明"采菊"二句出自其《饮酒诗二十首》其五：

> 结庐在人境，而无车马喧。问君何能尔，心远地自偏。采菊东篱下，悠然见南山。山气日夕佳，飞鸟相与还。此中有真意，欲辨已忘言。②

从主旨上说，这首诗通章意在"心远"二字，诗中物象如南山、菊花、飞鸟，都不过是目光所及、随手写入诗中。陶渊明并不着意安排这些物象在诗中的作用。从结构上说，这首诗是平放和顺势的，用温汝能的话说是"得力在起四句，奇绝妙绝，以下便可一直写去"③。"采菊"二句，无论是意象还是语义，在这首本就不讲究结构的诗中，当然也就不具有特别的结构意义。

元好问"寒波"二句出自其《颖亭留别》诗：

> 故人重分携，临流驻归驾。乾坤展清眺，万景若相借。北风三日雪，太素秉元化。九山郁峥嵘，了不受陵跨。寒波澹澹起，白鸟悠悠下。怀归人自急，物态本闲暇。壶觞负吟啸，尘土足悲咤。回首亭中人，平林澹如画。

首二句是引子，引出即将踏上归程的诗人前瞻后顾的目光。"乾坤"六句是峥嵘雪山的远景，背后隐含的是诗人眺望归程的目光，风格是宏伟的。"寒波"二句是水面和飞鸟构成的近景，背后隐含的是诗人俯视留别场景的目光，风格是恬静的。合着看，"怀归"二句绾结以上眺望的远景和俯视的近景，分着看，"怀归"句接"乾坤"六句，因为归心似箭而眺望前途；"物态"句承"寒波"二句，诗人在收回眺望的目光后，感受到流水的缓慢和飞鸟的悠然。"壶觞"二句感叹即将踏上艰辛的旅途。"回首"二句描绘送行友人的

---

① 王国维《人间词话》卷上，第 1 页。
② 龚斌《陶渊明集校笺》卷三，第 219—220 页。
③ 〔清〕温汝能《陶诗汇评》卷三，清光绪十八年上海五彩公司石印本。

安宁画面。从立意上说,这首诗写的是诗人在留别之际所见的景观和感受到的路途艰难,意旨明晰。从结构上说,这首诗以交替的对比来造成诗歌的情绪。这样的结构本身是曲折的,而"寒波"二句与"乾坤"六句在对比结构中的不平衡,又使诗的情感进程在从远景转换到近景时形成顿挫。

"寒波"二句如果被从诗中摘取出来孤立地看待,确实与陶渊明"采菊"二句一样,具有物我同化的气象。但是,这两句诗并非无意求工的结果,而是有心造成波澜的手段①。"乾坤"六句写眺望目光中的景观,下文如果放笔一路写去,应该是顺势诉说归程的漫长和艰辛。而"寒波"二句的出现,无论在景观还是在语义上都是一种转换。其实"怀归"二句已经清楚地说明元好问是有意造成这种顿挫的效果。物态是否闲暇,当然取决于诗人的主观情绪。"寒波"二句不过是诗人用以说明"物态本闲暇"的证据。在当日"北风三日雪"的寒冷气候下,未必真地出现"白鸟悠悠下"的景观,这样闲暇的物象也许只是诗人的"造境"②。

诗中情语与景语的关系,无非是交融与反衬两种。陶渊明"采菊"二句属于前者,元好问"寒波"二句则属于后者。在这一点上,元好问更多地受益于以沉郁顿挫的诗风著称的杜甫。杜诗多用"自"字,如《遣怀》"愁眼看霜露,寒城菊自花"。诗人的情绪在景物的反衬下得到更加强烈的表现③。元好问"怀归人自急,物态本闲暇",下一"本"字,正与杜诗的"自"字起到相同的作用。

上文有关《颖亭留别》中"寒波"二句的转折意义的讨论,表明这首五言古诗内含的曲折顿挫的结构。元好问体现在《颖亭留别》中的对曲折结构的追求,也体现在他的其他不少五言古诗中,如他的成名作《箕山》、《元鲁县琴台》,沉郁顿挫,被认为是继承杜甫的杰作④。赵翼评元好问的古体诗:

---

① 潘德舆《养一斋诗话》卷八曰:"遗山诗有不用意而直入古人堂室者,如'寒波澹澹起,白鸟悠悠下'是也。"(《续修四库全书》本,第 267 页。)潘德舆想必也是如王国维一般,孤立地看待这两句诗。

② 此处"造境"一词出自王国维《人间词话》,曰:"有造境,有写境,此理想与写实二派之所由分。"(第 1 页。)

③ 〔元〕赵汸:"天地间景物,非有所厚薄于人,惟人当适意时,则景与心融,情与景会,而景物之美,若为我设。一有不慊,则景自景,物自物,漠然与我相干。故公诗多用一'自'字,如'故园花自发'、'风月自清夜'之类甚多。"(《赵子常选杜律五言注》卷一《遣怀》"寒城菊自花"句下,清乾隆间查弘道亦山草堂刻本。)

④ 〔元〕郝经《遗山先生墓铭》曰:"下太行,渡大河,为《箕山》、《琴台》等诗。赵礼部见之,以为少陵以来无此作也,以书招之。于是名震京师,目为元才子。"(清胡聘之《山右石刻丛编》卷二十九。)

"构思窅渺，十步九折，愈折而意愈深，味愈隽，虽苏陆亦不及也。"①也是看到了元好问五言古诗的曲折结构。

六、遗山接眉山

前驱与后来者之间的关系是微妙而有趣的，前驱在时间上享有优先权，占据有利的地位，给后来者投下难以摆脱的阴影。然而，后来者也有前驱所没有的优势，他有权删选前驱的作品，决定某些诗篇是否应该传世，甚至可以极端地认为，所有前驱都是后来者眼中的前驱，真正的前驱早已作古②。元好问与苏轼之间也存在这样微妙而有趣的关系。

上文提及，在元好问的五古谱系中，仅有半个苏轼位列其中。元好问为此删选苏诗，取其合乎风雅正体的作品，编成《东坡诗雅目录》。在元好问看来，只有这些诗篇值得被阅读并流传下去，没有进入目录的那些杂体应该被删汰。在这里，元好问企图决定，苏轼应该以何种面目为人所知，从某种意义上说，他是在重新塑造苏轼，原来的苏轼是有缺陷的，只有经过元好问之手，才能变得完美。元好问并且编辑过苏词选本《东坡乐府集选》。

元好问校理过陆龟蒙诗集，编辑过有关杜诗的评论，编选过唐诗选本，辑录过本朝诗歌总集，他对前代诗歌有着深入的阅读和充分的尊重，然而，从未有哪位前代诗人获得与苏轼一样的待遇。陶渊明和杜甫已经是不容非议的经典诗人，其他诗人又不值得如此关注，只有苏轼既不容忽视又不够完美，一方面无法绕开不谈，另一方面又尚有评头论足的余地。对于元好问来说，苏轼是至关重要的前驱诗人，他带来的影响也许是促进性的，也许是压抑性的，却总是难以摆脱的。生活在北宋之后的元好问深知这一点，他需要求助于更高的诗歌标准来塑造苏轼，以此获得凌驾于前驱之上的地位，而不是沦为亦步亦趋的效颦者。元好问找到的诗歌标准，就是前文说到的风雅正体。这只是元好问自己的诗歌标准，是他自己未必能够达到的标准，甚至，未必是他自己始终遵循的标准，不过，这却是一种有效的批评策略。后来者自以为是地批评前驱诗人，显然过于唐突和无礼，也难以取信于后人，因此，倚傍诗歌的源头，充当诗歌传统的护法，无疑是明智的做法。这是批评家们惯用的伎俩，元好问正是借此取得批评的资格。

元好问发表过不少有关苏轼的言论，这些言论有褒有贬，也有一些说法

---

① 〔清〕赵翼《瓯北诗话》卷八《元遗山诗》，《续修四库全书》本，第61页。

② 此处及下文的相关论述，参用哈罗德·布鲁姆（Harold Bloom）的误读（misprison）理论。参见其《影响的焦虑：一种诗歌理论》。（徐文博译，南京：江苏教育出版社2006年版。）

很难判断是褒是贬,如《论诗三十首》其二十二:"奇外无奇更出奇,一波才动万波随。只知诗到苏黄尽,沧海横流却是谁。"论者聚讼不休,莫衷一是。从元好问学习苏轼的具体诗篇中,或许可以更有效地讨论元好问的批评立场。下面以《学东坡移居八首》为例,讨论元好问如何阅读和学习苏轼诗。

这组诗的题目明确地声明,效仿的对象是苏轼的《移居》诗,这本来是不需要质疑的,组诗第七首特别写到苏轼,也说:"我读移居篇,感极为悲歔。"苏轼诗集中以"移居"为题的,仅有和陶诗中的《移居二首》。比照苏轼《移居二首》与元好问《学东坡移居八首》,我们无法从中找到相似之处,组诗的数量不同,用韵不同,内容虽然都与住宅有关,旨趣却相去甚远。效仿从何谈起呢? 再者,苏轼《移居二首》是和陶诗,元好问为什么舍陶而学苏,为什么闭口不提作为首创者的陶渊明呢?①

苏轼《移居二首》作于北宋绍圣二年惠州谪所,而元好问这组诗的第七首却说"东坡谪黄州",想必是记忆有误。实际上,元好问效仿的是苏轼的另一组诗。北宋元丰四年,苏轼在黄州谪所写下《东坡八首》,元好问所效仿的正是这组诗。对照两组诗,词句、内容、章法上相应的地方比比皆是,如苏轼组诗以躬耕为主要内容,元好问组诗其七"从公把犁鉏"句指此而言,同诗"荒田拾瓦砾",对应苏轼组诗其一"端来拾瓦砾"等句,苏轼组诗其七铺陈邻舍友人的来往,元好问组诗其八则铺陈同样流寓聊城、过从甚密的几位士人。

在讨论元、苏两组诗的联系之前,不妨先回到上文提出的问题: 元好问为什么舍陶而学苏。在确认元好问的记忆有误后,这似乎不再是一个问题,然而,从元好问并不准确的记忆中,却可以窥见他的某些观念。在有关住宅选择方面,在陶渊明之前,已有孟母三迁和屈原卜居的故实,不过,在诗歌传统中,陶渊明《移居二首》成为更重要的范例,而为后人频频效仿。当元好问准备以"移居"为主题作诗时,他想起的却不是陶渊明,而是苏轼。尽管他想到的并不是苏轼的和陶诗《移居二首》,而是并不以移居为主题的《东坡八首》,但这样的事实应该是清楚的: 在"移居"的主题传统中,元好问认同的范例来自苏轼,而不是陶渊明。

元好问在"移居"诗上舍陶而学苏,当然并不意味着在元好问的实际写作中,苏轼的影响完全取代或掩盖了陶渊明。事实上,在这个例子中,元好

---

① 以陶诗的流传之广和元好问的博学程度而言,元好问应该知道陶的《移居二首》。并且,如上所说的苏轼和陶诗的编排和流传方式,元好问在读到苏轼和陶诗的同时,同时也就能读到陶的原诗。

问选择学苏的原因,可能在于二人相似的生活际遇,对苏轼来说,谪所黄州是异乡,对元好问来说,羁管地聊城也是异乡,居住问题在异乡都被凸显出来。

下面详细讨论元、苏两组诗的联系。先把两组诗的主旨和韵数排列如下:

	元好问《学东坡移居八首》	苏轼《东坡八首》
其一	营宅(9 韵)	营耕(6 韵)
其二	陋室安居(11 韵)	营耕与卜居(7 韵)
其三	检点劫余文物(14 韵)	久旱逢雨(8 韵)
其四	围城以来的穷厄生活(13 韵)	种稻(9 韵)
其五	旧日闲适与今日羁囚(13 韵)	种稻之后(6 韵)
其六	乱后纂史的缘起(15 韵)	种枣、松、甘(8 韵)
其七	与苏轼共鸣(6 韵)	邻舍友人的往来(8 韵)
其八	邻舍友人的往来(15 韵)	知交马生(6 韵)

苏轼组诗的主题是躬耕,元好问组诗的主题是居住,二者不同。在这里元好问想必是把苏轼《移居二首》与《东坡八首》混为一谈了。不过,苏轼组诗中也谈到居住问题(其三)及其相关的邻里往来(其七),这大概是致使元好问误记的原因吧。这两组诗更重要的联系其实在于结构上,即组诗之间的关系。两组诗都表现为一个由主题中心向外推扩的结构。元好问组诗的其一、二由营宅到安居,是主题的中心;其三写安居后检点留存的书籍宝玩,其四回顾两年来的贫困生活,其五追忆往日的闲适生活,并与今日形成对比,这三首都环绕着居住问题;其六似乎稍有离题,却是乱后贫居而思有为的感想;其七,响应苏轼诗,这一首在组诗中的功能相当于苏轼组诗中的第八首;其八写邻居的互相往来,也与居住相关。苏轼组诗的结构也是如此,此不赘谈。另外,两组诗的主题虽然有躬耕与居住的区别,却能归入一个更大的主题中,即远离故乡、京城而流落异乡的贫困生活。

然而,这两组诗在一些方面的相似,并不能掩盖另一些方面的差异。苏轼组诗虽非和陶诗,却与陶诗存在共同的品质,宋人赵次公说:“大率先生是诗八篇皆田中乐易之语,如陶渊明。”①确实如此,在这组诗中,苏轼造语平淡,也不甚讲求章法,更重要的是贯注全诗的旷达情绪,都显然来自陶诗。

---

① 〔宋〕苏轼《增刊校正王状元集注分类东坡先生诗》卷四,《四部丛刊》本。

反观元好问组诗,其一、二尚能维持苦中作乐的情绪,其三以下就出现很多沉痛的表述,如其四叙述国破以来的遭遇,其五叙述今日的羁囚生活,充满悲伤忧畏的情绪;其六表达国亡史作的决心,更有悲壮的意味;其七写到苏轼,说:"我读移居篇,感极为悲歔。"显然是受到自己情绪的影响而误读了苏诗。

再从句数上说,苏轼组诗八首都在十韵(二十句)以下,平均每首约仅七韵,而元好问组诗八首中有六首在十韵以上,平均每首十二韵,最多的一首有十五韵。换言之,苏轼组诗趋向于五古短篇,而元好问组诗趋向于五古长篇。这是一个重要的区别。相对而言,五古短篇不太需要讲究章法,更加随意散漫,而五古长篇需要讲究分段、过脉、回照、挽结等章法,或者需要铺陈和曲折,以避免冗长拖沓的毛病。这一区别决定了苏轼组诗更接近于陶诗①。试以元好问组诗其五为例。

> 旧隐嵩山阳,笋蕨丰馈饷。新斋浙江曲,山水穷放浪。乾坤两茅舍,气压华屋上。一从陵谷变,归顾无复望。樵渔忆往还,风土梦闲旷。怳如悟前身,姓改心不忘。去年住佛屋,尽室寄寻丈。今年傍民居,卧榻碍盆盎。静言寻祸本,正坐一出妄。青山不能隐,俛首入羁鞅。巢倾卵随覆,身在颜亦强。空悲龙鬐绝,永负鱼腹葬。置锥良有余,终身志悲怆。

前十二句写金亡前诗人作为地方官的闲适生活,后十四句写金亡后诗人作为前朝官员被羁管的生活,此诗依此分成二段,层次明晰。第一段中的首四句是扇形对偶,写两个地方的惬意生活;第二段的首四句也是扇形对偶,写两个年份的窘迫生活。这种整齐的对应,显然是诗人有意构造的结果。第一段中,"乾坤"二句挽结首四句,"两茅舍"语指首句"旧隐"与三句"新斋";第二段中,"静言"四句倒接首四句,"入羁鞅"语指首句"住佛屋"和三句"傍民居"。这样相似的承接结构,显然也是诗人有意讲究的表现。

由此诗的结构可知,元好问并未能抓住苏轼《东坡八首》的实质,他的效仿仅仅体现在组诗模式、若干事件和词语上,而对于苏轼从陶渊明那里学来的平淡诗风,并未掌握要领。如上所说,元好问对于苏轼学陶的得失,有自

① 陶渊明五言古诗,绝大部分在十韵以下,以七、八韵居多,组诗中各首的韵数更少,以五、六韵居多。例如,《咏贫士七首》,每首都是六韵,《读山海经十三首》,其一为八韵,其余十二首都是四韵。

己的看法,他坚持认为苏轼在学陶之后仍然保留自家的面貌。元好问想必过于相信自己的判断,没有看到苏轼学陶也有登堂入室的一面。在这种时候,元好问误读了苏轼。不能确定的是,这种误读是有心的,还是无意的。

　　然而,无论元好问对苏轼的塑造是否成功,对苏轼的阅读是否准确,都不是最重要的。元好问通过编选和效仿苏轼诗,取得与苏轼并驾齐驱的位置,这才是最重要的。元好问在《学东坡移居八首》其七中说:"论人虽甚愧,诗亦岂不如。"充满谦敬的语气中透露出比肩前驱的野心。甚至,元好问曾经把自己放在与苏轼相同的位置上,他至少两次把文坛盟主赵秉文比拟为欧阳修,并有意提到欧阳修的门人和继承者苏轼。作为赵秉文的门人和继承者,元好问实际上获得与苏轼相同的位置①。

　　元好问的策略是成功的,他把自己的名字写进诗史,紧接于苏轼之后。在元好问自己的时代,已经可以看到这样的舆论在传播:苏轼是北宋最杰出的诗人,而元好问是金代最杰出的诗人,因此也是金代的苏轼。通常被看作元人的李庭,其实比元好问年长,他曾经这样赞誉元好问诗:"遗山落笔坐生风,惟许儋州秃鬓翁。"②元好问的友人杜仁杰有过更明确的表述:"敢以东坡之后请元子继,其可乎?"③元好问的门人郝经也有类似的说法:"直配苏黄氏。"④"与坡谷为邻。"⑤这种看法一直保持到清代,翁方纲不厌其烦地重申二人的联系,如说:"吾斋宝苏拜苏像,想应元子配食乎。""苏学盛于北,景行遗山仰。谁于苏黄后,却作陶韦想。""遗山接眉山,浩乎海波翻。效忠苏门后,此意岂易言。"⑥类似的看法在各种诗话中随处可见,并且延续到现代的文学史叙述中。

---

①　元好问《闲闲公墓铭》:"唐昌黎公、宋欧阳公身为大儒,系道之废兴,亦有皇甫、张、曾、苏诸人辅翼之……公至诚乐易,与人交不立崖岸,主盟吾道将四十年。"《游承天镇悬泉》:"闲闲老仙仙去久,石壁姓名苔藓滑。此翁可是六一翁,四十三年如电抹。"案:"四十"句来自苏轼《玉楼春·次欧公西湖韵》。

②　〔元〕李庭《寓斋集》卷三《云甫以斫云公目之七首》其四,《续修四库全书》1322 册影印清宣统二年刻藕香零拾本,第 319 页。

③　〔元〕杜仁杰《遗山先生文集后序》,元好问《遗山先生文集》卷末附,《四部丛刊》本。

④　〔元〕郝经《遗山先生墓铭》,〔清〕胡聘之《山右石刻丛编》卷二十九。

⑤　〔元〕郝经《陵川集》卷二十二《元遗山真赞》,《景印文渊阁四库全书》1192 册,第 242 页。

⑥　这些诗句分别出自翁方纲《复初斋诗集》卷十五《苏门山涌金亭苏书石本》、卷六十二《斋中与友论诗五首》其三、卷六十六《读元遗山诗四首》其三,《续修四库全书》本,1454 册第 497 页,1455 册第 251 页,第 299 页。

第九章　旧式与新声：元好问的乐府诗

一、乐府诗的传统

在中国诗歌传统的各个侧面中，乐府诗的传统可能是最具有规范性和约束力量的一种。以乐府古题为核心的古乐府传统，通常具备主题、人物、意象、语汇和修辞等方面的若干惯例，即使是天才发越的诗人也不能完全背离，而南朝和明代的拟古诗人则是亦步亦趋地遵循这些惯例。新乐府诗虽然打破乐府古题的束缚，即事名篇，不依傍古人，却仍然形成一个有别于五七言古近体诗的新乐府传统，整体上还是属于乐府诗歌传统的范畴。乐府诗从汉代以来的发展，虽然经过若干新变和曲折，并且可以采用几乎所有的题材和诗体，却始终在五七言古近体诗之外自树一帜，延续着由若干特征组成的一种文学传统①。

乐府诗的传统制约着汉魏以降直到清代的许多诗人，但是，这一明显的事实并没有得到广泛的认识。乐府诗史的书写，在多数现代学者的笔下，都在唐代宣告结束。乐府诗歌的选家也总是将目光停留在汉、唐之间。极少的学者关注到宋以后乐府诗的存在及其价值②。我们从一个简单的现象就

---

① 颜庆余《论乐府古题的传统》，《乐府学》第二辑，北京：学苑出版社 2007 年版，第 217—235 页。

② 案：已经问世的乐府文学史如罗根泽《乐府文学史》（1931）、王易《乐府通论》（1933）、萧涤非《汉魏六朝乐府文学史》（1944）、杨生枝《乐府诗史》（1985），起讫的时期都是汉至唐。乐府诗歌选本如黄节《汉魏乐府风笺》（1924）、余冠英《乐府诗选》（1959）、赵光勇《汉魏六朝乐府观止》（1998）、陈友冰《汉魏六朝乐府赏析》（1999）等，都只关注汉魏六朝时期的乐府诗。作为少数的例子，宇文所安（Stephen Owen）编《中国文学选集》注意到宋以后的乐府，并成立专门一节 "Other Voice in the Tradition: The Later Lineage of Yue-fu." 参见 *An Anthology of Chinese Literature: Beginnings to 1911.* edited and translated by Stephen Owen. New York: w.w. Norton & Company, 1996. 又案：有关宋以后乐府诗的研究，又有颜庆余《明代古乐府诗研究》（南京大学 2005 年硕士学位论文）、《明代古乐府诗的音乐性问题》（《乐府学》第五辑）、王辉斌《唐后乐府诗史》（黄山书社 2010 年版）等。

可以看出这种忽视的不合理：宋以后的别集中，在各体诗歌之前经常编入若干卷的乐府诗，许多诗人仍然在写作乐府诗，并且与五七言古近体诗和四言诗分开，单独成卷。这说明他们仍然尊重和遵循乐府诗的传统。

北宋之后的元好问就是这些仍然尊重乐府诗传统的诗人中的一员，很遗憾的是，他的乐府诗同样受到忽视。相关的评论非常少，郝经那几句并不准确的评价居然受到频繁的引用。本文从命题方式、诗体、题材等方面，考察元好问乐府诗的若干特征，以及推陈出新的表现。

二、诗题与诗体

郝经作为元好问的门人，在1257年元好问去世时，写下《遗山先生墓铭》。在这篇墓志铭中，郝经评价元好问的乐府诗：“为古乐府不用古题，特出新意以写怨思者，又百余篇。”①郝经的评论并不完全可信。传世的元好问诗集，最早的是明代弘治十一年四月刊行于河南汝州的《遗山先生诗集》二十卷和弘治十一年闰十一月刊行于河南开封的《遗山先生文集》四十卷（其中卷一至十四为诗歌）。前一种版本的卷八为乐府诗，共收入50首；后一种版本的卷六为乐府诗，共48首，都见于前一种版本中。如果再把收入“七言古诗”中的《虞阪行》和收入“杂言”中的《南冠行》和《驱猪行》计算在内，现存元好问乐府诗共五十三首。元好问的乐府诗在流传过程中当然可能亡佚若干首，但是，郝经所说“百余篇”与现存数量相差近一倍，他的说法只能存疑。

郝经还提到元好问的乐府诗不用古题，从现存作品看来，郝经这一说法是不正确的。元好问固然更多地采取新乐府诗的命题的方式，但同时也沿用了一些乐府古题，另外，一些新题也与乐府古题存在联系。

沿用乐府古题的有4首。以郭茂倩《乐府诗集》的分类为基准，《湘夫人咏》、《幽兰》是“琴曲歌辞”中的古题，《塞上曲》是“新乐府辞”中的古题，《长安少年行》是“杂曲歌辞”中的古题。化用古题的如《天门引》，源于《汉郊祀歌》中的《天门》②；《湘中咏》，源于“新乐府辞”中的《湘中弦》等；《结杨柳怨》，源于“横吹曲辞”中的《折杨柳》；《并州少年行》，源于“杂曲歌辞”中的《少年行》、《长安少年行》、《邯郸少年行》等古题。由此可知，元好问并不排斥乐府古题。

---

① 〔元〕郝经《遗山先生墓铭》，载清胡聘之《山右石刻丛编》卷二十九。
② 元代王逢也有《天门引》诗，很可能是效仿了元好问。王逢诗载于所撰《梧溪集》卷一，《景印文渊阁四库全书》1218册，第566—567页。

在自命新题的方式上，元好问也沿续新乐府的惯例。新乐府虽然不再使用乐府古题，却在字面上保持与乐府歌曲的联系。通常的做法是将“引、吟、谣、歌、曲、行、怨”等作为篇名的最后一个字眼，在名义上取得音乐上的联想。元好问的新乐府诗也是如此，如以“怨”字命题的有《渚莲怨》、《芳华怨》、《后芳华怨》、《秋风怨》、《归舟怨》、《征人怨》等，以“行”字命题的有《洧川行》、《黄金行》、《隋故宫行》、《解剑行》等。

在乐府诗与古近体诗之间，命题方式是一个重要的区分。乐府诗歌所采用的古题或者模仿古题而自创的新题，虽然不可能与音乐取得实际的联系，但是，诗人选择这种命题方式的行为，至少说明他自觉认识到自己是在写作乐府诗而非古近体诗，从而在心理上与乐府诗的传统保持联系。当然，乐府诗与古近体诗的区分也不只是存在于诗人的心理上，乐府诗通常在写作视角和某些特定题材上有别于古近体诗。元好问的乐府诗也是如此，不仅在命题方式上保持乐府诗歌写作的惯例，而且在实际的写作方式上也遵守乐府诗的规则。这是下文将要具体讨论的问题。

虽然在宋以后诗集的编排中，乐府诗通常作为一种诗体与四言、杂言和五七言古近体相并列，但是，乐府诗本身却包含了四言、杂言和五七言古近体中的任何一种。明人胡应麟的说法是正确的，他说：“世以乐府为诗之一体，余历考汉、魏、六朝、唐人诗，有三言、四言、五言、六言、七言、杂言、近体、排律、绝句，乐府皆备有之。”①严格说来，乐府诗不是与四言、杂言和五七言古近体诗在同一层面的文体概念。在中国诗歌形式演变的过程中，乐府诗不断地吸收每一种新生的诗体，比如，近体诗的诸种形式就是在唐代才进入乐府诗的。

乐府诗所包含的诸种诗体，具有历史的特征。择要说来，五古是魏晋南北朝时期乐府诗的主要诗体，魏晋南北朝是古题乐府的兴盛时期；七古特别是转韵形式的七古，以及以七言为主的杂言体和七绝，是初盛唐时期流行的乐府诗体，李白是典型的代表，初盛唐也是新题乐府兴起的时期。一位宋以后的乐府诗人，如果他主要采用五古，并且更多地沿用乐府古题，说明他更加认同魏晋南北朝的古题乐府的传统；与此相对，如果他主要采用七古、以七言为主的杂言和七绝，并且更多地采用自命新题的方式，说明他更加认同唐代以来的新题乐府的传统。

从元好问现存的乐府诗看来，他属于后一种情况。在他的全部五十三首乐府诗中，采用七古的共十四首，其中主要是四句一转韵、平仄韵脚轮用

---

① 〔明〕胡应麟《诗薮》内编卷一，第12页。

的所谓初唐体;以七言为主的杂言共十二首,其中以五七杂言为主;七绝共二十二首,其中主要是连章组诗;而采用五古形式的不过二首,勉强可以归入五古的五言四句体(或者称为五绝)也只有三首。清人翁方纲说:"遗山乐府有似太白者,而非太白也;有似昌谷者,而非昌谷也。"①其中包含的一层意思,是说元好问的乐府诗与李白、李贺具有某些相同的品质。如果从他们所采用的命题方式和诗体两方面来说,翁方纲的说法是合理的。元好问的乐府诗确实更加认同以李白、李贺等诗人为代表的唐代新题乐府诗的传统。另外,元好问的乐府诗在风格上也接近李白和李贺。

上文说到乐府诗可以包容所有诗体,并且这是一个与新诗体的产生相伴随的历史过程。在这种逻辑上,其他诗歌形式如词、曲和白话新诗,在理论上都可以成为乐府诗的一种形式。但是,这种认识与一般的文学史常识不相符合,即使是胡应麟也没有把乐府与词曲联系起来。我想指出的是,我们从不认为词、曲可以成为乐府的一种形式,并非因为文学史上找不到实例,而是因为我们习惯于在唐以前的时间范畴内、在狭义诗歌的概念范畴内理解乐府诗,没有认识到乐府诗是一种开放的形式。

我想以元好问的作品说明这个问题。在元好问的词集中,一些词的标题或序言采用了新题乐府的命题方式。这样的例子有:

> 卷一《摸鱼儿》(恨人间情是何物):"……予亦有《雁丘辞》……"
> 卷一《摸鱼儿》(问莲根有丝多少):"……此曲以乐府《双蕖怨》命篇……"
> 卷一《贺新郎》(赴节金钗促):"《箜篌曲》为良佐所新赋。"
> 卷二《感皇恩》(金粉拂霓裳):"洛西为刘景玄赋《秋莲曲》。"
> 卷二《江梅引》(墙头红杏粉光匀):"故予作《金娘怨》……"
> 卷三《鹧鸪天》(复幕重帘十二楼):"《薄命妾辞》三首。"
> 卷五《江城子》(吐尖绒缕湿胭脂):"《绣香奁曲》。"②

这些作品当然是词,没有人会对此表示怀疑。不过,换一种角度来看问题,也许是有益的尝试。我们首先注意到,这些词的标题或序言中都包含具有乐府意味的题目:《雁丘辞》、《双蕖怨》、《箜篌曲》、《秋莲曲》、《金娘怨》、《薄命妾辞》、《绣香奁曲》。其中,《薄命妾辞》可能是乐府古题《妾薄

---

① 〔清〕翁方纲《石洲诗话》卷五,第155页。
② 以上分别引自赵永源校注《遗山乐府校注》,第53、59、116、243、264、411、671页。

命》的不准确的写法①。然后,让我们暂时抛开词体作为一种独立文体的尊严以及诗与词之间的深沟壁垒,只把词体当成一种诗歌的形式,那么,我们就会理解,这些采用乐府题目的词作也可以被视为乐府诗歌,也就是说,乐府诗在包容四言、杂言、古诗、律诗、绝句之后,也可以包容词体。

元好问是否具有将词体作为乐府的一种形式的自觉意识,他是否在暗示,被称为近体乐府的词与乐府之间的血缘关系,他试图达到什么样的阅读效果,这些我们都不能确定。我们所能确定的是这样一个基本的事实:从词的角度看,词的标题和序言中引入乐府的命题方式;而从乐府诗的角度看,乐府诗歌可以包容词体的形式。

我们无法断言元好问是具有这种作品的唯一一位诗人,现存词作数量毕竟太多。就我的阅读所及来说,宋代最主要的词人如苏轼、周邦彦、辛弃疾、姜夔,他们的词集中都没有出现这样的作品。因此,至少可以说,元好问作品中出现的这种形式是比较特别的,有悖于文学史常识的现象。

三、传统的作为

在诗集编排中,乐府诗可以独立成卷,也可以根据其句型,散入四言、杂言和五七言古近体诗中。不同的做法,基于不同的编辑原则与诗歌观念。将乐府诗独立成卷的编辑方式,是对乐府诗作为一种诗歌类别的尊重。传世的《遗山先生诗集》和《遗山先生文集》,诗歌部分的编排是一致的,都是分体的形式,而这两种集子都出于元好问自己的编辑。其中,乐府诗是独立的一卷。元好问的编辑方式显示,他愿意把乐府诗看成有别于五七言古近体诗的一种类别,并且愿意把自己写作的这一类别的诗篇,集中编排起来向他人展示,这种意图的背后包含的诗歌理念是,乐府诗是一种自成一脉的诗歌传统。可见,元好问对乐府诗的传统,具有自觉的认识。

诗集的编辑形式仅仅是自觉意识的外在表现,下面通过具体诗篇的解

---

① 郭茂倩《乐府诗集》卷六十二收入《妾薄命》古题,题下有曹植、梁简文帝、刘孝威、李百药、杜审言、李白、张籍、李端等诗人的作品。从这些作品看来,《妾薄命》古题通常讲述红颜薄命的故事,属于闺怨或宫怨的题材,经常出现的人物如王嫱、卢姬、班婕妤等。元好问《鹧鸪天·薄命妾辞三首》与乐府古题《妾薄命》是一致的,其中一些意象如"团扇"、语汇如"长门"、人物如"卢女"都出自以上诸位诗人的《妾薄命》诗。这样说来,元好问《鹧鸪天·薄命妾辞三首》也可以视为拟古乐府的范畴。狄宝心和赵永源都认为这组词具有特定的现实背景,是为金朝京城陷落后两宫北迁而写的,并且确定了具体的写作时间:金哀宗天兴二年(1233)。我不认同他们以索隐比附的方法得出的这种观点,而更愿意把这组词看成一种拟古意义上的写作。两位先生的观点分别见于狄宝心《元好问年谱新编》(第176页)和赵永源《遗山乐府校注》(第412页)。

读,讨论元好问对于乐府诗传统如何认识,以及传统的成规惯例究竟带给诗人何种影响。

> 木兰芙蓉满芳洲,白云飞来北渚游。
> 千秋万岁帝乡远,云来云去空悠悠。
> 秋风秋月沅江渡,波上寒烟引轻素。
> 九疑山高猿夜啼,竹枝无声堕残露。
>
> ——《湘夫人咏》

郭茂倩《乐府诗集》卷五十七《琴曲歌辞》有《湘夫人》古题,同一范畴的古题有《湘妃》、《湘妃怨》、《湘妃列女操》。《湘夫人》古题下收录梁沈约、王僧儒、唐邹绍先、李颀、郎士元五家诗。从这五家诗可以看出,《湘夫人》古题的写作规范,是采用《山海经》、《列女传》所载湘妃传说以及屈原《九歌》中《湘君》、《湘夫人》二篇所提供的人物、主题、意象和语汇,虚构一个帝妃相思的情境。元好问《湘夫人咏》显然遵循了这一古题传统的各种规范。

元好问的其他几首古题乐府诗也同样遵守各自的惯例。《长安少年行》写少年游侠的主题,《塞上曲》则是边塞诗的类型,《幽兰》虽然体现出更多的创造性,但仍然包含作为一种譬喻的幽兰意象①。

> 楚山鹤鸣风雨秋,楚岸猿啼送客舟。
> 江山万古骚人国,猿鸟无情也解愁。
> 西北长安远于日,凭君休上岳阳楼。
>
> ——《湘中咏》

这首诗很难在乐府诗史上找到可以明确归属的传统,但在唐人的新乐府辞中可以找到类似的作品。郭茂倩《乐府诗集》卷九十一《新乐府辞二》收入唐人崔涂的《湘中弦二首》,卷九十五《新乐府辞六》收入张籍的《湘江曲》。崔涂、张籍都以屈原事迹作为原型,将湘中作为一个远离政治中心的放逐地。元好问《湘中咏》沿用这些惯例,其中"江山万古骚人国"更清楚地指向以屈原为

---

① 《乐府诗集》卷五十八《琴曲歌辞二》有《猗兰操》古题,郭茂倩的解题说:"一曰《幽兰操》。"(北京:中华书局1979年,第839页。)并引《琴操》载孔子周游列国不被聘用而自卫返鲁的故事作为这个古题的本事。《乐府诗集》提供的本事与收录的归诸孔子作品的古辞,当然不可信从。从后世诗人如鲍照、韩愈、崔涂等人的作品看来,《幽兰操》或《猗兰操》古题的主要规则主要是贤人不遇的主题与幽兰的意象两方面。

代表的贬逐诗人。可能是受到张籍《湘江曲》的影响,元好问也在诗中安排了一个逐客送别行人的场景。这是一种增加悲伤情绪的手段,在很多诗人的使用以后变得有些俗套。元好问在末二句中显示了自己的创造力。"西北"句融化晋明帝幼年时的聪慧语,确认逐客所远离的政治中心是长安。"凭君"句暗指漂泊西南,写下《岳阳楼》诗的杜甫。这两句又通过杜甫这位来自长安的迁客而巧妙地联系起来。元好问在此展示了巧妙的修辞技巧①。

> 长乐坡前一杯酒,郑重行人结杨柳。可怜杨柳千万枝,看看尽入行人手。轻烟细雨绿相和,恼乱春风态度多。路人爱是风流树,无奈朝攀暮折何。朝攀暮折何时了,不道行人暗中老。素衣今日洛阳尘,白发明朝塞城草。柳色年年岁岁青,关人何事管离情。春风谁向丁宁道,折断长条莫再生。
>
> ——《结杨柳怨》

《结杨柳怨》不见于郭茂倩《乐府诗集》,但却不是完全的新题。这首诗中支配宾语"杨柳"的动词,"折"被使用了三次,而"结"只被使用一次(不包括题目在内)。由此可知,元好问《结杨柳怨》大概源自乐府古题《折杨柳》。南朝陈诗人江总的《折杨柳》诗:"万里音尘绝,千条杨柳结。"②可以证实这一推断。"结"的释义应该是系束③。

郭茂倩《乐府诗集》卷二十二《横吹曲辞》收有《折杨柳》古题,题下录有梁元帝、徐陵、江总、沈佺期、李白等众多诗人的作品。《折杨柳》古题具备南朝文人乐府诗的基本特征,保持着各种写作惯例,包括基本的场景(河堤送行)、情节(攀枝赠别)和执着于巧思妙想的修辞追求。元好问《结杨柳怨》整体上没有脱离这些惯例,他把场景设置在浐水西岸的长乐坡,行人折枝的行为在数量方面被刻意强调,末四句在前文的铺垫下,以拟人的口吻和无理的假设展示诗人的巧妙构想④。

---

① 晋明帝的故事来自《晋书》卷六《明帝纪》:"帝幼聪哲,坐间长安使来,元帝问曰:'汝谓日与长安孰近?'对曰:'长安近,不闻人从日边来。'明日,宴群臣,又问。对曰:'日近,举头见日,不见长安。'"(北京:中华书局1974年版,第158页。)

② 逯钦立辑校《先秦汉魏晋南北朝诗》陈诗卷七,北京:中华书局1983年版,第2568页。

③ 〔清〕阮元等编《经籍籑诂》卷九十八,北京:中华书局2006年版,第2041页。

④ 郭茂倩《乐府诗集》卷二十五所收《折杨柳歌辞》、《折杨柳枝歌》两种古题、卷三十七《相和歌辞》所收《折杨柳行》古题,虽然在名称上与《折杨柳》很相似,但从这三种古题下所收的作品来看,与《折杨柳》并不属于一个传统。元好问之后,明初胡奎有《结杨柳曲》诗,可能是沿用了元好问的题目。胡奎诗见《斗南老人集》(《景印文渊阁四库全书》1233册)卷二,他是一位大量写作乐府诗的诗人,共有乐府诗380首。

从以上几首诗的分析看来，元好问显然对乐府文学传统具有深刻的认识，他理解每一个乐府古题都有一套潜在的写作规则，这些规则可以涉及主题、人物、意象、修辞等方面；他还知道文人乐府诗的写作技巧，懂得如何在修辞艺术上与前代诗人角逐争胜。

在乐府文学史上，拟古乐府诗主要流行于两个时期：六朝与明代。六朝诗人拟古的对象是汉乐府，乐府古题的写作惯例在这一时期形成。明代诗人拟古的对象则包括汉乐府、六朝乐府以及唐代新乐府，是一个扩大的乐府文学传统。在六朝与明代两个拟古高峰之间的唐宋金元时期，只有少数诗人认识到文人拟古乐府的写作规则，而十三世纪上半叶的元好问是这些少数人中较早的一位。在这个意义上，元好问的乐府诗是明代拟古乐府诗的先声。

> 仙人来从舜九疑，辛夷为车桂作旗。疏麻导前杜若随，披猖芙蓉散江蓠。南山之阳草木腓，洞岗重复人迹希。苍崖出泉悬素霓，翛然独立风吹衣。问何为来有所期，岁云暮矣胡不归。钧天帝居清且夷，瑶林玉树生光辉。自弃中野谁当知，霰雪惨惨清入肌。寸根如山不可移，双麋不返夷叔饥。饮芳食菲尚庶几，西山高高空蕨薇。露盘无人荐湘累，山鬼切切云间悲。空山月出夜景微，时有彩凤来双栖。

——《幽兰》

在上文引录的《湘夫人咏》、《湘中咏》二诗中，已经能看到《楚辞》的影响。在这首《幽兰》诗中，《楚辞》的各种因素表现得更加明显。作为乐府古题的《幽兰》，从《乐府诗集》所录该古题下的九首诗看来，并不包含《楚辞》的因素。不过，元好问将这一以"幽兰"为中心意象的古题与具有香草美人譬喻传统的《楚辞》联系起来，却是妥帖而有创造性的做法。

在元好问《幽兰》诗中，各种草木都取自于《楚辞》，主要是《九歌》，如"辛夷"、"疏麻"、"杜若"、"芙蓉"、"江蓠"。这些草木所营造出的山中幽独的意境，让人联想到《九歌》中的《山鬼》，其中"辛夷为车桂作旗"句是略作改动地引用了《山鬼》中的"辛夷车兮结桂旗"句。这位来自九疑山的仙人，在元好问的笔下，正与屈原笔下的山鬼一样，在没有人迹的山中，绝世而独立。在诗的后半部分，元好问自己揭示了这种渊源关系："露盘无人荐湘累，山鬼切切云间悲。"他并且把等待中的山鬼与放逐中的屈原相提并论，又引入传说中在首阳山采薇而食的伯夷、叔齐，使这种孤独的形象具有政治讽谕的意味。元好问在乐府古题《幽兰》中引入《楚辞》的文学传统，无疑是成功的。

从《幽兰》以及《湘夫人咏》、《湘中咏》等诗看来,元好问显然对屈原与《楚辞》非常熟悉,并且持一种欣赏和借鉴的态度。这似乎可以成为没有疑问的观点,然而,令人不解的是,元好问对屈原和《楚辞》的欣赏仅仅局限在他的乐府诗写作中,而在其他场合中,表现出的却是批评和漠视的姿态。

元好问在诗歌批评中几乎没有给予《楚辞》应有的位置,他在著名的《论诗三十首》中梳理出中国诗歌中符合"正体"标准的一条脉络,《诗经》的"风雅"是源头和标准,而《楚辞》则完全不被提及。在其他场合,元好问赞赏过许多诗人,如阮籍、陶渊明、杜甫、元结等,但从未赞赏过作为诗人的屈原。而在中国历史上以高洁人格留名的屈原,在元好问的一系列饮酒诗中则受到批评。元好问对屈原的态度,典型地表现在他的一首词中:"醒复醉,醉还醒。灵均憔悴可怜生。离骚读杀浑无味,好个诗家阮步兵。"[1]元好问甚至侧面批评过《楚辞》,他在比较柳宗元、苏轼等人的五古时说,苏轼诗因为沾染了《楚辞》的品质,流露怨刺的情绪,从而不能成为纯正的古诗[2]。

如所周知,爱情题材在宋诗中很不常见,取而代之的是友情题材,而爱情题材通常由词体来承担。有关诗词的文体分工,已经成为文学史叙述中的常识[3]。然而,诗歌并没有完全放逐爱情,至少为其保留了一块最后的领地,即乐府诗。

> 越女颜如花,吴儿洁于玉。天教并墙居,不着同被宿。美人一笑千黄金,连城不博百年心。楼上墙头无一物,暮暮朝春一生足。秋风拂罗裳,秋水照红妆。举头见郎至,低头采莲房。郎心只如菱刺短,妾意未觉藕丝长。与郎期何许,眼碍同舟女。春波澹澹无尽情,双星盈盈不得语。十里平湖艇子迟,岸花汀草伴人归。鸳鸯惊起东西去,唯有蜻蜓接翅飞。
>
> ——《后平湖曲》

生活在北宋之后的元好问,沿承了宋诗传统的许多方面,在对待爱情题材上也与北宋诗人具有相同的倾向。在元好问诗中,通常只会读到有关道德、人生和政治的自我抒情,而在他的词中,则能看到一些脍炙人口的爱情

---

① 赵永源校注《遗山乐府校注》卷三《鹧鸪天》(只近浮名不近情),第 401—402 页。
② 参见《中州集》卷三王庭筠《狱中赋萱》诗注。
③ 参见[日]小川环树《宋代诗人及其作品》,载其所著《风与云——中国诗文论集》,周先民译,北京:中华书局 2005 年版,第 160—164 页。

篇章，如脍炙人口的《摸鱼儿》（恨人间情是何物）与《江梅引》（墙头红杏粉光匀）。整体说来，元好问文学创作中也存在明显的诗词分工，不过，这并不是绝对的。乐府诗是一个例外。

在这首《后平湖曲》中，元好问描述了一段吴越儿女的爱情，他没有讲述一个曲折的故事，而是描绘一些约会的场面和心理。诗的开头八句就是一段誓言式的议论，这些议论中表现出的关于爱情的态度，正与元好问的爱情词一样，提倡人们尤其是女性对于爱情的自由选择。在元好问看来，爱情的唯一条件是两情相悦，富贵（"连城"）不能加重男性的价码，贫穷（"墙头无一物"、"暮爨朝春"）也不能改变女性的目成心许。期望人们在爱情问题上可以摆脱经济、道德等方面的限制，显然是不切实际的想法，但这却是近世文学的新观念。

《后平湖曲》描述的是吴越地区的爱情，设置的场面是江南水乡的"十里平湖"以及撑艇采莲的吴越儿女，整首诗充满了南朝乐府民歌的情调。在郭茂倩《乐府诗集·清商曲辞》所收的"吴声歌曲"和"西曲歌"中，爱情是最主要的题材。对江南水乡风光的描绘以及江南儿女爱情的歌咏，是这些南朝民歌的主旋律。我以为，这首《后平湖曲》很可能受到南朝乐府民歌的影响。

> 娃儿十八娇可怜，亭亭袅袅春风前。天上仙人玉为骨，人间画工画不出。小小油壁车，轧轧出东华。金缕盘双带，云裾踏雁沙。一片朝云不成雨，被风吹去落谁家。少年岂无恩泽侯，金鞍绣帽亦风流。不然典取鹔鹴裘，四壁相如堪白头。金谷楼台悄无主，燕子不来花着雨。只知环佩作离声，谁向琵琶得私语。无情鹦鹉悲翠儿，有情蜂雄蛱蝶雌。劝君满酌金屈卮，明日无花空折枝。
>
> ——《芳华怨》

与元好问同时代的刘祁（1203—1250），在一部记述金末见闻及师友事迹的笔记中，为《芳华怨》及其续作《后芳华怨》提供了本事。

> 元尝权国史院编修官，时末帝召故驸马都尉仆散阿海女子入宫，俄以人言其罪，又蒙放出。元因赋《金谷怨》乐府诗，李（案：指李长源）见之，作《代金谷佳人答》一篇以拒焉，一时士人传以为笑谈。元诗云……（案：即《芳华怨》）李诗云……元和其诗（案：即《后芳华怨》），先子称工。[1]

---

① 〔金〕刘祁《归潜志》卷九，崔文印点校，北京：中华书局1997年版，第95—96页。

　　刘祁的记载存在一些疑点，无法确定是否完全符合事实。不过，可以肯定的是，这两首诗具有某一特定的本事，不完全是出于凭空结撰。元好问对轶闻、传说始终保持着浓厚的兴趣，他在志怪小说集《续夷坚志》中记载了许多道听途说的奇闻轶事，他的一些词作则取材于一些有关儿女私情的传说。因此，这两首有关爱情的乐府诗，也有某个爱情故事作为本事，这种推测是完全可能成立的①。

　　《芳华怨》充满诸多典故，而缺乏明晰的叙事，不过，联系刘祁的记载，还是能从诗篇的前几句读出一些故事的片段。"天上仙人玉为骨，人间画工画不出"二句，隐含汉代王昭君的经历，可能指的是那位曾被金末帝召入宫中的仆散阿海之女，当然，诗人这里只是为了表明她的美貌，而不是说她离开宫中的原因与王昭君一样。"小小油壁车，轧轧出东华"二句，"东华"是宫城的东门，这两句大概说的是仆散阿海之女离开宫城。但是，之后发生了什么事情，刘祁没有记载，元好问这首诗也不再提及，也许在他写这首诗时，事情还没有更多的进展。元好问在诗中关心的全部问题，是这位十八岁的女子离开宫中以后的出路："一片朝云不成雨，被风吹去落谁家。"他设想了几种情形：嫁给享有世荫特权的少年贵侯，与暂时困顿但才高八斗如司马相如一类的书生私奔，或者成为某位豪贵的侍妾，又或者作为政治联姻的牺牲品远嫁塞外。在后三种情形中，元好问引用三位古代女性的典故：卓文君、绿珠和王昭君，这三位都有着各自的不幸命运。元好问也许对这位女子的出路感到悲观，但在诗篇的末尾，他却以戏谑的口吻对读者，也许是他的同僚和友人李长源，说你别错过了这位亭亭袅袅、年方十八的女子。

　　据刘祁的记载，李长源写了一首《代金谷佳人答》来回应元好问。李长源诗也是一首转韵的七言古诗，但在内容上与元好问《芳华怨》不太对应。元好问的《芳华怨》，在刘祁的记载中，题为《金谷怨》，但诗中只有"金谷楼台悄无主，燕子不来花着雨"二句涉及绿珠的故事。而李长源《代金谷佳人答》则完全围绕着金谷园的典故，取材于《晋书》等典籍中有关石崇与绿珠的记载。但是，李长源诗在主题上与元好问诗是一致的，两首诗都在讨论女

---

①　刘祁的记载见于《归潜志》卷九（崔文印点校，北京：中华书局 1997 年版，第 95—96 页）。刘祁的记载中有以下几个疑点：《芳华怨》被改称为《金谷怨》；李长源的和诗《代金谷佳人答》不见于元好问所编《中州集》，而《中州集》卷十收入李长源的二十五首诗；李长源的和诗与元好问《芳华怨》在内容上并不对应；刘祁强调元好问与李长源之间的不和谐关系，但在《中州集》中，元好问将李长源列为自己的三位知己之一。尽管如此，撰写元好问年谱的诸位学者如李光廷（《广元遗山年谱》）、缪钺（《元遗山年谱汇纂》）、狄宝心（《元好问年谱新编》），仍然把《芳华怨》编在元好问与李汾同在汴京史馆任职的 1224 年，根据的就是刘祁的记载。

性的命运。李长源诗的末尾说："绿珠香魂浣尘土,侍儿忍居楼上头。君王慈明宥率土,妾身窜名籍名伍。平生作得健儿妇,狗走鸡飞岂敢恶?"[1]他的观点与元好问的"劝君满酌金屈卮,明日无花空折枝"不同,用刘祁那带有戏谑性质的话说,就是"元因赋《金谷怨》乐府诗,李见之,作《代金谷佳人答》一篇以拒焉",但二人所关注的却是同样的问题。

同样根据刘祁的记载,元好问面对李长源的响应,又写下《后芳华怨》。这首诗有几句说："塞门憔悴人不知,枉为珠娘怨金谷。乐府初唱娃儿行,弹棋局平心不平。""枉为"句应该是为李长源诗而发,"乐府初唱"指的是《芳华怨》。在这篇续诗中,元好问继续关注的是寡居的女性。

四、结语

以上从命题方式、诗体、题材等方面中,讨论元好问的一些乐府诗,由此可知,元好问对乐府诗歌传统的认识、理解与尊重,他充分领悟文人乐府诗的技巧要求,并知道如何推陈出新。这样说来,元好问的写作具有相当的保守性。这种论断也与元好问个人的学诗过程以及金末诗坛的复古倾向相吻合。然而,传统不仅具有保守的一面,传统有时也会带来新奇的因素。例如,在宋诗放逐爱情之后,乐府诗却为这一古老题材保留了一席之地;在诗词写作中,元好问对《楚辞》持有排斥的态度,而在不少乐府诗中却不可思议地充满《楚辞》的要素;乐府诗歌传统在保持巨大惯性的同时,又具有包容新形式的开放性,一方面可以沿用陈旧的柏梁体,另一方面又吸收晚出的词体。保守性实难以概括乐府诗的全部特征。传统的一些因素在时过境迁以后,以过气的姿态显示特异的风格。正如清人纪昀所说:"盖当代之新声,即无非滥调;则古人之旧式,转属新声。复古而名以通变,盖以此耳。"[2]复古并非总是陈腐的代名词。

限于识见,我无法确认元好问乐府诗的特征是属于宋以后诗人的共性,还是元好问个人的别出心裁。俭腹所及,北宋几大家欧、王、苏、黄等,都不太注重乐府诗的写作。北宋诗人中看重乐府诗的仅有张耒等极少的诗人,他们似乎也没有表现出与元好问相似的特征。

---

① 〔金〕刘祁《归潜志》卷九,第 96 页。
② 黄霖编著《文心雕龙汇评》,上海:上海古籍出版社 2002 年版,第 102 页。

第十章 坡谷之间：元好问诗的引用

一、现象：引用诗例的描述

以古人旧句入诗，并不是一件罕见稀奇的事情。诗人偶尔为之，或者是无心之举，或者表达一种敬意，一般是默许的，不至于招来批评。但在中唐以后，尤其是宋代，以旧句入诗，成为一个敏感的话题；屡屡为之，便是一种涉嫌剽窃而不可原谅的行径。北宋之后的元好问，却是这样一位屡屡以旧句入诗的诗人。清代学者中已有不少人指出元好问诗的这种不太寻常的现象，并且作出褒贬不同的评论。施国祁为元好问诗作笺注，指出其中很多古人旧句的来源。但是，清人只是表示认同或反对的态度，并没有作出合理的解释。

关于元好问以旧句入诗的做法，学界也有所关注。卢兴基举出 7 例，并提出这是元好问运用的一种艺术手法①。林明德统计元好问诗引用、套用苏轼诗多达 90 首②。韩国学者杨恩善讨论元好问引用杜甫诗的特征和意义③。在此基础上，本文试图比较全面地描述元好问诗的引用现象，并在北宋以来诗歌观念转变的语境下，解释这种现象的诗学缘由。

在修辞学中，一部作品中出现其他作品的语句，并且不作任何改动，这种现象被称为"引用"（Citation）。在现代汉语中，引用需要引号来作出标识，读者一望即知；而在古代诗歌中，引用缺乏标识的符号，读者要辨识作者的行为，只能依靠自己的记诵之功或注释家的努力。对于元好问诗的引用，这里依据的主要是施国祁《元遗山诗集笺注》。

元好问诗的引用，大概有三种形式，一种是部分引用，即一个诗句中包

---

① 卢兴基《在唐宋诗歌成就面前的元遗山》，《文学遗产》1990 年第 4 期。

② 林明德《元好问与苏轼》，载《纪念元好问八百年诞辰学术研讨会论文集》，台北：文史哲出版社 1991 年版。

③ ［韩］杨恩善(양은선)《元好问引用杜诗的特征及其意义》，高丽大学校中国学研究所《中国学论丛》卷 41(2013)。

含一个较短的旧句，如九言诗句包含一个前人的七言句、七言诗句包含一个前人的五言句等；另一种是节取引用，即从古人诗句中节取出一个较短的句子，如从古人七言诗句中节取出一个五言句等；还有一种是完全引用，即不作增删的搬用前人旧句。前二种引用形式，在元好问中屡见不鲜，但难以一一指出，这里只能举出一些例子。后一种引用形式，本文以施国祁的工作为基础，尽可能将元好问诗中完全引用的诗句罗列出来。当然，施国祁并没有穷尽所有的例子，本文所作的补充也是有限的，没能指出的例子想必还有一些。这样不殚烦赘的罗列，是为了说明元好问诗的引用实在不是一种偶然的现象，或不良的习惯，而是基于某种诗歌观念的行为。

部分引用的例子：

元 好 问 诗 句	引 用 来 源
卷四《赠利州侯神童》：谁谓死草生华风	李贺《高轩过》：死草生华风
卷五《送高信卿》：亦当赤手降於菟	苏轼《送范纯粹守庆州》：赤手降於菟
卷五《游龙山》：独立千仞绝顶缥缈之飞楼	杜甫《白帝城最高楼》：独立缥缈之飞楼
卷十二《杂诗六首》其五：庄休通蔽互相妨	谢灵运《庐陵王墓下作》：通蔽互相妨

节取引用的例子：

元 好 问 诗 句	引 用 来 源
卷二《留月轩》：元精贯当中	李贺《高轩过》：元精耿耿贯当中
卷三《送郝讲师住崇福宫》：白鸥万里谁能驯	杜甫《奉赠韦左丞丈二十二韵》：白鸥没浩荡，万里谁能驯
卷三《赠休粮张炼师》：富儿盘馔罗膻荤	韩愈《醉赠张秘书》：长安众富儿，盘馔罗膻荤
卷五《赠答赵仁甫》：明月对影成三人	李白《月下独酌》：举杯邀明月，对影成三人

完全引用的例子：

元 好 问 诗 句	引 用 来 源
卷一《箕山》：得陇又望蜀	李白《古风》其二三
卷一《送诗人李正甫》：肝胆空轮囷	陆游《杂兴十首》
卷二《曲阜纪行十首》其一：五原东北晋	欧阳詹《初发太原途中寄太原所思》
卷二《曲阜纪行十首》其五：我亦淡荡人	李白《古风五十九首》其十

（续 表）

元 好 问 诗 句	引 用 来 源
卷二《雁门道中书所见》：倾身营一饱	陶渊明《饮酒二十首》其十
卷二《读书山月夕二首》其二：既雨晴亦佳	杜甫《喜晴》
卷二《继愚轩和党承旨雪诗四首》其一：大雅久不作	李白《古风五十九首》其一
卷三《秋蚕》：上无苍蝇下无鼠	王建《簇蚕辞》
卷三《送郝讲师住崇福宫》：黄鹤一去不复返	崔颢《黄鹤楼》
卷三《赤壁图》：事殊兴极忧思集	杜甫《渼陂行》
卷三《赤壁图》：凡今谁是出群雄	杜甫《戏为六绝句》
卷三《阎商卿还山中》：翰林湿薪爆竹声	黄庭坚《观伯时画马》
卷三《赠萧炼师公弼》：黄帽青鞋归去来	杜甫《发刘郎浦》
卷三《赠休粮张炼师》：一点黄金铸秋橘	苏轼《送杨杰》
卷四《读书山雪中》：主人奉觞客长寿	李贺《致酒行》
卷四《世宗御书田不伐望月婆罗门引先得楚字韵》：两都秋色皆乔木①	黄庭坚《读曹公传》
卷五《去岁君远游送仲梁出山》：情多地遐兮遍处处	韩愈《感春四首》其一
卷五《去岁君远游送仲梁出山》：华岳峰尖见秋隼	杜甫《魏将军歌》
卷五《去岁君远游送仲梁出山》：金眸玉爪不凡材	杜甫《见王监兵马使说近山有白黑二鹰罗者……赋诗二首》其二
卷五《此日不足惜》：眼花耳热后	李白《侠客行》
卷五《此日不足惜》：四十岂不知头颅	苏轼《送段屯田分得于字》
卷五《送高信卿》：无衣思南州	杜甫《发秦州》
卷五《涌金亭示同游诸君》：翠蕤云旓相荡摩	杜甫《魏将军歌》
卷五《醉后走笔》：山鬼独一脚	杜甫《有怀台州郑十八司户》
卷五《醉后走笔》：夜如何其夜未央	《诗经·庭燎》
卷五《题刘紫微尧民野醉图》：不见只今汾水上	李峤《汾阴行》

---

① 《遗山先生文集》卷九《赠答乐丈舜咨》、卷十《存殁》亦有此句。

（续　表）

元 好 问 诗 句	引 用 来 源
卷五《啸台感遇》：浩歌弥激烈	杜甫《自京赴奉先县咏怀五百字》
卷五《啸台感遇》：子规夜啼山竹裂	杜甫《玄都坛歌寄元逸人》
卷五《食榆荚》：箫声吹暖卖饧天	杜甫《寒食》
卷五《付阿眈诵》：几人雄猛得宁馨	刘禹锡《赠日本僧智藏》
卷五《游承天悬泉》：四十三年如电抹	苏轼《玉楼春·次欧公西湖韵》
卷六《后平湖曲》：越女颜如花	宋之问《浣纱篇赠陆上人》
卷六《望云谣》：涉江采芙蓉	《古诗十九首》
卷七《七月十六日送冯扬善提领关中三教》：青云动高兴	杜甫《北征》
卷八《追用坐主闲闲公韵上致政冯内翰二首》其一：白云闲钓五溪鱼	陈陶《闲居杂兴》
卷八《中秋雨夕》：此生此夜不长好	苏轼《中秋月》
卷八《淮右》：细水浮花归别涧，断云含雨入孤村	韩偓《春尽》
卷九《怀州子城晚望少室》：一片伤心画不成①	高蟾《金陵晚眺》
卷九《桐川与仁卿饮》：风流岂落正始后②	黄庭坚《次韵谢子高读渊明传》
卷九《桐川与仁卿饮》：诗卷长留天地间	杜甫《送孔巢父谢病归游江东兼呈李白》
卷九《晨起》：多病所须惟药物	杜甫《江村》
卷九《送周帅梦卿之关中二首》其一：箭筈通天有一门	杜甫《望岳》
卷九《过三乡望女几邨追怀溪南诗老辛敬之二首》其二：万山青绕一川斜	辛愿《三乡光武庙》
卷九《寄杨弟正卿》：东阁官梅动诗兴	杜甫《和裴迪登蜀州东亭送客逢早梅相忆见寄》
卷十《玄都观桃花》：人世难逢开口笑	杜牧《九日齐山登高》
卷十《玄都观桃花》：老夫聊发少年狂③	苏轼《江城子·密州出猎》

---

① 《遗山先生文集》卷九《怀州子城晚望少室》、卷十《十日作》、卷十一《家山归梦图三首》其三、《俳体雪香亭杂咏十五首》其十四亦有此句。

② 《遗山先生文集》卷九《梁都运乱后得故家所藏无尽藏诗卷见约题诗同诸公赋》亦有："风流岂落正始后，诗卷长留天地间。"

③ 《遗山先生文集》卷十《同严公子大用东园赏梅》亦有此句。

（续　表）

元 好 问 诗 句	引 用 来 源
卷十《赠张致远》：征君晚节傍风尘	杜甫《寄常征君》
卷十《别纬文兄》：玉垒浮云变古今	杜甫《登楼》
卷十《和白枢判……》：白日放歌须纵酒	杜甫《闻官军收河南河北》
同上：清朝有味是无能	杜牧《将赴吴兴登乐游原》
卷十《同严公子大用东园赏梅》：翰林风月三千首	欧阳修《赠王介甫》
同上：佳节屡从愁里过	苏洵诗　据《石林诗话》等记载
卷十一《论诗三十首》其十六：岸夹桃花锦浪生	李白《鹦鹉洲》
同上，其二十四：有情芍药含春泪，无力蔷薇卧晓枝	秦观《春日五首》其二
同上，其二十九：可怜无补费精神	王安石《韩子》
卷十一《杏花杂诗十三首》其八：错教人恨五更风	王建《宫词一百首》其九十一
卷十二《游天坛杂诗十三首》其七：还尽平生未足心	苏轼《佛日山荣长老方丈五绝》其四
卷十三《晓起》：八年流落醉腾腾	韩偓《腾腾》
卷十三《题山亭会饮图二首》其二：而今鞍马老风沙	吴激《题宗之家初序潇湘图》
卷十四《跋萧师鹭鸶败荷扇头》：鸂鶒鸂鶒满晴沙	杜甫《曲江陪郑八丈南史饮》
卷十四《赠司天王子正二首》其二：天容海色本澄清	苏轼《六月二十日夜渡海》
卷十四《留赠丹阳王炼师三章》其二：桃花一簇开无主	杜甫《江畔独步寻花七绝句》其五

　　关于这张完全引用的列表，有必要对其内含的特征作一些描述。这些引用的诗句，除 1 处出自《诗经》、1 处出自《古诗十九首》外，共计出自 24 位诗人的作品，其中绝大部分是诗歌，少数是词。这 24 位诗人中生活在唐代的共 14 位，宋代的 7 位，六朝的 1 位，金代的 2 位。由此看来，对唐诗的引用占了压倒性的比例。在这些诗人中，杜甫诗被引用的次数高达 22 次，其次是苏轼的 7 次，李白的 5 次，黄庭坚的 3 次，而备受元好问尊敬的陶渊明

诗只被引用过 1 次。从诗体的角度看，五言古诗（卷一、二）中的引用 16 次，七言古诗（卷三、四）9 次，杂言体（卷五）15 次，七言律诗 17 次，七言绝句（卷十一至十四）11 次。

　　元好问诗的引用，除了少数自己注明以外，绝大部分不加声明。如卷八《淮右》："细水浮花归别涧，断云含雨入孤村。空余韩偓伤时语，留与累臣一断魂。"顾嗣立指出："五六全用韩致光语，即于结联标出，自成一体。遗山诗用前人成语极多，陶杜句尤甚，又未可以此例概之也。"①元好问还有几处地方自己注明引用的来源。《遗山先生文集》卷九《过三乡望女几邨追怀溪南诗老辛敬之二首》其二："万山青绕一川斜，好句真堪字字夸。""万山"句引用自辛愿《三乡光武庙诗》。卷十三《晓起》："八年流落醉腾腾。"诗末自注："予痛饮至是八年，故用韩致尧此句。""八年"句引用自韩偓《腾腾》诗。卷十三《黄华峪十绝句》其四："碧澜寸寸横秋色，空对山灵说到难。"诗后自注："唐人《到难篇》，有碧澜之下、寸寸秋色之句，见《唐文粹》。"自己注明引用来源的做法，在很大程度上是在对前人的诗句发表评论；而不加声明的引用，大概是视若己出吧，其中包含的观念是不一样的。

　　元好问诗中复句很多，对此清人赵翼和潘德舆有所指摘②。如："百钱卜肆成都市，万古诗坛子美家。"既见于卷八《寄辛老子》，又见于卷九《过三乡望女几村追怀溪南诗老辛敬之二首》其二。又如卷八《寄希颜二首》其二："酒船早晚东行办，共举一杯持两螯。"卷十《曹寿之平水之行》："西风先有龙门约，共举一杯持两螯。"本文不想沿着清人的思路，继续批评这种有失检点的行为，这样的批评无益于研究的深入。复句可以被视为一种特殊形式的引用，即诗人的自我引用。由此，复句可以纳入引用的现象中，一起成为本文的考察对象。

　　元好问词中也屡见引用的例子，包括引用前人的诗句和词句，也包括引用自己诗中的诗句。赵永源《遗山乐府校注》指出许多例子，如卷一《水调歌头》（滩声荡高壁）："何必丝与竹，山水有清音。"引用自左思《招隐二首》其二："非必丝与竹，山水有清音。"卷一《水调歌头》（相思一尊病）："西北望长安。"引用自辛弃疾《菩萨蛮·书江西造口壁》。卷一《水调歌头》（苍烟百年木）："一笑顾儿女，今日是山家。"引用他自己的诗《长寿新居三首》其一：

---

① 〔清〕顾嗣立《元诗选》初集，北京：中华书局 1987 年版，第 66 页。
② 赵翼指出元好问诗中复句 9 例，其中 5 例也属于引用，也就是反复引用的情况。详见《瓯北诗话》卷八《元遗山诗》（《续修四库全书》本，第 62—63 页。）潘德舆在赵翼的基础上又举出 6 例，并且顺带指出一些字句相类的例子。详见《养一斋诗话》卷八（《续修四库全书》本，第 264 页。）

"迎门顾儿女,今日是山家。"卷二《临江仙》(世事悠悠天不管):"今春看又过,何日是归年。"引自杜甫《绝句二首》其二。《南乡子》(少日负虚名):"一线微官误半生。"引自他自己的《自题写真》诗。《鹧鸪天》(瘦绿愁红倚暮烟):"狼藉秋香拂画船。"引自他自己的《绣江泛舟有怀李郭二公》诗。《鹧鸪天·郊东坡体》:"殷勤昨夜三更雨。"引自苏轼的相同词牌的作品。《鹧鸪天》(候馆灯昏雨送凉):"多情却被无情恼。"引自苏轼《蝶恋花·中春》。《鹧鸪天》(少日骊驹白玉珂):"灵砂犀角费频磨。"引自黄庭坚《再和元礼春怀十首》其五。又一句:"醉归扶路人应笑。"引自苏轼《吉祥寺赏牡丹》诗。

元好问词中引用的例子还有很多,这里不一一列举。引用在他的词中,与在他的诗中一样都是常见的现象。从这些例子看来,词中的引用似乎与诗中的引用没有本质的区别,因此本文不准备单独讨论词中的引用行为可能包含的词学观念。

诗歌中的引用作为一种互文的方式,与一般所说的文学评论具有相似性,或者说引用的互文性具有某种批评的功能。最为明显的以引用为评论的例子是,《论诗三十首》第十六、二十四两首①。不过,本文并不想将元好问诗的引用视为一种批评的方式,而是将引用视为一种独特的诗歌创作现象,在唐宋以来诗歌观念的背景下进行考察。在批评家纷纷强调独创性、批判沿袭模仿的风气中,元好问为何对这些反对的声音置若罔闻,以诗人自命的他,为何敢于冒天下之大不韪,大量袭用前人旧句? 这是本文试图回答的问题。

二、语境:宋代诗歌观念的转变

对于元好问诗的引用,尤其是那些不作任何改造的完全引用,批评家所持意见不一。我没有找到元好问同时代人对他这种做法的关注和评价,元明时代有人指出这一现象,但似乎缺乏这方面的评论。清代、民国时期出现了有关的评价,并且欣赏、批评和为之辩解的不同态度都存在。如沈其光说:

> 遗山七言古歌行,开阖动宕,驰骤奔放,盖所谓挟幽并之气,此为第一。如《虞阪行》……可二十篇,读之神为之王。且篇中往往杂糅唐宋

---

① 有关互文理论中的引用,请参看〔法〕蒂费纳·萨莫瓦约《互文性研究》一书,邵炜译,天津:天津人民出版社 2003 年版。

人句,如"黄鹤一去不复返"、"白鸥万里谁能驯"、"事殊兴极忧思集"、"天淡云闲今古同"、"管城初无食肉相"、"黄帽非供折腰具",恰如自出机轴,无襞积痕,此其独长也。①

沈其光认为元好问七言古诗和杂言诗引用唐宋诗旧句,是成功的做法。不过,他所举的例子并不都是不作改动的引用。钱振锽的态度完全相反,在他看来,这简直是一种不道德的行为。

　　遗山工力深,为后世摹古者所不及。惜天分不高,故新意绝少。其任意抄袭成句,尤为不自爱。②

另外一位批评家赵元礼试图对此加以解释:

　　元遗山七律中最好用前人整句,大约胸中成诗甚多,信手写入,不设成立。若套袭古人成句,尤可不必,以绝不能佳也。③

在有关引用的观念上,赵元礼其实与钱振锽相去不远。他把引用视为一种无心的过失,并且认为引用无助于诗歌水平的提高。

以上所引三种评论,尽管意见不一,出发点却是相同的,三位批评家都共同地关注诗歌的引用是否合理的问题。本文不准备继续这些争论,也不想就具体的引用诗例,讨论其成败得失,这样只会导出琐碎的研究。在引用的现象及其相关的评论背后,是诗歌观念的分歧和诗人的不同行为。这是更加重要的问题。关于这个问题,我们需要简要地回顾,从先秦到北宋的漫长时期中,诗歌观念的变化。

《诗经》中的复句不胜枚举,如"乐只君子"句,出现于《周南·樛木》、《小雅·南山有台》和《采菽》中。考虑到《诗经》是一部出于西周到春秋时期不同作者之手的诗选,其中的复句实际上就是引用。清人劳孝舆描述这种现象说:"然作者不名,述者不作,何欤?盖当时只有诗,无诗人,古人所作,今人可援为己诗;彼人之诗,此人可赓为自作,期于言志而止。人无定

_____

① 沈其光《瓶粟斋诗话》续编卷一,杨焄校点,张寅彭主编《民国诗话丛编》第五册,上海:上海书店出版社 2002 年版,第 584 页。
② 钱振锽《谪星说诗》卷二之二八,钱璱之校点,张寅彭主编《民国诗话丛编》第二册,第 612 页。
③ 赵元礼《藏斋诗话》卷上,李剑冰校点,张寅彭主编《民国诗话丛编》第二册,第 249 页。

诗,诗无定指,以故可名不名,不作而作也。"①法国学者葛兰言也关注到这种现象,并且认为,诗歌的起源是非个人性的,独创性没有得到任何关注②。这样看来,引用在中国诗歌的起源阶段就已经普遍地存在。

诗歌的引用,不仅古来有之,而且历代绵延不绝。在独创性的观念尚未产生的《诗经》时代,引用广泛地存在,这种现象说起来顺理成章。而在魏晋时代,文人自觉意识产生以后,引用的例子仍然随处可见。曹操《短歌行》(对酒当歌)一首,其中"青青子衿,悠悠我心"、"呦呦鹿鸣,食野之苹。我有嘉宾,鼓瑟吹笙"六句出自《诗经》。陶渊明诗也有袭用旧句的例子,如《归园田居五首》其一"狗吠深巷中,鸡鸣高树巅"二句,是对古乐府诗《鸡鸣》的引用,陶渊明的创造性仅仅表现在调换了上下句的顺序。在以后的各个年代,无论诗歌的风气如何,引用的现象始终存在。这是不须再举更多例子来证明的。

关于引用的观念,在漫长的历史进程中,却在悄然改变。先秦至汉魏时期,似乎还没有产生有关引用的批评言论。南北朝时期,对引用表达不满的意见,开始出现在一些典籍中。刘勰说:"制同他文,理宜删革。若排人美辞,以为己力,宝玉大弓,终非其有。全写则揭箧,傍采则探囊。"③魏收与邢邵互相指责对方剽窃他人文辞:"收每议陋邢文。邵又云:'江南任昉,文体本疏。魏收非直模拟,亦大偷窃。'收闻乃曰:'伊常于沈约集中作贼。何意道我偷任。'"④"偷窃"、"作贼"等用语,表明这个时期已经萌生诗歌所有权的观念,引用被看成一种侵犯他人财物的违规行为。但如何避免侵权的说法尚未出现,这说明人们只是在否定的方向上反对缺乏个性的模仿抄袭,还没有从正面考虑,诗人面对传统如何获得独创性的问题。

唐人继续在否定的方向上反对包括引用在内的各种剽窃方式。有关言论中,最著名的有韩愈的"惟陈言之务去"⑤、"惟古于词必己出,降而不能乃剽贼"⑥;以及皎然的"三偷",其中,"偷语最为钝贼。如汉定律令,厥罪必书,不应为。郑侯务在匡佐,不暇采诗。致使弱手芜才,公行劫掠。若评质

---

① 〔清〕劳孝舆《春秋诗话》卷一,《续修四库全书》本,第5页。
② 〔法〕葛兰言(Marcel Granet)《古代中国的节庆与歌谣》,赵丙祥、张宏明译,桂林:广西师范大学出版社2005年版,第73—75页。
③ 〔梁〕刘勰《文心雕龙》卷九《指瑕四十一》,《四部丛刊》本。
④ 〔唐〕李延寿《北史》卷五十六《魏收传》,北京:中华书局1974年版,第2034页。
⑤ 〔唐〕韩愈著,〔宋〕文谠注、王俦补注《新刊经进详注昌黎先生文集》卷十六《答李翊书》,《续修四库全书》本1309册,第604页。
⑥ 〔唐〕韩愈著,〔宋〕文谠注、王俦补注《新刊经进详注昌黎先生文集》卷三十四《南阳樊绍述墓志铭》,《续修四库全书》本1310册,第109页。

以道,片言可折,此辈无处逃刑。"①皎然举出的偷语诗例是:"陈后主《入隋侍宴应诏诗》:'日月光天德',取傅长虞《赠何劭王济诗》:'日月光太清'。上三字同,下二字义同。"②皎然对于"偷语"的定义,相当苛刻,他如果有幸见到元好问的引用诗例,不知要作何感想。

在宋代,诗歌的引用是一个获得广泛关注的敏感话题,宋人诗话中保存着很多关于袭用前人旧句的讨论。一些著名诗人的诗集中偶尔出现几句前人旧句,批评家对此一般要加以解释。对于王安石诗中出现韦应物的诗句,叶梦得解释说:"读古人诗多,意所喜处,诵忆之久,往往不觉误用为己语。"③刘攽以同样的理由为苏舜钦辩解:"杜工部有'峡束苍江起,岩排石树圆'。顷苏子美遂用'峡束苍江,岩排石树'作七言句。子美岂窃诗者,大抵讽古人诗多,则往往为己得也。"④引用古人旧句,只能诉诸记忆失误的原因,这实在是尴尬的解释。

宋代批评家不仅关注本朝诗人的引用行为,而且注意到古代作品也不乏引用的例子。吴聿指出:"古人五字,往往句有相犯者。如潘安仁、王仲宣皆云'但愿杯行迟',曹子建、应德琏皆云'公子敬爱客'。"⑤这种博学的发现,与其说是对引用的一种辩护,不如说是批评家在炫耀学问,因为吴聿已经用"相犯"一词来为引用旧句定性。

宋人基本上沿续了六朝以来的诗歌所有权的观念,比前人更进一步的是,他们不仅讨论如何避免剽窃的问题,而且积极地寻求合法的借贷关系,由此追求诗歌的独创性。宋代诗学中,关于独创性的一个关键词,是"点化"⑥。点化古人诗句,成为宋人的公共话题,批评家们乐此不疲地举出各种各样的或成功或失败的例子⑦。

---

① 〔唐〕皎然《诗式》"三不同语意势",何文焕辑《历代诗话》本,第34页。
② 〔唐〕皎然《诗式》"偷语诗例",何文焕辑《历代诗话》本,第34页。
③ 〔宋〕叶梦得《石林诗话》卷中,何文焕辑《历代诗话》本,第421页。案:叶梦得举出的例子是王安石:"绿阴生昼寂,幽草弄秋妍。"上句本韦应物《游开元精舍》:"绿阴生昼寂,孤花表春余。"但王安石集中只有《示无外》:"邻鸡生午寂,幽草弄秋妍。"
④ 〔宋〕刘攽《中山诗话》,何文焕辑《历代诗话》本,第285页。
⑤ 〔宋〕吴聿《观林诗话》,丁福保辑《历代诗话续编》本,第127页。
⑥ 比如葛立方《韵语阳秋》卷二所举诸例:"诗家有换骨法,谓用古人意而点化之,使加工也。李白诗云:'白发三千丈,缘愁似个长。'荆公点化之,则云:'缲成白发三千丈。'刘禹锡云:'遥望洞庭湖水面,白银盘里一青螺。'山谷点化之,则云:'可惜不当湖水面,银山堆里看青山。'孔稚圭《白苎歌》云:'山虚钟磬彻。'山谷点化之,则云:'小山作朋友,香草当姬妾。'学诗者不可不知此。"(何文焕辑《历代诗话》本,第495页。)
⑦ 〔宋〕吴开《优古堂诗话》、曾季狸《艇斋诗话》是这方面的代表,他们都非常乐于指出某一诗句的来源。这种癖好一方面是批评家的炫学,另一方面则是宋代诗歌所有权观念的一种表现。

点化的诸多方式中,黄庭坚的"点铁成金"、"夺胎换骨"是最著名的说法。后人对此理解不一①。简单地说,黄庭坚的意图是,既要借用古代遗产,又要避免带有剽窃嫌疑的引用,因此,即使诗人要表达的内容与古人相同,也绝对不能使用古人用过的诗句,诗人必须想方设法做出一些改变。在黄庭坚的思想中,同时也在宋代的诗学中,点化与引用是互相对立的两种修辞格。

宋人对于点化的效果,保持乐观的态度。王维是否窃取李嘉祐诗句的公案,典型地表现出这种乐观态度。唐人李肇以批评的语气指出:"维有诗名,然好取人文章嘉句。"他举出的例子之一是,王维《积雨辋川庄作》诗的"漠漠水田飞白鹭,阴阴夏木转黄鹂"两句,来自李嘉祐的"水田飞白鹭,夏木啭黄鹂"②。宋人却多为王维辩护,如叶梦得说:"唐人记'水田飞白鹭,夏木啭黄鹂'为李嘉祐诗,王摩诘窃取之,非也。此两句好处正在添'漠漠'、'阴阴'四字,此乃摩诘为嘉祐点化,以自见其妙,如李光弼将郭子仪军,一号令之,精彩百倍。不然,如嘉祐本句但是咏景耳,人皆可到。"③这段话显示了后来者与前人的竞争关系,同时也显示了宋人后来者居上的自信④。

杨万里把这种竞争的胜负结果,用古老的述作关系来归纳:"述者不及作者"与"作者不及述者"。在他看来,作为后来者的"述者"与作为古人的"作者",是同场竞技的关系,胜负的天平并不事先向谁倾斜⑤。在杨万里的陈述中,丝毫没有作为后来者的诗人经常感受到的焦虑和悲观。在宋代的诗人和批评家中,这种乐观和自信的情绪是比较普遍的。

诗歌所有权观念的普及和点化方法的流行,以及独创性的追求,在宋代形成一股诗学思潮。不管认同还是抵触,没有诗人可以完全避免这股思潮的影响。与这种思潮相伴随的现象,至少有三个方面:其一,是对诗人博学

---

① 有关研究,请参看刘衍文《雕虫诗话》卷一(张寅彭校点,张寅彭主编《民国诗话丛编》第六册,第419—423页)、莫砺锋《"夺胎换骨"辨》(《中国社会科学》1983年第5期)和周裕锴《惠洪与换骨夺胎法》(《文学遗产》2003年第6期)等。

② 〔唐〕李肇《唐国史补》卷上,《景印文渊阁四库全书》1035册,第419页。

③ 〔宋〕叶梦得《石林诗话》卷上,何文焕辑《历代诗话》本,第411页。案葛立方《韵语阳秋》卷一支持叶梦得的观点。

④ 请参看萨进德(Stuart Sargent)《后来者能居上吗:宋人与唐诗》一文,该文借鉴布鲁姆(Harold Bloom)"影响的焦虑"的理论,提出宋人在如何超越唐诗上的几种方式。宋人后来居上的方式大概都是修辞层面的努力。该文有莫砺锋中译,载莫砺锋编《神女之探寻——英美学者论中国古典诗歌》,上海古籍出版社1994年版,第75—106页。原文载 Chinese Literature: Essays, Articles, Reviews, Vol.4, No.2. (Jul., 1982), pp.165–198.

⑤ 〔宋〕杨万里《诚斋诗话》,丁福保辑《历代诗话续编》本,第151页。

多识的推崇。黄庭坚是北宋诗人中博学并且提倡博学的代表。其二,是诗歌注释学的兴盛。注释诗歌,既要训释词语和指明典故,又要尽可能地指出诗句的来源。后一种工作就必须关注前后诗句的沿革关系。其三,是印刷业的繁荣,大量古代诗集被整理和刊行,诗人获得广泛阅读古代诗歌的机会。这三方面都有助于确认古代诗篇的归属以及诗句作为私人财物的观念。

　　从宋人回避引用、主张点化,并提出以故为新的具体方法如“夺胎换骨”等,我以为宋代的诗歌观念与前代相比,经历了深刻的变化。在传统诗学中,诗歌是内心世界的外在显现,诗歌的来源是诗人的内心及其感发的外界,诗歌的独特性建立在诗人的自我和人格的基础上。而在宋代,内心世界不再是诗歌的唯一来源,古代诗歌作品同样可以成为诗材、诗本、诗料,即诗歌的另一种来源①。尽管有论者坚持认为,宋代主要的仍是经验的诗学②,我们却不得不承认,宋代诗学出现了一定程度的语言学转向。宋人在作诗和论诗时,不仅关注自我抒情的内容,同时也关注诗歌的语言问题,并且自觉意识到诗歌语言的历史积累。宋人在很大程度上将诗歌独创性建立在语言和修辞的层面,而不只是传统诗学中的人格层面。这种诗歌观念的转变,是一个漫长历史进程中的现象,只是到了宋代才明朗起来。

　　关注诗歌的语言层面,是宋代以来的一个明显趋向。北宋之后的金人,包括元好问及其前辈和同时代人,都注意到这一趋向。金代中期的诗人周昂说:“文章以意为之主,字语为之役。主强而役弱则无使不从。世人往往骄其所役,至跋扈难制,甚者反役其主。”③显然是在反对北宋以来对语言的过度关注,主张回归诗言志的传统,更加注重内心的表达。周昂这段话被他的外甥王若虚记述并称赏,同时又被元好问载入《中州集》小传中④,说明这种论调在金代后期得到相当的支持。王若虚批评黄庭坚的点铁成金、夺胎换骨是“剽窃之黠者”⑤,更是对宋代点化思想的直接批判。这也和金末元初兴起的唐诗潮流表里相应,都是对宋代诗学的一种逆反。金代后期的这

① 　[日]浅见洋二《论“拾得”诗歌现象以及“诗本”、“诗材”、“诗料”问题——以杨万里、陆游为中心》,载氏著《距离与想象——中国诗学的唐宋转型》,金程宇、冈田千穗译,上海:上海古籍出版社 2005 年版,第 434—464 页。
② 　[美]齐皎瀚(Jonathan Chaves) "Not the Way of Poetry": The Poetics of Experience in the Sung Dynasty 一文,仍然坚持宋代诗学主要是经验的诗学。该文载 Chinese Literature: Essays, Articles, Reviews, Vol.4, No.2. (Jul., 1982), pp.199 – 212.
③ 　〔金〕王若虚《滹南遗老集》卷三十八,《四部丛刊》本。
④ 　〔金〕元好问编《中州集》卷四《常山周先生昂》,《四部丛刊》本。
⑤ 　〔金〕王若虚《滹南遗老集》卷四十。

种诗学倾向,可以为理解元好问的引用行为,提供一个合适的时代背景。

三、遗山的歧路:坡谷之间

元好问诗频繁地引用古人的诗句,这看起来是对诗歌所有权的蔑弃,然而,元好问并非没有意识到或不承认所有权的存在。元好问的门人王恽曾记载一则轶事:

> 遗山常与张噉斋论文,见有窃用前人词意而复加雌黄者,遗山曰:"既盗其物,又伤事主,可乎?"一坐为之绝倒。噉斋即张纬文先生。盖遗山戏语也。①

元好问用"盗"字来比喻后人对前人词意的借用,又用法律案件中的受害者"事主"②一词,来比拟对某一诗句享有所有权的前代诗人。这当然只是戏谑的比方,而在座诸人和记述者王恽都能领会其中的幽默。由此可知,诗歌所有权的观念深植在这个时代,包括元好问在内的所有诗人都在这种话语环境中谈诗论艺。如果说这则轶事出自门人的记载,未必完全属实,那么,下面这段文字出于元好问的自述《酒里五言说》,毫无疑问可以如实地体现他的观念。

> "去古日已远,百伪无一真。独惟醉乡地,中有羲皇醇。圣教难为功,乃见酒力神。谁能酿沧海,尽醉区中民。"此予三十六七时诗也。壬辰北渡,顺天毛正卿、杨德秀与一傅生祈仙山寺中,苏晋降笔,写诗数十首。一诗有"百伪无一真,中有羲皇醇"之句。余诗除"酒里神仙我"五言外,多不成语。正卿、德秀初不知苏晋为何代人,不论此诗何人作也。而晋所批乃有此十字,晋岂予前身欤?抑尝见予诗,窃以为己有者欤?将近时鬼物之不昧者记予诗,以托名于晋以自神也?是皆不可知。晋既以予诗为渠所作,故予亦就"酒里神仙我"五言取偿于晋,作乐府一篇:"绣佛长斋,半生枉伴蒲团过。酒垆横卧,一蹴虚空破。颇笑张颠,自谓无人和。还知么,醉乡天大,少个神仙我。"

在这段自述中,元好问记载自己诗句被窃并索取补偿的事情。被窃取

---

① 〔元〕王恽《玉堂嘉话》卷七,杨晓春点校,北京:中华书局 2006 年版,第 165 页。

② "事主"一词的用例,如《元史》卷十九《成宗纪二》:"诏强盗奸伤事主者,首从悉诛;不伤事主,止诛为首者,从者刺配,再犯亦诛。"(北京:中华书局 1976 年版,第 411 页。)

的两句诗，出自元好问三十六岁（1225 年）时写的《饮酒五首》其二。偷窃者可能是列职仙班的唐人苏晋，杜甫《饮中八仙歌》曾写到他："苏晋长斋绣佛前，醉中往往爱逃禅。"①元好问认为自己的所有权受到侵犯，应该获得赔偿，他的索赔方式是，在一首题为《乐府乌衣怨》的词中，引用苏晋降笔时写下的诗句，并捎带着从杜诗那里撷取一些词汇。这段充满志怪色彩的自述，显然不是信史，却能真实地反映元好问的观念，他完全理解诗歌所有权中偷窃与补偿的关系。令人讶异的是，元好问并没有像其他批评家一样谴责偷窃者，这大概是因为他自己也经常从事这种勾当吧。

那么，元好问既然承认北宋以来的诗歌所有权观念，为何又敢于冒犯这一公认的规则，公然在古人诗集中行窃？这个问题需要从元好问与苏、黄二人的关系谈起。

黄庭坚在学诗上强调读书和博学的作用，他说："自作语最难，老杜作诗，退之作文，无一字无来处，盖后人读书少，故谓韩、杜自作此语耳。"②他在读书过程中喜欢抄录，为来日作诗储备材料③。元好问认同黄庭坚这些主张：

> 古人文章，须要遍参。山谷有言："设欲作《楚辞》，熟读《楚辞》，然后下笔。喻如世之巧女，文绣妙一世，如欲织锦，必得锦机，乃能成锦。人问司马相如作赋法，相如曰：'能成诵千赋，则自能矣。'"山谷语如此。④

元好问不仅认同黄庭坚的主张，而且也是这样实践的。他在早年学诗时，谨遵其父元东岩的读书十法，其中第一条"记事"、第二条"纂言"、第四条"文笔"和第八条"诗材"，都强调读书过程遇到可用的事件言语，应当分类抄录下来。第八条"诗材"，说得尤其明显："诗家可用，或事或语，别作一类字记之。"第六条"诸书关涉引用"还指出，古人作品之间的传承关系应该得到特别关注⑤。黄庭坚对于独创性的强调，也得到元好问的认同。还是

---

① 〔清〕仇兆鳌《杜诗详注》卷二，北京：中华书局 1999 年版，第 83 页。
② 〔宋〕黄庭坚《答洪驹父书三首》其三，《豫章黄先生文集》卷十九，《四部丛刊》初编 163 册影印嘉兴沈氏藏宋乾道刊本。
③ 〔清〕翁方纲《复初斋文集》卷二十九《跋山谷手录杂事墨迹》："黄文节公手录杂事墨迹，凡一百六十五题，皆所录皆汉晋间事。"翁方纲视其为"记问诵习"的材料。（《续修四库全书》1455 册影印清李彦章校刻本，第 634—635 页。）
④ 孔凡礼辑《诗文自警》其四，载姚奠中主编《元好问全集》（增订本），第 1241 页。案：元好问《锦机引》再次引用山谷这段话。
⑤ 孔凡礼辑《诗文自警》，载姚奠中主编《元好问全集》（增订本），第 1239—1240 页。

在《诗文自警》中，元好问记下黄庭坚的两句话："鲁直曰：文章大忌随人后。又曰：自成一家乃逼真。"①对于黄庭坚著名的"夺胎换骨"和"点铁成金"，元好问也是熟悉的，他曾经自叹说："我诗有凡骨，欲换无金丹。"（《寄英禅师师时住龙门宝应寺》）杂糅了黄庭坚的两个口号。另外，元好问与黄庭坚一样强调法度的重要性②。

然而，这些认同并不意味着，元好问将走山谷的路子。他明确表态说："论诗宁下涪翁拜，未作江西社里人。"（《论诗三十首》其二十八）在黄庭坚、江西诗人以及其他宋代批评家看来，完全抛弃或者全然照搬古人的诗句，都是不能接受的，点化是唯一可行的路子。元好问的引用，正好走到了黄庭坚等人的对立面③。那么，在北宋以来诗歌所有权和独创性的观念背景中，在认同并实践读书和博学的学诗方法之后，元好问为何走上了与黄庭坚和多数宋代诗人迥异的道路，是什么因素促使他选择了引用这种招致非议的方式？这就需要说到元好问与苏轼的联系。

在北宋对诗歌所有权和点化方法普遍认同的语境中，苏轼是少数表示非议的诗人之一。在《次韵孔毅甫集古人句见赠五首》中，苏轼在对集句诗的评论中，表达他对诗歌所有权的看法。

> 世间好句世人共，明月自满千家墀。（其一）
> 路傍拾得半段枪，何必开炉铸矛戟。（其二）
> 诗人雕刻闲草木，搜抉肝肾神应哭。
> 不如默诵千万首，左抽右取谈笑足。（其四）④

在一月印千潭的禅宗譬喻中，苏轼所诉求的其实是最古老的诗歌教条：

---

① 孔凡礼辑《诗文自警》，载姚奠中主编《元好问全集》（增订本），第 1242 页。
② 黄庭坚《跋书柳子厚诗》："予友生王观复作诗有古人态度，虽气格已超俗，但未能从容中玉佩之音，左准绳、右规矩尔。"（《豫章黄先生文集》卷二十六，164 册。）元好问《遗山先生文集》卷三十七《陶然集诗序》："故文字以来，诗为难，魏晋以来，复古为难，唐以来，合规矩准绳尤难。"
③ 韩愈"惟陈言之务去"的大言，受到王安石的批评："力去陈言夸末俗，可怜无补费精神。"（《韩子》，《临川先生文集》卷三十四，《四部丛刊》本）王安石对于"陈言"是要点化的，而不是全然弃去。有趣的是，王安石用来批评韩愈的"可怜"句，出自韩愈："可怜无益费精神，有似黄金掷虚牝。"（《赠崔立之评事》，《朱文公校昌黎先生集》卷四，《四部丛刊》本）却被元好问用来批评同样擅长点化的陈师道："传语闭门陈正字，可怜无补费精神。"（《论诗三十首》其二十九）这或许可以表明元好问对于点化的态度。不过，就作诗的实际情况而言，点化是所有诗人都会用到的方法，元好问也不例外。
④ 〔清〕王文诰辑注、孔凡礼点校《苏轼诗集》卷二十二，北京：中华书局 1999 年版，第 1156、1157 页。

诗言志。正如水中月只是天上月的一种影像，每一潭水中月都来源于同一轮月亮，诗句也只是内心世界的一种呈现形式，投影在某一位诗人因感物而波动的内心。苏轼不仅取消诗人对于诗句的所有权，甚至解构诗人自身的主体性，诗人沦为外界的一种表现媒介。

在拾枪与铸戟的譬喻中，苏轼隐然在反对黄庭坚的点铁成金和夺胎换骨。正如路旁拾得的枪可以顺手作为武器，不必回炉重煅，从古人那里看来的诗句也不必煞费苦心地点化，就可以用在自己诗中。苏轼接着说，诗人与其苦吟，不如多记诵古人诗篇，在谈笑风生中轻松地引用。

这样看来，苏轼否定诗歌所有权的这番话，似乎为后来元好问的引用行为提供了诗学的资源和舆论的支持。然而，苏轼谈论的是集句诗这样一种特殊的诗歌形式，并且言辞中充满戏谑的语气。苏轼并不真的否定诗歌所有权，即使就在这组诗中，他也没完全摆脱所有权的话语，例如，其一："退之惊笑子美泣，问君久假何时归。"其五："千章万句卒非我，急走捉君应已迟。"①并且，苏轼自己的作品中也似乎很少出现引用的诗例。

元好问从未为自己的引用作过辩护，也从未谈起苏轼对于所有权的否定，元好问是否把苏轼否定所有权的那番话当真，无从确认。不过，苏轼超越语言与修辞的文学思想，确实吸引了元好问。苏轼主张抒情如行云流水②，元好问主张诗歌的真淳自然，二者都是一种复古的诗学，即认为诗歌是内心情感不受任何阻碍的自然流露。我们在此看到元好问诗学中自相矛盾的一面，他在主张"文须字字作，亦要字字读"③的同时，又高调地宣示"情性之外不知有文字"（《杨叔能小亨集引》），后一句话他用来评价唐诗所达到的境界，也用来评价苏轼词："自东坡一出，情性之外不知有文字。""东坡圣处，非有意于文字之为工，不得不然之为工也。"（《新轩乐府引》）这段话近乎苏轼"常行于所当行，常止于所不可不止"的议论。虽然这里评论的是苏词而非苏诗，不过，元好问评论苏诗晚期达到"不烦绳削而自合"的境界④，与"情性之外不知有文字"的说法是相通的。

综上所述，生活在北宋之后的元好问，面对苏、黄留下的文学遗产，如山

---

① 《苏轼诗集》卷二十二，第 1156、1158 页。

② 苏轼《与谢民师推官书》："大略如行云流水，初无定质，但常行于所当行，常止于所不可不止，文理自然，姿态横生。"（孔凡礼点校《苏轼文集》卷四十九，北京：中华书局 1999 年版，第 1418 页。）

③ 孔凡礼辑《诗文自警》，载姚奠中主编《元好问全集》（增订本），第 1242 页。案：这两句话又出现在《与张仲杰郎中论文》诗中，这首诗强调"文章出苦心"。

④ 元好问《遗山先生文集》卷三十七《陶然集诗序》："子美夔州以后，乐天香山以后，东坡海南以后，皆不烦绳削而自合，非技进于道者能之乎？"

峰一般矗立眼前,他的诗学历程中出现了歧路,一条往下指向山谷,一条往上指向东坡。他沿着山谷的路子,相信博学对诗歌的作用,广泛地阅读和记诵古人的诗篇,然而,他没有继续走下去,在点化陈言中追求独创性,苏轼在高处的声音吸引了他的注意,他不想再苦吟和雕章琢句,转而相信,有些思想既经人道出,就不必再另费新词。这种歧路彷徨的姿态,是元好问诗学体系中自相矛盾的表现,也是我们理解他的引用行为的一种角度①。引用的古人诗句,来自平时的广博阅读和记诵,这是山谷的路子;然而并不费力点化,以故为新,而是照搬照用,这却是山谷所反对,而为东坡以戏谑的方式所肯定的。黄庭坚与苏轼两种诗学的杂糅,便造成了元好问的违离常规的行为。

————————

① 元好问显然清楚随身卷子的好处,也知道掉书袋子的坏处,所以,他以杜甫为典范,提出"学至于无学"(《杜诗学引》)的口号。然而,引用的做法,在他心目中是"学"还是"无学",不得而知。

第十一章　元好问与王士禛

——以神韵诗学为中心

　　元好问是金元之际北方诗坛的领袖,王士禛是清康熙间诗坛的领袖,他们都是各自时代最伟大的诗人,也是文学史上受到普遍关注的诗人。谈到金人元好问与清人王士禛的联系,通常都会提到论诗绝句,王士禛的效仿让这种批评文类成为清代诗学的时尚,并使元好问成为这种批评文类的谱系的重要代表,除此之外,再难看到更多的论述。实际上,这两位不同时代的诗坛领袖之间,存在更多方面、更深层次的联系,元好问的影响绝不仅限于论诗绝句的形式,王士禛的取资已经渗透到他的诗学的内里。围绕着元好问与王士禛的联系,王士禛有关元好问的大量评述,翁方纲等学者有关元好问开启王士禛神韵诗学的阐述,许昂霄等学者有关元、王二人揭示五七言分界说的阐述,这些素来罕见关注的资料将得到充分的讨论。

一、王士禛的评述

1. 阅读和引用

　　对于元代以后的文学家而言,遗山集大抵都要列入必读书目;对于专精诗学而又耽迷藏书的王士禛而言,他的池北书库必然收藏元好问的各种著述。从今人所辑《渔洋读书记》看,王士禛至少读过《遗山诗集》、《中州集》、《续夷坚志》,以及明末程嘉燧的《中州集选》,后两种还提到版本,分别是抄本和新安刻本①。王士禛对元好问的效仿、评论、选录和引述,如下文所提到的,也表明他对遗山著述熟读深思,并形成稳定而深刻的评价。

　　王士禛阅读遗山著述的情况,除《渔洋读书记》中的数条记录外,尚有一部他所亲笔批点的遗山诗集传世。池北书库旧藏,历经三百多年的时间,多

---

① 王绍曾、杜泽逊编《渔洋读书记》,青岛:青岛出版社1991年版,第166、227、310页。所辑文献出自《渔洋文》卷十二《跋元遗山诗》、《池北偶谈》卷十一《中州集》、《古夫于亭杂录》卷一《程嘉燧选中州集》、卷二《中州集》,以及《渔洋山人说部精华》卷五《续夷坚志》。这些都是王士禛平时读书的记录。

数早已亡佚,而这部遗山诗集偶然地保存下来,让后人有幸能够窥见当年王士禛阅读元好问诗的实际过程。

这部幸存的遗山诗集,是明弘治十一年(1498)李瀚序刊本《遗山先生诗集》二十卷,卷内有王士禛朱笔批点并题款,卷端钤有"士"朱文印、"禛"白文印,并有"松溪山樵"朱文方印、"李景康印"白文方印。今藏香港中文大学图书馆,存十二卷:四至九、十五至二十,凡四册①。

残存的第二册卷四卷端,有王士禛朱书一行:"康熙六年十二月京邸阅。"第六册卷十五卷端也有朱书一行:"十二月京邸阅。"可知王士禛阅读并批点遗山诗集的时间,是清康熙六年(1667)十二月,是年三十四岁,任职礼部,与龚鼎孳等结文社,与推崇元好问学杜而自成一家的宋荦定交论诗②,门人裒集他从康熙元年以来所作,辑为《王礼部集》。这一回当然不是王士禛初次阅读遗山诗集,也不是最后一次,却是一次从头到尾的细读,并用朱笔逐句施以句读,圈出佳句,有时还写上简短的批语③。这些阅读过程中随手施加的评点,当然不可与精心结撰的著述同日而语,不过稍作梳理,也能看出一定的倾向。以下据香港中文大学图书馆中国古籍库所提供的全文影像,抄录如下。

　　　　卷四《女几山避兵送李长源归关中》诗末朱笔批:"得杜骨。"
　　　　卷四《太白独酌图》题下朱笔批:"鲁直叙法。"
　　　　卷六《涌金亭示同游诸君》朱笔眉批:"不学李而乃有其逸。"
　　　　卷八《长安少年行》朱笔眉批:"太白之逸气。"
　　　　卷十五首叶朱笔眉批:"先生五绝似未得王、韦之趣。"
　　　　卷十五《论诗三十首》其二,朱笔圈出"可惜并州刘越石,不教横槊建安中"二句,眉批:"果一劲敌。"
　　　　卷十五《论诗三十首》其五,朱笔点出"老阮不狂谁会得,出门一笑大江横"二句,并有眉批:"山谷句也。"

---

① 此书著录于《香港中文大学图书馆古籍善本书录》,香港:中文大学出版社1999年版,第234页。全书影像,见于香港中文大学图书馆中国古籍库(http://chrb.lib.cuhk.edu.hk)。
② 〔清〕宋荦《漫堂说诗》:"七言古诗,上下千百年定当推少陵为第一。……后来学杜者,昌黎、子瞻、鲁直、放翁、裕之元好问,各自成家。"载丁福保辑《清诗话》,上海古籍出版社1978年版,第418页。
③ 案:王士禛《戏仿元遗山论诗绝句》作于清康熙二年,可见此前已读过遗山集。《冬日读唐宋金元诸家诗偶有所感各题一绝于卷后凡七首》,其六系读遗山集所题诗,《渔洋山人精华录》卷四收录这组诗,系于康熙八年,可见其后仍在继续阅读。另案:蒋寅《王渔洋事迹征略》于康熙八年下引这组诗,称:"是为公涉猎宋元诗之始。"(北京:人民文学出版社2001年版,第166页。)显然不准确。

卷十五《论诗三十首》其二十六,朱笔眉批:"遗山之言如此,而自运之作与《中州集》所采,皆以坡谷为宗,何也。"

卷十五《题伊阳杨氏戏虎图》,朱笔眉批:"学黄。"

卷十七《闻歌怀京师旧游》朱笔眉批:"似乐天。"

卷十七《赵大年秋溪戏鸭二首》其二后两句朱笔眉批:"学鲁直。"

卷十八《又解嘲二首》其二"袖中新句知多少,坡谷前头敢道无",朱笔眉批:"何尝不极推苏、黄。"

卷十八《为衍圣孔公题张公佐湘江春早图二首》其一,朱笔眉批:"学鲁直。"

卷十八《赠修端卿张去华韩君杰三人六首》其二朱笔眉批:"此等皆极仿苏黄者。"

卷十九《三乡杂诗三首》其一后二句朱笔旁批:"真放翁敌手。"①

王士禛批阅遗山诗集的过程中,最为关注的两方面,其一是遗山诗的渊源,王士禛指出元好问效法的诗人有杜甫、李白、白居易、苏轼和黄庭坚,并特别强调苏、黄的影响,还多次辨别出借鉴黄庭坚的诗句;其二是遗山诗集中的七言绝句,在残存的十二卷中,七绝在诸体诗中的批语最多,《论诗三十首》尤其受到关注,这与王士禛自己的写作倾向是一致的。这两方面的关注表明,王士禛此次批阅的重点是元好问如何评价和效仿前代经典诗人。这一问题涉及的是诗歌传统与个人才能的关系,是元好问与王士禛共同关注的问题。

王士禛熟读元好问的著述,尤其是诗集,因此在他自己的著述中,不时地提到和引用。略举二例。

康熙十四年乙卯自京师返里,经阜城,写下《阜城感伪齐刘豫作》诗,其中"殀䴗慨兴亡"句下自注曰:"元裕之诗:'河边殀䴗尚能飞,无角无麟自一齐。'"②所引元好问二句,出《龙泉寺四首》其三。

《居易录》卷十三记东粤浈阳峡石刻唐人周夔《到难篇》,称:"此文姚铉收之《文粹》。'碧澜之下,寸寸秋色',乃篇中奇语。元遗山诗云:碧澜寸寸皆秋色,空对山灵说到难。"所引二句出自元好问《黄华峪十绝句》其四,元好问诗后自注:"唐人《到难篇》有'碧澜之下,寸寸秋色'之句,见《文粹》。"

---

① 《渔洋诗集》所收清康熙七年作《冬日读唐宋金元诸家诗偶有所感各题一绝于卷后凡七首》其六,是读遗山诗集的题诗,应即题于此批点本卷后,惜已脱去。

② 〔清〕王士禛《渔洋精华录集释》卷六,李毓芙等整理,上海:上海古籍出版社1999年版,第1068页。

也为王士禛记述所本。

另外,元好问《续夷坚志》所录异事,也得到王士禛多种笔记的引用,如《居易录》卷三十三引用五则,《香祖笔记》卷四引用一则。

2. 选录和评论

王士禛作为清康熙诗坛的领袖,操持选政,纂辑多种影响深远的选本,如《唐诗神韵集》、《唐贤三昧集》、《万首唐人绝句选》、《十种唐诗选》、《古诗选》等。在唐诗选本的领域,王士禛是元好问的竞争者和批判者。元好问有一部流传颇广的唐诗选本,即《唐诗鼓吹》十卷,不过这部选本并未得到王士禛的认可。王士禛在删订《十种唐诗选》后,乞序于朱彝尊,并向他解释不取《唐诗鼓吹》、《三体唐诗》诸本的原因:"《鼓吹》、《三体》唯录格诗,气格卑下。"①

王士禛对于近体诗的偏见,在选本上更直接的表现是《古诗选》的纂辑,只取古体,而让后来效颦的姚鼐有机会续补一部近体诗选《五七言今体诗钞》。《古诗选》,又题《阮亭选古诗》,凡二集,五言诗十七卷,七言诗十五卷,有清康熙天藜阁刻本,又有乾隆芷兰堂刻闻人倓《古诗笺》本。二集卷首各有王士禛所撰《凡例》,论述五七言古诗的源流和分别部次的微旨。

五言诗选的宗旨是明其变而不失于古,所收止于唐人,不及宋以后诗人。因此,《古诗选》不收元好问五言古诗,是出于王士禛对宋以后五言古诗的整体判断,而在单独评论元好问时,王士禛并不贬低其五言古诗,如《他山诗钞序》:"若五七言古体……遗山矜丽顿挫,雅极波澜。"②

七言诗选则不同,如姜宸英序所说:"先生之选七言体,七言虽滥觞于柏梁,然其去《三百篇》已远,可以极作者之才思,义不主于一格,故所钞及于宋元诸家,至明人则别有论次焉。"③七言诗歌行钞卷十三,收元好问诗 26 首。王士禛在《凡例》中说明选录的理由:"南渡以后,程学盛于南,苏学盛于北。金元之间,元裕之其职志也。七言妙处,或追东坡而轶放翁。钞元诗一卷。"④

七言诗选中,选诗在 20 首以上的诗人,元好问之外,有李白 25 首,杜甫 68 首,韩愈 37 首,欧阳修 40 首,王安石 33 首,苏轼 104 首,黄庭坚 54 首,陆

① 〔清〕王士禛《居易录》卷十二,《景印文渊阁四库全书》869 册,第 451 页。
② 〔清〕张宗柟纂集《带经堂诗话》卷四《删订类》,戴鸿森校点,北京:人民文学出版社 2006 年版,第 132 页。案:此文未见本集,是张宗柟所补集外文。
③ 〔清〕王士禛《阮亭选古诗》卷首,《四库全书存目丛书》补编 42 册影印清康熙天藜阁刻本,页 193。
④ 〔清〕王士禛《阮亭选古诗》卷首《凡例》,第 326 页。

游78首,虞集27首,吴莱28首。这是王士禛构建的以杜甫为中心的七言古诗谱系,他在《凡例》中明确阐明选诗宗旨:"愚钞诸家七言长句,大旨以杜为宗,唐宋以来善学杜者则取之。非谓古今七言之变尽于此钞,观唐人元、白、张、王诸公悉不录,正以钞不求备故也。"①仅从数量上讲,元好问在这一谱系中并未受到特别的关注。

另外,王士禛把元好问视为"唐宋以来善学杜者",仅仅限于七古的范畴,在更大的范畴中,元好问没能进入这一伟大诗人的行列。王士禛曾经指出:"宋明以来诗人学杜子美者多矣。予谓退之得杜神,子瞻得杜气,鲁直得杜意,献吉得杜体,郑继之得杜骨,它如李义山、陈无己、陆务观、袁海叟辈又其次也,陈简斋最下。"所举宋明诸家,甚至包括最受非议的李梦阳和名气并不算大的郑善夫,却未提及元好问。这无疑是异乎寻常的观点。元好问多次自述学杜的旨趣,辑有《杜诗学》一书,在丧乱诗、七言律诗等方面深受杜甫影响。渊雅博洽的王士禛不会不知道这些事实,不提想必不是遗漏,也未必是贬低,而是别有深意。

七言诗选所收元好问诗26首,篇目如下:

> 《范宽秦川图》、《赤壁图》、《密公宝章小集》、《松上幽人图》、《题商孟卿家明皇合曲图》、《刘远笔》、《世宗御书田不伐望月婆罗门引先得楚定韵》、《换得云台帖喜而赋诗》、《南湖先生雪景乘骡图》(艺术类9首)

> 《送郝讲师任崇福宫》、《寄答溪南诗老辛愿敬之》、《闻钦叔在华下》、《阎商卿还山中》、《女几山避兵送李长源归关中》、《半山亭招仲梁饮》、《送张君美往南中》、《刘时举节制云南》、《赠别孙德谦》(社交类9首)

> 《南溪》、《西窗》、《游黄华山》、《泛舟大明湖》、《西园》、《邓州城楼》(山水类6首)

> 《虞坂行》、《湘夫人咏》(乐府类2首)

这里把所收篇目稍作分类,可以看出王士禛选录的题材倾向,主要是艺术类(书画文玩)、社交类(赠别寄送)、山水类和乐府类。虽然少数诗篇涉及时政,如《女几山避兵送李长源归关中》、《虞坂行》,写到贞祐四年因蒙古南侵而避乱南渡的经历,多数还是描摹山水、品评书画和抒写友情的作品,

---

① 〔清〕王士禛《阮亭选古诗》卷首《凡例》,第327页。

元好问备受称誉的丧乱诗基本没有得到王士禛的关注。这样的选诗倾向，显然是王士禛诗学趣味的体现①。

实际上，仅就七言歌行的体式而言，王士禛是自拟陆放翁和元好问二家的，其笔记中自述曰："曹颂嘉禾祭酒常语余曰：杜、李、韩、苏四家歌行，千古绝调，然语句时有利钝。先生长句，乃句句用意，无瑕可攻。拟之前人，殆无不及。余曰：惟句句作意，此其所以不及前人也。四公之诗，如万斛泉源，不择地而出，行乎其所不得不行，止乎其所不得不止。余诗如鉴湖一曲，若放翁、遗山已下，或庶几耳。"②这当然可能只是谦词，不过也能说明，仅就七古而言，王士禛与陆放翁、元好问都是学杜的同路人和竞争者。后来梁章钜也看出这一点，他在《读渔洋诗随笔》中指出："《故明景帝陵怀古》一首，选事配词，皆极点按切，无一字涉空支架。谁谓先生专以不着一字为高乎。此种七言诗直接杜、苏，正恐放翁、遗山集中选不出也。"③

3. 论诗绝句的效仿

在论诗绝句这种批评文类的谱系中，元好问作于金末的《论诗三十首》，并非问世伊始就受到足够的关注，康熙初年王士禛所作《戏效元遗山论诗绝句》，是最早明确声称继承这种系列化评骘前代诗人的批评传统的一组作品④。王士禛自称："予康熙癸卯在扬州，一日雨行如皋道上，得《论诗绝句》四十首，盖仿元裕之作。"⑤这次公务旅行途中的效仿之作，后来得到南北士大夫的关注，康熙六年吴江计东为这组诗写下《读阮亭诗记》一文，康熙二十一年仪封王世治为渔洋诗与计东文，征集士大夫诗歌纪事，并付诸版刻。

王士禛的效仿之作不仅引起关注，更激发清人继续效仿的热情，例如袁

---

① 元好问《西园》题下自注："兴定庚辰八月中作。"可知是金宣宗兴定四年（1220）元好问赴汴京秋试所作，是吟咏北宋都城的咏史诗，并非凭吊金朝灭亡的丧乱诗。然而，王士禛《冬日读唐宋金元诸家诗偶有所感各题一绝于卷后凡七首》其六曰："载酒西园追昔游，画阑桂树古今愁。兰成剩有江南赋，落日青山望蔡州。"（《渔洋精华录集释》卷四，第645页。）似乎是将《西园》理解成丧乱诗。

② 〔清〕王士禛《分甘余话》卷三"曹禾论诗"条，张世林点校，中华书局1989年版，第63页。

③ 《渔洋山人精华录》所收《题张敦复大宗伯赐金园图》，诗中有二句曰："鉴湖一曲落公手，草木云岚荷深眷。"姚鼐评此诗说："此等题固难以出奇，而此诗乃太平易。"（周兴陆编《渔洋精华录汇评》，济南：齐鲁书社2007年版，第556页。）

④ 这样的说法是基于郭绍虞等编《万首论诗绝句》的收录，并非出于完全的统计。

⑤ 〔清〕王士禛《居易录》卷十九，第536页。案：王士禛论诗绝句组诗，据《居易录》和《渔洋诗话》所记，是四十首，这是初稿的数量。康熙八年所刊《渔洋山人诗集》二十二卷，卷十四收录《戏效元遗山论诗绝句三十六首》，实际只有三十五首。康熙五十年作为全集刊行的《带经堂集》，收录与此相同。康熙三十八年锡山黄氏刊本，卷二收《戏效元遗山论诗绝句三十四首》，实际只有三十三首。而作为自选集问世的《渔洋山人精华录》，所收最少，只有三十二首。这是王士禛不断删汰的结果，其中五首已无由得见。

枚《仿元遗山论诗》三十八首、谢启昆《读全唐诗仿元遗山论诗绝句一百首》、《读全宋诗仿元遗山论诗绝句二百首》、《读中州集仿元遗山论诗绝句六十首》、张晋《仿元遗山论诗绝句六十首》、马长海《效元遗山论诗绝句四十七首》等，凡数十家。在后来者的效仿中，王士禛与元好问通常相提并论，如谭宗浚《补元遗山王渔洋论诗绝句》四十八首、宫尔铎《读元遗山王渔洋论诗绝句爱其文词之工惜其所言尚非第一义漫成此作以质知音》二十五首。钱大昕明确指出王士禛在这一批评传统的形成中的作用："元遗山论诗绝句，效少陵'庾信文章老更成'诸篇而作也。王贻上仿其体，一时争效之。厥后宋牧仲、朱锡鬯之论画，厉太鸿之论词论印，递相祖述，而七绝中又别启一户牖矣。"①

王士禛论诗绝句对元好问的效仿，撇开具体观点的异同不谈，至少有如下相同之处：

其一，都是少壮之作。翁方纲指出："此诗作于康熙元年壬寅之秋，先生年二十九岁，与遗山之作，皆在少壮。然二先生一生识力，皆具于此，未可仅以少作目之。"②

其二，都致力于古今诗歌源流的清理，都从建安说起，依次评骘历代诗家，尤其注重近代诗歌的批判，带有现实的诗学关怀。翁方纲指出："论诗从建安说起，此二先生所同也，然渔洋则未加品骘也。"③

其三，品骘语言的袭用。如王士禛组诗其十九"不独文场角两雄"句，点化元好问组诗其二"四海无人角两雄"句。

其四，论述观点的回应。元好问论黄庭坚诗一首曰："古雅难将子美亲，精纯全失义山真。论诗宁下涪翁拜，未作江西社里人。"王士禛也有相应的一首："涪翁掉臂自清新，未许传衣蹑后尘。却笑儿孙媚初祖，强将配飨杜陵人。"又五年后《冬日读唐宋金元诸家诗题后》中，关于黄庭坚的一首曰："瓣香只下涪翁拜，宗派江西第几人。"朱东润对此指出："渔洋之论，原本遗山。"④翁方纲则批评说："不过随手套袭遗山之句调。"⑤又如翁方纲《石洲诗话》卷八指出，在韦、柳孰高孰低，以白继陶还是以韦继陶，以及李商隐《锦瑟》诗的笺释等问题上，王士禛都对元好问的论述作出回应。

---

①　〔清〕钱大昕《十驾斋养新录》卷十六，杨勇军整理，上海：上海书店出版社 2012 年版，第326 页。
②　〔清〕翁方纲《石洲诗话》卷八《王文简戏仿元遗山论诗绝句三十五首》，第 239 页。
③　〔清〕翁方纲《石洲诗话》卷八，第 239 页。
④　朱东润《王士禛诗论述略》，载氏著《中国文学论集》，北京：中华书局 1983 年版，第 97 页。
⑤　〔清〕翁方纲《石洲诗话》卷八，第 245—246 页。

4. 济南的书写

蒙古太宗七年(1235)七月,元好问应友人邀请而有济南之行,前后凡二十日,有《济南行记》一文,记述游历的情况,并称:"前后所得诗凡十五首,并诸公唱酬附于左。"①这些吟咏济南山水的纪游诗,全部保存在传世的遗山诗集中:

> 《济南杂诗十首》(七绝)
> 《历下亭怀古分韵得南字》(五古)
> 《舜泉效远祖道州府君体》(五古)
> 《泛舟大明湖》(七古)
> 《绣江泛舟有怀李郭二公》(七律)
> 《华不注山》(七律)

其中《济南杂诗十首》其十:"日日扁舟藕花里,有心长作济南人。"效仿的是苏轼贬谪岭南时所写的"日啖荔枝三百颗,不辞长作岭南人"(《惠州一绝》)。同时所作题画诗《题解飞卿山水卷》又说:"羡杀济南山水好,几时真作卷中人。"此时的元好问,家国破亡,羁管山东,明丽的济南山水无疑是遣情散怀的绝佳去处。

元好问书写济南山水的诗篇,得到济南府新城人王士禛的特别关注和欣赏。

其一,在康熙六年的遗山诗集批点本上,王士禛留下这样两条批语:
卷六《泛舟大明湖》墨笔眉批:"遗山爱吾乡山水如此。"
卷十七《济南杂诗十首》朱笔眉批:"元公留意吾乡山水如此。"
其二,在《居易录》中,王士禛指出:"元遗山济南赋咏尤多而工,如'济南山水天下无'、'鹊山寒食泰和年'等句,古今脍炙,具载遗山集。"②"鹊山"句,出元好问《济南杂诗十首》其四,而"济南"句实非元好问所作。施国祁已经指出:"若《居易录》引句云'济南山水天下无',乃于钦句。"③对元好问的济南书写,王士禛想必印象深刻,以至于将元人于钦的《历山》诗句误作元好问诗。

其三,王士禛作于康熙三年(1664)扬州红桥的《冶春绝句二十首》,其

---

① 狄宝心《元好问文编年校注》卷四,北京:中华书局 2012 年版,第 360 页。
② 〔清〕王士禛《居易录》卷三十四,第 747 页。
③ 〔清〕施国祁《元遗山诗集笺注》卷首《例言》,第 19 页。

十九:"故国风流在眼前,鹊山寒食泰和年。邗沟未似明湖好,名士轩头碧涨天。"引用元好问的"鹊山"句,诗句后自注:"元遗山济南诗句。"藉以抒发故土情怀。后来翁方纲稍显夸张地断言:"渔洋先生平生追摹元遗山,只在'鹊山寒食泰和年'一句,此亦三昧之发凡也。"①朝鲜李朝诗人申纬也附和地指出:"雄词沥液于群编,摹写三唐岂仅然。记得渔洋心印处,鹊山寒食泰和年。"②

其四,《古诗选》所录元好问诗,《泛舟大明湖》是济南之行所作,《赠别孙德谦》"鹊山一带伤心碧",提及济南山水。

其五,有关济南的考辨笔记,不时引用元好问的济南诗文,如《香祖笔记》卷十二、《池北偶谈》卷十四载苏轼所书"读书台"石刻,引用元好问《济南行记》;又如考证绣江发源时,引用元好问《泛舟大明湖》及《济南行记》③。

王士禛一生写下很多描写济南山水的诗篇,让他早年名满天下的《秋柳四首》,正是写于济南大明湖畔。对于同样喜爱济南山水的前辈名家元好问,王士禛的认知和评价,除去诗史层面的理性观照外,想必会多出一份亲切的感受。王士禛的神韵诗学蕴育于早年的济南书写中,在这一过程中,元好问的济南诗篇受到关注,想必不只是故土情怀的缘故,翁方纲和申纬的观点也许不为无见,渔洋心印处的元好问,与神韵诗学的形成也许不无关系。

二、关于神韵诗学的起源

1. 田雯的评论

王士禛的友人田雯(1635—1704),济南府德州人,与王士禛同样关注元好问的济南书写,并且意识到元好问济南书写与王士禛的联系。田雯曾有评论金元诗歌的一组论诗绝句,其一即评元好问:"千年风雅遗山体,半格堂堂妙入神。商略论诗三十首,如公直作济南人。"④在田雯的评论中,元遗山诗远溯风雅,自成一体,绝句诗(半格)尤其可观,达到"妙(悟)入神"的境界,并特别拈出其中的论诗绝句。后二句将元好问《论诗三十首》与济南联系起来,这种理解源于田雯将元好问《济南杂诗十首》误作论诗绝句的记忆:

---

① 〔清〕翁方纲《小石帆亭著录》卷五《七言诗三昧举隅》,民国十三年(1924)博古斋影印《苏斋丛书》本。

② 〔韩〕申纬《警修堂全稿》,《朝鲜文集丛刊》第13辑,朝鲜民族文化推进会1988年版,第97页。案:诗后自注引翁方纲《小石帆亭著录》卷五的评论。

③ 〔清〕张宗柟纂集《带经堂诗话》卷十三《遗迹类上》,第340页。

④ 〔清〕田雯《古欢堂集》卷十五《读元人诗各赋绝句》其一,《景印文渊阁四库全书》1324册,第191页。

"古来论诗者,子美《戏为六绝句》,义山《漫成五章》,东坡《次韵孔毅父五首》,又《读孟郊诗二首》,遗山'汉谣魏什'云云三十首,又《济南杂诗十首》,议论阐发,皆有妙理。"①这且不提,田雯又对《济南杂诗十首》其一"有心长作济南人"一句,留有深刻印象,并由此将元好问济南题咏与王士禛比较高下:"吾乡边李有前民,趵突泉头墨迹新。眼底渔洋蚕尾外,诗人空作济南人。"在这首论诗绝句中,末句有一条自注:"元遗山云'有心长作济南人'。"②

在以上所引田雯那些夹杂失实记载的评论中,元好问的绝句诗,与济南书写,与济南人王士禛联系起来,并从而与王士禛推崇的"妙(悟)"、"入神"联系起来。田雯与王士禛交游密切,时常唱和论诗,并深谙渔洋诗学,想必注意到王士禛对元好问济南题咏的欣赏。这些论述应该不违王士禛之意。田雯的论诗绝句,大概是最早提及元好问与神韵诗学的联系的论述,虽然隐约不彰,却也终有遗响。

2. 翁方纲与郭绍虞的阐述

关于元好问与王士禛的联系,前引翁方纲《七言诗三昧举隅》指出王士禛平生追摹元好问,并具体举出元好问《济南杂诗十首》其四"鹊山寒食泰和年"一句,作为王士禛诗学三昧的发凡。在同一书中,翁方纲还举出元好问《湘夫人咏》一首,且称:"略举一篇,以印证渔洋法乳,要亦于神骨辨之。"③在《石洲诗话》卷七和卷八中,在分别疏释元好问《论诗三十首》及王士禛《戏效元遗山论诗绝句三十五首》时,翁方纲多次比较二家相关论述的差异,及其识见的高下。关于二家诗学的联系,翁方纲屡屡论及。其中最值得关注的一处,是翁方纲在评论元好问《论诗三十首》时,明确指出:"《论诗绝句》'奇外无奇'、'金入洪炉'二篇,即先生自任之旨也。此三十首,已开阮亭神韵之端矣,但未说出耳。"④

在翁方纲的阐述中,元好问是王士禛极力摹仿的前代诗人,王士禛所谓诗歌三昧的要义出于元好问诗,王士禛诗学法乳可在元好问诗中得到印证,王士禛的神韵诗学起源于元好问的诗学。这些阐述可谓独具只眼,足以发人深思,然而翁方纲并未对这些提法作出确实的论证,后来学者也很少再提及王士禛神韵诗学与元好问之间的联系。翁方纲的阐述,需要并且值得做一步的讨论。

在现代学者的论述中,神韵诗学的谱系是一份不断延长的名单,王士禛

① 〔清〕田雯《古欢堂集》卷十六《杂著·论诗》,第196页。
② 〔清〕田雯《古欢堂集》卷十四《论诗绝句(十二首)》其十二,第175页。
③ 〔清〕翁方纲《小石帆亭著录》卷五《七言诗三昧举隅》,《苏斋丛书》本。
④ 〔清〕翁方纲《石洲诗话》卷五,第155页。

是神韵诗学的集大成者,这是确定的,而他的前驱究竟有哪些诗家,并不确定。

郭绍虞《神韵与格调》(1937)一文,在神韵与格调的辨析中,讨论严羽与王士禛二家诗学的内涵。

吴调公《神韵论》(1991)一书,综论神韵诗学,并分述司空图、严羽和王士禛三家诗论。

王小舒《神韵诗学》(2006)一书,论述神韵诗学的历史流程时,提及钟嵘、皎然、司空图和严羽四家;又构建所谓神韵诗史,上起六朝清远派,中经唐代清澹派,下至明代古澹派,隐然划去中国诗史的半壁江山。

黄继立《"神韵"诗学谱系研究——以王渔洋为基点的后设考察》(2008)一书,构建以王士禛为基点的神韵诗学谱系,包括钟嵘、皎然、司空图、姜夔、严羽、徐祯卿、薛蕙和孔天胤。

张静尹《清代诗学神韵说研究》(2010),追溯神韵诗学的理论渊源时,论及钟嵘、司空图、严羽、胡应麟和陆时雍五家。

综合诸家所论,神韵诗学的谱系已经包含如下诗家与诗论:钟嵘《诗品》的滋味和直寻,皎然《诗式》的文外重旨,司空图《二十四诗品》的韵外之致,姜夔《白石道人诗说》的自然高妙,严羽《沧浪诗话》的兴趣和妙悟,徐祯卿《谈艺录》的明隽清圆,薛蕙《西原遗书·论诗》的神韵为胜,胡应麟《诗薮》的兴象风神,陆时雍《诗镜》的神韵生气,以及孔天胤《文谷集》的清远为尚。

然而,在神韵诗学谱系的不断增订中,翁方纲拈出的元好问几乎没有受到任何关注。仅有的沿述,出自袁励准(1876—1935)《历朝七绝正宗》和郭绍虞(1893—1984)《元好问论诗三十首小笺》。袁励准此选收录遗山二首,《俳体雪香亭杂咏》其十四,《济南杂咏》其四,都是受到王士禛称赏的诗作,卷首自序称:"元好问开神韵之端。"①只是复述翁方纲的断言,没有进一步的评论。郭绍虞《小笺》的体例,据其《后记》所述:"以翁方纲、宗廷辅二家之说为主,而加以笺释,有时阐发,有时批评,有时博采其他各家的意见以为参证之助。"②郭绍虞由此注意到翁方纲《石洲诗话》的有关阐述,并表示认同:"翁方纲说:'此三十首已开阮亭神韵之端矣,但未说出耳。'这话亦不是无所见的。"③

---

① 袁励准《历朝七绝正宗》,民国21年(1932)恐高寒斋印本。
② 郭绍虞《元好问论诗三十首小笺》,北京:人民文学出版社2001年版,第86页。
③ 郭绍虞《元好问论诗三十首小笺》,第91页。

在元好问与神韵诗学的联系问题上，郭绍虞大抵认同翁方纲的断言，然而他们各自的着眼点并不完全相同。翁方纲着眼的具体诗篇，如前所引，主要是《论诗三十首》其二十二与其二十六两首；而郭绍虞着眼的诗篇，主要是其十一。他们涉及神韵诗学的阐述，也不完全一致。略述如下。

　　奇外无奇更出奇，一波才动万波随。只知诗到苏黄尽，沧海横流却是谁。（其二十二）
　　金入洪炉不厌频，精真那计受纤尘。苏门果有忠臣在，肯放坡诗百态新。（其二十六）

在《石洲诗话》卷七《元遗山论诗三十首附说》中，翁方纲对此二首的疏释并未涉及神韵，其二十二的疏释："读至此首之论苏诗，乃知遗山之力争上游，非语言笔墨所能尽传者矣。"其二十六的疏释："此章收足论苏诗之旨，即苏诗'始知真放本精微'也。"①这两首论苏诗是否贬词，学者异见歧出，未有定论。如前所引，翁方纲称此二首"即先生自任之旨也"，大概是说元好问一方面接踵苏轼，另一方面仍有不满苏诗之语而力争上游。元好问力争上游的方向，翁方纲没有明言，想必应该是与苏诗"更出奇"、"百态新"迥异。苏诗的新与奇，大抵呈现为博杂的取材、纵横的议论、显豁的抒情和发露的才学，与此迥异的方向，即偏重山水、含蓄蕴藉和自然兴会，就与神韵诗学相去不远。

　　眼处心生句自神，暗中摸索总非真。画图临出秦川景，亲到长安有几人。（其十一）

郭绍虞《小笺》曰："此亦尚悟之说。悟非脱离实际之谓，故尚'眼处心生'。'眼处心生'，自然兴会超妙，接近神韵。盖元好问所谓'亲到长安'，与近人所谓'体验生活'，大有不同。近人所指，重在社会生活之现实生活，而元氏所言，只是自然界之景色而已。故其所论与主张模拟、仅能暗中摸索者相较，固高一着，而由于脱离社会生活，亦只能走上神韵一路而已。"②
　　在此书《后记》中，郭绍虞在论证元好问论诗主张的局限时，进一步指出："从现实的方面讲，偏重在自然景色的现实；从'自然'的方面讲，又比较

---

① 〔清〕翁方纲《石洲诗话》卷七，第 236 页。
② 郭绍虞《元好问论诗三十首小笺》，第 67 页。

偏于雅洁一边。这样一讲,于是说成豪放是一种境界,而雅洁是在艺术上更高的一种境界了。于是,他的疏凿微旨,本来不重在艺术标准的,反而滑向艺术方面去了。所以翁方纲说:'此三十首已开阮亭神韵之端矣,但未说出耳。'这话亦不是无所见的。"①

元好问在这首诗中,标举的是景物兴会、自然入妙的诗学,是古老的感物说的一种表述,"眼处心生"的提法,与钟嵘标举的"即目"、"直寻"相近。如果钟嵘可以列入神韵诗学的谱系,如前引王小舒、黄继立、张静尹所论,元好问自然也不妨名列其中。不过,郭绍虞的着眼点并不在于此,而是基于这样两点理由:一是反映论,元好问偏重自然景色,而脱离社会生活;二是风格论,元好问偏重艺术的标准,尤其推崇雅洁的境界。这两点无疑符合神韵诗的特征,然而尚未涉及神韵诗学的要义。

在明确提及元好问与神韵诗学的联系时,翁方纲与郭绍虞着眼的具体诗篇不同,而在另外两首的笺释中,他们的阐述虽然方向不同,但似乎都更加接近神韵诗学的要义。

斗靡夸多费览观,陆文犹恨冗于潘。心声只要传心了,布谷澜翻可是难。(其九)

排比铺张特一途,藩篱如此亦区区。少陵自有连城璧,争奈微之识珷玞。(其十)

前一首,翁方纲的疏释曰:"此首义与下一首论杜合观之。"②

后一首,翁方纲的疏释曰:"此首与上章一义,'排比铺张',即所云'布谷澜翻'也。然正须合前后章推柳继谢之义同善会之,然后知遗山之论杜,并非吐弃一切之谓耳。王士禛尝谓杜公与孟浩然不同调,而能知孟诗,此方是上下原流、表里一贯之旨也。其实元微之所云'铺陈终始'、'排比声律'与所谓'浑涵汪茫'、'千汇万状'者,事同一揆。而渔洋顾欲删去'相如'、'子云'一联,与其论谢诗欲删'广平'、'茂陵'一联者正同。然则遗山虽若与元微之异说,而其识力则超出渔洋远矣。"③

在翁方纲的阐述中,王士禛标举神韵,阴贬铺陈排比的杜诗,推重与杜不同调的孟浩然,而元好问虽是王士禛神韵诗学的开端,也对元稹推崇杜诗

① 郭绍虞《元好问论诗三十首小笺》,第90—91页。
② 〔清〕翁方纲《石洲诗话》卷七,第233页。
③ 〔清〕翁方纲《石洲诗话》卷七,第234页。

"铺陈终始"、"排比声律",表示异议,然而元好问的不满并非吐弃一切,而是认为"排比铺张"并非杜诗的极致,脱去铺陈的痕迹,臻至浑涵汪茫、千汇万状,这才是杜诗最可宝贵的品质①。在论杜的问题上,翁方纲认为元好问识力远超王士禛,言下之意应是,王士禛在排斥铺陈排比(文字、学问)的前提下标举神韵,而元好问则在超越铺陈排比的基础上追求神韵。翁方纲在此触及的是诗学中性情与文字、才性与学问的问题,这也是神韵诗学的要义之一。

前一首,郭绍虞笺释曰:"此即元好问论诗主温柔含蓄而不主铺排之意。"②

后一首,郭绍虞笺释曰:"元氏论诗以不主铺排,不尚议论,故转近于严羽妙悟之说。"③

在郭绍虞的阐述中,元好问批判"布谷澜翻"、"排比铺张",就是主张温柔含蓄,近于严羽的妙悟说。严羽是王士禛论诗极为推誉的前代诗家,在神韵诗学谱系中享有最为稳固的地位,妙悟说也是王士禛神韵诗学的要义。这样说来,在元好问与神韵诗学的联系上,郭绍虞已经触及根本的问题。

3. 元好问与神韵诗学

关于元好问与王士禛神韵诗学的联系,翁方纲与郭绍虞的阐述已经触及一些主要方面,如妙悟,风格,性情与文字,才性与学问等。然而,这一命题仍然有待更多的讨论。元好问诗论与王士禛神韵诗学诸要义的对照参证,想必有助于进一步釐清这一命题。

其一,作为术语的神、韵。

在王士禛之前,"神韵"一语只被偶尔提及,神韵诗学谱系上两位著名的诗家,司空图论诗讲到"韵"字,严羽论诗只举"神"字。元好问集中未见"神韵"一语,而"神"、"韵"二字各自出现数次。

> 篆籀入神,李阳冰之后一人而已。(《中州集》卷三《党怀英小传》)
> 画入神品。(《中州集》卷七《马天来小传》)
> 世之书法皆师二王,鲁直、元章号为得法,元章得其气,而鲁直得其韵。气之胜者,失之奋迅。韵之胜者,流为柔媚。而公则得于气韵之间。(《王黄华墓碑》)
> 气韵古赡,望之知为有道者。(《两山行记》)

---

① 翁方纲所云"浑涵汪茫"、"千汇万状"二语,出《新唐书》杜甫本传。元好问《杜诗学引》中有类似的评价,详见下文所引。
② 郭绍虞《元好问论诗三十首小笺》,第64页。
③ 郭绍虞《元好问论诗三十首小笺》,第66—67页。

　　眼处心生句自神,暗中摸索总非真。画图临出秦川景,亲到长安有
几人。(《论诗三十首》其十一)
　　邺下曹刘气尽豪,江东诸谢韵尤高。若从华实评诗品,未便吴侬得
锦袍。(《自题中州集后五首》其一)

　　其中多数用例是书画品评、人物衡鉴的术语,这是六朝以来的用语习
惯,只有后二例,在论诗绝句的文类中,"神"、"韵"用作诗学的术语。"眼处
心生句自神"一例,如上文所述,已得到郭绍虞"兴会超妙,接近神韵"的阐
述。而"江东诸谢韵尤高"一例,将"高韵"与"豪气"对举而论,这种表述方
式可以在王士禛集中找到相似的例子。

　　尚雄浑则鲜风调,擅神韵则乏豪健。(《蚕尾续文》二十《跋陈说岩
太宰丁丑诗卷》)
　　《中州集》诗"石鼎夜吟诗句健,吴囊春醉酒钱粗",豪句也。然不
如南唐"吟凭萧寺旀檀阁,醉倚王家玳瑁筵",风调娴雅。(《古夫于亭
杂录》卷一)

　　在王士禛的诗学体系中,雄浑、豪健与风调、神韵形成对立,二者不可兼
得,并且"豪句"不如"风调娴雅"之诗。这两类范畴的对立,近乎元好问的
"气"与"韵"的对举,不过褒贬立场正好相反。在元好问眼中,邺下曹刘的
豪气,与江东诸谢的高韵,都是值得称赏的品质,而豪气近乎实(意),高韵近
乎华(辞),在诗品上,前者略胜一筹。这大概是王士禛不能同意的。在神韵
是否诗歌至境的评价问题上,元好问与王士禛的看法正好相反。
　　其二,风格问题。
　　与"神韵"的评价相联系的,是风格取向及其相关的问题。
　　前引跋文中,王士禛所谓"神韵",义近"风调",是与雄浑、豪健相对立
的一种风格,这种风格,王士禛《池北偶谈》卷十八引用明人孔文谷的论述,
指实为"清远"。朱东润指出:"综斯以观,神韵之义,大体可知,盖单言曰
韵,重言曰神韵,又曰风神,累言之则曰兴会风神,指实言之则曰清远,而其
义则与雄浑、豪健对待者也。凡渔洋之说如此。"[1]
　　王士禛神韵诗学的风格取向如此,实际上与其先驱严羽的论诗并不相
合。关于诗歌的风格,或者更含糊地说,关于诗体,严羽《沧浪诗话》指出:

---

[1]　朱东润《王士禛诗论述略》,载氏著《中国文学论集》,第107页。

"其大概有二：曰优游不迫，曰沉着痛快。"①这种风格的分界，正如将词分成婉约、豪放二体一样，是一种可能失之武断的二分法，却也具有化繁为简的概括能力。近人陶明濬认为："古来诗人多矣，诗体备矣，严氏所云两大界限，实足以包举无遗矣。"②在严羽提出的风格分界上，王士禛推崇优游不迫，而不取沉着痛快。

与王士禛相比，在风格取向上，元好问论诗实际上更接近同时而异域的严羽。郭绍虞指出："元好问论诗虽尚豪迈，但于陶、柳之诗亦深致推许。此与苏轼诗风虽才气奔放，近于一泄无余，而其论诗则重在'天成'、'超然'之意相近。苏轼'南迁二友'乃是陶、柳二集，元氏论诗推崇陶、柳，亦是此意。"③元好问既崇尚豪迈奔放，也推许天成超然，正与严羽讲"大概有二"相近，在风格取向上，采取兼容并包的态度，而不是专主一格。

与风格取向相关的是诗学宗主的问题。王士禛论诗推崇王、孟、韦、柳，标举神韵宗旨的《唐贤三昧集》即不录李、杜，而严羽实际上更看重沉着痛快，并由此最为推崇杜诗，元好问的立场不太明朗，似乎介于二者之间。一方面，元好问对杜诗推崇备至，其《杜诗学引》曰："窃尝谓子美之妙，释氏所谓学至于无学者耳。今观其诗，如元气淋漓，随物赋形；如三江五湖，合而为海，浩浩瀚瀚，无有涯涘；如祥光庆云，千变万化，不可名状。"（《遗山先生文集》卷三十六）另一方面，元好问又对陶、韦等诗深表喜爱，如《继愚轩和党承旨雪诗四首》其二曰："今古几诗人，扰扰剧毛粟。吾爱陶与韦，泠然扣冰玉。"

这两方面在元好问眼中孰重孰轻，并不易确认。郭绍虞提出，元好问追求的"自然/天然"，包含豪放（壮美）和雅洁（优美）两种含义，他并且试图将二者统一起来，豪放是主要的，而雅洁可能是更主要的，最终要求豪放的雅洁化④。依此判断，元好问无可避免地走向神韵诗学的道路。郭绍虞的观点也许不无道理，然而，实际情况需要稍作辨析。

元好问兼取豪放与雅洁，并重李、杜与陶、韦的诗论，既不能简单地理解成不偏不倚的平等对待，也不能错误地理解成自相矛盾的混乱取向，实际上，元好问兼取并重的诗论指向不同的诗体，不应一概而论之。大抵而言，元好问于五言尚雅洁，推崇陶、谢、韦、柳等诗人；于七言尚豪放，推崇李、杜、韩、苏等诗人。这就涉及了古诗的五七言分界问题，包孕复杂，此不展开，留

① 郭绍虞《沧浪诗话校释》，北京：人民文学出版社1961年版，第8页。
② 郭绍虞《沧浪诗话校释》注引陶明濬《诗说杂记》卷七，第9页。
③ 郭绍虞《元好问论诗三十首小笺》，第72页。
④ 郭绍虞《元好问论诗三十首小笺》卷末《后记》，第88—90页。

待第三节专事讨论。

其三,诗与禅。

严羽论诗,讲禅讲悟,其《沧浪诗话·诗辨》曰:"大抵禅道唯在妙悟,诗道亦在妙悟。"①此说对宋以后诗学影响深远。王士禛诗学瓣香沧浪,神韵诗学的结穴正是讲诗禅关系,讲妙悟入神。元好问论诗也讲诗禅关系,也暗含妙悟之义,与神韵诗学不无相似之处,然而,同样讲禅讲悟,元好问与王士禛并不完全相同。

> 其语言三昧,盖不必置论。……余亦尝赠嵩山隽侍者学诗云:"诗为禅客添花锦,禅是诗家切玉刀。"(元好问《嵩和尚颂序》)
> 舍筏登岸,禅家以为悟境,诗家以为化境,诗禅一致,等无差别。(王士禛《香祖笔记》)

元好问并不抽象地讲诗禅关系,而是具体地讲诗对禅客的意义、禅对诗家的价值。添花锦和切玉刀的譬喻,大意是说,诗表现为修饰的言辞,禅有助于精微的思理。可见元好问讲诗与禅,更多地关注二者的差异。王士禛讲诗禅关系,着眼于学诗/禅修的进境,禅家悟境与诗家化境都是超越法度和语言文字的境界,在这一点上,诗与禅并无差别。可见王士禛更多地关注二者相同之处。在诗禅关系上,元好问与王士禛显然持见不同,循此而往,在如何看待语言文字的问题上,也有不同理解。

禅宗授法,讲不立文字,直指人心。王士禛以禅论诗,以禅入诗,论诗也就关注语言文字的问题。

> 表圣论诗,予最喜"不着一字,尽得风流"八字。(《香祖笔记》)
> 或问"不着一字,尽得风流"之说。答曰:……诗至此,色相俱空,正如羚羊挂角,无迹可求,画家所谓逸品是也。(《分甘余话》)
> 五字清晨登陇首,羌无故实使人思。定知妙不关文字,已有千秋幼妇词。(《戏效元好问论诗绝句》其二)

与禅宗的立场相同,王士禛有关语言文字的态度,讲不着一字,讲不关文字,讲无迹可求,都是一种否定的论述。渔洋门人王立极准确指出"神韵"的内涵:"大要得其神而遗其形,留其韵而忘其迹,非声色臭味之可寻,语言

---

① 郭绍虞《沧浪诗话校释》,第12页。

文字之可求也。"①对于神韵诗学而言,语言文字只是一种应该遗忘的形迹,神韵并不在于文字。然而,神韵不在文字,也不离文字。王士禛自然知道诗言志的古训,知道诗本身就是一种外在显现的言。对文字的否定最终只能落实为文字的技巧,如讲抒情要蕴藉含蓄,意在言外,咏物要不即不离,精切超脱,要绝去形容,略加点缀,要真中有幻,寂中有音。

元好问有关语言文字的态度,不同于禅宗,并且自觉意识到这种不同。

> 方外之学,有"为道日损"之说,又有"学至于无学"之说。诗家亦有之。子美夔州以后,乐天香山以后,东坡南海以后,皆不烦绳削而自合,非技进于道者能之乎? 诗家所以异于方外者,渠辈谈道,不在文字,不离文字;诗家圣处,不离文字,不在文字。唐贤所谓"情性之外,不知有文字"云耳。(《陶然集序》)

> 故由心而诚,由诚而言,由言而诗也,三者相为一。情动于中而形于言,言发乎迩而见乎远。……情性之外,不知有文字。(《杨叔能小亨集引》)

"为道日损",是道家之说,"学至于无学"是佛学之说,元好问统称之为方外之学,并藉以论诗。方外与诗家对待文字的不同在于,方外之学所谈论的道,是不依赖于文字而自足存在的,却又需要通过文字开示传授;而诗不能离开文字而独立存在,但诗的极致又必须在文字之外寻求。由此可见,元好问始终坚持诗不同于道的本质,诗学不同于方外之学的根本。这个本质和根本就是对文字的重视和超越,技进于道,就是由讲究文字技巧而最终不烦绳削的过程。这一点与王士禛的否定论述迥然不同。

王士禛讲否定文字之后,得到的是神韵,而元好问讲超越文字之后,得到的是情性。神韵虚,情性实,二者并不相同,并且王士禛的神韵求之于顿悟,而元好问的情性需要学识积累和人生阅历。然而,元好问的主情说仍然包含走向神韵诗学的可能,《陶然集序》中前后不一的论述微露端倪。

在前引《陶然集序》一段中,元好问举出三位技进于道的诗人:夔州以后的杜甫、香山以后的白居易、南海以后的苏轼。而在此序的下文一段,名单悄然发生变化。

> 以吾飞卿立之之卓,钻之之坚,得之之难,异时霜降水落,自见涯

---

① 〔清〕王立极《唐贤三昧集后序》,载王士禛《唐贤三昧集》卷末,清康熙间刻本。

涘。吾见其溯石楼,历雪堂,问津斜川之上,万虑洗然,深入空寂,荡元气于笔端,寄妙理于言外。(《陶然集序》)

在这段勉励友人的文字中,元好问设想杨鹏(字飞卿)日后的诗学进境,沿溯白居易(石楼),经历苏轼(雪堂),问津于陶渊明(斜川)。与前段相比,沉着痛快的杜甫,置换成悠游不迫的陶渊明。这一变化,或许与杨鹏的诗风有关,杨鹏最后要成为的是陶渊明那样的诗人。而杨鹏最终臻至的境界,所谓"万虑洗然,深入空寂",已经近于神韵。这一变化似乎也与诗体有关。在元好问构建五言古诗的谱系中,陶、苏都在论述之列,白则是陶的继承者①,而杜甫不在其中。这同样涉及五七言分界问题,也留待第三节专事讨论。

以上三方面的对照表明,在元好问的诗学话语中,神韵诗学范畴内的相关表述已经出现,近乎神韵的风格境界受到推崇,神韵诗学以禅论诗的言论也屡见不鲜,然而,与王士禛论诗专主神韵不同,神韵取向的诗学只是元好问论诗的一部分,甚至也不是重心,自然雅正的情性和浑涵浩瀚的境界,才是元好问追求的极致。翁方纲提出的命题,元好问开启王士禛神韵之端,固然可以成立,神韵诗学谱系中增入元好问之名,也名正言顺。不过,开端与集成的关系,正如椎轮之于大辂,渊源关系不妨追溯,彼此的差异也须明白指出。

三、关于五七言分界说

1. 五七言分界说的提出及其内涵

在元好问与神韵诗学的联系问题上,王士禛《古诗选》五言不取元好问等宋以后诗人,而专取其七言,已经透露出诗体的要素。在元好问与王士禛的诗学中,五言与七言各自的取向有何不同,便是不能回避的问题。这就是清人许昂霄揭橥的五七言分界说。

清乾隆间,张宗柟纂集王士禛论诗资料,编成《带经堂诗话》三十卷,卷首自序记下许昂霄对他发表的一番言论。

会花溪许蒿庐昂霄先生馆涉园久,课诸弟之暇,晓腷夜爇,辄取公诗话为余拈示。余间有所质,亦相说以解。尝谓余曰:"诗中五言、七言之界,谈诗家未有及之者;自遗山发其端,至新城而大畅其说。亦犹词中小令、慢词之界,填词家亦无有言者;自玉田发其端,至秀水而直揭

---

① 元好问《论诗三十首》其四自注曰:"陶渊明,晋之白乐天。"

其旨。皆所谓惊世绝俗之谈,至当归一之论,断千百年公案者也。知五七言之分,则知古今体之合矣。君既寝味渔洋,盍汇编诗话,以资解悟。"①

在许昂霄的论述中,五言与七言分界的命题,发端于元好问,而在王士禛手中得到充分的表述。载籍所见,许昂霄即使不是唯一,想必也是最先清楚揭橥五七言分界说的批评家,而在他看来,这一命题是谈诗家从未论及的"惊世绝俗之谈,至当归一之论"。许昂霄的论述,与翁方纲的说法相似,再次把元好问和王士禛在某一命题上联系起来,并揭示二人之间椎轮大辂的渊源关系。

记述许昂霄这番言论的张宗柟,显然认同这一观点,在纂集渔洋诗话时重申此说,并补充许昂霄的另一段论述和自己的意见。

山人选诗大旨,具此凡例中,其于五七言分界处,不啻开钥以示矣。顾耳食者群怵于盛名,而漫不加省;腹诽者致疑于创论,而靡所适从。不知源流派别,唐宋诸贤特未尽言,至遗山微引其端,山人乃从而大畅其旨耳。曩时蒿庐先生跋所钞遗山诗曰:陵川郝伯常氏作元氏墓铭云:先生以五言雅为工,而出奇于长句杂言。余观集中有《东坡诗雅引》云:"五言以来,六朝之谢、陶,唐之陈子昂、韦应物、柳子厚,最为近风雅。自余多以杂体为之。杂体愈备,则去风雅愈远,其理然也。"又有《别李周卿诗》:"古诗十九首,建安六七子。中间陶与谢,下逮韦柳止。"乃知王士禛《五言诗凡例》,其论实本于此。读书如吾友,方许具只眼。若歌行大篇,杜、韩、苏三家卓绝千古。后学笔力苦屛,又未识其波澜意度所在,因而束身中晚,或则哆口初唐,摹拟徒工,意境愈狭矣。益叹山人所钞与元氏吻合,固至当归一之论也。②

这段话是《带经堂诗话》卷四《纂辑类》第二条之后附加的按语。《纂辑类》第一、二条,分别是王士禛所辑《古诗选》的《五言诗凡例》和《七言诗凡例》,可见张宗柟的按语是为王士禛的《古诗选》而发。换言之,王士禛有关五七言分界的表述,主要见于《古诗选》。

在补充的论述中,许昂霄引述元好问一文一诗的两个片段,明确指认王

————————————

① 〔清〕张宗柟纂集《带经堂诗话》卷首自序,第1—2页。
② 〔清〕张宗柟纂集《带经堂诗话》卷四《纂辑类》,第97页。

士禛《五言诗凡例》实本于此。许昂霄的简略引证,将五七言分界说集中到二家有关五言诗的论述上,不及七言诗。张宗柟补入有关七言诗的观点,没有引证元好问的论述,只是隐约地提出,在推崇杜、韩、苏的七言诗(歌行大篇)的取向上,王士禛《古诗选》与元好问相吻合。

在五七言分界的命题上,元好问与王士禛之间究竟有无联系,有何异同,许昂霄独具只眼,提出创论,又经张宗柟记载与阐述,足以表彰前贤而启示后学,然而引证简略,未成定论,仍需更加详实的讨论。

在进一步讨论之前,先要明确五七言分界说的内涵。

五七言分界说的要义,如许昂霄所论,是"知五七言之分,则知古今体之合"。一分一合的意思是,关注五言与七言的分界,同时主张古体与近体的融合,更重视诗型的差异而忽略格律的不同,在兼容混同古近体的前提下,区别五言诗与七言诗。这才是许霄昂揭橥的惊世绝俗之谈,令耳食腹诽之流漫不加省、靡所适从的创论。

许昂霄的创论,至今只得到张宗柟的传述和认同,然而张宗柟也不是真正的知音。在《带经堂诗话》卷首《纂例》中,张宗柟明确地将五七言分界置于古体的范畴之内:"古诗中五言七言分界,与平仄抑扬字例,自来诗话鲜有详者。唯《诗问》一帙,载山人答语,发前贤所未发。"①如上文所引,张宗柟同样明确地将五七言分界说与《古诗选》联系起来。可见,张宗柟理解的五七言分界说,从来与近体无关,只是五言古诗与七言古诗的分界问题。许昂霄自己的阐述,也许可以提供更全面的引证,然而别无载籍可稽,只能依赖张宗柟的记载,从而限定于《古诗选》的话题,这样一来,许昂霄似乎也不能完全阐述他自己提出的创论,他所引证的资料也都限于古体的范畴。由此,在张宗柟的记载中,许昂霄的五七言分界说不可避免地转变成古体诗的五七言分界说。

同样地,下文以五七言分界说为中心,讨论元好问与王士禛的联系,必然不能遵守许昂霄创论的要义,而只能依据元好问与王士禛论诗的实际情况,将讨论的问题限定在古体诗的范畴内。

2. 元好问与五七言之分界

遗山集中未见正面讨论五言诗与七言诗异同的资料,更未见直接涉及五七言分界说的言论。许昂霄指认元好问为这一命题的发端的理由,由其简略的引证看,是出于元好问明确构建五言古诗谱系的努力,以及潜在地构建七言古诗谱系的观念。

────────────

① 〔清〕张宗柟纂集《带经堂诗话》卷首,第3页。

　　风雅久不作，日觉元气死。诗中柱天手，功自断鳌始。古诗十九首，建安六七子。中间陶与谢，下逮韦柳止。诗人玉为骨，往往堕尘滓。衣冠语俳优，正可作婢使。望君清庙瑟，一洗筝笛耳。（《别李周卿三首》其二）

　　元好问在此诗中推举的犹存风雅的《古诗十九首》、建安七子、陶渊明与谢灵运，都是近体出现之前的五古大家，而韦应物和柳守元虽然生活在近体确立以后的中唐，却都以五古著称。陶、谢、韦、柳都是王士禛神韵诗学标举的诗人。

　　五言以来，六朝之谢、陶，唐之陈子昂、韦应物、柳子厚最为近风雅，自余多以杂体为之，诗之亡久矣。杂体愈备，则去风雅愈远，其理然也。近世苏子瞻绝爱陶、柳二家。极其诗之所至，诚亦陶、柳之亚。然评者尚以其能似陶、柳，而不能不为风俗所移为可恨耳。夫诗至于子瞻，而且有不能近古之恨，后人无所望矣。乃作东坡诗雅目录一篇。（《东坡诗雅引》）

　　元好问在此文中标举最近风雅的诗人，陶、谢、韦、柳之外，又增入提倡汉魏诗的陈子昂，文中所谓"五言"，显然也是指五古。此外的诗人，包括伟大的苏轼，都不能不为风俗所移而无法接近风雅。这里所谓"五言"，实指五言古诗，而不是包容古近体的五言诗。

　　柳州《戏题阶前芍药》，东坡《长春如稚女》及《赋王伯扬所藏赵昌画梅花》、《黄葵》、《芙蓉》、《山茶》四诗，党承旨世杰《西湖芙蓉》、《晚菊》，王内翰子端《狱中赋萱》，凡九首。予请闲闲公共作一轴写。因题其后云："柳州怨之愈深，其辞愈缓，得古诗之正，其清新婉丽，六朝辞人少有及者。东坡爱而学之，极形似之工，其怨则不能自掩也。党承旨出于二家，辞不足而意有余。王内翰无意追配古人而偶与之合，遂为集中第一。大都柳出于雅，坡以下皆有骚人之余韵，所谓生不并世俱名家者也。"（《中州集》卷三王庭筠《狱中赋萱》诗后注）

　　元好问请同样推崇陶、韦的赵秉文书写的九首诗，经查证，都是五古，四位作者中的柳、苏已出现在前引片段中，另外两位则是金代的党怀英和王庭筠①。这

---

　①　元好问《赵闲闲书拟和韦苏州诗跋》："百年以来，诗人多学坡谷，能拟韦苏州、王右丞者，唯公一人。唯真识者乃能赏之耳。"（《金文最》卷四十九）

三段引文表明,元好问试图构建的是一种五古的谱系,在这一谱系中,风雅是诗歌的依归,接近风雅即是正体,反之则是杂体,代表诗人有建安诗人、陶、谢、韦、柳。至于苏轼,虽然明知向上一路并爱而学之,最终仍有不能近古的遗憾。

　　元好问推崇的另一些诗人,李、杜、韩、苏等,没有进入他所构建的五古谱系中。这当然不是贬低的评定,而是分而论之的区别对待。李、杜、韩、苏擅长的是长言大篇,而非陶、谢、韦、柳擅长的五言短古,各自取向不同,各有渊源流派。与明确构建的五古谱系相应,七古的谱系虽未明白说出,也已经隐然可指。元好问作为五七言分界说的发端,理由就在于此。

　　元好问论诗兼重豪放与雅洁两种风格,实与五七言分界说相表里。而郭绍虞称元好问试图统一两种风格,并最终追求豪放的雅洁化,这种提法并不完全准确。从五七言分界的角度看,元好问五言追求雅洁,七言追求豪放,因为更加推重五言,从而更多地标榜雅洁,然而两种风格各适其体,并不要求二者统一,更不要求专主一格。

　　3. 王士禛与五七言之分界

　　在许昂霄和张宗柟眼中,王士禛《古诗选》是五七言分界说的明确表述。这一论断在古体的范围内是没有疑义的。在《古诗选》中,五言诗十七卷,所收止于唐人,并不录杜诗;七言诗十五卷,以杜为宗,所收下至元明诸家,二者之间分界瞭然,各成脉络。

　　《古诗选》之外,王士禛还多次对门人谈及五古与七古的不同:

　　　　问:五言古、七言古章法不同如何?

　　　　章法未有不同者。但五言着议论不得,用才驰骋不得;七言则须波澜壮阔,顿挫激昂,大开大阖耳。

　　　　问:五言忌着议论,然则题目有应用议论者,只可以七言古行之,便不宜有五言体耶?

　　　　亦自看题目何如。但五言以蕴藉为主,若七言则发扬蹈厉,无所不可。

　　　　问:《唐贤三昧集序》"羚羊挂角"云云,即音流弦外之旨,不问有议论痛快,或以序事体为诗者与? 此相妨否?①

　　五古与七古的差异,看来是渔洋门人熟悉的话题。王士禛明确指出,五

①　〔清〕张宗柟纂集《带经堂诗话》卷二十九《答问类》,第 835、848 页。

言不适合应用议论,不得驰骋才学,应以含蓄蕴藉为主,而七言正好相反,大开大阖,无所不可。在王士禛的比较中,五言与七言具有截然不同的气质,五言内敛含蓄,七言发扬蹈厉,与七言相比,五言的气质显然更适宜神韵的表现。由此可见,王士禛的五七言分界说与其神韵诗学之间存在联系。

在五七言分界的问题上,王士禛与元好问的观点至少有三点相同之处:其一、五古与七古各有源流,应该分开讨论;其二、五古的谱系止于唐代,止于韦、柳;其三、五古的谱系排除诗圣杜甫。因此,有关五七言分界说,元好问发其端而王士禛畅其说,许昂霄的这一提法,在古体诗的范围内,可以成为定论。

4. 五七言之分界与神韵诗学

在元好问的论述中,隐而未彰的五七言分界说并不只是提出两种诗体的各自谱系,而是隐含了轻重高下的定位。遗山门人郝经在《遗山先生墓志铭》中评述其师的诗学,是"以五言雅为正,出奇于长句杂言"。五言是雅正,七言(长句)是出奇,这样说也许并不贬抑七言,而推重五言的意思则很明确。前引元好问几段有关五古的评论,屡言风雅、正体、近古,可知郝经的评述深得其师旨意。而在《论诗三十首》中,元好问细论作为"正体"的"汉谣魏什",批评"奇外无奇更出奇"的苏轼及其门下诗人,已在雅正与新奇之间作出褒贬的评定。在元好问的创作中,五古未必更加重要,而在其诗学体系中,五古是接近风雅的正体,享有更高的地位,因此得到再三的论述。

在这些有关五古的论述中,清远一派的陶、谢、韦、柳成为最重要的诗人,清新婉丽、含蓄蕴藉("怨之愈深,其辞愈缓")是最接近风雅的古诗正体,是朴淡疏越、一唱三叹的清庙之音。这些要素都透露出神韵诗学的端倪。

推重五言的观念,并非元好问的一家之言。晚唐司空图称赏王驾诗曰:"五言所得,长于思与境偕,乃诗家之所尚者。"①深受司空图影响的王士禛同样推重五言。

> 或问"不着一字,尽得风流"之说。答曰:太白诗:"牛渚西江夜,青天无片云。登高望秋月,空忆谢将军。余亦能高咏,斯人不可闻。明朝挂帆去,枫叶落纷纷。"襄阳诗:"挂席几千里,名山都未逢。泊舟浔阳郭,始见香炉峰。常读远公传,永怀尘外踪。东林不可见,日暮空闻钟。"诗至此,色相俱空,正如羚羊挂角,无迹可求,画家所谓逸品是也。②

---

① 〔唐〕司空图《司空表圣诗文集笺校》文集卷一《与王驾评诗书》,祖保泉、陶礼天笺校,合肥:安徽大学出版社 2002 年版,第 190 页。
② 〔清〕张宗柟纂集《带经堂诗话》卷三《入神类》,第 70—71 页。

在这段阐述司空图"不着一字,尽得风流"的评论中,王士禛援引作为例证的是李白《夜泊牛渚怀古》和孟浩然《晚泊浔阳望庐山》两首五言古诗,并提及严羽"羚羊挂角,无迹可求"的譬喻。

> 严沧浪以禅喻诗,余深契其说,而五言尤为近之。如王、裴辋川绝句,字字入禅。他如"雨中山果落,灯下草虫鸣","明月松间照,清泉石上流",以及太白"却下水精帘,玲珑望秋月",常建"松际露微月,清光犹为君",浩然"樵子暗相失,草虫寒不闻",刘眘虚"时有落花至,远随流水香",妙谛微言,与世尊拈花,迦叶微笑,等无差别。通其解者,可语上乘。①

在这段评论中,王士禛明确将严羽的譬喻与五言联系起来,实际上也是明确将神韵诗学与五言联系起来,七言未必不能表现神韵,而五言更适宜表现"羚羊挂角,无迹可求"的境界。清人李重华指出:"阮亭选《三昧集》,谓五言有入禅妙境,七言则句法要健,不得以禅以求之。余谓王摩诘七言何尝无入禅处,此系性所近耳。况五言至境,亦不得专以入禅为妙。"②批评集中于两点:一是七言亦有入禅妙境,并非五言独有;二是入禅妙境并非五言至境。前一点反对王士禛的五七言分界说,后一点反对王士禛过推神韵的宗旨,两点又相互关联。李重华的批判事关王士禛神韵诗学的整体评估,自然有其立论的理据,此不置论,仅就本文的议题而言,王士禛神韵诗学与五七言分界说的联系,在李重华的评论中,可以说得到清晰的揭示。

在翁方纲的阐述中,元好问是王士禛神韵诗学的开端,在许昂霄的阐述中,元好问是五七言分界说的发端,王士禛的论说则更加明晰,而神韵诗学与五七言分界说之间又存在紧密的联系,因此,翁方纲和许昂霄各自阐述中的元好问与王士禛的联系,貌似两个迥然不同的命题,实际上互为表里、互相支撑,并且都触及元、王诗学的根本宗旨。这样说来,元好问与王士禛之间的联系,就不只是偶然的一点相似,也不只是局部的某种共性,而是诗学宗旨上的根本相通和渊源相承。

令人不解的是,王士禛对司空图、严羽等人的诗学,屡加推誉,并在论述神韵时多次援引,明白标举,而对元好问的论诗主张,从未表示服善的姿态,也从未承认沾溉的事实。相反地,王士禛极力强调的是,元好问诗学以苏、

---

① 〔清〕张宗柟纂集《带经堂诗话》卷三《微喻类》,第83页。
② 〔清〕李重华《贞一斋诗说》,第929页。

黄为宗而未得王、韦之趣,五七言古体波澜顿挫而非清远古澹。在王士禛的论述中,神韵诗学的谱系上从未留有元好问的一席之位。然而,以上的考察表明,元好问是王士禛神韵诗学不可或缺的前驱之一,重要性实不亚于司空图和严羽。如翁方纲和申纬诸家所论,王士禛平生追摹元好问,渔洋心印处从来瓣香遗山,言辞之间或故作违心之论,或有意讳莫如深,致使诗学嫡传的渊源隐而不彰,其间想必另有深衷。

第十二章　元好问与词序的进化论

一、宋代的词序

晚唐、五代及北宋初的词,只有调名,或者称为词牌、曲牌。这一时期的词,所写内容往往和曲牌的本事相关,如《临江仙》,据柯素芝(Suzanne Cahill)的研究,描写的是扬子江的女神,具有超自然的主题,这一曲牌下的词作拥有共同的文学记忆、情节和语汇①。这一时期的词,一般用于宴会等社交场合的歌唱,被看重的是词的声情,词意如何倒是比较次要的。也就是说,这一时期的词还不是后来像诗歌一样的抒情言志的手段,所表达的往往是类型化的情感,如拟代性质的闺怨词就存在若干程序化的惯例。既然词还不是个体的自我抒情,那么,交待词人所处特殊情境和写作目的等功能的标题和序言,就不是非常必要的②。

词在早期仅有词牌而没有标题和序言,这与早期诗歌的情形相似。《诗经》中的诗没有题目,通常以首二字来标识一首诗。稍后的诗歌经常以杂诗、咏怀作为题目,实际上与无题相差无几。乐府诗的情形尤其相似,一开始仅有曲调名,后来随着古乐的消失,这些曲调名成为固定化的乐府古题。诗歌的题目,在魏晋以后,渐渐地具有实际的内容;而乐府诗在宋以后也可以在古题之下加上有关写作背景的标题或序言。词序在北宋以来的进化过程,与诗题也是相似的。

标题和序言在词中的出现,是与词的雅化、诗化的升格运动保持同一进程的现象。苏轼是这一进程中的关键诗人。他把词从宴会场合歌唱的小词

---

① Suzanne Cahill. "Sex and the Supernatural in Medieval China: Cantos on the Transcendent Who Presides over the River." *Journal of the American Oriental Society*, Vol.105. No.2. (Apr.–Jun., 1985), pp.197–220.

② 标题和序言之间很难有一个绝对的界限。大概说来,短语或简洁的句子构成标题,而若干句子组成的段落称为序言。序言的大量出现是比标题的流行更晚的现象。考虑到严格区别标题和序言并没有多大的意义,因此笔者在行文中一般不做区分,而是统称为"序"或"词序"。

提升到士大夫日常生活中吟咏的文类,把词视为和诗一样的自我抒情的体裁,同时他也成为最早广泛给词加上小序的词人之一。苏轼词中具有小序的作品,在其全部词作中占了半数左右。这种因为词的自我抒情传统的形成而带来的词在结构体制上的创新,在之后的宋代词人中得到广泛的接受。

在苏轼之后,在词序写作上值得关注的宋代词人是辛弃疾和姜夔。辛弃疾词绝大部分都有交待写作背景的词序,从使用词序的比例上,我们可以发现他更加坚定地把词视为自我抒情的有效手段。姜夔词中使用词序的比例也很高,据林顺夫的统计,姜夔现存84首词中只有4首没有词序。不过,姜夔对词序的发展更着重体现在结构的方面。林顺夫的研究表明,姜夔词的一些序言,具有相当长的篇幅和叙述上的自足性,并且与词构成相互作用的模式,一些序和词则形成某种戏剧张力的相互分离。林顺夫还提及,姜夔《扬州慢》(淮左名都)很像中国戏曲中说部和唱部的曲白相生的结构①。

二、词序的内容与功能

在姜夔之后,北方中国的元好问,以苏、辛词为学习的典范,传承了苏轼以来词的抒情传统,同样大量地写作词序。元好问词中具有词序的作品大概在半数左右,论比例不及辛、姜,但在结撰方式等方面则体现出一些非常独特的特征。

我们知道,诗歌更适合于抒情而不是叙事,词尤其如此。因此,词的写作情境需要借助散文的词序来显示给读者。词序最基本的功能,就是为词的抒情行为提供一个具有现实结构的特定背景,提示和帮助词中抒情行为的展开和完成。苏轼的词序基本上都属于这一种功能,辛、姜的很多词序也是这种功能,元好问词中符合这种基本功能的词序也占多数。这种类型的词序通常包含时间、地点、对象、事件等基本叙事要素中的若干项,并用数量不多的句子形成一个简洁的叙述。有时只用一个短语说明写作的年份、季节、场合,或赠送的对象。咏物词则往往只提示所咏对象的名称。考虑到这类词序的特点已在其他研究论著中得到详细的讨论,我在此就不再专门讨论元好问的这类词序。

除了交待写作情境之外,元好问的词序还体现了一些特别的结构和功能。其中一种常见的方式是在词序中训释词中相关的典故和语汇,为词中某些句子提供本事。如《水调歌头》(山家酿初熟)一首,词曰:"见说玉华诗

① 林顺夫《中国抒情传统的转变——姜夔与南宋词》,张宏生译,上海:上海古籍出版社2005年版,第41页、第50—60页。

老,袖中忘忧萱草,牛背稳于船。铁笛久埋没,雅曲竟谁传?"这首词涉及宋人刘几的轶事,见于朱弁《风月堂诗话》等典籍的记载。词序为读者提供了刘几轶事的基本叙述:"玉华诗老,宋洛阳耆英刘几伯寿也。刘有二侍妾,名萱草、芳草,吹铁笛、骑牛山间。玉华亭榭遗址在焉。"①当然,这则词序也提供了元好问与友人寻访少室山玉华谷刘几玉华亭榭遗址的基本写作背景。《水调歌头》(长安夏秋雨)一首,则在词序中提示了词中"判司官,一囊米,五车书"数句的本事,词序曰:"与钦叔饮,时予以同州录事判官入馆,故有判司之语。"②再如《促拍丑奴儿》(朱麝掌中香)一首,词序特别为词中"雁雁行"句的用语指明出处:"皇甫季真汤饼局。'二女则牙牙学语,五男则雁雁成行。'见司空表圣《一鸣集·障车文》。"③

　　这种自注本事和训释典故的词序,显然是为了帮助阅读。辛弃疾词中也经常出现这种类型的词序,其他词人也或多或少地使用这种做法。这说明这种方式并非属于某个词人的特殊做法,应该被当成有关词的体制的问题进行讨论。我想以前引《促拍丑奴儿》(朱麝掌中香)一首为例,做一些有限的推论。

　　《促拍丑奴儿》(朱麝掌中香)的词序提到这首词的写作背景是:"皇甫季真汤饼局。"所谓汤饼局是为庆贺小儿初生所摆设的筵席。因此,这首词很可能被用于筵席上的歌唱。在这样的场合,元好问觉得有必要向听众解释词中的可能难以理解或容易被等闲看过的词句。支持这种推论的一个旁证,是元好问在另外一个场合也化用了司空图这两句诗,但没有像这里的词序一样做出注释④。因此,这种带有注释功能的词序所面对的对象,可能是宴席场合中从事演唱的歌妓和文学修养不高的宾客。

　　元好问的另一类词序,存在着脱离词的抒情传统的倾向。如《满江红》(画戟清香)一首,词序曰:"郝仲纯使君守坊州,枉道过予于登封,同宿县西峻极寺。会予以事当往山中,仲纯留兵骑见候,且约别于洛阳。明日大雨,辇辙不可行,作此寄之。使君以贵胄起家,风流有文词,仕至凤翔治中南山安抚使,先保陕州有功,故篇中及之。"⑤这则序言可以"作此寄之"为界限,划分成为前后两个部分。前半部分交待了写作这首将寄给郝仲纯的词的缘

---

① 赵永源校注《遗山乐府校注》卷一,南京:凤凰出版社 2006 年版,第 1 页。
② 赵永源校注《遗山乐府校注》卷一,第 20 页。案:予,一本作李。
③ 赵永源校注《遗山乐府校注》卷二,第 25 页。
④ 元好问《遗山先生文集》卷四《常山倅生四十月能搦管作字笔意开廓有成人之量喜为赋诗使洛诵之》诗曰:"牙牙作群雁雁行,是中乃有常山郎。"
⑤ 赵永源校注《遗山乐府校注》卷一,第 146—147 页。

由;后半部分补充了郝仲纯的事功,目的是为词中"还又见、从容军骑,待州西北"数句提供本事。吴庠(1878—1961)怀疑后半部分可能是后来添加上去的:"此词以仲纯出守坊州,过访登封而作。词序云先保陕州有功,是已往事,故前结云'是往时曾护国西门'也。仕至凤翔治中南山安抚使,是未来事,不解何以叙入。据《中州集》小传,仲纯官安抚使乃正大末辛卯年,是年遗山官南阳令,八月内召,去登封久矣。意或词序使君以贵胄起家数语,乃后来加墨于初稿,编词时遂合为一耶。"①这种推测是有道理的。在写完这首词并寄给郝仲纯时,元好问显然没有必要在词序中介绍郝氏的事迹,就是前半部分的叙述对于当事人来说也是不必要的。元好问在聊城时期着手编辑《遗山新乐府》,添加小序的时间可能就在此时②。聊城时期,元好问开始致力于整理本朝历史和文学,《中州集》等典籍的编纂始于此时。《中州集》,包括《中州乐府》,都带有强烈的以诗存史的意图。与此相似,这里的添加郝仲纯事迹的词序,也应该是出于类似的以词存史的意图。

　　这种带着以词存史意图的词序,还可以举出一些例子。如《水调歌头》(云山有宫阙)一首,词序的文字数倍于词,既记载了金宣宗兴定四年元好问与雷渊、李钦叔同游嵩山玉华谷的经过,还完整录下了山中少姨庙壁间七言八韵的来源神秘的所谓《古仙人辞》,同时附录了雷渊当时题写在庙壁上的一篇跋文③。这种在词序中录存他人词作和文章的做法,恐怕是词史上很少见的现象。这种做法可能是出于保存某些文学文献的目的。不管元好问的主观意图如何,从客观效果上说,我们不能否认这一点。词序中载录他人词作的例子,还有《临江仙》(自笑此身无定在)这首为友人辛愿送行的词,词序中录存了辛愿以同一曲牌写作的留别词④。

　　以词存史和以词存文,已经背离了苏轼以来词的抒情传统。词序不再只是服务于词,也不是词的有机组成部分。这种类型的词序也许是元好问的独创,但并非词的体制本身自然演变的产物,而是基于一种更大的文化意图的个人行为。元好问在金亡后不久即致力于保存本朝文献的工作,搜集和整理文史资料,编纂史书和总集。以词序来保存文史,应该被视为与这些

---

①　吴庠《遗山乐府小笺》卷一,香港:中华书局香港分局1982年版,第28页。

②　元好问《遗山自题乐府引》有"岁甲午(1234年),予所录《遗山新乐府》成"云云,此时元好问尚被羁管于山东聊城。此引见于三卷系统的元好问词集,如弘治五年高丽刊本和《彊邨丛书》本,五卷系统的诸多刊抄本不见此引。

③　赵永源校注《遗山乐府校注》卷一,第13页。案:这首《古仙人辞》诗和雷渊的题跋也作为王渥《送裕之还嵩山》诗的附录,载元好问编《中州集》卷六。

④　赵永源校注《遗山乐府校注》卷二,页294。案:辛愿《临江仙》(河山亭留别钦叔裕之),载元好问编《中州乐府》。

工作相同性质的行为。

还有一类词序同样与词的抒情传统无关,这类词序的功能是指明词的拟古性质和对象。元好问词集中就有不少标明"效某某体"的词序,举例如下:

> 卷二《江城子》(蜀禽啼血染冰蕤)序:"效花间体咏海棠。"
> 卷二《促拍丑奴儿》(朝镜惜蹉跎)序:"学闲闲公体"。
> 卷三《鹧鸪天》(十步宫香出绣帘)序:"效朱希真体。"
> 卷三《鹧鸪天》(煮酒青梅入坐新)序:"效东坡体。"
> 卷四《思仙会》(人无百年人)序:"效杨吏部体。"①

正如拟古诗经常需要在诗题中指明摹拟的对象,这类词序的功能也是如此。与拟古诗对应,这类词作可以被称为拟古词。拟古词在北宋时期并不多见,这是因为拟古行为的出现必须以丰厚的传统为前提,随着词的传统不断地积累,可资借鉴和模仿的作品越来越多,词中的拟古行为才越来越常见。当然,元好问并非拟古词的始作俑者,他的老师赵秉文已有《缺月挂疏桐·拟东坡作》。甚至在北宋时,黄庭坚已有《菩萨蛮·戏效荆公作》。元好问的《阮郎归·独木桥体》可能直接仿效了黄庭坚的《阮郎归·效福唐独木桥体作茶词》,因为二词都以"山"为韵脚,并且都包含一句"别郎容易见郎难"。不过,在元好问之前,拟古词难得一见,是元好问才开始经常性地拟古。

元好问的拟古行为,是基于对词的传统的深刻认识。他在为友人的词集作序时,标举词史上值得尊敬的数位:苏轼、黄庭坚、晁补之、陈与义和辛弃疾。(《遗山先生文集》卷三十六《新轩乐府引》)在编辑自己的词集时,他与友人论词,作为参照的除以上所举诸位,还有秦观、贺铸与晏几道②。由此可见,元好问对于北宋以来的作词名家都有相当的了解,而这种了解正是拟古的基础。

以上讨论了元好问的三种词序的类型:训释词语、典故;以词存史、以词存文;拟古词。第一种类型中,词序明显地体现出依附于词、服务于词的性质,并不能形成一篇具有自主性、可以抽离出来的散文;第二种类型中,词序提供了超出阅读词的需要之外的材料,通常无法与词构成相生相成的结

---

① 以上分别见《遗山乐府校注》,第 195、249、367、369、598 页。
② 〔金〕元好问《遗山自题乐府引》,《彊邨丛书》本《遗山乐府》卷首。

构模式;第三种类型中,词序指明词的效仿对象,在内容上与词的正文并无联系。总之,这三类词序都不具有形成作品统一体的结构特征。

以下我们将讨论元好问词中一些具有特殊结构意义的词序,这些词序和姜夔一些词的序言一样,既是自足的散体文,又是能与词形成相互影响关系的叙述;这些词序还具有姜夔以及其他词人所没有的品格。

从现有的文献来看,我们不能确定元好问是否见过姜夔的词集。金和南宋对峙时期,南北中国的文学交流似乎不算发达,典籍的流布也不顺畅。南宋最著名的诗人如尤、杨、范、陆,仅杨万里明确见诸金代典籍的记载,元好问对他们即使不是闻所未闻,至少并不熟悉①。元好问在列举宋代著名词人时说:"坡以来,山谷、晁无咎、陈去非、辛幼安诸公,俱以歌词取称。吟咏情性,流连光景,清壮顿挫,能起人妙思。亦有语意拙直,不自缘饰,因病成妍者,皆自坡发之。"(《新轩乐府引》)不包括以词著称的姜夔。当然,元好问不提姜夔的原因,也可能是他并不欣赏姜夔的风格,毕竟二人的取向大相径庭,而与姜夔更为类似的周邦彦等著名词人也不被提及。

但不管事实如何,元好问在词序上的创造性足以媲美姜夔。我们以具体作品为例说明这一点,比如元好问的受到高度评价的《摸鱼儿》词:

> 泰和中,大名民家小儿女,有以私情不如意赴水者,官为踪迹之,无见也。其后踏藕者,得二尸水中,衣服仍可验,其事乃白。是岁,此陂荷花开,无不并蒂者。沁水梁国用时为录事判官,为李用章内翰言如此。此曲以乐府《双蕖怨》命篇。咀五色之灵芝,香生九窍;咽三清之瑞露,春动七情,韩偓《香奁集》中自叙语。

> 问莲根、有丝多少,莲心知为谁苦。双花脉脉娇相向,只是旧家儿女。天已许。甚不教、白头生死鸳鸯浦。夕阳无语。算谢客烟中,湘妃江上,未是断肠处。　　香奁梦,好在灵芝瑞露。人间俯仰今古。海枯石烂情缘在,幽恨不埋黄土。相思树。流年度,无端又被西风误。兰舟少住。怕载酒重来,红衣半落,狼藉卧风雨。②

词序叙述了一个发生于金章宗泰和年间(1201—1208)的男女私情故事。作为爱情征验的并蒂荷花,使这则故事具有超自然的想象空间。与中

---

①　关于南宋人著述在北方的传播情况,详参孔凡礼《南宋著述入金述略》,文载《文史知识》1993 年第 7 期。

②　赵永源校注《遗山乐府校注》卷一,第 59—60 页。

国古代许多讲述不幸爱情的故事一样,这种离奇的自然现象在叙述中的出现,是为了表明传播和写下这一故事的人们所持有的同情态度。词序中这则具有传奇结尾的故事,使我们很自然地联想到元好问编撰的志怪小说集《续夷坚志》。就叙事要素的完备而言,这一词序中的故事完全可以视为《续夷坚志》一类的小说①。

与提供写作背景的词序相比,这首《摸鱼儿》词的序言在结构上具有更重要的功能,它不仅为词的抒情提供一个叙事的基础,同时还决定作者对曲牌的选择,从而决定词的格律形式。燕南芝庵《唱论》说:"凡唱曲有地所;东平唱《木兰花慢》,大名唱《摸鱼子》,南京唱《生查子》,彰德唱《木斛沙》,陕西唱《阳关三迭》、《三漆弩》。"②《摸鱼儿》是河北大名这个地方流行的曲调,而词序所叙述的正是发生在大名的故事,元好问采用当地流行的曲调来书写当地流传的故事,是音乐和文学互相配合的合理选择。

《江梅引》(墙头红杏粉光匀)的词序包含一个不带传奇色彩而更加细致动人的故事,序和词构成一个叙事和抒情互相配合的结构:

> 泰和中,西州士人家女阿金,姿色绝妙。其家欲得佳婿,使女自择。同郡某郎独华腴,且以文彩风流自名。女欲得之,尝见郎墙头,数语而去。他日又约于城南,郎以事不果来,其后从兄官陕右,女家不能待,乃许他姓。女郁郁不自聊,竟用是得疾,去大归二三日而死。又数年,郎仕,驰驿过家,先通殷勤者持冥钱告女墓云:"郎今年归,女知之耶?"闻者悲之。此州有元魏离宫,在河中滩,士人月夜踏歌和云:"魏拔来,野花开。"故予作《金娘怨》,用杨白花故事,词云:"含情出户娇无力,拾得杨花泪沾臆。春去秋来双燕子,愿衔杨花入窠里。"郎中朝贵游,不欲斥其名,借古语道之。读者当以意晓云。"骨化形销,丹诚不泯。因风委露,犹托清尘。"是崔娘书词。事见元相国传奇。

> 墙头红杏粉光匀。宋东邻。见郎频。肠断城南,消息未全真。拾得杨花双泪落,江水阔,年年燕语新。　　见说金娘埋恨处。蒹葭沙,草不尽。离魂一只鸳鸯去,寂寞谁亲。惟有因风,委露托清尘。月下哀

---

① 考虑到现存《续夷坚志》已非完帙,这则泰和年间的私情故事有可能被收入《续夷坚志》中。《续夷坚志》原本四卷,在流传过程中变成二卷。现存的四卷本其实是由二卷本拆解而成的。若干佚文见于周密《癸辛杂识》、王恽《玉堂嘉话》等元明时期的典籍中。

② 〔元〕燕南芝庵《唱论》,中国戏曲研究院编《中国古典戏曲论著集成》第一册,北京:中国戏剧出版社 1959 年版,第 161 页。

歌宫殿古,暮云合,遥山入翠鬟。①

词序中自"泰和中"至"闻者悲之"一段,构成一个完整的第三人称叙述的故事。这个故事唤起元好问对文学历史的记忆,他在序中引用了元稹《莺莺传》传奇中崔莺莺的书信中语,并在词中化用为"惟有因风,委露托清尘"。其实,词序中所讲述的这个故事颇似唐传奇中以爱情为题材的一些著名篇章,而元好问对婚恋自由、为情而死的肯定,则非唐传奇所能比拟,却更加接近于后来元杂剧中对爱情与尊严的歌颂。

词序中的故事叙述包含了一个男女主人公"墙头数语"的情节,这一方面是对宋玉《登徒子好色赋》中"此女登墙窥臣三年"②的借用,词中"宋东邻,见郎频"明确指出典故的来源;另一方面更加类似于白居易新乐府诗《井底引银瓶》所说的:"姜弄青梅凭短墙,君骑白马傍垂杨。墙头马上遥相顾,一见知君即断肠。"③白居易《井底引银瓶》在宋金元时期是通俗文学的常见素材,就金代而言,就有院本《墙头马上》④。少年时期得到元好问抚养和教导的白朴,在其《墙头马上》杂剧中也采用了这一情节,来表现裴少俊与李千金偷期密约的场景。由此可见,《江梅引》词序所叙述的故事类型是当时通俗文学中经常被采用的素材,词序中的小说式叙述与叙事文学中的小说、戏曲之间具有某种互文性质的联系。这首词所蕴含的思想观念也与那个时代的通俗文学是一致的。

由词序与词之间的相互影响的关系,我们可以进一步发现上文所举《摸鱼儿》《江梅引》词与通俗文学的联系。

上文提到林顺夫指出姜夔某些词的序和词之间的相互影响模式,类似于中国戏曲中说部和唱部的互相作用过程。林顺夫是在清人周济对姜夔词序的批评中受到启发而提出这种说法的。周济由院本的曲白相生的角度,批评姜夔词的序与词相重复的现象⑤。我觉得,他们拿戏曲中宾白与唱词的体制来比拟姜夔词的序与词的关系,是不准确的。

---

① 赵永源校注《遗山乐府校注》卷二,第263—264页。"蒺藜沙,草不尽。"一作:"蒺藜沙草不知春。"
② 五臣并李善注《文选》卷十九,日本庆长十二年(1607)活字印本,东京大学东洋文化研究所藏本。
③ 〔唐〕白居易《白氏长庆集》卷四,《四部丛刊》本。
④ 〔明〕陶宗仪《南村辍耕录》卷二十五"院本名目",北京:中华书局2004年版,第308页。
⑤ 周济《词辨》附《介存斋论词杂著》曰:"白石好为小序,序即是词,词仍是序,反复再现,如同嚼蜡矣。词序,序作词缘起,以此意词中未备也。今人论院本尚知曲白相生,不许复沓,而独津津于白石词序,一何可笑。"(《续修四库全书》本,第578页。)

姜夔词,不管是序还是词的正文,都采用第一人称的视角进行叙事和抒情,完全属于文人自我表现的传统。这一点与作为表演艺术的戏曲是很不相同的。戏曲的宾白采取第三人称的叙述,或者角色代言体的台词,而唱词则完全是代言体的视角。因此,戏曲是以作品中的角色为行动和抒情主体的。文人的自我表现,还是角色中心的代言体,这是姜夔词与戏曲的重要区别。在这一层面上,元好问词也无法与戏曲形成联系。但是,元好问词与作为戏曲渊源之一的说唱文学却确实存在某种联系。我们还是从姜夔词与说唱文学可能具有的联系说起。

说唱文学,如唐代的变文,宋代的说重于唱的话本,宋金都流行的以唱为主兼有少量说白的诸宫调,基本的体制都是散体的叙述与韵文的曲词的配合。这两个部分都采取第三人称的叙述视角,戏曲的角色代言体还没有产生。但说唱文学已经不是文人的自我表现,而是在叙述一个历史或虚构的故事,具有十足的表演性质。姜夔词的序与词的关系,虽然也是一散一韵的配合模式,但仍然是作者的自我抒情,不具有表演的性质,因此,姜夔词既不与戏曲形成联系,也不与说唱文学存在关联。

元好问的《摸鱼儿》《江梅引》等词,词序中采用类似于志怪小说或唐传奇的叙述笔法,词则是以词序中的故事为对象的抒情和议论。词中当然也有一些元好问自己的情感寄托,但是序和词中以人物角色而非作者自我为中心的内在结构,则与说唱文学的体制是基本一致的。因此,元好问的《摸鱼儿》《江梅引》等词与说唱文学的联系,或者说,元好问对词序的创新所具有的说唱文学的渊源,是应该被承认的。

以上对元好问诸种性质的词序,我们都只从案头阅读的角度进行讨论,下面试从演唱活动的角度,作一点补充性质的考察。

在元好问生活的十三世纪上半叶,词并未脱离表演艺术的范畴,变成全然不可演唱的案头词章,尽管散曲已经开始兴起,词仍然在宴会场合中被歌唱。我们不必诉诸词史的论证,仅仅考察一番元好问的作品,就可以知道词在娱乐生活中的位置。元好问屡次在诗文中写到社交场合接触到被称为"乐府"的艺人[①],没有确切的材料表明这些"乐府"都与哪些音乐形式相联

---

① 元好问集中提及"乐府"的例子有,《追录洛中旧作》诗:"乐府新声绿绮裘,梁州旧曲锦缠头。"《仆射陂醉归即事》诗末自注:"是时招乐府不至。"《济南行记》一文:"府参佐张子钧、张飞卿觞予绣江亭,漾舟荷花中十余里。乐府皆京国之旧,剧谈豪饮,抵暮乃罢。"另外,元好问诗中提及宴会唱曲的例子有,《赠绝艺杜生》:"迢迢离思入哀弦,非拨非弹有别传。解作江南断肠曲,新声休数李龟年。"《杜生绝艺》:"杜生绝艺两弦弹,穆护沙词不等闲。莫怪曲终双泪落,数声全似古阳关。"《闻歌怀京师旧游》:"楼前谁唱绿腰催,千里梁园首重回。记得杜家亭子上,信之钦用共听来。"

系,不过,与古乐府相联系的六朝清乐,此时已不复存在,而被元人称为今乐府的散曲尚处于起步阶段;而且,词在元好问集中通常以"乐府"的称号出现。因此,我们可以推测,元好问享受的声伎之乐,要么是流行已久的曲子词,要么是新兴的诸宫调、金院本等通俗唱曲。由其词作求证,这些"乐府"至少有一部分指的是词,例如,卷二《青玉案》(苎萝坊里青骢驻)序:"代赠钦叔所亲乐府郓生。"卷五《鹧鸪天》(着意朝云复暮云)序:"中秋雨夕,同钦叔饮乐府宋宜家。"①

这些词作应该是元好问在宴会中的即席之作,然后付诸歌伎演唱。更多的例子如,卷一《贺新郎》(赴节金钗促)序:"箜篌曲为良佐所亲赋。"卷二《桃源忆故人》(楚云不似阳台旧)序:"代赠良佐所亲。"卷四《摊破浣溪沙》(锦瑟华年燕子楼)序:"代赠仲经所亲。"②这些词序都共同描述这样的情景:宴会上,元好问代替主人或另一位宾客,向其爱慕的对象(可能是其中一位歌伎),倾诉一段情语。宴会场合的拟代行为,表明这类写作本身的性质不是严肃的自我抒情,而是戏谑的、揣度的,其目的仅在于佐酒行欢、宾主同乐。

这些词序当然是写给读者看的,也是事后才补充写上的,宴会场合中并不需要加以说明,其目的是向我们这些局外人说明当时的情景。因此,词序并不与词的正文构成内容上的联系,其功能只是规定写作的性质,告诉读者,词中的爱恋离合并不是作者的亲身经历,而是席上主宾中某一位的故事,甚至纯粹是应景的虚构。那么,为什么需要那些交待宴会背景的词序?词在初期不都是用于宴会中却并不需要序言的吗?

在晚唐五代以至北宋初期,词主要用于宴会的歌唱,这个语境是明确的,因此作者不需要在正文之外撰写序言,当时词还未成为自我抒情的一种形式。北宋中期以后,张先、苏轼开始经常性地撰写词序,这种趋势一直延续下去。到了南宋的辛弃疾和姜夔,词序更加常见,并且更加精巧复杂。在批评史上,词序的从无到有、从简单到复杂,被视为一个与词的诗化,即抒情化,相伴随的进程。

至十三世纪上半叶,元好问的时代,词在很大程度上已经成为自我抒情的手段;另一方面,词还继续在宴会场合被歌唱,代言和虚构的写法还在延续。这可以看成是词体功能的分化,也可以看成是晚唐五代词的一种残留。

---

① 赵永源校注《遗山乐府校注》,第 259、698 页。另一个例子《感皇恩》(天外想春来)序:"张侯寿席。此州乐府《垂杨》一曲方盛。"(第 569 页。)《垂杨》又见诸白朴的词集《天籁集》卷下,可见是一个词牌名。

② 赵永源校注《遗山乐府校注》,第 116、348、580 页。

无论作何看待,作者都面临一个新的要求,他必须交待一首词的性质,究竟是自我抒情还是代言或虚构,以避免读者的误会。这便构成词序的一个内容,一种文类的新要求。

我们知道,诗在魏晋时期就有代言的现象,诗题承担起交待写作性质的功能,例如,陆机的《为顾彦先赠妇诗二首》、《为周夫人赠车骑诗》。与此相似,词在经历诗化过程以后,也必须交待写作的性质,而词序承担起这种功能。正如一些代言体的诗篇,在缺乏诗题的明确说明时,经常被理解成某种政治寄托,词也一样,词序在此就为读者提供一个语境,以阻止被误读的可能。

另一些词序,即上文举出的《摸鱼儿》(问莲根有丝多少)和《江梅引》(墙头红杏粉光匀),以及另一首《摸鱼儿》(恨人间情是何物),情况与此略有不同。在这三首词中,词序都讲述一个相对完整的民间故事,并且是词的正文中抒情话语的基础。这些以民间爱情故事为蓝本的词作,在付诸演唱之前,有必要让宴会中的听众事先了解故事的内容。那么,这些词序在演唱前会被朗诵吗?还是发给听众一张书写的材料,让他们自己阅读?或者,这些故事以及由此而作的词,在宴会前就已经在友人中传诵?换言之,这些词序只是案头读物,还是表演的一部分?我们没有更多的证据来描述当时的宴会演唱的情形。假设词序也是表演中的一部分,那么,这样的过程——朗诵一段散文的词序,然后演唱词的正文——就已经是讲唱文学的实践了。当然,这样的假设可能并不成立①。

三、词序的进化

词的诗化过程,不仅表现在表达上,词逐渐地成为自我抒情的文类,而且表现在形式上,词逐渐地取得诗的各种特征和功能。例如,拟古、次韵、集句等②,原本是诗中的现象,词在北宋以来的发展中,引入这些舶来的风俗。在这个过程中,词序外在地展示了词的形式演变,不断地提升自

---

① 《摸鱼儿》(恨人间情是何物)序中有一句说:"旧所作无宫商,今改定之。"(《遗山乐府校注》卷一,第53页。)改写而使之符合宫商节律,这显然是出于演唱的需要,不过,这句话又显然是写给读者看的,而不是宴会中说给听众听的。然而,词序所包含的故事仍然需要一个让观众获知的渠道。考虑到词序中的故事是广为传播的民间传说,宴会中的听众很可能已经事先了解这个故事。

② 词中的次韵在北宋就已产生,如黄庭坚有《鹊桥仙·次东坡七夕韵》等词。南宋时期,次韵的现象非常普遍,词广泛地用于社交场合的互相酬赠和送行留别。元好问不喜次韵,他的词和诗中都几乎没有次韵的作品。集句词同样可以在黄庭坚集中找到例子,他有《鹧鸪天·重九日集句》。由于词的长短句式,集句在词中一直不如在诗中那样流行。

己的地位①。词的升格运动,同时也是词序的升格运动,而词序的演变其实是在重复诗题的演变过程。词序,为我们提供了一个理解词的诗化过程的绝佳角度。

在以上所描述的历史过程中,元好问扮演了非常重要的角色。在他笔下,词序不仅可以交待写作的语境,而且可以记载有关文献史料,提供必要的词语、典故的训释,以及指明拟古的性质和对象。词序的功能变得日益复杂多样。从结构上说,在他笔下,词序与正文之间有时形成叙事与抒情相应相生的关系,就像说唱文学中宾白相生、韵散结合的结构一样。简要地说,元好问在词序的进化过程中是重要的一环②。

附记

赵维江、夏令伟《论元好问以传奇为词现象》(《文学遗产》2011 年第 2 期)称:"元好问的许多词作不避险怪,述奇志异,呈现出一种明显的'传奇'特征,不妨称其为'传奇体'。其中典型的作品,大致呈现为一种词序叙述故事而正文咏叹故事的结构形式。"同样着重考察元好问《摸鱼儿》、《江梅引》等词与说唱文学的联系。不过,不同于本章专重于词序功能与结构的学术脉络,此文着眼于词体革新的角度,讨论元好问词的述奇事、记奇人、写奇景,及其动因、渊源和背景,牵涉较广。

---

① 词序的重要性甚至可以超越词牌。例如,南宋史浩《鄮峰真隐词曲》中,有这样的一组词:《扑蝴蝶·劝酒》《临江仙·劝酒》《粉蝶儿·劝酒》《瑞鹤仙·劝酒》《青玉案·劝酒》《醉蓬莱·劝酒》。这些不同词牌的词,都有共同的标题,并且在词集中几乎全部编辑在一起。(《彊邨丛书》本,卷二)我们见惯了同一词牌下的一组词,而这里的情况刚好相反,同一标题上有不同词牌的一组词,标题成为联结一组词的中心。

② 这里使用"进化"一词,并不是比拟生物器官论,把词序的发展理解成一个从萌芽到成熟的必然过程。进化在这里的意义仅仅是,词序从无到有、从简易到复杂,从诗余、小道到以诗为词,存在一个推尊词体的渐变的过程,而这一过程在古代诗学中,被理解成词向更高级的文体(诗)的提升。简言之,本文的进化指的是文体观念中的层级及其变动,而非达尔文、斯宾塞的进化论。

第十三章　元好问与宋以后诗歌的
研究方法

一、元好问的不同侧面

对于诗人的人格与言行,我们经常坚持一种虚幻的信仰,相信一般的诗人都保持自身的整体性和统一性,他的人格与言行在各方面、各时期保持某种一致性。如果不幸遇到难以回避的矛盾和差异,我们倾向于将其解释成人生的不同发展阶段。即以元好问而言,对其《论诗三十首》中的歧义,郭绍虞提出"以元证元"的方法,试图通过元好问其他时期的论诗主张,来准确地理解这组含混的论诗绝句①。郭绍虞的提法受到不少研究者的支持②,然而这种方法可能是靠不住的。如果尝试着把元好问不同时期对同一诗人的评论放在一起看,我们只能承认,其间的差异很难解释成一种思想在不同阶段的表现。"以元证元"的思路,同样是基于研究者对统一性的迷思,相信元好问在不同时期、不同场合的论诗主张,具有内在的一致性和前后的连续性。这是就批评方面来说的,而在诗歌写作上,我们通过前文各章的讨论,也能看到元好问诗中不同侧面的诸种差异和自相矛盾。

在讨论引用行为一章中,我们已经知道,元好问与宋人一样具有诗歌所有权的观念,并且熟悉写作中的债权关系,然而在实际的写作中,元好问对于所有权认同与否,并不总是确定的。他一方面认同黄庭坚的博学主张,希望在广泛阅读、博采众长的基础上,推陈出新,自成一家,另一方面却又信从苏轼对所有权的戏谑,引用旧句而不是自铸新辞。是否承认和尊重古代诗人对其所造诗语的所有权,以内心世界还是诗歌传统作为写作的来源,追随苏轼还是黄庭坚,这一系列的分歧集中在元好问身上,便造成了他的自相矛盾,其中最典型的表现就是引用的行为。

---

① 郭绍虞《中国文学批评史》,上海:上海古籍出版社 1979 年版,第 296 页。
② 胡传志《金代文学研究》,合肥:安徽大学出版社 2000 年版,第 10—11 页。

　　元好问的自相矛盾还表现在其他方面,如体裁上五古与七律之间,题材上咏史诗与题画诗、山水诗之间,以及不太合乎时宜的乐府诗写作上。

　　在古典诗歌的诸种体裁中,五古与七律在讲究形式安排的程度上处于相对立的两端。五古注重内心的自然中和的表达,警惕形式的造作和繁饰,因此也是一种适于回归古代素朴传统的体裁。拟古诗以五古居多,几乎不出现在律体中,是一个旁证。与此相映成趣的是,七律在形式上具有诸多要求,如韵脚、平仄、粘对、对仗等。七律的作者在语言层面需要比五古花费更多的心思。由此,在更关注内心还是语言上,五古和七律就有了不同的方向。

　　在五古的批评和写作上,元好问鼓吹温柔敦厚的风雅正体,追随自然真淳的陶渊明与标榜辞达的苏轼,严格地说,只有半个苏轼合乎元好问的理想,因为苏轼仍然有意为工。概括地说,元好问在五古的范畴内,追寻的是更古老的诗歌感应触发的原则,反对过分关注语言形式。在七律方面,元好问非常讲究字句、章法和音律的安排,希望在常规之外找到合适的变体。所谓变体,当然是为了区别于大多数,显得与众不同,从而获得独特的地位。在这方面,元好问与江西派尤其是黄庭坚相似,他们都在拗调的营造、虚字的布置和句法的连续性方面,显示自己的别具一格。概括地说,在七律这种更加年轻的体裁上,元好问并不追溯古老的诗歌教条,他关注得更多的是语言形式本身。

　　由五古、七律二章的讨论中,我们看到元好问诗学思想中的歧义,在内心与形式之间偏于哪一个方面,不仅体现在诗人的写作中,而且内在于诗歌体裁的不同品格中。进一步说,在七律方面,元好问的终点应该是杜甫,而他选择的门径是黄庭坚;在五古方面,元好问试图达到的目标是陶渊明,而他选择踵步苏轼的后尘。苏、黄在师法上的分化①,体现在元好问一个人身上,是两种体裁的分化。

　　在题材方面,我们选择了元好问的三类诗:题画诗、山水诗和咏史诗,分别讨论诗歌写作的几种不同来源:艺术(绘画)、自然(山水)与历史(文献)。我们从中看到,在元好问不同题材的诗中,诗歌传统对于诗人的作用并不相同。

　　在题画诗的写作上,元好问在苏、黄的自我抒情的传统中走得更远,在诗画关系上更加明确地坚持“诗言志”的古老教条,又不时地上溯杜甫关注

————————

① 〔宋〕张戒《岁寒堂诗话》卷上:“黄鲁直自言学杜子美,子瞻自言学陶渊明,二人好恶,已自不同。”(《景印文渊阁四库全书》1479 册,第 33 页。)

现实社会的济世精神。从更长的时期看,题画诗在六朝隋唐时期,主要倾向于外界描写,而在北宋苏、黄手中,才伴随文人画的潮流,由写真转向写意和抒情。在此进程中,元好问基本上继承的是苏、黄的传统。不过,苏轼与黄庭坚又有所不同,与前文所说的苏、黄的分化相应,苏轼通常更直接地表达观画的感受,而黄庭坚更喜欢在题画诗中引入各种文学典故,在诗歌传统中处理绘画提供的意象和主题。元好问的题画诗在整体上倾向于苏轼的风格。

在山水诗的写作上,元好问确实意识到古代诗人在山水中留下的印记,而这些印记构筑起一道门坎,具有排斥后来者的功能①。然而,这种意识并未改变他凝视山水的目光的性质。元好问在山水游览中倾向于感官印象的获得,以及自我情绪的抒发,诗中引入的儒释道典故和语汇,也是为了帮助诗人对山水作出诠释。古代诗人游览山水的诗篇,并未对元好问造成实际的影响。中唐以来,诗人以诗歌的框架把握风景的方式,即使在元好问山水诗中偶一出现,也并没有将他的山水诗带入诗歌传统中。

元好问的咏史诗在对待诗歌传统上,与其题画诗和山水诗显然不同。在一些咏史诗中,元好问以诗歌的意识来把握历史,在诗歌传统中阅读历史。在这些咏史诗中,历史不再是诗歌的唯一来源,诗歌传统中那些与所咏历史有关的文本也进入咏史诗,古人吟咏历史的文本与此刻诗人的写作形成某种文本之间的联系,并带来相应的效果。由此,诗歌的魅力不仅在于诗人如何思考历史,而且在于诗歌传统内部不同文本对于同一历史的各种反应之间的张力。

在古典诗学中,诗歌应该是诗人内心对于外界的直接反应,这里的外界可以是诗人置身其中的自然,诗歌之外的另一种艺术,已经进入典籍的历史,以及社会生活中的其他方面,而诗人的反应是内心遭遇外界时情感的自然流露。这是古老的诗歌观念,而随着时代的演进与诗歌自身历史的积累,后来的诗人在写作中不仅面对外界,同时也可能面对古代诗人的作品,后者同样可以构成诗歌的一种来源。作为后来者的元好问,在面对艺术、自然与历史的同时,也面对在这些题材上已经积累下来的古代作品,然而,元好问

---

① 例如,虢州东湖在中唐被一刘姓官员开辟成一处胜景,总名曰"三堂"。韩愈为此写下《和虢州刘给事使君三堂新题二十一咏》。后来"三堂"成为经常出现在诗中的山水名胜,如贾岛《题虢州三堂赠吴郎中》、白居易《钱虢州以三堂绝句见寄因以本韵和之》、韦庄《三堂东湖作》等。"三堂"成为诗歌中类似"五柳"的典故。元好问《东湖次之韵》,显然意识到前人的有关作品,诗曰:"当年韩贾文章伯,物色分留到佳客。此州何必减苏州,频有诗人来列职。一时人境偶相值,万古风流余此席。"

对不同题材的处理方式并不一致,他在面对艺术和自然时,更倾向于直接地表达内心的感受,而在面对历史时,更倾向于引入相关的古代文学文本,间接地抒情。我们很难解释这其中的缘故,但至少应该先承认差异的存在。

对于元好问来说,自觉地选择乐府诗的写作,本身就是一种自相矛盾的行为。元好问在其诗歌批评中,例如在他最著名的《论诗三十首》中,强烈主张自然真诚的自我抒情,反对矫饰和虚摹。然而,乐府诗通常采用第三人称的视角,以虚构、想象和各种修辞技巧来经营一定的主题,并且在题材、意象、表现方式上具有明显的规定性。即使是在李白等个性鲜明的诗人手中,乐府诗也不能完全摆脱类型化的抒情表现,元好问的乐府诗也不能例外。北宋以来,已经没有多少诗人对乐府诗感兴趣,苏、黄也是,那么,深受苏、黄影响的元好问自觉地选择乐府诗,就更令人难以理解了。

在综合地概观元好问各方面的诗篇以后,我们并没有获得一个保持统一性的诗人形象,相反地,我们观察到一些难以解释的自相矛盾。为了避免人为地构筑某种和谐的整体,从而遮掩事实上存在的复杂性,我们应该承认这些矛盾的存在,而不是强作调和、圆通的解释。我们无意于解构诗人作为主体的完整性,然而,整体的各个组成部分未必具有同一的方向。

我们没有,或者说无法,对元好问诗作出统一的描述,这是因为我们没有先入为主地给诗人一个宏观的定位,并且不准备回答诸如元好问在中国诗史的位置之类的问题。或许这是我们需要付出的代价,然而,我们由此摒弃了教条式的考虑,从而更加接近作品,更真切地理解诗人本身。

二、宋以后诗歌的研究方法

在校读元好问诗以及写作这部书稿的过程中,民国时期闻一多发表的一番评论始终困扰着我。在完成元好问诗各个侧面的考察之后,并即将结束这部书稿之时,我更加觉得,对于元好问诗歌研究以及宋后以诗歌研究而言,闻一多的评论仍然是绕不开的问题,有必要稍作讨论。在《文学的历史动向》一文中,闻一多提出:

> 从西周到春秋中叶,从建安到盛唐,这中国文学史上两个最光荣的时期,都是诗的时期。两个时期各各拖着一个姿态稍异,但同样灿烂的尾巴,前者的是楚辞汉赋,后者的是五代宋词,而这辞赋与词还是诗的支流。然则从西周到宋,我们这大半部文学史,实质上只是一部诗史。但是诗的发展到北宋实际也就完了。南宋的词已经是强弩之末。就诗本身说,连尤杨范陆和稍后的元遗山似乎都是多余的,重复的,以后的

更不必提了。我们只觉得明清两代关于诗的那许多运动和争论,都是无味的挣扎。每一度挣扎的失败,无非重新证实一遍那挣扎的徒劳无益而已。本来从西周唱到北宋,足足二千年的工夫也够长的了,可能的调子都已唱完了。到此,中国文学史可能不必再写,假如不是两种外来的文艺形式——小说与戏剧,早在旁边静候着,准备届时上前来"接力"。是的,中国文学史的路线南宋起便转向了,从此以后是小说戏剧的时代。①

在闻一多的评论中,南宋以后的诗人,包括元好问在内,都是多余和重复,明清诗人更只是在小说、戏剧的时代里徒劳无益地挣扎。这样的整体否定并未经过认真的论证,无非是文学衰退论的观念背景下,似乎合乎逻辑的推演,不免失之武断。然而,民国时期诸如此类的评判并不少见,不少学者都有过类似的言论②,而陆侃如、冯沅君的《中国诗史》则是这类评判在文学史书写中的实践③。

民国时期形成的宋以后诗歌走向衰退的观点,主要基于如下的认识:诗歌的各种体裁如古体、律诗和绝句,已经在唐宋时期完备且成熟;各种题材和主题都已被充分地开掘;一批开风气或集大成的经典诗人,在诗歌的深广度上尽善尽美,成为宋以后诗人难以企及的前辈。二十世纪初新诗的诞生和发展,宣告古典诗歌的终结,这看起来正是宋以后诗歌走向衰退的必然结局。宋以后的诗人除了重复古人的步调和毫无意义的饶舌之外,看来别无伎俩可言,在近世文学的几个世纪里,诗歌似乎已经处于停滞的状态。这样的说法令人难以置信,但在我们的文学史叙述中,宋以后的诗歌就是这样一个全无生气的黑暗时代。

衰退论背后隐含的观念还是进化论,一切事物都有一个萌芽、成长、成熟,然后衰退、死亡的过程。唐代是中国古典诗歌的高峰,之前的汉魏六朝是走向唐代的成长期,到达峰顶就得走下坡路,这便是宋以后诗歌的状况。这听起来像是不可逃脱的宿命论,然而,没有一种文体是注定要衰亡的,古

① 闻一多《神话与诗》,朱自清等编辑《闻一多全集》本,《民国丛书》第三编 90 册据开明书店 1948 年版影印,第 202—203 页。

② 例如,章炳麟《国故论衡》卷中《辨诗》:"唐以后诗,但以参考史事存之可也,其语则不足诵。"(上海:上海古籍出版社 2003 年版,第 90 页。)又如,鲁迅:"我以为一切好诗到唐已被做完,此后倘非能翻出如来佛掌心之齐天大圣,大可不必动手。"(《鲁迅全集》卷十三《书信·致杨霁云》,北京:人民文学出版社 2005 年版,第 307 页。)

③ 陆、冯《中国诗史》分三卷,古代自起源至汉代,以诗、骚、乐府为主;中代自汉末至唐代,以五七言古近体为主;近代自唐末至清代,以词、散曲为主。狭义的中国古典诗歌,在这部诗史中只讲到了唐代,北宋的苏轼也只讲他的词。陆、冯的判断比闻一多更加苛刻。(参见《中国诗史》,上海:大江书铺 1931、1932 年版,《民国丛书》第五编 52、53 册影印。)

典诗歌也不必接受这样的命运。关于宋以后诗歌的状况,我们有必要重新检讨,而且我们的检讨必须更加接近文学的地表,而不是宏观的粗略考虑和大刀阔斧。这部讨论元好问诗的书稿,或许可以作为这种检讨的一个实例。

在闻一多的评论中,元好问也是属于多余、重复的宋以后的诗人,因为从西周到北宋,可能的调子都被唱完了。粗略地看,在各种题材和体裁或其他范畴的写作中,元好问都处在前人开创、构建的传统中,遵循着各种规则和惯例,致力于成为李、杜等古代诗人中的一位。然而,我们只看到诗人重复的姿态,是因为我们观察的距离太远,我们只要降低一点高度,走近诗人及其作品,就会发现,在各种细微处,诗人的写作充满着个性。由前文各章的讨论,我们可以约略举出元好问为诗歌传统带来新变的几个例子。比如,在题画诗中,元好问在杜甫的基础上,发展出一种进入画面并获得观赏视野的修辞技巧,这种技巧后来在元代流行起来;在山水诗中,元好问有意地排比一组佛、道的语汇,造成两种世界观的对比,从而形成诠释山水的独特方式;在山水描写中,他还发展出与谢灵运相反的方式,即把山景和水景完全分开并各自集中笔墨去写的方式;在咏史诗中,元好问还巧妙地运用一系列相关的历史典故和文学文本,构造复杂的互文效果,突破以往咏史诗用典的单调手法。诸如此类的创新,我们还可以列举出一些来。

这样看来,元好问诗也是不乏创新性的,不完全是重复的,不再是多余的。只不过元好问的创新都体现在细微之处,他不是某种转折时刻的关键诗人,也没有促成某种质的新变,因此,他所能获得的评价也是有限的,例如,周勋初先生的评价:"我总觉得,元好问可算是位不大不小的文人……上比之唐代的李、杜,宋代的苏、黄,元好问的成就难以相比;下比之明代的李梦阳、何景明等,则又似乎要高上一筹。"①这似乎可以算是定论了。由元好问的例子推扩而言,宋以后的诗歌仍然处在不断发展变化的过程中,诗歌传统仍然在继续接纳宋以后的诗人,并为此得到修正和调整,古典诗歌的调子到宋代并未唱完。

近二十年来,宋以后特别是明清的诗歌研究,呈现日益繁盛的局面,研究论著激增,研究队伍壮盛②。这些数量众多的论著,如周明初一文所述,

① 周勋初《金代文学研究序》,载胡传志《金代文学研究》卷首,合肥:安徽大学出版社 2000 年版,第 2 页。

② 参见吴承学、曹虹、蒋寅《一个期待关注的学术领域——明清诗文研究三人谈》(《文学遗产》1999 年第 4 期),周明初《走出冷落的明清诗文研究——近十年来明清诗文研究述评》(《文学遗产》2011 年第 6 期),张剑《新世纪宋代文学研究的问题与思考》(《文学遗产》2014 年第 2 期)。

拓展出诸多研究领域,如文学流派研究,作家群体和士人心态研究,地域文学研究,世家与文学研究,女性文学研究等,也在作家和作品的个案研究、文学理论和文学批评研究等传统课题深入开掘。这似乎表明,民国学者的偏见已经得到完全的纠正,宋以后诗人所受的否定已经得到彻底的平反。然而,实际情况并不如此。张晖指出:"在现有的文学史中持续不断地加入元明清近代诗文的部分,除了知识得以不断累积之外,根本无助于改变元明清近代诗文的附庸地位。"①不断增多的文献整理、史实考订、断代文学史和分体文学史的论著,并未能改变宋以后诗重复和多余的观念,也并未正面回应闻一多等民国学者的质疑。对于普通读者,甚至对于专业研究者而言,宋以后诗仍然无法与唐诗、汉魏古诗相提并论,宋以后诗仍然缺乏影响深远的经典作品。由此造成的局面是,研究的热闹与价值的失落之间形成明显的反差。

究其缘由,当代学术对宋以后诗的重视和关注,实际上暗承了民国学者的观念。民国学者对宋以后诗的贬抑,是由于缺少深入的考察,看不到宋以后诗的新变,而当代学者对宋以后诗的重视和考察,却同样未能看到宋以后诗的新变,因此,当代学者虽然态度迥异于民国学者,却与民国学者一样,不相信宋以后诗仍然存在新变,或者说,不相信宋以后诗的新变还值得深入研究。在此观念下的研究,也就不得不转变思路,寻求新的问题意识和方法论。例如,张剑在讨论如何面对巨量的宋元明清诗时,声称:"如果按照唐代'经典诗学'的标准,这些诗歌自然无单独讨论的必要,甚至宋以后直可谓无诗。"指出宋以后诗歌出现日常生活化、地域化和私人化的特征,并由此提出"情境诗学"的范畴,作为理解宋以后诗的一种路径②。这种研究路径自然有其合理之处,事实上也是很多当代学者采取的路数,然而,这实际上是放弃了古代诗学话语中诗歌传统与个人才能之关系的基本命题,也放弃了推源溯流的中国诗学传统。所谓"情境诗学",也无非是孟子所讲的,诵其诗,读其书,从而知其人,论其世的古老方法,只不过材料更加繁杂,细节更加丰富而已。

宋以后诗歌的研究当然可以有各种各样的方法,如文本细读和文献考订,社会历史批评和传记批评,以家族、地域、性别等问题为导向的考察,都各有优长,不妨兼容博采。然而,诗歌研究的根本任务仍然只能是经典文本的发掘和阐释,是词章胎息因革的考订,是推源溯流的文学史研究。唯有如

---

① 张晖《元明清近代诗文研究的现状及其可能性》,《文学遗产》2013 年第 4 期。
② 张剑《情境诗学:理解近世诗歌的另一种路径》,《上海大学学报》2015 年第 1 期。

此,宋以后诗史才有望形成比肩汉魏盛唐大家的经典,从根本上回应民国学者的质疑,纠正有关宋以后诗的偏见。可惜的是,当代的宋以后诗歌研究渐行渐远,在一定程度上忽视或回避诗歌研究的根本任务。前引张剑一文称:"近世诗歌必须建立新的诗学话语及其评判标准,不能仅仅是经典诗学笼罩下的作家作品排座次。"①前引张晖一文称:"当然更不必拘泥于文学史的认识,一定要将作品放在文学史的脉络里与前代作品一比高下,尤其是与前代名篇强行比较高下。"②这两段如出一辙的议论,自有其针砭当代学术的内在理路,却不免产生误导的作用。事实是,经典诗学是中国诗学的基本思路,文体的源流、文本的沿革优劣与诗人之间的祖述创新,是中国诗学文献中最丰富的资源和最强大的话语。与更早的诗歌一样,宋以后诗歌研究同样可以在这些资源和话语中展开研究。

---

① 张剑《情境诗学:理解近世诗歌的另一种路径》。
② 张晖《元明清近代诗文研究的现状及其可能性》。

外　编

元好问文献研究

第一章 遗山集考证

一、诸本详考

遗山集的流传情况,与陶集、杜集、韩集、白集等相比,并不算复杂,然而,遗山集诸多传本的具体特征、沿承关系和完整谱系,尚未得到详实的考察。姚奠中主编《元好问全集》(2004 年增订本),广泛搜罗众本及其异文,却未能理清诸本的关系和异同,并且忽视现存最古的刊本。狄宝心《元好问诗编年校注》(2011 年),简明地将传本分成全集系统和诗集系统,对于各传本只是提及,未作具体的描述。

基于此,本文的主要任务是,对遗山集诸本(尚存和已佚)逐一考察,撰写详实的版本叙录,描述各本的具体特征、相互之间的传承和变化,并构建完整而准确的版本谱系。这一考察的目标,不仅是为遗山集的校勘提供版本方面的参考,也是从文献方面呈现遗山诗文在元明清时期的接受史。

(一) 元刊本

1. 中统本

《遗山先生文集》四十卷,交城张德辉类次,蒙古中统四年(1263)东平严忠杰刊本。卷首封龙山人李冶中统三年(1262)十月序、陈郡徐世隆序,卷末济南杜仁杰后序、曹南王鹗中统四年癸亥(1263)七月后引。

此本已佚。诸家序引,具载明刊本。版式特征,据学者推测,保留在翻刻的明刊本中。

刊刻者,李、徐、王三家序引所称"东平严侯弟忠杰",是元东平行台严实第五子,"严侯"指的是袭职的次子严忠济。遗山与严侯父子交往颇多,集中有《东平行台严公神道碑》、《东平行台严公祠堂碑铭有序》、《约严侯泛舟》诗,其他诗文如《东平府新学记》等,也多次提及。

此本付刻的底本是严忠杰所得元好问家藏稿本全集。李冶序称:"求得其全编,将锓之梓。"徐世隆序称:"求其完集,刊之以大其传云。"王鹗引亦称:"即其家购求遗稿,捐金鸠匠,刻梓以寿其传。"从文献来源上说,此本是完全符合作者之意的权威刊本。

中统本刊行于遗山殁后五六年，此前遗山集的流传情况，李冶序提到："其遗文数百千篇藏于家，虽有副墨，而雒诵者率不过得什一二，其所谓大全者曾莫见焉。"可知除家藏稿本外，世间已有传抄本。至于这些无名的传抄本对遗山集的流传有无影响，是完全无法确定的。

严忠杰所刻文集包含诗十四卷和文二十六卷，一向并无异议。然而清人施国祁提出："考徐序有评乐府语，则新乐府五卷，当并入刻，或别自为卷，至明刻乃削去。"（《元遗山诗集笺注》卷首《例言》）徐世隆序确实提及"乐府"，不过并未明确说明中统本包含词集，只是在论述造物之文时泛泛谈到："故为诗为歌为赋为颂为传记为志铭为杂言为乐府，兼诸家之长，成一代之典，使斯文正派，如洪河大江，滔滔不断。"并且徐序中的"乐府"，未必指词，也可以是古乐府诗。明清以来著录中统本的书目、翻刻的明刊本序跋，也从未提及词集。因此，施国祁的推论不能成立。

又，清中期藏书家郑杰《注韩居藏书目》著录《遗山集》四十卷附录一卷，明初板，棉纸，十帙①，递藏于明人杨荣、徐𤊀与清人蒋玢、林佶。此本今未见，疑即中统本。所谓明初刊本，郑杰书目之外，未见任何著录。明初刊本大抵沿续元刻风格，或许郑杰误将元刻定为明刊。

2. 至元本

《遗山诗集》二十卷，应州曹之谦辑，蒙古至元七年（1270）曹钺刊本。卷首稷亭段成己引。

此本已佚。段引载明刊本。版式特征，据学者推测，保留在翻刻的明刊本中。

刊刻者曹钺是遗山友人曹之谦之子。曹之谦，字益甫，号兑斋，金末与遗山同为尚书省掾，相与谈诗，金亡后隐居平阳三十余年，诗载《河汾诸老诗集》卷八，有《寄元遗山》、《读唐诗鼓吹》等。

此本付刻的底本是曹之谦所得元好问家藏稿本诗集。段引曰："余亡友曹君益甫……间遣人即其家，尽得所有律诗凡千二百八十首，又续采所遗落八十二首，将刻梓以传，以膏润后学。未及而益甫没。于后四年，子钺继成父志，同门下客杨天翼，命工卒其事。俶落于至元戊辰之秋，迄庚午夏，首尾历六十五旬有五日。"可知曹钺刻遗山诗集，俶落于至元五年戊辰（1268）秋，讫功于至元七年（1270）夏，而曹之谦殁于至元五年之前四年，寻访遗山家藏稿本当在此前。以此推算，曹益甫访得遗山集的时间，未必晚于严忠

---

① 〔清〕郑杰《注韩居藏书目·集部七·别集类·金元》，福建省图书馆藏民国林汾贻抄本。

杰。从编次和数量看,曹之谦所得诗集二十卷与严忠杰所得全集中的十四卷诗,是一致的,即使不是同一稿本,也是手稿与抄副稿的关系。因此,至元本的权威程度不低于中统本。

至元本所收诗多于中统本,是出于曹之谦"续采所遗落八十二首"的搜集工作。二者之间的具体差别,晚清莫友芝已有详细的考述:"遗山全集,凡四十卷,交城张德辉所类次,中统壬戌严忠杰刻之,在曹刻前六年。其诗居十四卷,凡千二百七十八篇。曹本次叙悉同,唯卷析十四为二十,又增多五言古诗十二篇,七言古诗四篇,杂言三篇,乐府二篇,五言长律一篇,五言律七篇,七言律三十四篇,凡增八十四篇,分续各体之末,合千三百六十篇,为不同耳。"①

遗山诗的总数,据这两种出于家藏稿本的权威刊本,应是 1 280 首(或莫友芝所计 1 278 首),再加上曹之谦所辑 82 首(或莫友芝所计 84 首),凡1 362 首。传世也有一些集外的佚诗,数量不多,大抵保存在方志等载籍中,因此总数应当相差不远。然而,遗山门人郝经在《遗山先生墓铭》中却记载:"以五言雅为正,出奇于长句杂言,至五千五百余篇。为古乐府,不用古题,特出新意以写怨恩者,又百余篇。"②清人赵翼由此指出:"郝经作《遗山墓志》,谓其诗共五千五百余篇,为古乐府以写新意者,又百余篇,以今题为乐府者,又数十百篇,是遗山诗共五千七百余篇。今所存者,惟康熙中无锡华希闵刻本。魏学诚作序,谓其购得善本而镂之。卷首载元初徐世隆、李冶二序,于元世祖,仍抬起顶格,是必仿元初刻本。然诗仅一千三百四十首,则所存者,只五分之一而已。岂元初严忠杰等初刻时,即为删节耶,抑华氏翻刻时删去耶? ……不知世间尚有全集否? 当更求之。"(《瓯北诗话》卷八《元遗山诗》)

郝经的记载和赵翼的统计,从中统本和至元本的来源和数量看,显然不可采信。这里补充莫友芝的相关考辨:"郝经志遗山墓,谓其诗至五千五百余篇,为古乐府,不用古题,特出新意者,又百余篇,用今题为乐府揄扬新声者,又数十百篇。校此本篇数,乃溢出四之三。而忠杰刻全集,有李冶、徐世隆、杜仁杰、王鹗四序,并谓忠杰就其家求得完帙,而遗山《自题绝句》云'千首新诗百首文',盖即晚年定集所作,特举成数,与今传者未为悬殊。然则郝志两'五'字,盖一二字之伪,曹本即是元诗足本,不必援郝志误文见疑也。"③

---

① 〔清〕莫友芝《郘亭遗文》卷三《遗山诗集跋》,清咸丰至光绪间刻《影山草堂六种》本。
② 墓铭石本的文字如此,而《郝文忠公陵川文集》卷三十五收此墓铭,无"五"字。墓铭末尾记大德四年(1300)立石,可见郝经当日撰写墓铭时,遗山集的中统本、至元本皆已行世。
③ 莫友芝《郘亭遗文》卷三《遗山诗集跋》,《影山草堂六种》本。

3. 至顺本

《遗山诗集》二十卷,元至顺二年(1331)余谦校刊本。卷首余谦至顺二年三月十一日序。

此本已佚。未见书志著录或学者提及,可见其流传湮晦。清中叶尚有传本,道光初,施国祁笺注遗山诗集,曾从归安杨凤苞(1754—1816)假读一旧钞至顺本,所谓"架阁本"。道光三十年,张穆校刊遗山全集,自序已称:"而元黄公绍选本,穆又未之见也。"有关此本的有限情况,仅见于施国祁《元遗山诗集笺注》卷首《例言》的介绍以及所附余谦序。余谦序亦仅见于施注本附录,今人所编《全元文》亦不及收录。

此本卷数虽与至元本相同,而据施国祁所见,收诗仅七百余首,并非一本。余谦序称此本出于邵武黄公绍手抄,而黄抄本出于何本则不可确知,大抵是出于中统本或至元本的选本。施国祁《例言》曰:"盖选本也。"选录情况已不可考,而施国祁《例言》引杨凤苞语曰:"此集七律不载《岐阳》,七绝不载《论诗》,弃取已失当,他何论耶。"

余谦序曰:"予为补其残阙,正其谬误,凡阅月而告成。"可见黄抄本付梓前经过余谦校订,并留下若干校语,如施国祁《例言》所引:"其《移居八首》注云:元本止七首,今仍之。"校订质量大概并不能让人满意。这条校语后,施国祁指出余谦将八首误作七首的错误:"乃以'故书堆满床'句,上接'尚有百本书'句,为一首。岂知八首各用一韵,无转韵者,误也。"

余谦序又曰:"至篇什次第,悉依原本。汇付剞劂,俾海内骚雅共珍之。"明确声明校刊本不改变黄抄本的次序。而施国祁《例言》指出:"乐府次首卷,余略同。"乐府置于首卷,与中统本、至元本置于古体之后、近体之前不同,这大概只能归诸黄公绍的改动。

以上元刊本,凡三种。

(二) 明刊本

1. 汝州本

《遗山先生诗集》二十卷,明弘治十一年(1498)沁水李瀚序刊本。卷首李瀚弘治十一年四月序、段成己引。每半叶十行,行二十一字,大黑口,双鱼尾,四周双边。

此本今存。公藏书目著录多本,如国家图书馆藏周叔弢旧藏本、上海图书馆藏华亭封氏簨进斋旧藏本、香港中文大学图书馆藏清王士禛批本(残)、台北"国家"图书馆藏徐康跋本、柏克莱加州大学东亚图书馆藏唐翰题跋本等。

此本是旧本重刊。据李瀚《重刊元遗山先生诗集序》:"近奉命巡按河南,复取家藏诗集,属汝州知州高士达刻行之。"虽然没有明言家藏何本,从版本流传情况看,重刊的应该是至元本。后世藏家的误认或考辨,也证实这一点。

晚清唐翰题藏本有手跋曰:"元椠元印本,纸墨与予所藏《战国策》吴氏校注至正十五年第一刻本同,若黄氏士礼居所称之本序有舛错者,则校注之第二刻也。世人不察,以黄氏所称为元刻,不知已落第二义矣。此等元刻最易交臂失之,故特书于册首。丁卯重九又记。"此本后经吴重熹、长尾甲递藏,现藏于柏克莱加州大学东亚图书馆,馆藏书志指出此本实是明刊汝州本:"今李序已为黠估抽去,唐翰题遂定为元刻,函外书签有日本长尾甲手题'元椠元遗山集,雨山草堂珍藏',则沿唐氏之误也。"①

唐翰题误将抽去重刊序言的汝州本当成元椠元印本,这说明汝州本在重刊时尽可能保留至元本的版式特征。莫友芝《影山草堂六种》之《郘亭遗文》卷三著录耕钓草堂影抄汝州本,也提出:"此之细行密字,盖犹元式也。"恰好唐翰题手跋也提及这一影抄本:"《遗山集》有密行小字本,不分诗体。曾见独山莫偲老案头影抄本,惜未及一借校耳。鹪安记。"所谓"元式",叶景葵(1874—1949)提出更明确的描述:"己巳冬日,有故友以弘治本《遗山诗集》求售,为二十卷本,前有稷亭段成已引,每半页十行,行二十一字,遇'恩纶'等字,或抬头,或空格,当遵元刻款式。疑即郘亭所见之沁水李瀚汝州刊本,惜无重刻人序跋。"②另外,潘景郑(1907—2003)著砚楼藏有汪氏古香楼旧藏汝州本,称:"字体犹不失元椠意味,为可宝也。"③

2. 开封本

《遗山先生文集》四十卷,明弘治十二年(1499)李瀚序刊本。《附录》一卷,海陵储巏辑。卷首李冶、徐世隆二旧序,储巏弘治十一年冬十月序、李瀚弘治十一年闰十一月序,又附《储太仆先生手简》(弘治十一年七月十四日与李瀚书),卷末杜仁杰、王鹗二引,丹徒靳贵弘治十二年后序。卷端题"颐斋张德辉类次"。每半叶十行,行十九字,大黑口,双鱼尾,四周双边。卷首序跋之后,既有《遗山先生文集总目》,只列出各类文体,又有《遗山先生文集目录》,列出分体编次的详细篇目④。

---

① 柏克莱加州大学东亚图书馆编《柏克莱加州大学东亚图书馆中文古籍善本书志》,上海:上海古籍出版社 2005 年版,第 286 页。
② 叶景葵《卷盦书跋》,顾廷龙编,上海:上海古籍出版社 2006 年版,第 133—134 页。
③ 潘景郑《著砚楼书跋》,上海:上海古籍出版社 2006 年版,第 249 页。
④ 案:《总目》应有串行讹误,第九行"七言绝句 宏词"应在第五行"七言律诗 五言六言绝句"后。

此本今存。据《中国古籍善本书目》著录，国家图书馆、上海图书馆、北京大学图书馆、日本公文书馆内阁文库等都有藏本，又有福建省图书馆藏徐燉跋本、北京市文物局藏沈曾植跋本、台北"国家"图书馆藏何焯跋本。通行本有民国间《四部丛刊》据乌程蒋氏密韵楼藏本影印本，又有《中华再造善本》影印国图藏本（2012 年）。

卷末靳贵弘治十二年序，《四部丛刊》影印本已脱去，诸家藏本大抵如此，故皆著录为弘治十一年李瀚刊本。惟傅增湘所见尚存靳序，故《藏园群书题记》著录为"明弘治十二年戊午刻本"，又由靳序所载，提出此本的实际刊刻者并非李瀚："卷末又有弘治己未翰林院编修靳贵后序，言'太仆爱其文，尝手为讐校，故视他本为善。侍御李君叔渊出按河南，始命太康杨令溥录之，而属方伯徐公用和、仰公进卿刻梓以传云'。据此始知刻书者实为徐、仰二君，叔渊不过为之倡率，今则人只知为李瀚本矣。"①刻书者徐恪和仰昇，皆见《河南通志》卷三十一《职官二》，二人皆于弘治间任布政使司左布政使，升右布政使，即靳贵所称"方伯"，李瀚序所称"藩臬诸公"。徐恪字公肃，一字用和，江南常熟人。仰昇字进卿，江南无为人。河南布政使司驻开封府，刊刻之事想必就在驻地，因此这里称此本为开封本②。

此本同样是旧本重刊，是出于储巏传抄的新安程敏政所藏善本。程敏政藏本是否即是中统原刊本，储、李二序未透露，但由此本保存的元人序引和卷端所题，即使不是原刊，至少也是出于原刊的传抄本③。

汝州本与开封本，素来都称李瀚刊本，且都有弘治戊午李瀚序，不免令学者混淆。潘景郑还为此作出考辨："因疑瀚先刊二十卷本，继得储本，再刊河南；而提要所据，则是后来一本耳。今藏家于此本混淆莫明，故不得不详为辨正之。"④实际上二本的版式特征，除每行字数外，也是相同的。唐翰题

---

① 傅增湘《藏园群书题记》卷十五《明弘治李瀚刊本遗山先生文集跋》，上海：上海古籍出版社 1989 年版，第 765 页。案：靳贵序，学界罕见征引，孔凡礼辑《元好问资料汇编》、姚奠中主编《元好问全集》（增订本）皆未收此序。藏园所见之外，丁丙《善本书室藏书志》卷三十三著录马寒中旧藏明抄弘治本，有靳贵跋其后。靳贵序，亦载其《戒庵文集》卷六，题作《元遗山文集后序》（《四库全书存目丛书》集部 45 册影印北京大学图书馆藏嘉靖十九年靳懋仁刻本），文字略有不同。集本不署姓氏、官职及时间，关于刊刻者，也只提及徐氏，而删去仰氏。

② 傅增湘《藏园群书经眼录》卷十五著录一汝州本，有何焯跋语称："汝州所刊遗山诗视归德所刊全集为善。"（北京：中华书局 2009 年版，第 1080—1081 页。）周叔弢《古书经眼录》亦著录此何焯跋汝州本。何焯所谓"归德所刊全集"，大概是认为刊刻的地点是河南归德，或别有所据。不过，明前期归德降府为州，属开封府，即使此本刊于归德，也可称为开封本。

③ 傅增湘："据储太仆手简，言得秘本于礼部程公，录而藏之，李氏即据以墨板。是所得亦钞本，仍未见中统本也。"（《藏园群书题记》卷十五，第 766—767 页。）

④ 潘景郑《著砚楼书跋》，第 249 页。

等藏家都认为汝州本保留元刊特征,由此推论,开封本同样如此。

3. 潘是仁本

《元遗山诗集》十卷,明潘世仁编《宋元名家诗集》本,明万历四十三年(1615)刊本,又有天启二年(1622)重修本。前有李维祯、焦竑二序。卷端题"明潘是仁切叔甫辑校"。每半叶九行,行十九字,白口,单鱼尾,四周单边。

此本今存。国家图书馆等藏。

此本的来源、编次、数量等情况,俟考。潘是仁《宋元名家诗集》的编纂情况,可参《郑振铎书话》。

遗山诗集十卷本,除此本外,尚有《中国古籍善本书目》著录浙江图书馆藏清抄本。又见傅增湘《藏园群书经眼录》著录一种旧抄本,每半叶九行十九字,版心题"竹北亭手钞"五字①,从行格看,或是潘是仁本的传抄本。

4. 汲古阁本

《遗山先生诗集》二十卷,明崇祯间毛氏汲古阁刻《元人十种诗》本。丛书前有闽郡徐𤊹崇祯十一年(1368)序②。此集后有毛晋跋。每半叶九行,行十九字,白口,无鱼尾,左右双边。

此本今存。公藏书目著录多本,如上海图书馆藏沈钦韩校本、台北"国家"图书馆藏周半樵跋本等。通行有民国涵芬楼影印《元人十种诗》本、《四库全书存目丛书》影印本。翻印本有清光绪六年(1880)南海黎维枞刊本,卷末附《考异》一卷;清宣统二年(1910)成都茹古书局刊本,卷末山阴周肇祥跋;民国九年(1920)曹氏刊本。

此本付刻的底本,毛晋跋文中完全没有交待,而《四库全书总目》别集类存目著录此本称:"此诗集二十卷,乃毛晋从全集摘出,刊于十元人集中者,别行已久,姑附存其目。"这种判断的失误,莫友芝已经指出:"纪文达谓毛本为从全集摘诗别行,殆未审勘也。"并提出:"右遗山诗通行本,毛子晋据元至元戊辰曹鈗所刊单诗本传刻者。"③叶景葵曾对校汲古阁本与汝州本,得出结论:"对校一过,凡弘治本板烂处,汲古本每作墨□,知汲古实从弘治出,且段引内擅删二十一字,改为'遗稿若干'四字。子晋后跋,亦不言所据何本。

---

① 傅增湘《藏园群书经眼录》卷十五,第1081页。
② 案:汲古阁所刻《元人十种诗》,并非罕见之本,而徐𤊹序则不经见,沈文倬、陈庆元、王长英等补辑红雨楼序跋,均未搜得。究其缘由,大概是徐序乃为毛刻丛书而作,而丛书后多以单种传世,徐序无可附入,因此阅者罕觏。
③ 〔清〕莫友芝《邵亭遗文》卷三《遗山诗集跋》。

毛氏刻书,每犯此病,不足异也。十一月二十三日灯下,景葵校毕记。"①汲古阁本的底本是至元本还是汝州本,从文字校勘的角度说,大概关系不大,涉及的只是至元本何时失传的问题。

至元本既已失传,这里比较汲古阁本与汝州本的差异。版式上,从汝州本的细行密字,汲古阁本改成疏行大书,版心、鱼尾、框栏也都不同。文字上,叶景葵已经指出汲古阁本擅自删改卷首段引,实际上,汲古阁本误改的例子还有很多。狄宝心《元好问诗编年校注》以汲古阁本为底本,却经常要依据汝州本、开封本校改,这就说明底本存在大量讹误。

以上明刊本,翻印者不计,凡四种。

（三）清刊本

1. 剑光阁本

《遗山先生文集》四十卷,附录一卷,清康熙四十六年(1707)无锡华希闵剑光阁写刻本。卷首蔚州魏学诚康熙四十六年十二月上浣序。卷首《遗山先生文集目录》,卷端题:"无锡后学华希闵重校订。"每半叶十一行二十字。黑口,双鱼尾,左右双边。

此本今存。公藏书目著录多本。翻印本有清道光二十七年(1847)定襄李镕经京都贵文堂刊本。卷端题"定襄后学李镕经重栞"。

遗山诗文全集,元刻有严忠杰中统本,明刻有李瀚开封本,此本为第三刻。中统本久已不传,此本附有储巏附录一卷,付刻底本应是开封本。附录资料,华希闵略有增补。

此本在清代流传颇广,清道光初施国祁指出:"此刻盛行,传是楼所藏,查初白所评,赵蓉江所易,赵云松所说,皆是。"②徐乾学《传是楼书目》(集部号字二格)所著录,查慎行《初白庵诗评》卷中所评校,赵翼《瓯北诗话》卷八所论说,都是剑光阁本。赵蓉江,俟考。

2. 南昌本

《元遗山诗集》八卷,清乾隆四十三年戊戌(1778)南昌万廷兰刊本。卷首《金史》本传,传后有万廷兰刻书题识。每半叶十二行,行二十三字,白口,无鱼尾,四周单边。

此本今存。公藏书目著录多本,尚无影印本。

此本的来源,应该是剑光阁本或开封本。万廷兰题识称:"遗山诗久无专刻,兹于全集中录出,校订而付之梓。"可见他并不知道汝州本、汲古阁本

---

① 叶景葵《卷盦书跋》,第133—134页。
② 〔清〕施国祁《元遗山诗集笺注》卷首《例言》,第16页。

等单诗本传世,只能从四十卷全集本中录出十四卷诗,并重订成为八卷。清人张穆已指出:"南昌万廷兰本,系从全集摘出,故于曹益甫所增之八十余首,概从缺佚。"①

这本是毫无疑义的问题,然而,沈钦韩(1775—1831)却提出:"汲古阁本《遗山集》二十卷,兹本合为八卷,既不合旧时卷目,而于阁本每卷后,或缺数首,有多至二三十首者。不知何故。盖抄掇合卷时,或任意删削,或抄胥偷刊,未可知也。既从阁本对勘一过,因识之。嘉庆庚辰七月,沈钦韩记。"②偶阅《柏克莱加州大学东亚图书馆中文古籍善本书志》著录此本,对沈钦韩所谓"删削"情况作出详细的描述:"此本与汲古阁刻二十卷本各篇排列顺序略同,然如《读书山月夕》一首后,汲古本有《继愚轩和党承旨雪诗》四首及《寄题沁州韩君锡耕读轩》数首;《王学士熊岳图》一首后,汲古本有《赠史子桓寻亲之行》一首;《付阿眊诵》一首后,汲古本有《挽赵参谋》二首、《嗣侯大总管哀挽》二首、《答弋唐佐》、《不寐》、《送杨叔能东之相下》等篇;《张邨杏花》一首后,汲古本有《送仲希兼简大方》等二十九篇,此本皆已删去。是此本非但擅改卷次,且任意删落篇章,而致编次歧异。"③

这种疏谬是不明白遗山集流传谱系的表现。以至元本为祖本的单诗本,由于曹之谦的续采,所收诗多于以中统本为祖本的全集本。从全集本中摘录而成的南昌本,收诗数量自然要少于单诗本系统的汲古阁本。实际上,南昌本卷首目录标出各卷数量,如卷一"五言古诗一百二十九首",卷二"七言古诗七十八首",卷三"杂言三十六首"、"乐府四十八首"等,正是全集本收诗的数量。万廷兰所作的改变,只是卷数的合并。前引《书志》所举某某篇后,汲古本有某某首,实际上是曹之谦续采的篇目,这算是徒增淆乱的认真考证吧。

3. 瑞松堂本

《元遗山诗集笺注》十四卷,施国祁笺注,清道光二年(1822)南浔瑞松堂蒋氏刊本。卷首依次是原序、例言、本传、墓铭、世系、年谱。原序包括诸传本所载序引。例言,考订旧本、校勘、佚作等,凡十五则。本传、墓铭,皆附有考辨。世系、年谱,均出施氏所撰。卷末有附录(储巏辑、华希闵增)、补载(施国祁辑)各一卷。卷端题"元张德辉颐斋类次"、"后学乌程施国祁北研笺"、"蒋炳枕山校"。每半叶十二行,行二十三字,小字双行,行三十三字,

---

① 〔金〕元好问《元遗山先生集》卷首张穆序,清道光三十年刊本。
② 国家图书馆藏万廷兰刊本卷首目录后沈钦韩手书识语。
③ 柏克莱加州大学东亚图书馆编《柏克莱加州大学东亚图书馆中文古籍善本书志》,第287页。

黑口,无鱼尾,左右双边。

此本今存。公藏书目著录多本。翻印本有清道光七年(1827)菩溪吴氏醉六堂刊本、苏州交通益记书馆刊本。又有上海扫叶山房石印本(清宣统三年、民国七年)、上海中华书局《四部备要》本。影印本有《续修四库全书》1322册据上海图书馆藏本影印。又有凌朝枢点校本(人民文学出版社1958年初版,1989年修订版)。

此本所用底本,据卷首《例言》,是清代前期盛行的剑光阁刊本。《笺注》十四卷的卷数,也是沿续全集本所收诗的编次。又据所谓的眠琴山馆藏至元本,补入曹之谦续采诗①。参校的本子,包括至元本、至顺本和开封本,又参考《初白庵诗评》的校语。此本只收诗,却不属于单诗本的系统,而是全集本的后裔,并杂有单诗本的血统。

施国祁没有交待底本选择的理由,为何是晚出的华希闵本,而不是元明旧本,为何是收诗较少的全集本,而不是收诗更全的单诗本。由《例言》所述推测,大概华希闵本是归安夙好斋主人杨知新(号拙园)所赠,便于用作工作底本,而开封本、至元本是从刘桐眠琴山馆借读,至顺本既非足本又是从杨凤苞(号秋室)假读,只能用以参校。另外一个原因可能是,施国祁原定笺注诗文全集,所以选用全集本,而最终完成的只有诗笺。稍晚的张穆提到:“近乌程施北研氏,熟于金源掌故,有《遗山诗文笺》,极精博。《诗笺》初梓,吾友沈子惇即以相赠,近亦印行。《文笺》仍郁未出也。”②

瑞松堂本是最后一种单诗本,也是古代仅有的经过全面考订笺注的遗山诗集。清末灵石耿文光(1830—1908)准确地指出:“此本只录其诗,详为之注,订讹补阙,其功不少。前有总目、本传、墓志、世系、年谱。读遗山诗者,以此本为最佳。”③

4. 阳泉山庄本

《元遗山先生集》四十卷,《续夷坚志》四卷,《新乐府》四卷,附凌廷堪撰年谱二卷、施国祁撰年谱一卷、翁方纲撰年谱一卷、附录一卷、补载一卷。清

① 施国祁从眠琴山馆借读的所谓“元刻曹益甫至元庚午本”,因为《南浔刘氏眠琴山馆藏书目》失传,已无从考定其真假。从至元本流传湮晦的状况看,眠琴山馆所藏极有可能与唐翰题藏本一样,是抽去李瀚序而冒充元刊的明刊汝州本。傅增湘指出:“惟李瀚同时刻有《诗集》二十卷,写刻视《文集》为工,余曾藏有一帙,不知者咸以为元刊。余颇疑施国祁所言眠琴山馆藏元至元本即是刻也。”(《藏园群书题记》,第768页)另外,施国祁《例言》提及清中叶以前所有遗山集刊本,唯独不及汝州本,这也是可疑之处。
② 〔金〕元好问《元遗山先生集》卷首张穆序。
③ 〔清〕耿文光《万卷精华楼藏书记》卷一百十九,北京:北京图书馆出版社1997年影印《山右丛书初编》本,第3954页。

道光三十年(1850)平定灵石杨氏阳泉山庄刊本。卷首张穆序。卷端题"元张德辉颐斋类次、平定后学张穆廉友校梓"。每半叶十二行,行二十三字,白口,单鱼尾,左右双边。版心下题"阳泉山庄"四字。

此本今存。公藏书目著录多本。翻印本有清光绪三年(1877)京都同立堂刊本、清光绪八年(1882)京都翰文斋刊本等。又有清光绪三十一年(1905)《石莲盦汇刻九金人集》本,卷前宣统元年吴重憙序,卷末有缪荃孙光绪乙巳九月刻书跋。前有牌记:"灵石杨氏原刻本光绪八年京都翰文斋书坊印行。"内封又题:"遗山集光绪三十一年乙巳补于江宁。"《新乐府》卷五版心下题:"石莲庵补刻。"可见石莲盦本是据翰文斋本重印,又补刻缺佚的《遗山新乐府》第五卷。

此本所收遗山著述各种的底本,叶德辉(1864—1927)《郋园读书志》著录时指出:"平定张石舟穆刻《元遗山集》,为遗山集大全之本。其诗文四十卷,从明弘治李叔渊本、康熙华希闵本、毛晋汲古阁本、南昌万廷兰本、乌程施国祁注本,勘定伪误,别白是非,各类之后增补续编,凡遗山诗文佚见他书者,此本悉详载之,可谓留心文献者矣。《续夷坚志》四卷,从余秋室刊本重刻,旧传只写本。《新乐府》五卷,《四库》未收,阮氏元《擘经室外集》著录,此亦从华本再刻。《年谱》三卷,施本从《诗注》本,翁本从《苏斋丛书》本,凌本从汉阳叶氏钞本,皆善本也。"①除词集所本并非华本外,叶德辉的描述是准确的②。

张穆校本收录遗山诗、文、词与小说,是遗山自著的首次汇集刊行。张穆序自称:"遗山一家之业,其存于今者,约略备矣。"傅增湘也指出:"盖遗山遗著五百年来至此乃蔚然萃为钜观,其致力可谓勤且卓矣。"③

5. 读书山房本

《元遗山先生集》四十卷,卷首一卷,《续夷坚志》四卷,《新乐府》四卷,附凌廷堪撰年谱二卷、施国祁撰年谱一卷、翁方纲撰年谱一卷、附录一卷、补载一卷,赵培因考证三卷。清光绪七年(1881)忻州读书山房刊本。卷端题"照平定张穆阳泉山庄本校梓"。卷首方戊昌《重刻元遗山先生集序》,卷末赵培因《重刻遗山先生集书后》。每半叶十行,行二十二字,黑口,无鱼尾,四

---

① 叶德辉《郋园读书志》卷九,杨洪升点校,上海:上海古籍出版社2010年版,第418—419页。
② 关于词集底本,张穆序只说:"乐府五卷,阮太傅《擘经室外集》载有提要,而《文选楼书目》初无其名。闻汉阳叶氏有写本,数从相假检,未获也。"既未获汉阳叶氏写本,又不再交待另外的来源。而叶德辉所说的华本,实际上不收词集。
③ 傅增湘《藏园群书题记》卷十五,第767页。

周单边。

此本出于张穆校辑的阳泉山庄刊本。方戊昌序称:"平定张硕洲苦心搜集,萃其诗文、乐府、年谱及《续夷坚志》,都为一集,刊行于时。今甫三十年,访之平定,询之京都,版已无存。"又称:"检郡中所存张硕洲所裒全集,加以校正,重付手民。"①重刻的表现,一是版式的变化,二是重加校订,并增补若干佚作,即赵培因《书后》所说:"爰取郡人士所校硕洲原本,与司孝廉冀北、年友李计部希白、张明府璃坪、胡文学警三及王君覆加商订,脱者补之,讹者更之,疑者阙之,其有各书互异与文有可商者,别为考证三卷,以俟博雅君子辨正焉。至编辑次第,一依硕洲之旧。惟补载中收录稍滥及与本书重复者,酌删三则。其增入集内者,有五律四首、七律一首、词四首,则郝孝廉曼修、子才两君暨家用九兄新从诸书所采得也。"

6. 汗青簃本

《遗山诗钞》三卷,樊宗源辑。清光绪十年(1884)刻本。内封牌记:"光绪癸未季秋叙州汗青簃刊。"附清光绪十年庆符樊宗源序、《金史》本传及郝经所撰遗山墓铭。南京图书馆、四川大学图书馆等有藏本。

据樊宗源序,此本系摘自阳泉山庄本,虽仅三卷,遗山诗悉数收录。卷上:五古、七古、杂言;卷中:乐府,五律、七律;卷下:五绝、七绝。

以上清刊本,翻印者不计,凡六种。

以上元明清三代刊本,翻印者不计,凡十三种。

（四）旧抄本

在遗山集传本中,诸刊本流传有绪,收录完整,又迭经学者校订,显然构成权威的流传谱系。然而,无论刊本如何盛行于世,载籍可稽的抄本始终不绝如缕。在中统本之前,除家藏稿本外,已有作为副墨的抄本行世。在中统本、至元本、至顺本三种元刊本问世后,明代中期李瀚仍然感到刊本不易获见,书在人间,多是抄本。在李瀚倡率的汝州本、开封本先后付梓后,文徵明后人仍然世代收藏楷体精写的玉兰堂抄本,其他明人旧抄本甚至流传至今。而在有清一代,遗山集从康熙至光绪间先后刊行五次,并产生更多的翻印本,清抄本仍有数种幸存至今,并得到学者的批校和珍藏。

这些抄本,无论已佚或尚存,无论出于名家所书或佚名所写,都表明手抄本文化及其相应的阅读方式在印本时代的持续存在和影响。在遗山集诸

---

① 阳泉山庄刻本,光绪八年尚有京都翰文斋重印本,可见板片尚存北京,而方戊昌光绪七年却称:"访之平定,询之京都,版已无存。"是未见而径称无存。

传本中,抄本的校勘价值也许不应高估,然而诸多抄本存在的意义不仅在于此。一方面,在遗山集近八百年的流传中,抄本与刊本并存互补,共同作为知识阶层可以获取的书籍资源;另一方面,在刊本的流传链条中,抄本有时成为其中的一环,已佚的旧刊本通过其传抄本而得到重刊。

这些经常来源不明的抄本,除名家抄校批跋外,一般不见诸著录,也不会得到珍存,幸存于世的十数种远远并不能反映实际的数量。这里依据相关资料介绍其中五种,更多抄本参见附录一《现存批校跋抄本书目》。

1. 玉兰堂旧钞本

《遗山诗集》二十卷,明长洲文氏玉兰堂旧钞本,楷书字体,四册。

此本未见书志著录,仅见于嘉兴钱仪吉(1783—1850)《衍石斋记事续稿》卷七《跋遗山诗集(玉兰堂旧钞本)》:

"《遗山诗集》,写本四册,前后有文嘉、休承、文彭、文揆、宾日诸印文。又有玉兰堂图书记印。第四册前页,有十二砚斋及东吴文献衡山世家印,知为文氏故物。楷法劲秀,不必定是衡山,要出善书人手。史婿叔平得之山阴,喜以示予。遗山诗单行本,以至元庚午刻曹益甫本为最古。昔予里居,尝从友人借观,凡二十卷,前有段氏序。诗凡千二百余篇,又续增八十余篇。今此本亦二十卷,篇数略相当,知从至元本钞录者。"①

钱仪吉跋称,文氏玉兰堂旧钞本出于至元本。这种可能性当然是存在的。不过,从文徵明(1470—1559)的生活年代看,他所抄录的也可能是重刊至元本的汝州本。另外,与施国祁年代相近的钱仪吉,他所经眼的所谓至元本,可能也是汝州本。

钱仪吉跋记述卷中钤印,可见文氏世代珍藏此旧钞本,从明代嘉靖、万历初的文彭、文嘉(字休承),至清初的文揆(宾日、十二砚斋)。此本后归史叔平,今未见。

另外,张金吾《爱日精庐藏书志》著录一种玉兰堂旧藏开封本《遗山集》,称:"卷首有玉兰堂、辛夷馆暨季振宜印记,盖文氏旧藏后归沧苇者。"②

2. 汲古阁藏旧抄本

毛扆《汲古阁珍藏秘本书目》著录:"元遗山诗集八本。旧抄　三两二钱。"(清嘉庆士礼居刊本)在这部鬻书目录中,毛扆没有提供这部旧抄本的更多特征,或许是汲古阁所刊《遗山诗集》的底本。今未见。

① 〔清〕钱仪吉《衍石斋记事续稿》卷七,《续修四库全书》1509册影印清道光刻咸丰四年蒋光煜增修光绪六年钱彝甫印本,第187页。

② 〔清〕张金吾《爱日精庐藏书志》卷三十二,冯惠民整理,北京:中华书局2012年版,第499页。

3. 士礼居藏明钞本

《元遗山集》三十卷,明钞本,何焯校,汤燕生、黄丕烈递藏。

此本今未见,仅据黄丕烈《士礼居藏书题跋记》著录:"《遗山集》元刻仅见五砚楼曾藏十余卷,昔年借校家传钞本,知近本校明刻录出居多。是本为明汤燕生严夫氏所旧藏,亦出自明本。其朱笔字的系何义门手迹。较他本多是正,视元刻亦在伯仲间矣。嘉庆乙亥午月得此因识,荛圃。"①

此本卷数与诸刊本皆不合,来源无考,下落不明。黄丕烈跋声称此本出自明本,想必是开封本,而脱去十卷;又提出此本经何焯校订后,文字接近他曾借校的五砚楼旧藏元刊本十余卷。概言之,黄丕烈跋提供的信息比较混乱,与可考的遗山集都不相吻合。

4. 耕钓草堂旧钞本

《遗山先生诗集》二十卷,吕留良南阳耕钓草堂抄本。前有莫友芝跋。三册。每半叶十二行,行三十字,无栏格。现藏于国家图书馆,《中国古籍善本书目》著录。

莫友芝同治七年戊辰(1868)在苏州书肆购得此本,手跋略曰:"此影钞明弘治戊午汝州重刻曹益甫所编二十卷本……此之细行密字,盖犹元式也。"又曰:"此耕钓草堂影抄旧本,旧有段稷亭氏至元庚午为益之二子刻书引,亦载叔渊此书序,而云附,则其据汝州本或至元本,未可知也。……此影手虽未致佳,然殊不草草,细行密字,剡大资我舟车耶。"(莫友芝手跋又载《宋元旧本书经眼录》附录卷一)

此本后归南浔刘氏嘉业堂。《嘉业堂藏书志》卷四著录,缪荃孙、董康所撰提要,记述此本相关特征:"此本密行小字,书口书'南阳讲习堂钞书',或作'南阳耕钓草堂',或作'南阳村庄',吕晚村藏书。有莫子偲手跋并其父子印记。(缪稿)"此本密行小字,为南阳讲习堂抄书。……有'莫友芝图书印'、'子偲'、'莫印彝孙'、'莫印绳孙'诸记。"(董稿)而刘承幹所撰提要对莫友芝的判断提出异议:"按元遗山诗无小字,此本亦非影钞,跋语过夸,不足据。"(刘稿)②从行格上看,此本确非汝州本的影抄,抄录的来源也未必就是汝州本,也可能是汲古阁本。

5. 静乐故家藏旧抄《遗山诗集》

清乾隆五十九年(1794),忻州知州汪本直修葺元遗山墓,重建野史亭,

---

① 〔清〕黄丕烈《士礼居藏书题跋记》卷六,清光绪间潘祖荫刻本。

② 缪荃孙、吴昌绶、董康撰《嘉业堂藏书志》,吴格整理点校,上海:复旦大学出版社 1997 年版,第 598—599 页。

并访求遗文。据山西学政戈源记载:"刺史汪公既修遗山先生墓,复博求遗文,于静乐故家,得旧抄先生诗,并此《世系略》一则,今摘出,附刊于此。督学使者河间戈源识。"①

汪本直于静乐故家访得的旧抄遗山诗,同时静乐人氏李銮宣在其题墓诗自注中同样提及:"旧钞《遗山诗集》,每首下注作诗岁月,较世行本为详,先大父中宪公所藏书,余家故物也。余索米长安,离里门几及二十年,未曾目睹此本。今为守愚先生(汪本直号守愚)购去,缘是重其葺遗山墓。表兄冯仲匦学博来京师,为余详言之。余闻是举,既叹祖研之不能守,而又深喜官兹土者表章先贤之功不朽云。"②

李銮宣提及,此旧钞《遗山诗集》的特点,是"每首下注作诗岁月,较世行本为详"。如果所言属实,这应该是具有很高价值的旧抄本。遗山集自张德辉编次(甚至是家藏稿本)以来,都如翁方纲所讲的"粗分各体而时地则未尝一一细考也",所收诗也大多不注年月。翁方纲显然应该知道此旧钞本,李銮宣的题墓诗就附录于翁方纲所撰年谱之后,并且翁方纲在年谱附录中也提到"静乐旧抄遗山诗后世系略"③。令人遗憾的是,不管是访得旧抄的汪本直、旧藏的主人李銮宣,还是撰写年谱的翁方纲,都没有提供有关此旧抄本的更多信息。近读忻州人氏张俊赟《李銮宣野史亭歌咏元好问》一文,称:"(汪本直)从静乐县五家庄李銮宣的老家购得渤海戴明说手抄《遗山诗》、《遗山先生世系略》和《元遗山墓图》。"(文载忻州传媒网)所谓"渤海戴明说手抄《遗山诗》",不知所本,姑记于此,俟考④。

二、诸校述评

元好问(1190—1257)是金末元初北方中国最伟大的诗人,继承北宋诗学的传统,又转益多师,溯源风雅,而自成一家。诗集流传后世,刊印和传抄的本子,数量颇多,又见收于各种选本。这些不同时地出现的印本、钞本和选本,保存数量可观的异文,这些异文,部分来源于元好问家藏手稿自身的歧异,部分出自流传中滋生的讹误和臆改。因此,元好问诗需要一部经过学者精心校雠的整理本。

----

① 〔清〕翁方纲《元遗山先生年谱》附佚名《遗山先生世系略》后戈源按语,清咸丰三年(1853)南海伍氏刊《粤雅堂丛书》本。

② 〔清〕翁方纲《元遗山先生年谱》附《忻州刺史守愚汪君重修元遗山先生墓诗》所收李銮宣三首其三自注。

③ 〔清〕翁方纲《元遗山先生年谱》附录。

④ 戴明说,字道默,沧州人,工书画,生活于明末清初。(详参张玲《戴明说生平及作品创作年代考证》,载《美苑》2010年2期)所谓戴明说手抄本,年代应定于明清之际。

遗山集的校勘,多数是诗,少数是文。原因是诗有全集本和单诗本两个系统,异文较多,更需要校勘,而文只有全集本一系,异文较少,并且多数异文只是后出传本妄改或因校致误的结果。最早的全集本开封本,虽然存在一些讹误,但大多是未经学者校改的一望即知的讹误。因此,这里所评述的诸种校本和校记,大抵是诗集的校勘,或者是以诗集为主的校勘。

(一)查慎行《初白庵诗评》

清查慎行《初白庵诗评》三卷,清张载华辑,清乾隆四十二年(1777)涉园观乐堂刊本。凡评十二家诗,其中之一即遗山诗。

查慎行评校所用底本,如施国祁所指出的,是清代中期通行的剑光阁本。查慎行的校改,通常是揣测文理、依据文意的理校,很少参照其他版本。这样的校改,尽管出于诗才、学问俱佳的查慎行,也不免得失参半,有时能与旧本暗合,有时则失之臆断。施国祁《元遗山诗集笺注》卷首《例言》,对于查慎行校勘的成绩,已有详审的评议和相应的例证,抄录如下:

"查初白诗评,即华氏本。如五卷《送陈季渊》句'雪花茫茫扬白雪',改'雪'作'沙'。又七卷《癸巳除夜》句'浮心白发前',改'心'作'生'。又《老树》句'不用若回家',改'若回'作'若思'。又八卷《寄希颜》句'南余归计一廛新',改'南'作'商'。皆与旧本暗合。惟三卷《崇福宫》句'寂寞来作由东邻',乃云:'由疑作田。'又《半山》亭句'半山亭前浙江水',乃云:'浙当作渐。'其谬处未免失检。至八卷《上冯内翰》句'蚤枥老归千里骥',改'蚤'作'早',及详益甫本,竟系'皁'字。盖因传刻者讹'皁'为'早',至后改者,复改'早'为'蚤',沿误至此。又十四卷《壬子寒食》句'五树来禽拾放花',改'拾'作'十',及详益甫本,乃是'恰'字,亦因传刻本讹'恰'作'拾',遂致改'拾'作'十',去本字愈远矣。古书固因不校而讹,亦有因校而益讹者。初白尚不免此。"①

查慎行所校,既有未免失检的谬误,也有因校而益讹的地方,但也有若干合理的校记意见,得到后来学者的采纳,施国祁《笺注》中就有多处援引,姚奠中主编《元好问全集》也经常引述查慎行的校语。

(二)施国祁《元遗山诗集笺注》

版本情况,详见第一节《诸本叙录》。

《笺注》所用底本是清康熙间剑光阁刊本,选择的理由大概是此本是清代通行的遗山集。施国祁在卷首《例言》中指出:"此刻盛行,传是楼所藏,查初白所评,赵蓉江所易,赵云松所说,皆是。甲辰岁从杨拙园夙好斋乞是,

---

① 〔清〕施国祁《元遗山诗集笺注》卷首《例言》,第17—18页。

即小笺底本也。"①

《笺注》所用校本,据施国祁自述,主要有两本:

其一是开封本,《例言》曰:"是书刘疏雨眠琴山馆有之。借校笺本,如……集中籍以订正者,不可枚举,略指一二,不备载。"

其二是至元本(或者是误认为至元本的汝州本),据补底本未收的八十一首,依类收入各卷后,《例言》又曰:"眠琴山馆又藏元刻曹益甫至元庚午本……即校笺本,如……亦举一二,并较今本殊胜,藉以改正不少。"

两本之外,又参校查慎行所校,已详上节所引。另外,《例言》称:"又从杨秋室假读旧钞元黄公绍至顺庚午本。"然而施国祁接受杨秋室贬低此本的评价,似乎并未用作校本。

《笺注》的校勘成绩,最主要的一点是对校两种系统的遗山集,单诗本用至元本(汝州本),全集本用开封本和剑光阁本。这是遗山集流传史上首次有意识地对勘两种系统而形成的刊本。在此之前,遗山集的数次刊行,虽然也有若干校勘,但通常是缺乏版本依据、仅仅依从文理意脉的理校。

《笺注》在校勘工作上存在两点不足,首先是底本的问题,选择晚出并且误字颇多的剑光阁本,这或许应该归咎于施国祁面临的实际困难,他从凤好斋得到杨拙园赠予的剑光阁本,而更好同时也更珍贵的开封本,他只能从眠琴山馆借读,不便作为工作底本;其次是校勘工作的呈现,依据开封本和至元本径改底本误字,却基本上不出校记,只是在《例言》举出若干校改的例子。底本不善和不出校记,这两点对于任何严肃的校勘工作而言,都是致命的缺陷。因此,《笺注》的价值更多地在于笺释方面,而在校勘方面可供后来学者参考的地方并不多。

(三) 赵培因《考证》三卷

《考证》三卷,附刊于清光绪七年(1881)忻州读书山房刊本《元遗山先生集》。

读书山房刊本是张穆所编阳泉山庄刊本的重刻,《考证》正是出于重刻的考虑而对底本所作的校勘工作的记录。赵培因称张穆本"校勘稍疏","未足为此书善本",重刻时因有再行校勘的必要。具体的校勘情况如下:"爰取郡人士所校硕洲原本,与司孝廉冀北、年友李计部希白、张明府璃坪、胡文学謦三及王君,覆加商订,脱者补之,讹者更之,疑者阙之,其有各书互异与文有可商者,别为考证三卷,以俟博雅君子辨正焉。"(《重刻遗山先生集书后》)

① 〔清〕施国祁《元遗山诗集笺注》卷首《例言》,第16页。

与查慎行、施国祁相比,赵培因对于遗山集的校勘工作至少有两方面的进展:

其一是更加广泛的校勘范围。

赵培因几乎涉及遗山集的所有重要传本,如开封本、潘是仁本、汲古阁本、剑光阁本、施国祁本等,只是未及至元本;又参校各种总集,如《御订全金诗增补中州集》、《金文雅》、《元诗选》、《元诗别裁》、《历代赋汇》;甚至提及戴明说《历代诗选》、钱熙彦《元诗补遗》。

其二是比较严谨的校勘记。

施国祁《笺注》所编校的文本,径改底本讹误而不出校记。查慎行《诗评》兼含评论与校勘,其中校勘的条目固然可视为脱离文本而单行的校记,然而,查慎行的校记只是指出讹(疑)误所在或应该校正的文字,通常并无版本依据,也不录他本的异文。赵培因《考证》遍考诸本异文,时有考辨,并形成比较严谨的表述,是清代诸次校勘中最值得参考的校勘记。

赵培因的校勘通常只录异文,不定是非。这一方面固然是审慎的表现,另一方面也是遗山集确实很多异文既有可靠的版本来源,也文从字顺,难以考定是非。其中也有一些提出考辨意见的校记,略举二例。

> 《临汾李氏任运堂二首》其一诗后小注"胥莘公赠诗"句:
> 赵考曰:"张本'莘'作'华',据别本改。按胥鼎字和之,繁峙人,官至平章政事,封莘国公。《金史》、《中州集》、《归潜志》俱有传。"
> 《郑州上致政贾左丞相公》诗题:
> 赵考曰:"张本'左'作'右',施本作'左'。按《金史》、《中州集》、《归潜志》:'贾益廉,东平人。宣宗南渡,由左丞致仕居郑州。'与施本合。据改。"

(四) 王永祥《遗山诗集校勘记》

此文载《东北丛刊》1931 年第 18 期,凡 48 页。

篇首题识:"偶阅李葆恂先生《旧学庵笔记》,知先生对于遗山之诗,备极推崇,且谓每年必庄诵全集两遍,以志景仰,不觉愧汗交下。生平对于遗山人格,向往已久,而其诗则仅于曾氏《十八家诗钞》中,略为讽读,全集至今未曾展阅。因发愤点读,以赎前愆。初以乌程施北研笺注本为读本,继见字句讹夺在所不免,遂以《四部丛刊》影明宏治本(简称明本)、汲古阁毛氏本(简称毛本)及读书山房重刻张穆校刻本(简称张本)三种互相校正,得异同约三百条。所积既多,不忍舍弃,爰排比次序,付之手民。或于读遗山诗者不无小补云尔。"

王永祥在题识中并未清楚交待校勘工作的底本,由其校记大抵可以推知,他所用的底本应是最初的读本,即施国祁笺注本。如以下三条校记:

> 五古卷一《元鲁县琴台》诗末注"故及",校记曰:"明本、毛本、张本'故及'均作'故及之'。"(页2)
>
> 五古卷一《丰山怀古》"迎山横巨鳌"句,校记曰:"明本、毛本、张本'迎山'均作'连山'。"(页4)
>
> 七古卷四《张彦宝陵川西溪图》诗题,校记曰:"明本、毛本、张本,诗题'张'字上均有'题'字为冠。"(页18)

王永祥的校勘,大多只校异文,而不定是非,仅有少数例子做出判断。如以下两条校记:

> 五古卷一《出京》"尘泥免相浣"句,校记曰:"毛本免相浣作久相浣。久字较胜。"(页1)
>
> 乐府卷六《黄金行》"一片青衫衡霍重"句,校记曰:"衡霍,疑作卫霍,但明本、张本、毛本皆作衡霍。"(页26)

王永祥的校勘特别关注明本和毛本的音注,并逐一校出。这一点值得肯定。诸多清刊本,乃至后来的整理本,大抵随意删落这些旧本保存的音注。略举两条校记:

> 五古卷一《乙酉六月十一日雨》"郁郁无边涯"句,校记曰:"明本、毛本无边崖下均有注'音崖'。"(页5)
>
> 七律卷八《渡湍水》诗题,校记曰:"明本、毛本题下有注:'湍作专呼,见水经。'"(页32)

王永祥所校诸本,已包含读本山房刊本,令人不解的是,他似乎未见附刊于卷末的赵培因《考证》。而与赵培因《考证》相比,王永祥《校勘记》虽然也有若干校勘意见值得参考,但整体而言,并未取得新的进展,参校范围和异文数量也比较有限。王永祥《校勘记》一文,后来长期淹没于故纸堆中,未能得到学者关注,这当然主要应该归咎于文章流传不广,但从学术积累方面看,也并非是很大的遗憾。

（五）姚奠中主编《元好问全集》

姚奠中主编《元好问全集》，山西人民出版社 1990 年；山西古籍出版社 2004 年增订本。（以下简称姚本。）

姚本所用底本是清刊本中最晚出的读书山房刊本，选择的理由是此本收录完备，诗文四十卷外，有附录一卷，补载一卷，年谱四卷，《新乐府》四卷，《续夷坚志》四卷，并附有赵培因的校勘。以收录完备作为底本选择的理由，笼统地说，当然无可厚非，不过具体而言，却不尽如人意。读书山房本所收词只有四卷，姚本需要据他本补入第五卷，这是完备中的不完备；读书山房本所收诗文集四十卷，与旧本相比，有所增订，但数量不多，同样完备的明刊本更应该作为底本，这是并无优势的完备。因此，姚本所谓完备的理由其实未必成立，与此同时，晚出刊本与生俱来的缺陷却难以消除。

姚本参校诸本，除比较易见的明清诸刻如开封本、汲古阁本、剑光阁本外，还涉猎若干稀见的抄校本，如国家图书馆藏明抄本《遗山先生诗集》、陈鳣批校《遗山集》、中国社会科学院历史研究所藏清初抄本《遗山诗》、山西祁县图书馆藏张穆批校《遗山文集》，以及总集、别集、杂著的引录，并且吸收和复核赵培因的校记。在遗山集的所有校勘和整理工作中，姚本涉及最广泛的参校版本，并提供最多的异文。这一点无疑是应该肯定的，并且是姚本最值得参考的地方。然而，姚本的校勘存在的最大问题，正是罗列大量异文，不能取舍，只校异同而不校是非，有时只会徒然增加阅读的淆乱。实际上，通过版本谱系的梳理，这些纷繁的异文经常只是传抄过程中滋生的讹误，大多可以扫除。

概括地说，姚本在底本选择和校勘方法两方面都并不完善。以下略举数例。

1. 无视汝州本之失。

汝州本是遗山集诸传本中年代最早的版本，保存元刊的面貌，文字最为可靠。姚本搜访众多遗山集传本，却遗憾地未见汝州本。这或许是姚本最致命的缺陷。

姚本卷一《饮酒五首》其二：“百伪无一真。”案：伪字，他本同，惟汝州本作为字。姚本不及汝州本，因此未能校出此处唯一的异文。

姚本卷二《示程孙四首》其三：“芳兰茁其芽。”案：茁字，他本同，汝州本作出字。姚本不及汝州本，未校出此处异文。

2. 漏校开封本之失。

开封本在姚本所列参校诸本中，然而漏校甚多。

姚本卷一《送钦叔内翰并寄刘达卿郎中白文举编修五首》其四：“徇俗

恨太卑。"案：徇字,汝州本、开封本皆作狥字。姚本未出校记。

姚本卷三《西窗》："树影离离动微风。"案：影字,汝州本、开封本皆作阴字。姚本未出校记。

3. 妄删旧本所存音注。

汝州本、开封本保存多处音注。从版本源流看,元好问家藏稿本就有这些音注。即使不是稿本所有,校勘工人也应多闻阙疑,不当妄删旧本文字。

姚本卷一《麦叹》："三岁废不治。"案：汝州本在治字下有小字注曰："平。"弘乙本等无此音注,姚本同,且不出校。

姚本卷一《乙酉六月十一日雨》："郁郁无边涯。"案：汝州本、开封本在涯字下皆有小字注："音崖。"姚本无此音注,亦不出校。

姚本卷一《阻雨张主簿草堂》："漫淫成积雨。"案：汝州本、开封本及其他传本,淫字下皆有小字注："去声。"姚本无此音注,亦不出校。

4. 误从读书山房本且漏校明清诸本。

姚本卷一《后饮酒五首》其二："诞幻苦无实。"案：苦字,汝州本、开封本、汲古阁本、剑光阁本皆作若字。姚本未出校。

姚本卷二《学东坡移居八首》其二："十日得安居。"案：日字,诸本皆作口字。姚本未出校,从上下文意看,底本应误。

姚本卷三《密公宝章小集》："猎取大国如驱羊。"案：汝州本、开封本、剑光阁本,羊字下皆有小字注："取一作两。"姚本无此小注,且不出校。

（六）狄宝心《元好问诗编年校注》

狄宝心校注《元好问诗编年校注》,中华书局 2011 年 1 月 1 版。（以下简称狄本。）

以下从校勘原则和校勘实绩两方面,谈谈此书在校勘元好问诗上的成就,此书的笺注方面暂且从略。

1. 校勘原则

狄本校勘元好问诗有两个原则,一是求真不求善,二是化繁为简。狄本《前言》中提出求真不求善的原则,针对的是清人施国祁的《元遗山诗集笺注》。施国祁经常径改原文,不出校记,用校勘正史的方法校勘诗集,求善不求真,狄本由此提出相反的求真不求善的原则,旨在恢复元好问诗稿的原貌,即使有确凿的史料证明作者遣辞用典有误,也不替作者改错,只在校记中说明。在校勘作业中,真与善有时不能两全,求真是恢复作者原本的面貌,求善是剔除讹误、构造无瑕的文本,二者的方向有时并不一致。校者经常意识不到这点,混淆求真与求善的差异。狄本明确坚持求真的原则,是难能可贵的校勘意识。

化繁为简的原则,是我替狄本总结的。狄本评论姚奠中整理本时指出,姚本广泛搜罗各种版本,校记中列出详细的异文,其利在于一本在手,就可了解各本的情况,其弊在于只校异同而不校是非,让读者无所适从。姚本的得和失都在于繁。狄本的做法正好相反,只选择四种版本,其中三种是现存最早的版本,另一种是曾据已佚元刊本校过的施国祁本,至于其他后出的版本和选本,基本摒弃不用。这种做法是有理由的,元好问诗的异文基本上都保存在他所选择的四种版本中,其他版本和选本并不提供很多有价值的异文,也就没有参校的需要。校勘的目标是恢复原本的面貌,而不是徒然地罗列大量异文和炫耀博学。狄本的校勘可谓以简取胜。如果要说这种化繁为简的校勘有什么缺憾的话,那就是读者从中看不到文本流传的前后过程,看不到晚出印抄诸本的情况。

2. 校勘实绩

狄本确立求真不求善的原则,因此在异文去取中基本不会犯臆改的毛病,又选择化繁为简的方式,因此在校记撰写中避免杂列各本、淆乱耳目的毛病。这两方面都是应该肯定的校勘实绩。下面举出一些具体的校勘问题。

其一,底本选择的问题。

狄本选择明末汲古阁本作为底本,《前言》中提出的理由是"刊刻较早,收诗较全,校勘较精"。这三点理由实际上都不能成立。在汲古阁本之前,有明代弘治十一年刊行的两种本子,即汝州本和开封本,狄本称为李诗本和李全本,汲古阁本从李诗本出,并无新增篇目。前两点理由可以否定。至于"校勘较精"的理由,从此书的校勘情况看,也不能成立。狄本的很多校记都表明,毛本误改的地方很多。这里只举一例。《元鲁县琴台》"寂寞授书室"句,狄本有一条校记说:"授书室:毛本作'授书空',形近而讹。据李诗本、李全本、施本改。"狄本的校勘已经证明毛本并非善本,为什么仍然用作底本呢? 在底本的问题上,汝州本显然是更好的选择。还用狄本的三点理由看,汝州本符合前两点,至于校勘方面,汝州本没有经过校勘,存在若干讹误,但也更多地保存古本面目,没有因校而益讹的毛病,并且元好问诗实际上并无"校勘较精"的版本,第三点理由也没有问题。

其二,参校施本的问题。

狄本《前言》中明确反对施国祁求善不求真的原则,声明不替作者改错,这一原则在校勘作业中并没有始终得到贯彻。例如,《论诗三十首》第九首有一条元好问的自注:"'陆芜而潘静',语见《世说》。"诸本如此,而狄本依施本改"静"作"净"。在此例中,施国祁依据《世说新语》校改元好问诗,意思是说元好问记错了,应该替他改正。狄本依从施国祁的意见,给出的理由却是刊印有误。

其三,失校的问题。

这里只举两个例子。《玉溪》"岸容潇洒带新秋"句,容字,汝州本作谷字,此书失校。又如《长安少年行》"卧驼行囊锦帕蒙"句,锦字,施国祁本作镜字,此书失校。这些当然只是校勘工作中偶然的疏失。

其四,音注的问题。

汝州本和开封本都保存若干音注,而这两种版本都是元刊本的翻刻,因此这些音注大概出自元好问之手,至少没有理由说是后人所加。在流传过程中,这些音注一向是以小字的形式放在相应的正文之下。此书对音注的处理缺乏统一的体例,有时仍放在正文中,有时却撺入校记,后一种情况如《过晋阳故城书事》"钉破并州渠亦亡"句,"钉"字下原注"去声"二字,此书只在校记中保留此处音注:"钉:李诗本、李全本注'去声'。"

尽管在校勘上存在若干疏误,《元好问诗编年校注》仍然不失为一部后出转精的整理本。与姚本相比,狄本首次使用刊刻最早、收诗最全的的李诗本,并且清楚地梳理遗山诗集的流传谱系,化繁为简,摒弃很多没有校勘价值的晚出版本。因此,此书应该可以成为目前学界研究遗山诗的最佳读本。

(七)其他

遗山集,元明时期递有刊板,但都没有经过严谨的校雠,更没有形成校勘记。晚明潘是仁刊本、毛氏汲古阁刊本,间有改字,大抵出于臆改,很难谈得上校雠。清初始有学者注意于此。除以上所述六家外,尚有不少学者从事遗山集的校勘。略述如下。

顾嗣立编《元诗选》,收遗山诗数百首,略有校勘,而不明所依何本,仅曰一作某而已。江都郭元釪编《御订全金诗增补中州集》,其中遗山诗所注异文,全袭顾校。

沈钦韩手校本。国家图书馆所藏万廷兰刊本《元遗山诗集》八卷,是沈钦韩校读的本子。卷首目录之后有沈钦韩嘉庆庚辰七月的识语,略曰:"既从阁本对勘一过,因识之。"卷中书眉多见沈钦韩据汲古阁刊本对勘的校语。万廷兰刊本既从剑光阁本或开封本等四十卷本而来,沈钦韩以汲古阁所刊二十卷本对勘,实际上是对勘了单诗本和全集本两种系统的本子。有意思的是,沈钦韩自己并没有意识到这一点,如前所引,他误以为万廷兰刊本出于汲古阁刊本。

莫友芝手校本。此本未见。《影山草堂六种》之《郘亭遗文》卷三《遗山诗集跋》:"右遗山诗通行本,毛子晋据元至元戊辰曹铼所刊单诗本传刻者。……咸丰四年夏五月,读单诗本,复假全集,略为校勘,识卷末以示子弟。"

清光绪六年(1880),南海黎维枞翻刻毛氏汲古阁刊本,末附《考异》一卷。

吴汝纶《元遗山诗集点勘》不分卷,民国间保定莲池书社铅印本。

钱珏、沈文起手校本。此本未见,据潘景郑《著砚楼书跋》著录《校本元遗山诗集》曰:"汲古阁本《遗山先生诗集》二十卷,经乡前辈钱珏以朱笔校注,眉端行间,蝇楷殆遍;又经沈文起先生以墨笔补勘,益增完善。"(上海古籍出版社 2006 年,第 250 页。)

贺新辉辑注《元好问诗词集》(中国展望出版社 1987 年)。卷首《辑注说明》声称,此本诗歌部分以施国祁本为底本,参照汲古阁刊本、吴重憙《九金人集》本等校订。但此本并不出校记,校订情况不得而知。

薛瑞兆、郭明志编纂《全金诗》(南开大学出版社 1995 年),底本用《四部丛刊》影印本,校本仅有施国祁本,随文出校,校记寥寥。

阎凤梧、康金声主编《全辽金诗》(山西古籍出版社 1999 年初版,2001年重印),在《与西僧伦伯达二首》诗后有校者说明:"以上据读书山房本《元遗山先生集》,以中国社会科学院历史研究所藏清抄本《遗山诗集》、北京图书馆藏明代抄本《遗山先生诗集》、中国科学院藏宋荦抄《松和庵元遗山诗抄》、清道光二十七年定襄李氏刻本《遗山先生文集》校。"(第 2721 页。)由此段说明及卷中所出校记,可知此本校勘工作与姚奠中《元好问全集》之间极有关联,览者对校二书自可悉知。

杨镰主编《全元诗》(中华书局 2013 年),第二册收元好问诗。底本用《四部丛刊》影印本。校本仅有汲古阁本。汲古阁本各体诗溢出底本之外的篇章,补于最后。这一点与姚本分体补入的做法不同。元好问生当金元之际,总集编纂时入金或入元,原本都无不可。不过,既有《全金诗》与《全辽金诗》收录在前,又何必援据《元诗选》之例,又再收入《全元诗》。更何况校勘用力不深,在前述诸校本之后,就只堪备数而已。

周烈孙、王斌《元遗山文集校补》(巴蜀书社 2013 年),此本问世最晚而缺憾甚多。一是仍然未见明汝州刊本;二是底本选用收诗不全的明弘治十二年开封刊本(诗文四十卷);三是轻易删改增补,因校致误的地方比比皆是,如《杂著五首》,题下妄补"集陶"二字,每句下妄补陶诗题目,又据陶集妄改诗中多处文字。

其他传世的名家手批校本,详见后文《现存批校跋抄本书目》。

(八)遗山诗集的校勘原则

从以上各校本和校勘记的述评看,遗山诗集仍然需要一个更加完善的校

本。鉴于已有成果的得失,一个更加完善的遗山诗集校本应该遵循以下原则:

其一,以明弘治十一年刊汝州本为底本。

汝州本完全符合校勘底本的各种要求:现存最早的版本;收诗最全的版本(当然还以补辑若干集外佚诗);文字最可靠的版本(当然也有显然的讹误需要校正)。在遗山集的各种传本中,汝州本无疑是最具权威、最接近原本的版本,理应用作底本。至今没有任何校本或校勘记选择汝州本作为底本,这是需要改变的缺憾。

其二,广泛的参校版本和尽可能多的异文。

这是赵培因和姚奠中采取的方式,虽然被化繁为简的狄宝心校本摒弃,但只要解决徒然罗列异文的弊病,这种方式仍然可以继续采用。广泛参校传世各本,搜集更多的异文,这样的努力既可以呈现出文献流传过程,也可以做到一本在手,如见各本。

其三,构建版本谱系,确定各本权威程度。

这应该作为异文处理的整体原则。谱系的方法,不保证每一处异文的准确性,而是从整体上保证异文取舍最大程度地符合作者之意,从整体上保证异文的可靠性。构建清晰的版本谱系,确定各本的权威程度及其相应的校勘价值,可以有效地避免徒然罗列异文的弊病。具体而言,遗山诗集的校勘,应该充分尊重作为底本的汝州本的权威,在缺乏确凿证据时,不轻易改动其文字;在各传本中,更加重视开封本的权威,其他明刊本次之,清代印抄诸本再次之;总集、方志等本集以外的文献,作为校改的参证,需要谨慎地对待。对于互有得失的姚本和狄本,谱系的方法大概可以弃其所短,合其两长。

三、现存批校跋抄本书目

(一) 遗山先生诗集二十卷

明弘治十一年四月(1498)李瀚序刊本,河南汝州。

1. 王士禛批点。今藏香港中文大学图书馆,存十二卷:四至九、十五至二十,凡四册。

2. 黄裳跋。四册。国家图书馆藏本。黄裳《来燕榭书跋》著录称此本出滂喜斋潘氏。

3. 佚名录清何焯校并跋。卷四至九配抄本。中国社会科学院文学研究所藏本。

4. 佚名朱笔圈点,间有眉批。四册。上海图书馆藏本。钤印:"华亭封氏篸进斋藏书印。"

5. 清徐康手书题辞。八册。台湾"国家"图书馆藏本。

6. 唐翰题跋。八册。美国柏克莱加州大学东亚图书馆藏本。钤印："鹯安校勘秘籍"、"石莲盦所藏书"、"长尾甲题"等。

（二）遗山先生文集四十卷附录一卷

明弘治十一年闰十一月（1499）李瀚序刊本，河南开封。

7. 明徐烱跋。福建省图书馆藏本。

8. 清何焯跋。台湾"国家"图书馆藏本。

9. 沈曾植跋。北京市文物局藏本。案：傅增湘得此本前二十卷，沈曾植得后二十卷，遂加跋以归傅。跋见傅增湘《藏园群书经眼录》卷十五。

（三）遗山先生诗集二十卷

明末毛氏汲古阁刊元人集十种本。卷首段成己引，卷末毛晋跋。

10. 清吴蔼校并跋。上海图书馆藏本。

11. 清沈钦韩校。六册。上海图书馆藏本。

12. 清周调梅（半樵）跋。台湾"国家"图书馆藏本。

13. 清黄金简评点。开封市图书馆藏本。

14. 清李慈铭评。国家图书馆藏本。

15. 叶景葵校并跋。十册。上海图书馆藏本。

16. 佚名录顾嗣立、顾奎光、王庆麟、翁方纲等评。四册。北京大学图书馆藏本。

17. 佚名朱笔圈点。四册。上海图书馆藏本。

18. 澹晦校。八册。上海图书馆藏本。

19. 清翁同龢手跋。朱绿墨三笔批校。二册。钤印："同龢"、"宋钺之印"、"张公权印"、"廉让印"、"丙章"、"张氏丙章"、"公权"、"天津市人民图书馆珍藏图书"、"沧波钓叟"。中国嘉德国际拍卖有限公司 2006 年秋季拍卖会上出现。

20. 佚名朱墨笔圈点批语。十册。钤印："杏民"、"灵芬馆主"、"乔冠华印"。北京保利国际拍卖有限公司 2012 年春季拍卖会上出现。

21. 佚名朱墨圈点。六册。钤印："觉今是而昨非"等。北京保利国际拍卖有限公司 2011 年秋季艺术品拍卖会上出现。

22. 佚名朱墨笔圈点批校。十册。钤印："郭庆过眼"、"雨人读过"、"邹问侯印"、"山阴汪之田"、"蓉阁"。北京保利国际拍卖有限公司 2008 年秋季艺术品拍卖会上出现。

（四）遗山先生文集四十卷

清康熙四十六年（1707）无锡华希闵剑光阁刊本。

23. 清翁方纲、叶志诜批注并跋。八册。国家图书馆藏本。

24. 清王鸣盛、陈鳣批校。八册。上海图书馆藏本。

25. 清钱大昕等批校。四册。北京师范大学图书馆藏本。钤印："鞠霜楼"、"憼斋秘笈"、"叶启发读书记"、"林焕庭所藏金石书画"。

26. 清周星诒批并跋。武汉图书馆藏本。

27. 清张穆校并跋。祁县图书馆藏本。

28. 佚名朱笔批校。十册。有配抄。复旦大学图书馆藏本。

（五）元遗山诗集八卷

清乾隆四十三年（1778）万廷兰刊本。

29. 清沈钦韩校注并跋。二册。国家图书馆藏本。

30. 清张穆、何绍基批校。中国科学院图书馆藏本。

31. 清吴应和批校。北京市文物局藏本。

32. 沈曾植批。浙江博物馆藏本。

（六）元遗山诗集笺注十四卷

清道光二年（1822）南浔瑞松堂蒋氏刻本。

33. 沈石友跋并批，四册。上海图书馆藏本。卷首钤"虞山沈山坚白斋图籍"、"石友过眼"等印。

34. 四册。周退密手书题识："郭频伽先生灵芬馆旧藏之书，后之得者其永宝之。八二叟退密记于安亭草庐南牖下。"钤印："蛟门小隐"（白）、"眉谷"（朱）、"孙廷榮印"（白）、"廷榮"（白）、"钱塘孙氏"（朱）、"退密题记"（白）。上海嘉泰拍卖有限公司2008年秋季艺术品拍卖会。

35. 佚名朱墨圈点。六册。钤印："积学斋徐乃昌藏书"。富彼国际拍卖（北京）有限公司2008年年秋季艺术品拍卖会上出现。

（七）遗山先生文集四十卷附录一卷

36. 明抄本。清丁丙跋。南京图书馆藏本。《八千卷楼书目》卷十五著录。《善本书室藏书志》卷三十三著录："明钞本 马寒中藏书。""有红药山房收藏私印、马思赞印、寒中诸图记。"

37. 明抄本。清陈本礼、陈逢衡朱笔校补。半叶十行，行十九字，无栏格。钤印："瓠室"。书根题："明抄本遗山先生文集江都陈逢衡校本"。中国人民大学图书馆藏本。

38. 日本江户时代写本。林氏大学头家旧藏，今存内阁文库。严绍璗《日藏汉籍善本书录》著录。

（八）遗山先生诗集二十卷

39. 清吕晚村南阳讲习堂抄本。莫友芝跋。三册。半叶十二行，行三十字,无栏格。书口书"南阳讲习堂抄本",或作"南阳耕钓艸堂",或作"南阳村庄"。钤印:"莫友芝图书印"、"子偲"、"莫彝孙印"(回文)、"莫绳孙印"(回文)。今藏国家图书馆。

40. 清初抄本。钱仪吉跋。半叶十二行,行二十四字,无栏格。今藏中国社会科学历史研究所。

41. 清抄本。邓之诚跋。半叶十行,行二十一字,无栏格。存六卷(一至六)。今藏中国科学院图书馆。《中国科学院图书馆藏中文善本书目》著录。

42. 清抄本。六册。今藏北京大学图书馆。

(九)元遗山文集十四卷

43. 清抄本。半叶九行,行二十字,无栏格。清姚世钰、王礼培批校并跋。存十卷(一至六、十一至十四)。今藏湖南图书馆。

(十)元遗山诗十卷

44. 清抄本。今藏浙江图书馆。案:遗山集以十卷行世者,仅见潘世仁编《宋元名家诗集》本(万历四十三年刊本)。此本疑抄自潘本。

(十一)遗山先生文集二十六卷附录一卷

45. 抄本。六册。今藏上海图书馆。案:《遗山先生文集》四十卷中,卷一至十四为诗,余二十六卷为文。此集应专收文。

(十二)遗山集四十卷

46. 清乾隆年间写四库全书荟要本。十八册。台北故宫博物院图书馆藏本。《"国立"故宫博物院善本旧籍总目》著录。有影印本。

47. 清乾隆年间写文渊阁四库全书本。十八册。台北故宫博物院图书馆藏本。《"国立"故宫博物院善本旧籍总目》著录。有影印本。

(十三)遗山文集十七卷

48. 清写本。钤印:"古稀天子之宝"、"乾隆御览之宝"。拍卖说明声称,此本是《四库全书》文澜阁抄本。中国嘉德国际拍卖有限公司 2006 年秋季拍卖会上出现。

四、选本书目

(一)清代(1644—1911)

松和庵元遗山诗钞

清商丘宋荦辑。松和庵抄本。选诗 258 首,其中近体 215 首。中国科学院图书馆藏。

元裕之七律钞一卷

清吴江顾有孝辑《五朝名家七律英华》三十五种本。清康熙二十六年

（1687）金阊宝翰楼刻本。

遗山集一卷

清顾嗣立辑。《元诗选》初集甲集。清康熙三十三年（1694）长洲顾氏秀野草堂刻本。

遗山诗选一卷

清厉鹗编。手抄本。《八千卷楼书目》卷十五著录，未见。

元遗山诗选一卷

清沈德潜辑。《宋金三家诗选》本。清乾隆三十四年（1769）刻本。选诗134首。

遗山题跋一卷

清平湖陆烜晦庐订。《奇晋斋丛书》第2函，第5册。清乾隆间平湖陆氏奇晋斋刻本。卷末陆烜跋。1982年天津天津古籍书店影印本；民国元年（1912）冰雪山房石印本。

元遗山诗集续编一卷

清施国祁编。清抄本。一册。上海图书馆藏本。卷端题"乌程施国祁北研补"。卷中有朱笔圈点。蓝格纸。半叶十二行，行二十三字，白口，单鱼尾，左右双边。首叶钤"华亭封氏簪进斋藏书印"大方印。

元裕之七律钞

《石研斋七律抄选》本。清抄本。1册。国家图书馆藏。

元遗山先生文选七卷

清李祖陶评点。清道光二十五年（1845）泰和孙明校刊，《金元明八大家文选》之一种。卷首李镕经《小引》、《金史》本传、郝经所撰墓铭，卷末李祖陶《小序》。

选录情况，据李祖陶《小序》曰："右录元遗山先生文七十八首，依本集原第，厘为碑志墓表四卷，记序引二卷，杂文暨小传一卷。"

元好问诗

清新化邹湘倜辑。《历朝二十五家诗录》本。清光绪元年（1875）新化邹氏得颐堂刻本。1册。国家图书馆藏。

遗山诗髓十四卷元诗备考二卷备考补遗一卷

清温忠翰撰。稿本。据《中国古籍善本书目》著录，藏于牡丹江市图书馆。

元遗山诗选二卷补遗一卷

清叶廷琯编。与《中州集诗选》一卷《补遗》一卷合1册。稿本。上海图书馆藏。卷首钤"二十五匴藏书家"朱方印。卷一卷端钤"调生"、"臣廷琯"二朱方印。卷中有眉批和圈点。

遗山诗选

清抄本。1 册。《六家诗选》本。国家图书馆藏。

元遗山诗注摘录一卷

佚名辑。稿本。八册。今藏上海图书馆。

元裕之文抄一卷

《元明十四家文归》本。据《东京大学东洋文化研究所汉籍分类目录》著录。

律诗杜骨

清尚镕编。未见传世。所选篇目不详。是集取李商隐、陆游、元好问三家七律,合为一编。参尚镕《持雅堂全集》诗钞卷三《偶取李义山陆放翁元遗山七律编为一集名曰律诗杜骨以其善学杜陵得其神骨异乎何李之袭皮毛也爰各系以诗以志景仰》,其三为《元遗山》)。

元遗山诗十卷

编者不详。未见传本。傅增湘《藏园群书经眼录》卷十五著录此书曰:"旧钞本,九行,十九字,版心题'竹北亭手钞'五字。"又称:"此本前四卷系就全集选录者,卷中缺字甚多,当为原版断烂所致,取汲古阁本勘之,颇有异字,其题下注字及一作某等多为汲古阁本所无,第不知何人所选,何时刊板耳。其五卷以后则就选本所遗者续录之,则异字绝少见,意为后人补钞以足之,不足据也。(述古堂书坊取阅。丁卯。)"(中华书局 2009 年,第 1081页)又,浙江图书馆藏一种清抄十卷本。

(二) 现代(1912 至今)

元好问文选

郭绍虞选注。上海:北新书局民国二十五年(1936)。100 页。选收各体文章三十余篇,有注释。

元好问诗

夏敬观选注。《学生国学丛书》本。长沙:商务印书馆民国二十九年(1940)。105 页。收诗 189 首,有注释。

遗山咏杏诗

仲莹抄录。民国三十一年(1942)抄本。1 册。国家图书馆藏。

元遗山诗选二卷附录一卷

古直选。《近代诗选》第三种。民国间铅印本。1 册。

元好问诗选

郝树侯注释。北京:人民文学出版社 1959 年、1983 年。129 页。

元好问诗选

陈沚斋选注。《中国历代诗人选集》本。生活·读书·新知三联书店香港分店 1984 年。广州：广东人民出版社 1985 年。212 页。

元好问诗文选注

钟星选注。《中国古典文学作品选读》本。上海古籍出版社 1990 年。184 页。

元好问诗选译

郑力民译注。章培恒主编《古代文史名著选译丛书》本。成都：巴蜀书社 1991 年。237 页。南京：凤凰出版社 2011 年修订版。

遗山诗词注析

林从龙等编著。郑州：中州古籍出版社 1991 年。201 页。

元好问

王树林选注。邓绍基等主编《中国古代十大词人精品全集》本。大连出版社 1998 年。

李清照　姜夔　辛弃疾　元好问　合集

《中华古典名著百部·诗文经典》本。长春：时代文艺出版社 2000 年。

元好问词注析

马现诚等注析。太原：山西古籍出版社 2001 年。选词 205 首。

元好问词曲集

蔡镇楚整理。《四库家藏·集部·别集》。济南：山东画报出版社 2004 年。63 页。

元好问集

李正民等解评。《中国家庭基本藏书》名家选集卷。太原：山西古籍出版社 2004 年。太原：三晋出版社 2008 年。选诗 89 首、词 39 首、散曲 3 首、辞赋 2 篇、散文 6 篇、小说 4 篇。

元好问诗词选

狄宝心选注。《古典诗词名家》本。北京：中华书局 2005 年。248 页。选诗 100 题 149 首，词 90 首。

元好问　萨都剌集

龙德寿编选。《历代名家精选集》本。南京：凤凰出版社 2011 年。

（三）域外

元遗山诗钞二卷

日本垣内保定校订。天保七年（1836）世寿堂。日本明治四十一年（1908）青木嵩山堂排印本。

元遗山先生诗选

日本井々居士抄。东京奎文堂 1883 年。

元遗山诗选二卷

日本小松直之进评订。2 册。含翠吟社 1919 年,和装。

元好问

日本小栗英一选注。《中国诗人选集》2 集 9。岩波书店 1990 年。

第二章　遗山词集考证

元好问为金元间文学巨擘,诗文词皆自足名家,所撰词集,别为一编,不入本集,因此流传湮晦,源委纷淆,故须详加考订梳理。清代以来,不少学者从事于遗山词集的整理工作。民国以前,主要有何焯、华希闵、张穆、张家禧、张文虎、劳格等;民国至今,主要有朱孝臧、吴庠、唐圭璋、姚奠中、赵永源等。其中朱孝臧校刊《彊邨丛书》三卷本,是民国以来学者通用的本子,赵永源《遗山乐府校注》(凤凰出版社 2006 年),是目前为止整理最为完善的遗山词集。然而,关于遗山词集的版本源流等问题,至今没有被梳理清楚。这对遗山词集的校勘工作造成不利的影响。

一、遗山词集版本源流

结合现存词集与书志著录可知,遗山词集的流传主要有三个系统:一是五卷本,二是三卷本,三是凌云翰编选本。在名称上,五卷本多题为《遗山(先生)新乐府》,三卷本与凌选本皆题为《遗山乐府》。

(一)遗山先生新乐府五卷

五卷本的来源不详。在清代中期以前,五卷本的流传皆为抄本的形式。年代较早且影响最大的两个抄本是"叶文庄抄本"与"何义门校本"。

文献可稽的最早抄本是明代前中期叶盛(1420—1474)菉竹堂的"叶文庄抄本"。叶文庄抄本流传到清代,为苏州王闻远孝慈堂所收藏①,后又归于仪征张子谦。瞿镛曾从张子谦借此本以校勘所收藏的张金吾旧抄本②。叶文庄抄本现已不知下落,疑已亡佚。

民国二十七年(1928)刊行的《殷礼在斯堂丛书》本,与叶文庄抄本可能

---

① 〔清〕王闻远《孝慈堂书目》(民国二十年观古堂刊本)著录一《遗山新乐府》五卷抄本,旧为叶文庄所藏,一册,一百三十六半页。

② 〔清〕瞿镛《铁琴铜剑楼藏书目录》卷二十四著录《遗山新乐府五卷》抄本,曰:"旧为爱日精庐张氏藏书,中多讹脱。近于张子谦处借得王莲泾藏旧钞本,校勘一过。"(《续修四库全书》本,册 926,第 414 页。)

具有一定的渊源关系。卷末罗振玉跋称："予往岁得此本于吴中,前有'蒋维培印'、'季卿'二朱记,后有朱书二行曰:'己酉秋从林屋叶氏明钞本校缮,元恺。'《孝慈堂书目》载所藏有叶文庄公藏本,称元恺者不知何人,至所云林屋叶氏,殆即传钞叶文庄本也。"

在五卷本的传抄过程中,另一著名的本子是清前期何焯(1661—1722)的"何义门校本"。卢文弨(1717—1795)所校五卷本即出于此本①。张穆(1808—1849)校刊阳泉山庄本,可能出自何校本。咸丰五年南塘张家骧刊行《遗山先生新乐府》五卷,亦可能出于何校本②。

除叶文庄抄本和何义门抄本之外,五卷本尚有诸多清抄本见诸书志著录和公共图书馆馆藏,如卢文弨校本③,丁丙善本书室藏本④,张金吾爱日精庐藏本⑤,陆心源皕宋楼藏本⑥,阮元《四库未收书提要》著录旧抄本⑦,封氏簧进斋藏姚椿抄本,上海图书馆藏佚名笺注抄本,天津图书馆藏清抄本⑧,彭元瑞知圣道斋写本⑨,鲍渌饮校补旧抄本⑩。

五卷本长期以来都是以抄本的形式流传,直到嘉庆年间,阮元将一旧抄本刻入《宛委别藏》,成为五卷本的最早刊本⑪。之后,道光三十年(1850),

---

① 〔清〕卢文弨《抱经堂文集》卷七《遗山乐府题辞》曰:"今此五卷者出于义门何氏。"(《续修四库全书》本,第613页。)

② 清咸丰五年刊《遗山先生新乐府》,卷末张鸿卓跋称:"遗山先生词,世无刊本。乾隆钱唐陈君皋录于邗上,卷面记云何义门校本,而跋中不及,或系伪托,然审字迹,与跋似出一手,何欤?道光庚寅春金山姚君古然以此见赠。"张家骧跋曰:"《遗山先生新乐府》五卷,从叔筱峰先生藏本。"可知,张家骧刊本以陈皋抄本为底本,而陈皋抄本很可能出于何义门抄本。

③ 《抱经堂文集》卷七《遗山乐府题辞》著录所校五卷本。傅增湘民国六年于北京琉璃厂同古堂曾见一旧写本,"十三行二十一字。卢文弨朱笔校,有卢氏序。赵曦明跋,称原本出何义门家。(同古堂见。丁巳)"见《藏园群书经眼录》卷十九,第1604页。

④ 〔清〕丁丙《善本书室藏书志》卷四十,《续修四库全书》本,第676页。

⑤ 〔清〕张金吾《爱日精庐藏书志》卷三十六,《续修四库全书》本,第628页。

⑥ 〔清〕陆心源《皕宋楼藏书志》卷一二〇,《续修四库全书》本,第666页。

⑦ 〔清〕阮元《揅经室外集》卷五,《续修四库全书》本,第56页。案:《宛委别藏》本即以之为底本。

⑧ 《续修四库全书》1327册据以影印。

⑨ 彭元瑞《知圣道斋读书跋》(《式训堂丛书》本)卷二有《遗山乐府》跋文一则。彭氏写本后归朱学勤结一庐(见《别本结一庐书目》,《观古堂书目丛刊》本),后又归莫伯骥五十万卷楼(见《五十万卷楼郡书跋文》集部七,民国三十七年铅印本)。

⑩ 〔清〕瞿世英《清吟阁书目》卷二著录一种"鲍校补旧钞"本,《丛书集成续编》68册据仁和吴氏双照楼刊本影印,第1042页。

⑪ 据邵瑞彭《重刊阳泉山庄本遗山乐府跋》称,清康熙年间,华希闵曾将何义门校本付梓刊行,附《补遗》一卷,并系何义门跋语。道光末大兴刘位坦尚藏有华本,张穆从刘氏借抄付椠,即阳泉山庄本。如邵瑞彭所述不诬,则五卷本的最早刊本当为华希闵刊何校本,且阳泉山庄本亦出自何校本。但华本未见藏家著录,阮元、卢文弨亦皆未见此本,邵瑞彭所述不详所据,不可遽信。又,阳泉山庄本及其翻印本,如同立堂本、翰文堂本和扫叶〔转下页〕

张穆校刊《元遗山先生集》四十卷,由灵石杨氏阳泉山庄付梓刊行,其中收入《遗山先生新乐府》①。令人不解的是,此本遗山词只有四卷,相当于五卷本的前四卷,末一卷不知为何脱去。光绪三年京都同立堂与光绪八年京都翰文堂重印阳泉山庄本,所收遗山词亦仅有四卷。民国三年,扫叶山房石印本《遗山先生新乐府》四卷,亦是阳泉山庄本的翻印。后吴重熹刻《石莲庵汇刻九金人集》,收入阳泉山庄本时,才补入卷五。单独刊行且流传较广的五卷本,由南塘张家萧鉬月山房刊刻于咸丰五年,重刊于光绪三年。民国二十七年,罗振玉又将五卷本刻入《殷礼在斯堂丛书》。

　　五卷本又有所谓周岸登(1878—1942)本。邵瑞彭称:“前年向仲坚告予,谓周君癸叔新刊遗山乐府,末附补遗。未睹其书,不知是否何本。记此待访。”②据莫伯骥所述,周岸登合校阳泉山庄本、《彊邨丛书》和《石莲庵汇刻九金人集》本,共得词388首③。邵瑞彭所记得于传闻之间,莫伯骥所述颇具源委,但对周岸登本是否刊行亦语焉不详。邵、莫二氏之外,不见其他学者提及周本,亦不见书目著录,所谓周岸登本的始末存佚,终不可考知,姑记此以俟方家教知。

　　(二)遗山乐府三卷

　　晚清以前,公私藏书目录皆未见著录三卷本,亦未见学者提及。可能的情况,是三卷本在明清时代的中国已经失传。现存最早的三卷本为明弘治五年高丽刊本。此高丽刊本大概在清末传回中国。光绪年间,杨守敬由日本访书返华后,板行《留真谱初编》,其中收有此高丽刊本的书影④。这大概是中国目录著作对三卷本的最早著录。高丽刊三卷本可能是在此时传回中国。

　　弘治五年高丽刊本的行格、版式为半页10行,行17字,黑口双鱼尾,四

────────────────

〔接上页〕山房本,卷端皆题“无锡后学华希闵豫原校／平定后学张穆硕洲重校”,疑华希闵曾校某一五卷抄本,而未刊行,仅有抄本传于世,张穆从刘次坦所借得者亦是抄本,故当时学者皆不知有华本。邵瑞彭跋,见龙沐勋主编《词学季刊》第一卷第三号,第178—180页。

①　阳泉山庄刊本与张穆校本的原貌存在多大差异,无从确认,仅能由前贤的记述推知一二。邵瑞彭民国二十二年作《重刊阳泉山庄本遗山乐府跋》,称其门人武福鼎购得一残抄本,版心有“阳泉山庄”四字,较刊本多出何义门《补遗》及跋语,但脱去卷一。邵瑞彭并推测此残抄本为张穆“校讫付雕之本”,后归于边浴礼空青馆。邵瑞彭另一门人杨易霖亦记述武氏所藏此本。(邵跋见龙沐勋主编《词学季刊》第一卷第三号,第178—180页。杨易霖文见《词学季刊》第二卷第四号,第179—180页。)此残抄本现已不知下落,当时似亦未见梓行。

②　邵瑞彭《重刊阳泉山庄本遗山乐府跋》,《词学季刊》第一卷第三号,第180页。

③　莫伯骥《五十万卷楼郡书跋文》集部七,民国三十七年铅印本。

④　杨守敬《留真谱初编》卷十,光绪二十七年宜都杨氏刻本。案:上海图书馆藏有一高丽刊本,上有杨守敬藏书印,并有杨守敬手书七绝一首,应即《留真谱初编》书影所据原书。

周双边。另有一高丽别刊本,除每行 18 字外,其余特征皆与弘治五年本相同。吴庠推测此 18 字本为元大德间刊本①。此二种高丽刊本的关系,目前尚未考知。

民国间,傅增湘亦藏有弘治五年高丽刊本。民国初,朱孝臧校刊高丽本,后刻入《彊邨丛书》;民国二十二年,陶湘据高丽本影印,刻入《武进陶氏涉园景宋金元明本词》。朱氏校刊本与陶氏影刊本,据傅增湘所记,皆假借于傅增湘所藏弘治五年高丽刊本②。朱氏校刊本,由于朱孝臧在清末民国词坛的地位与《彊邨丛书》的屡次印行,成为民国以来遗山词研究中最为通行的本子。

与五卷本相比,三卷本一直以刊本的形式流传,因此文字上的讹误脱漏较少,是一个比较完善的版本。吴庠指出:"遗山乐府以此弘治高丽刻三卷本为最晚出,亦最佳,以长篇词序多为后来五卷本所不载,不独多出词二十余阕也。"③

(三) 凌云翰编选遗山乐府

元末明初凌云翰编选的《遗山乐府》不分卷,一直都以抄本的形式流传于世,并屡见于藏书家的目录。凌选本虽然只是一个选本,但因其产生时代较早,且流传较广,在遗山词的版本系统中是比较重要的一种。凌选本还是一些重要词选所选遗山词的依据,如《历代诗余》、《词综》④等,并且还被收入一些词集丛编中,如《百家词》、《宋金元明十六家词》等。

凌选本现存的传抄本有如下几种:一、善本书室藏明抄本,与元刘因《静修词》一卷合一册,清丁丙跋,现藏于南京图书馆;二、清赵氏星凤阁抄本,现藏于台北国家图书馆;三、张乃熊(1891—1942)菦圃藏抄本,现藏于台北国家图书馆;四、清抄本,缪荃孙校,现藏于北京大学图书馆;五、明吴讷《百家词》本,国家图书馆藏一朱丝栏抄本,有天津古籍出版社影印本通行于世;六、佚名辑《宋元名家词钞》本,上海图书馆见藏此本;七、佚名辑《宋

---

① 上海图书馆藏一民国间陶氏据弘治高丽本影印朱印本,上有吴庠批校。吴庠称:"今年春赵蕙云自旧京南来,云曾别见一高丽本,用介老友徐森玉托蕙云转藉以来。卷数同,阕数亦同,每半叶十行,每行十八字,惜尾叶残其半阕,《好事近》(梦里十年)一阕三行,有无后跋不可知。玩其刀刻款式,似尚在元大德间。"又,据全寅初主编《韩国所藏中国汉籍总目》(首尔:学古房 2005 年版)的著录,韩国现存只有十七字本,不见十八字本。
② 傅增湘《藏园群书题记》卷一五《张石洲刊本元遗山集跋》:"至《遗山乐府》余收有朝鲜明弘治本,分上、中、下三卷,朱古微前辈曾假校焉,刻入《彊邨丛书》中。嗣陶氏涉园又就原本翻刻。"(第 768 页)《藏园群书经眼录》卷十九亦有此记述。
③ 吴庠批语,见上海图书馆藏民国间陶氏涉园据弘治高丽本影刻《遗山乐府》卷端。
④ 《词综》所选遗山词的底本是汪森裘杼楼所藏凌选本,裘杼楼藏本后归于卢文弨。详见卢文弨《抱经堂文集》卷七《遗山乐府选题辞》(第 614 页)。

金元明十六家词》本,过录清劳权校跋,有丁丙跋,现藏于南京图书馆①。

另,清人范邦甸《天一阁书目》卷四著录一种"韩彦州编次一卷"的本子,未见于诸家书志著录,亦未见学者提及,疑范氏著录有误,记此俟考②。

(四) 遗山词集的版本源流

由传抄刊行的流传系统而言,五卷本、三卷本和凌选本在明清时期一直保持着独立并行的关系,互相不交叉。凌选本通常只被某些藏书家用于校勘五卷本;三卷本则到了清末方才由域外传回中国。

这三个流传系统的关系,依据所收词的多寡有无进行判断,是比较清楚的,但也有一些无法确知的疑点。其一,凌选本显然是以三卷本为依据的选本。凌选本收词 120 首,全部见于三卷本,却有若干首不见于五卷本。这说明凌云翰所见遗山词集是三卷本而非五卷本。凌云翰为元末明初人,由此可知,三卷本的形成至迟不晚于元明之际。吴庠推测高丽别一刊本(每行18 字)为元大德间刊本,是可能成立的。

其二,三卷本与五卷本所收词不仅编排顺序不一致而且互有多寡。五卷本(以天津图书馆藏清抄本为统计对象)所收词计 352 首,其中 162 首不见于三卷本。三卷本(以《彊邨丛书》本为统计对象)所收词计 217 首,其中27 首不见于五卷本。

由所收词的篇目而言,遗山词集实际上只有两个系统,凌选本作为三卷本的选本,仅在流传的意义上可以被视为自成一脉。

由三卷本和五卷本的篇目多寡来看,二者之间并不存在渊源关系。两个系统是否具有一个共同的祖本,这是一个有关遗山词早期编辑和流传情况的问题。由于文献无征,详情已无从考知。但从现存五卷本的编辑情况,我们可以作出若干推测。

五卷本的前四卷,按照词牌进行编排,同一词牌下罗列各词,四卷之中基本不出现词牌重出的情况。这说明前四卷是出自一手地精心地编辑。与前四卷的编辑有序相反,卷五的编排显得凌乱不堪,不仅词牌与前四卷重出,同一卷之中也屡见重复。这说明卷五可能是在卷四形成之后若干时间,另由他人增辑而成的。支持卷五后出的另外两个证据是:现存五卷本中已

---

① 劳权校本,今未见。《丁丑丛编》本《劳氏碎金》卷二著录此本。吴昌绶《双照楼续辑宋金元百家词目》著录一种"仁和劳氏丹铅精舍钞校本",大概其时欲梓行而未果。见《宋金元词集见存卷目》,宣统元年(1907)上海鸿文书局印本。丁仁撰《八千卷楼书目》卷二〇著录一种《遗山乐府》一卷,注明是"劳氏抄本"。说明劳校一卷本曾经为钱塘丁氏所藏。然《善本书室藏书志》未著录此本。八千卷楼藏书现归于南京图书馆,而南图馆藏目录并无劳校本,其下落未知。

② 〔清〕范邦甸《天一阁书目》卷四,《续修四库全书》本,第 291 页。

为前人指出的伪作 10 首,全部出自卷五,此其一①;五卷本的卷五所收词全部不见于三卷本,此其二。

由五卷本的编辑情况,我们可以推知,在五卷本出现之前,遗山词曾经形成一个相当于五卷本前四卷的四卷本。四卷本的形成时期应不晚于现知最早的五卷本的年代,即明代中期叶盛的年代。这个四卷本共收词 250 首,其中 60 首不见于三卷本。但是,四卷本与三卷本的关系,究竟是源于一个祖本然后经过不同人的删选而成,还是遗山生前不同时期编辑产生的差异,仍然是难以确知的问题。

前人对遗山词的早期面貌有过一种猜测,认为遗山有新、旧乐府两种词集,新乐府流传至今,即五卷本,而旧乐府已经亡佚。这种说法大概始于丁丙,缪荃孙《艺风藏书续记》和张钧衡《适园藏书志》沿袭其说。丁丙作此猜测的理由是"(凌)云翰当时殆合新旧两本选而成此,故有出于新乐府五卷之外者,旧乐府不知若干卷,久已佚去耳。"②在三卷本传回中国并且能够确定凌选本出自三卷本之后,丁丙等学者的说法显然是不能成立的。

二、遗山词集经眼录

(一) 五卷本

遗山先生新乐府五卷补遗一卷订误一卷

咸丰五年(1855)华亭张家骧鈕月山房校刊本。卷首张文虎咸丰五年序,卷末陈皋乾隆八年跋、张鸿卓道光二十九年跋、张家骧咸丰四年跋。行款:每半页 10 行,行 20 字,白口单鱼尾,左右双边。

此本又于光绪三年(1877)重刊。卷首增入章末光绪二年《重校元遗山先生新乐府序》,卷末增入耿葆清跋、章士杰跋、张声驰跋(二则)、张声匏跋③。

---

① 唐圭璋编《全金元词》,于所收遗山词后加按语,指出《诉衷情》(秋风吹绽)等七首为晏殊词,《朝中措》(年年金蕊)等二首为辛弃疾词。(《全金元词》,北京:中华书局 1979 年版,第 135 页。)上海图书馆藏一种《遗山先生新乐府》刊本,有佚名批语,指出《黄鹂绕碧树》(驾瓦霜轻)一首为晁无咎词。(上海图书馆《遗山先生新乐府》,清光绪三年南塘张氏重刊本,卷五,叶十三左,题下批语。)

② 〔清〕丁丙《善本书室藏书志》卷四十,《续修四库全书》本,第 676 页。

③ 在咸丰五年初刊与光绪三年重刊之间,另有张文虎校本,已刻板而未印行。张文虎《书遗山乐府后》叙述此事始末,谓初刊本印行之后,"(予)复从友人转借得一钞本,讹脱及校语与前本无异,而诸长题具在,乃悟前本乃钞者苦繁删却耳。因亟为补录。又从《锦机集》、《花草粹编》、《敬斋古今黈》、《山堂肆考》诸书搜采异同,汇入《订误》,付梅生后人重刊之,未印行,而遭流寇之祸,板片悉毁。予所存本亦失去矣。"见《舒艺室杂著》甲编卷下,《续修四库全书》本,第 213 页。

《补遗》一卷,据《词综》与《历代诗余》所选元好问词补入六首(其中一首实为散曲)。

张家骕在《订误》中遵循一个过于谨慎的校勘态度,即张氏如果以为或怀疑底本某字有误,则以"□"代替疑误字,以示阙疑待考。后来唐圭璋先生编校《全金元词》,在一些地方接受了这种做法。

上海图书馆藏一光绪重刊本,有佚名批校。批校内容包括,据三卷本《遗山乐府》补入若干词和词序,此本以墨丁显示的缺字亦补上,并为部分词作注出作年①。

遗山乐府不分卷

上海图书馆藏一《遗山乐府》抄本一册,有详细的笺注。抄本和笺注都不知出于谁手。行款:每半页9行,行21字,无界栏。笺注多出以朱笔眉批的形式,亦有行间夹注,并有朱笔圈点。此本所收词的篇目顺序与五卷本一致,所收词的数量相当于五卷本的前四卷。考虑到以元好问全集的面貌出现的张穆刊本、读书山房本等,均仅有五卷本的前四卷,由这一相同的脱漏情况,我们可以推断,此抄本与全集中所收的元好问词集存在渊源关系。

此抄本的价值不在校勘方面,而在于其中的笺注完整而详细,显然是出于某学者的精心批注。笺注引经据典,便于阅读,可使后来者省去翻检典籍的功夫。据笔者所知,这大概是元好问词集的最早笺注本。

遗山先生新乐府五卷

姚椿抄本。现藏于上海图书馆。卷首姚椿道光七年(1827)序。卷端钤有"华亭封氏蒉进斋藏书印"朱文方印,大概曾为松江封文权蒉进斋藏书,后入藏上海图书馆②。

遗山先生新乐府五卷

《殷礼在斯堂丛书》本,东方学会印行。卷末罗振玉民国二十七年跋,称此本所祖为吴中蒋维培本,而蒋本曾据明叶文庄抄本校勘过。行款:每半页16行,行24字,黑口单鱼尾,四周单边。

---

① 此本的佚名批校者可能是吴庠。理由有二:其一,此本批语的字迹与上文提及的"吴庠批校本"颇为相似;其二,元好问词的编年著述,仅见吴庠与缪钺二种,皆名《遗山乐府编年小笺》,前者刊行于《词学季刊》3卷2、3期,后者于1982由香港中华书局出版。其他学者恐难在阅读元好问词的过程中随手为之系年;其三,吴庠曾任职于上海交通银行、上海文史馆,在上海工作和生活多年,并终老于上海,其藏书身后流入上海图书馆的可能性较大。

② 卷首姚椿序与抄本正文的字迹,虽有行、楷之别,但仍可看出是出于一手,故定此抄本出于姚椿之手。姚椿(1777—1853),字春木,号樗寮生,江苏娄县(今松江)人。家富藏书,藏书楼称"通艺阁"。封氏蒉进斋同在松江,盖通艺阁藏书于姚氏身后流入封氏,而此抄本为其中一种。

卷一正文末尾题一行字:"乾隆丁亥十月二十二日晚同绿饮勘校",不知出于谁手。其后四卷并无此类文字,疑是刊印所据抄本中原有文字的残留。五卷本系统中有一鲍廷博(1728—1814)校补旧抄本,称为"鲍渌饮校本"。鲍校本曾经清末瞿世英清吟阁收藏,近人吴庠亦曾经眼,并为之作跋①。此处"绿饮"疑即"鲍渌饮"。因此,《殷礼在斯堂丛书》本可能与鲍渌饮校本存在渊源关系。

(二)三卷本

遗山乐府三卷

明弘治五年(1492)高丽晋州刊本。卷末李宗準弘治五年跋。行款:每半页 10 行,行 17 字,大黑口双鱼尾,四周双边。目录为每半页 8 行,行 10 字。上海图书馆藏本卷首扉页有杨守敬题诗一首。卷端钤有"杨守敬印"白文方印、"向黄邨珍藏印"白文方印、"飞青阁藏书印"白文方印、"宜都杨氏藏书记"白文方印、"双鉴楼藏书印"白文方印、"周越然"朱文方印、"杨元吉"朱文方印等收藏印记。

台北"国家"图书馆藏另一高丽旧刊本,有吴庠(1878—1961)手书题记,收藏钤印有"枕山／书房"朱文长方印、"枕山／生"朱文方印。行款:每半页 10 行,行 18 字,注文小字,黑口双鱼尾,四周单边。吴庠由版式行款推测此本为元大德间刻本。傅增湘收藏一种三卷本,著录为"明时朝鲜刊巾箱本,半叶十行十八字,黑口,四周双阑。次第与陶兰泉刻本同。"②除边栏外,与此高丽旧刊本全同,疑傅增湘著录有误。

遗山乐府三卷

民国间归安朱孝臧校刊《彊邨丛书》本。卷首有元好问《遗山自题乐府引》及目次,卷末附朱孝臧民国二年(1913)《遗山乐府校记》(附跋文一篇)与李宗準弘治五年跋。行款:每半页 11 行,行 21 字,黑口无鱼尾,左右双边。此本所据底本为明弘治高丽晋州刊本。朱孝臧校记所用的参校本主要是张家矞校刊本。

遗山乐府三卷

民国二十二年《武进陶氏涉园景宋金元明本词》本。此本据以影刻的底本为弘治高丽本。卷首脱去《遗山自题乐府引》。将陶氏影刻本与弘治高丽原本相较,还是可以发现影刻过程中所作的一些细微改动。以卷一《水调歌

---

① 吴庠《遗山乐府编年小笺》附《旧抄鲍渌饮校本〈遗山乐府〉跋》,香港:中华书局香港分局 1982 年版,第 143 页。

② 傅增湘《藏园群书经眼录》卷十九,第 1604 页。

头十一首》为例,其四词序中,高丽本作"刻舟",而影刻本作"刨舟";高丽本作"贤子虞",而影刻本作"贤予虞";其六,高丽本作"丹崖",影刻本作"舟崖",等等①。

(三)凌云翰编选本

遗山乐府不分卷

清佚名辑《宋元名家词钞》本。上海图书馆藏《宋元名家词钞》钞本,八册,二函。行款:每半页8行,行18字,无界栏。有朱笔、蓝笔圈点。每册卷端钤"吴兴姚氏邃雅堂鉴藏书画图籍印"、"唐栖朱氏结一庐图书记"、"朱学勤修伯甫"三枚朱文方印,表明此钞本迭经归安姚文田(1758—1827)邃雅堂与仁和朱学勤(1823—1875)结一庐的收藏。

钞本第七册收《遗山乐府》,不分卷,共收元好问词120首,附李仁卿同赋三首,古仙人词一首。卷端第二行题:"前乡贡进士钱塘凌云翰彦翀编选。"

遗山乐府不分卷

清嘉庆间杭州赵辑宁星凤阁抄本。二册。现藏台北"国家"图书馆。行款:每半页10行,行21字,注文小字双行,字数同正文,左右双边,黑口,无鱼尾,版心题"星凤阁正本"。卷端钤有"玄冰室珍藏记"朱文长方印、"赵辑宁印"回读白文方印、"湘潭袁氏伯子藏书之印"朱文方印等收藏印记。由印记可知此本曾经湘潭袁沧州玄冰室所藏。此本有吴昌绶手书题记,并有朱笔批校。

三、《遗山乐府校注》读后

民国以来,元好问词集的整理迭经几代学者的先后努力,不断臻于完善。赵永源先生以多年辛勤完成的《遗山乐府校注》(凤凰出版社2006年出版,以下简称《校注》),是目前为止最为完善和可靠的元好问词集整理本。我们只要略为回顾前贤的整理工作,就可清楚地看出《校注》一书所取得的成绩。

民国以前,对元好问词集做过校勘、补遗等整理工作的清代学者,主要有何焯、华希闵、张穆、张家壡、张文虎、劳格等。由于元好问词集两大系统之一的三卷本迟至清末民初才由域外传回中国,清人的整理工作只能是以五卷本为基础,利用凌云翰编选本和相关选本所收元好问词,做有限的校勘和补遗,他们的成绩并不太可观。

民国初,朱孝臧校刊弘治高丽本《遗山乐府》三卷,随后刻入《彊邨丛

---

① 陶氏影刻《遗山乐府》亦有朱印本刊行,上文提到的吴庠批校本即是。吴庠据"高丽别一刊本"校改陶氏影刻朱印本,所改文字多半是陶氏影刻过程中改动而失真的文字,也就是说,所谓"高丽别一刊本"的文字与现存的弘治高丽本是一致的。

书》。朱孝臧所用的参校本主要是张家骧刊行的五卷本。在元好问词集的整理工作中,三卷本和五卷本的对校首次在朱孝臧手中实现。《彊邨丛书》本成为后来学界最为常用的元好问词集。后来缪钺撰《遗山乐府编年小笺》(载《词学季刊》1936 年 2、3 期),自称是据《彊邨丛书》本校刊明弘治壬子高丽刻本,实际上在校勘上并无进展。

据莫伯骥《五十万卷楼群书跋文》(民国三十七年铅印本)所述,周岸登曾合并《彊邨丛书》三卷、阳泉山庄四卷本和《石莲庵汇刻九金人集》本的卷五,去其重复,得词 388 首,形成元好问词的全本。周岸登辑本是否刊行和传世,今已无由得知。

吴庠《遗山乐府编年小笺》(香港中华书局 1982 年),以三卷本为主,五卷本溢出诸篇可编年者补入。《小笺》并非元好问词的全本。吴庠删去五卷本卷五《临江仙》(清晓千门开寿宴)以下 82 首,理由是这些词多半是祝寿等应酬的篇章,并阑入若干宋人词作。吴庠的去取标准是值得商榷的。《小笺》的另外一个问题是校勘工作。吴庠认为诸本异文无关宏旨,因此其校勘仅涉及词题中的人名、地名而已。

唐圭璋《全金元词》(中华书局 1979 年)所收元好问词,合并了《石莲庵》本和《彊邨丛书》本。其编辑体例是以三卷本为主,再将五卷本中为三卷本所无的词作,依五卷本原有次序排列于后。在文字异同的取舍方面,唐圭璋一般选择《彊邨丛书》本。唐圭璋的另外一个成绩,是辨别五卷本中的若干宋人词作。

姚奠中主编《元好问全集》(山西古籍出版社 2004 年增订本),其中词的部分以清光绪七年读书山房本为基础,补充以《彊邨丛书》本和《全金元词》本。《全集》选择读书山房本作为底本,并不合理,因为读书山房本是五卷本系统中脱去卷五、仅存四卷的残本,并且是比较晚出的刊本。在诸多五卷抄本和刊本尚存于世的情况下,读书山房本无论从任何意义上讲,都没有成为底本的资格。由于所选择的底本脱去卷五,《全集》整理者改用了《全金元词》本的卷五,并且没有采用任何其他版本进行校勘,大概并不了解五卷本尚存有诸多传抄本和刊印本。客观地说,《全集》本并没有超越《全金元词》本的整理水平,就其所用底本而言,反而形成一个不小的错误。

总的说来,上述诸家的整理工作,都缺乏对元好问词集的全面调研,所选择的底本和参校本都很有限,并且都存在可商榷的地方。在前贤工作的基础上,《校注》后出转精,其成绩至少有以下两个方面:一是汇聚众多版本进行全面的校勘。由《校注》的凡例可知,赵先生用力甚勤,基本上搜罗了元好问词集的多数重要版本。在这一点上,《校注》超越了前述诸家的工作。

二是博采典籍记载进行详细的笺注。在《校注》之前,元好问词集的笺注,笔者仅见上海图书馆藏佚名朱笔笺注本。此本主要在于笺证时事,《校注》则兼释今典与古典。

《校注》也存在一些瑕不掩瑜的不足之处。在此仅就阅读过程中产生的一些疑问,主要是版本方面,提出一些看法。赵先生知见的版本远多于此前诸家,用以参校的版本也比较多,但《校注》在版本方面仍然存在一些问题。

首先,《校注》对元好问词集的版本源流缺乏足够的认识。

就流传的角度而言,元好问词集存在三个系统:一是三卷本,以弘治高丽刊本为最古,《彊邨丛书》本和陶湘涉园影刊本都属于此系统;二是五卷本,明清以来流传于世的主要是数量颇多的传抄本,刊本主要有张家骕南塘刊本等;三是凌云翰编选本,流传至今的也是一些传抄本。凌选本实际上是以三卷本为依据的选本,因此,就篇目多寡等内容的角度而言,元好问词集实际上存在两大系统,即三卷本和五卷本。

赵先生知见了元好问词集的多数重要版本,但并未充分认识到这些版本之间的源流关系,如没有认识到凌选本只是三卷本的一种选本,阳泉山庄刊本等四卷本只是五卷本脱去卷五而成的残本,《彊邨丛书》本和陶湘影刊本来自同一祖本,并且这一祖本至今尚存,南塘张氏重刊本只是钮月山房本的重刻,读书山房本只是阳泉山庄本的重刻,等等。赵先生缺乏对元好问词集版本源流的认识,为其校勘工作带来一些遗憾。如只用陶湘影刊本作为参校本,而未采用其祖本弘治高丽刊本;在校记中罗列各本异文时,缺乏必要的别择而形成繁琐的校记。

其次,《校注》对工作底本的选择也是值得商榷的。

赵先生在编辑体例上沿用唐圭璋的做法,前三卷以《彊邨丛书》本为底本,其余则以《石莲庵》本为底本。《彊邨丛书》本的祖本弘治五年高丽本尚存于世,朱孝臧校刊的主要参校本张有骕本也尚传于世并且较为常见,在这样的情况下,《彊邨丛书》本显然不是最佳底本。至于《石莲庵》本只是五卷本系统中较为晚出的本子,在现存诸多五卷抄本和刊本中,也并不是文字最佳的本子。在经眼元好问词集的诸多版本之后,赵先生仍然沿袭唐圭璋的做法,或许并非全然出于学术的考虑。

由以上版本考察的情况看,整理元好问词集应以三卷本为主,补入五卷本中溢出的词作。三卷本的底本应选择年代最早且流传有绪的弘治高丽刊本。五卷本应该选择来源于何义门抄本且经过谨慎校勘的张家骕刊本。另外,赵先生未及知见或未据以参校的本子,尚有高丽别一刊本(每行18字)、赵氏星凤阁抄本、张乃熊菦圃藏抄本、缪荃孙校本、上海图书馆藏清抄《宋元

名家词钞本》本以及诸多五卷抄本。这些本子散藏各处,蒐罗不易,补校工
作有待于他日。

附图:遗山词集版本源流图示

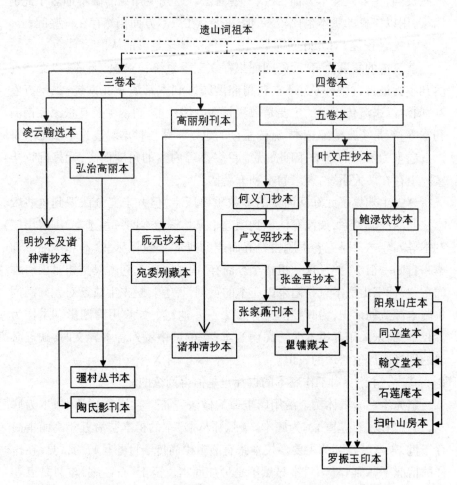

图例:虚线表示不确定的关系;虚框表示构拟的版本;大箭头表示一对多的关系。

第三章　元好问佚著考略

蒙古宪宗七年(1257)九月四日,元好问卒于河北获鹿寓舍,门人郝经撰《遗山先生墓铭》叙述其一生文章行业,约略有三方面:一是诗文词,上薄风雅,中规李杜,直配苏黄,凡古近体一千五百余篇、古乐府一百余篇和新乐府(词)数十百篇;二是金史著作,包括《中州集》、《金源君臣言行录》、《壬辰杂编》、《南冠录》;三是传授诗学,郝经称:"为《杜诗学》、《东坡诗雅》、《锦机》、《诗文自警》等集,指授学者。"①这三方面完整地概括元好问一生有功斯文的成就,然而,由于文献流传缺失的原因,元好问的成就并未得到完整的认识。

诗文词方面,元好问传存至今的有《遗山先生文集》四十卷、《遗山先生诗集》二十卷和《遗山新乐府》五卷,前二种出于友人的编辑和刊行,并且源于家藏稿本,在数量、体例和异文等方面都相对可靠,后一种虽来源不详,但数量与郝经所述大体相合,想必也不会有太多悖谬。因此,作为文学家的元好问,著述大体完整地传世,也得到相应的关注和稳定的地位,成为宋以后可与苏、黄、陆等相提并论的大家。

金史著作方面,仅有以诗存史的《中州集》传世,而其余数种都已亡佚,所幸亡佚诸书得到元人纂修《金史》的采用,野史亭的国亡史兴的精神也得到后世史家的称赏和绍述,另外,元好问的碑版文章,数量既多,史料价值也得到广泛发掘。因此,作为史学家的元好问,虽然不能得到完整的认识,但已得到广泛的认同。

传授诗学方面,郝经在《墓铭》中特别指出:"汴梁亡,故老皆尽,先生遂为一代宗匠,以文章伯独步几三十年。""方吾道坏烂,文曜曀昧,先生独能振而鼓之,揭光于天,俾学者归仰,识诗文之正,而传其命脉,系而不绝,其有功于世又大也。"②遗憾的是,郝经提到的几种元好问指授学者的著作,都久已亡佚,另外,郝经未提及而留存至今的是一部真伪未定的《唐诗鼓吹》。元好

---

① 〔元〕郝经《遗山先生墓铭》,载清胡聘之《山右石刻丛编》卷二十九,第372页。
② 〔元〕郝经《遗山先生墓铭》,载清胡聘之《山右石刻丛编》卷二十九,第372页。

问对于元初诗文的影响,虽然可从郝经、王恽等人的记述中略知一二,但是如何指授、影响何在的具体情况,因为《杜诗学》诸书的亡佚,已经无从获悉。

这里检核书志著录、钩稽史料引述,对元好问几种佚著略作考辨,并提供若干残存的片段,希望藉此增加我们对元好问的认识。

一、《诗文自警》

郝经没有提及卷数,而《金史》卷一百二十六《元好问传》称此书十卷,想必有所依据。明初瞿佑《归田诗话》引及此书,可知明初尚存。此后书目多不载此书,大概明清时期已经流传罕绝。清初黄虞稷《千顷堂书目》卷三十一著录此书为一卷,不详所本,未必可信。

孔凡礼先生据明初唐之淳编《文断》(国图藏明天顺间黄瑜刊本、成化刊本),辑得十四则,收入姚奠中主编《元好问全集》卷五十四(山西人民出版社 1990 年;山西古籍出版社 2004 年增订本),后又收入氏编《元好问资料汇编》附录二《元好问诗文自警辑录》(学苑出版社 2008 年)。

除此之外,《诗文自警》的佚文还可找出三则。

郝经《续后汉书》卷七十三《阮籍传》有一段关于魏晋古诗的议论:“惟东汉之《十九首》,与阮籍之《咏怀》十七首,托物寓兴,辞旨幽婉,旷逸迈往,如醉语无叙,吐出真实,高风远韵,邈不可及。其后陶潜出于应璩,静深简丽,委运乘化,悠然天地同流,与籍作相表里,于是为魏晋古诗之正。”在这段议论中,郝经提及建安诗人应璩,并在其姓名之下加入一段出于《诗文自警》的小字注释:

> 元好问《诗文自警》:《初学记·贫门》载应璩《杂诗》:“贫子语富儿,无钱可把撮。耕日不得粟,采彼南山葛。箪瓢恒自在,无用相呵喝。”《文苑英华》载璩《三叟词》云:“昔有行路人,陌上见三叟。年各百余岁,相对锄禾莠。驻车问三叟,何以得此寿。一叟前致词,量腹节所受。中叟前致词,夜卧不覆首。下叟前致词,室内妇粗丑。要哉三叟言,所以能长久。”钟嵘《诗评》谓,渊明诗其源出于应璩,然璩诗世不多见,宋人以璩《百一诗》较之,谓渊明与璩全无关涉,殆未见前二诗邪。大率前辈议论悉有依据,讥评之际,不可不慎也。①

郝经作为元好问的门人,引述师说,想必可信。

---

① 〔元〕郝经《续后汉书》卷七十三《阮籍传》,清道光刻宜稼堂丛书本。

明初瞿佑《归田诗话》卷上"山石句"条称：

> 元遗山《论诗三十首》，内一首云："有情芍药含春泪，无力蔷薇卧晚枝。拈出退之山石句，始知渠是女郎诗。"初不晓所谓，后见《诗文自警》一编，亦遗山所著，谓"有情芍药含春泪，无力蔷薇卧晚枝"，此秦少游《春雨》诗也。非不工巧，然以退之山石句观之，渠乃女郎诗也。破却工夫，何至作女郎诗？①

《中州集》卷九《拟栩先生王中立》小传也记载这段议论，并且说明这段议论的来源："予尝从先生（案指王中立）学，问作诗究竟当如何。先生举秦少游春雨诗"云云。大概瞿佑的引述并不完整，从孔凡礼辑录的佚文看，《诗文自警》通常会指明观点的来源，尤其是来自师长的传授，不会掩为己有。

元好问文集中有一篇《杨叔能小亨集引》自述学诗经历说：

> 初予学诗，以十数条自警云：无怨怼，无谲浪，无鸷狠，无崖异，无狡讦，无婞阿，无傅会，无笼络，无衒鬻，无矫饰，无为坚白辨，无为贤圣癫，无为妾妇妒，无为仇敌谤伤，无为聋俗哄传，无为瞽师皮相，无为黥卒醉横，无为黠儿白捻，无为田舍翁木强，无为法家丑诋，无为牙郎转贩，无为市倡怨恩，无为琵琶娘人魂韵词，无为村夫子兔园策，无为算沙僧困义学，无为稠梗治禁词，无为天地一我、今古一我，无为薄恶所移，无为正人端士所不道。②

这里的二十九句自警之语，想必应该写入《诗文自警》。

另外，明初王行《半轩集》中有一篇题跋称，元好问有一部《论文诀》。此书名称仅见于此，元好问所有传记、文集序跋和历代书目都未见提及。从王行题跋的内容推测，所谓《论文诀》大概就是《诗文自警》。王行题跋称："右遗山元好问裕之《论文诀》。虽云论文，实看文字法也。惟作者能知作者之苦，诚非易事，然苟能字字求之，则用心亦精矣。所谓作者将不始于此乎。古有云读书一目十行，又云目数行下，又云五行俱下，皆史文耳。先儒曰读书只怕寻思推究者为可畏，如史所云，何足畏哉。"③要义是看文要字字

① 〔明〕瞿佑《归田诗话》卷上，丁福保辑《历代诗话续编》本，第 1240—1241 页。
② 狄宝心校注《元好问文编年校注》卷五，北京：中华书局 2012 年版，第 1025 页。
③ 〔明〕王行《半轩集》卷八《书元裕之论文诀而题其后》，《景印文渊阁四库全书》1231 册，第 394 页。

求之,而这样的意思正好见于孔凡礼《辑录》九:"文须字字作,亦要字字读。"因此,《论文诀》应该只是《诗文自警》的别称,或者摘抄而改称,而非另一种书。

从以上十七则佚文看,《诗文自警》作为元好问早年学诗、晚年指授学者而编成的诗学手册,主要内容是关于诗文写作中的禁忌和规则,也包含一些古人的议论和师长的教导,如黄庭坚、吕居仁、元德明、周昂、王中立、杨云翼。正如书名所示,此书主要是诗人给自己拟定的写作训条,应该怎样而不应该怎样,要什么而不要什么,如何是好又如何是坏,与通俗诗法手册的写法类似。讨论这些文字的水平,也许并不重要,值得我们关注的是其中所体现的诗歌观念。在这些文字中,元好问显然非常警惕诗歌的某些负面品质,时刻提醒自己远离它们。这种宗旨正符合他在《论诗三十首》中自任诗中疏凿手的思想。

二、《锦机》

据《金史》本传记载,此书仅有一卷的规模。明清时期书目罕见著录,仅见清初《千顷堂书目》卷三十一著录,也是一卷,大概本于《金史》,黄虞稷未必收藏或亲见原书。

元好问集中尚存一篇《锦机引》,记载此书编纂始于金宣宗兴定元年(1217),时年二十八岁,并自述编纂用意是遍考百家之书中的前人议论,知悉古人的渊源,掌握文章的法度。书名取自北宋黄庭坚《与王立之四帖(其四)》所云:"若欲作楚词,追配古人,直须熟读楚词,观古人用意曲折处,讲学之,然后下笔。譬如巧女文绣妙一世,若欲作锦,必得锦机,乃能成锦尔。"(《山谷外集》卷十)

此书既作于早年,《锦机引》又自称藏书所限而未备,在此后数十年间,元好问继续增辑此书,直到晚年才最终成书。集中有《答聪上人书》,约作于蒙古宪宗五年(1255)前后,是元好问写给刘秉忠(1216—1274)的书信。元好问在书信中回顾四十年间致力诗学,积累"量体裁、审音节、权利病、证真赝,考古今诗人之变"的功夫,并含蓄地批评刘秉忠:"唯前辈诸公议论,或未饱闻而餍道之耳。"最后提及《锦机》一书说:"此仆平生所得者,敢以相告。《锦机》已成,第无人写洁本。年间得断手,即当相付,亦倚公等成此志耳。"①此事刘秉忠也有记述,其《再读遗山诗》"蜀锦丝头从此细"句下自

---

① 狄宝心校注《元好问文编年校注》卷六,第1400—1401页。

注:"盖遗山见愚狂作,寄语世昌曰: 他日自细去。既而赐到《锦机》,故此及之也。"①刘秉忠所说的"狂作",大概是指他的《读遗山诗十首》,这组论诗绝句是对元好问《论诗三十首》的回应,并有若干轩轾之见。元好问寄送刘秉忠的《锦机》,大概是清稿本或者抄副本,信中倚付之意应该是希望刊印传世。刘秉忠记述此事时没有回应这一点,因此《锦机》是否刊行无从确认。

《锦机》一书亡于何时,不能确定,然而清初人提及一部《锦机集》,或与此书有关。明人蒋一葵《尧山堂外纪》卷六十七称:"元遗山尝有《锦机集》指授学者。"这里的《锦机集》指的就是《锦机》,可见明代已有此异称。这里稍作考述。清初沈雄编纂、江尚质增辑的《古今词话》,提及《锦机集》一书凡四处。

《古今词话》词辨卷下"三奠子"条:

> 曹秋岳曰:唐宋未有是曲,元遗山《锦机集》中有二阕,传是奠酒、奠谷、奠璧也。崔令钦《教坊记》有《奠璧子》。元词云:"怅韶华流转,无计流连。行乐地,一凄然。笙歌寒食后,桃李恶风前。连环玉,回文锦,两缠绵。芳尘未远,幽意谁传。千古恨,再生缘。闲衾香易冷,孤枕梦难圆。西窗雨,南楼月,夜如年。"②

第一则材料中,曹秋岳即曹溶(1613—1685),《古今词话》卷首有其序,自署:"鸳水年家弟曹溶撰。"曹溶提及元好问《三奠子》二首,并录其中一首,今皆载《遗山乐府》。

《古今词话》词辨卷下"小圣乐"条:

> 江丹崖曰:《锦机集》载,都城外万柳堂,廉野云置酒,招卢疏斋、赵松雪同饮。时歌妓解语花者,左手折荷花,右手执杯行酒,歌《小圣乐》,词云:"绿叶阴浓,遍池亭水阁,偏趁凉多。海榴初绽,朵朵蹙红罗。乳燕雏莺弄语,对高柳鸣蝉相和。骤雨过,似琼珠乱撒,打遍新荷。人世百年有几,念良辰美景,休放虚过。富贵前定,何用苦张罗。命友邀宾燕赏,饮芳醑,浅斟低歌。且酩酊,从教二轮,来往如梭。"此元遗山预为制曲以教歌者也。③

① 《永乐大典》第十册卷九百一诗字韵引《刘文贞公集》,北京: 中华书局 1998 年影印本。
② 〔清〕沈雄编纂、江尚质增辑《古今词话》,唐圭璋编《词话丛编》本,北京: 中华书局 1986 年版,第 931—932 页。
③ 〔清〕沈雄编纂、江尚质增辑《古今词话》,唐圭璋编《词话丛编》本,第 941—942 页。

第二则材料中,江丹崖即增辑此书的江尚质。江氏引述《锦机集》所载的这则轶事,亦见明人蒋一葵《尧山堂外纪》卷七十"赵孟頫"条,略有异文,且有赵所赋诗一首,无此处末句,而有注曰:"调元遗山所制。当时名姬多歌之。"此则轶事的疑点,是卢挚(疏斋)、赵孟頫(松雪)的年代都晚于元好问,《锦机集》一书似不应记载二人之事。

《古今词话》词评卷下"元好问锦机集"条:

> 《金源言行录》曰:遗山从郝天挺游……有《锦机集》,其《三奠子》、《小圣乐》、《松液凝空》皆自制曲也。
>
> 《锦机集》曰:正大中,狂僧李菩萨于十月洒酒作花,竟开牡丹二株,遗山为赋《满庭芳》,一时传诵。①

第三则材料中,引用已佚的《金源言行录》,提及元好问《锦机集》收录三首自制曲,其中《三奠子》和《小圣乐》,元好问都有作品传世,而《松液凝空》未见传世,曲名也仅见于此。

第四则材料中,引用《锦机集》的文字,在《古今词话》提及此书的几处文字中,此处是唯一直接的引用。稍有疑义的是引文采用第三人称,似非元好问口吻。作为《满庭芳》写作背景的李菩萨洒酒作花一事,更详细的记载出于元好问自己的词序,《尧山堂外纪》卷六十七亦载。

以上四则材料的引用,都作《锦机集》,而不是《锦机》。第一则提及《锦机集》收词二首并录其中一首,第二则引录《锦机集》所收词一首,第三则提及《锦机集》所收词三首,第四则提及《锦机集》所收词一首。这样看来,《锦机集》似乎应该是一部词集。而"元好问锦机集"条所在的词评卷,所评都是诸家词集,如下卷(金元明清)评及完颜璹《如庵小稿》、吴激《东山乐府》、蔡松年《萧闲公集》、党怀英《竹溪词》等,这样的体例也表明《锦机集》应该是一部词集。然而,元好问词集传本,无论书志著录还是存世诸本,都题作《遗山乐府》或《遗山先生新乐府》,并无《锦机集》的名称。这其间的悖谬或许应该归咎于《古今词话》的引用有误。《锦机集》是否即是《锦机》,二者有何关联,有待进一步的考证。

《锦机》一书,既是元好问数十年致力诗学的笔记,也是他指授学者所用的教材。元初著名诗人多沾溉于此。前引郝经《遗山先生墓铭》明确提到,元好问编纂《锦机》等书"指授学者"。前引刘秉忠诗自述元好问对他的告

---

① 〔清〕沈雄编纂、江尚质增辑《古今词话》,唐圭璋编《词话丛编》本,第1017页。

诚以及寄赠《锦机》写本,并对元好问的寄语"他日自细去",谦逊地回应说:"蜀锦丝头从此细。"在东平府学校试中得到元好问赏识的阎复,也在《挽遗山先生》诗中说:"野史夜寒虫蠹简,锦机春暖凤停梭。"①将《锦机》一书与野史亭著述相提并论,即是将元好问传授诗学的功绩与撰述金史的成就相提并论。元好问弟子王恽在《追挽元遗山先生》诗中,自注称:"余年廿许,以诗文贽于先生,公喜甚,亲为删海。"诗曰:"天机翻锦余官样,月户量工更苦心。"②联系自注与诗句,在元好问指授诗学的过程中,《锦机》一书留给王恽的影响大概是最深的。

三、《壬辰杂编》

《壬辰杂编》是元好问晚年编纂的一种杂史著作,纪事始于金哀宗天兴元年(1233)壬辰,故以干支题名。此书仅有手写本,曾经入藏元翰林国史院,在设局纂修辽、宋、金三史时,得到采撷利用。元人欧阳玄《送振轩宗丈归祖庭》诗序(《圭斋文集》卷二)、苏天爵《三史质疑》(《滋溪文稿》卷二十五)、王沂《题欧阳兴世帖》(《伊滨集》卷二十一)等,都充分肯定此书的史料价值。

《壬辰杂编》大概不曾刊行,流传不广。书志著录方面,仅见明代杨士奇(1365—1444)《文渊阁书目》卷二"史杂"类著录一部三册,叶盛(1420—1474)《菉竹堂书目》卷一著录也是三册,都不明卷数,此后《千顷堂书目》卷五的著录,既无册数也无卷数。乾隆间《四库全书总目》提及此书,明确指出"无传"。嘉庆初凌廷堪(1755—1809)撰《元遗山先生年谱》曰:"兴化任幼植礼部尝为予言,昔校《归潜志》,以为《壬辰杂编》已佚,后闻江南藏书家尚有之,偃师虚谷进士亦云朱筜河学士有此书,戊申冬询之朱少白同年,云幼时见家有藏本,虚谷所言不妄,亦不知其确否也。附记于此,以俟博雅者。"③然而,所谓朱筜河家藏本除此之外再无踪迹可寻,此书应该已经亡佚。

《壬辰杂编》虽已整体亡佚,却有部分资料被采撷而保存在《金史》当中。《四库全书总目》指出:"今《壬辰杂编》诸书,虽已无传,而元人纂修《金史》,多本所著,故于三史中独称完善,亦可知其著述之有裨实用矣。"④陈学霖《〈壬辰杂编〉探赜》一文,考述此书流传情况,并从史源学的角度,找出《金史》采撷《壬辰杂编》资料的三例,即《金史》卷一一五《完颜奴申传》、卷

---

① 〔明〕宋绪编《元诗体要》卷十二,《景印文渊阁四库全书》1372册,第666页。
② 〔元〕王恽《秋涧先生大全文集》卷十七,《四部丛刊》本。
③ 孔凡礼编《元好问资料汇编》附录一,北京:学苑出版社2008年版,第456—457页。
④ 〔清〕永瑢等撰《四库全书总目》卷一六六《遗山集四十卷附录一卷提要》,第1421页。

一二三《完颜斜烈传》和卷一二四《完颜绛山传》的部分文字①。由此三例，略可蠡测此书的若干特点。

这里补充另外一例。《金史》卷一二四《毕资伦传》也有部分资料出自《壬辰杂编》。

先引《毕资伦传》中的相关部分如下：

> 既而，枢密院以资伦、思忠不相能，恐败事，以资伦统本军屯泗州。兴定五年正月戊戌，提控王禄汤饼会军中宴饮，宋龟山统制时青乘隙袭破泗州西城。资伦知失计，堕南城求死，为宋军所执，以见时青。青说之曰："毕宣差，我知尔好男子，亦宜相时达变。金国势已衰弱，尔肯降我，宋亦不负尔。若不从，见刘大帅即死矣。"资伦极口骂曰："时青逆贼听我言。我出身至贫贱，结柳器为生，自征南始得一官，今职居三品。不幸失国家城池，甘分一死尚不能报，肯从汝反贼求生耶。"青知无降意，下盱眙狱。

> 时临淮令李某者亦被执，后得归，为泗州从宜移剌羊哥言其事。羊哥以资伦恶语骂时青必被杀，即以死不屈节闻于朝。时资伦子牛儿年十二，居宿州，收充皇后位奉阁舍人。

> 宋人亦赏资伦忠愤不挠，欲全活之，钤以铁绳，囚于镇江府土狱，略给衣食使不至寒饿，胁诱百方，时一引出问云："汝降否？"资伦或骂或不语，如是十四年。及盱眙将士降宋，宋使总帅纳合买住已下北望哭拜，谓之辞故主，驱资伦在旁观之。资伦见买住骂曰："纳合买住，国家未尝负汝，何所求死不可，乃作如此嘴鼻耶。"买住俯首不敢仰视。

> 及蔡州破，哀宗自缢，宋人以告资伦。资伦叹曰："吾无所望矣。容我一祭吾君乃降耳。"宋人信之，为屠牛羊设祭镇江南岸。资伦祭毕，伏地大哭，乘其不防，投江水而死。宋人义之，宣示四方，仍议为立祠。

> 镇江之囚有方士者亲尝见之，以告元好问，及言泗州城陷资伦被执事，且曰："资伦长身，面赤色，颧颊微高，髭疏而黄。资禀质直，重然诺，故其坚忍守节卓卓如此。"《宣宗实录》载资伦为乱兵所杀，当时传闻不得其实云。②

---

① 陈学霖《〈壬辰杂编〉探赜》，载《晋阳学刊》1990 年 5 期。陈学霖又有《元好问〈壬辰杂编〉与〈金史〉》，载氏著《金宋史论丛》，香港：中文大学出版社 2003 年版，第 241—254 页。

② 〔元〕脱脱等《金史》卷一二四《毕资伦传》，北京：中华书局 1997 年版，第 2707—2708 页。

由传中所述可知,《毕资伦传》的史源有二:一是《宣宗实录》,二是元好问的著述。兴定五年(1221)泗州城陷,毕资伦被执不降,泗州从宜移刺羊哥以毕资伦不屈死节奏闻于金朝,那么,《宣宗实录》所载毕资伦事迹应该止于此,兴定五年以后的事迹就不可能出自《宣宗实录》,而只能出自元好问的著述。传记末尾明确说明,元好问所记毕资伦兴定五年以后被囚镇江、天兴三年(1234)癸巳投水自尽的事迹,出自当时目击者的讲述,并补充说《宣宗实录》载毕资伦为乱兵所杀是传闻不得其实。

据陈学霖《〈壬辰杂编〉探赜》一文的研究,《壬辰杂编》记载天兴壬辰、癸巳两年间的时事闻见。《金史·毕资伦传》所采摭的元好问著述,应该就是《壬辰杂编》。具体地说,上引《毕资伦传》中,至少划线部分的史源是《壬辰杂编》。

四、其他

以上三种之外,元好问佚著尚多,限于文献阙佚,难以详考其实,以下略加考述。

《杜诗学》

《金史》本传与《千顷堂书目》卷三十一都作一卷,《文渊阁书目》卷二著录:"《杜诗学》一部三册。"《箓竹堂书目》卷四著录也是三册。可知此书明代中期尚有传本。此后清代书目未见著录,可见已无传本。

元好问集中有《杜诗学引》,自述此书编纂于金哀宗正大二年(1225),并说明此书的主要内容:"乙酉之夏,自京师还,闲居嵩山,因录先君子所教与闻之师友之间者为一书,名曰《杜诗学》,子美之传、年谱及唐以来论子美者在焉。"①从体例上说,这是一部关于杜诗的辑录性质的诗话,同时又因附录传记和年谱而具有教材的功能;从文献价值上说,此书记载金末主要诗人有关杜诗的评论,是杜诗学史上的重要资料,弥足珍贵,惜已亡佚。

此书虽已亡佚,却得到诸多杜诗学研究者的关注。例如,万曼《杜集叙录》指出:"这书恐怕终未刊行,所以既未见著录,也很少有人引用。"②詹杭伦、沈时蓉《元好问的杜诗学》(《杜甫研究学刊》1990年第4期)指出,元好问的杜诗学,以杜诗辑注之学为根柢,以杜诗谱志之学为线索,以唐宋金诸家论杜为参照,是一部博综群言、体例完备的杜诗学著作。孙微《杜诗学文献研究论稿》(河北大学出版社2009年)设有《元好问〈杜诗学引〉笺注》一

---

① 狄宝心校注《元好问文编年校注》卷一,第92页。
② 郭沫若等撰《杜甫研究论文集》第三辑,北京:中华书局1963年版,第341页。

节,通过详细的笺注,评述此书的成就。许总《杜诗学发微》(南京出版社1989年)肯定此书在杜诗研究史上第一次明确提出"杜诗学"的概念。

《东坡诗雅》

《金史》本传记载此书三卷,此后仅见《千顷堂书目》卷三十一著录,元明清三代未见其他书目著录,也绝无学者提及,黄虞稷想必只是沿抄史文,并未亲见传本,此书应该久已亡佚。

元好问集中有《东坡诗雅引》一篇,评论五言古诗自六朝以来的流变,推崇最近风雅的陶、谢诸家,批评背离风雅的杂体,又指出苏轼诗的得失以及此书的编纂意图:"夫诗至于子瞻而且有不能近古之恨,后人无所望矣。乃作《东坡诗雅目录》一篇。"①据篇末所署,此文作于金哀宗正大六年(1229)。此时仅作《目录》一篇,即拟定苏轼五言古诗的选目,尚未编成选本。史传所谓三卷,应该是元好问后来再行撰录的选本。

《东坡乐府集选》

此书是苏轼词的选本,《金史》本传不及此书,书志未见著录,也未见学者提及,想必元好问身后已无传本。

元好问集中有《东坡乐府集选引》一文,自述此书编纂于蒙古太宗八年(1236),此前有金人孙镇《注东坡乐府》行世,元好问以为虽是完本而尚有可论之处,因而编此选本。具体情况是:"就孙集录取七十五首,遇语句两出者择而从之。自余《玉龟山》一篇,予谓非东坡不能作。孙以为古词,删去之,当自别有所据。姑存卷末,以候更考。"②

《金源君臣言行录》

据郝经《遗山先生墓铭》,元好问以国史自任,编纂此书,记录金源一代之美,篇幅至一百余万言,可称是私家撰述的《金史》。元人余谦《遗山先生文集序》就指出:"遗山著述甚富,其所作《金史》,纤悉不爽,蔚为一代鸿笔。"(施国祁《元遗山诗集笺注》卷首)此书大概元初已罕见传本,《金史》本传记述其采摭金源君臣遗言往行的著述时,仅提及《中州集》和《壬辰杂编》,而不及此书。苏天爵《滋溪文稿》卷二十五《三史质疑》也指出:"所述野史《名臣言行录》,未及刊行,当访求于其家。"后世书目都未见著录,想必久已失传。

元好问其他佚著,尚有金天兴三年(1234)校定陆龟蒙《笠泽丛书》,合校家藏唐竹纸写本与阎子秀藏本;同年编纂《南冠录》,是在贞祐四年(1216)所

---

① 狄宝心校注《元好问文编年校注》卷二,第180页。
② 狄宝心校注《元好问文编年校注》卷四,第398页。

编《千秋录》基础上增辑而成，主要包括"先世杂事"（家族）、"行年杂事"（自传）、"先朝杂事"（国史）三部分；蒙古太宗八年（1236）编纂《故物谱》，记录家藏旧籍、法书、名画、器物；蒙古乃马真后元年（1242）编纂《元氏集验方》，集录家藏医书中自己亲验的药方资料；此三书都未见书目著录，仅有自作序跋存于集中①。

又有《帝王镜略》一书，元好问集中不见提及，也不见后世书目著录，仅见其弟子王恽集中有元至元四年（1267）所撰《帝王镜略序》一文，略曰："近读遗山先生《镜略》书，所谓立片言而得要者也。其驰骋上下数千载之间，综理繁会数百万言之内，骈以四言，叶以音韵，世数代谢，如指诸掌，历代之能事毕矣。"又曰："士人张敬叔贫而好学，家藏是书，今刊之以广其传，亦可以见其用心焉尔。"②可知此书是童蒙历史教育的教材，由王恽刊行于至元四年。另外，晁公武《郡斋读书志》卷五著录《帝王镜略》一卷，叙录曰："右唐刘轲撰，自开辟迄唐初帝王世次，缀为四言，以训童蒙。伪蜀冯鉴续之至唐末。"③体例与此书相同，不知二者之间有无渊源关系。

又据王恽《玉堂嘉话》卷七："王西溪云：元遗山录册中云：'东平范尊师庵内见化饭王先生，说渠海州为吏时，岁贡糟姜、糟蟹。海棠，出州东入海百里峡岛，岛是龙宫地，生海棠，作矮树，花色深红，大如茶盌面而百叶，香韵殊绝，开时可持一月久，不落而萎。每岁自岛中，移百本入海州御园。明年再移百本，而以先所得者供御。每花一金，签牌记之。脚花乃得入州官民家。每一花，必三叶承之，重九开。"④所引《元遗山录册》，遗山集中不及，亦未见他书提及，由名称和王西溪所记一段文字，应是抄记读书、见闻、交游等的杂录册子⑤。王恽又曾提及另一书名："谨按，遗山笔录载梁氏家世甚详，中有

---

① 狄宝心校注《元好问文编年校注》卷四《校笠泽丛书后记》、《南冠录引》、《故物谱》，卷五《元氏集验方序》。案：遗山集中《故物谱》一文，系所撰《故物谱》一书的序言，文末亦曰："乃作《故物谱》。丙申八月二十有二日，洛州元氏太原房某引。"因此实际应题作《故物谱引》。《千顷堂书目》卷十五类书类著录明司马泰《古今汇说》六十卷，卷三十五收录姜夔《续书谱》、《纸谱》、《故物谱》，陆游《天彭牡丹谱》等，其中《故物谱》不题撰人，应是遗山集中所收《故物谱（引）》一文。又，明人邓球指摘元好问《故物谱》"题目已是不楷"，所引文字皆出《故物谱（引）》一文，亦未见《故物谱》一书。（明万历邓云台刻本《闲适剧谈》卷二）

② 〔元〕王恽《秋涧先生大全文集》卷四十一。

③ 〔宋〕晁公武撰，孙猛校证《郡斋读书志校证》，上海：上海古籍出版社 2005 年版，第 203 页。

④ 〔元〕王恽《玉堂嘉话》，杨晓春点校，北京：中华书局 2006 年版，第 167 页。

⑤ 杂录册子是古人记录读书见闻和储备诗文材料的一种方式。例如，元好问所推崇的黄庭坚，传世有《涪翁杂录册》，一题《山谷志林》，详见《珊瑚网》卷五所录文徵明嘉靖二十年题识。又如，《朱子语类》卷一百二十九称"先人曾有杂录册子，记李仲和之祖同包孝肃同读书一僧舍"云云。

云：斗南先生登明昌二年进士，为人读书精熟，喜作诗，有干局吏能，剖繁治剧，不肯下一世之人。"①所谓《遗山笔录》，或与前引《录册》相类，或是一书。

此外，元人潘昂霄《金石例》曰："《韩魏公祭式》，元遗山记其大略，姑录之：古人书曾祖、皇祖、皇考，魏公易皇以显字，显曾祖、显曾祖姚、显祖、显祖姚、显考、显姚，妻先亡曰显嫔，妻祭夫曰显辟，穆甫兄弟曰显穆甫。"②清人凌廷堪(1755—1809)由此指出："元潘苍厓《金石例》所取之文，韩、柳与先生为多，并云'《韩魏公祭式》，元遗山记其大略，姑录之'，此必在先生所著书之内，今不可考矣。"③错误地将《韩魏公祭式》当成元好问的著作。陈振孙《直斋书录解题》卷六著录北宋名相韩琦《韩氏古今家祭式》一卷，即是潘昂霄所谓的《韩魏公祭式》，韩琦《安阳集》卷二十二也有《韩氏参用古今家祭式序》。大概此书久佚，潘昂霄得到元好问的节抄本，而有"记其大略"之语。

又有伪书两种，附记于此。

《续古今考》八卷。传本如《四库全书存目丛书》影印中国科学院图书馆藏旧抄本，题元好问撰。《四库全书总目》卷一二六著录此书，已辨明此书是清前期人所伪托。

《如积释锁细草》。清人莫友芝(1811—1871)《遗山诗集跋》称："又精九数天元之学，曾因刘汝谐撰《如积释锁》，为之《细草》，以明天元，见明祖颐序朱世杰《四元玉鉴》。"④阮元更由此将元好问收入《畴人传》卷四十七。今人已辨明此书是绛人元裕所撰，并非元好问(字裕之)的著作⑤。今从之。

①　〔元〕王恽《秋涧先生大全文集》卷二十三《诗呈平章公》诗后自注。
②　〔元〕潘昂霄《金石例》，清南陵徐氏随庵丛书本。
③　〔清〕凌廷堪《元遗山先生年谱》，孔凡礼编《元好问资料汇编》附录一，第456页。
④　〔清〕莫友芝《邵亭遗文》卷三，《影山草堂六种》本，清光绪刊本。
⑤　参劳汉生《元裕、元裕之再辨》，载《山西大学学报》1988年1期，第51—53页；劳汉生、吴文环《元裕之(元好问)非元裕再辨》，载《文献》1988年1期，第198—204页。

第四章 《中州集》流传考

元好问在元初纂辑并刊行的金诗总集《中州集》，无论是明清书目的著录，还是传世的各种版本，都是十卷的规模。然而，师从元好问的郝经在《遗山先生墓铭》中却说："《中州集》百余卷。"①百余卷与十卷相去悬殊，引起后来学者的不同理解。清人郭元釪编纂《全金诗增补中州集》时提出："元郝经称好问著《中州集》一百卷，而今存者止十卷，其间必有残缺，未为全书。"②相对于《中州集》十卷，郭元釪的《全金诗》，"所增补者，卷六倍之，人几三倍之，诗倍之"。③ 这样的增补规模似乎并不能支持原本多达"百余卷"的说法。胡聘之编《山右石刻丛编》收录郝经《墓铭》，有一则按语说："以《中州集》十卷为百余卷，恐亦未足为实录。郝先生亲受业于遗山，不应有误。惟铭撰于丁巳秋，阅四十四年始勒石，或后人又有增改，故多不符之处。"④"百余卷"的说法，在胡聘之看来，不足凭信，但不是郝经的误记，而是墓铭勒石时的增改。

在清人郭元釪之后，继续推进金诗纂辑工作的是薛瑞兆与郭明志两位先生⑤。关于现传《中州集》十卷有无残缺的问题，薛瑞兆在《〈中州集〉考补》一文中继承并修正了郭元釪的观点，一方面相信"《中州集》曾经删削，已非原貌"，另一方面又不愿相信原本"百余卷"的说法，提出"百余卷"的讹误应该归咎于元好问编纂《中州集》的蓝本，即魏道明《国朝百家诗略》，"百家"讹作"百卷"。薛瑞兆在此文中所做的主要工作，是考订《永乐大典》残帙所引录的《中州集》，论证这样一个重要的结论：

① 〔元〕郝经《陵川集》卷三十五，《景印文渊阁四库全书》本。
② 〔清〕郭元釪编《全金诗增补中州集》卷首郭元釪奏章，《景印文渊阁四库全书》本。
③ 〔清〕郭元釪编《全金诗增补中州集》卷首提要，《景印文渊阁四库全书》本。案：《四库全书总目》卷一九〇《御定全金诗七十四卷》："所增之人，视旧加倍。所增之诗，视旧三倍。"（第1725页）
④ 〔清〕胡聘之《山右石刻丛编》卷二十九，第128页。
⑤ 薛瑞兆、郭明志编《全金诗》，天津：南开大学出版社1995年版。

现存《中州集》诸版本之外,曾有一个更为完整的版本存在,为《永乐大典》所引用,应是遗山生前编定刊印的。后来,平水曹氏书商或鉴于《中州集》选诗不主一格,芜杂冗长,成为继续刊印流通的障碍,影响其射利目的,于是一部分诗人被汰除,一部分诗作被删去,甚至漏掉一些不该漏掉的内容,发生张冠李戴之类的问题。①

我以为,此文既对《中州集》的刊印和流传情况缺乏认识,也在考订《永乐大典》引录《中州集》时存在疏误,由此,最终得出的结论也难以成立。

一、《中州集》的刊印和流传

薛瑞兆一文的结论提到,现传《中州集》十卷是出于平水曹氏书商的删汰。我们需要考察《中州集》的刊印过程和流传情况,藉此判断这种删汰的可能性是否存在。

元好问在 1233 年开始纂辑《中州集》,前后历时二十年,在 1249 年(己酉)秋得到赵国宝的资助,付梓传世。元好问的友人张德辉撰写后序,记述这一过程:

> 元遗山北渡后,网罗遗逸,首以纂集为事,历二十寒暑,仅成卷帙,思欲广为流布而力有所不足,第束置高阁而已。己酉秋,得真定提学龙山赵侯国宝资藉之,始锓木以传。

序末署时间为"明年四月望日",即 1250 年。这是《中州集》刊印的最早记载,当时元好问还在世。

现传的元刊本有两种,一种是元至大三年(1310)平水曹氏进德斋刻本,另一种是卷首目录题作《乙卯新刊中州集总目》的刻本。两种元刊本都是十卷,附《中州乐府》一卷;都是每半叶十五行,每行二十八字的行格;收录篇目、次序和数量等书籍结构也都相同。两种元刊本的主要差异,是卷首元好问自序和总目的名称。乙卯新刊本的《中州集引》和《乙卯新刊中州集总目》,在曹氏进德斋刻本中,分别题作《中州鼓吹翰苑英华序》和《翰苑英华中州集总目》。

关于这两种元刊本的年代先后问题,傅增湘在自藏的一种曹氏进德斋刻递修本的题记中提出:

---

① 薛瑞兆《〈中州集〉考补》,《文献》2007 年 2 期。

此首叶标题"鼓吹"六字,次叶"翰苑英华"四字,字体既异,行气亦不联贯,显为后人所加。余别藏有日本五山版翻刻本,其首题正为"乙卯新刊"四字,是此书初刻当为"乙卯新刊",其后板归坊肆,重印行世,特改题此名,以耸人耳目,冀广流布耳。①

傅增湘判断乙卯新刊本是初刻,而曹氏进德斋刻本是后印,证据是版刻挖改的痕迹。乙卯新刊本是否就是赵国宝资助刊印的本子,很难遽下结论,不过,乙卯新刊本早于曹氏进德斋刻本,应该是可以成立的判断。这里提出支持这一判断的另一证据。

乙卯新刊本卷首《总目》,凡四十四叶,完整无缺。而曹氏进德斋刻本卷首《总目》,最后一叶的版心下方虽然也标明"四十四",实际却只有三十九叶,脱去五叶。想必是出于掩饰的意图,曹氏进德斋刻本在《总目》第十叶的版心下方标明"十至十一",实际是脱去第十一叶;第二十八叶标明"廿八至卅二",实际是脱去第二十九叶、三十叶、三十一叶和三十二叶。阙叶及其掩饰,大概可以证明曹氏进德斋刻本是后印本的事实。

既然乙卯新刊本早于1310年印行的曹氏进德斋刻本,这里的乙卯就只能是蒙古宪宗五年(1255),而不是仁宗延祐二年(1315)②。这个时间与张德辉撰序的己酉1250年,相去五年,两年后元好问去世。傅增湘既以为乙卯是初刻的时间,就有必要解释从己酉秋"始锓木以传",到乙卯终于刊成的原因。在前文所引那篇题记中,傅增湘揣测说:"今世所传旧刻,首题'乙卯新刊',则为蒙古宪宗五年,距开雕之日岁琯已六七更,岂迁延数载始毕工耶。"③

在元刊本之后,《中州集》的翻印重刻,无论是明弘治九年李瀚刊本、明末毛氏汲古阁刊本,还是日本覆刻乙卯新刊本的南北朝刊本(所谓五山版),或者是从刊本衍生出的清初印溪草堂钞本等旧钞本,都没有从根本上改变《中州集》作为一种书籍的结构,收录的篇目、次序和数量都保持稳定,只是滋生出一些传抄的异文而已。

回到薛瑞兆一文的结论。既然曹氏进德斋刻本是晚出的后印本,平水曹氏书商删汰《中州集》的说法就不可能成立。如果傅增湘关于乙卯新刊本

① 傅增湘《藏园群书题记》卷十九,第965页。
② 〔清〕瞿镛《铁琴铜剑楼藏书目录》卷二十三著录元刊本《中州集》十卷曰:"是书初刻有龙山赵国宝本,为至大庚戌,武宗三年也。此本为仁宗延祐二年再刻。"案:瞿氏既将1310年印行的曹氏进德斋刻本误作初刻,又误将乙卯新刊本当成1315年的再刻。
③ 傅增湘《藏园群书题记》卷十九,第964—965页。

是初刻的提法符合事实,《中州集》曾有一个更为完整的版本存在的说法,也不可能成立。即使傅增湘的提法未必属实,乙卯新刊本与"始锓木以传"的时间相去不过数年,并且当时元好问还在世,再考虑到当时雕板的高昂成本,删削重刻的可能性应该也很小。因此,从《中州集》刊印过程和流传情况看,薛瑞兆一文的结论大概难以成立。

二、《永乐大典》引录《中州集》的考察

《中州集》在流传过程中始终保持十卷的规模,以及相应的稳定的书籍结构。明初馆阁词臣编纂《永乐大典》所采录的《中州集》,当然也应该是这样的规模和结构。薛瑞兆一文考察《永乐大典》残帙引录《中州集》的情况,却有现传《中州集》所失载或误抄的例子,并据此得出前文引述的结论。由此,我们有必要逐一检讨薛文举出的例子。

一、《永乐大典》卷二八一三梅字韵引《中州集》林少卿《淡墨梅花》二首,其人其诗都未见于现传《中州集》十卷。

案:林少卿《淡墨梅花》二首仅见于此。林少卿其人生平无考。北宋朱长文《乐圃余稿》卷五收录一首《林少卿挽诗》。龚明之《中吴纪闻》卷一记载,苏州吴感,仁宗时人,其家有红梅阁,死后为林少卿所得。曾布《曾公遗录》卷七记载元符二年(1099)塞序辰语录,提及林邵、范镗的故事,又称二人为林少卿、范给事。林少卿或即此北宋后期的林邵,字才中,福清人,少卿是其官职。如果是这样的话,《永乐大典》的引录大概不尽可信。

二、《永乐大典》卷二八〇九梅字韵引《中州集》房颢《王鼎玉索赋萼绿梅》,未见于现传《中州集》十卷。

案:《永乐大典》又收一首房颢诗,是一首失题的七绝"天生玉骨更朱颜",出处是《中州元气集》。紧接其下的是金人麻九畴七绝五首,出处也是《中州元气集》。在另一卷中,又收《中州元气集》的佚名撰《人日》七律两首。

《中州元气集》罕见著录,仅见明代《文渊阁书目》著录《宋中州元气集》一部十二册。况周颐《蕙风词话》曰:"仁和劳氏丹铅精舍校《遗山乐府》,屡引《中州元气集》。钱竹汀先生《补元史艺文志》,《中州元气》十册,在词曲类。是书劳犹及见,当非久佚。唯曰十册,疑是写本未刻,故未分卷。则访求尤不易矣。"①

《中州元气集》未见传世,收录情况不得而知。从以上引录的情况看,

---

① 况周颐《蕙风词话》卷四,北京:人民文学出版社 1960 年版,第 107 页。

《永乐大典》引录的房颢《王鼎玉索赋萼绿梅》，可能出于罕见的《中州元气集》，而在抄写时误作著名的《中州集》。

三、《永乐大典》卷二〇三五四夕字韵引《中州集》朱弁《元夕有感》《元夕厅设醮》《元夕》三诗，后二首未见于现传《中州集》十卷。

案：现传《中州集》卷十收录朱弁诗三十九首，未见《元夕厅设醮》《元夕》二首。这二首也仅见于此。朱弁出使金国十六年，大抵栖息于西京大同的善化寺。《元夕厅设醮》题中"设醮"之事与首句"督府"之地，与此不合。朱弁以通问副使赴金议和而被羁留，《元夕》二句"卖薪""守舍"，也与此不合。《永乐大典》这两首署名朱弁的元夕诗，都存在一些与其使金行事不合的疑点①。

四、《永乐大典》卷九〇三诗字韵引《中州集》刘从益《和陶渊明杂诗》四首，现传《中州集》卷六误作二首。

案：元刊本《中州集》卷六收这组诗，题中并没有表明篇数，实际也是四首。薛瑞兆自己误认作二首，原因大概在于版面的问题。第一首刚好排满两行，因此与第二首连成一首。第三首与第四首也是这样连成一首。这样的排版让四首看起来成了两首。顺便说，元刊本每行二十八字，而第一首和第三首都是六十字，原本不会刚好排满两行，而这两首却与众不同地排成每行三十字，刚好两行。这是《中州集》元刊本行格的一处奇怪的例外。

五、《永乐大典》卷九〇三诗字韵引《中州集》刘泽《与刘之昂酬唱有诗》，现传《中州集》卷八《刘户部光谦》小传附载此诗，阙题。

案：《中州集》刘光谦小传："父泽，字润之，为部掾，断狱有阴德。刘之昂与之酬唱，其诗有云……"显然《永乐大典》是依据小传的叙述而拟制诗题，并非现传《中州集》脱佚诗题，更不能以此证明有一种更完整的《中州集》有此诗题。

六、《永乐大典》卷二八一二梅字韵引《中州集》李晏《题嗅梅图》，现传《中州集》卷二《李承旨晏》收此一首，当是李简之所作。

案：此首题下空三格，有"简之"二字。简之，李晏之子李仲略的字。这并不能说明此首是李简之所作。依总集附见他人诗的一般体例，如果有李简之诗，应附见于李晏诗的最后，而此首却是编次在中间，因此不应该是李简之诗。从诗题的情形看，此首可能是李晏寄赠李简之的题画诗，只是题中脱佚数字。

由以上六例看，《永乐大典》引录《中州集》的可信程度应该谨慎对待。

---

① 《全宋诗》卷一六三三朱弁诗，据《永乐大典》所引，补辑这两首诗。

后三例,薛瑞兆一文的说法显然不正确。前三例,我们不能确证《永乐大典》的引录有误,却也可以表明其间存在不尽可信的若干疑点。考虑到《中州集》的刊印过程和流传情况,这些疑点不应该等闲视之。我们应该更多地信任流传有绪、结构稳定的总集《中州集》,而不是轻易地相信抄撮成书、出于众手的类书《永乐大典》。换言之,我们不应该仅仅依据《永乐大典》的引录,就轻易地认定现传《中州集》是经过删削的节本。在传世的乙卯新刊本和曹氏进德斋刻本之前,是否存在一种更完整的《中州集》?这样的问题当然还不能完全确定无疑做出回答,不过,在更多的有效证据出现之前,传统的认识应该得到尊重,而不是轻率地推翻。

第五章　元好问《论诗三十首》集评

清代以降,论诗绝句的批评文类极为盛行,郭绍虞等因而辑录《万首论诗绝句》(1991)。在这诸多论诗绝句中,受到最多关注的无疑是元好问《论诗三十首》。现代学者有关这组诗的笺释论著,所见已有十种:王韶生《笺释》(1966)、陈湛铨《讲疏》(1968)、何三本《笺证》(1969)、王礼卿《诠证》(1976)、郭绍虞《小笺》(1978)、田凤台《析评》(1979)、吴世常《辑注》(1984)、刘泽《集说》(1992)、邓昭祺《笺证》(1993),以及西人魏世德(John Timothy Wixted)《论诗诗:元好问的文学批评》(*Poems on Poetry: Literary Criticism by Yuan Hao-wen*)(1982)。此外,一首或数首的考论文章颇多,难以具述。

诸家笺释论著大抵博赡详审,却于元明清及近代学者的评释,采撷不多。如郭绍虞《小笺》只引述翁方纲《石洲诗话》卷七、宗廷辅《古今论诗绝句》二家之说,间及其他。其他论著也大抵如此。这大概是因为古人的评释,除翁、宗外,多非专书,也很少编纂成卷,或者是只谈数首,或者是偶然论及,还有就是手书批语,因此搜罗不易,采撷不多。今就检阅所及,汇为一编,以便学者。

论诗三十首　丁丑岁,三乡作

明许学夷《诗源辩体》卷三十六:"至《论诗绝句》三十首,又皆中的。"(明崇祯刻本)

许学夷《诗源辩体》后集纂要卷一:"裕之七言绝《论诗三十首》,其论甚正。"

清田雯《古欢堂集》卷十五《读元人诗各赋绝句》其一:"千年风雅遗山体,半格堂堂妙入神。商略论诗三十首,如公直作济南人。"(清康熙乾隆间刻德州田氏丛书本)

田雯《古欢堂杂著》:"古来论诗者,子美《戏为六绝句》,义山《漫成五章》,东坡《次韵孔毅父》五首,又《读孟郊诗》二首,遗山'汉谣魏什'云云三

十首,又《济南杂诗十首》,议论阐发,皆有妙理。"(《清诗话续编》本)

清顾嗣立《秀野草堂诗集》卷十五《读元史八首》:"论诗三十首,读罢语混茫。"(清道光刻本)

清翁方纲《石洲诗话》卷七:"金宣宗兴定九年丁丑,先生年二十八岁。自贞祐三年乙亥,蒙古兵入金燕都,四年丙子,先生自秀容避乱河南,至是岁寓居三乡,在其登进士第之前四年。"(《粤雅堂丛书》本)

翁方纲《石洲诗话》卷五:"《论诗绝句》'奇外无奇'、'金人洪炉'二篇,即先生自任之旨也。此三十首,已开阮亭'神韵'二字之端矣,但未说出耳。"

清袁枚《小仓山房诗集》卷二十七《仿元遗山论诗绝句三十八首》序:"遗山论诗,古多今少。予古少今多,兼怀人也。"(清乾隆刻增修本)

清王鸣盛:"三十首之中,凡用七'万古',而又有一'千古'、一'千秋',重言复句,遣词似未得为工。"(清康熙四十六年华希闵刻本《遗山先生文集》卷十,王鸣盛手批,上海图书馆藏)

清钱大昕《十驾斋养新录》卷十六:"元遗山《论诗绝句》效少陵'庾信文章老更成'诸篇而作也。王贻上仿其体,一时争效之。厥后宋牧仲、朱锡鬯之论画,厉太鸿之论词论印,递相祖述,而七绝中又别启一户牖矣。"(清嘉庆刻本)

清阮葵生《茶余客话》卷十一:"前人论诗文字,及与诗学升降有关系文字,不可不汇置一处,时时观览。如《谢灵运传论》、钟嵘《诗品序》、元微之《杜子美墓志序》、元、白二公往复论诗、司空表圣与李生书、宋潜溪《答章秀才书》、元遗山《论诗绝句》,皆古今声诗源委,非宋人诗话可同日语也。"(清光绪十四年刻本)

清叶观国《绿筠书屋诗钞》卷十二《秋斋暇日抄辑汉魏以来诗作绝句二十首》其十三:"茶山门人有宗工,萧范犹难与角雄。却怪遗山疏凿手,论诗不及渭南翁。"(清乾隆五十七年刻本)

清宗廷辅《古今论诗绝句》:"往予在陆寄庵姑丈家,阅其书目,见有《元遗山论诗绝句注》一卷,不著作者,欲索观未暇也。同治壬戌,避乱居崇明,假馆龚氏桐石山房,案有乌程施国祁《元遗山诗注》、无锡顾奎光《金诗选》。阅其评语,颇不满意,因略为疏通,令学生冯雨人写出之。已二十三年矣。今覆勘一过,稍加点定,未知合于作者之微悟否也。十月二日记。"(《宗月锄先生遗著》本)

其　一

汉谣魏什久纷纭,正体无人与细论。谁是诗中疏凿手,暂教泾渭各清浑。

清查慎行《初白庵诗评》："分明自任疏凿手。"（清乾隆四十二年涉园观乐堂刻本）

清何焯《义门先生集》卷六《复董讷夫》："士衡谓'缘情而绮靡'者，'汉谣魏什'之门户。"（清道光三十年姑苏刻本）

清阮葵生《七录斋诗钞》卷七《南庄杂咏》其七："太始元音足唱酬，汉谣魏什尽雕搜。即看风雅千秋事，谁并江河万古流。谩诮陵苕巢翡翠，谁将秃笔扫骅骝。茫茫泾渭劳疏凿，沧海回澜障十州。"（清刻本）

翁方纲《石洲诗话》卷七："正体云者，其发源长矣。由汉魏以上推其源，实从《三百篇》得之。盖自杜陵云'别裁伪体'、'法自儒家'，此后更无有能疏凿河源者耳。"

清陶玉禾："此首总起。"（顾奎光选辑、陶玉禾参评《金诗选》）

宗廷辅《古今论诗绝句》："此首伸其论诗之旨也。"

其　二

曹刘坐啸虎生风，四海无人角两雄。可惜并州刘越石，不教横槊建安中。

清王士禛："果一劲敌。"（明弘治十一年刊本《遗山先生诗集》卷十五，王士禛手批，香港中文大学图书馆藏）

陶玉禾："越石苍浑，然颇累重，终非曹刘敌手。"

翁方纲《石洲诗话》卷七："论诗从建安才子说起，此真诗中疏凿手矣。李太白亦云：'蓬莱文章建安骨。'韩文公亦云：'建安能者七。'此于曹、刘后特举一刘越石，亦诗家一大关捩。"

宗廷辅《古今论诗绝句》："越石苍浑，与先生合，且北人，故欲跻之建安之列。曹刘谓子建、公幹，建安七子中最标著者。"

其　三

邺下风流在晋多，壮怀犹见缺壶歌。风云若恨张华少，温李新声奈尔何。钟嵘评张华诗："恨其儿女情多，风云气少。"

清沈德潜《宋金三家诗选》："钟记室评张华诗，谓儿女情长，风云气短，故云。"（清乾隆刻本）

翁方纲《石洲诗话》卷七："此首特举晋人风格高出齐梁也，非专以斥薄温李也。后章'精纯全失义山真'，岂此之谓乎。义山在晚唐时，与飞卿、柯古并称'三十六体',原自以绮丽名家,是又不能尽以义山得杜之精微而概例之也。即放翁论诗亦有'温李真自郐'之句,盖论晚唐格调,自不得不如此。遗山之论,前后非有异义耳。"

宗廷辅《古今论诗绝句》:"意不甚满于馨觥为工者,特借诗品一语发之。盖六朝竞尚才藻,激昂之气少,其源实晋开之,故先生云如此。"

钱锺书《谈艺录》:"按贺黄公《载酒园诗话》卷三:'高仲武称李嘉祐绮靡婉丽涉于齐梁。余意此未见后人如温李者耳。如舜造漆器而指以为奢也。'持论命意,与遗山如出一辙。盖谓古人生世早,故亦涉世浅,不如后人之沧海曾经,司空见惯,史识上下千古,故不少见多怪。翁苏斋谓其尊晋人而'非专斥温李',尚未中肯。"

其　四

一语天然万古新,豪华落尽见真淳。南窗白日羲皇上,未害渊明是晋人。陶渊明,唐之白乐天。

元陈栎《陈定宇先生文集》卷七《答问》:"问:元裕之云'柳子厚,唐之谢康乐;陶元亮,晋之白乐天',此说如何? 答:谢康乐灵运,谢玄之后,袭封康乐公,以放旷不检束遭祸。柳子厚陷伾文之党,亦卒以贬死。以之并说,亦自颇是。陶元亮忠义旷达,优游乐易,以白乐天比之,亦似之。但优游乐易相似,而论其至到处,乐天不能及渊明也。谢、柳细论,亦自不同。陶、白所遭之时,亦不同也。元公之论,亦过求耳。不必如此立论,姑置之。"(《四库全书》本)

翁方纲《石洲诗话》卷七:"此章论陶诗也。而注先以柳继谢者,后章'谢客风容'一诗具其义矣。盖陶谢体格,并高出六朝,而以天然闲适者归之陶,以蕴酿神秀者归之谢,此所以为'初日芙蓉',他家莫及也。东坡谓柳在韦上,意亦如此,未可以后来王渔洋谓韦在柳上,辄能翻此案也。遗山于论杜不服元微之,而于继谢者独推柳州。四十年前,愚在粤东药洲亭上与诸门人论诗,尝有《韦柳诗话》一卷,意亦窃取于此。"

宗廷辅《古今论诗绝句》:"提出渊明,不满晋人意可见。玩末句,则上首意更明。"

清张英《文端集》卷二十八《遗山集中有陶渊明晋之白乐天语》:"采菊风期近自然,醉吟犹未免蹄筌。瓣香元自归彭泽,谩说渊明似乐天。"

其　五

纵横诗笔见高情,何物能浇块磊平。老阮不狂谁会得,出门一笑大江横。

陶玉禾：“嗣宗《咏怀》不特诗笔似汉人，其寄托处，不易会得。”

宗廷辅《古今论诗绝句》：“嗣宗《咏怀》诗本高绝千古。”

[出门句] 查慎行《初白庵诗评》：“山谷成语。”　钱锺书《谈艺录》：“径取山谷《水仙花》句。”

萧涤非《读阮嗣宗诗札记》：“余考《咏怀诗》中言及饮酒者绝无仅有，是亦可以知其为人矣。今观其诗，若‘谁能秉志，如玉如金。处哀不伤，在乐不淫’，又‘君子迈德，处约思纯’，又‘君子克己，心絜冰霜’，又‘人谁不没，贵使名全’，此岂嗜酒狂妄者之所能道耶。元遗山《论诗三十首》有云……世言英雄识英雄，吾谓诗道中亦复如是。”（《学衡》第七十期）

其　六

心画心声总失真，文章宁复见为人。高情千古闲居赋，争信安仁拜路尘。

明都穆《南濠诗话》：“扬子云：‘言，心声也；字，心画也。’盖谓观言与书，可以知人之邪正也。然世之偏人曲士，其言其字未必皆偏曲，则言与书又似不足以观人者。元遗山诗云……有识者之论固如此。”（《知不足斋丛书》本）

查慎行《初白庵诗评》：“古来文行背驰多矣，岂独安仁耶。”

沈德潜《宋金三家诗选》：“读《闲居赋》，似乎高人。其实党贾后，杀太子，不止于拜路尘也。”

陶玉禾：“文章人品分为两途，不相照应。此以言取人，所以多失。安仁偶拈及耳。”

宗廷辅《古今论诗绝句》：“忽论人品。”

清潘德舆《养一斋诗话》卷三：“‘寒林烟重暝栖鸦，远寺疏钟送落霞。无恨岭云遮不断，数声和月到山家。’此宋贼刘豫诗也，清光鉴人，诗竟不可以定人品耶。元遗山云……，是说殊可警世。”（清道光十六年徐宝善刻本）

清林昌彝《射鹰楼诗话》卷七：“山阳潘四农谓是说殊可警世，信然。”（清咸丰元年刻本）

其　七

慷慨歌谣绝不传，穹庐一曲本天然。中州万古英雄气，也到阴山敕勒川。

查慎行《初白庵诗评》:"拔出一篇《敕勒歌》,大为北人泄气。"

沈德潜《宋金三家诗选》:"独标北齐《敕勒歌》,特识。"

翁方纲《石洲诗话》卷七:"遗山录金源一代之诗,题曰《中州集》。'中州'云者,盖斥南宋为偏安矣。虞道园尝欲撰《南州集》而未果成,然而推此义也,适在遗山笼罩中耳。'中州'二字,却于'慷慨歌谣'一首拈出,所谓文之心也。"

宗廷辅《古今论诗绝句》:"北齐斛律金《敕勒歌》极豪莽,且本是北音,故先生深取之。"

钱锺书:"施氏注谓《北史》:'北齐神武命斛律金唱歌'云云,并于史学亦疏。《北齐书》与《北史》中《神武本纪》、《斛律金传》均无此文。郭茂倩《乐府诗集》卷八十六引《乐府广题》云:'北齐神武攻周玉壁不克,患甚欲疾,勉引诸贵,使斛律金唱此歌而自和。歌本鲜卑语,译作齐言,故句长短不等。'施注实出于此。《北史》金本传谓:'金本名敦,不识字,若敦字难写,遂改名金,犹不能署。司马子如教以屋山为识。'椎鲁如斯,恐未必能若沈庆之之耳学,曹景宗之赋'竞病'。郭书目录于是歌下注'无名氏',盖其慎也。梁谏庵《瞥记》极称郭氏称'无名氏'之是;吴槎客《拜经楼诗话》谓:'金不识文字,焉能办此。故梅鼎祚疑古有此歌,神武命唱之以安众心。沈归愚《古诗源》直以为金作,虽仍《碧鸡漫志》之伪,而引《北史》,《北史》实无此语'云云。实则据郭书'歌本鲜卑语'一句,已足定此诗案。王渔洋《七言古诗选》亦书'无名氏',谨严可法。王船山《古诗评选》、王壬秋《八代诗选》均以此歌归斛律金,未免卤莽。凌扬藻《蠡勺编》'诗有别才'一条,引金为证,言'不知书而能作诗',与《碧鸡漫志》说合,亦似鹘突。"

其 八

沈宋横驰翰墨场,风流初不废齐梁。论功若准平吴例,合着黄金铸子昂。

沈德潜《宋金三家诗选》:"自是正法眼藏。"

陶玉禾:"唐诗复古,首推子昂。"

翁方纲《石洲诗话》卷七:"此于论唐接六代之风会,最有关系,可与东坡'五代文章付劫灰'一首并读之,于初唐独推陈射洪,识力直接杜、韩矣。然而遗山诗集,初不斤斤效阮、陈作《咏怀》、《感寓》之篇也,岂其若李、何辈冒称复古者得以借口邪?"

查慎行《初白庵诗评》:"'平吴'二字,妙在关合齐梁。"

其　九

斗靡夸多费览观,陆文犹恨冗于潘。心声只要传心了,布谷澜翻可是难。"陆芜而潘静",语见《世说》。

查慎行《初白庵诗评》:"为恃才骋词者下一针。"

清宋长白《柳亭诗话》卷三十:"似为河阳左祖。"（清康熙天茁园刻本）

翁方纲《石洲诗话》卷七:"此首义与下一首论杜合观之。"

宗廷辅《古今论诗绝句》:"先生固不满于晋人者,此则借论潘、陆以箴宋人也。夫诗以言志,志尽则言竭,自苏、黄创为长篇次韵,于是牵于韵脚,不得不藉端生议,勾连比附,而辞费矣。'口角澜翻如布谷',东坡句也。"

其　十

排比铺张特一途,藩篱如此亦区区。少陵自有连城璧,争奈微之识碔砆。事见元稹《子美墓志》。

明胡震亨《唐音癸签》卷六:"元微之以杜之铺陈终始,排比故实,大或千言,小犹数百,为非李所及。白乐天亦云,杜诗贯穿古今,腼视格律,尽善尽美,过于李。二公盖专以排律及五言大篇定李杜优劣,不知杜句律之高,自在才具兼该,笔力变化,亦不专在排比铺陈,贯穿腼视也。深于杜者,要自得之。元遗山有诗云……此论所自出也。"（《四库全书》本）

查慎行《初白庵诗评》:"此因李杜优劣论而发。"

清王鸣盛《蛾术编》卷七十六:"（元稹）《墓系铭叙》又云:'山东人李白亦以奇文取称,时人谓之李、杜。观其壮浪纵恣,摆去拘束,诚差肩于子美矣。若铺陈终始,排比声韵,大或千言,次犹数百,词气豪迈而风调情深,属对律切而脱弃凡近,则李尚不能历其藩翰,况堂奥乎。'评李、杜优劣,精妙之至。盖杜之胜李,全在铺陈排比,属对律切也。千古公论,至微之始定。而元遗山《论诗绝句》云……所云'连城璧'在何处? 妄为大言,其实原未识得,聊以欺人耳。秦观云:'杜诗积众流之长,适当其时而已。''适当其时',妙甚。"迮鹤寿注:"千言数百言长律,自杜而开,古今圣手无两。每见名家评杜,至此尤无把握,大率本微之'铺陈排比'之言为主张。岂知铺陈排比,但可以概长庆诸公之巨篇,若杜排之忽远忽近,虚之实之,逆来顺往,奇正出没,种种家法,未许寻行数墨者,涉其藩篱。元遗山所谓连城璧者,正在此处。不意先生所见,仅与微之等,而出遗山下也。"（清道光二十一年刻本）

王鸣盛:"元微之评杜评李,特具只眼,千古公论,自元始定,奈何贬之。又微之元魏之后,裕之必是其一宗,亦不宜贬斥。"（清康熙四十六年华希闵

刻本《遗山先生文集》卷十,王鸣盛手批)

清周春《杜诗双声迭韵谱括略》:"元微之志杜墓,论诗必至沈、宋律诗出而后文体极焉,杜铺陈终始,排比声韵,大或千言,次犹数百,属对律切之工,李白不能历其藩翰。微之此论最精,而元裕之反云'少陵自有连城璧,争奈微之识碔砆'。吁,宋元人习于浮诞,故其言如此。"(《丛书集成初编》本)

翁方纲《石洲诗话》卷七:"此首与上章一义,'排比铺张',即所云'布谷澜翻'也。然正须合前后章推柳继谢之义,同善会之,然后知遗山之论杜,并非吐弃一切之谓耳。王渔洋尝谓杜公与孟浩然不同调,而能知孟诗,此方是上下原流、表里一贯之旨也。其实元微之所云'铺陈终始'、'排比声律'与所谓'浑涵汪茫'、'千汇万状'者,事同一撰。而渔洋顾欲删去'相如'、'子云'一联,与其论谢诗欲删'广平'、'茂陵'一联者正同。然则遗山虽若与元微之异说,而其识力则超出渔洋远矣。"

陶玉禾:"'排比铺张'是元白佳处,少陵妙处正在脱去排比铺张之迹耳。"

宗廷辅《古今论诗绝句》:"长律亦杜之一体。微之撰墓铭,特推重之,所见未的。"

清林昌彝《射鹰楼诗话》卷七:"五言长排,非才力雄大者不能作。元微之最服膺少陵长篇排律。元遗山《论诗》讥之云……余谓少陵长排独步古今,盛唐以后,几成逸响。"(清咸丰元年刻本)

清马星翼《东泉诗话》卷一:"元遗山论诗云……余谓此论未公。微之只就李杜优劣言之耳,岂谓杜只工排律哉。"(清刻本)

其十一

眼处心生句自神,暗中摸索总非真。画图临出秦川景,亲到长安有几人。

查慎行《初白庵诗评》:"见得真,方道得出。"

宗廷辅《古今论诗绝句》:"景物兴会,无端凑泊,取之即是,自然入妙。若移时异地,则情随景迁,哀乐不同,而命辞亦异矣。少陵十载长安,长篇短咏,皆即事抒怀之作也。"

其十二

望帝春心托杜鹃,佳人锦琴怨华年。诗家总爱西昆好,独恨无人作郑笺。

元姚燧《牧庵集》卷三《唐诗鼓吹注序》："尝疑遗山论诗于西昆有'无人作郑笺'之恨,漫不知何说,心窃异之。后闻高吏部谈遗山诵义山《锦瑟》中四偶句,以为寓意于适怨清和,始知谓郑笺者,殆是事也。"（《四部丛刊》影武英殿聚珍板本）

案：据宋人黄朝英《缃素杂记》载,适怨清和之解出于苏轼。许𫖮《彦周诗话》亦载此说。

胡震亨《唐音癸签》卷三十二："元遗山有诗云……盖谓义山诗用事颇僻,惜无人注释也。乃遗山《鼓吹》一选,郝天挺所注义山诗,尤芜谬不通。门墙士亲受诗教者尚如此,可望之他人？"

陶玉禾："义山诗若句句作解,转恐凿空。《锦瑟》一诗,人各异说,不如无笺为愈。"

翁方纲《石洲诗话》卷七："拈此二句,非第趁其韵也。正以先提唱'杜鹃'句于上,却押'华年'于下,乃是此篇回复幽咽之旨也。遗山当日必有神会,惜未见其所述耳。渔洋以释道安当之,岂其然乎。遗山于初唐举射洪,于晚唐举玉溪,识力高绝,知世传《唐诗鼓吹》非出遗山也。然而遗山云'精纯全失义山真',拈出'精'、'真'分际。有此一语,岂不可抵得一部郑氏笺耶。余更于下卷详之。""宋初杨大年、钱惟演诸人馆阁之作,曰《西昆酬唱集》,其诗效温李体,故曰西昆。西昆者,宋初翰苑也。是宋初馆阁效温李体,乃有西昆之目,而晚唐温李时,初无西昆之目也。遗山沿习此称之误,不知始于何时耳。然遗山论诗既知义山之'精'、'真',而又薄温、李为'新声'者,盖义山之精微,自能上追杜法,而其以绮丽为体者,则斥为新声,但以其声言之,此亦所谓言各有当尔。"

清胡鸣玉《订讹杂录》卷九《西昆体》："《古今诗话》云：'宋初,杨大年亿、钱文僖惟演、晏元献殊、刘子仪筠,为诗皆宗义山,号西昆体。后进效之,多窃取义山诗句。尝内宴,优人有为义山者,衣服败裂,告人曰,我为诸馆职挦撦至此。闻者大噱。案,此则杨、刘辈效义山诗,其所作号西昆体。叶石林谓欧阳公诗始矫昆体,专以气格为主,亦指杨、刘辈言。今直以义山集为西昆诗,非是前人尝有言之者。元遗山论诗绝句云……亦踵此弊。"（清嘉庆陈氏刻本）

查慎行《初白庵诗评》："后世笺李诗者,未必即玉溪功臣,奈何。"[望帝句]"义山成语。"

清凌廷堪《校礼堂文集》卷二十二《复章酌亭》："元裕之诗云：'诗家总爱西昆好,只恨无人作郑笺。'此在当时,应发兹慨,若生今日,定无是说。何则？盖体创西昆,习沿北宋,但知挦撦,罕见爬梳。既非若少陵之有鲁訔、黄鹤,太白之有齐贤、士赟也。又非若坡老之有元之、龟龄,涪翁之有青神、天社也。玉在璞中,珠沉渊底,不得不望下和之剖,象罔之求也。自明及今,时移事异,道林、长孺释之于前,平山、午桥笺之于后。三首《碧城》,或窥初旨;一篇《锦瑟》,已得解人。"(清嘉庆十八年刻本)

清朱休度《壶山自吟稿》卷中《忻州汪刺史公修其境内元遗山先生墓于草间获断碑搨以见寄感赋长句》"诗人心事杜鹃血,独恨无人作郑笺"二句自注:"余尝谓遗山《论诗绝句》中如'望帝春心托杜鹃',及'未害渊明是晋人',及'可惜并州刘越石'等语,又《述次山》一首,又《乱后玄都》一首,皆显然自寓之词。近见方朴山评云:'诗家总爱西昆好,独恨无人作郑笺',此二句是遗山自道,莫错认是说义山诗。可谓先得我心。"(清嘉庆刻《小木子诗三刻》本)

案:方粲如,字文辀,号朴山,淳安人康熙丙戌进士。检其《集虚斋学古文》十二卷(清乾隆刻本)、《偶然欲书》一卷(《昭代丛书》本),皆未见此评。

宗廷辅《古今论诗绝句》:"先生诗取径与义山迥殊,独不薄义山。"

民国杨钟羲《雪桥诗话》卷七:"朱介裴尝谓……按遗山《论诗三十首》,丁丑岁三乡作。丁丑为金宣宗兴定元年,先生年二十八岁,在其登进士第之前四年。虽其时蒙古兵已入燕,先生自秀容避乱河南,至是岁寓居三乡,下距金亡垂二十年,不应预作渊明晋人之语以自况。介裴此论失考。"(《求恕斋丛书》本)

案:朱休度,字介裴。所引朱介裴谓云云,见前朱休度《壶山自吟稿》卷中自注。

钱锺书《谈艺录》:"按袁伯长《清容居士集》卷四十八《书郑潜庵李商隐诗选》:'其源出于杜拾遗,晚自以为不及,故别为一体。直为讪侮,非若为鲁讳者;使后数百年,其诗祸之作,当不止流窜岭海而已也。桷往岁尝病其用事僻昧,间阅《齐谐》《外传》诸书,签于其侧。冶容褊心,遂复中止。'此与遗山身世相接而欲为玉溪诗'作郑笺'者也。胡孝辕《唐音癸签》卷三十二:'唐诗有两种,不可不注。今杜诗注如彼,而商隐一集,迄无人能下手。始知实学之难。友人屠用明尝劝予为义山集作注。'伯长似非知'难'而退,乃守礼而'止'耳。后世注玉溪诗者,鲜道此两事。"

其十三

万古文章有坦途,纵横谁似玉川卢。真书不入今人眼,儿辈从教鬼画符。

查慎行《初白庵诗评》:"扫尽鬼怪一派。"

沈德潜《宋金三家诗选》："斥卢仝，极允。"

宗廷辅《古今论诗绝句》："卢诗险怪，溺之者皆入于邪径。下二句盖以狂草为譬。"

其十四

出处殊途听所安，山林何得贱衣冠。华歆一掷金随重，大是渠侬被眼谩。

宗廷辅《古今论诗绝句》："山林台阁各是一体，宋季方回撰《瀛奎律髓》往往偏重江湖道学，意当时风气或有藉以自重者，故唱破之。"

其十五

笔底银河落九天，何曾憔悴饭山前。世间东抹西涂手，枉着书生待鲁连。

翁方纲《石洲诗话》卷七："此妙于借拈李诗以论杜诗，可作李、杜二家筦钥，与义山'李杜操持'一首正相发也。与前章斥元微之意同。其不以鬼怪目玉川，意亦如此。"

宗廷辅《古今论诗绝句》："太白拔郭令公于缧绁中，遂开唐中兴事业，高才特识，岂占毕章句者可比。"

其十六

切切秋虫万古情，灯前山鬼泪纵横。鉴湖春好无人赋，岸夹桃花锦浪生。

宗廷辅《古今论诗绝句》："此当指长吉，下二句亦就诗境言之。施注引刘采春事，而以元微之当之，大谬。"

其十七

切响浮声发巧深，研摩虽苦果何心。浪翁水乐无宫徵，自是云山韶濩音。水乐，次山事，又其《欸乃曲》云："停桡静听曲中意，好是云山韶濩音。"

翁方纲《石洲诗话》卷五："'切响浮声发巧深'一篇，盖以缚于声律者未必皆合天机也。然音节配对，如双声迭韵之类，皆天地自然之理，亦未可以'巧'字概抹之。"

翁方纲《石洲诗话》卷七："此皆弦外之旨，亦须善会之。犹夫'排比铺陈'一章,非必吐弃一切之谓也。"

宗廷辅《古今论诗绝句》:"元次山诗自在方圆之外,末句即以其所作《欸乃曲》拟之。""次山有《水乐说》,纪南磵之悬水,见本集补遗。"

沈石友:"元次山有《水乐说》一篇,见集后补遗,凡六十一字。"(清道光二年刻本《元遗山诗集笺注》卷十一,沈石友手批,上海图书馆藏)

其十八

东野穷愁死不休,高天厚地一诗囚。江山万古潮阳笔,合在元龙百尺楼。

明瞿佑《归田诗话》卷上:"遗山论诗云……推尊退之而鄙薄东野至矣,东坡亦有未足当韩豪之句,盖不为所取也。东野诗如'食荠肠亦苦,强歌声无欢','出门即有碍,谁谓天地宽','夜吟晓不休,苦吟鬼神愁','如何不自闲,心与身相雠',气象如此,宜其一生局蹐也。"(《知不足斋丛书》本)

胡震亨《唐音癸签》卷七:"孟郊诗憔悴枯槁,其气局促不伸。诗道本正大,郊自为之艰阻耳。按韩公甚重郊诗,评者亦尽以为韩不及郊。独苏长公有诗论郊云:'未足当韩豪。'后元遗山诗亦云……详二公之指,盖亦论其大局欤。不可不知。"

清赵翼《瓯北诗话》卷三:"昌黎作《双鸟诗》,喻己与东野一鸣,而万物皆不敢出声。东野诗亦云:'诗骨耸东野,诗涛涌退之。'居然旗鼓相当,不复谦让。至今果韩、孟并称。盖二人各自忖其才分所至,而预定声价矣。东坡《读孟郊诗》则云:'初如食小鱼,所得不偿劳。又似煮彭越,竟日嚼空螯。要当斗僧清,未足当韩豪。'元遗山《论诗绝句》云:'东野穷愁死不休,高天厚地一诗囚。江山万古潮阳笔,合在元龙百尺楼。'亦抑孟而伸韩。"(清嘉庆湛贻堂刻本)

沈德潜《说诗晬语》:"扬韩抑孟,无乃太过。"(清乾隆刻本)

翁方纲《石洲诗话》卷七:"韩门诸家,不斥贾而斥孟,亦与东坡意同。不论及李长吉者,遗山心眼抑自有属矣。昔杜樊川为《李长吉诗序》曰:'少加以理,奴仆命骚可也。'未知遗山意中,分际如何。"

王鸣盛:"贬孟推韩,伧父语也,不料出之遗山。"(清康熙四十六年华希闵刻本《遗山先生文集》卷十,王鸣盛手批)

宗廷辅《古今论诗绝句》:"言孟不得与韩并。"

纪昀《纪文达公遗集》文集卷九《月山诗集序》:"惟是文章如面,各肖其人,同一坎坷不偶,其心狭隘而刺促,则其词亦幽郁而愤激。'东野穷愁死不休,高天厚地一诗囚',遗山所论未尝不中其失也。"(清嘉庆十七年纪树馨刻本)

其十九

万古幽人在涧阿，百年孤愤竟如何。无人说与天随子，春草输赢较几多。天随子诗："无多药草在南荣，合有新苗次第生。稚子不知名品上，恐随春草斗输赢。"

查慎行《初白庵诗评》："所见者大，亦从翻案出奇。"

宗廷辅《古今论诗绝句》："陆鲁望生丁末运，自以未挂朝籍，绝无忧国感愤之辞，故即其所为诗，微诘示讽。"

其二十

谢客风容映古今，发源谁似柳州深。朱弦一拂遗音在，却是当年寂寞心。柳子厚，晋之谢灵运。

查慎行《初白庵诗评》："以柳州接康乐，千古特识。"

陶玉禾："柳州似谢，不似陶。"

翁方纲《石洲诗话》卷七："柳诗继谢之注，至此发之。以白继陶，以柳继谢，与渔洋以韦继陶不同，盖渔洋不喜白诗耳。"

宗廷辅《古今论诗绝句》："查初白云：'以柳州接康乐，千古特识。'予曰不然，谓柳州发源康乐耳。"

沈石友："柳子厚八字，与上'陶渊明晋之白乐天'合一条。"（清道光二年刻本《元遗山诗集笺注》卷十一，沈石友手批）

其二十一

窘步相仍死不前，唱酬无复见前贤。纵横正有凌云笔，俯仰随人亦可怜。

都穆《南濠诗话》："东坡云：'诗须有为而作。'山谷云：'诗文惟不造空强作，待境而生，便自工耳。'予谓今人之诗惟务应酬，真无为而强作者，无怪其语之不工。元遗山诗云：'纵横正有凌云笔，俯仰随人亦可怜。'知此病者也。"

清金埴《不下带编》卷二："元遗山诗有云：'纵横正有凌云笔，俯仰随人亦可怜。'此殆自伤其有不得已而为者乎？昔祢衡为黄祖书记，轻重疏密，各得体宜。祖持其手曰：'处士，此正如吾腹中所欲言。'王俭令任昉作一文，及成，曰：'正得吾腹中之欲。'李义山之文，率为人属稿，抽心呈貌，缠绵丽密，是皆所谓随人俯仰，人哀则哀，人谀则谀者。不尔，则非其腹中语矣。文人失职，尚能挥洒纵横，把凌云之笔，以修立诚之词耶！为人代毫，吾侪不免。

元诗有概于心。偶成三绝句寄友吴子宝崖陈琰,云:'夙号翩翩书记雄,体宜各得便称工。不知开府曾持手,所欲言如彼腹中。''依刘多少古今才,俯仰由他获已哉。寄语凌云人替笔,可随谀媚可随哀。''枉自西昆效义山,一生笺奏为谁娴。名流失职官斋里,寒士羁縻记室间。'"(中华书局点校本)

[纵横二句] 查慎行《初白庵诗评》:"幺弦孤韵,聆者凄然。"

清薛雪《一瓢诗话》:"作诗非应举,何必就程序?热赶名场之人,岂有好诗好文哉?元遗山云:'纵横正有凌云笔,俯仰随人亦可怜。'"(《清诗话》本)

陶玉禾:"此言摹拟步骤之失。"

宗廷辅《古今论诗绝句》:"此殆讥好次韵者。次韵诗肇于元白,皮陆继之,然亦止今体耳,至苏黄则无所不次矣。先生不甚满于东坡,又未便直加诋诃,故所云如此。"

其二十二

奇外无奇更出奇,一波才动万波随。只知诗到苏黄尽,沧海横流却是谁。

纪昀《纪文达公遗集》文集卷九《四百三十二峰草堂诗钞序》:"东坡才笔横据一代,未有异词。而元遗山《论诗绝句》乃曰:'苏门果有忠臣在,肯放坡诗百态新。'又曰:'奇外无奇更出奇,一波才动万波随。只知诗到苏黄尽,沧海横流却是谁。'二公均属词宗,而元之持论若不欲人钻仰于苏者,其故殆不可晓。余嘉庆壬戌典会试三场,以此条发策,四千人莫余答也。惟揭晓前一夕,得朱子士彦卷,对曰:南宋末年,江湖一派万口同音,故元好问追寻源本,作是惩羹吹齑之论。又南北分疆,未免心存轸域。其《中州集》末题诗,一则曰'若从华实评诗品,未便吴侬得锦袍',一则曰'北人不拾江西唾,未要曾郎借齿牙',词意晓然,未可执为定论也。喜其洞见症结,急为补入榜中。"

陶玉禾:"西江一派迄于宋亡,苏、黄不作罪魁,特溯其发源耳。"

翁方纲《石洲诗话》卷七:"遗山寄慨身世,屡致'沧海横流'之感,而于论苏、黄发之。窦皋《述书赋》论褚河南正是此意,不知者以为不满褚书也。""读至此首之论苏诗,乃知遗山之力争上游,非语言笔墨所能尽传者矣。"

清谢启昆《树经堂诗初集》卷十二《读中州集仿元遗山论诗绝句六十首》:"慷慨论诗句有神,苏黄以后导迷津。不逢沧海横流日,争识扶鳌立极人。"(清嘉庆刻本)

清陈寿祺《左海文集》卷七《藤花吟馆诗钞跋》:"覃溪论诗多精诣,然如元遗山绝句之'沧海横流',显指苏、黄末失,而以为主论时政,此岂遗山之意哉。"(清刻本)

沈德潜《说诗晬语》:"苏子瞻胸有洪炉,金银锡铝皆归镕铸。其笔之超旷,等于天马脱羁,飞仙游戏,穷极变化,而适如意中所欲出。韩文公后,又开辟一境界也。元遗山云:'只知诗到苏黄尽,沧海横流却是谁。'嫌其有破坏唐体之意,然正不必以唐人律之。"

清尚镕《三家诗话》:"诗文至南宋后,文章一大转关也。就诗而论,虽放翁以悲壮胜,遗山以沉雄胜,道园以老洁胜,铁崖以奇丽胜,青丘以爽朗胜,西厓以清峭胜,究不逮李、杜、韩、白、欧阳、苏、黄之全而神,大而化,况他人乎!'诗到苏黄尽',真笃论也。"(《清诗话续编》本)

清潘德舆《养一斋集》卷三《仿遗山论诗绝句论遗山诗二首》其一:"评论正体齐梁上,慷慨歌谣字字遒。新态无端学坡谷,未须沧海说横流。"(清道光刻本)

案:此诗又载《养一斋诗话》卷八。

清罗汝怀《绿漪草堂文集》卷十五《琴源山房遗诗叙》:"宋自庐陵、临川,已变杨、刘之体,而眉山崛起于熙丰、元祐间,卓然成大家,世无异议,而金源元裕之颇有微辞,见于《论诗绝句》。"(清光绪九年罗式常刻本)

清林昌彝《射鹰楼诗话》卷十八:"遗山意以苏、黄诗稍直少曲折,故不及李、杜,故曰'沧海横流却是谁'。李、杜诗汪洋澎湃而沉郁顿挫,赴题曲折,故如沧海横海。苏、黄之不及李、杜者以此,遗山之所以不足苏、黄者以此。此中神妙难与外人言也。故遗山论诗又曰:'鸳鸯绣出从君看,不把金针度与人。'"(清咸丰元年刻本)

清郭麐《灵芬馆诗话》卷八:"元遗山《论诗》以'沧海横流'为苏、黄之过,虽非定评,亦卓有所见。近时秉笔之侪,或数典胥钞,或矜才使气,皆去风雅道远。其能墨守先民矩矱,不为风气所摇夺者,必自立之士也。"(清嘉庆二十一年刻二十三年增修本)

宗廷辅《古今论诗绝句》:"自苏黄更出新意,一洗唐调,后遂随风而靡,生硬放佚,靡恶不臻。变本加厉,咎在作俑。先生慨之,故责之如此。"

周季侠《诗学枝谭》:"诗虽以性情为主,而体格与神韵不能具备,仍不足以言诗。芒角太多,则性情隐矣。刻镂太工,则体格卑矣。用笔太直,则神韵亡矣。元遗山云:'只知诗到苏黄尽,沧海横流却是谁。'宋有苏、黄,如唐有李、杜,而遗山以'沧海横流'目之,非贬苏、黄也。学者识得此意,学宋诗始无弊。"(《庸言》第一卷第五号)

郁达夫《论诗绝句寄浪华五首》其二:"遗山本不嫌山谷,无奈西昆学者狂。欲矫当时奇癖疾,共君并力斥苏黄。"(《郁达夫文集》第十卷《诗词》,花城出版社 1985 年)

其二十三

曲学虚荒小说欺,俳谐怒骂岂诗宜。今人合笑古人拙,除却雅言都不知。

陶玉禾:"古人破却万卷,而择之必精,不似后人拉杂堆砌。"

宗廷辅《古今论诗绝句》:"此首专诋东坡。或疑其议东坡不应重迭如此,不知此乃先生宗旨所在,射人射马,擒贼擒王,所见既真,故不惮一再弹击也。"

其二十四

有情芍药含春泪,无力蔷薇卧晓枝。拈出退之山石句,始知渠是女郎诗。

瞿佑《归田诗话》卷上:"元遗山《论诗三十首》,内一首云……初不晓所谓,后见《诗文自警》一编,亦遗山所著,谓'有情芍药含春泪,无力蔷薇卧晚枝',此秦少游《春雨》诗也,非不工巧,然以退之《山石》句观之,渠乃女郎诗也,破却工夫,何至作女郎诗。按昌黎诗云:'山石荦确行径微,黄昏到寺蝙蝠飞。升堂坐阶新雨足,芭蕉叶大栀子肥。'遗山固为此论,然诗亦相题而作,又不可拘以一律。如老杜云:'香雾云鬟湿,清辉玉臂寒。''俱飞蛱蝶元相逐,并蒂芙蓉本自双。'亦可谓女郎诗耶。"

查慎行《初白庵诗评》:"齐、梁、陈、隋诸名家,大抵皆女郎诗,不数中唐以后也。"又:"此首论本王中立。"

清吴景旭《历代诗话》卷六十四:"遗山论诗,直以诗作论也。抑扬讽叹,往往破的。读者息心静气以求之,得其肯会,大是谈诗一助。少游乃填词当家,其于诗场,未免蹋入软红尘去。故遗山所咏切中其病。他日又书以自警,盖知之深,言之当也。如钟嵘评张华诗,恨其儿女情多,风云气少。而遗山乃云'风云若恨张华少,温李新声奈尔何',则知遗山自出真裁,非一切以女郎抹人也。'东野穷愁死不休,高天厚地一诗囚',谓其出门在碍,脱口便嗟也。'苏门果有忠臣在,肯放坡诗百态新',惜其肆笔成章,不受炉冶也。'万古文章有坦途,纵横谁似玉川卢。真书不入今人眼,儿辈从教鬼画符。'则直以外道诟之。凡所弹驳,皆是为谈诗助,又不独一少游矣。"(《四库全

书》本）

薛雪《一瓢诗话》："元遗山笑秦少游《春雨》诗……瞿佑极力致辩。余戏咏云：'先生休咏女郎诗，山石拈来压晚枝。千古杜陵佳句在，云鬟玉臂也堪师。'"

陶玉禾："此遗山得之王中立者。""诗辨骨力标格，是第一金针。"

清方粹如《集虚斋学古文》卷六《梦月岩集序》载周起渭（号桐野）语："夫诗者，持也。钟仲伟品诗，谓干之以风力。不刚，顾足以干而持乎？是故儿女情多，风云气少，即张司空恨之。而秦太虚《春雨》诗，遗山斥之为女郎。果若人言，是退之《山石》句，且顾出渠下也。此不然。说也其性之所近，而以古人浇灌之，以可不增减之。使如《易》所谓'健而说'，如《书》所谓'直而温'，如《礼》所谓'廉而不刿'，如《春秋》所谓'尽而不污'，即五经鼓吹，又多乎哉。"（清乾隆刻本）

清阮葵生《茶余客话》卷十一："元遗山讥秦少游，谓'拈出退之山石句，始知渠是女郎诗'。诗各有体，安得不问何题，各拈一句二句，概厥生平乎。"（清光绪十四年刻本）

宗廷辅《古今论诗绝句》："此首排淮海。上二句即以淮海诗状淮海诗境也。按《中州集·拟栩先生王中立传》云……则裕之此论亦有所授之矣。"

清吴仰贤《小匏庵诗话》卷一："元遗山讥秦少游'有情芍药'一联为女郎诗，以其缘情而绮靡耳。余观唐人七律中如白香山云'还似往年春气味，不宜今日病心情'，刘兼云'处处落花春寂寂，时时中酒病厌厌'，亦皆女郎诗也。"（清光绪刻本）

郭麐《灵芬馆诗话》卷一："遗山《论诗绝句》……遗山之论本于王拟栩中立，见《中州集》中。拟栩诗皆粗豪无味，故有此论。瞿宗吉《归田诗话》驳之，是也。其谓见《诗文自警》一编，亦遗山所著。论此二句云云，似遗山自为此论者。其书今亦未见。"

钱锺书《谈艺录》："施注引《中州集》及《归田诗话》，按《灵芬馆诗话》卷一亦引此二书，皆未及敖陶孙《诗评》所云：'秦少游如时女步春，终伤婉弱。'李方叔《师友谈记》载少游自论其文谓：'点检不破，不畏磨难，然自以华弱为愧'云云。尤宜引以作证。""按舒铁云《瓶水斋诗集》卷四《红白蔷薇用昌黎山石诗韵》：'我坐看红复看白，杨花轻薄桃花肥。少游醉卧古藤下，得句无力春雨稀。遗山先生绝标格，比若季女悲朝饥。独赏芭蕉与栀子，诗家一径争双扉。那知捻髭各有得，硬语不碍清言霏。'亦即瞿宗吉《归田诗话》卷上、袁子才《随园诗话》卷五、又《补遗》卷八评此首之旨。"

其二十五

乱后玄都失故基,看花诗在只堪悲。刘郎也是人间客,枉向春风怨兔葵。

宗廷辅《古今论诗绝句》:"此诗似应次东野一首之下。"

其二十六

金人洪炉不厌频,精真那计受纤尘。苏门果有忠臣在,肯放坡诗百态新。

清王士禛:"遗山之言如此,而自运之作与《中州集》所采,皆以坡谷为宗,何也。"(明弘治十一年刊本《遗山先生诗集》卷十五,王士禛手批)

查慎行《初白庵诗评》:"苏门诸君无一人能继嫡派者,才有所限,不可强耳"

陶玉禾:"苏诗取材极博,亦不免杂,说得深婉。"

清赵翼《瓯北诗话》卷五:"元遗山《论诗》云:'苏门若有功臣在,肯放坡诗百态新。'此言似是而实非也。新岂易言,意未经人说过则新,书未经人用过则新。诗家之能新,正以此耳。若反以新为嫌,是必拾人牙后,人云亦云。否则抱柱守株,不敢逾限一步,是尚得成家哉? 尚得成大家哉?"(清嘉庆湛贻堂刻本)

翁方纲《石洲诗话》卷七:"此章收足论苏诗之旨,即苏诗'始知真放本精微'也。'百态新'者,即前章'更出奇'也。'苏门忠臣'云者,非遗山以继苏自命也,又非指秦、晁诸君子也。"

宗廷辅《古今论诗绝句》:"晁叔用云:'东坡如毛嫱、西施,净洗却面,与天下妇人斗好。'即此末句'百态新'之意。纪文达昀序赵渭川诗云……(案:即其二十二所引《四百三十二峰草堂诗钞序》)予谓江湖盛于宋季,江西肇于元祐,相距几二百年,必以末流之弊归咎江西,恐未甘任受。惟新声创,则古调亡,自苏黄派行,而唐代风流至是尽泯。明何仲默《答李献吉书》云:'文靡于隋,韩力振之,然古文之法亡于韩。诗溺于陶,谢力振之,然古诗之法亡于谢。'世或骇其言,然东坡亦言:'书之美者,莫如颜鲁公,然书法之坏自鲁公始。诗之美者,莫如韩退之,然诗格之变自退之始。'语见《诗人玉屑》,何书即此意耳。"

凌廷堪《校礼堂文集》卷二十八《墨波堂诗集序》:"十五国风,有正有变。大小二雅,亦有正有变。风雅且然,唐宋以下何论焉。唐人之诗,有正有变。宋人之诗,亦有正有变。唐诗之变,变而不失其正者也。宋诗之变,有变而不失其正者,有变而失其正者。学邯郸之步,去风雅弥远矣。故诗当论正变,不必分唐宋也。元裕之云:'苏门果有忠臣在,肯放坡诗百态新。'又云:'奇外无奇更出奇,一波才动万波随。'其曰'新'者,则变之谓也。其曰'奇外出奇'者,则变而失其正之谓也。"

清袁昶《于湖小集》卷三《重修滴翠轩记》:"宋氏之元气遂斫削无余,于是宣和、靖康之祸旋作。至于其间珊绔句律之文士,亦复蕉萃专壹,镂刻百态,陵轹万物。"(清光绪袁氏水明楼刻本)

案:以下自注引元好问'苏门'二句。

清刘熙载《艺概》卷二:"东坡《题与可画竹》云:'无穷出清新。'余谓此句可为坡诗评语,岂偶借与可以自寓耶。杜于李亦以清新相目。诗家'清新'二字均非易得,元遗山于坡诗何乃以'新'讥之。"(清同治刻本)

清周寿昌《思益堂日札》卷六《遗山论苏诗》:"遗山《论诗》:'苏门若有忠臣在,肯放坡诗百态新。'又云:'只知诗到苏黄尽,沧海横流却是谁。'是遗山于苏诗颇存刺谬之意。然案遗山《洛阳》诗云:'城头大匠论蒸土,地底中郎待摸金。'查初白云:'摸金校尉,非中郎也。东坡误用,先生仍而不改。'夫遗山用典尚承东坡之误,谓非服习坡诗有素者乎。"(清光绪十四年刻本)

其二十七

　百年才觉古风回,元祐诸人次第来。讳学金陵犹有说,竟将何罪废欧梅。

翁方纲《石洲诗话》卷七:"此'回'字即坡公诗'升平格力未全回'之'回'字,是遗山力争上游处也。亦何尝有人'讳学金陵',亦何尝有人'欲废欧梅'。观此可以得文章风会气脉矣。"

宗廷辅《古今论诗绝句》:"金陵当指王荆公,'犹有说'即以人废言之意。"

查慎行《初白庵诗评》:"若就诗论诗,半山亦不在欧、梅下,谁能废之。"

清乔松年《萝藦亭札记》卷四:"元遗山论诗曰……斯言允矣。"(清同治刻本)

钱锺书《谈艺录》:"按《永乐大典》卷九百七《诗》字引刘将孙《王荆公诗序》,辑本《养吾斋集》漏收,一起云:'洛学盛行而欧、苏文如不必作,江西派接而半山诗几不复传。'"

其二十八

古雅难将子美亲,精纯全失义山真。论诗宁下涪翁拜,未作江西社里人。

　　陶玉禾："遗山不肯学西江,此首可见。"

　　钱大昕《十驾斋养新录》卷十六："吕本中《江西诗派图》意在尊黄涪翁,并列陈后山于诸人中。后山与黄同在苏门,诗格亦与涪翁不相似,乃抑之入江西派,诞甚矣。元遗山云'论诗宁下涪翁拜,未作江西社里人',又云'北人不拾江西唾,未要曾郎借齿牙'。遗山固薄黄体而不为,亦由此辈尊之过当,故有此论。"(清嘉庆刻本)

　　翁方纲《石洲诗话》卷七："唐之李义山,宋之黄涪翁,皆杜法也。先生撮在此一首中,真得其精微矣。放翁、道园皆未尝有此等议论,即使不读遗山诗集,已自可以独有千古矣。"

　　翁方纲《石洲诗话》卷八《王文简戏仿元遗山论诗绝句三十五首》："先生钞《七言诗凡例》云:'山谷虽脱胎于杜,顾其天姿之高,笔力之雄,自辟门庭。宋人作《江西宗派图》以配食子美,要亦非山谷意也。'按此《凡例》数语,自是平心之论。其实山谷学杜,得其微意,非貌杜也。即或后人以配食杜陵,亦奚不可。而此诗以为'未许传衣',则专以'清新'目黄诗,又与所作《七言诗凡例》之旨不合矣。遗山云:'论诗宁下涪翁拜,未作江西社里人。'此不以山谷置《江西派图》中论之也。渔洋云:'却笑儿孙媚初祖,强将配食杜陵人。'此专以山谷置《江西派图》中论之也。山谷是江西派之祖,又何待言。然而因其作江西派之祖,即不许其继杜,则非也。吾故曰:遗山诗初非斥薄江西派也,正以其在论杜一首中,与义山并推,其继杜则即不作一方之音限之可矣。此不斥薄江西派,愈见山谷之超然上接杜公耳。近日如朱竹垞论诗,颇不惬于山谷。惟渔洋极推山谷,似是山谷知己矣,而此章却又必拘拘置之江西派,不许其嗣杜。揆之遗山论诗,孰为知山谷者,明眼人必当辨之。先生他日读黄诗绝句又曰:'一代高名孰主宾,中天坡谷两嶙峋。瓣香只下涪翁拜,宗派江西第几人。'此首则竟套袭遗山《论诗绝句》'论诗宁下涪翁拜,未作江西社里人'之句调。愚从来不敢效近人腾口于渔洋先生,然读至此诗,则先生竟随口读过,不能知遗山诗之意矣。遗山'宁'字,百炼不能到也。其上句云'古雅难将子美亲,精纯全失义山真',有一杜子美在其上,又有一李义山在其上,然后此句'宁'字,只以一半许山谷,而已超出所谓江西派方隅之见矣。只此一个'宁'字,其心眼并不斥薄江西派,而其尊重山谷之意,与其置山谷于子美、义山之后之意,层层圆到,面面具足。有此一'宁'字,乃得上二句学杜之难,与学义山之失真,更加透彻也。若渔洋此作,云'瓣香只下涪翁拜',换其'论诗'二字曰'瓣香',则真不解也。夫遗山诸绝句,皆论诗也,何以此处忽出'论诗'二字乎。所以渔洋先生以'瓣香'二字换之。揆其意,似以为'瓣香'二字近雅,而'论诗'二字近于通套乎。谁知遗山此句'论诗'二字,方见意匠,盖正对其下一句言之,彼但以江西派目山谷者,特以一方之音限之,非通彻上下原流者也。若以论诗之脉,而不以方隅之见限之,乃能下涪翁之拜,知是子美门庭中人耳。此其位置古人分际,铢两不差,真善于立言者也。若云'瓣香',吾不知渔洋之意果其欲专学山谷诗乎。先生固未尝专学山谷诗也。然即使欲专学山谷,则其意,以'只'字特见推崇山谷矣,乃其下接句却又不然,乃曰'宗派江西第几人',此又实不可解。夫山谷是《江西派图》中之第一人也,所以云'儿孙媚初祖',先生固明知其为江西派之初祖也,何以此处又佯问曰:是江西派'第几人',不知其意欲显其高出江西诸人乎,抑欲较量其与江西诸人之等级乎。实则不过随手套袭遗山之句调,而改换其'社里人'为'第几人',是则近今乡塾秀才套袭墨卷之手段耳。正与其《浯溪碑》七言古诗,袭用山谷'琼琚词'三字,笨滞相同,而更加语病矣。愚从来窃见近日言诗者薄视渔洋,心窃以为未然,今日因附说《论诗绝句》至此,而不能默也。"

王鸣盛:"贬西江派,是。"(清康熙四十六年华希闵刻本《遗山先生文集》卷十,王鸣盛手批)

宗廷辅《古今论诗绝句》:"诋山谷。上二句直举山谷之疵。查初白云:'涪翁生拗锤炼,自成一家,直得下拜'此读宁为宁可之宁也。故为调停,非先生意。宁下者,岂下也。"

清张泰来《江西诗社宗派图录》:"朱考亭云:'江西之诗,自山谷一变,至杨廷秀又再变。'以斯知一代之诗,未有不变者也,独江西宗派云乎? 涧谷罗畸《与葛山书》:'年来屏弃江西,为人轻姗,但就陈、黄中取数篇入吾意者读之,便知古人为不可及。'元遗山《论诗三十首》有云:'只知诗到苏黄尽,沧海横流却是谁?'又云:'论诗宁下涪翁拜,未作江西社里人。'由是观之,善学诗者,支派虽分,性情则一,即曹、刘、鲍、谢、李、杜集中,何尝无渊明一派? 而诸家之所谓江淮河汉者自在也。古来未有无派之诗,即未有无源之水,今必执江西一派,以求尽天下之诗,是凿井得泉者也,讵复知江淮河汉之源流乎?"(《昭代丛书续编》本)

查慎行《初白庵诗评》:"涪翁生拗锤炼,自成一家,值得下拜,江西派中,原无第二手也。"

清蔡立甫《红蕉诗话》卷三:"江西诗派,吕居仁结社,坛墠所及,遂有二十五人,爱作图以记之。自黄山谷外,无可取者。遗山云'论诗宁下涪翁拜,不作江西社里人',真豪杰之士。"(《清诗话三编》本)

清王礼培《小招隐馆谈艺录初编》卷二:"山谷之诗有奇而无妙,有斩绝而无横放,铺张学问以为富,点化陈腐以为新之论,亦只从字面上寻求山谷之迹象,未悉山谷命篇布局之弘大,义深而韵简,意换而辞奥,是难能也。至元遗山《论诗绝句》所云,不啻自道丑态,更不足置辨。"(《中国诗话珍本书》本)

其二十九

池塘春草谢家春,万古千秋五字新。传语闭门陈正字,可怜无补费精神。

查慎行《初白庵诗评》:"骂倒后山,余不待言矣。"

翁方纲《石洲诗话》卷七:"前首并非不满西江社也,此首亦并非斥陈后山也,此皆力争上游之语,读者勿误会。""凡三十首。附说者十八首。"

陶玉禾:"'池塘春草',妙句天成,不必尽由刻琢。"

清钟大源《东海半人诗钞》卷四《论诗六十首》:"拥被寻章日闭关,得来妙句不容删。分明饭颗功臣在,轻薄遗山笑后山。"(清嘉庆二十二年刻本)

宗廷辅《古今论诗绝句》:"诋后山。后山诗纯以拗朴取胜。'池塘生春草',何等自然。'闭门觅句陈无己',山谷诗也。"

钱锺书《谈艺录》:"'可怜无补费精神',施注引王半山《韩子》诗,按此即韩子《赠崔立之》诗中语。"

其三十

撼树蚍蜉自觉狂,书生技痒爱论量。老来留得诗千首,却被何人校短长。

查慎行《初白庵诗评》:"文人习气,好评量古人,而又恐人讥己,先生亦复不免。"

陶玉禾:"此首总结。"

王鸣盛:"遗山不过千首而已,亦是名家。"(清康熙四十六年华希闵刻本《遗山先生文集》卷十,王鸣盛手批)

宗廷辅《古今论诗绝句》:"查初白云……予谓先生诗语磊落慷慨,其自谦处正其自负处。初白语非是。"

第六章　元好问手迹考证

一

元好问素以文学、史学的成就留名青史,而在书法史上却罕见提及。已经问世的各家书法史著作,都不曾介绍遗山书迹,各种书法家辞典也很少收录,仅见吴敔木、胡文虎《中国古代书法家辞典》有篇幅不长的介绍,大抵只是生平的叙述,仅在最后提及:"传世墨迹有《米芾虹县诗跋》。"并附图像①。这种状况大抵应该归咎于文献阙佚的因素,遗山手迹传存至今的大概只有三种。然而,据元人胡祗遹所说:"近年来,时时复见先生墨妙于河东士大夫家。"(《紫山大全集》卷十四《跋遗山墨迹》)可见元初北方流传的遗山手迹并不罕见。元以后文人学者也不时提及遗山手迹,并经常给出良好的评价,如元人胡祗遹指出遗山"知书",并评论其笔法"神速飘逸",能传达"胸中自得之妙",清人凌廷堪指出遗山"善书",又评论其字体"书法遒美,颇类虞永兴"。具见下引诸家题跋、题诗、笔记、年谱等史料。

遗山家富收藏,集中《故物谱(引)》一文,记述祖父以来家藏旧籍、法书、名画等故物的散佚情况,其中"法书,则唐人笔迹及五代写本为多"。遗山集中也保存不少书帖题跋和相关的诗文,可见遗山平生经眼当世和前代法书名帖颇多,并形成自己的品评标准。这些资料可作为书法理论史研究的资料,这里稍作撮述和摘引。

《跋松庵冯丈书》,谈论人品与字画的关系,并提及欧阳修、赵秉文在这点上的不同看法。

《跋国朝名公书》,评论金代名家任询、赵沨、王庭筠、赵秉文、党怀英等五人,又提及宇文虚中、王无竞等十人。

《王无竞题名记》,记述赵秉文论定王无竞寻丈大字古今第一,并将崞山祠王无竞所题"崞山神"三字刻石传世。

---

① 吴敔木、胡文虎《中国古代书法家辞典》,杭州:浙江人民出版社2002年版,第111页。

《王黄华墓碑》,评述王庭筠师法二王,得于气、韵之间,不同于米芾仅得其气,黄庭坚仅得其韵,又记载王庭筠摹刻前贤墨迹为《雪溪堂帖》十卷。

《赵闲闲书拟和韦苏州诗跋》,评述座师赵秉文暮年书法能备钟、张诸体,及其用笔在颜真卿屋漏雨、王羲之锥画沙之外另有一种风格。

《题苏氏父子墨帖》,评论苏辙字画端愿靖深,苏过笔意纵放而不改家法。

《跋苏叔党帖》,评论苏过文笔雄赡,极似东坡。

《米帖跋尾》,即传世米芾《虹县诗》所附跋尾,记述苏轼评米芾语。

《跋苏黄帖》,感慨苏黄翰墨,片言只字皆堪宝视。

《跋龙岩书柳子厚独觉一诗》,评述任询书柳宗元独觉诗:“大字学东坡而稍有敛束。”“末后四行二十二字,如行云流水,自有奇趣。”

《萧仲植长史斋》诗,记述友人萧仲植收藏唐张旭《长史帖》,中有数句评论张旭草书:“张颠饮豪倾四座,脱帽狂呼谁敢和。南宗北宗知几人,醉眼纷纷飞鸟过。是公技进不名技,元气淋漓随咳唾。偶然捉笔本无意,自有龙骞并虎卧。”

《换得云台帖喜而赋诗》,记述换得米芾遗墨的欣喜之情。

《学东坡移居八首》其三,记述家藏故物,可与《故物谱》一文相参。其中“逸少留半纸,鱼网非硬黄。亦有昙首帖,不辨作雁行”提及家藏晋人王羲之和刘宋王昙首的书帖。

二

以下钩稽载籍,考证元好问传世和亡佚的手迹,一方面可为书法史研究提供一直未受关注的史料,另一方面也可为元好问相关诗文的校理笺释、生平行事的考辨订正,提供一些以前较少利用的资料。

赠史子桓寻亲诗墨迹

元魏初《青崖集》卷五《申氏父子庆会诗引》:“向分司东川,与顺庆教官史子桓者相遇。子桓有元遗山、李敬斋中州诸人之诗一巨轴,皆赠遗子桓寻亲之什也。”(《四库全书》本)

案史子桓寻亲事,见魏初《诗引》与郝经《陵川集》卷三十《送太原史子桓序》。遗山所赠七古一首,凡五韵,载《遗山先生诗集》卷五,题作《赠史子桓寻亲之行》。李光廷《广元遗山年谱》据郝经序,系此诗于蒙古定宗二年丁未(1247)。此诗墨迹,史子桓收藏,至元十八年(1281),遗山门人魏初撰《诗引》时犹及览观。

寄宋汉臣尺牍

元魏初《青崖集》卷五《跋宋汉臣诸贤尺牍手轴》:"京兆漕使汉臣集耆旧所寄尺牍一轴,以为珍玩物,谓遗山、紫阳,一代宗盟;王内翰、杨大参,有名节天朝,今仰以羽翼斯世者;至于九山诸人虽远迹林壑,亦一时名士。宋卿皆与之游,则所得宜不浅。文章字画,随人品高下,宋卿当自知之,此不敢论。"(《四库全书》本)

案宋汉臣其人,遗山集中未见,所寄尺牍已佚。明人冯从吾《元儒考略》卷一有传曰:"宋枧,字汉臣,长安人,与杨紫阳及遗山、鹿庵、九山数儒论道,洛西弟子受业者甚众。"又称:"有《鉴山补暇集》梓行于世,年七十七卒。"

据魏初《青崖集》卷二《木兰花慢·宋汉臣墨梅并叙》、刘秉忠《藏春集》卷二《宋汉臣墨梅》、王恽《秋涧先生大全文集》卷七十三《跋宋臣临丹华经后》,宋汉臣书画兼擅,尤长于墨梅和八分。又据《青崖集》卷二《挽宋汉臣鉴山》、卷二《木兰花慢·宋汉臣墨梅并叙》及张之翰《西岩集》卷十四《时贤词翰集序》,宋汉臣号鉴山先生,曾任洛阳令、西蜀四川道提刑按察副使、中顺大夫、嘉议大夫。又据张之翰序,宋汉臣集录四方交游所作,编成《时贤词翰集》,凡十巨轴,一百九十余人,殁者皆立小传,存者只书姓字爵里,其子礼听分成前后二集,准备刊行,前集有刘元质、孟驾之二序,后集有此序。遗山所寄尺牍应亦在其中,惜书已不传。

别程女诗墨迹

元陆文圭《墙东类稿》卷十六《题程子充少监家藏二首遗墨,前一诗程御史临终遗其子端甫诗也,后一诗元遗山女初适端甫时送别诗也。端甫,子充之父,元氏,子充之母。翰苑诸公题述遍矣》:"各赠骊珠五十六,藏在肺腑为深铭。"(清道光刊本)

案遗山送别长女七律一首,即陆文圭诗所谓"骊珠五十六",载《遗山先生诗集》卷八。狄宝心《元好问诗编年校注》系此首于金正大三年(1226)。遗山长女真,适进士程思温,字端甫。遗山集中有《宁拪端甫北上》、《送端甫西行》二首,《癸巳岁寄中书耶律公书》所举中州人材中亦及程思温。

手书杂诗

元王恽《秋涧先生大全文集》卷二十九《题遗山先生手书杂诗后 河间王成之收》:"文键亲承謦欬余,又从珠璧见遗书。常疑落落江山笔,不放奎光到玉除。"(《四部丛刊》本)

案遗山手书杂诗为何,无考。收藏者王成之,生平亦无考。元人李俊民《庄靖集》卷四《和王成之梅韵》二首,袁桷《清容居士集》卷四十八《书定兴王成之墓台记后》,明人贝琼《清江诗集》卷四《题子昂松树障子歌。盖王成之所藏者,纸尾云:大德八年正月廿八夜灯下书》,石珤《熊峰集》卷十《王内翰若虚赞》曰"汴梁王成之每闻其议论"云云,与此或是一人。

遗山手简

元王恽《秋涧先生大全文集》卷七十二《题遗山手简后》:"公道存,在上者惟恐士之不才;公议废,当途者惟恐士之有才。此古今通病,必在之理也。昔伊川与韩相维游许昌西湖,坐间有以书投韩者,程视之,盖干进者也。程曰:相公亦令求之耶,况尔后乎?宜其藩维棘琐,遐想玉堂,如在天上也。观此帖者,幸不以遗山为疑可也。"(《四部丛刊》本)

案王恽所题遗山手简,不能确考为何文,观其文意,疑即遗山集中所收《癸巳岁寄中书耶律公书》。金哀宗天兴二年(1233)四月二十二日,金国沦亡之际,元好问寄书蒙古中书令耶律楚材,劝其引进数十位故国的"天民之秀"。此举受到后人指摘,如清人赵翼《瓯北诗话》卷八:"时楚材为蒙古中书令,遗山在金,由县令累迁郎曹,平日料无一面,而遽干以书,已不免未同而言。即楚材慕其名,素有声气之雅,然遗山仕金,正当危乱,尤不当先有境外之交。"王恽所谓"幸不以遗山为疑",应是有感而发。

元杨手书

元王恽《秋涧先生大全文集》卷七十二《题元杨手书后》:"卷中诸公,皆一时名胜。先生俎豆其间,诸贤乐与游者,其以道义故也。余早岁读书苏门,尚及见之,岁时以文酒吟咏于山水间,彬彬然极平时故家风味,不知轩冕为何物。孰谓三十年后,文物凌替而至于斯。拊卷援毫,岂胜慨慕。至元癸未岁蕤宾日谨题。"(《四部丛刊》本)

案王恽至元二十年癸未(1283)所题元杨手书卷子,究系何文,已不能确考。由题跋中所云"余早岁读书苏门,尚及见之"、"三十年后"推之,疑卷中遗山所书即《涌金亭示同游诸君》诗,载《遗山先生文集》卷五。据清人李光廷《广元遗山年谱》卷下,蒙古定宗二年丁未(1247),遗山与友人同游苏门山而作此诗。

苏轼觅无核枣帖跋语

元王恽《玉堂嘉话》卷三:"又观东坡《与蒲资政传》正书,并《觅柿霜》、《无核枣》四帖。后有张行简、董师中、元遗山跋语。"

案苏轼此帖不传,诸跋语亦皆亡佚。

《玉堂嘉话》此段文字,中华书局点校本、孔凡礼《元好问资料汇编》的辑录,断句俱误。清人王士禛《香祖笔记》卷一曰:"东坡有与蒲传正觅柿霜无核枣帖,元遗山有跋,见《玉堂嘉话》。"断句可从。疑原文"四"字系衍文。王士禛《居易录》卷三又称:"东坡有求无实枣帖。"与此同是一种。

苏轼集中有《与蒲廷渊》:"河中永洛出枣,道家所贵,事见《真诰》。唐有道士侯道华,尝得无核者,三食之,后竟窃邓太主药上升。君到彼试求之,但恐得之不偶然,非力求所能致耳。"揆其内容,应即此帖的录文。

赠刘济川诗卷

元胡祇遹《紫山大全集》卷七《题遗山赠刘济川诗卷济川实齐王豫之孙也》(二首)其一:"遗山诗笔已堪珍,况复谆谆说庆门。掩卷再思当自重,几家世世是王孙。"其二:"成身固不由门望,到底名家足润身。承藉庆源宜力学,不应长作白衣人。"(清翰林院抄本)

元程钜夫《楚国文宪公雪楼程先生文集》卷二十九《题元裕之赠刘济川诗后二首济川齐王豫之孙》其一:"赫赫齐王化古坟,还从文字识王孙。王孙不向齐中老,目断并州何处村。"其二:"元子文章学老坡,百年人物擅关河。风流并逐浮云散,况我看诗鬓已皤。"(明洪武刊本)

案遗山赠刘济川诗,有《春日书怀呈刘济川》,载《遗山先生文集》卷十,《紫微刘丈山水为济川赋》,载卷四,又有卷二《九日读书山用陶诗"露凄暄风急,气清天旷明"为韵赋十诗》其二曰:"翩翩刘公子,王田重相携。"亦是赠刘之作。揆之胡、程题诗之意,二家所题诗卷应是《紫微刘丈山水为济川赋》一首。

与怡轩先生张仲文教授书帖

元胡祇遹《紫山大全集》卷七《跋元遗山与怡轩先生张仲文教授书帖》:"此书致问我先生,四海交游分最亲。开卷未终双泪落,丰神更比梦中真。"(清翰林院抄本)

案遗山集中仅见《赠答张教授仲文》诗一首,并无函牍。胡祇遹所题书帖,应是遗山佚文,惜已不存。

遗山墨迹

元胡祇遹《紫山大全集》卷十四《跋遗山墨迹》:"诗、文、字、画,不学前人,则无规矩准绳。规矩于前人陈迹,则正若屋上架屋。仆自儿童时,见先生酒间得笔,不择美恶,漫不加意,十幅一息,迅若掣电。当时止知喜其神速飘逸,先生胸中自得之妙,则不知也。近年来,时时复见先生墨妙于河东士大夫家。每一展卷,觉尘俗鄙吝,涣若冰释,此又非书奴辈所知也。年月日观。"(清翰林院抄本)

案胡祇遹所跋遗山墨迹,详情无考,而跋语中记述遗山笔意的神速飘逸及河东士大夫家的收藏,是值得珍视的材料。遗山墨妙,书史失载,藉此尚可窥豹一斑。

元遗山书稿

元胡祇遹《紫山大全集》卷十四《跋元遗山书稿》:"汝绛石刻法帖,皆前贤与家人辈书稿,所取者,以瓦注之巧也。"(清翰林院抄本)

案胡祇遹跋称"皆前贤与家人辈书稿",意即所跋《元遗山书稿》皆遗山家书,惜皆不传,遗山集亦不收家书。瓦注之巧,即前跋所谓漫不加意、自得之妙。

元李诗轴

元胡祇遹《紫山大全集》卷十四《跋元李诗轴》:"武帝欲霍去病读《孙子》,去病曰:'用兵不学古兵法,顾方略何如耳。'士之学书,亦如良将之用兵,不必模写古人之陈迹,顾气韵何如耳。李谪仙欲学书于张长史,长史观其笔力,曰:'此书不必学,大抵我辈自有胸中之妙。'古人笔法,固当遍参,直至自成一家,乃有真态。世人于遗山,皆不以知书见许,是岂效颦学者所能识哉。"(清翰林院抄本)

案元李诗轴所书何诗,已无从考知。元李之李,指李冶。胡祇遹跋语推许遗山知书,可与前二跋相参。

遗山诗墨迹

元刘因《静修先生文集》卷十四《跋遗山墨迹》:"晚生恨不识遗山,每诵歌诗必慨然。遗墨数篇君惜取,注家参校有他年。"(《四部丛刊》本)

案刘因所见遗山诗数篇的手迹,与集本所收相比,或存异文,故有"注家参校"之说。

鹿泉新居诗墨迹

元吴澄《临川吴先生文集》卷四十五《题遗山鹿泉新居诗后二首》其二:"新居当日占新泉,不见新居见旧篇。一代风流今已矣,空余心画尚依然。"(旧抄本)

案《鹿泉新居二十四韵》七古一首,载《遗山先生文集》卷四。明刊本诗末有校语称:"一本'尚惭不及谢宣城,标出敬亭天一柱'在'方丈有山容下筇'之下。"不知所校何本。墨迹惜已失传,无从参校。

江亭会饮图题诗

元李庭《寓庵集》卷三《江亭会饮图》:"折脚绳床老瓦盆,绝胜骑马五侯门。江东李白诗无敌,尊酒何时与细论。以卷首有裕之、仁卿二诗,故云。"(清末缪荃孙《藕香零拾》本)

案李庭所题《江亭会饮图》,据其诗末自注,卷首有遗山与李冶二家题诗。遗山诗载《遗山先生文集》卷十三,是《跋紫微刘尊师所画山水横披四首》其三,题作《江亭》,诗曰:"瓦盆浊酒忆同倾,乡社丰年有笑声。世外华胥谁复梦,且从图画看升平。"集中同卷又有《题山亭会饮图二首》,从诗题、篇数及内容看,所题与此不同。

遗山乐府墨迹

元许有壬《至正集》卷二十六《题遗山乐府墨迹》:"银蟾渝魄景星微,闲杀天孙织锦机。回首蓬莱三万里,彩鸾犹傍五云飞。"(清宣统三年刊本)

案遗山词墨迹,载籍所见,仅此一则,惜已不传。

元裕之诸公手简

元许有壬《至正集》卷七十二《题盍正甫所藏元裕之诸公手简》:"正甫提举所藏前辈墨迹,元公裕之、姚公公茂、王公以道、杜公善甫,凡四家,皆与其先世手简也。三复之余,窃有感焉。若元公之学、王公之才、杜公之达,固无间然矣。九原可作,吾其从雪斋乎?"(清宣统三年刊本)

案许有壬所题诸公手简,皆已无考,收藏者盍正甫及其先世亦隐晦不显,仅见《至正集》卷三十九《追远堂记》记载,略曰:"亚中大夫彰德路总管致仕盍公,既葬之四年,子承务郎襄阳等处营田副提举可大,即其居作祠堂,颜曰追远。……盍氏自隋唐居上党,五季板荡,迁临漳,莫详其世。六世祖浩至彰德公,秩然有序……浩生琐,琐生铉,铉生圭,仕至彰德总管府经历,葬安阳司空原,六子,第三曰居仁,生涣,彰德公也。"记中所述盍氏先世诸人,遗山集中皆未见提及,遗山当日所寄手简,应已久佚不传,元中统间张德辉编次遗山文集时已不收。

王若虚书服胡麻赋题识

明胡翰《胡仲子集》卷八《王子端书服胡麻赋跋》:"右《服胡麻赋》,苏文忠所作,黄华山主王子端之所书也。……卷后有元遗山题识,以'渊珠'、'膏火'之喻为不可晓。盖金人传写,误以'珠在渊'作'在渊珠'也。独未审'膏火'所喻者。"(清胡凤丹《金华丛书》本)

案胡翰所跋王若虚书帖,久已失传,《佩文斋书画谱》卷七十八、《六艺之一录》卷三百五十三著录此帖,都只是照录胡翰跋文。遗山题识亦随之失传,集中亦未见收录。

赠杨新甫诗墨迹

元同恕《跋元遗山赠杨文康公诗后》:"右潜斋先生杨文康公年未冠时,遗山先生所赠诗也。先伯父顺安先生、先人玉山翁,交庄敏、文康父子间,故恕亦得与今集贤学士、国子祭酒敬伯寅游。恕尝侍先人读元诗,至此篇,恕问曰:'服膺先就楚灵均,何所指也?'先人云:'我亦尝疑此。'问之顺安,则谓:'汝不知耶?元甫年十六,有《拟怀沙赋》,甚为先辈所欣赏。'恕自是往来于心,欲就祭酒求观此稿者屡矣。近方得请间。祭酒数且喜曰:'先君绦侍先祖避乱来归,日从事四子六经之言,绝口不道诗文。蚤岁有作,皆弃去不录。今之所存,寅于故箧败楮中仅得一二。况此在山东日,受之遗山者。寅虽不得其说,不敢问之先君也。先辈零落已尽,非吾世交之家,闻见自能不没其实乎? 愿为我识数语其后,以传信来者。'恕惟先生以刚健直大之气、纯正精微之学,与魏国许文正公方驾并驱,为一代儒宗。而英俊秀茂,见诸童弱间者,已为大贤君子期予如此,且不独遗山也。紫阳先生竭平生精力,著《正统论》,贻书庄敏曰:'令郎博学好识见,恨不相从游以补阙误。'盖梗楠豫章之木,虽在拱把,而百围千尺之气,已森然在人目中矣。此圣人所以为可畏也。先生初名铉,遗山字以新甫,后改今名字云。泰定乙丑九月朔旦同某拜手敬书。"(《永乐大典》卷九○九)

案遗山赠诗,载《遗山先生文集》卷九,题作《赠杨君美之子新甫》。由同恕跋可知,泰定二年乙丑(1325)时,遗山赠诗墨迹尚存杨家。由同恕跋及苏天爵《元朝名臣事略》卷十五《太史杨文康公》、《元史》卷一六四《杨恭懿传》可知,遗山赠诗之人,初名杨铉,遗山字以新甫,后改杨恭懿,字元甫。

遗山赠诗中有"伏膺先就楚灵均"与"今年天壤姓名新"二句,所含本事皆见同恕跋,而注家从未拈出。

元遗山图记

清人安岐《墨缘汇观》法书卷下《定武五字损本兰亭卷》:"又政和间公达一题。下有'乔氏赞成'阳文墨印、'希世之珍'朱文印、'杨氏君载'朱文印。后押元遗山三朱文印。卷末鲜于太常题云:'右定武《兰亭序》石刻,甲余平生所见,况有内翰遗山先生图记,又可宝也。大德改元三月廿日鲜于枢拜手题。'"①

案遗山经眼的《兰亭》卷,今已不传。

灵岩题名

清翁方纲《复初斋诗集》卷三十九《元遗山灵岩题名云:冠氏帅赵侯、齐河帅刘侯率将佐来游,好问与焉,丙申三月廿五日题。在党怀英撰书碑阴下,有丙辰冬至日蓬山刘惪渊游灵岩诗。丙辰即明昌七年,丙申是蒙古太宗八年,是时遗山正在冠氏,金亡之后二年也。因手拓此迹,即借刘韵记之》:"党记刘诗托此传,骊珠廿七气横天。济南纪后千行泪,野史亭边一掬泉。内翰相过应寄语,邑侯同到亦良缘。我来手挹芝英露,不枉追攀净土莲。"(清刊本)

清翁方纲《跋黄秋盦岱麓访碑图册》之《跋灵岩寺》:"乾隆庚戌三月,方

① 〔清〕安岐《墨缘汇观》,郑炳纯等校点,广州:岭南美术出版社1994年版,第156页。

纲扈跸来此,雨中手拓元遗山题名而去,衣襦尽湿。"(《虚斋名画录》卷十六)

清毕沅、阮元《山左金石志》卷二十《灵岩寺碑》:"……碑阴两段分拓。……一题:冠氏帅赵侯、济河帅刘侯率将佐来游,好问与焉。丙申三月廿五日题。行书五行,径二寸。遗山手迹,世不多见,书字劲逸,不失古法。"(清嘉庆刊本)

案蒙古太宗八年丙申(1236)三月遗山游灵岩事,载《遗山先生文集》卷三十四《东游略记》。东游所作诗,存《游泰山》、《龙泉寺四首》、《登珂山寺三首》。

超山题名

清胡之聘编《山右石刻丛编》卷二十九(清光绪二十七年刻本):

"元裕之题名

石高一尺五寸,广二尺。题四行,行八九字不等,行书。左行,卜吉祥题名一行,行二十三字。又十四行,行十三字,均正书。今在平遥县。

己亥秋八月十有四日,自太原道往山阳,留宿于此。东山元好问裕之题。

宣授太原路都僧录同前知事扶宗广教大师卜吉祥勅,缘大德六禩壬寅蕤宾前一日,谒讲主摽月老人,经留二宿,登临观览,奇峰削壁,林木丰茂。东壁见遗山先生笔迹,又源祠有景气清淑平泉远树之叹。先生常作词云:'一笑青山顶,未受二毛侵。'于此可见贤人之心,不以利名拘其身,仁智乐其乐也。刻诸于石,以纪其来。

通辩大师院主广演立石。

本县儒吏温仁甫叙。

乡贡进士张唐卿书。

西蒲里提控王钦刊。

古陶提控王遇男王铎刊。

案:碑前刻'己亥秋八月十有四日自太原道往山阳留宿于此东山元好问裕之题'二十八字,后刻本县儒吏温仁甫叙。《平遥县志》:金元遗山先生题石在超山,字如拳大,随意而书。温仁甫有后叙,通辩大师院主广演立石,与今碑同。但今碑前尚有宣授太原路都僧录等衔一行,则志不载,未知何义。按年表,己亥为元太宗十一年,仁甫见武亮应润庙祈雨记,亦题本县儒吏,盖均为大德六年所立之石也。碑内有乡贡进士张唐卿书。案县志有题名跋而无书碑人,亦疏略矣。仁甫叙云:先生常作词云'一笑青山顶,未受二毛侵'。在遗山集中,可以取为碑证。碑见《寰宇访碑录》、《通志金石记》。"

案遗山超山题名,胡之聘跋语考证已详,此不赘述。

过阳泉冯使君墓诗刻

清张穆《元遗山先生全集序》:"吾家阳泉山庄,即诗所咏栖云道院。山庄东北一里而遥,有土冈,斗上,中央宛宛若盂,俗名围洼。迤西,冯氏旧茔香亭。石柱刻有遗山吊冯大来副使诗。"(张穆校刊《元遗山先生全集》卷首)

案明清诸本均未见此诗,张穆据此补入所刊集中,姚奠中主编《元好问全集》又据张穆本补。关于此诗的来源,赵廷鹏提供更详细的说明:"张穆的阳泉山房刻本补入七律《过阳泉冯使君墓》一首,这是刻在阳泉北岭围洼冯氏香亭上的。我由阳泉地方志编写办公室的孟宏儒同志帮助,获得金大定以来的《冯氏家谱》与元大德三年的《围岭老茔墓志》,从而证实遗山追悼冯泰亨的诗就刻在香亭的东亭上截。末尾署曰:'己亥秋八月十有四日,自太原道往山阳,留宿于此东山。元好问裕之题。'这真是铁证如山。"①

赵文提及诗刻末尾所署内容,与前引超山题名相同,而一在平定(阳泉),一在平遥,必有一误。狄宝心《元好问诗编年校注》卷五收此诗,校记指出:"遗山己亥夏自济源携家北归,中秋节仍在路上,本集《倪庄中秋》题注'己亥',可证上述碑刻有误。关于诗,赵说言之凿凿,故从之。"②录此俟考。

涌金亭诗刻

《寰宇访碑录》著录二种,均是正书,且均在河南辉县,刻石时间,一种是"无年月"(卷十著录),另一种是"定宗皇后称制元年三月"(卷十一著录)。

现存两种,刻石时间,一种是金代,另一种是乾隆四十一年(1776);地点,前者在河南辉县,后者在北京。两种都有翁方纲刻跋。两种的拓片,参见国家图书馆《中文拓片资源库》。

此诗载《遗山先生文集》卷五,题作《涌金亭示同游诸君》。关于此诗作年,翁方纲、凌廷堪、李光廷等诸家所撰年谱及朱筠河跋、陈璞跋,持论不一,有贞祐初年、贞祐四年、正大二年、正大五年、蒙古定宗二年诸说。

此诗石与集本相比,仅有一处异文可以参校。翁方纲《复初斋文集》卷二十六《跋元遗山涌金亭诗石刻》曰:"诗内'微茫散烟螺',可证集本'萝'字之误。"凌廷堪《元遗山先生年谱》卷上亦指出:"乾隆癸卯在京师,大兴翁覃溪师曾以此诗石刻见示,中唯'空青断石壁,微茫散烟螺',与集作'散烟萝'

---

① 赵廷鹏《元遗山集未收和误收的诗》,《晋阳学刊》1987 年 6 期。
② 狄宝心《元好问诗编年校注》卷五,北京:中华书局 2011 年版,第 1640 页。

者小异,余皆同。"

关于此诗书法,凌廷堪《年谱》指出:"书法遒美,颇类虞永兴,是知先生亦善书也。"

超化寺诗刻

元释大颙跋:"遗山先生文章诗笔妙于天下,丙辰暮秋过游超蓝。此诗留题于主僧仁公方丈,岁远恐其湮没,今以传次诸石。时至治壬戌春二月二日,渤海大颙顿首敬书。"后一行字:"住持山主沙门净懿立石。"拓片见国家图书馆《中文拓片资源库》。

案诗载《遗山先生文集》卷十一,题作《超化》,略有异文。李光廷《广元遗山先生年谱》,系此诗于金兴定四年庚辰(1220),狄宝心编年则附于嵩山时期。如依释大颙跋,此诗作于丙辰,考元好问生卒年1190至1257间,仅金承安元年(1196)与蒙古宪宗六年(1256)两年是丙辰,前者元好问仅七岁,应以后者为是。然据狄宝心所编年谱,元好问是年秋在河北真定获鹿,似未往游河南新密超化寺。何者为是,俟考。

施国祁注曰:"《寰宇访碑录》有元遗山超化寺诗,大□正书,至治二年二月立,在河南密县,未知为元世何人所刻,或即此诗否。"

米芾虹县诗跋

宋米芾行书《虹县诗》,后有金刘仲游、元好问、清王鸿绪、那彦成四跋,清道光四年仇文法镌,甘肃博物馆藏石。拓片参见国家图书馆《中文拓片资源库》。

案元好问跋文,本集未收。姚奠中主编《元好问全集》、李修生主编《全元文》、狄宝心《元好问文编年校注》,皆据《雍睦堂法书》补入。

清钱泳《履园丛话》(清道光十八年述德堂刻本)卷十:"礼部虹县旧题真迹卷,无款,有俨斋秘玩图书,是华亭王氏之物。后有金大定间刘仲游、元好问两题。云南周氏、曲阜孔氏皆钩模入帖。"

五峰山崔先生像赞石刻

《寰宇访碑录》卷十一著录:"五峰山崔先生像赞石刻 元好问等各体书。无年月。山东长清。"

案遗山集中未见此文,亦未见其他载籍收录,应久已散佚。

《寰宇访碑录》卷十一又著录:"五峰山重修洞真观碑 元好问撰。王万庆正书。定宗三年十一月。山东长清。"文载清光绪刊本《五峰山志》,题作《五峰山重修洞真观记》,姚奠中《元好问全集》、狄宝心《元好问文编年校注》皆据以补入集中。此记与像赞应是同时所作,即蒙古定宗元年丙午(1246)。像赞所称崔先生,即记中所谓"广川真静大师崔道演"。

最乐堂铭

元刘敏中《题最乐堂卷后。最乐堂,李鹤鸣名俊民、赵江汉名复各有记,元遗山有铭,因为之诗》:"鹤鸣江汉遗山笔,写尽筠溪最乐心。寂寞高风百年后,令人兴感一何深。"(《中庵集》卷五,《四库全书》本)

案此文载元好问《遗山先生文集》卷三十八。铭前有序称堂主人高平赵德宇,或即刘诗所谓"筠溪"。李、赵二记今皆未见。

参 考 书 目

典籍

〔战国〕庄子著,郭庆藩集释,王孝鱼校点《庄子集释》,北京:中华书局
　　1997 年。

〔战国〕列子著,〔东晋〕张湛《列子注》,《诸子集成》本,北京:中华书局
　　2006 年。

〔汉〕班固著,颜师古注《汉书》,北京:中华书局 1975 年。

〔汉〕刘向《战国策》,《四部丛刊》初编 46 册影印元至正十五年刊本。

〔汉〕司马迁《史记》,北京:中华书局 1959 年。

〔汉〕许慎《淮南鸿烈解》,《四部丛刊》初编 73 册影印刘泖生影写北宋本。

〔晋〕葛洪《神仙传》,《笔记小说大观》4 编 1 册,台北:新兴书局 1984 年。

〔晋〕(旧题)陶渊明《搜神后记》,《笔记小说大观》4 编 2 册,台北:新兴书
　　局 1974 年。

〔晋〕陶渊明著,龚斌校笺《陶渊明集校笺》,上海:上海古籍出版社
　　1999 年。

〔晋〕陶渊明著,陶澍评《陶靖节先生集》,《续修四库全书》1304 册影印清道
　　光二十年周诒朴刻本。

〔后秦〕鸠摩罗什译《维摩诘所说经》,《中华大藏经》第 15 册,北京:中华书
　　局 1985 年。

〔后秦〕僧肇《注维摩诘经》,《大正新修大藏经》第三十八卷。

〔南朝宋〕范晔《后汉书》,北京:中华书局 1973 年。

〔南朝梁〕江淹著,〔明〕胡之骥注,李长路、赵威点校《江文通集汇注》,北
　　京:中华书局 1984 年。

〔南朝梁〕刘勰《文心雕龙》,《四部丛刊》初编 335 册影印明嘉靖刊本。

〔南朝梁〕萧统编,〔唐〕李善注《文选》,北京:中华书局 1977 年。

〔南朝梁〕钟嵘著,许文雨注《钟嵘诗品讲疏》,成都:成都古籍书店1996 年。

〔北周〕庾信《庾子山集》,《四部丛刊》初编影印明屠隆合刻评点本。

〔隋〕慧远《维摩义记》,《大正新修大藏经》第三十八卷。

〔唐〕白居易《白氏长庆集》,《四部丛刊》初编 123 册影印江南图书馆藏日本翻宋大字本。

〔唐〕白居易著,朱金城笺校《白居易集笺校》,上海:上海古籍出版社2003 年。

〔唐〕般剌蜜谛译《大佛顶如来密因修证了义诸菩萨万行首楞严经》,《中华大藏经》第 23 册,北京:中华书局 1987 年。

〔唐〕杜甫著,〔清〕仇兆鳌注《杜诗详注》,北京:中华书局 1999 年。

〔唐〕杜牧,〔清〕冯集梧注《樊川诗集》,《续修四库全书》1312 册影印清嘉庆德裕堂刻本。

〔唐〕杜牧著,阙名注《樊川文集夹注》,《续修四库全书》1312 册影印明正统五年朝鲜全罗道锦山刻本。

〔唐〕房玄龄等《晋书》,北京:中华书局 1974 年。

〔唐〕韩愈著,文谠注、王俦补注《新刊经进详注昌黎先生文集》,《续修四库全书》1309、1310 册影印宋刻本。

〔唐〕韩愈著,朱熹校《朱文公校昌黎先生文集》,《四部丛刊》初编影印元刊本。

〔唐〕皎然《诗式》,何文焕辑《历代诗话》本,北京:中华书局 1982 年。

〔唐〕孔颖达《春秋左传正义》,阮元校刻《十三经注疏》本,北京:中华书局1982 年。

〔唐〕孔颖达《毛诗正义》,阮元校刻《十三经注疏》本,北京:中华书局1982 年。

〔唐〕李白著,〔清〕王琦注《李太白全集》,北京:中华书局 1981 年。

〔唐〕李贺著,〔清〕王琦等评注《三家评注李长吉歌诗》,上海:上海古籍出版社 1998 年。

〔唐〕李商隐著,〔清〕冯浩注《玉溪生诗详注》,《续修四库全书》1312 册影印清乾隆四十五年德聚堂刻本。

〔唐〕李延寿《北史》,北京:中华书局 1974 年。

〔唐〕李肇《唐国史补》,《景印文渊阁四库全书》1035 册。

〔唐〕司空图著,祖保泉、陶礼天笺校《司空表圣诗文集笺校》,合肥:安徽大学出版社 2002 年。

〔唐〕殷璠《河岳英灵集》,《四部丛刊》初编影印嘉兴沈氏藏明刊本。

〔宋〕常懋《宣和石谱》,《说郛三种》本,上海:上海古籍出版社 1988 年。

〔宋〕丁特起《靖康纪闻》,《续修四库全书》423 册影印《学津讨原》本。

〔宋〕范晞文《对床夜语》,丁福保辑《历代诗话续编》本,北京:中华书局 1983 年。

〔宋〕葛立方《韵语阳秋》,何文焕辑《历代诗话》本,北京:中华书局 1982 年。

〔宋〕郭茂倩《乐府诗集》,北京:中华书局 1979 年。

〔宋〕胡仔《苕溪渔隐丛话》,北京:人民文学出版社 1962 年。

〔宋〕黄庭坚著,黄宝华点校《山谷诗集注》,上海:上海古籍出版社 2003 年。

〔宋〕黄庭坚《豫章黄先生文集》,《四部丛刊》初编影印嘉兴沈氏藏宋乾道刊本。

〔宋〕乐雷发《雪矶丛稿》,《景印文渊阁四库全书》1182 册。

〔宋〕刘攽《中山诗话》,何文焕辑《历代诗话》本,北京:中华书局 1982 年。

〔宋〕陆游著,李剑雄、刘德权点校《老学庵笔记》,北京:中华书局 1997 年。

〔宋〕陆游著,罗椅选《涧谷精选陆放翁诗集》,《四部丛刊》初编影印嘉业堂藏明初刊本。

〔宋〕佚名《宣和画谱》,《景印文渊阁四库全书》813 册。

〔宋〕苏轼著,〔清〕王文诰辑注,孔凡礼点校《苏轼诗集》,北京:中华书局 1999 年。

〔宋〕苏轼著,孔凡礼点校《苏轼文集》,北京:中华书局 1999 年。

〔宋〕苏轼《增刊校正王状元集注分类东坡先生诗》,《四部丛刊》初编影印南海潘氏藏宋刊本。

〔宋〕王安石《临川先生文集》,《四部丛刊》初编影印明嘉靖三十九年抚州刊本。

〔宋〕魏庆之《诗人玉屑》,上海:上海古籍出版社 1978 年。

〔宋〕吴聿《观林诗话》,丁福保辑《历代诗话续编》本,北京:中华书局 1983 年。

〔宋〕严羽著,郭绍虞校笺《沧浪诗话校笺》,北京:人民文学出版社 1961 年。

〔宋〕杨万里《诚斋诗话》,丁福保辑《历代诗话续编》本,北京:中华书局 1983 年。

〔宋〕叶梦得《石林诗话》,何文焕辑《历代诗话》本,北京:中华书局 1982 年。

〔宋〕张戒《岁寒堂诗话》,《景印文渊阁四库全书》1479 册。

〔宋〕朱弁《风月堂诗话》,《景印文渊阁四库全书》1479 册。

〔金〕刘祁著,崔文印点校《归潜志》,北京:中华书局 1997 年。

〔金〕佚名《刘知远诸宫调》,凌景埏、谢伯阳校,济南:齐鲁书社 1988 年。

〔金〕王寂《拙轩集》,《景印文渊阁四库全书》1190 册。

〔金〕王若虚《滹南遗老集》,《四部丛刊》初编影印上海涵芬楼藏旧钞本。

〔金〕元好问《唐诗鼓吹》,《四库全书存目丛书》集部 289 册影印清乾隆十一年刻本。

〔金〕元好问《续夷坚志》,《丛书集成新编》82 册影印《得月楼丛书》本。

〔金〕元好问《遗山先生诗集》,明弘治十一年四月李瀚刊本。

〔金〕元好问《遗山先生诗集》,《四库全书存目丛书》集部 21 册影印汲古阁刻《元人十种诗》本。

〔金〕元好问《遗山先生文集》,《四部丛刊》初编影印明弘治十一年闰十一月刻本。

〔金〕元好问著,吴庠笺注《遗山乐府编年小笺》,香港:中华书局香港分局 1982 年。

〔金〕元好问《中州集》,《四部丛刊》初编影印诵芬室景元刊本。

〔金〕元好问《中州乐府》,朱孝臧辑校《彊邨丛书》本,上海书店、江苏广陵古籍刻印社 1989 年。

〔金〕元好问著,狄宝心校注《元好问诗编年校注》,北京:中华书局 2011 年。

〔金〕元好问著,狄宝心校注《元好问文编年校注》,北京:中华书局 2012 年。

〔金〕元好问著,〔清〕施国祁笺注,凌朝栋校《元遗山诗集笺注》,北京:人民文学出版社 1989 年。

〔金〕元好问著,姚奠中主编《元好问全集》(增订本),太原:山西古籍出版社 2004 年。

〔金〕元好问著,赵永源校注《遗山乐府校注》,南京:凤凰出版社 2006 年。

〔金〕赵秉文《闲闲老人滏水文集》,《四部丛刊》初编影印湘潭袁氏藏汲古阁精写本。

〔元〕方回编,李庆甲点校《瀛奎律髓》,上海:上海古籍出版社 2005 年。

〔元〕房祺编《河汾诸老诗集》,《四部丛刊》初编影印嘉业堂景元写本。

〔元〕郝经《陵川集》,《景印文渊阁四库全书》1192 册。

〔元〕李衎《竹谱》,《景印文渊阁四库全书》814 册。

〔元〕李庭《寓斋集》,《续修四库全书》1322 册影印清宣统二年刻《藕香零
　　拾》本。

〔元〕脱脱等《金史》,北京:中华书局 1997 年。

〔元〕王逢《梧溪集》,《景印文渊阁四库全书》1218 册。

〔元〕王恽《秋涧集》,《四部丛刊》初编影印明弘治翻元本。

〔元〕王恽著,杨晓春点校《玉堂嘉话》,北京:中华书局 2006 年。

〔元〕燕南芝庵《唱论》,《中国古典戏曲论著集成》本,北京:中国戏剧出版
　　社 1959 年。

〔元〕虞集《道园学古录》,《景印文渊阁四库全书》1207 册。

〔元〕赵汸《赵子常选杜律五言注》,清乾隆间查弘道亦山草堂刻本。

〔明〕程敏政《篁墩文集》,《景印文渊阁四库全书》1253 册。

〔明〕费经虞编,〔清〕费密补《雅伦》,《续修四库全书》1697 册影印清康熙
　　四十九年刻本。

〔明〕胡奎《斗南老人集》,《景印文渊阁四库全书》1233 册。

〔明〕胡应麟《诗薮》,上海:上海古籍出版社 1979 年。

〔明〕宋濂等《元史》,北京:中华书局 1976 年。

〔明〕宋绪《元诗体要》,《景印文渊阁四库全书》1372 册。

〔明〕陶宗仪《南村辍耕录》,北京:中华书局 2004 年。

〔明〕谢榛《四溟诗话》,丁福保辑《历代诗话续编》本,北京:中华书局
　　1983 年。

〔明〕许学夷著,杜维沫校点《诗源辩体》,北京:人民文学出版社 1987 年。

〔清〕安岐著,郑炳纯等校点《墨缘汇观》,广州:岭南美术出版社 1994 年。

〔清〕陈邦彦等编《历代题画诗类》,《景印文渊阁四库全书》1435、1436 册。

〔清〕耿文光《万卷精华楼藏书记》,北京:北京图书馆出版社 1997 年。

〔清〕顾奎光选,陶玉禾评《金诗选》,清乾隆十六年序刊本。

〔清〕顾嗣立《元诗选》,北京:中华书局 2002 年。

〔清〕郭元钎《御订全金诗增补中州集》,清康熙五十年武英殿刻本。

〔清〕何焯《义门读书记》,《景印文渊阁四库全书》860 册。

〔清〕胡聘之《山右石刻丛编》,《辽金元石刻文献全编》影印清光绪二十七
　　年刻本,北京:北京图书馆出版社 2003 年。

〔清〕黄丕烈《士礼居藏书题跋记》,清光绪间潘祖荫刻本。

〔清〕黄子云《野鸿诗的》,《续修四库全书》1701 册影印清道光二十四年吴
　　江沈氏世楷堂刻《昭代丛书》壬集补编本。

〔清〕蒋超伯《南漘楛语》,《续修四库全书》1161 册影印清同治十年两罍山

房刻本。

〔清〕蒋士铨《忠雅堂文集》,《续修四库全书》1436 册影印清嘉庆二十一年
　　藏园刻本。

〔清〕焦循《孟子正义》,上海:上海古籍出版社 1993 年。

〔清〕劳孝舆《春秋诗话》,《续修四库全书》1702 册影印清道光二十五年南
　　海伍氏粤雅堂刻《岭南遗书》本。

〔清〕李重华《贞一斋诗说》,丁福保编《清诗话》本,上海:上海古籍出版社
　　1978 年版。

〔清〕李光廷《广元遗山年谱》,《续修四库全书》552 册影印清同治刻本。

〔清〕梁章钜《退庵随笔》,郭绍虞编选、富寿荪校点《清诗话续编》,上海:上
　　海古籍出版社 1983 年。

〔清〕林昌彝《射鹰楼诗话》,清咸丰元年刻本。

〔清〕莫友芝《邵亭遗文》,清咸丰至光绪间刻《影山草堂六种》本。

〔清〕潘德舆《养一斋诗话》,《续修四库全书》1706 册影印清道光十六年徐
　　宝善刻本。

〔清〕彭定求等编《全唐诗》,北京:中华书局 2003 年。

〔清〕钱大昕著,杨勇军整理《十驾斋养新录》,上海:上海书店出版社
　　2012 年。

〔清〕钱谦益著,〔清〕钱曾笺注,钱仲联标校《牧斋有学集》,上海:上海古
　　籍出版社 2003 年。

〔清〕钱仪吉《衍石斋记事续稿》,《续修四库全书》1509 册影印清道光刻咸
　　丰四年蒋光焴增修光绪六年钱彝甫印本。

〔清〕乔松年《萝藦亭札记》,《续修四库全书》1159 册影印清同治刻本。

〔清〕乔亿《剑溪说诗》,《续修四库全书》1701 册影印清乾隆刻本。

〔清〕邱嘉穗《东山草堂陶诗笺》,《四库全书存目丛书》集部 3 册影印清康
　　熙刻本。

〔清〕佚名《静居绪言》,郭绍虞编选、富寿荪校点《清诗话续编》,上海:上海
　　古籍出版社 1983 年。

〔清〕沈德潜《说诗晬语》,《续修四库全书》1701 册影印清乾隆刻《沈归愚诗
　　文全集》本。

〔清〕施补华《岘佣说诗》,丁福保编《清诗话》本,上海:上海古籍出版社
　　1978 年。

〔清〕田雯《古欢堂集》,《景印文渊阁四库全书》1324 册。

〔清〕王夫之《姜斋诗话》,丁福保编《清诗话》本,上海古籍出版社 1978 年。

〔清〕王士禛《唐贤三昧集》，清康熙间刻本。

〔清〕王士禛著，〔清〕张宗柟纂集，戴鸿森校点《带经堂诗话》，北京：人民文学出版社 2006 年。

〔清〕王士禛著，张世林点校《分甘余话》，北京：中华书局 1989 年。

〔清〕王士禛著，李毓芙等整理《渔洋精华录集释》，上海：上海古籍出版社 1999 年。

〔清〕王士禛《居易录》，《景印文渊阁四库全书》869 册。

〔清〕王士禛《阮亭选古诗》，《四库全书存目丛书》补编 42 册影印清康熙天藜阁刻本。

〔清〕温汝能《陶诗汇评》，清光绪十八年上海五彩公司石印本。

〔清〕翁方纲《复初斋诗集》，《续修四库全书》1454、1455 册影印清刻本。

〔清〕翁方纲《复初斋文集》，《续修四库全书》1455 册影印清李彦章校刻本。

〔清〕翁方纲著，陈迩冬校点《石洲诗话》，北京：人民文学出版社 1981 年。

〔清〕翁方纲《小石帆亭著录》，民国十三年（1924）博古斋影印《苏斋丛书》本。

〔清〕叶燮著，霍松林校注《原诗》，北京：人民文学出版社 1998 年。

〔清〕永瑢等撰《四库全书总目》，北京：中华书局 2003 年。

〔清〕查慎行《初白庵诗评》，清乾隆四十二年涉园观乐堂刻本。

〔清〕张金吾《金文最》，《续修四库全书》1654 册影印清光绪二十一年江苏书局重刻本。

〔清〕张金吾著，冯惠民整理《爱日精庐藏书志》，北京：中华书局 2012 年。

〔清〕张玉毂《古诗赏析》，《续修四库全书》1592 册影印清乾隆姑苏思义堂刻本。

〔清〕赵翼《瓯北诗话》，《续修四库全书》1704 册影印清嘉庆湛贻堂刻本。

〔清〕朱庭珍《筱园诗话》，《续修四库全书》1708 册影印清光绪十年刻本。

〔清〕庄仲方辑《金文雅》，清道光二十一年刻本。

〔清〕周济《词辨》，《续修四库全书》1732 册影印清光绪四年刻本。

陈衍著，黄曾樾辑，张寅彭校点《陈石遗先生谈艺录》，张寅彭主编《民国诗话丛编》，上海：上海书店出版社 2002 年。

况周颐《蕙风词话》，北京：人民文学出版社 1960 年。

钱振锽著，张寅彭编辑，钱璱之校点《谪星说诗》，张寅彭主编《民国诗话丛编》第二册，上海：上海书店出版社 2002 年。

沈其光著，杨焄校点《瓶粟斋诗话》，张寅彭主编《民国诗话丛编》第五册，上海：上海书店出版社 2002 年。

王国维《人间词话》，陈杏珍、刘烜重订，上海古籍出版社 2000 年。

杨香池著，张寅彭点校《偷闲庐诗话》，张寅彭主编《民国诗话丛编》第三册，上海：上海书店出版社 2002 年。

袁嘉谷著，沈蘅仲、王淑均点校《卧雪诗话》，张寅彭主编《民国诗话丛编》第二册，上海：上海书店出版社 2002 年。

袁励准《历朝七绝正宗》，民国二十一年（1932）恐高寒斋印本。

赵元礼著，李剑冰校点《藏斋诗话》，张寅彭主编《民国诗话丛编》第二册，上海：上海书店出版社 2002 年。

［日］遍照金刚编，卢盛江校考《文镜秘府论汇校汇考》，北京：中华书局 2006 年。

［朝］申纬《警修堂全稿》，《朝鲜文集丛刊》第 13 辑，朝鲜民族文化推进会 1988 年。

著作

柏克莱加州大学东亚图书馆编《柏克莱加州大学东亚图书馆中文古籍善本书志》，上海：上海古籍出版社 2005 年。

慈怡主编《佛光大辞典》，北京：书目文献出版社据台湾佛光山出版社 1989 年第 5 版影印。

狄宝心《元好问年谱新编》，北京：中国文联出版社 2000 年。

丁成泉《中国山水诗史》，台北：文津出版社 1995 年。

傅刚《魏晋南北朝诗歌史论》，长春：吉林教育出版社 1995 年。

傅增湘《藏园群书题记》，上海：上海古籍出版社 1989 年。

傅增湘《藏园群书经眼录》，北京：中华书局 2009 年。

郭绍虞《宋诗话辑佚》，北京：中华书局 1980 年。

郭绍虞《中国文学批评史》，上海：上海古籍出版社 1979 年。

郭绍虞《元好问论诗三十首小笺》，北京：人民文学出版社 2001 年。

胡传志《金代文学研究》，合肥：安徽大学出版社 2000 年。

胡传志《宋金文学的交融与演进》，北京：北京大学出版社 2013 年。

胡适《白话文学史》上卷，《民国丛书》第一编 57 册据新月书店 1929 年版影印。

黄霖《文心雕龙汇评》，上海古籍出版社 2002 年。

江澄波《古刻名抄经眼录》，南京：江苏人民出版社 1997 年。

蒋寅《王渔洋事迹征略》，北京：人民文学出版社 2001 年。

孔凡礼《元好问资料汇编》，北京：学苑出版社 2008 年。

刘大杰《中国文学发展史》,《民国丛书》第 2 编 58 册影印中华书局 1949 年版。

刘衍文著,张寅彭校点《雕虫诗话》,张寅彭主编《民国诗话丛编》第六册,上海:上海书店出版社 2002 年。

刘泽《元好问论诗三十首集说》,太原:山西人民出版社 1992 年。

陆侃如、冯沅君《中国诗史》,《民国丛书》第 5 编 52、53 册影印大江书铺 1931、1932 年版。

逯钦立《先秦汉魏晋南北朝诗》,北京:中华书局 1983 年。

鲁迅《鲁迅全集》,北京:人民文学出版社 2005 年。

缪荃孙、吴昌绶、董康著,吴格整理点校《嘉业堂藏书志》,上海:复旦大学出版社 1997 年。

潘景郑《著砚楼书跋》,上海:上海古籍出版社 2006 年。

裴普贤《集句诗研究》,台北:台湾学生书局 1975 年。

裴普贤《集句诗研究续集》,台北:台湾学生书局 1979 年。

钱建状《南宋初期的文化重组与文学渐变》,厦门:厦门大学出版社 2006 年。

钱锺书《七缀集》,上海:上海古籍出版社 1996 年。

钱锺书《谈艺录》,北京:中华书局 1999 年。

陶文鹏、韦凤娟主编《灵境诗心——中国古代山水诗史》,南京:凤凰出版社 2004 年。

王国维著,陈杏珍、刘烜重订《宋元戏曲史》,上海:上海古籍出版社 2000 年。

王力《汉语语音史》,北京:中国社会科学出版社 1998 年。

王力《诗词格律十讲》,北京:商务印书馆 2002 年。

王琦珍《黄庭坚与江西诗派》,南昌:江西高校出版社 2006 年。

王绍曾、杜泽逊编《渔洋读书记》,青岛:青岛出版社 1991 年。

王运熙《中国古代文论管窥(增补本)》,上海:上海古籍出版社 2006 年。

闻一多《神话与诗》,朱自清等编辑《闻一多全集》本,《民国丛书》第三编 90 册据开明书店 1948 年版影印。

香港中文大学图书馆系统编《香港中文大学图书馆古籍善本书录》,香港:中文大学出版社 1999 年。

薛瑞兆、郭明志编《全金诗》,天津:南开大学出版社 1995 年。

杨念群《中层理论——东西方思想会通下的中国史研究》,南昌:江西教育出版社 2001 年。

姚大力《金末元初理学在北方的传播》,《元史论丛》第二辑,北京：中华书局
　　1983 年。

叶德辉著,杨洪升点校《郋园读书志》,上海：上海古籍出版社 2010 年。

叶景葵著,顾廷龙编《卷盦书跋》,上海：上海古籍出版社 2006 年。

叶维廉《中国诗学》(增订本),北京：人民文学出版社 2006 年。

衣若芬《观看·叙述·审美：唐宋题画文学论集》,台北：中央研究院中国
　　文哲研究所 2004 年。

余嘉锡《目录学发微》,北京：中国人民大学出版社 2004 年。

余绍宋《书画书录解题》,北京：北京图书馆出版社 2003 年。

章炳麟《国故论衡》,上海：上海古籍出版社 2003 年。

张伯伟《全唐五代诗格汇考》,南京：凤凰出版社 2005 年。

张晶《辽金元诗歌史论》,长春：吉林教育出版社 2006 年。

张秀民《中国印刷史》,上海：上海人民出版社 1989 年。

赵望秦《唐代咏史组诗考论》,西安：三秦出版社 2003 年。

郑宾于《中国文学流变史》中卷,《民国丛书》第 3 编 52 册影印北新书局
　　1936 年版。

周兴陆编《渔洋精华录汇评》,济南：齐鲁书社 2007 年。

周勋初主编《唐人轶事汇编》,上海：上海古籍出版社 2006 年新 1 版。

朱东润《中国文学论集》,北京：中华书局 1983 年。

论文

本刊编辑部《关于文学上的共鸣问题和山水诗问题的讨论》,《文学评论》
　　1961 年第 6 期。

陈广宏《泰纳的文学史观与早期中国文学史叙述模式的构建》,载《卿云集
　　续编——复旦大学中文系八十周年纪念论文集》,上海：上海古籍出版
　　社 2005 年。

陈铁民《情景交融与王维对诗歌艺术的贡献》,《中国文化研究》2001 年秋
　　之卷。

陈学霖《〈壬辰杂编〉探赜》,《晋阳学刊》1990 年第 5 期。

陈学霖《元好问〈壬辰杂编〉与〈金史〉》,载氏著《金宋史论丛》,香港：中文
　　大学出版社 2003 年。

高鸣鸾《古代山水诗问题和文学的共鸣问题》,载卢兴基编《建国以来古代
　　文学问题讨论举要》,济南：齐鲁书社 1987 年。

高桥幸吉《元好问与元结》,《安徽师范大学学报》2004 年第 2 期。

胡传志《遗山复句论》，《安徽师范大学学报》2013 年第 6 期。

蒋寅《走向情景交融的诗史进程》，《文学评论》1991 年第 1 期。

孔凡礼《南宋著述入金述略》，《文史知识》1993 年第 7 期。

孔凡礼《南宋著述入金考》，《文史》2007 年 3 期。

李剑锋《豪华落尽见真淳：元好问与陶渊明》，《九江学院学报》2012 年第
　　3 期。

李栖《元好问的题画诗》，张高评主编《宋代文学研究丛刊》第 2 期，高雄：丽
　　文文化事业有限公司 1996 年。

李献芳《元好问〈续夷坚志〉描写战争特点》，《河南教育学院学报》2002 年
　　第 3 期。

李献芳《元好问〈续夷坚志〉与金末元初的文坛》，《殷都学刊》2003 年第
　　3 期。

林明德《元好问与苏轼》，《纪念元好问八百年诞辰学术研讨会论文集》，台
　　北：文史哲出版社 1991 年。

鲁国尧《元遗山诗词用韵考》，《南京大学学报》1986 年第 1 期。

陆岩军《乞灵白少傅，佳句倘能新——试论元好问对白居易的接受》，《重庆
　　邮电大学学报》2007 年第 3 期。

毛汶《书金史文艺传"收图籍""得宋士"事》，载《学风》第 5 卷第 8 期，民国
　　24 年 11 月，安庆安徽省立图书馆编。

莫砺锋《"夺胎换骨"辨》，《中国社会科学》1983 年第 5 期。

尚永亮《元遗山与白乐天的诗学关联及其接受背景》，《文学遗产》2009 年第
　　4 期。

孙晓星《元好问对苏轼诗歌的继承与发展》，《乐山师范学院学报》2014 年第
　　6 期。

田浩（Hoyt C. Tillman）《金代的儒教——道学在北部中国的印迹》，载《中国
　　哲学》第十四辑，北京：人民出版社 1988 年。

王水照《重提"内藤命题"》，《文学遗产》2006 年第 2 期。

吴振华《论韩愈对元好问的影响》，《安徽师范大学学报》2007 年第 5 期。

徐国能《元好问杜诗学探析》，《清华中文学报》2012 年第 7 期。

薛瑞兆《〈中州集〉考补》，《文献》2007 年第 2 期。

佚名《山水诗的讨论》，《文学评论》1961 年第 1 期。

张晖《元明清近代诗文研究的现状及其可能性》，《文学遗产》2013 年第
　　4 期。

张剑《情境诗学：理解近世诗歌的另一种路径》，《上海大学学报》2015 年第

1 期。

张玲《戴明说生平及作品创作年代考证》,《美苑》2010 年第 2 期。

赵廷鹏《元遗山集未收和误收的诗》,《晋阳学刊》1987 年第 6 期。

赵维江、夏令伟《论元好问以传奇为词现象》,《文学遗产》2011 年第 2 期。

周裕锴《惠洪与换骨夺胎法》,《文学遗产》2003 年第 6 期。

译著

吕特·阿莫西、安娜·埃尔舍博格·皮埃罗著,丁小会译《俗套与套语——语言、语用及社会的理论研究》,天津:天津人民出版社 2003 年。

艾布拉姆斯(M. H. Abrams)著,郦稚牛译《镜与灯:浪漫主义文论及批评传统》,北京:北京大学出版社 1989 年。

艾朗诺(Ronald C. Egan)著,蓝玉、周裕锴译《题画诗:苏轼与黄庭坚》,莫砺锋编《神女之探寻——英美学者论中国古典诗歌》,上海:上海古籍出版社 1994 年。

艾略特(T. S. Eliot)著,李赋宁译《艾略特文学论文集》,南昌:百花洲文艺出版社 1997 年。

哈罗德·布鲁姆(Harold Bloom)著,徐文博译《影响的焦虑——一种诗歌理论》,南京:江苏教育出版社 2005 年。

傅海波(Herbert Franke)、崔瑞德(Denis Twitchett)编,史卫民等译《剑桥中国辽西夏金元史》,北京:中国社会科学出版社 1998 年。

高友工、梅祖麟著,李世耀译《唐诗的魅力——诗语的结构主义批评》,上海:上海古籍出版社 1989 年。

葛兰言(Marcel Granet)著,赵丙祥、张宏明译《古代中国的节庆与歌谣》,桂林:广西师范大学出版社 2005 年。

顾彬(Wolfgang Kubin),马树德译《中国文人的自然观》,上海:上海人民出版社 1990 年。

霍凯特(C.F. Hockett)著,索振羽、叶蜚声译《现代语言学教程》,北京:北京大学出版社 2002 年。

金万源《中国山水诗的发展与谢灵运山水诗的特性》,载宋红编译《日韩谢灵运研究译文集》,桂林:广西师范大学出版社 2001 年。

林顺夫著,张宏生译《中国抒情传统的转变——姜夔与南宋词》,上海:上海古籍出版社 2005 年。

默顿(Robert K. Merton)著,何凡兴等译《论理论社会学》,北京:华夏出版社 1990 年。

浅见洋二(Asami Yoji)著,金程宇、冈田千穗译《距离与想象——中国诗学的唐宋转型》,上海:上海古籍出版社 2005 年。

萨进德(Stuart Sargent)著,莫砺锋译《后来者能居上吗:宋人与唐诗》,载莫砺锋编《神女之探寻——英美学者论中国古典诗歌》,上海:上海古籍出版社 1994 年。

蒂费纳·萨莫瓦约著,邵炜译《互文性研究》,天津:天津人民出版社 2003 年。

孙康宜著,钟振振译《抒情与描写:六朝诗歌概论》,上海:上海三联书店 2006 年。

雷内·韦勒克(René Wellek)著,张今言译《批评的概念》,杭州:中国美术学院出版社 1999 年。

外山军治著,李东源译《金朝史研究》,牡丹江:黑龙江朝鲜民族出版社 1988 年。

席勒(J.C.F. Schiller)著,张佳珏译《论天真的诗与感伤的诗》,载《席勒文集》Ⅵ(理论卷),张玉书选编,北京:人民文学出版社 2005 年。

小川环树著,周先民译《风与云——中国诗文论集》,北京:中华书局 2005 年。

小尾郊一著,邵毅平译《中国文学中所表现的自然与自然观——以魏晋南北朝文学为中心》,上海:上海古籍出版社 1989 年。

兴膳宏《异域之眼——兴膳宏中国古典论集》,戴燕译,上海:复旦大学出版社 2006 年。

宇文所安(Stephen Owen)著,王柏华、陶庆梅译《中国文论:英译与评论》,上海:上海社会科学院出版社 2003 年。

外文

Becker-Leckrone, Megan. *Julia Kristeva and Literary Theory*. Hampshire and New York: Palgrave Macmillan, 2005.

Cahill, Suzanne. "Sex and the Supernatural in Medieval China: Cantos on the Transcendent Who Presides over the River." in *Journal of the American Oriental Society*, Vol.105. No.2. (Apr.- Jun., 1985), pp.197-220.

Chaves, Jonathan. "Not the Way of Poetry: The Poetics of Experience in the Sung Dynasty." in *Chinese Literature: Essays, Articles, Reviews*, Vol.4, No.2. (Jul., 1982), pp.199-212

Chaves, Jonathan. "Some Relationships between Poetry and Painting in China," in *The Translation of Art: Essays on Chinese Painting and Poetry*. Seattle:

University of Washington Press, 1976.

Guerin, Wilfred L. etc., *A Handbook of Critical Approaches to Literature*. Beijing: Foreign Language Teaching and Research Press, 2004.

Hartman, Charles. "Poetry and Painting," in Victor H. Mair ed. *The Columbia History of Chinese Literature*. New York: Columbia University Press, 2001.

Hightower, James R. "Allusion in the Poetry of T'ao Ch'ien." in *Harvard Journal of Asiatic Studies*, Vol.31.(1971), pp.5 - 27.

Hightower, James R. "T'ao Ch'ien's 'Drinking Wine' Poems", in James R. Hightower and Florence Chia-ying Yeh, *Studies in Chinese Poetry*. Cambridge, Massachusetts, and London: Harvard University Press, 1998.

Mair, Victor H. ed. *The Columbia History of Chinese Literature*. New York: Columbia University Press, 2001.

Miller, James W. "English Romanticism and Chinese Nature Poetry," in *Comparative Literature*, Vol.24, No.3. (Summer, 1972), pp.216 - 236.

Owen, Stephen ed. And tr. *An Anthology of Chinese Literature: Beginnings to 1911*. New York: w.w. Norton & Company, 1996.

Palumbo-Liu, David *The Poetics of Appropriation: The Literary Theory and Practice of Huang Tingjian*. Stanford University Press, 1993.

Sargent, Stuart H. "Can Latecomers Get There First? Sung Poets and T'ang Poetry." in *Chinese Literature: Essays, Articles, Reviews*, Vol.4, No.2. (Jul., 1982), pp.165 - 198.

Sargent, Stuart H. "Colophons in Countermotion: Poems by Su Shih and Huang T'ing-chien," in *Harvard Journal of Asiatic Studies*, No.52.Vol.1(1992), pp.263 - 302.

Schmidt, J. D. *Stone Lake: The Poetry of Fan Chengdan (1126 - 1193)*. New York: Cambridge University Press, 1992.

Westbrook, Francis A. "Landscape Transformation in the Poetry of Hsieh Ling-Yün," in *Journal of the American Oriental Society*, Vol. 100, No. 3. (Jul.- Oct., 1980), pp.237 - 254.

[日] 青木正儿《题画文学の发展》,《青木正儿全集》,东京: 春秋社 1970 年。

[日] 高桥幸吉《元好问与韩门文人——元好问诗对韩门的受容》,庆应义塾大学日吉纪要刊行委员会《中国研究》(6),2013 年。

[韩] 杨恩善(양은선)《元好问引用杜诗的特征及其意义》,高丽大学校中国学研究所《中国学论丛》卷 41(2013)。

部分章节刊出情况

第一部分第二章：

《金代文学与北宋的传统》,《民族文学研究》2011 年 6 期。

第二部分第一章：

《画言志：元好问题画诗研究》,《汉学研究》(台北)第 26 卷第 3 期(2008.9)。

第二部分第二章：

《元好问咏史诗研究》,《国学研究》(北京大学)2010 年 2 期。

第二部分第三章(部分)：

《有我之境：元好问与山水诗的传统》,蒋寅、张伯伟主编《中国诗学》第
十四辑。

第二部分第五章：

《元好问五言古诗研究》,《文学评论丛刊》(南京大学)2011 年 1 期。

第二部分第八章(部分)：

《元好问对王士禛神韵诗学的影响》,《民族文学研究》2015 年 1 期。

第二部分第九章：

《元好问与词序的进化》,《兰州学刊》2009 年 4 期。

外编第一章(部分)：

《元好问诗集的版本与校勘》,《图书馆理论与实践》2012 年 4 期。

《〈遗山乐府校注〉札记》,《书品》(中华书局)2006 年第 6 辑。

《〈元好问诗编年校注〉读后》,《书品》2012 年 2 辑。

《遗山集诸本详考》,《古籍研究》2016 年 1 期(63 卷)。

外编第二章：

《元好问词集的版本问题》,《书目季刊》(台北)41 卷 4 期(2008)。

外编第三章(部分)：

《元好问佚著三种考论》,《图书馆理论与实践》2014 年 6 期。

后　记

　　书稿的前身是十余年前完成的博士论文，当时自觉无事可记，也就没有照例写一篇后记。如今年深岁久，不免自伤流景，或许是到了稍稍记省往事的时候。

　　那年到复旦读博，在章培恒先生门下学习，最初选择的方向是古今演变，古代文学专业之下新设的方向。后来这一新设的方向升格为专业，与古代文学并行，我有了重新选择的机会。那时我不太理解古今演变的思路，就选择了退回古代文学专业。我想，从古代往下做，一直做到现当代，自然就是古今演变了。可惜限于学养，至今还徘徊在古代的世界里。

　　记得选题是章先生提出的。那些年几位同门都做作家研究，从曹植、谢灵运、白朴，到我做的元好问，在先生的文学史书写谱系中都是关键的人物。在先生的文学史中，元好问是近世文学开端的代表之一，我知道这是先生思考多年的大判断，只是自己学识浅陋，至今未能领悟，也没能在论文中阐述这一问题。

　　那时章先生身体尚好，每周一次在邯郸路文科楼老旧拥挤的办公室，带我们一起研读文本。其中一学期读元好问诗，一学期读《三国志通俗演义》。读元好问诗，用的是清道光间刻的施国祁注本，先生从图书馆古籍部借来的。我不太有记笔记的习惯，当时的讨论早已遗忘殆尽，所幸在座的闵庚旭兄勤于记录，有机会当借观他那本汉字与韩文夹杂的笔记。先生当时的议论，我还能依稀记得大概的，一是《邓州城楼》与崔颢《黄鹤楼》、李白《凤凰台》的联系，我在咏史诗一章里记述这一说法；二是《曲阜纪行十首》可能包含对儒家特别是孟子的批评；三是元好问与白居易之间的联系，在座旁听的骆门高足陆岩军兄依此写成文章，后来又见《文学遗产》上有专文讨论这一问题。印象深刻的是先生惊人的思维能力，研读讨论过程中不时有人找签字或问事，先生随时应对，回身从容接续刚才的讨论，仿佛不曾中断一样。我们侍坐一旁，片刻走神，赶紧收拾涣散的思维，跟上先生绵延不断的思路。此外，还能记得的，就是国权路上岛的咖啡、甜点和牛排，先生有时课后带我们去享用，有时干脆就在那里上课。

研读元好问诗的课程结束后，我也就开始着手于论文的写作。诗歌文本分析是我最不擅长的研究方式，分析一位作家的诗歌并写出一篇二十万字的论文，对我来说是大难题。复旦北区三年的枯淡生活，基本上耗费在一首首诗的推求索解上。最终完成的论文，章先生说，结构零散，盲审可能过不了。我心中惶惑，又不想延期毕业，最终如期提交了论文，后来也幸运地通过了盲审，又在几位答辩老师的谬许中通过论文答辩。

多年前的旧文，如今要出版问世，既是稻粱谋，也是敝帚自珍。重读稚拙的旧文，不免回想那一段读书的岁月和章先生的教诲。我知道先生如果还在世一定不会满意，我自己也并不满意。不过我素来疏懒，不太有修改文章的习惯，已完成的各章大抵一仍其故，只是重写了首章和末章，删去原先的两个附录。此外，新增文献研究部分的六章，谈元好问与王士禛神韵诗学的一章，是近年所写，从中或许可以看出毕业以来的一点进步。

我要特别感谢我的硕士生导师巩本栋教授惠赐书序。南大求学时老师做人做学问的教诲，我始终铭记在心。我还要感谢五位匿名评审专家，他们公正的评审意见让书稿获得国家社科基金后期资助。很遗憾，限于学识，我不能完全遵从他们的修订意见。我还要感谢曾经登载书稿各章节的诸家期刊，人微言轻，登载时不免删削，现在终有机会奉上足本。郭时羽女士促成书稿的立项和出版，祝伊湄女士负责书稿的编校，我要感谢她们两位编辑为书稿问世所付出的努力。

颜庆余
己亥孟秋于梁溪小蠡湖畔

图书在版编目(CIP)数据

元好问与中国诗歌传统研究 / 颜庆余著. 一上海:
上海古籍出版社,2020.3(2023.1重印)
ISBN 978-7-5325-9475-7

Ⅰ.①元… Ⅱ.①颜… Ⅲ.①元好问(1190-1257)
一诗歌研究 Ⅳ.①I207.22

中国版本图书馆 CIP 数据核字(2020)第 027423 号

元好问与中国诗歌传统研究

颜庆余 著

上海古籍出版社出版发行

(上海市闵行区号景路159弄1-5号A座5F 邮政编码 201101)

(1)网址:www.guji.com.cn

(2)E-mail:guji1@guji.com.cn

(3)易文网网址:www.ewen.co

四川森林印务有限责任公司印刷

开本 787×1092 1/16 印张 21.5 插页 2 字数 374,000
2020 年 3 月第 1 版 2023 年 1 月第 2 次印刷
ISBN 978-7-5325-9475-7

Ⅰ·3454 定价:88.00 元

如有质量问题,请与承印公司联系